岩 波 文 庫

30-143-2

太　平　記

(二)

兵藤裕己校注

岩 波 書 店

凡　例

一、本書の底本には、京都の龍安寺所蔵(京都国立博物館寄託)の西源院本『太平記』を使用した。西源院本は、応永年間(十五世紀初め)の書写、大永・天文年間(十六世紀前半)の転写とされる『太平記』の古写本である(本書・第四分冊「解説」参照)。

一、西源院本は、昭和四年(一九二九)の火災で焼損しているが(第三十八―四十巻は焼失)、東京大学史料編纂所に、大正八年(一九一九)制作の影写本がある。本文の作成にさいして、龍安寺所蔵本、東京大学史料編纂所蔵影写本を用い、影写本の翻刻である鷲尾順敬校訂『西源院本太平記』(刀江書院、一九三六年)、影写本の影印である黒田彰・岡田美穂編『軍記物語研究叢書』第一―三巻(クレス出版、二〇〇五年)を参照した。

一、本文は読みやすさを考え、つぎのような操作を行なった。

1　章段名は、底本によったが、本文中の章段名と目録のそれとが異なるときは、本文中の章段名を採用した(一部例外はある)。また、「幷」「付」「同」によって複数の内容をあわせ持つ章段は、支障がないかぎり複数の章段にわけた(たとえば、第六巻の「楠出天王寺事并六波羅勢被討事同宇都宮寄天王寺事」は、「楠天王寺に出づる事」「六波羅勢討たるる事」「宇都宮天王寺に寄する事」の三章段にわけた)。なお、各章段には、アラビア数字で章段番号を付けた。

2　本文には、段落を立て、句読点を補い、会話の部分は適宜「　」を付した。

3　底本は、漢字・片仮名交じりで書かれているが、漢字・平仮名交じりに改めた。

4　仮名づかいは、歴史的仮名づかいで統一し、助動詞の「ん」「む」の混在は、用例の多い「ん」に統一した。底本にある「ゝ」「ゞ」「〳〵」等の繰り返し記号(踊り字)は用いず、仮名を繰り返して表記した。なお、仮名の誤写は適宜改めた(アとナ、カとヤ、スとヌ、ソとヲ、など)。

5　漢字の旧字体・俗字体は、原則として新字体・正字体または通行の字体に改めた。また、誤字や当て字は、適宜改めた(接家→摂家、震襟→宸襟、など)。なお、用字の混用は、一般的な用字で統一したものがある(芳野→吉野、宇津宮→宇都宮、打死→討死、城責め→城攻め、など)。

6　漢字の送り仮名は、今日一般的な送り仮名の付け方に従った。振り仮名は、現代仮名づかいによって、校注者が施した。

7　漢文表記の箇所は、漢字仮名交じり文に読みくだした。返り点などの読みは、可能なかぎり底本の読みを尊重したが、誤読と思われる箇所は、他本を参照して改めた。

8　底本に頻出する漢字で、仮名に改めたものがある(有↓あり、此↓この、然り↓しかり、為↓ため、我↓われ、など)。また、仮名に漢字をあてたものもある。

9　底本の脱字・脱文と思われる箇所は、他本を参照して、(　)を付して補った。使用した本は、神田本、玄玖本、神宮徴古館本、簗田本、天正本、梵舜本、流布本などである。

一、校注にさいしては、岡見正雄、釜田喜三郎、後藤丹治、鈴木登美恵、高橋貞一、長谷川端、増田欣、山下宏明の諸氏をはじめとする先学の研究を参照させていただいた。また、藤本正行(武具研究)、川合康三(中国古典学)両氏からご教示をえた。ここに記して感謝申し上げる。

目　次

第十巻

第十一巻

第十二巻

第十三巻

第十四巻

第十五巻

付　録

地図

全巻目次

第一巻

第二巻

第三巻

第四巻

第五巻

第六巻

第七巻

第八巻

第九巻

（以上、第一分冊）

第十巻

第十一巻

第十二巻

第十三巻

第十四巻

第十五巻

第十六巻

（以上、第二分冊）

第十七巻

第十八巻

第十九巻

第二十巻

第二十一巻

（以上、第三分冊）

第二十二巻　（欠）

第二十三巻

第二十四巻

第二十五巻

第二十六巻

第二十七巻

第二十八巻

第二十九巻

（以上、第四分冊）

第三十巻

第三十一巻

第三十二巻

第三十三巻

第三十四巻

第三十五巻

第三十六巻

（以上、第五分冊）

第三十七巻

第三十八巻

第三十九巻

第四十巻

（以上、第六分冊）

太平記　第九巻

第九巻 梗概

北条高時から上洛の命を受けた足利高氏は、非礼の催促に怒り、謀叛の決意を固めた。京に着いた高氏は、船上山の後醍醐帝に使いを送り、朝敵追討の綸旨を得た。元弘三年（一三三三）四月二十七日、名越高家と足利高氏の幕府軍は、八幡・山崎の後醍醐方の討伐に向かったが、大手の大将名越は、久我縄手で赤松一族の佐用範家に射られて戦死した。搦め手の大将高氏は大江山を越え、五月七日、丹波国篠村で旗揚げした。足利高氏と千種忠顕・赤松円心らは西と南から京に攻め寄せ、六波羅探提方の河野通治は、内野で足利軍を迎え撃ったが、衆寡敵せず敗退した。東寺一帯の戦闘でも赤松軍が勝利した。六波羅方には裏切りがあい次ぎ、関東へ落ちる決意をした北探題の北条仲時は、北の方と最後の別れを惜しんだ。持明院統の主上（光厳帝）・東宮・両上皇をともない京を脱出した六波羅探題一行は、苦集滅道で野伏に襲われ、南探題の北条時益が命を落とした。野伏の大軍に包囲され、いったんは窮地を脱した仲時一行は、近江国番場の峠で亀山院の五宮を大将にかつぐ数千の野伏に行く手を阻まれた。頼みとする近江守護佐々木時信も後醍醐方に降り、仲時は自害を決意した。仲時がまず腹を切ると、つづいて四三二人の者たちが一斉に腹を切った。主上・東宮・両上皇は、五宮の官軍に警固されて三種の神器とともに京に帰った。六波羅が落ちた報せに、金剛山の寄手の幕府軍も敗走した。

足利殿上洛の事[1]　1

先朝[2]船上[3]に御座あつて、討手を差し上せられ、京都を攻めらるる由、六波羅の早馬頻りに打ち、事難儀に及ぶ由、関東に聞こえければ、相模入道[4]、大きに驚いて、「さらば、重ねて大勢を差し上せ、半ばは京都を警固し、宗徒[5]は船上を攻め奉るべし」と評定あつて、名越尾張守[6]を大将として、外様[7]の大名二十人催さる[8]。

その中に、足利治部大輔高氏[9]は、所労[10]の事あつて起居も未だ快からざりけるを、また上洛のその数に載せて催促度々に及べり。足利殿、この事によつて心中に憤り思はれけるは、われ父[11]の喪に居して未だ三月を過ぎざれば、悲歎の涙乾かず。また病[12]気身を侵して負薪の愁へ未だ止まざる処に、征罰の役に随へて

1

1　底本第九巻の巻頭は、正中の変から、先帝後醍醐の船上山臨幸に至る経緯を要約した文(底本で六行分)を記す。押紙か何かの転写時の混入と思われ、校訂にあたって削除した。本巻は、元弘三年(一三三三)三月より始まる。
2　先帝、後醍醐。
3　鳥取県東伯郡琴浦町にある船上山。
4　北条高時。
5　主だった軍勢。
6　高家。貞家の子。北条一門。
7　北条一門以外の大名。
8　召集される。
9　貞氏の子。清和源氏。のちに建武の中興の勲臣として、後醍醐帝の諱(いみな)尊治の一字を与えられ、尊氏

相催す事こそ遺恨なれ。時移り事[13]反して、貴賤位を[14]易ふと云へども、かれは[15]北条四郎時政が末孫なり。人臣に下つて年久し。われは[16]源家累葉の貴族なり。[17]王氏を出でて遠からず。この理りを知りながら、一度は[18]君臣の儀をも存ずべきに、これまでの沙汰に及ぶ事、ひとへに身の[19]不肖によつてなり。所詮、重ねてなほ上洛の催促を加ふる程ならば、一家を尽くして上洛し、先帝の御方に参じて六波羅を攻め落とし、[20]家の安否を定むべきものをと、心中に思ひ立たれけるをば、知る人更になかりけり。

相模入道、かかるべき事とは思ひもよらず、[21]工藤左衛門尉を使ひにて、「[22]御上洛延引心得候はず」と、一日が中に両度までこそ責められけれ。足利殿、反逆の企てすでに心中に思ひ定められければ、[23]なかなか異儀に及ばず、「不日に上洛仕り候ふべし」とぞ、返答せられける。

[24]則ち夜を日に継いで打つ立たれけるに、御一族、郎等は申す

と改名。室町幕府初代将軍。
10 病気。
11 父貞氏の死去は、二年前の元弘元年(一三三一)九月。上洛催促を受けたのを父の服喪中とするのは、「梅松論」も同じ。
12 病がまだ治らないのに、討伐軍に招集されるのは遺憾だ。「負薪の愁へ」は、自分の病気の謙称(礼記・曲礼下)。
13 「時移り事去り」(長恨歌伝)。
14 身分の高下が逆になる。
15 鎌倉幕府の初代執権。源頼朝の妻政子の父。
16 源氏代々の高貴な家柄。
17 高氏は、清和帝から十六代目。
18 君臣上下の関係をわきまえるべきなのに。
19 自分が未熟なゆえだ。
20 家の命運。

に及ばず、女性、幼稚の子息までも、残らず皆上洛あるべしと聞こえければ、[25]長崎入道円喜、怪しく思ひて、急ぎ相模入道の方に参り申しけるは、「誠にて候ふやらん、足利殿こそ、[26]御台、君達まで皆引き具し奉つて、御上洛候はんずるなれ。事の体怪しく覚え候ふ。かやうの時は、[27]御一門の疎かならぬ人にだに御心を置かれ候ふべし。況んや、源家の氏族として、天下の権柄を捨て給へる事年久しければ、[28]もし思し召し立つ事もや候ふらん。異国よりわが朝に至るまで、世の乱れたる時は、[29]覇王、諸侯を集めて牲を殺して血を啜り、二心なからん事を盟ふ。今の世の[30]起請これなり。或いはその子を質に出だして、[31]野心の疑ひを散ず。[32]木曾殿、御子清水冠者を大将殿の御方へ出ださるる例、これにて候ふ。かやうの例を存じ候ふにも、[33]いかさま足利殿の御子息と御台とをば、鎌倉に留め申されて、一紙の起請文を書かせまゐらせらるべしとこそ存じ候へ」と申しければ、相

21　高景。伊豆の豪族で幕府の有力御家人。前出、第二巻・7。
22　御上洛が遅れるのは理解できない。
23　かえって異議をとなえずに、「ただちに上洛致します」と返答なさった。
24　すぐさま昼夜兼行で。
25　北条得宗家の執事。俗名高綱。内管領高資の父。前出、第二巻・5。
26　奥方、御子息。
27　北条一門の主だった人にさえ用心されるべきです。
28　もしやよからぬ企てを決意したかもしれません。
29　天下の覇者たる王。古代中国で、覇王は、諸侯を会盟させ、牛羊豚を神に捧げてその血をすすった(礼記注疏)。
30　偽りのないことを神仏に誓う誓言。

模入道、げにもとや思はれけん、[34]やがて使者を以て言ひ遣はされけるは、「東国は未だ世閑かにして、御心安かるべきにて候ふ。幼稚の御子息をば、皆鎌倉中に留め置きまゐらせられ候ふべし。次に、両家体を一つにして、[35]水魚の思ひをなされ候ふ上は、[36]赤橋相州御縁になり候ふ上、何の不審か御座候ふべきなれども、諸人の疑ひを散じ候はんためにて候へば、恐れながら、一紙の誓言を留め置かれ候はん事、[37]公私に付けてしかるべくこそ存じ候へ」と申されたれば、足利殿、[38]鬱陶いよいよ深まりけれども、憤りを押さへて出だされず、「これよりやがて御返事申すべし」とて、使者をば返されけり。

その後、御舎弟[39]兵部大輔殿を呼びまゐらせて、「この事いかがあるべき」と、意見を訪はれければ、且く思案して申されけるは、「この一大事を思し召し立つ事、全く御身のためにあらず。ただ天に代はつて[40]無道を[41]誅して、君の御ために不義を退け

31 叛心。
32 木曾義仲が嫡子の清水冠者義高を、鎌倉の頼朝のもとへ人質に出した先例（平家物語巻七・清水冠者）。
33 ぜひとも。
34 すぐさま。
35 水と魚の関係のように親密なこと。「猶魚の水に有るがごとき也」(蜀志・諸葛亮伝)。
36 鎌倉幕府最後の執権、赤橋盛時(守時)は、高氏の正室登子の兄。
37 表向きにも内向きにもよろしかろうと。
38 不快な思い。
39 足利直義。兄の高氏を助けて足利政権を樹立した功労者。
40 人臣の道にそむく者。
41 底本「諌」は誤写。

んためなり。[42]その上の誓言は神も受けずとこそ申し習はして候へ。たとひ偽つて起請の詞を載せられ候ふとも、仏神、などか[43]忠烈の志を守らせ給はで候ふべき。就中、御子息と御台とを鎌倉に留め置き奉らん事、[44]大儀の前の小事にて候へば、[45]あながちに御心を煩はさるべきにあらず。公達は、いまだ御幼稚におはし候へば、[46]自然の事もあらん時には、そのために残し置かるる郎従ども、いづくへも懐き抱へて逃し奉り候ひなん。御台の御事は、また赤橋殿さても御座候はん程は、何の御痛はしき事か候ふべき。「[47]大行は細謹を顧みず」とこそ申し候へ。これら程の小事に[48]猶予あるべきにあらず。ただともかくも相州入道の申されんやうに随ひて、かの不審を散ぜしめ、この度御上洛候ひて後、大儀の計略を廻らさるべしとこそ存じ候へ」と申されければ、足利殿、至極の道理に伏して、御子息[49]千寿王殿と御台赤橋相州の御妹をば、鎌倉に留め置き奉り、

42　義のためにする偽りの誓言ならば神も受けない。「神は非礼を受けず」(論語集解・八佾)。
43　強い忠義心をお守りくださらないことがありましょうか。
44　大事業。
45　必ずしも。
46　万一の事。
47　大事業を行うときは、ささいなつつしみは顧みない(史記・項羽本紀)。
48　大事を延期すべきではない。
49　高氏の三男、義詮(よしあきら)の幼名。のちに足利氏二代将軍となる。
50　偽りのないことを神仏に誓う文書。起請文。
51　よく手入れした馬。白

一紙の告文[50]を書いて、相模入道の方へ遣はさる。相州入道、これに不審を散じて、喜悦の思ひをなし、乗替の御馬とて、飼[51]うたる馬に白鞍置いて十疋、白覆輪[52]の鎧十両引かれけり。足利殿御兄弟、吉良[53]、上杉、仁木、細川、今川、荒川以下の御一族三十二人、高家[54]の一類四十三人、都合その勢三千余騎、三月七日、鎌倉を立つて、大手[55]の大将名越尾張守高家に三日先立つて、四月十六日には、京都にこそ着き給ひにけれ。

久我縄手合戦の事　2

両六波羅[1]は、度々の合戦に打ち勝つて、西国[2]の敵なかなか恐るるに足らずと欺き[3]ながら、宗徒[4]の勇士と憑まれたりける結城[5]九郎左衛門尉、敵になつて山崎[6]の勢に馳せ加はり、またその外国々の勢ども、五騎、十騎、或いは転漕[7]に疲れて国々に帰り、

鞍は、銀で前輪(まえわ)・後輪(しずわ)を飾った鞍。
52　銀で縁どりした鎧。
53　吉良・仁木・細川・今川・荒川は、足利一族。上杉は、足利兄弟の外戚。
54　足利家の執事(家老)の高一族。
55　敵の正面に向かう軍。

2
1　南北の両六波羅探題(京都の治安維持や裁判のために幕府が置いた役職)。南探題は北条時益。北探題は北条(普恩寺)仲時。
2　播磨の赤松軍や千種忠顕の率いる山陰・山陽勢。
3　侮っていたが。
4　主力。
5　親光。宗広の次男。建武政権の「三木一草」(楠・伯耆〈名和〉・結城・千種)の一人。第六巻・7と第十

或いは時の運を謀つて敵に属[8]しける間、宮方は、負くれども勢いよいよ重なり、武家は、勝つと雖も兵日々に減ぜり。かくてはいかがあるべきと、世を危ぶむ人多かりける処に、足利、名越の両勢、また雲霞の如くに上洛したりければ、[9]いつしか人の心替はつて、[10]今は何事かあるべきと、色を直して勇み合へり。

かかる処に、足利殿は、京着の翌日より、伯耆船上へひそかに使ひを進せられて、御方に参ずべき由を申されたりければ、君、ことに[11]叡感あつて、諸国の官軍を相催し、朝敵を追罰すべき由、[12]綸旨をぞ成し下されける。

両六波羅も名越尾張守も、足利殿にかかる企てありとは思ひも寄るべき事ならねば、日々に参会して、[13]八幡、山崎を攻めらるべき由、[14]内談評定一々に、心底を残さず尽くされけるこそはかなけれ。「[15]太行の路能く車を摧く。若し人心に比すれば、これ平路なり。巫峡の水能く船を覆す、若し人心に比すれば、

二巻・3では「七郎左衛門」。
6 京都府乙訓郡大山崎町。赤松軍が陣をはっていた。
7 兵糧の運送。
8 従う。
9 いつのまにか。
10 もう大丈夫だろうと、気をとり直して。
11 お悦びになって。
12 勅命を記した文書。
13 京都府八幡市。石清水八幡宮がある。数度の京攻めに敗れた赤松軍は、退いてここに陣をはった。第八巻・13。
14 (高氏も交えての)内密の相談と評議。
15 白居易「太行の路」の句。太行(険難で有名な河北・山西・河南三省の境の山脈)の道は車をこわす険しさだが、人心に比すればまだ平坦である。巫峡(長

これ安き流れなり。人の心の好悪太だ常ならず」と云ひながら、足利殿は、代々[16]相州の恩を戴き、徳を荷うて、一家の繁昌、恐らくは天下に人肩を双ぶべき者ぞなき。その上、[17]赤橋前相模守の縁になつて、公達あまた出で来させ給へば、この人よも二心はおはせじと、相模入道ひたすらに憑まれけるも理りなり。

四月二十七日には、八幡、山崎の合戦とかねてより定められければ、名越尾張守、大手の大将として七千六百余騎、[18]鳥羽の作道より向かはる。足利治部大輔高氏朝臣は、[19]搦手の大将として五千余騎、[20]西岡よりぞ向かはれける。

八幡、山崎の官軍、これを聞いて、「難所に出で合ひて、不意に戦ひを決せよ」とて、[21]千種頭中将忠顕卿は五百余騎にて、[22]大渡の橋を打ち渡り、[23]赤井河原にひかへらる。結城九郎左衛門尉親光は三百余騎にて、[24]狐川の辺に相向かふ。[25]赤松入

江上流の三峡の一)は船をくつがえす急流だが、人心に比すれば穏やかである。人心の向背は、はなはだ定まらない。

16 幕府執権の相模守北条家の恩を受け、褒賞をいただき。

17 高氏が執権赤橋盛時の妹を妻としたこと。

18 朱雀大路の南端から鳥羽へ一直線に南下する道。

19 敵の背後を攻める勢。

20 京都府向日市一帯。

21 村上源氏、六条有忠の子。第八巻で、宮方の大将として西山に陣を張り、京に攻め入ったが敗退した。

22 桂川・宇治川・木津川の合流するあたりの橋。

23 京都市伏見区淀から羽東師(はづかし)の桂川西岸の地。

24 山崎と八幡の間の渡し。

25 俗名則村(のりむら)。播磨で

道円心は三千余騎にて、淀の[26]古川、[27]久我縄手の南北に三ヶ所に陣を張る。これ皆、強敵を拉ぐ気、[28]天を廻らし地を傾くと云ふとも、[29]機をとぎ勢ひを呑める今上りの東国勢一万余騎に対して、戦ふべしとは見えざりけり。

足利殿は、かねてより[30]内通の子細ありけれども、もしたばかりもやし給ふらんと、[31]坊門少将雅忠朝臣、[32]寺戸、西岡の[33]野伏ども五、六百人駆り催して、[34]岩蔵の辺へ向かはる。

名越殿討死の事 3

さる程に、「搦手の大将足利殿は、未だ明けざる程に京を立ち給ひぬ」と、[1]披露ありければ、大手の大将名越尾張守、さて[2]は早や人に前を懸けられぬと、安からぬ事に思はれて、さしも深き久我縄手の、馬の足も立たぬ泥土の中へ馬を打ち入れ打ち

挙兵して京に迫り、六波羅軍と激しく戦った(第八巻)。
26 伏見区羽束師古川町。
27 鳥羽から山崎へ至る桂川西岸の道。
28 天を回転させ地を傾ける程とはいっても。
29 鋭気を養い気勢の盛んな上洛したばかりの東国勢。
30 内通の連絡はあったが、万一欺きなさるだろうかと。
31 坊門は藤原南家。雅忠は不詳。
32 京都府向日市寺戸町。西岡は寺戸の南にあたる。
33 農民・漂泊民などの武装集団。
34 西京区大原野石作町。西岩倉山金蔵寺がある。

3
1 しらせ。
2 高氏に先駆けされたかと気が気でなく。

入れ、われ前にとぞ進まれける。尾張守は、元来[3]気早なる若武者なれば、今度の合戦、人の耳目を驚かすやうにして、名を揚げんずるものをと、かねてより[4]あらまされける事なれば、その日の馬、[5]物具、[6]笠符に至るまで、あたりを耀かして出で立たれたり。

[7]花曇子を滋紅に染めたる[8]鎧直垂に、[9]紫糸の鎧の金物繁く打つたるを透き間もなく着下して、[10]白星の五枚甲の、[11]吹返に日光、月光の二天子を金と銀とを以て彫り透かして打つたるを、[12]猪頸に着なし、[13]当家累代の重宝鬼丸と云ふ金作りの丸鞘の太刀に、三尺六寸の太刀を一振帯き添へ、[14]鷹うすべ尾の矢三十六差いたるを筈高に負ひなし、[15]黄瓦毛の馬の太く逞しきに、[16]三本唐笠を金貝に磨りたる鞍を敷き、[17]厚総の鞦の燃え立つばかりなるを懸け、朝日の影に耀かして光り渡りて見えたるが、ややもすれば軍勢より前に進み出で進み出で、あたりを払ひて懸けら

3 血気にはやった。
4 期待なさっていた事。
5 兜・鎧などの武具。
6 敵味方を区別する布きれ。
7 花模様の織柄の厚い絹織物を深紅に染めた。
8 鎧の下に着る装束。
9 紫の糸で縅(おど)して飾り金具を多く打ちつけた鎧。
10 銀の星(兜の鉢に打つ鋲に銀をかぶせたもの)の、錏(しころ＝鉢から垂らす首おおい)の板が五段からなる兜。
11 吹返(錏前面の左右に反った部分)に、日天子・月天子(日と月を神格化した仏教の神)を金銀で彫り抜いた細工を付けた兜。
12 兜を少し後ろにずらして深くかぶり。
13 名越家代々の家宝である鬼丸という、金で装飾し

れければ、馬、物具の体、[18]軍立の様、今日の大手の大将はこれなりと、知らぬ敵はなかりけり。されば、敵も[19]自余の葉武者どもに目を懸けず、[20]ここに開き合はせ、かしこに攻め合はせて、これ一人を討たんとしけれども、鎧よければ、[21]裏を掻かする矢もなし。[22]打物の達者なれば、近づく敵の切つて落とされぬはなかりけり。その勢ひの[23]参然たるに辟易して、官軍数万の兵、すでに[24]開き靡きぬとぞ見えたりける。

ここに、赤松が一族[25]佐用左衛門三郎範家とて、[26]強弓の矢次早、[27]野戦に心ききて、[28]卓宣公が秘せし所をわが物に得たる兵あり。わざと物具を脱いで、徒立の射手になり、[29]畔を伝ひ、藪を潜つて、とある畔の影に添ひ臥して、大将に近づいて一矢ねらはんとぞ待つたりける。尾張守は、三方の敵を追ひまくつて、鬼丸に付いたる血を笠符にて押し拭ひ、扇子を開き仕うて、思ふ事もなげにてひかへたる処を、範家、近々とねらひ寄つて、

た丸鞘の太刀。丸鞘は、厚く楕円形に削り堅固に仕立てた鞘。鬼丸は、北条時政が小鬼を切った太刀で、時行まで北条氏に伝わったという。第三十二巻・11、参照。但し、ここにいう鬼丸は別物か。

14 尾白鷲の薄黒い斑のある大きな尾羽ではいだ矢。笴高は、矢先を高く突き出して箙(えびら)を背負うこと。

15 黄色がかった瓦毛の馬。瓦毛は、朽ち葉色の白毛でたてがみと尾が黒い馬。

16 名越の紋。前出、第七巻・3。金貝は、金属片を用いた蒔絵。

17 厚い総飾りのついた鞦(馬の尻にかける紐)。

18 出陣の様子。

19 その他の雑兵。

20 ここに散開し、かしこに攻め寄せて。

[30]よつ引きつめてひやうど射る。その矢、[31]矢坪を違へず、尾張守が[32]甲の真向のはづれ、眉間のただ中に当たつて、脳砕き骨を分け、[33]胛のはづれへ矢さき白く射出だしたりける間、さしもの猛将たりと云へども、この矢一筋に弱りて、馬より真倒にどうど落つ。範家、[34]胡簶を叩いて矢叫び[35]をし、「寄手の大将名越尾張守をば、範家がただ一矢に射落としたる。続けや人々」と呼ばはりければ、引き色に見えつる官軍、これに機[36]を直し、三方より[37]勝時を作つて攻め合はす。

尾張守の郎従七千余騎、しどろに[38]なつて引きけるが、或いは大将を討たせていづく[39]へ帰るべきとて、引つ返して討死する者もあり、或いは[40]深田に馬を乗り込うで、叶はずして自害する者もあり。されば、狐川より鳥羽の[41]今在家の辺まで、その道五十[42]余町が間には、死人の臥さぬ[43]尺地もなし。

21 鎧の裏に突き通る矢。
22 剣の達者。
23 勢いのさかんなさま。
24 退却してしまう。
25 赤松一族。前出、「佐用兵庫(助)範家」(第八巻・2)。
26 強い弓で矢を次々に射る弓矢の名手。
27 山野に隠れ伏しての戦いに優れて。神田本・流布本「野伏戦」。
28 未詳。中国の兵法家か。
29 田のあぜ。
30 「よく引きつめて」の音便。弓を十分に引きしぼって。 31 矢のねらい所。
32 兜の正面の下。
33 肩胛骨(けんこうこつ)の端。
34 箙。腰に帯びる矢を入れる道具。
35 矢を命中させた射手があげる叫び声。
36 気をとり直し。

足利殿大江山を打ち越ゆる事 4

大手の合戦は、今朝辰刻[1]より始まつて、馬煙[2]東西に靡き、時[3]の声天地を響かしけれども、搦手の大将足利殿は、桂川の西の端に下り居て酒盛しておはしける。かくて数刻を経て後、「大手の合戦に寄手打ち負けて、大将すでに討たれ給ひぬ」と告げたりければ、足利殿、「さらば、いざや山を越えん」とて、おのおの馬に打ち乗つて、山崎の方をば遥かの他所に見捨てて、丹波路[4]を西へ、篠村へとぞ馬を早められける。

ここに、備前国の住人中吉十郎[5]と、摂津国の住人奴可四郎[6]とは、両陣の手分け[7]によつて搦手の勢の中にありけるが、中吉十郎、大江山[8]の麓にて、道[9]より上手に馬を打ちのけて、奴可四郎を呼びのけて申しけるは、「そもそも心得ぬものかな。大

37 勝鬨（かちどき）。
38 総崩れになって。
39 どこへ帰ることができようかと。
40 泥の深い田。
41 伏見区深草今在家町。
42 一町は、約一〇九メートル。
43 わずかな地。

4

1 午前八時頃。
2 馬が蹴立てる土煙。
3 鬨（とき）の声。
4 京都市西京区大枝の老の坂から篠村（京都府亀岡市篠町）を経て丹波へ至る山陰道。
5 不詳。第七巻・9に、船上山に馳せ参じた備前の武士として「中吉」とある。
6 広島県庄原市東城町小奴可出身の武士か。
7 軍勢の配置。
8 京都市西京区大枝沓掛

手の合戦は火を散らして、今朝辰刻より始まりければ、搦手は[10]芝居の長酒盛にさて休みぬ。[11]結句、名越殿討たれ給ひぬと聞いて、[12]後ろ合はせに[13]丹波路を指いて馬を早め給ふは、この人[14]いかさま野心をさし挟み給ふと覚ゆるぞ。[15]さらんに於ては、われらいづくまでか相順ふべき。いざや、これより引つ返し、六波羅殿にこの由を申さん」と云ひければ、奴可四郎、「[16]いしくも云給ひたり。われも事の体怪しくは存じながら、これもまたいかなる[17]配立かあらんと、とかく思案しつる間に、早や今日の合戦に[18]外れぬる事こそ安からね。但し、この人敵になり給ひぬと見えながら、[19]ただ引つ返したらんは、余りに[20]云ひ甲斐なく覚ゆれば、いざや、一矢射懸け奉つて帰らん」と云ふままに、[21]中差取つて打ち番ひ、馬を[22]轟懸けにかさへ打ち廻さんとしけるを、中吉、「いかなる事ぞ、御辺は物に狂ひ給ふか。われらわづかに二、三十騎にて、あの大勢に懸け合うて、犬死したらんは[23]本意

町。山陰道の要所。山城・丹波の国境。
9 馬を道の山側に寄せて隊列からはずれて。
10 芝に座って長い酒宴をするだけで終わってしまう。
11 あげくのはて。
12 逆方向に。
13 底本「丹後路」は誤字。
14 きっと叛心を抱かれたと思われるぞ。
15 そうであるならば。
16 よくぞおっしゃった。「いし」は、よい。
17 手配。
18 加われなかったことこそ残念だ。
19 何もせず引き返すのは。
20 ふがいなく。
21 箙(えびら)に差す矢のうち、上の二本の上差(うわざし)=儀礼用の鏑矢〈かぶらや〉)に対して、中に差す征矢(そや=実戦用の矢)をいう。

か。[24]嗚呼の高名はせぬに如かず。[25]ただ事故なく引つ返して、後の合戦に命を軽くしたらんこそ、忠儀を存じたる者なりけりと、後までの名も留まらんずれ」と、[26]再往制し留めければ、げにもとや思ひけん、奴可四郎も、中吉も、大江山より引つ返して、六波羅へこそ帰りけれ。

かれら二人馳せ参じて、事の由を申しければ、両六波羅、[27]楯鉾とも憑まれたりし尾張守は討たれぬ、[28]これぞ骨肉の如くなれば、さりとも二心おはせじと、水魚の思ひをなされつる足利殿さへ敵になり給ひぬれば、[29]憑む木の下に雨のたまらぬ心地して、心細きにつけても、今まで付き纏ひたる兵どもも、[30]またさこそあらんずらんと、心を置かれぬ人もなし。

22　馬蹄の音高く勢いよく走らせて(矢を射るのに有利な)かさ(高い場所)へ回ろうと。
23　本望。
24　無益な手柄。
25　ただこの場は無事に。
26　再三。
27　楯や鉾のように頼りにしていた。
28　血縁の仲なので。
29　雨やどりをしようと頼りにした木陰でも雨が漏れ降る心地がして。
30　裏切るだろうと、心を許せる者がいなくなった。

五月七日合戦の事　5

さる程に、足利殿は丹波篠村に陣を取つて、近国の勢を催されける。最前[1]に、当国の住人久下弥三郎時重[2]、百四、五十騎にて馳せ参る。その旗の紋、笠符に、皆一番と云ふ文字をぞ書いたりける。足利殿、これを御覧じて、怪しく[3]思し召されければ、高右衛門尉師直[4]を召され、「久下の者どもが笠符に、一番と云ふ字を書いたるは、元来家の紋か。これへ一番に参りたりと云ふ符か」と尋ね給ひければ、師直、畏まつて申しけるは、「これは由緒ある紋にて候ふ。かれが先祖、武蔵国の住人久下[5]次郎重光、頼朝大将殿土肥[6]の杉山にて御旗を挙げられて候ひける時、一番に馳せ参つて候ひけるを、大将殿御感候ひて、「もしわれ天下を保たば、一番に恩賞を取らすべし」と仰せら

5

1　一番先に。
2　兵庫県丹波市山南町谷川に住んだ武士。
3　不審にお思いになったので。
4　師重の子。尊氏の執事として、のちに弟の師泰とともに権勢を振るう。
5　小山朝政の弟。武蔵国大里郡久下郷に住んだ武士。「久下二郎重光」(平家物語巻九・三草勢揃)。
6　神奈川県足柄下郡湯河原町の地名。土肥の杉山は、石橋山合戦に敗れた頼朝が一時隠れた地だが(源平盛衰記、吾妻鏡)、久下重光が一番に馳せ参じたことはみえない。
7　源氏嫡流たる足利家。
8　兵庫県丹波市氷上町の弘浪山上にあった高山寺。

れて、自ら一番と云ふ文字をあそばされてたびて候ひけるを、やがてその家の紋となして候ひける」と答へ申しければ、「さては、これが最初に参りたるこそ、[7]当家の吉例なりける」とて、賞翫殊に甚だし。

元来[8]高山寺に楯籠もりたる[9]足立、荻野、児島、[10]位田、本庄、平庄の者どもばかりこそ、今更[11]人の下風に立つべきにあらずとて、丹後、若狭へ打ち越えて、北陸道より攻め上らんとは企てけれ。その外の久下、[12]中沢、志宇知、山内、葦田、[13]金田、酒井、波賀野、[14]小山、波々伯部、近国の者どもは、一人も残らず馳せ参りける間、篠村の勢は程なく二万余騎になりにけり。

六波羅にはこれを聞いて、「さては今度の合戦、[15]天下の安否たるべし。もし[16]自然に打ち負くる事もあらば、[17]主上、上皇を取り奉つて関東へ下向し、鎌倉に都を立てて重ねて大軍を挙げ、凶徒を追討すべし」と評定あつて、[18]北方の館を御所にしつらひ、

第八巻・13で、京都の合戦に敗れた荻野彦六らが籠もった城。
9 足立、荻野は、丹波の武士。児島は児島高徳。第八巻・13。
10 位田、本庄は、丹波の武士。平庄は不詳。
11 足利の指揮下には入れない。
12 以下は、丹波の武士。
13 他本「余田」。
14 不詳。
15 天下の分け目。
16 万が一。
17 光厳帝と後伏見・花園両上皇。
18 六波羅探題の北庁。
19 後伏見院、花園院と光厳帝。
20 尊胤(そんいん)法親王。
21 おそれること。
22 兄弟。
23 帝に近侍して、帝位の

院[19]、内を行幸成し奉る。梶井二品親王[20]は、天台座主にておはすれば、世はたとひ転変するとも、御身に於ては何の怖畏[21]かあるべきなれども、当今の連枝[22]にておはしませば、且は玉体[23]に近づき奉つて、宝祚長久をも祈り申さんとや思し召しけん、同じく六波羅へぞ入らせ給ひける。

しかのみならず、国母[24]、皇后、女院[25]、北政所、三公[26]、九卿、槐棘、三家[27]の臣、文武百司の官、門徒[28]の大衆、諸家の侍、児、女房達に至るまで、われもわれもと参りける間、京中は忽ちにさびかへり、嵐の後の木の葉の如く、己がさまざま散り行けば、白河[29]はいつしか昌えて、花一時の盛りをなせり。

「それ[30]天子は四海を以て家とす」と云へり。その上、六波羅も都近き所なれば、東洛[31]滑川の行宮、さまで御心を傷ましめらるべきにはあらざれども、[32]この君御治天の後、天下つひに未だ静まらず。剰へ百寮[33]忽ちに外都の塵にまみれぬれば、これ

安泰をも祈り申そうと。

24　国母（光厳帝の母）は、広義門院寧子（ねいし）。皇后は、寿子（じゅし）内親王。

25　女院は、院号をもつ宮廷女性。北政所は、摂政関白の夫人。

26　三公は、太政大臣・左右大臣。九卿は、公卿。槐棘は、三槐九棘の略で、三公と九卿の総称。

27　大臣家である閑院家・花山院家・中院家。

28　天台座主の門弟の（延暦寺の）僧徒。

29　京の鴨川以東の地域。ここは六波羅をさす。

30　「史記」高祖本紀の句。

31　鴨川の東の仮の皇居。漢の都洛陽に流れる滑川（せいせん）に鴨川をたとえた。

32　光厳帝即位後は。

33　諸々の役所が都の外（六波羅）へ移ってしまった

ひとへに帝徳の天に背きぬるゆゑなりと、罪[34]一人に帰して、主上殊に歎き思し召されければ、常は[35]五更の天に至るまで、夜の御殿へも入らせ給はず、[36]元老、智化の賢臣どもを召されて、ただ[37]堯舜、湯武の跡をのみ御尋ねあつて、更に[38]怪力乱神の徒らなる事をば聞こし召さず。

[39]卯月十六日は、中の申なりしかども、日吉の祭礼もなければ、[40]国津御神もうらさびて、御贄の錦鱗徒らに、湖水の浪に潑剌たり。十七日は、中の酉なれども、[41]賀茂の御生もなければ、一条の大路人なくして、[42]車を争ふ所もなし。[43]銀面空しく塵積もりて、雲珠光を失へり。[44]「祭は豊年にも増せず、凶年にも減ぜず」とこそ云へるに、開闢以来、闕如なき両社の祭礼、この時に始めて絶えぬれば、神慮もいかがあらんと、計り難くして恐れあり。

官軍は、五月七日京中に寄せて合戦あるべしと、かねてより

ので。34　帝。

35　明け方の五更(午前四時から六時)まで、御寝所へもお入りにならない。

36　官位の高い老臣や智恵のある賢臣。

37　中国古代の聖王である堯・舜や、暴虐な天子を滅ぼして善政を行った殷の湯王、周の武王。

38　あやしげな霊力や世を乱す神霊(論語・述而)に心を動かすという無益なことはしなかった。

39　四月十六日は、四月の二度目の申の日だったが、日吉社(延暦寺の鎮守社)の祭礼も行われないので。

40　国々の神(日吉神をさす)もさびれて。「ささなみの国津御神のうらさびて荒れたる都見れば悲しも」(万葉集・高市古人)。御贄の錦鱗は、日吉神の贄として

定められければ、篠村、八幡、山崎の先陣の勢ども、宵より陣を取り寄つて、西は梅津[45]、桂の里、南は竹田、伏見に篝を焼く。山陽、山陰の両道はすでにかくの如し。また、若狭路[46]よりは、高山寺の勢ども、鞍馬[47]、高雄を経て寄するとも聞こゆ。今はわづかに東山道[48]ばかりこそ開きたれども、山門[49]なほ野心を含める最中なれば、勢多[50]をも差し塞ぎぬらん。籠の中の鳥、網代[51]の魚の如くにして、漏るべき方もなければ、六波羅方の兵ども、上には勇める気色なれども、心は下に[52]仰天せり。

かの雲南万里[53]の軍、「戸に[54]三丁あれば一丁を抽んず」と云へり。況んや、千剣破程の小城一つを攻めんとて、諸軍勢数を尽くして向けられたれば、その城未だ落ちざる前に、禍ひ[55]すでに蕭牆の中より出でて、義旗は忽ちに長安の西に近づきぬ。防かんとするに勢少なく、救はんとするに道塞がれり。「あはれ、かねてよりかくあるべしとだに知りたらば、京中の勢をば、さ

捧げる琵琶湖の魚。

41 賀茂社の祭礼(葵祭)前に行われる神降誕の神事。

42 「源氏物語」葵巻の車争いをふまえた言い方。

43 銀面・雲珠は、唐鞍(唐様の鞍)を乗せる馬の額・尻につける祭用の飾り。

44 祭は豊年にも派手にせず、凶年にもつつましくしない(礼記・王制)。

45 梅津は、京都市右京区梅津。桂は、西京区の桂川に沿う地。竹田は、伏見区竹田。

46 京都の八瀬、大原から琵琶湖西岸を経て福井県小浜市に至る道。

47 京都北部の地。

48 近江・美濃から木曾路を経て東国へ至る道。

49 比叡山延暦寺。

50 琵琶湖南端の瀬田川にかかる橋。

のみ透[56]かすまじかりけるものを」と、両六波羅を始めとして、後悔あれどもその甲斐なし。

かねてより六波羅に議しけるは、「今度は、諸方の敵、牒[57]し合はせて大勢にて寄せなば、平場[58]の合戦ばかりにては叶ふまじ。要害[59]を構へて、時々馬の足を休め、兵の機[60]を扶けて、敵近づかば、懸け出で懸け出で戦ふべし」とて、六波羅の館を中[61]に籠め、河原面[62]七、八町に堀を深く掘つて、賀茂川を懸け入れたれば、昆明池[63]の春の水、夕日を沈めて奫淪[64]たるに異ならず。残り三方には、茨棘地[65]を高く築いて、櫓を掻き、逆木[66]を茂く引いたれば、塩州[67]に城く受降城もかくやと覚えておびたたし。誠に城の構へは謀あるに似たれども、智は長きにあらず。剣閣[68]嶮しと雖も、これに憑る者は蹶く。根[69]を深くし蔕を固くする所以に非ざるなり。洞庭[70]濬しと雖も、これを負む者は北ぶ。人を愛し国を治むる所以に非ざるなり。今、天下二つに分かれて、安危[71]

51　川瀬で魚をとるしかけ。
52　内心あわてていた。
53　中国、唐代のベトナム北部への遠征。大規模な徴兵をおこなった。
54　各戸に三人の若者がいれば、一人を徴兵する。白居易「新豊の臂を折りし翁」の句による。
55　わざわいは身内から起こり、官軍はたちまち京都の西に近づいた。義旗は、義のため挙兵した軍。長安は、京都。蕭牆は、垣。
56　手薄にしなかったのに。
57　連絡を取り合って。
58　平地の合戦だけでは勝てまい。
59　とりでなどを構えた陣。
60　気力を奮い立たせて。
61　中心に。
62　賀茂河原に面した地。一町は、約一〇九メートル。
63　長安にあった池。漢の

この一挙に懸けたる合戦なれば、[72]粮を捨て舟を沈むる謀をこそ致さるべきに、今より[73]やがて後ろ足を踏んで、わづかの小城に籠もらんとかねて心をつかはれける、武略の程こそ[74]うたてけれ。

さる程に、明くれば五月七日[75]寅刻に、足利治部大輔高氏朝臣、二万五千余騎を率して、篠村の宿を立ち給ふ。夜未だ深かりければ、閑かに馬打つて東西を見給ふ処に、篠村の宿の南に当たつて、[76]陰森たる古柳疎槐の下に社壇ありと覚えて、[77]焼きすさめたる庭火の影ほのかなるに、[78]禰宜が袖振る鈴の音、幽かに聞こえて神さびたり。いかなる社とは知らねども、戦場に趣く門出なれば、馬より下り、甲を脱ぎ、[79]叢祠の前に跪いて、「今日の合戦、事故なく朝敵を退治する擁護の手を加へ給へ」と、祈誓を凝らしてぞおはしける。[80]返り申ししける巫に、「この社はいかなる神を崇め奉りたるぞ」と問はれければ、「これ

武帝が、昆明国を討つ水戦の習練用に作る。
64　深くて広い水面にさざなみの立つさま。「波は西日を沈めて紅にして奫淪たり」(白居易・昆明の春)。
65　茨をつけた築地塀。
66　棘のある木で作った防御の柵。
67　唐代に塩州(内モンゴル自治区)に突厥の攻撃を防ぐため築かれた城(白居易・塩州に城〈きず〉く)。
68　以下、「…非ざるなり」まで、左思「魏都の賦」(文選)の句。剣閣は、長安と蜀(四川省)を隔てる高山。
69　根を深くし蔕(果実のへた)を固める(覚悟を決める)ことにならないからである。
70　湖南省北部の大湖。
71　天下興亡の一戦。「国家の安危この一挙に在り」

は[81]八幡を遷しまゐらせて候ふ間、篠村の[82]新八幡宮と申し候ふなり」とぞ答へける。「さては、当家尊崇の霊神なり。[83]機感相応せり。一紙の願書を奉らばや」と宣ひければ、[84]疋檀妙玄、冑の[85]引き合はせより[86]矢立を取り出だして、筆をひか[87]へてこれを書く。

その詞に云はく、

敬白す　祈願の事

夫れ八幡大菩薩は、[88]聖代前烈の宗廟、源家中興の霊神なり。[89]本地内証の月高く、十万億土の天に懸かり、[90]垂跡外用の光明らかに、七千余座の上に冠らしむ。[91]縁に触れ化を分かつと雖も、尽く未だ[92]非礼の奠を享けず。慈みを垂れ[93]生を利すると雖も、偏へに正直の頭に宿らんと期す。偉なるかな、その徳たること。世を挙つて誠を尽くす所以なり。

爰に、承久より以来、[94]当棘累祖の家臣、平氏末裔の辺鄙、恣に四海の権柄を犯し、横に九代の猛威を振るふ。剰へ

（史記・項羽本紀）。

72 決死の戦いを挑む策を立てるべきなのに。項羽が、船を沈めて釜や甑（こしき）の炊事道具をこわし、自ら退路を絶って鉅鹿（きょろく）の戦に臨んだ故事（史記・項羽本紀）。

73 すぐさま踵（くびす）を返して逃げようとして。

74 なさけないことだ。

75 午前四時頃。

76 「陰森たる故柳疎槐」（和漢朗詠集・故宮）。鬱蒼たる柳の古木と、枝のまばらな槐（えんじゅ）の老木。

77 火の消えかかった。

78 神官。

79 草のしげみにあるほこら。底本「崇祠」。

80 神仏に願を立てたあとの礼拝。巫（かんなぎ）は、巫女。

81 石清水八幡宮（京都府八幡市）。

82 亀岡市篠町にある。か

今[95]聖主を四海の浪に遷し、[96]貫頂を南山の雲に困しむ。悪逆の甚だしきこと、前代にも未だその類を聞かず。且はこれ朝敵の最たり。臣の道と為て、[97]命を致さざらんや。また神敵の先たり。天の理と為て、誅を下さざらんや。

高氏苟も彼の[98]積悪を見て、未だ[99]匪躬を顧みるに遑あらず。将に[100]魚肉の菲きを以て、刀俎の利きに当たる。義卒力を勠せ、[101]旅を西南に張る日、上将は鳩嶺に軍し、下臣は篠村に陣す。共に瑞籬の影に在り、同じく擁護の懐を出づ。[102]函蓋相応せり。[103]誅戮何ぞ疑はん。

仰ぐ所は[104]百王守護の神約なり。勇みを[105]石馬の汗に懸く。憑む所は累代帰依の家運なり。奇しきを[106]金鼠の咀むに寄す。神将に義戦に与し、霊威を耀かし、[107]徳風草に加へて敵を千里の外に靡かし、神光剣に代はりて勝を一戦の中に得せしめたまへ。丹精誠あり。[108]玄鑑誤ること莫かれ。敬つて白す。


つてこの地を領した源頼義の創建になる。八幡神は、頼義以後、源氏の氏神とされた。
83 人の信心(機)と神仏の感応(感)が合致すること。
84 幕府成立後に右筆方奉行人をつとめた人物。
85 鎧の胴の右脇の合わせ目。 86 箙(えびら)の中などに入れて携帯した硯。
87 構えて。
88 偉大な天皇代々の祖先を祭る社で、源家を再興させた霊験あらたかな神。
89 本地仏の悟りは月のように極楽十万億土の天にかかり。 90 垂迹神の慈悲の光明はすべての神々の上に輝いている。
91 願いに応じて功徳をわかつが。 92 礼に背く者からの祭は受けない。
93 衆生を利益する。

元弘三年五月七日　源朝臣高氏敬白す。

とぞ読み上げける。文章玉を綴ねて詞明らかに、理り濃やかなれば、神慮も定めて納受し給ふらんと、聞く人信[109]を凝らせり。高氏朝臣、自ら筆を執つて判[110]を加へられて、上差[111]の鏑矢一筋宝殿に納めらる。軍勢もおのおの上矢[112]を一つづつ奉りける間、その矢社壇に積もつて塚の如し。

明けければ、前陣進んで後陣を待つ。大将大江山の手向を打ち越え給ひける時に、山鳩一番ひ[113]飛び来たつて、白旗[114]の上に翩翻[115]す。「これは八幡大菩薩の立ち翔つて守らせ給ふ験なり。この鳩の飛び[116]去らんずるまま向かふべし」と、下知せられければ、旗差[117]馬を早めて鳩の跡に付いて行く程に、この鳩閑かに飛んで、大内[118]の旧跡、神祇官の前なる樗[119]の木にぞ留まりける。官軍この奇瑞に勇んで、内野[120]を指して馳せ向かひける道すがら、敵五騎、十騎、旗を巻いて甲を脱いで降参す。足利殿、篠村を立

94　棘は、公卿の位。当家(源家)代々の家臣で、平氏の末裔の田舎者(北条氏のこと)。
95　後醍醐帝を隠岐島に流罪にし。
96　天台座主となった護良親王のこと。南山は、吉野・大峯・熊野の山々。
97　命を捨てて戦わずにおれましょうか。
98　長年つもった悪事。
99　一身の利害(易経・蹇)。
100　魚の薄い肉を鋭い刀にさらすことから、身を危険にさらす意(史記・項羽本紀)。
101　陣営を都の西南に張る今、総大将(静尊法親王)は男山(鳩嶺)に、私は篠村に陣す。ともに八幡の神域にあって加護を受ける。
102　函と蓋のように、両軍は相呼応している。

ち給ひし時までは、わづかに二万余騎なりしかども、[121]右近の馬場を過ぎ給ひし時は、その勢五万余騎に及べり。

さる程に、六波羅には、六万余騎を三手に分けて、一手をば、神祇官の前にひかへさせて足利殿を防かせらる。一手をば、[122]東寺の辺へ差し向けて、[123]千種殿の寄せられける竹田、伏見を支へらる。[125]巳刻の始めより、大手、搦手、同時に軍始まつて、[124]馬煙南北に靡きて、時の声上下に隙なし。

内野へは、[126]陶山、河野、宗徒の勇士二万余騎を差し添へて向けられたれば、官軍も左右なく懸け入らず。敵もたやすく懸け出でず。両陣互ひに支へて、ただ矢軍に時をぞ移しける。

ここに、官軍の中より、[127]櫨匂の鎧に薄紫の母衣懸けたる武者ただ一騎、敵の前に馬を懸け居ゑて、高声に名乗りけるは、「その身人数ならねば、名を知る人はよもあらじ。これは、足利殿の御内に、[128]設楽五郎左衛門尉と申す者なり。六波羅の御方

103 必ずや神の誅罰が下ることに何の疑いがあろうか。
104 末永く帝を守る神の誓約。
105 神前の狛犬のように勇んでいる。狛犬を、中国で陵墓の前にある石造の馬にたとえた。
106 かの金鼠の奇瑞を希う。唐の玄宗が西蕃に侵略されたとき、不空三蔵の祈禱により、金色の鼠が現れ、敵の弓弦を嚙んで滅ぼした故事(宋高僧伝・不空伝等)。
107 「君子の徳は風なり」(論語・顔淵)。
108 神の御照覧。
109 固く信心した。
110 花押。
111 箙(えびら)に差す矢のうち、上の二本の鏑矢。鏑矢は、蕪(かぶら)の形をした木製の鏃で、中を空洞にして飛ぶときに音を出す矢。矢合わせ

に、われと思はん人あらば、懸け合はせて、手柄の程をも御覧ぜよ」と云ふままに、三尺五寸の太刀を抜き、[129]甲の真向に差し翳して、誠に矢所少なく馬を立ててひかへたり。その勢ひ一騎当千と見えたれば、互ひに軍を留めて見物してぞ居たりける。

ここに、六波羅の中より、歳の程五十ばかりなる老武者、黒糸の鎧に、[130]五枚甲の緒をしめ、[131]白栗毛なる馬に青総懸けて乗つたるが、しづしづと馬を歩ませて、高らかに名乗りけるは、「愚蒙の身なりと云へども、多年[132]奉行の人数に加はつて末席を汚す身なれば、人は定めて[133]法師なりと侮つて、[134]あはぬ敵とぞ思ひ給ふらん。しかりと雖も、われらが先祖を云へば、[135]利仁将軍の氏族として、[136]武略累葉の家僕なり。その今十七代の末孫に、[137]斎藤伊予房玄基と云ふ者なり。今日の合戦、御方の[138]安否なれば、命をいつのために惜しむべき。死に残る人あらば、わが忠戦を語つて名を子孫に留むべし」と云ひ捨てて、馬を懸け合は

などの儀礼に用いる。
112　上差に同じ。
113　鳩は、石清水八幡宮の使い。
114　源氏(足利)の旗。
115　はばたき飛び交う。
116　飛び去ろうとする方向に。　117　旗持ち。
118　大内は平安京の大内裏。神祇官は、神祇祭祀を司る役所。その跡地。
119　せんだんの古名。
120　大内裏があった地。
121　右近衛府の馬場があった地。今の北野神社の東南。
122　京都市南区九条町。教王護国寺。
123　流布本や梵舜本、簗田本は、ここに「赤松を防がせらる。一手をば伏見の上へ向けて」と補う。前文の「三手に分けて」をうけた補入だが、これは誤り。
124　防戦する。

せ、鎧の袖と袖とを引き違へ、[139]むずと組んでどうど落つる。設楽は力勝りなれば、上になつて斎藤が首を掻く。斎藤は心早[140]き者なれば、[141]上げ様に設楽を三刀差す。いづれも剛の者なりければ、死して後までも、互ひに引つ組んだる手を放たず、ともに刀を突き立てて、同じ枕にぞ臥したりける。

また、源氏の陣の中より、[142]紺唐綾の鎧に、鍬形打つたる甲の緒をしめ、[143]五尺余りの太刀を抜いて肩に懸け、敵の前半町[144]ばかり懸け寄せて、高らかに名乗りけるは、「[145]八幡殿より以来源家代々の侍として、さすがに名は隠れなけれども、[146]時に取つて名を知らねば、しかるべき敵に合ひ難し。これは足利殿の御内に、[147]大高次郎重成と云ふ者なり。先日度々の合戦に高名したりと聞こえたる陶山備中守、河野対馬守はおはせぬか。出で合ひ給へ。[148]打物して敵御方に見物せさせん」と云ふままに、手縄[149]かいくり、[150]馬に白沫かませてひかへたり。陶山は、[151]東寺の軍強し

125 午前十時頃。
126 陶山次郎(陶山備中守。岡山県笠岡市陶山に住んだ武士)と河野九郎左衛門通治(河野対馬守。伊予の豪族)。前出、第八巻・5。
127 鎧の縅(おどし)の糸を、黄櫨(はぜ)のように、全体を赤みを帯びた黄にし、末にいくほど黄、白へと色を薄くしたもの(匂という)。母衣は、騎馬武者が矢を防ぐために背中に負う袋状の防具。
128 三河国設楽郡(愛知県北設楽郡設楽町)の武士。設楽郡は足利氏の領地。
129 兜の正面。矢所は、矢のねらい所。
130 錣(しころ=兜の鉢から垂らす首おおい)の板が五段からなる兜。
131 白っぽい栗毛(茶褐色)の馬。青総は、馬の胸や尻にかける青い総飾り。

とて、俄かに八条へ向かひたりければ、この陣にはなし。河野対馬守ばかり、一陣に進んでありけるが、大高に言を懸けられて、[152]元来たまらぬ懸け武者なれば、なじかは少しもためらふべき、「通治これにあり」と云ふままに、大高に組まんと相近づく。

これを見て、対馬守が[153]猶子に、七郎通遠とて今年十六になりける若武者、父を討たせじとや思ひけん、真前に馳せ塞がつて、大高に押し並べてむずと組む。大高、河野七郎が鎧の[154]上巻を摑んで中に提げて、「己れ程の小者と組んで、勝負はすまじきぞ」とて差しのけ、鎧の笠符を見れば、[155]傍折敷に三文字を書いて付けたり。「さては、これも河野が子か、甥かにてぞあらん」と打ち見て、[156]片手打ちの下げ切りに、諸膝懸けず切つて落とし、[157]弓長三杖ばかり投げたりける。

対島守、最愛の猶子を目の前にて討たせて、なじかは命を惜

132　訴訟の審理にあたる引付衆(ひきつけしゅう)＝引付奉行とも)。
133　老齢のため出家入道し法体となった者。
134　相手とするに不足な敵。
135　藤原利仁。平安中期の鎮守府将軍。藤原秀郷と並ぶ伝説的な名将。
136　武家代々の家臣。
137　基永の子(尊卑分脈)。
138　運命を決する一戦。
139　交差させ。
140　機敏な者。
141　下から突き上げ。
142　中国渡来の紺の唐綾で縅(どお)した鎧に、鍬形を前立物(まえだてもの)＝兜正面の飾り)につけた兜。
143　一・五メートル余りの大太刀。一般の太刀は、三尺五寸前後。
144　約五〇メートル余り。
145　八幡太郎源義家。
146　今は世間に名を知られ

しむべき、大高に組まんと、[158]諸鐙を合はせて馳せ懸かる。河野が郎等ども、これを見て、互ひに入り乱れて黒煙を立てて攻め戦ふ。官軍多く討たれて内野へばつと引けば、源氏[159]荒手を入れ替へて戦ふ。六波羅勢多く討たれて河原へさつと引けば、平家荒手を入れ替へて戦ふ。一条、二条を東西へ追つつ返しつ、七、八度が程ぞ[160]揉うだりける。源平両陣もろともに命を惜しまねば、[161]剛臆いづれとは見えざりけれども、源氏は大勢なれば、平氏つひには打ち負けて、六波羅を指して引き退く。

東寺へは、赤松入道円心、三千余騎にて押し寄せ、門近くなりければ、[162]信濃守範資、鐙踏んばり左右を顧みて、「誰かある。あの逆木引き破つて捨てよ」と下知しければ、[163]宇野、柏原、佐用、真島の[164]早り雄の若者ども二百余騎、馬を[165]踏み放つて走り寄り、城の構へを見渡せば、西は[166]羅城門の礎より、東は[167]八条河原まで、[168]五六、八九寸の琵琶の甲、安郡なんどを[169]鐫り貫いて

ないので。147 高の一族。
148 太刀や長刀での勝負。
149 たぐり寄せ。
150 馬を勇み立たせ口から白い泡をふかせるさま。
151 東寺から攻める赤松・千種軍。
152 河野通治は、もともと血気にはやって突進する武者なので、どうして少しでもためらったりしようか。
153 兄弟の子を養子にしたもの。
154 鎧の背中に付ける総角結（あげまきむす）びの飾り紐。
155 河野の紋。傍折敷（供饌用の脚付きの盆）形の四角の中に三の字を書いた紋。

傍折敷に三文字

156 片手で持った刀で切り

したたかに塀を塗り、前には乱杭[170]、逆木を引つ懸けて、広さ三丈余りに堀を掘り、流るる水をせき入れたり。飛びつかんとすれば、水の深き程を知らず、渡らんとすれば、橋を引いたり。

いかがと案じ煩ひたる処に、幡磨国の住人妻鹿[171]孫三郎長宗、馬より飛んで下り、堀へ弓を差し下ろして水の深さを捜るに、弓の末筈[172]わづかに残りたり。さては、わが長は立たんずるものをと思ひて、五尺三寸の太刀を抜き、肩に懸け、貫[173]脱いで投げ捨てて、かつぱと飛び浸かりたれば、水は胸板[174]の上へも上がらず。跡に続きたる武部七郎、これを見て、「堀は浅かりけるぞ」とて、長五尺ばかりなる小男が、是非なく飛び入りたれば、水は甲をぞ越えたりける。長宗、きつと見返りて、「わが上巻に取り付いて上がれ」と申しければ、武部七郎、妻鹿が鎧の上帯[175]を踏んで、肩に乗り懸かり、一跳ね跳ねて向かひの岸にぞ着いたりける。

下ろして、両膝をすっぱりと斬って落とし。
157　弓の長さ三つほど。
158　両方の鐙で馬の腹を打って全速力で。
159　新手。ひかえの軍勢。
160　激しく戦った。
161　どちらが剛胆で臆病とも優劣がなかったが。
162　円心の長男。
163　ともに赤松一族。
164　血気にはやった。
165　乗り捨てて。
166　朱雀大路の南端、九条大路にあった羅城門の跡。
167　八条大路東端の鴨川の河原。
168　それぞれ幅五寸、厚さ六寸、幅八寸、厚さ九寸の琵琶の胴を作る堅い材木や、安郡(長門国阿武郡)産の良質の材。
169　材木をえぐり抜いて頑丈に塀(城柵)を組み合わせ。

妻鹿、からからと打ち笑うて、「御辺はわれを橋にして渡りたるや。いでさらば、その塀引き破つて捨てん」と云ふままに、岸より上へつと跳ね上がり、塀柱[176]の四、五寸余りて見えたるに手をかけ、えいやえいやと引くに、掘り上げ土[177]、塀とともに五、六丈崩れて、堀は平地になりにけり。これを見て、築牆[178]の上に三百余ヶ所掻き並べたる櫓より、差しつめ差しつめ散々に射る。その矢、雨の降るよりも繁し。長宗が鎧の菱縫[179]、甲の吹返に立つ所の矢少々折り懸けて[180]、高櫓の下へつと走り入り、両金剛力士[181]の前に太刀を倒に突き、上咀ひし[182]て立つたりければ、いづれを二王、いづれを孫三郎とも分けかねたり。

東寺、西八条[183]、針、唐橋にひかへたる六波羅方の兵一万余騎、木戸口の合戦強しとて騒いで、皆一手になつて、東寺の東門の脇より、濃き雲の雨を帯びて暮山[184]を出でたるが如く、ましぐら

170　杭を打って縄を張りめぐらした、騎馬に対する防備。一丈は、約三メートル。
171　兵庫県姫路市飾磨(しかま)区妻鹿に住んだ武士。前出、第八巻・12では、長時。
172　弓の上端。
173　騎馬武者がはく毛皮の沓。

つらぬき

174　鎧の胴の最上部の板。
175　鎧の銅の上に結ぶ白布の帯。
176　塀を支える柱が、塀から四、五寸上に突き出て見えるのに手をかけ。
177　堀を掘った土を盛り土にして、そこに塀を築いたもの。
178　築地塀に同じ。

に打つて出でたり。妻鹿も武部(たけべ)も、[185]すはや、討たれぬと見えければ、[186]佐用兵庫助(さよのひょうごのすけ)、得平源太(とくひらのげんた)、別所六郎左衛門(べっしょろくろうざえもん)、同じき五郎(ごろう)左衛門(ざえもん)、[187]相懸(あいが)かりに懸かりて、面(おもて)も振らず戦ひたり。「あれ討たすな、殿原(とのばら)」とて、赤松入道円心(あかまつにゅうどうえんしん)、嫡子信濃守範資(しなののかみのりすけ)、次男筑前守貞範(ちくぜんのかみさだのり)、三男帥律師則祐(そつのりっしそくゆう)、[188]真島(まじま)、上月(こうづき)、菅家(かんけ)、衣笠(きぬがさ)の兵三千余騎、[189]抜き連れて懸かりたりける。六波羅勢一万余騎、[190]七(しち)従八横(じゅうはちおう)に破(わ)られて、皆[191]七条河原(しちじょうがわら)へ追ひ出ださる。

一陣破れて、残党全(まった)からざれば、六波羅の城へ逃(に)げ籠(こ)もる。勝(かつ)に乗つてこれを追ふ四方の寄手(よせて)五万余騎、皆一処(いっしょ)に攻め寄せて、五条(ごじょう)の[192]橋爪(はしづめ)より七条河原まで、六波羅を囲んだる事、幾(いく)千万と云ふ事を知らず。されども、東一方をばわざと開(あ)けられたり。これは敵の心を一つになして、たやすく攻め落とさんための[193]謀(はかりごと)なり。

千種頭中将忠顕朝臣(ちくさとうのちゅうじょうただあきあそん)、士卒に向かつて下知(げじ)せられけるは、

179　菱縫は、鎧の袖の最下部で、糸を×形に綴じた所。吹返は、兜の錏(しころ)前面の左右に反った部分。
180　折り刺さったままで。
181　寺院の守護神として山門の両側に立つ金剛力士像。二王。
182　上唇を噛みしめて。
183　西八条は、朱雀大路より西側の八条大路。針は、九条通の北側の針小路。唐橋は、針小路南の西寺の跡地(京都市南区唐橋)。
184　厚い雲が雨を帯びて夕暮の山から出るように、軍勢が真っ黒に密集して。
185　それ、今にも討たれてしまう。
186　佐用範家。得平・別所も、赤松一族。
187　迎え撃って、脇見もせず一所懸命に戦った。
188　真島・上月・衣笠は、

「この城、[194]尋常(よのつね)の思ひをなして延び延びに攻めば、千剣破(ちはや)の寄手(よせて)、かしこを捨てて、ここの[195]後攻(ごづ)めを致しつと覚ゆるぞ。諸卒心を一つにして、一時(いっし)が間(あいだ)に攻め落とすべし」と下知(げじ)せられければ、出雲(いずも)、伯耆(ほうき)の兵ども、[196]雑車(ぞうぐるま)を二、三百両取り集めて、[197]轅(ながえ)と轅を結び合はせて、その上に家を山の如くに積み上げて、櫓(やぐら)の下へ遣(つか)わし寄(よ)せ、一方の木戸を焼き破る。

ここに、[198]梶井宮(かじいのみや)の御門徒、上林坊(じょうりんぼう)の[199]同宿(どうじゅく)ども、[200]混甲(ひたかぶと)にて三百余人、[201]地蔵堂(じぞうどう)の北の門より、五条(ごじょう)の橋爪(はしづめ)へ打つて出でたりける間、[202]坊門少将(ぼうもんしょうしょう)、[203]殿法印(とののほういん)の兵三千余騎、わづかの敵に[204]まくられて、[205]河原三町追ひ越さる。[206]山徒(さんと)さすがに小勢(こぜい)なれば、長追ひして悪しかりなんとて、また城の中へ引(ひ)き籠(こ)もる。

六波羅(ろくはら)に楯籠(たてご)もる所の兵少なしと云へども、その数五万余騎に余れり。この時、もし志(こころざし)を一つにして、同時に懸け出でたりしかば、[207]引き立つたる寄手(よせて)ども、足をためじと見えたりしか

赤松一族。菅家は、美作(岡山県)に住んだ本姓菅原を名のる武士団。前出、第八巻・9。

189 いっせいに刀を抜いて。

190 縦横無尽に。

191 七条大路東端の鴨川の河原。 192 橋のたもと。

193 包囲された敵が脱出を考えて戦いをおろそかにするように、わざと包囲網の一方だけをあけておく作戦(孫子・軍争)。

194 通常の戦いと思ってゆっくり攻めていては。

195 背後からの攻撃。

196 荷運びの車。

197 車を引くために、車軸から伸ばした二本の棒。

198 尊胤(そんいん)法親王(天台座主)の御門弟。第二巻・10に、上林坊阿闍梨豪誉。

199 同じ僧坊に住み師を同じくする僧。

ども、武家の亡ぶべき運の極めにてやありけん、日来名を顕したる剛の者と云へども勇まず、双びなき[208]強弓精兵と云はるる者も弓を引かず、[209]ただあきれたるばかりにて、ここかしこに村立つて、落ち支度の外は義勢なし。

名を惜しみ、家を重んずる武士どもだにもかくの如し。況んや、主上、上皇を始めまゐらせて、女院、皇后、北政所、[210]月卿雲客、児、女房達に至るまで、軍と云ふ事は未だ目に見ぬ事なれば、時の声、矢叫びの音に怖ぢおののかせ給ひて、[211]「こはいかがすべき」と、消え入るばかりの御気色なれば、[212]げにも理りなりと、御痛はしきにつけても、両六波羅、いよいよ[213](気を失ひ給ふ。今まで二心なき者と見えつる兵どもなれども)、かやうに城[214]中色めきたるさまを見て、叶はじとや思ひけん、夜に入りければ、木戸を開き、逆茂木を越えて、われ先にとぞ落ち行きける。義を知り、命を軽くして残り留まる兵、わづかに千

200　全員が鎧・兜をつけること。
201　六波羅蜜寺(京都市東山区轆轤町)の地蔵堂。
202　雅忠。後醍醐帝の臣。前出、本巻・2。
203　良忠(りょうちゅう)。関白二条良実の孫。大塔宮の執事。
204　追いはらわれて。
205　鴨川の河原を三町(一町は、約一〇九メートル)追いまわされる。
206　比叡山延暦寺の僧兵。
207　浮き足だった寄せ手は、踏みとどまれないだろう。
208　精兵は、強い弓を引く兵。強弓に同じ。
209　ただ呆然として、あちこちに群がり立ち、逃げ支度をするばかりで気勢も上がらない。
210　公卿と殿上人。
211　「これはどうしたらよかろう」と、気を失わんば

騎に足らざりけり。

六波羅落つる事　6

糟屋三郎宗秋[1]、六波羅殿[2]の前に参つて申しけるは、「御方の御勢次第に落ちて、今は千騎にも足らぬ程になつて候ふ。この勢にて大敵を防かん事は、叶ひ候はじとこそ覚え候へ。東一方をば、敵未だ取り巻き候はねば、主上、上皇[3]を取り奉り、関東へ御下り候ひて後、大勢を以て京都を攻められ候ふべし。佐々木判官時信[4]、勢多橋を警固して候ふを召し具せられれば、御勢も不足候ふまじ。時信御供仕る程ならば、近江国に於ては、手差す者は候ふまじ。美濃、尾張、三河、遠江には御敵ありとも承らねば、路次[5]は定めて無為にぞ候はんずらん。鎌倉に御着き候ひなば、逆徒[6]退治の踵を廻らすべからず、先ず[7]思し召され

かりのご様子。
212　それも当然のこととお気の毒に思うにつけても。
213　志気を失う。神田本・玄玖本により補う。
214　浮き足だった様子。

6

1　南探題北条時益の被官。前出、第三巻・2。
2　北探題北条（普恩寺）仲時と南探題北条時益。
3　光厳帝、後伏見・花園両上皇。
4　近江守護、佐々木（六角）時信。前出、第八巻・13。
5　道中はきっと安全でしょう。
6　逆賊の退治を即座に（かかとを返すほどの間もおかずに）行うべきです。
7　ご決心ください。

候ふべし。これ程の[8]浅まなる平城に、主上、上皇を籠めまゐらせて、[9]名将、匹夫の鋒に名を失はせ給はん事、口惜しかるべき事にて候はずや」と、再三強ひて申しければ、両六波羅、げにもとや思はれけん、「さらば、先づ女院、皇后、北政所を始めまゐらせて、面々の女性、少き人々を忍びやかに落として後、心閑かに一方を打ち破つて落つべし」と評定あつて、[10]小串五郎兵衛尉を以て、この由を[11]院、内へ申されたりければ、国母、皇后、女院、北政所、[12]内侍、上童、上﨟女房達に至るまで、城中に籠もりたるが恐ろしさに、思はぬ別れの悲しさも、後の成り行かんずる事をも知らず、歩跣にて、われ先にと迷ひ出で給ふ。ただ[13]金谷園の春の花、一朝の嵐に誘はれて、四方の霞に散り行きし、昔の夢に異ならず。

[14]越後守仲時、北の方に向かつて宣ひけるは、「日来の間は、たとひ思ひの外に都を去る事あるとも、いづくまでも伴ひ申さ

8　防御の弱い平地の城。
9　名のある将がつまらぬ兵に討たれて名を失うこと。
10　秀信。京都警固の篝屋(番所)の武士。前出、第四巻・2。
11　上皇と帝。
12　後宮の女官。上童は、殿上に仕える少年・少女。上﨟女房は、身分の高い女官。
13　中国、西晋の富豪石崇(せきすう)が、洛陽郊外に営んだ別荘金谷園で奢侈をきわめたが、やがて滅んだ故事(世説新語・汰侈)。「金谷に花に酔ひし地　花春ごとに匂ひて主帰らず」(和漢朗詠集・懐旧)、「金谷の春の朝には　うつろふ花を誘ふ嵐」(宴曲集・金谷思)など、栄えたものが滅ぶたとえ。
14　北探題北条仲時。

んとこそ思ひつれども、敵、今は東西に満ちて、道々を塞ぎぬと聞こえければ、[15]心安く関東まで落ち延びぬとも覚えず。御事は女性なれば、[16]苦しかるまじ。[17]松寿は未だ幼稚なれば、敵たとひ見つけたりとも、誰が子とはよも知らじ。ただ今の程に、夜に紛れ、いづかたへも忍び給ひて、[18]片辺土の方にも身を隠し、暫く世の中の閑まらん程を待ち給ふべし。道の程[19]事故なく関東に下り着きなば、[20]やがて御迎ひに人を進すべし。もしまた、われら道にて討たれぬと聞き給はば、[21]いかなる人にも相馴れて、松寿を人となし、心づきなば僧になして、わが後生を問はせてたび給へ」と、心細げに云ひ置いて、涙を流して立ち給ふ。北の方、越後守の鎧の袖をひかへて、[22]「などや、かくうたてしき事をば侍るぞや。この時節、少き者なんどあまた引き具して、知らぬ辺りにさすらはば、[23]誰か落人のその方様と思はざらん。また、[24]日来より知りたる人の傍らに立ち宿らば、敵に捜し出だ

15 たやすく関東まで逃げ延びられるとは思えない。
16 心配はあるまい。
17 後に左馬助友時と号し、暦応二年(一三三九)に斬られる(参考太平記)。
18 片田舎。
19 無事に。
20 すぐさま。
21 だれとでも再婚して、松寿を成人させ、分別がついたなら僧侶にして、私の死後を弔わせてください。
22 どうしてこのように悲しいことをおっしゃるのか。
23 誰もが落人のゆかりの者と思うでしょう。
24 日頃から知る人を頼っていけば。
25 関東へ下る道中で万一のことがあるなら、そここそ共に命を終えましょう。
26 頼りにする人もいないこの世に、ほんの少しの間

されて、わが身の恥を見るのみならず、少き者の命をさへ失はん事こそ悲しけれ。[25]道にて思ひの外の事あらば、そこにてこそ、ともにともかくもなり果てめ。[26]憑む影なき木の下に、世を秋風の露の間も捨て置かれまゐらせて、長らふべき心地もせず」と、泣き悲しみ給へば、越後守、心猛しと云へども、さすがに[27]岩木の身ならねば、慕ふ別れを捨てかねて、遥かに時をぞ移されける。

昔、漢の高祖と楚の項羽と戦ふ事七十余ヶ度なりしに、項羽、つひに高祖に囲まれて、夜明けなば討死せんとせし時、漢の兵[28]四面にして楚歌を歌ふを聞いて、項羽則ち帳の中に入り、その夫人虞氏に向かつて別れを慕ひ、悲しみを含んで、自ら詩を作つて曰はく、

[29]力は山を抜き、気は世を蓋ふ
時利ならず、[30]威勢廃れたり

でもあなたに捨てられて、生きていける心地はしません。「わび人のわきて立ち寄る木の下(もと)は頼むかげなく紅葉散りけり」(古今和歌集・遍照)。

27　無情な岩木ではないので。

28　漢軍が四方から楚の歌を歌うのを聞いた項羽が、故郷の楚の民がすべて漢についたと思い、死を覚悟した四面楚歌の故事(史記・項羽本紀)。

29　力は山を凌ぎ、気勢は天下を覆うほどだったが、いま時運に見放され、威勢は廃れた。愛馬の騅(すい)も動かない。騅が動かないのをどうしたらよいか。虞よ虞よ、お前をどうしたらよいか。

30　「威勢廃れたり」は、神田本と同じ異文。玄玖

騅逝かず、騅逝かざるは奈何とすべき
虞や虞や若を奈何がせん

と[31]悲歌忼慨して、項羽涙を流し給ひしかば、虞氏悲しみに堪へかねて、自ら剣の上に臥し、項羽に先立つて死に給ひけり。項羽、明の日の戦ひに、二十八騎を伴ひて、漢の四十万騎を懸け破つて、自ら漢の将軍三人が頸を取り、討ち残されたる兵に向かつて、「われつひに高祖がために亡びたる事、戦ひの罪にあらず。天われを亡ぼせり」と、[32]自ら運を計らうて、つひに[33]烏江の辺にて自害したりしも、かくやと思ひ知られたりと、涙を落とさぬ武士はなし。

さる程に、[34]南方左近将監時益、行幸の御前を仕つて打た[35]れけるが、馬に乗りながら、北方越後守の[36]中門の際まで打ち寄せて、「主上は早や[37]寮の御馬に召され候ふに、[38]などや長々しく打つ立たせ給ふぞ」と云ひ捨てて、打ち出で給へば、仲時[39]力な

本・流布本なし。室町期の抄物類は、「史記」の古本にこの句があったと記す。
31 悲しみを歌い、憤りなげいて。忼は、慷に同じ。なお、虞の自死は、「史記」にはない。
32 自ら運命を悟って。
33 安徽省和県の東北にあった長江の渡し。
34 南探題北条時益。「北方越後守」は、北探題仲時。
35 馬を鞭打って行くこと。
36 北探題の庁の中門。中門は、表門の内側に造られ、主殿にいたる中間の門。
37 宮廷の馬寮(めりょう)の馬。
38 なぜ出立にながながと時間をかけなさるのか。
39 やむなく。

く、鎧の袖、草摺に取り付きたる北の方、少き人を引き放つて、[40]縁より馬に打ち乗り、[41]北の門を東へ打ち出で給へば、捨て置かるる人々、泣く泣く左右へ別れて、東の小門より迷ひ出で給ふ。[42]行く行く泣き悲しむ音、遥かに耳に留まりて、離れもやらぬ悲しさに、落ち行く先の道[43]昏れて、馬に任せて歩ませ行く。これを限りの別れとは、互ひに知らぬぞあはれなる。[44]十四、五町が程打ち延びて跡を顧みれば、早や六波羅の館に火懸かりて、一片の煙と焼け上りたり。

[45]五月暗の比なれば、前後も見えぬ闇に、[46]苦集滅道の辺に[47]野伏充満して、十方より射る矢に、左近将監時益、頸の骨を射られて、馬より倒に落ち給ふ。[48]糟屋七郎、馬より下りてその矢を抜き、引き起こさんとしけれども、[49]大事の手なれば一矢に弱りて、忽ちに息止まりにけり。敵いづくにありとも知らねば、馳せ合はせて敵討つべき様もなし。忍びて落つる道なれば、[50]傍輩に知

40 建物の外側に突き出た板敷きの部分。
41 表門の反対側(北側)にある小さな門。
42 馬を進める道すがら、妻子の泣き悲しむ声が、いつまでも仲時の耳にとどまって。
43 涙で暗く見えて。
44 一町は、約一〇九メートル。
45 五月雨(さみだれ=梅雨)時の闇夜。
46 六波羅から清水寺の南、小松谷を通り山科へ抜ける道。渋谷越。
47 農民・浮浪民などの武装集団。
48 糟屋三郎宗秋と同族。北条時益の家臣。
49 重大な負傷。
50 仲間。

らせて返[51]し合はすべき様もなし。ただ同じ枕に自害して、後生まで主従の義を重くするより外の事あらじと思ひければ、糟屋、泣く泣く主の頸を掻き落とし、[52]鎧直垂の袖に裹み、道の傍らの田の中に深くこれを隠して、腹十文字に掻き切つて、主の死骸の上に重なつて、抱き付いてぞ臥したりける。

[53]龍駕遥かに[54]四宮河原を過ぎさせ給ふ処に、「落人の通るぞ。打ち留めて物具剝げ」と呼ばはる声、前後に聞こえて、矢を射る事雨の降るが如し。かくては行末とてもいかがあらんとて、[55]東宮を始めまゐらせて、[56]供奉の雲客卿相、皆方々へ落ち止まられける程に、今は、[57]日野大納言([58]資名、[59]観修寺中納言経顕、[60]綾小路中納言)重賢、[61]禅林寺宰相有光ばかりぞ、龍駕の前後には供奉せられける。都を[62]一片の暁の雲に隔てて、思ひを万里の東の道に傾けさせ給へば、[63]剣閣の遠き昔も思し召し合はせられ、[64]寿永の秋の比、平家都を落ちて西国の方へ行幸成し奉りし

51 引き返して戦うこともできない。
52 鎧の下に着る装束。
53 帝の乗り物。
54 京都市山科区四ノ宮川原町。
55 康仁親王。
56 お供の殿上人と公卿。
57 俊光の子。資朝の兄。
58 神田本により補う。
59 定資の子。
60 他本「重資」。茂賢の子。宇多源氏。
61 有忠の子。村上源氏。
62 都を暁の一片の雲のかなたにしのび、思いを万里の東路にはせると。
63 剣閣は、唐の玄宗皇帝が安禄山の変(七五五年)をのがれ、長安から蜀へ赴く途中で越えた険難な山。その剣閣の昔も思い合わされ。
64 寿永二年(一一八三)七月の平家都落ちの故事(平

も[65]かくこそと、叡襟断えて、主上も上皇も御涙更に[66]せきあへ給はず。

五月の短夜[67]明けやらで、[68]関のこなたも闇ければ、杉の木陰に駒止めて、暫くやすらはせ給ふ処に、いづくより射るとも知らぬ流れ矢、主上の御肱に立ちにけり。陶山備中守、急ぎ馬より下り、矢を抜いて御疵を吸ふに、流るる血、雪の御膚を染めて、見まゐらするに目も当てられず。忝くも[69]万乗の主、[70]いやしき匹夫の矢先に傷められて、[71]神龍忽ちに釣者の苦にかかれる事、あさましかりし世の中なり。

さる程に、[72]東雲漸く明け初めて、朝霧わづかに残れるに、北なる山を見渡せば、野伏どもと覚しくて五、六百人が程、楯をつき、鏃をそろへて待ち懸けたり。備中国の住人[73]中吉弥八、行幸の御前に候ひけるが、敵近づけば、馬を懸け居ゑて、「忝くも、[74]一天の君関東へ臨幸なる処を、いかなる者なれば、かや

家物語巻七）。
65　まさにこのようだったのだと望みも絶えて。叡襟は、光厳帝と後伏見・花園両上皇の思い。
66　とどめることがおできにならない。
67　明けきらず。
68　逢坂の関（滋賀県大津市逢坂）の手前。
69　帝。古代中国の天子は、一万輛の兵車を有した。
70　身分の低いつまらぬ者。
71　尊貴な人（龍）が卑しい者（釣り人）の手にかかるたとえ（説苑・正諫）。
72　明け方の東の空。
73　「備前国の住人中吉十郎」（本巻・4）と同族の武士か。
74　天子。

うに狼藉をば仕るぞ。心ある者ならば、弓を偃せ、甲を脱いで通しまゐらすべし。礼儀を知らぬ奴原ならば、一々に召し取つて切り懸けて通るべし。」と申しければ、野伏ども、からからと打ち笑うて、「いかなる一天の君にても[75]渡らせ給へ、御運尽きて落ちさせ給はんずるを、通しまゐらせじとは申すまじ。たやすく通りたく思し召されば、御供仕りたる武士どもの、馬、[76]物具を皆捨てさせて、心安く落ちさせ給へ」と申しもはてず、同音に[77]時をどうど作る。中吉弥八、これを聞いて、「悪い奴原が振る舞ひかな。[78]いで、己れらが欲しがる物具取らせん」とて、若党六騎、馬の鼻を並べてぞ懸けたりける。[79]欲心熾盛の野伏ども、六騎の兵に懸け立てられて、蜘蛛の子を散らすが如くに[80]四角八方へ逃げたりける。六騎の兵、六方に分かれて逃ぐる者どもを追ふ。

二十余人返し合はせて、これを真中に取り籠むる。弥八少し

75 いらっしゃるとも。
76 鎧・兜などの武具。
77 鬨（とき）の声。
78 いざ。
79 欲心がきわめて盛んな。
80 四方八方。

も疼まず、その中に棟梁と見えたる敵に馳せ並べて、むずと組んで、二疋があはひへどうど落ちて、四、五丈高き片岸の上より、上になり下になりころびけるが、ともに組みも離れずして、深田の中へころび落ちにけり。中吉下になつてければ、上げ様に一刀差さんとて、腰刀を探りけるに、ころぶ時抜けてや失せたりけん、鞘ばかりあつて刀はなし。上なる者、鬢の髪をつかんで頸を掻かんとしける処を、中吉、刀加へに敵の小腕をちやうと握りすくめて、「聞き給へ、申すべき事あり。御辺今はわれをな怖れそ。刀があらばや跳ね返して勝負をもせん。また続く御方なければ、落ち重なりてわれを助くる人もあらじ。御辺の手にかかりて死なん条疑ひなし。さりながら、われ名ある武士にてもなければ、首を取つて出だされたりとも、実検にも合ふまじ。高名にもなるまじ。われは、六波羅殿の御雑色に六郎太郎と申す者にて候へば、見知りぬ人は候ふまじ。無用の下

81 首領。
82 二頭の馬の間に。
83 四、五丈(一丈は、約三メートル)の高さの崖っぷちの上から。
84 泥深い田。
85 下から突き上げ。
86 腰にさす、つばのない短い刀。
87 刀もろともに敵の肘より先(小腕)をしっかと握って動かさず。
88 貴殿は今はもう私を恐れるな。刀があったら貴殿を跳ね返して勝負もしよう。
89 馬から降り加勢して。
90 首実検にもかけられまい。
91 貴殿の手柄にもなるまい。
92 雑色は、雑役にしたがう下級役人。
93 私を見知っている人はおりますまい。

部の頸を取つて罪を作らせ給はんよりは、わが命を扶けたび給へ。その[94]悦びには、[95]六波羅殿の銭を六千余貫、埋めて隠されたる所を知りて候へば、[96]手引申して御辺に所得せさせ奉らん」と申しければ、誠とやと思ひけん、命を助くるのみならず、様々に[97]引出物をし、もてなして京へ連れて上りたれば、六波羅の焼け跡へ行いて、「まさしくここに埋まれたりしものを、早や人が掘つて取つたりけるぞや。[98]徳付け奉らんと思うたれば、耳のびくの薄さよ」と、[99]欺いて、空笑ひしてぞ帰りける。

中吉が謀に道開けて、主上、その日は江州[100]篠原の宿に着かせ給ふ。ここにてぞ、[101]あやしげなる網代輿を尋ね出だして、歩立なる武士ども、俄かに[102]駕輿丁の如くになつて、御輿の前後を仕りける。

天台座主[103]梶井二品親王は、これまで御供申させ給ひたりけるが、行末とても心安く通るべしとも思し召さざりければ、い

94 お礼。
95 一貫は、銭一千文。
96 案内いたして貴殿に得させてあげよう。
97 贈り物。
98 得をさせてあげようと思ったが、貴殿は耳たぶが薄くて福相のないことよ。
99 あざけって、せせら笑いして帰った。
100 滋賀県野洲市大篠原。
101 粗末な網代輿(薄い板や竹で編んだ網代で屋形を張った輿)。
102 貴人の輿を舁(か)く下級役人。
103 尊胤(そんいん)法親王。
104 五月七日の合戦。本巻・5。
105 梶井宮門徒の叡山僧だが、不詳。寺主は、寺務を司る僧。
106 出世は、門跡寺に仕え

づくにも暫く立ち忍ばばやと思し召して、御門徒に、「誰か候ふ」と御尋ねありけれども、「[104]去んぬる夜の路次の合戦に、或いは疵を被つて留まり、或いは心変はり申して落ち散りけるにや、[105]中納言僧都経超、二位寺主浄勝二人より外は、供奉仕りたる[106]出世、房官一人も候はず」と申しければ、「殊更[107]長途の逆旅叶ふまじ」とて、ここより引き別れて、伊勢の方へぞ趣かせ給ひける。[108]さらぬだに山立多き鈴香山を、[109]飼うたる馬に白鞍置いて召されたらんは、なかなか路のあたなるべしとて、御馬をば皆宿の主に賜びつつ、門主は、[110]長々と蹴出したる長絹の御衣に、檳榔の裏無を召し、経超は、[111]袙重ねたる黒衣に、水精の念珠手に持つて、歩みかねたる御有様、いかなる人もこれを見て、[112]すはや、これこそ落人よと、思はぬ者はあるべからず。

　されども、[113]山王大師の御加護にや依りけん、道に行き合ひ奉る山路の木こり、野辺の草苅り、御手を引き、御腰を押して、

る清僧。房(坊)官は、門跡寺の雑務を差配する妻帯僧。

107　長い道のりの旅。

108　ただでさえ山賊の多い鈴香山(鈴鹿山)は、東海道を近江(滋賀県)から伊賀(三重県)へ越える山。古来、山賊の多いことで有名。

109　手入れのいきとどいた馬に、銀で飾った高価な鞍を置いてお乗りになったのでは、かえって(山賊にねらわれて)道中のさまたげとなるだろう。

110　長く裾を引いた長絹(光沢のある絹織物)の衣に、檳榔(ヤシ科の植物)の葉を裂いた糸で編んだ、裏をつけない草履を召し。

111　肌着の上に着る裏付きの着物。

112　それ、これが落人よ。

113　比叡山延暦寺の守護神、日吉山王権現。

鈴香山を越しまゐらせ、伊勢の神官なる人を平に御憑みありておはしたるが、[114]神官、心ありて、身の難に逢ふべきをも顧みず、とかく隠し置きまゐらせければ、ここにて三十余日御忍びありて、少し京都事静まりければ、還幸なつて、三、四年が間、[115]白毫院と云ふ所に御遁世の体にてぞ御座ありける。

番馬自害の事 7

さる程に、両六波羅、京都の合戦に打ち負け、関東へ落ちらるる由、[1]披露ありければ、[2]三宅、篠原、日夏、大所、愛智川、四十九院、摺針、番馬、佐目井、柏原、[3]鈴香山の山立、強盗、[4]溢れ者ども二、三千人、一夜の程に馳せ集まつて、[5]先帝第五宮、御遁世の体にて[6]伊吹の麓に忍びておはしましけるを、大将に取り奉り、錦の御旗を差し上げて、東山道第一の難所、番馬の宿

114　神官は、忠義心があり、身に危険が及ぶことも顧みずに、あれこれと(梶井宮を)隠し置いたので。
115　京都市北区紫野の大徳寺総見院のあたりにあった寺。

7
1　知れ渡ったので。
2　滋賀県守山市三宅町。野洲市大篠原。彦根市日夏町。近江八幡市安土町老蘇。愛知郡愛荘町。犬上郡豊郷町四十九院。彦根市中山町摺針峠。米原市番場。米原市醒井(さめがい)。米原市柏原。
3　底本「鈴香河」を改める。
4　ならず者。
5　後醍醐帝ではなく亀山院の第五皇子、五辻宮守良(もりよし)親王。それを取り立て「先帝第五宮」と称したも

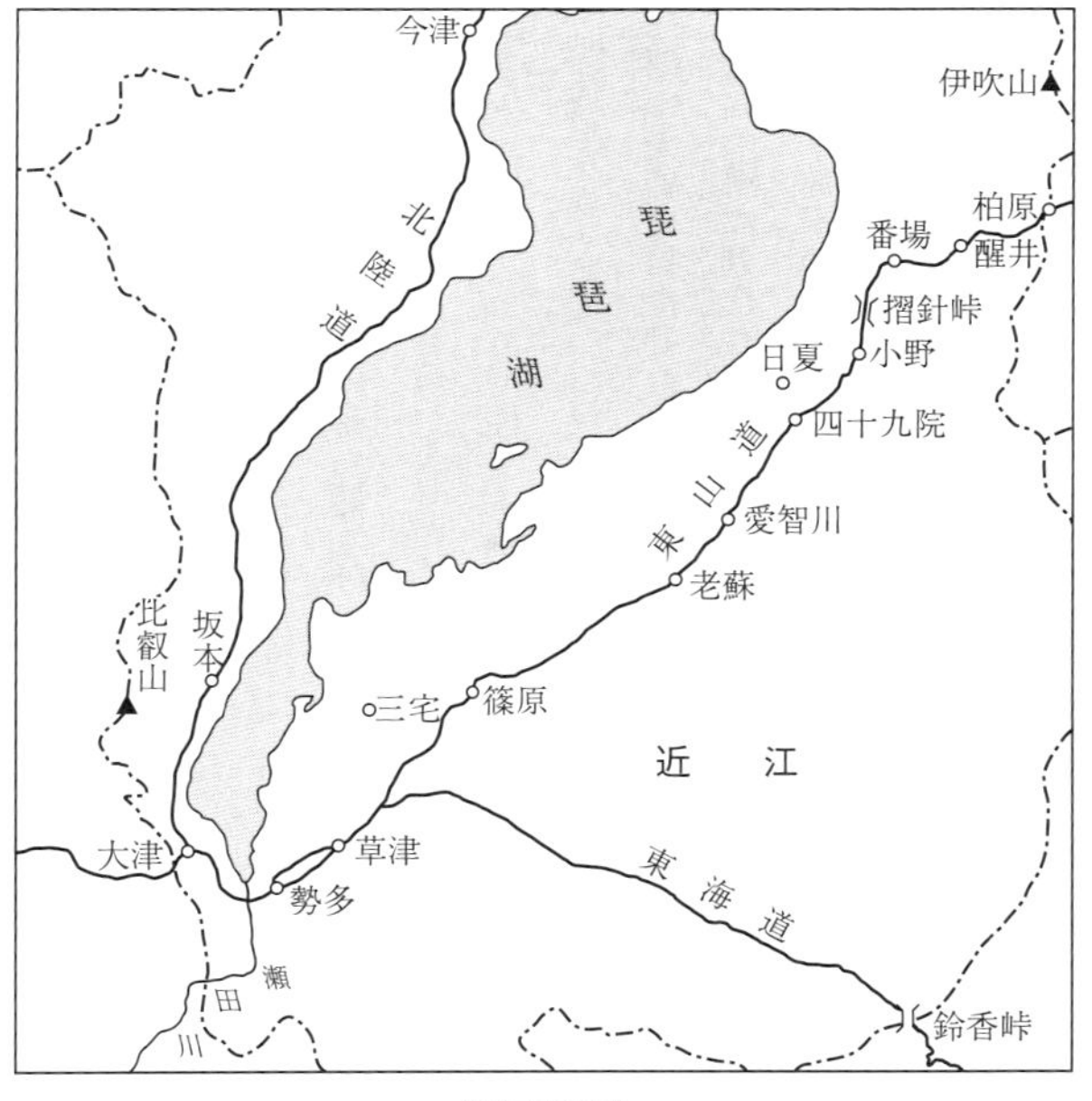
今津
伊吹山
北陸道
琵琶湖
柏原
番場
醒井
摺針峠
小野
日夏
四十九院
東山道
愛智川
老蘇
比叡山
坂本
三宅
篠原
近江
大津
草津
勢多
東海道
瀬田川
鈴香峠

近江国略図

の東なる小山の峰に立ち渡り、岸[7]の下なる細道を、中に挟みて待ち懸けたり。

夜明けければ、越後守仲時、篠原の宿を立つて、仙蹕[8]を重山の深きに促し奉る。都を出でし昨日まで、供奉の軍勢二千余騎候ひしかども、次第に落ち散りけるにや、今日はわづかに七百騎にも足らざりけり。「もし跡より追つ懸け奉る事もあらば、防き矢[9]仕れ」とて、佐々木判官時信[10]をば後陣に打たせられ、「賊徒道を塞ぐ事あらば、打つ散らして道をあけよ」と、糟屋[11]三郎に先陣を打たせたる。

鑾輿[12]の跡に列なりて、糟屋、すでに番馬の手向を越えんとする処に、数千の敵、路を中に挟み、楯を一面につき並べて、矢前をそろへて待ち懸け奉る。糟屋、遥かにこれを見て、「思ふに当国他国の悪党[13]どもが、落人の物具を剥がんとて集まりたるらん。手痛く[14]当てて捨つる程ならば、命を惜しまで戦ふ事はよ

の。
6 岐阜・滋賀の県境の山。
7 がけ。
8 帝の行幸を山々の重なる奥へとお進めした。蹕は警蹕(さきばらい)の意。
9 敵の攻撃をくいとめる矢。
10 近江守護、佐々木(六角)時信。
11 宗秋。
12 天子の乗る輿。
13 荘園や公領を侵す反体制的な武士や荘民の集団。
14 手ひどく攻め立てておいたならば、命を捨ててまで戦うことはよもやあるまい。

もあらじ。ただ一懸けに懸け散らし捨てよ」と云ふままに、三十六騎の兵ども、馬の鼻を並べてぞ懸けたりける。一陣を堅めたる野伏五百余人、遥かの峰へ[15]まくり上げられて、二陣の勢に逃げ加はる。

糟屋は、一陣の軍に打ち勝つて、[16]今はよも手に碍る者あらじと心安く思ひて、朝霧の晴れ行くままに、越ゆべき末の山路を見渡せば、錦の旗一流れ、峰の[17]嵐に飜つて、兵五、六千人が程、要害を前に当てて待ち懸けたり。糟屋、二陣の敵の大勢を見て、[18]退屈してぞ覚えける。重ねて懸け破らんとすれば、人馬すでに疲れて、敵[19]嶮岨に支へたり。相近づいて矢軍にせんとすれば、矢種皆射尽くして、敵[20]若干の大勢なり。とにもかくにも叶ふべしとも覚えざりければ、麓に[21]辻堂のありけるに皆[22]下り居て、後陣の勢をぞ相待ちける。

越後守は、前陣に軍ありと聞いて、馬を早めて馳せ来たり給

15　追い上げられて。
16　今はまさか行く手をさえぎる者はあるまいと安心して。
17　激しい風。
18　圧倒されること。
19　難所に陣を構えている。
20　はなはだしく。
21　道ばたの仏堂。
22　馬から下りて。

ふ。糟屋三郎、越後守に向かつて申しけるは、「弓矢取る身の死すべき処にて死なねば、恥を見る事ありと申し習はしたるは、理りにて候ひけり。われら都にて討死すべう候ひし者が、一日の命を惜しみ、これまで[23]落ちもて来て、今、[24]云ひ甲斐なき田夫野人の手に懸かつて、尸を路径の露には曝さん事こそ口惜しく候へ。敵ここ一所にて候はば、身命を捨てて打ち払つても通り候ふべきが、推量仕り候ふに、先づ[25]土岐が一族、最初より謀叛の[26]張本にて候ひしかば、[27]折を得て、美濃国をば通さじと仕り候はんずらん。遠江国にも、城郭を構ふると風聞候ひしかば、[28]定めて出で合はぬ事は候はじ。この者どもを敵に受けて退治せん事、恐らくは一万騎の勢にても叶ひ難し。況んや、われら落人の身となつて、人馬ともに疲れはてて、矢の一つをもはかばかしく射候ふべき力もなくなつて候へば、いづくまでか落ち延び候ふべき。ただ後陣の佐々木を御待ち候ひて、近江国へ引つ

23　ずっと落ち延びてきて。
24　とるにたらない田舎者。
25　美濃国土岐郡（岐阜県土岐市）の清和源氏。土岐一族は、正中の変当時から後醍醐方についた。第一巻・6。
26　首謀者。
27　この好機を得て。
28　必ずや兵を出して戦わぬことはないでしょう。

返し、暫くさりぬべからんずる城[29]に楯籠もりて、重ねて関東の勢の上洛せんを御待ち候へかし」と申しければ、越後守仲時も、「この[30]儀をこそ存ずれども、佐々木とても、今はいかなる野心[31]をか存ずらんと、憑み少なく覚ゆれば、進退極まつて、面々の意見を訪[32]ひ申さんと存ずるなり。さらば、いか[33]さまにもこの堂に暫くひかへて、時信を待つてこそ評定あらめ」とて、五百余騎の兵ども、皆堂の庭にぞ下り居たる。

佐々木判官時信は、一里ばかり引[34]き下がりて、五百余騎にて打[35]ちけるが、いかなる天魔[36]波旬の所為にてかありけん、「六波羅殿は番馬の辻堂にて、野伏に取り籠められて、一人も残らず討たれ給うたり」とぞ告げたりける。時信、今はすべき様なくて、愛智川より引つ返し、綸命[37]に任せて京都へ上りにけり。

越後守仲時は、暫く時信を遅しと待ち給ひけるが、待つ期過ぎて時移りければ、「さては、時信も早や敵になつてけり。今[38]

29　適当な城。

30　私もそう考えるが。

31　謀反心を持つかと、あまり信頼できないので。

32　聞こうと。

33　ともかくも。

34　本隊に引き遅れて。

35　馬を走らせたが。

36　悪魔外道。

37　後醍醐帝の命令に従って降人となり、京へ上った。建武政権に従った佐々木(六角)時信は、子の氏頼とともに建武の乱では足利方につく。

38　今はどこへ引き返し、どこまで落ちのびることもできないので。

はいづくへ引つ返し、いづくまでか落つべきなれば、[39]さはやかに腹を切らんずるものを」と、[40]なかなか一途に心を取り定めて、気色涼しくぞ見え給ひける。

軍勢どもに向かつて宣ひけるは、「武運漸く傾いて、当家の滅亡近きにあるべしと見給ひながら、弓矢の名を重んじ、日来の好みを忘れずして、これまで付き纏はり給へる志、[41]なかなか申すに及ばず。その報謝の思ひ深しと云へども、[42]一家の運すでに尽きなば、何を以てかこれを報ずべき。今は、[43]方々のために自害をして、[44]生前の芳恩を死後に報ぜんと存ずるなり。仲時、[45]不肖なりと云へども、[46]平氏一類の名を汚せる身なれば、敵、定めてわが首を以て、千戸の功にも備へんと思ふべし。仲時が首を取つて[47]源氏の手へ渡し、咎を補うて忠に備へ給へ」と云ひも終らざる言の下に、鎧脱いで[48]押膚脱ぎ、腹掻き切つて臥し給ふ。

39　いさぎよく。
40　かえって一筋に決心して。
41　とてもお礼の申しようもない。
42　北条家の家運はもう尽きたので、何をもって忠義に報いることができよう。
43　貴殿たち。
44　生前受けた忠義の恩。
45　ふつつか者。
46　平氏(北条)一門の末席に列なる私なので、敵はきっと、私の首をとった手柄として千戸の戸数のある領地を用意するだろう。「吾聞く、漢、我が頭を千金、邑万戸に購(あがな)ふと」(史記・項羽本紀)。
47　足利氏。
48　上半身の着物を脱いで肌を出し。

糟屋三郎、これを見て、流るる涙を鎧の袖にて押さへて、「宗秋こそ先づ自害仕つて、冥途の[49]御前をも仕らんと存じつるに、先立たせ給ひぬるこそ口惜しけれ。[50]今生にては、命を際の御先途を見果てまゐらせ候はめ、また冥途なればとて、見放し奉るべきにあらず。暫く御待ち候ふべし。死出の山の御供申し候はん」と云ひて、越後守の柄口まで腹に突き立てて置かれたる(刀)を取つて、己れが腹に突き立てて、仲時の膝に抱き付き、うつ伏しにこそ臥したりけれ。

[51]これを始めとして、[52]佐々木隠岐前司、子息次郎右衛門尉、同じき三郎兵衛尉、同じき永寿丸、[53]高橋九郎、同じき孫四郎、同じき又四郎、同じき五郎、同じき孫四郎左衛門尉、[54]隅田源七左衛門尉、同じき孫五郎、同じき藤内右衛門尉、同じき与一、同じき四郎、同じき五郎、同じき新左衛門尉、同じき孫八、同じき又五郎、同じき藤三、同じき三郎、[55]安東左衛門入道、同じ

49 先払い。
50 この世では、殿の御最期をお見届けしましたが、またあの世でも、殿をお見捨てするはずはありません。
51 以下、近江番場で自害した六波羅方の人名は、墓所がある番場蓮花寺の過去帳(陸波羅南北過去帳)の記載とほぼ重なる(群書類従・雑部)。蓮花寺過去帳は、番場の時衆同阿が記したもので、「梅松論」に、「この時の腹切は、名字等馬場道場に注し置く。世の知る所なり」とあり、早くからその存在が知られていた。以下の人名列挙も、その過去帳によったか。
52 清高。第七巻・9。
53 北条仲時の被官。
54 時親。六波羅引付奉行。
55 北条得宗家の被官。

き左衛門太郎、同じき左衛門次郎、同じき新左衛門尉、同じき十郎、同じき三郎、同じき又次郎、同じき七郎三郎、同じき藤三、[56]中布利五郎左衛門、石見彦三郎、[57]武田下条十郎、関屋八郎、同じき十郎、[58]黒田新左衛門尉、同じき次良右衛門尉、竹田太郎、同じき掃部左衛門尉、寄藤十郎兵衛、勘解由七郎左衛門、[59]皆吉左京亮、小屋木七郎、塩屋右馬允、同じき八郎、海上八郎、岡田平六兵衛、岩切三郎左衛門尉、子息新左衛門尉、同じき四郎、木工介入道、壱岐孫四郎、窪二郎、[60]糟屋弥次郎入道、同じき孫三郎入道、同じき次郎、同じき伊賀三郎、同じき彦三郎入道、同じき大炊次郎、同じき次郎入道、同じき六郎、同じき次郎、櫛橋次郎左衛門尉、子息彦七、同じき又五郎、厚木左近将監入道、子息彦七、同じき七郎次郎、同じき七郎、平右馬三郎、御器所七郎、西郡十郎、秋月次郎兵衛、半田彦三郎、怒借屋彦三郎、平塚孫四郎、萼六郎入道、([61]毎田三郎、宮

56　大阪府枚方市中振の武士。
57　甲斐源氏。長野県下伊那郡の武士。
58　近江佐々木の一族。滋賀県長浜市黒田。
59　美作菅家の一族。
60　糟屋一族(神奈川県伊勢原市粕屋に住んだ)の武士。
61　玄玖本により補う。

崎三郎、同じき太郎二郎、[62]山本八郎入道、）同じき七郎入道、子息彦三郎、同じき小五郎、子息彦五郎、同じき孫四郎、足立源五、三河弥六、広田五郎左衛門尉、伊佐治部丞、同じき孫八、同じき三郎、子息弥次郎、片山一郎次郎入道、木村四郎、弘田八郎、覚井三郎、二階堂伊勢入道、石井中務丞、子息孫三郎、同じき四郎、海老名四郎、同じき与三、石川九郎、子息又次郎、進藤六郎、同じき彦四郎、備後民部丞、同じき三郎入道、加賀彦太郎、同じき孫太郎、武田与二、見島新三郎、同じき左衛門五郎、同じき左衛門七郎、斎藤宮内丞、子息七郎、同じき三郎、筑前民部大夫、同じき七良左衛門、田村中務入道、同じき彦五郎、同じき兵衛四郎、真上彦三郎、子息三郎、[63]陶山次郎、同じき小五郎、[64]小見山孫太郎、同じき五郎、同じき六郎次郎、高坂孫三郎、塩谷孫三郎、庄左衛門四郎、藤田六郎、同じき七郎、金子十郎左衛門尉、真壁三郎、江馬彦次郎、近部七郎、能登彦

62　第一巻・9、前出「山本九郎時綱」の同族か。

63　陶山備中守。第八巻・5、本巻・5。

64　小見山は、陶山と同じく備中の武士。第三巻・5。

次郎、新野四郎、佐海八郎三郎、藤田八郎、愛多義中務、子息弥次郎、これらを宗徒[65]の者として、都合四百三十二人、同時に腹をぞ切つたりける。

血はその身を浸して、黄河の流れの如くなり。死骸は庭に充ち満ちて、屠所[66]の肉に異ならず。かの己亥[67]の年、五千の貂錦胡塵に亡び、潼関[68]の戦ひに、百万の士卒河水に溺れけんも、これには過ぎじと、あはれなりし事どもなり。主上[69]、上皇は、この死人どもの有様を御覧ずるに、御肝心[70]も御身に添はず、ただあきれてぞ御座ありける。

さる程に、五宮の官軍ども、主上、上皇を取りまゐらせて、その日長光寺[71]へ入れ奉る。三種[72]の神器、玄象[73]、下濃[74]、二間の御本尊に至るまで、自ら五宮へぞ渡されける。秦[75]の子嬰、漢祖のために亡ぼされて、天子の璽符を頸に懸けて、白馬素車に乗つて、軹道の傍らに下り給ひし、亡秦の体に異ならず。

65 主だった者。
66 屠畜場。
67 中国、唐代の乾元二年(七五九)、安禄山の将でその死後に燕王を称した史思明(ししめい)が、安禄山の子安慶緒の軍を破った戦いをさす。貂錦は、貂(てん)の毛皮を身につけた兵士。胡塵は、蛮軍の立てる土煙。「五千の貂錦胡塵に喪(ほろ)ぶ」(陳陶・隴西行)による。
68 天宝十五年(七五五)、潼関(陝西省潼関県の関)の戦いで唐軍が安禄山の軍に敗れ、黄河で溺死した者数万という。この敗戦で、玄宗は長安から蜀へ逃れた。
69 光厳帝、後伏見・花園両上皇。
70 気を失わんばかりで、ただ呆然とされていた。
71 滋賀県近江八幡市長光寺町の真言宗寺院。

日野大納言資名卿は、殊更[76]当今奉公の寵臣なりしかば、いかなる憂き目をか見んずらんと、身を危ぶみて思はれければ、その辺の辻堂に、[77]遊行の聖のありける処へおはして、出家すべき由を宣ひければ、聖、やがて[78]戒の師となつて、[79]是非なく髪を剃り落とさんとしけるを、資名卿、聖に向かつて、「出家の時は、何とやらん、[80]四句の文を唱ふる事のありげに候ふものを」と仰せられければ、この聖、その文をや知らざりけん、暫く案じて、「[81]汝是畜生、発菩提心」とぞ唱へたりける。[82]三河守友俊も、同じくここにて出家せんとて、すでに髪を洗ひ給ひけるが、この文を聞いて、「命の惜しさに出家すればとて、汝はこれ畜生なりと唱へかけらるる事の悲しさよ」とて、この[83]あさましき中にも、資名とともにぞ笑はれける。

かくの如く、今まで付き纏ひまゐらせられたる[84]卿相雲客、ここかしこに落ち止まり、出家遁世して退散しける間、今は主上、

72　皇位継承のしるしである鏡・剣・玉の三種の宝器。
73　玄象・下濃は、琵琶の名器。とくに玄象は、三種の神器に次ぐ宝器とされた。
74　清涼殿の二間（夜の御殿の東隣で夜居〈よい〉の護持僧が伺候する）に安置された本尊（観音像）。
75　中国、秦の三世皇帝子嬰が、漢の高祖（劉邦）に降り、天子の印章を首にかけて白馬に引かせた白木の車に乗り、軹道（宿場の名）の傍らで降伏した故事（史記・高祖本紀）。
76　光厳帝。
77　時衆の僧。
78　出家にさいして戒を授ける師僧。
79　強引に。
80　出家・授戒の儀式で唱える「流転三界中　恩愛不能断　棄恩入無為　真実報

[85]東宮、両上皇の御方様とて、[86]経顕と有光卿と二人より外は、供奉仕る人もなし。その外は皆、見馴れぬ敵陣に前後左右を打ち囲まれて、[87]あさましげなる網代輿におのおの召されて、都へ帰り上らせ給へば、見物の貴賤、岐に立つて、「あら不思議や。[88]去々年先帝を笠置より生け取り奉つて、隠岐国へ流しまゐらせられしその報ひ、三年が内に来たりぬる事こそあさましけれ。[89]「昨日は他州の憂へと聞きしかど、今日はわが上の責めに当たれり」とは、かやうの事をや申すべき。この君もまた、いかなる配所へか遷されさせ給ひて、[90]宸襟を悩まされんずらん」と、心あるも心なきも、[91]因果歴然の理りに、袖を濡らさぬはなかりけり。

千剣破城寄手南都に引く事 **8**

恩者」の四句の偈頌(げじゅ)。
81 汝は畜生ゆえ道心を起こせの意。菩薩戒を記した「梵網経(ぼんもうきょう)」の句。
82 不詳。
83 驚きあきれる中にも。
84 公卿・殿上人。
85 康仁親王。
86 観修寺経顕と禅林寺有光。本巻・6。
87 あきれるほど粗末な。
88 元弘元年(一三三一)九月に笠置落城。翌年三月に後醍醐帝の隠岐遷幸。
89 当時のことわざ。昨日は他人事と聞いたことが、今日はわが身の憂えとなる。
90 帝のお心。
91 因果応報の道理がはっきりと現れたこと。

8
1 五月七日。
2 正午頃。

さる程に、昨日[1]の夜、六波羅すでに攻め落とされて、主上、上皇皆関東へ落ちさせ給ひぬと、翌日の午刻[2]ばかりに、千剣破[3]へ聞こえたりければ、城中悦び勇みて、ただ籠の中の鳥の、出でて林に遊ぶが如く悦び、寄手は、牲[4]に赴く羊の、駆られて屠所に近づく思ひをなす。[5]「いかさま一日も遅く引かば、野伏いよいよ重なりて、山中の路難儀なるべし」とて、十日の早旦[6]に、千剣破の寄手十万余騎、南都[7]の方へと引いて行く。

前には野伏満ち満ちたり。跡より敵は追つ懸くる。大勢[8]引き立つたる時の癖として、弓矢を取り捨てて、親子兄弟を離れて、われ先にと逃げふためきける程に、或いは[9]道もなき岩石のもとに行きづまりて、腹を切るもあり。或いは数千丈の崖より谷の底へ落ち入つて、骨を微塵の如くに打ち砕いて死する者、何千万と云ふ数を知らず。始め御方の勢を帰さじとて、寄手[10]の方より警固を居ゑたる谷合ひの木戸、逆木を引きのけて通る人なけ

3　大阪府南河内郡千早赤阪村。金剛山に連なる尾根上にあった山城。第七巻・3で、楠正成がたてこもり、幕府軍と戦った。
4　神事に供えるいけにえ。「羊を駆つて屠所に至り、歩々死地に近づく。人の命も亦かくの如し」(摩訶摩耶経)。
5　きっと一日でも遅く退けば。
6　早朝。
7　奈良。
8　浮き足だって逃げる時の習いで。
9　底本「或ハ馬ヲ道モ…」を改める。
10　包囲する側が自ら警固のために作った谷あいの木戸(柵の出入り口)や逆木(棘のある木の枝で作った柵)をとり除いて通る人もないので。

れば、跳ね落とされて、馬人[11]に踏み殺さる。三里が間数万の敵に追つ立てられて、一軍もせずして引きしかば、今まで十万余騎と見えつる寄手の勢、残り少なに討ちなされて、生きたる軍勢も、馬、物具[12]を捨てぬはなかりけり。

されば、今に至るまで、金剛山[13]の麓、東条[14]の路の辺りには、矢の孔あり刀の疵ある白骨、収むる人も[15]なければ、苔に纏はれて塁々たり。されども、宗徒[16]の大将達、一人も道にては討たれずして、生きたる甲斐はなけれども、その日の夜半ばかりに、南都にぞ皆落ち付きにける。

11　馬や人に踏み殺される。
12　鎧・兜などの武具。
13　大阪府と奈良県境、金剛山地の主峰。
14　大阪府富田林市内の地。
15　埋葬する人もいないので。
16　主だった大将たち。

太平記 第十巻

第十巻 梗概

足利高氏の京都での謀叛の報せが到来する前に、高氏の子千寿王は鎌倉を脱出したが、兄の竹若は、浮島ヶ原で捕らえられて斬られた。新田義貞は、三月に朝敵追討の綸旨を得て、金剛山から上野国へ帰り、挙兵の準備を進めていたが、折しも兵糧徴発のため新田庄に入った幕府の使者を斬り、五月八日、生品明神で旗揚げした。まもなく越後の新田一族が馳せ参じ、翌九日、足利千寿王が二百余騎で合流すると、関東一円の武士が馳せ加わった。新田の討伐に向かった幕府軍が、小手指原・久米川の合戦で敗れると、北条高時の弟泰家は大軍を率いて加勢に向かい、十五日、分陪河原での緒戦で勝利したが、三浦大田和義勝率いる相模勢が新田軍に合流すると、翌日の合戦では大敗した。鎌倉に迫った新田軍は、十八日、極楽寺坂、小袋坂、化粧坂の三方から攻撃を開始した。幕府最後の執権、北条(赤橋)盛時は、足利との姻戚関係を恥じて洲崎の陣で自害した。極楽寺坂で苦戦した義貞は、二十一日早朝、稲村ヶ崎を徒渉して鎌倉市中へ攻め入った。鎌倉に火が放たれ、幕府方に裏切りが続出するなか、北条一門の多くは討死または自害した。二十二日、敵陣深く入って奮戦した長崎基資が、東勝寺に帰参して腹を切ると、つづいて北条高時以下八七三人が自害し、ここに鎌倉幕府は滅亡した。

長崎次郎禅師御房を殺す事 1

さる程に、足利治部大輔高氏敵になり給ひぬる事、道遠ければ、飛脚未だ到来せず、[1]鎌倉には、かつて沙汰なかりけり。かかる処に、子息[2]千寿王殿、五月二日の夜半に、[3]大蔵谷を落ち、いづくともなくなり給ひにけり。これによつて、「[4]すはや、親父の京都にて敵になり給ひけるは」とて、鎌倉中の貴賤上下、[5]ただ今事のあらんずるやうに騒ぎ合へり。

[6]相模入道、これを聞き、「事の体太だ不審なり。[7]聴き定めて下れ」とて、[8]長崎勘解由左衛門と[9]諏訪木工左衛門入道と二人を、京都へ上せらる。五月二日、鎌倉を立つて、[10]夜を日に継いで上洛しける処に、六波羅よりの早馬、駿河の[11]高橋にて行き会うたり。事の子細を委しく語りければ、「この上は不審なし。鎌倉

1

1　鎌倉では、全く(高氏が幕府に背き、六波羅探題が滅んだという)うわさが立たなかった。
2　足利氏二代将軍、足利義詮(よしあきら)の幼名。母は、執権赤橋盛時の妹。前出、第九巻・1。
3　鶴岡八幡宮の東、鎌倉市二階堂の周辺。谷(やつ)は、谷あいの地。鎌倉や房総地方の方言。
4　それ、父親が京都で鎌倉の敵方になられたことよ。
5　今すぐ重大事が起こるかのように。
6　北条高時。
7　実否を確かめてもどって来い。
8　名は為基。長崎入道思元の子。なお、章題の「長崎次郎(基資)」は誤り。

の事もおぼつかなし[12]」とて、両使ともに引つ返して鎌倉へぞ帰りける。

ここに、足利殿の嫡子[13]竹若殿と申しけるは、伯父宰相法印[14]良泉の児にて[15]伊豆の御山におはしましけるが、[16]いかさま鎌倉よりも討手を向けられんと思ひけるにや、児、[17]同宿十三人、皆山伏の形になつて、ひそかに京へ上られける。諏訪、長崎の両使、[18]浮島原にて[19]覿面に行き逢ひ奉り、是非なく討ち取り奉らんとする間、宰相法印、一言の問答にも及ばず、馬の上にて腹を切つて、路の辺りに伏し給ふ。「[20]さればこそ、内々野心ある人は、外に遁るる詞なし」とて、竹若殿をば、生け捕り奉り、その夜ひそかに差し殺し奉る。同宿十三人をば、白昼に首を刎ね、皆浮島原にぞ懸けたりける。

9 法名直性(じきしょう)。諏訪の豪族で、諏訪上社の社家。北条得宗家の被官。
10 昼夜兼行で。
11 静岡市清水区高橋。
12 心配だ。
13 高氏の長男。母は、加古基氏(足利一族)の娘。
14 神田本「良兼」、玄玖本・流布本「良遍」。「足利系図」は「覚遍」。児は、寺院で召し使われる少年。
15 静岡県熱海市伊豆山(いずさん)にある伊豆山神社。源頼朝以来、武家に尊崇された。
16 きっと。
17 同じ僧坊に住み師を同じくする僧。
18 沼津市愛鷹山(あしたかやま)の南麓。
19 竹若一行にまのあたりに行き会い、ただちに。
20 思ったとおり、内に謀叛心をもつ者は言いのがれ

義貞叛逆の事 2

かかる処にまた、新田太郎義貞[1]、去んぬる三月十一日に、先朝[2]より綸旨をなされたりければ、千剣破[3]より虚病[4]を構へて本国へ帰り、ひそかに便宜[5]の一族達を聚めて、謀叛の謀を廻らされける。相模入道、かかる企てありとは思ひも寄らず、足利殿敵になり給ひたりと聞いて、舎弟四郎左近大夫入道[6]に十万騎を相添へて、京都へ差し上せ、畿内、西国の乱を静むべしとて、武蔵、上野、安房、上総、常陸、下野六ヶ国の勢を催さ[7]れけるが、路次の兵粮のためとて、近国の庄園に臨時の天役[8]をぞかけられける。

中にも、新田庄世良田[9]郷には有徳[10]の者多しとて、出雲介親連[11]、黒治彦四郎入道[12]二人を使節に下して、「六万貫[13]の銭貨を、

ができない。

2

1　朝氏の子。清和源氏。鎌倉追討に功があった。足利尊氏と対立し、建武政権崩壊後は、後醍醐方を率いて足利方と戦う。神田本・流布本「新田小太郎義貞」。玄玖本、底本に同じ。

2　先帝後醍醐。義貞が幕府追討の綸旨(二月十一日付だが、三月が正しい)を大塔宮より得たことは、第七巻・4。

3　楠正成の籠もる城。

4　仮病。

5　たやすく話の通じる。

6　北条泰家。

7　召集する。

8　幕府が課する税。

9　群馬県太田市世良田町。

10　富裕の者。

11　中原政連の子。北条得

五ヶ日の中に沙汰[14]さすべし」とぞ、下知せられける。両使、かの所に莅んで、大勢を庄家[15]へ放ち入れ、譴責[16]を致す事法に過ぎたり。義貞、この事を聞いて、「館[17]の隣壁を馬の蹄に懸けつる事こそ安からね」とて、あまたの人勢を差し向けて、両使ともに生け捕つて、出雲介をば誡め[18]置き、黒治入道をば首を刎ねて、世良田の里の中にぞ懸けられける。

　相模入道、この事を聞いて、大きに怒つて云ひけるは、「当家代を取つて、すでに九代、海内[19]悉くその命に随はずと云ふ事なし。しかるに、近年、遠境[20]ややもすれば武命を軽くし、近国恒に下知に応ぜず。剰へ、わが藩屏[21]の中に於て使節誅戮を致す条、罪科軽きにあらず。この時、もし緩き[22]沙汰を致さば、大逆の基となり、向後[23]の積習絶ゆべからず」とて、武蔵、上野両国に仰せて、「新田太郎義貞、舎弟脇屋[24]次郎義助を討つて進すべし」とぞ、下知せられける。

宗家の被官。
12 底本・梵舜本・天正本「黒治」。神田本・玄玖本・流布本「黒沼」。
13 六万石の米に相当する。米一石(約一八〇リットル)は銭一貫(一千文)。
14 手配。
15 庄園の管理者の家。
16 きびしい税を取り立てたのは法外であった。
17 館の周囲を馬で踏み荒らしたのは腹立たしい。
18 縛りあげ。
19 日本国内。
20 遠隔の地では、ともすると幕府の命令を軽んじ。
21 幕府のお膝元の関東の中で。「藩屏の中」は、かきね(領域)の中。
22 寛大な処置。
23 今後、悪いならわしが絶えないだろう。
24 太田市脇屋町に住んだ。

義貞、義助、これを聞いて、[25]宗徒の一族達を集めて、「この事いかがあるべき」と評定あり。ここに、[26]異儀区々に分かれて、「[27]沼田庄は[28]究竟の要害なれば、かの所に城郭を構へて、前に[29]戸祢川を当ててや敵を待つべき」、また「越後国は[30]大略当家の一族充満したれば、[31]津張郡に打ち越えて、[32]上田山を切り塞いで、勢を集めてや防くべき」と、人々の異見定まらざりけるを、義助、暫く思案して申されけるは、「[33]弓矢の道、死を軽くして[34]命を重くするを以て、[35]儀とせり。就中、[36]相模守天下を取つて百六十余年、今に至つて武威盛んに振るひて、その命を重んぜずと云ふ事なし。されば、たとひ戸祢川を境ひて防き戦ふと云へども、運命尽きなば叶ふべからず。また、越後の一族を憑みたりとも、[37]人の心和せずは久しき謀にあらず。[38]さしたる事もし出ださざるものゆゑに、ここかしこに落ち行きて、新田こそ相模守が使ひを切つたりし罪によつて、他国へ逃げて討たれたりし

建武政権の武者所となり、政権崩壊後は、兄義貞とともに各地を転戦する。
25　主だった。
26　異議。意見がさまざまに分かれて。
27　群馬県沼田市にあった荘園。　28　堅固な。
29　利根川。沼田の西部を流れる。　30　ほぼ。
31　新潟県十日町市妻有（つまり）町。妻有（津張〈つばり〉は音転）庄には、新田一族の大井田（大江田）氏が住んだ。
32　上野（群馬県）から越後（新潟県）へ越える峠が、上田越。今の清水峠。
33　弓矢をとる武士の道。
34　主君の命令。
35　正しいふるまい。道理。
36　底本「相模入道」。他本により改める。北条義時が承久三年（一二二一）に実権を握ってから百十余年。

かなど、[39]天下の人口に及ばん事、口惜しかるべし。[40]とても討死せんずる命を、謀叛人と云はれて、朝家のために命を捨てたらんは、亡き跡までも、[41]勇みは子孫の顔を悦ばしめ、名は路径の屍を清むべし。先立つて綸旨を申し賜りしは、[42]いつのための御用ぞや。[43]宣旨を額に当てて、運命を天に任せて、一騎なりとも[44]国中に打つて出でて、義兵を揚げたらんは、後代の名誉たるべし。もし勢付かば、[45]やがて鎌倉を攻むべし。勢付かずは、ただ鎌倉の方を枕にして、討死するより外の事や候ふべき」と、[46]儀を先として申されたりければ、[47]当座の一族三十余人、皆この儀にぞ同ぜられける。

「さらば、やがて事の漏れぬ前に打つ立て」とて、五月八日[48]卯刻に、[49]生品大明神の御前にて旗を挙げ、宣旨を開いて三度これを拝し、[50]笠懸の野辺へ打つて出でらる。その勢、わづかに百五十騎には過ぎざりけり。

37 人の心がばらばらでは、永く戦えない。「地の利は人の和に如かず」(孟子・公孫丑下)。
38 たいした事もできないうちに。
39 天下の人の嘲りを受けること。
40 どうせ討死する命を、幕府から謀叛人といわれて、朝廷のために捨てたならば。
41 武勇は子孫の誇りとなり、名誉は道端に倒れるわれらが死骸を清めるだろう。
42 いつ役に立てるためか。
43 帝の命を奉じて。宣旨は、太政官が発行する天皇の公式文書。ここは綸旨(蔵人の奉書)と同じ意味。
44 上野の国中に打って出て正義の挙兵をするのは。
45 すぐさま。
46 道理をもっぱらとして。
47 その場にいた。

天狗越後勢を催す事 3

その日の晩景[1]に、戸祢川の方より、馬、物具[2]爽か[3]に見えたる兵二千余騎、馬煙[4]を立てて馳せ来たれり。敵かと見れば、さはあらで、越後国の一族、里見[5]、鳥山、田中、大井田、羽川の人々にてぞありける。

義貞、斜めならず[6]悦びて、馬をひかへて[7]宣ひけるは、「かねてより[8]その企てありとは云へども、今日、明日とは存ぜず候ひつるに、俄かに思ひ立つ子細候ふ間、告げ申すまでもなかりつるに[9]、何として存知せられ候ひけるぞ」と宣ひければ、大井田[10]遠江守、鞍壺[11]に畏まつて申されけるは、「承り候ふ旨なくては、いかでか存知仕り候ふべき。勅定[12]によつて大儀を思し召し立つ由、去んぬる五日に、御使ひとて山伏一人、越後の

48　午前六時頃。
49　群馬県太田市新田市野井町の生品神社。
50　みどり市笠懸町。

3
1　日暮れ時。
2　鎧・兜などの武具。
3　あざやかに。
4　馬が蹴立てる土煙。
5　以下は、新田一族。それぞれ群馬県高崎市里見、太田市鳥山、太田市新田田中、新潟県十日町市、栃木県小山市羽川に住んだ。
6　非常に。
7　進む馬をとどめて。
8　あらかじめ討幕の企てはあったといっても。
9　お知らせするいとまもなかったのに。
10　経隆。新田一族。
11　鞍の中央。またがる所。
12　帝の仰せにより討幕の

国中を一日の間に触れ廻つて通り候ふ間、夜を日に継いで馳せ参つて候ふ。境を隔てて候ふ者どもは、明日の程にぞ参着候はんずらん。他国へ御越しあるべく候はば、暫くかの勢を御待ち候へかし」と申して、面々に馬より下りて、おのおの対面して式代し給へば、後陣の越後勢、甲斐、信濃の源氏等、家々の旗を差して、五千余騎にて小幡庄まで追つ付き奉る。

「これひとへに、八幡大菩薩の擁護に依るものなり。暫くも逗留あるべからず」とて、同じき九日、武蔵国へ打ち越え給ふ。則ち記五左衛門、足利殿の御子息千寿王殿を具足し奉つて、二百余騎にて馳せ付いたり。その後、上野、下野、上総、下総、常陸、武蔵の兵ども、期せざるに馳せ付き、催さざるに馳せ来たつて、一日の中に二十万騎になりにけり。

されば、四方八百里に余る武蔵野に、人馬身を峙つる程に打ち囲みたりければ、天を飛ぶ鳥も翔る事を得ず、地を走る獣も

13 大事業を決意をしたこと。
13 告げ回って。
14 昼夜兼行で。
15 遠隔地にいる者たち。
16 上野国の外へ出陣されるつもりならば。
17 色代。あいさつ。
18 武田・小笠原・村上などの諸氏。
19 群馬県甘楽郡甘楽町小幡。
20 加護。
21 紀（き）政綱。神田本「金吾さへもん」。玄玖本「紀ノ五郎左衛門」。流布本「紀五（きご）左衛門」。
22 お連れして。
23 予期しないのに馳せ着き、召集をかけないのに馳せ来て。
24 人や馬が身動きできないほど大勢入り込んだので。
25 すすきの穂を過ぎる風

隠るる所なし。草の原より出づる月も、馬鞍の上に銜き、[25]尾花が末を過ぐる風も、旌旗の影に止まれり。

小手指原軍の事 4

さる程に、国々の早馬、鎌倉へ打つて急を告ぐる事、[1]櫛の歯を引くが如し。これを聞いて、[2]時の変をも謀らざる者は、「[3]あなことごとし。何程の事のあるべき。唐土、天竺、新羅、高麗、[4]俘囚が千島の方より寄せ来たると云はんは、[5]げにも実しかるべし。[6]わが朝秋津島の中より出でて、鎌倉殿を傾け奉らんとせん事は、[7]蟷螂が車を遮り、[8]精衛が海を埋まんとするに異ならじ」と[9]欺き合へり。物の心をも弁へたる人は、「[10]すはや、大事出で来ぬるは。西国、畿内の合戦未だ静まらざるに、大敵また[11]藩籬の内より起これり。[12]伍子胥が呉王夫差を諫めしに、「[13]晋は

も軍旗の陰で止まった。

4

1　櫛の歯を引き削るほど頻繁だ。
2　時勢の変化を理解しない者は。
3　ああ仰々しい。
4　エゾ地(北海道)より以北。
5　なるほどこうした騒ぎももっともだ。
6　我が日本国内の者が、鎌倉殿(鎌倉幕府をさす)を滅ぼそうとすることは。秋津島は、日本の古称。
7　蟷螂(かまきり)が車に立ち向かう(荘子・人間世)。無謀のたとえ。
8　中国古代の伝説。炎帝の娘が東海で溺死し、その魂魄が精衛という鳥になって、西山の木石を運んで東海を埋めようとした故事

瘡痍にして、越は腹心なり」と云ひしに異ならず」と悲しみ合へり。

同じき九日に、軍評定あつて、次の朝の[14]巳刻、[15]金沢武蔵守貞将に五万余騎を差し添へ、[16]下河辺に差し下さる。これは、上総、下総の勢を付けて、敵の後ろへ廻らんとなり。一方へは、[17]桜田治部大輔を大将として、[18]長崎次郎、同じき孫四郎左衛門、[19]加治次郎左衛門入道に、武蔵、上野両国の勢を六万余騎相添へて、[20]上道より入間川へ向けらる。これは、大河を前に当て、敵の渡さん処を討たんとなり。承久より以降、[21]東風閑かにして、人皆弓矢を忘れたるが如し。今始めて[22]干戈を揺るがすが珍しさに、兵悉く[23]花を折つて出で立ちければ、馬、物具、太刀、刀に至るまで、照り耀くばかりなり。されば、[24]ゆゆしき見物にぞありける。

路次に一両日は逗留あつて、同じき十一日[25]辰刻ばかりに、

(山海経・北山経、第三十四巻・12)。徒労のたとえ。
9 侮り合っていた。
10 それ、大事が起ったぞ。
11 垣根の内。関東をさす。
12 中国春秋時代の呉王闔閭(こうりょ=闔廬とも)・夫差の二代に仕えた賢臣。第四巻・5。
13 晋は斉の誤り。呉にとって、斉は切り傷のようなものだが、隣国の越は腹中の病で命取りになる(史記・呉太伯世家、国語・呉語)。
14 午前十時頃。
15 貞顕の子。北条一門。前六波羅南探題。
16 埼玉県北葛飾郡の地。
17 貞国。北条一門。
18 基資(もとすけ)。北条氏の家政を司る内管領長崎高資の子で、円喜の孫。孫四郎左衛門は、泰光。円喜のいと

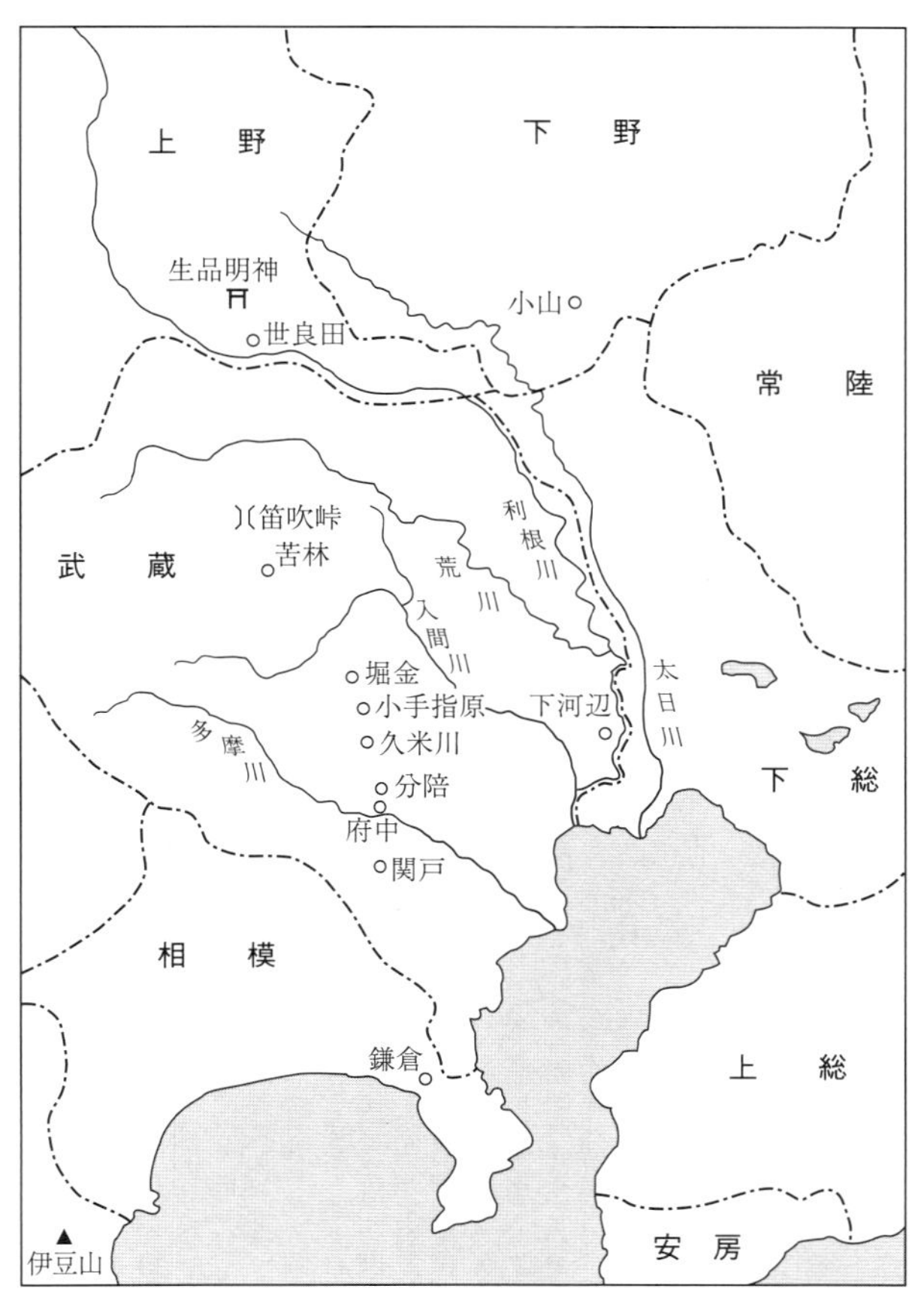
上野
下野
生品明神
小山
世良田
常陸
利根川
笛吹峠
苦林
武蔵
荒川
入間川
堀金
小手指原
下河辺
太日川
多摩川
久米川
分陪
府中
下総
関戸
相模
鎌倉
上総
安房
伊豆山

武蔵国関係図

武蔵国[26]小手指原に打ち莅んで、[27]源氏の陣を見渡せば、その勢雲霞の如く、何十万騎と云ふべき程をも知らず。[28]平家の兵ども、これを見て、案に相違やしたりけん、馬をひかへて進む事を得ず。源氏入間川を打ち渡つて、[29]時の声をあげ、兵を進めて、先づ[30]矢合はせの鏑を射さすれば、平家も時の声を合はせ、旗を進め、[31]鏑の音の内に、左右の長運を調へける。

始めの程は、源氏射手を百騎出だして懸けさすれば、同じく平家も二百騎出だして射さす。平家また千騎出だして射さすれば、源氏兵を二千騎出だして戦はしむ。源平互ひに兵を増して相戦ふ事、一日の中に、すでに三十余度なり。さる程に、源氏三百余騎討たれて、暫く兵の息を継がすれば、平家も五百余騎討たれて、馬の足をぞ休めける。

日すでに暮れければ、合戦また明日にてこそあらめとて、源氏三里引いて入間川に陣を取れば、平家も三里引いて[32]久米川に

こ。第一巻・10。
19 埼玉県入間市元加治に住んだ武士。
20 鎌倉から関戸、府中などを通り入間川方面へむかう鎌倉道。入間川は、埼玉県入間郡名栗村(現、飯能市)に源を発し、入間市、狭山市を流れ、東京都墨田区の墨田の渡で、古利根川すなわち隅田川に合流。
21 関東の形勢は平穏で。
22 楯と鉾。武器の総称。
23 装束に美をこらして。
24 たいへん美しい見もの。
25 午前八時頃。
26 埼玉県所沢市の西部。
27 新田勢。
28 北条勢。
29 関(とき)の声。
30 合戦の始めに双方が鏑矢を射交わす儀礼。
31 矢合わせの間に、左右の陣形を整えた。長運は、

陣を取る。両陣[33]相去る事、わづか[34]三十余町なり。その夜は、両陣互ひに篝を焼いて、明くるを遅しと待ち居たり。

久米川合戦の事　5

夜すでに明けければ、源氏は、平家に先をせられじと、馬の足を進めて久米川の陣へ押し寄する。平家も、夜明けば、源氏定めて寄せんずらん、待ちて戦はば利あるべしとて、馬の[1]腹帯をしめ、甲の緒をしめて待ち懸けたる事なれば、六万余騎を一手に合はせ、[2]陽に開いて中を破らんとすれば、源氏、敵の陣を見て、[3]陰に閉ぢて籠もらんとす。

[4]黄石公が虎を縛する手立て、[5]張子房が鬼を拉ぐ術、いづれも知つたる事なれば、平家も源氏に囲まれず、源氏も平家に破られず、[6]ただ百戦の命を限つて、一挙に死を争へり。されば、千

屯(たむろ)(＝旅とも)。
32　東京都東村山市久米川町。
33　離れる。
34　一町は、約一〇九メートル。

5
1　鞍を馬に固定させる帯。
2　軍勢を展開して攻撃をしかけ、敵軍を分断しようとすると。
3　軍勢を一つにまとめて、分断されまいとする。
4　漢の張良に兵法書を伝授したとされる伝説上の隠士。
5　張良(字は子房)。漢を創始した劉邦(高祖)の臣で、三傑の一人。
6　ひとえに、百戦を戦い抜いた命を今日を限りとして、この一戦に命をかけた。

騎が一騎になるまでも、互ひに引かじと攻め合うたり。されども、時の運にや依りけん、源氏はわづかに討たれて、平家多く亡びしかば、長崎[7]、二度目の合戦に打ち負けて、分陪[8]を指して引き退く。

源氏、なほ連いて寄せんとしけるが、この間、連日数度の合戦に、人馬余りに疲れたりければ、一夜馬の足を休めんとて、久米川に陣を取つて明くるを期す。

7 長崎次郎基資。
8 東京都府中市分梅町あたり。久米川の南。

分陪軍の事 6

さる程に、桜田治部大輔、加治、長崎の猛卒等、十二日の軍に討ち負けて引き退く由、鎌倉へ聞こえければ、舎弟四郎左[1]近大夫入道を大将軍として、重ねて二十万余騎の軍兵をぞ差し下されける。その勢、十五日の夜半ばかりに分陪に着きけれ

6
1 北条高時の弟、泰家。

ば、平家の敗軍、また力を得て進まんとす。

源氏は、平家に荒手[2]加はりたりと知らざりければ、夜未だ明けざるに、分陪へ押し寄せて時を造る。平家先づ究竟[3]の射手三百人勝つて、面[4]に進ませて、雨の降るが如く散々に射さする間、源氏射立てられて懸かり得ず[5]。平家これに利を得て、三十万騎を左右へ進め、源氏を真中に押つ取り籠めて、一人も余さじとこそ攻めたりけれ。されども、源氏少しも疼まず、平家の大勢の中へ懸け入つて、蜘蛛手[6]、輪違ひに散々に懸け破る。電光[7]の激するが如く、七、八度が程ぞ懸けたりける。しかれども、大敵凌ぐに難ければ、源氏つひに懸け負けて、その勢若干[8]討たれて、堀金[9]を指いて引き退く。その勢大半落ちて、わづか六万余騎になりにけり。

その日、やがて[10]追つ懸けたりしかば、源氏は一人も残らず亡ぶべかりしを、今は[11]何程の事かあるべき、定めて新田義貞をば、

2　新手。ひかえの新しい軍勢。
3　強弓の射手。
4　正面に。
5　馬を駆けて攻めかかることができない。
6　蜘蛛手は、蜘蛛の脚のように四方八方。輪違ひは、二つの輪をずらして重ねた形。
7　稲光が激しくひらめくように。
8　たくさん。
9　埼玉県狭山市堀兼。
10　ただちに北条軍が追撃していたら。
11　今はもう恐れる程のことはあるまい。

武蔵、上野の者どもが討つてぞ出ださんずらんと、[12]大様に憑みて時を移す。これぞ平家の運命の尽くる処のしるしなる。

大田和源氏に属する事 7

ここに、[1]三浦大田和平六左衛門義勝は、かねてより源氏に志ありければ、相模国の勢、[2]大胡、山上、江戸、豊島、[3]松田、河村、土肥、土屋、本間、渋谷の者どもと打ち連れて、六千余騎にて、十五日の早朝に、源氏の陣へ馳せ参ず、義貞、[4]斜めならず悦びて、[5]則ちおのおの対面し給ひて、合戦の[6]異見をぞ訪はれける。

大田和平六左衛門、畏まつて申しけるは、「今、天下二つに分かれて、互ひの[7]安否を、合戦の勝負に懸けたる事にて候へば、その勝負、十度も二十度もいかでかなくて候ふべき。但し、[8]始

12 のんきに当てにして。

7

1 神奈川県横須賀市大田和に住んだ三浦一族の武士。
2 大胡は、群馬県前橋市北東部、山上は、茨城県鹿島市、江戸・豊島は、東京都東部に住んだ武士。神田本・流布本は「大胡…豊島」なし。玄玖本は「相模国の勢松田…渋谷、または大胡…豊島の者どもと打ち連れて」とする。
3 松田・河村は、神奈川県足柄上郡松田町、土肥は、足柄下郡湯河原町、土屋は、平塚市、本間は、厚木市、渋谷は、藤沢市に住んだ武士。
4 非常に。
5 すぐにそれぞれの者と対面して。
6 それぞれの考え。

終の落居は、天運の帰する所にて候へば、つひに泰平を致されん事、何の疑ひか候ふべき。御勢も、義勝が勢を合はせて数ふるに、十万余騎、これもなほ、平家の勢には及ばずと云へども、今度の合戦に於ては、御方御勝ち候はんずる条、案[9]の中に候ふ。その故は、昔、秦と楚と国を諍ひける時、楚の将軍に武信君[10]、わづか八万余騎の勢を以て、秦の将軍李由の八十万騎の勢に討ち勝つて、首を取る事四十余万なり。これより、武信君心驕り、軍に懈つて、秦の兵怖るるに足らずと思へり。楚の副将軍に宋義と云ひける兵、これを見て、「戦ひに勝つて大将軍驕り、士卒惰る時は、必ず敗ると云へり。武信君今かくの如し。亡びずんばあるべからず」と言ひけるが、はたして後の軍に、武信君、秦の左将軍章邯がために討たれて、忽ち一戦に亡びにけり。義勝、昨日ひそかに人を遣はして、平家の陣を見せしむるに、その大将軍驕る事、かの武信君に異ならず。宋義が云ふ所に違ふ

7　存亡。
8　最終的な勝敗は天命により決まっていますので、ついには敵を平らげることは、全く疑いない。
9　予想の範囲内。
10　中国、秦末の楚の将軍で、項羽の叔父項梁(こうりょう)。項梁は項羽とともに倒秦の兵を挙げ、李由(秦の宰相李斯〈りし〉の子)の軍に勝利する。だがそれで驕り、秦の将軍章邯に滅ぼされた(史記・項羽本紀)。

べからず。[11]所詮明日の御合戦には、義勝荒手にて候へば、一方の前を承つて、[12]敵を一当て当てて見候はばや」と申しければ、義貞、誠に[13]心に服し、[14]宜しきに随つて、則ち今度の[15]軍の成敗をば、三浦平六左衛門にぞ任せられける。

さる程に、明くれば五月十六日の[16]寅刻に、三浦、十万余騎を前に進めて、分陪河原へ押し寄する。敵の陣近くなるまで、わざと[17]旗の手をも下ろさず、[18]時の声をも挙げざりけり。これは、平家の勢を出し抜いて、[19]手攻めの合戦をし、直に勝負を決せんためなり。案の如く、先日数ヶ度の合戦に人馬皆疲れたる上、今敵寄すべしとも思ひ寄らざりけるにや、馬に鞍をも置かず、[20]物具をも調へず、或いは[21]遊君に枕を並べ、帯袵を解いて臥したるもあり、或いは酒宴に酔ひを尽くし、前後も知らず寝たるもあり。ただ[22]一業所感の者どもが、自滅を招くに異ならず。

ここに、寄手相近づくを見て、[23]河原面に陣を取りたる者ども、

11 つまるところ。
12 敵に一合戦しかけてみたい。
13 心服する。
14 道理にかなった作戦にしたがって。
15 手配。
16 午前四時頃。
17 旗のすそ(手)を解きのばさずに。旗を巻いた状態で。
18 関(とき)の声。
19 きびしく詰め寄せて勝敗を決める合戦。
20 鎧・兜などの武具。
21 遊女と共寝をして。
22 前世でなした宿業により、この世で同じような報いを受ける者たち。
23 河原に面したところ。

「ただ今、西の方より旗を巻いたる大勢、閑かに馬を歩ませ候ふ。[24]もし敵にてや候ふらん。御用意候へ」と申したりければ、諸大将を始めとして、人々、「[25]さる事あり。三浦大田和が[26]相模勢を催し立てて、御方へ馳せ参ずと聞こえしかば、[27]一定参ると覚ゆるぞ。かかるめでたき事こそなけれ」と云ふ人のみあつて、驚く者はなかりけり。ただとにもかくにも、運命尽きける程こそ[28]あさましけれ。

　さる程に、源氏十万余騎、三方より押し寄せて、同音に時をどつとぞ作りける。平家時の声に驚いて、周章て懆ぎ迷ひ、「馬よ、物具よ」とひしめきあへる処へ、義貞、義助、大手より懸け入つて、平家を[29]縦横無碍に懸け立つる。三浦平六左衛門、江戸、豊島、[30]葛西、河越、鎌倉、[31]坂東の八平氏、[32]武蔵の七党、搦手より乱れ入つて、蜘手、十文字に懸け破る。平家数十万騎の大勢も、一時の謀に破られて、落ち行く勢は散々にな

24　もしかして敵かと思われます。
25　思い当たる事がある。
26　相模の軍勢を召集して、味方に馳せ参ると。
27　確かに。
28　嘆かわしいことだ。
29　縦横無尽に。
30　葛西は、東京都東部、河越は、埼玉県川越市に住んだ武士。鎌倉は、神奈川県鎌倉市、藤沢市に住んだ梶原、大庭氏など。
31　桓武平氏の末流で、関東地方に勢力を有した武士団。上総・千葉・三浦・土肥・秩父・大庭・梶原・長尾の諸氏。
32　武蔵国に住した七つの党(中小武士の連合体)の武士団。丹(丹治)・私市(きさい)・児玉・猪俣・西・横山・村山の七党。

り、鎌倉へこそ引き返しけれ。

平氏の大将四郎左近大夫入道、[33]関戸の辺にてはすでに討たれぬべく見えけるを、[34]横溝八郎歩み止まつて、近づく敵を二十二人矢の[35]下に射落とし、矢種すでに尽きければ、[36]打物抜いて主従三騎、[37](また)[38]安保左衛門入道道潭父子三人、(ともに)命を主のために捨て、[39]名を後代のために惜しみて討死す。その外、[40]譜代奉公の郎従、或いは[41]一言芳恩の軍勢等三百余人、引つ返し引つ返し討死す。その紛れに、四郎左近大夫は、恙なくて[42]山内へ引つ返す。

長崎次郎は、久米川の合戦に組んで討つたりし敵の首二つ、切つて落としたりし首十三、[43]中間、下部に取り持たせて、鎧に立つ処の矢をも抜かず、疵の口より流るる血に、[44]白糸の鎧も火威になり、[45]鎌倉殿の御前に参りたりければ、[46]祖父の入道、よにも嬉しげにて打ち咲ひ、[47]中門へ出で合ひ、[48]自ら血を吸ひ、疵を

33 東京都多摩市関戸。
34 北条泰家の家来。
35 たちどころに。
36 太刀・長刀の類。
37 他本により補う。
38 埼玉県児玉郡神川町(武蔵国賀美郡安保郷)に住んだ丹党の武士。
39 死後の名誉を重んじて。
40 代々北条氏に仕えた家来。
41 主君にひとこと言葉をかけられた恩義に報いようとする軍勢。
42 神奈川県鎌倉市山ノ内。
43 侍と下部(下男)の中間の家来。
44 白糸で緘(おど)した鎧も緋緘しの鎧になり。
45 北条高時。
46 長崎入道円喜。
47 表門と主殿の中間の門。
48 唐の太宗が負傷した将軍の血を吸った故事(貞観

含んで、涙を流し申しけるは、「古き詞(ことば)にも、「[49]子を見る事、父に如(し)かず」と云へども、われ前々(さきざき)は、汝(なんじ)を以て[50]上(うえ)の御用に立つまじき者なりと思ひて、常は[51]不孝(ふきょう)を加へし事、大きなる誤りなり。汝、今[52]万死(ばんし)を出でて一生に合ひ、堅きを破り、敵を摧(くだ)ける振(ふ)る舞(ま)ひ、宛(あた)かも[53]陳平(ちんぺい)、張良(ちょうりょう)が好(よ)しとする跡を得たり。相構へて、自今(じこん)以後もわが一大事と合戦をして、父祖の名をも呈(あらわ)し、[54]守殿(こうのとの)の御恩をも報じ申すべし」と、日比(ひごろ)の[55]庭訓(ていきん)を翻(ひるがえ)し、[56]基資(もとすけ)が武勇を[57]勧(すす)めければ、基資、首(こうべ)を地に付けて、両眼(りょうがん)に涙を流しける。

源氏すでに数ヶ度(すかど)の合戦に打ち勝ちぬと聞こえければ、東(とう)八ヶ国の武士、付(つ)き順(したが)ふ事雲霞(うんか)の如し。関戸に一日逗留(とうりゅう)あつて、[58]着到(ちゃくとう)を付けらる。八十万騎と注(しる)せり。

政要・論仁惻)。「血を含み瘡(きず)を吮(す)ひて戦士を撫づ」(白居易・七徳の舞)。

49　「貞観政要」択官ほかにみえる句。

50　北条高時。

51　勘当。

52　九死に一生を得ること。「万死を出でて一生に遇へり」(貞観政要・君道)。

53　陳平・張良は、漢を打ちたてた劉邦(高祖)の臣。ともに武略に秀でた。

54　相模守殿(北条高時)。

55　教訓。前文の「不孝(勘当)を加へし事」をさす。

56　底本・玄玖本「基資」、神田本「高泰」、梵舜本・流布本「高重」。

57　賞讃する。

58　軍勢の来着を書き留めること。

鎌倉中合戦の事 8

さる程に、源氏八十万騎を三手に分けて、おのおの二人の大将を差し添へて、[1]三軍の帥を司らしむ。その一方には、[2]大館次郎宗氏を左将軍とし、江田三郎行義を右将軍として、その勢都合十万余騎、[3]極楽寺の切通しへ向けらる。一方へは、[4]堀口美濃守貞満、并びに大島讃岐守を大将として七万余騎、[5]小袋坂へ向けらる。一方へは、新田小太郎義貞、舎弟脇屋次郎義助を大将軍として、[6]大井田、山名、桃井、岩松、里見、額田、一井、羽川以下の一族を前後左右に囲ませ、その勢六十万騎にて、[7]気和井坂よりぞ向かはれける。

鎌倉中の人々は、昨日、一昨日までも、分陪、関戸に合戦あつて、御方打ち負けたりと聞こえけれども、なほも物の数とも

8

1　三軍は、周代の諸侯の軍(天子の軍は六軍)。ここは三つに分けた軍勢。帥は、将軍。
2　大館・江田は、群馬県太田市大舘町・新田中江田町付近に住んだ新田一族。左・右将軍は、大・副将軍の中国風の呼称。
3　鎌倉七切通しの一。腰越から由比ヶ浜へ至る。切通しは、山などを切り開いて通した道。
4　堀口・大島は、太田市堀口町・大島町付近に住んだ新田一族。なお、堀口と大館は、一族のなかでも嫡流に近い。
5　巨福呂坂。七切通しの一。山ノ内から雪ノ下へ至る。
6　以下は、新田一族。

円覚寺
山ノ内
洲崎
建長寺
荏柄天神社
小袋坂
鶴岡八幡宮
亀谷坂
扇谷
二階堂
佐介谷
朝比奈切通へ
化粧坂
天狗堂
北条高時邸
六浦道
寿福寺
武蔵大路(今小路)
若宮大路
小町大路
勝長寿院
塔辻
東勝寺
大町大路
大仏切通
高徳院
(大仏)
車大路
名越切通
(大切岸)
極楽寺切通
極楽寺
由比ヶ浜
滑川
稲瀬川
腰越へ
稲村ヶ崎

鎌倉図

思はず、敵の[8]分際さこそあらめと慢つて、[9]強ちに急ぐ気色もなかりつるに、大手の大将にて向かはれたる[10]四郎左近大夫入道、わづかの勢に討ちなされて、早や[11]昨日の晩景に山内へ引つ返されぬ。搦手の大将にて下河辺へ向かはれたる金沢武蔵守貞将は、[12]小山判官、[13]千葉介に打ち負けて、[14]下道より鎌倉へ入られければ、思ひの外なる事かなと、人皆周章て騒ぎける処に、結句、五月十八日[15]卯刻、[16]村岡、藤沢、青船、腰越、肩瀬、十間坂以下五十余ヶ所に火を懸けて、敵、三方より寄せ懸けたりければ、武士東西に馳せ違ひ、貴賤山野に逃げ迷ふ。[17]霓裳一曲の声の中に、漁陽の鼙鼓地を動かして来たり、[18]烽火万里の詐りの後に、戎翟の旌旗天を掠めて到りけん、周の幽王の滅亡も、唐の玄宗の傾廃も、かくこそありつらめと、思ひ知らるるばかりなり。

源氏三方より寄せければ、平家も勢を三手にぞ分けられける。

7 化粧坂。鎌倉七切通しの一。扇谷(おおぎがやつ)と佐介を結ぶ切通しで藤沢に至る要路。
8 敵の力はたいしたことはないと。
9 むやみにあわてて備えをする様子もなかったが。
10 北条高時の弟、泰家。
11 五月十六日の夕方。
12 秀朝。貞朝の子。下野守護。
13 貞胤。宗胤の子。下総守護。正中の変で囚われた尹大納言師賢を預った。第四巻・2。
14 鎌倉から下総・上総方面へ至る鎌倉道。
15 午前六時頃。
16 村岡・藤沢・肩瀬(片瀬)は神奈川県藤沢市、腰越・青船(大船)は鎌倉市、十間坂は茅ヶ崎市の地名。
17 唐の玄宗皇帝が夢に天

その一方へは、[19]金沢越後守有時を大将軍として、安房、上総、下野の勢を三万余騎相添へて、気和井坂を防かる。一方へは、[20]大仏陸奥守貞直を大将として、甲斐、信濃、伊豆、駿河の勢五万余騎にて、極楽寺の切通しを防かる。一方へは、[21]赤橋相模守を大将として、武蔵、相模、出羽、奥州の勢六万余騎を以て、[22]洲崎の敵を防かる。この外、末々の平氏の一族八十余人、国々の兵十万余騎をば、時にとつて弱からん方へ向かふべしとて、鎌倉中に残し置きたる。

同じき日の[23]巳刻、源平互ひに矢合[24]はせして、終日終夜攻め戦ふ。源氏は大勢なる上、寄手なれば、[25]荒手を入れ替へ入れ替へ攻め入らんとす。平家は小勢なれども、[26]防き庭よかりければ、打ち出で打ち出で防き戦ふ。三方に作る時の声、両陣に喚き呼ぶ音、天を響かし、地を揺るがす。平家[27]魚鱗に連なつて大勢の中へ懸け入れば、源氏鶴翼に開いて前後を裹まんとす。源氏

人の舞を見て作った霓裳羽衣(げいしょううい)の曲を奏しているとき、安禄山が漁陽(天津市薊県)から軍鼓を打って攻めてきた故事(長恨歌)。

18 周の幽王が、寵妃の褒姒(ほうじ)を喜ばせるために偽りの烽火を上げ、それを繰り返すうちに戎狄(じゅうてき＝蛮族)に滅ぼされた故事(史記・周本紀)。

19 金沢有時は文永七年(一二七〇)没。ここは、貞将の子、越後左近将監忠時か。北条一門。

20 宗泰の子。前出、第三巻・4。北条一門。

21 盛時(守時)。北条一門。鎌倉幕府最後の執権。妹は、足利高氏の正妻。前出、第九巻・1。

22 鎌倉市寺分(てらぶん)・山崎・上町谷の辺。小袋坂の西。

[28]抜き連れて懸かれば、平家矢先をそろへて散々に射る。源平両家の兵ども、義を重くして死を軽くするのみならず、[29]安否を一時に定め、剛臆を累代に残すべき合戦なれば、子は討たるれども、親は乗り越えて敵に懸かり、主は討たるれども、[30]引き起こさず、郎等はその馬に乗つて懸け入り、[31]引つ組んでともに勝負をなすもあり、或いは討ち違へてともに死するもあり。その[32]猛卒の機を見るに、万人死して一人残り、万陣破れて一陣になるとも、[33]いつ果つべき軍とも見えざりけり。

赤橋相模守盛時は、洲崎へ向かはれたりけるが、この陣の合戦強くして、昼夜六十五度の闘ひに、数千騎ありつる郎等も、[34]或いは手負ひ、或いは討たれ落ち失せて、今はわづかに三百余騎になり給ふ。侍大将にて[35]同陣に発向したりける[36]南条左衛門に向かつて仰せられけるは、「漢の高祖と楚の項羽八ヶ年の戦ひに、高祖毎度打ち負くと云へども、一度[37]烏江の軍に利を

23 午前十時頃。
24 合戦の始めに双方が鏑矢(かぶらや)を射交わす儀礼。
25 新手。ひかえの新しい軍勢。
26 防御の重要地を占めていたので。
27 魚鱗は、先頭を細くして敵陣を突破する鱗形の陣形。鶴翼は、散開して敵を包囲する陣形。
28 太刀をいっせいに抜き。
29 互いの存亡を一戦で定め、剛胆か臆病かを代々語り継がれるような合戦なので。
30 助け起こさず。
31 敵に組み付いて互いに勝負を決する者もあり。
32 勇猛な兵たちの気勢。
33 いつ終わりのある合戦。
34 ある者は負傷し、ある者は敗れて逃げ失せて。
35 同じ洲崎の陣に向かっ

得て、却つて項羽を亡ぼしき。斉晋七十度の軍に、[38]重耳更に勝つ事なしと云へども、つひに[39]斉境の闘ひに打ち勝つて、文公国を保てり。されば、万死を出でて一生に逢ひ、百度負けて一戦に利あるは、合戦の習ひなり。今、この闘ひに、敵聊か勝に乗ると云へども、さればとて、当家の運命、今日を[40]窮めとは覚えず。しかれども、盛時に於ては、一門の安否を見畢るまでもなく、この陣に於て腹を切らんと思ふなり。その故は、[41]尊氏が縁に結べる間、相模入道を始め奉つて、一家の人々、さこそ心を置き給ふらめと覚ゆるなり。これ[42]しかしながら、勇士の恥とする処なり。かの[43]田光先生は、荊軻に語らはられし時、「老衰して叶はじ」と云ひし時、「さらば、この事漏らし給ふな」と云ひければ、その疑ひを散ぜんがために、腹を切つて燕丹が前に臥したりき。この陣の戦ひ急にして、兵皆討たれぬ。何の面目あつてか、わが[44]堅めし処を引いて、嫌疑の中に暫しも命を惜し

た。
36 名は高直。伊豆国田方郡南条(伊豆の国市)の武士で、北条得宗家の被官。前出、第二巻・4。
37 中国、安徽省和県の東北部にある長江の渡し。項羽が自刃した地。
38 中国春秋時代の五覇(斉の桓公、楚の荘王ら)の一人、晋の文公の名。継母驪姫(りき)の讒を避けて、十九年間国外を流浪、六十二歳で即位し、後に覇者となる(史記・晋世家、第十二巻・10)。
39 斉の国境。
40 最後。
41 盛時の妹登子(とうし)は、高氏の正室で義詮の母なので、高時以下北条一門は、さぞかし私を警戒なさっているだろうと思われる。なお、高氏が帝の名を一字も

むべき」とて、闘ひ未だ半ばなる最中に、[45]幕の中に[46]物具脱ぎ捨て、腹を掻き切つて臥し給ふ。

　南条左衛門、これを見て、「大将すでに御自害ある上は、[47]士卒、誰がために命を惜しんで陣を去るべき」とて、連いて腹を切りければ、[48]その手に属する兵ども、押膚脱ぎ押膚脱ぎ、三百八十余人皆自害して、上が上に重なり臥す。さてこそ、十八日の晩程に、洲崎破れて、源氏山内まですでに早や攻め入りけれ。

　[49]本間山城左衛門は、多年大仏陸奥守貞直の恩顧の者にてありけるが、その比[50]勘気せられて、己れが宿所に居たりけり。十九日の[51]早旦に、極楽寺の切通しの軍強くして、敵すでに攻め入ると騒ぎければ、本間山城左衛門、[52]若党、中間百余人前後に立てて、極楽寺坂へ馳せ向かひ、大館次郎宗氏が三百余騎にてひかへたる中へ懸け入り、[53]面も振らず攻め戦ふ。かねて思ひ儲けて捨つる命なれば、敵大勢なればとて、[54]なじかは少しも疼む

らって尊氏と改名するのは、この年の八月のこと。

42　すべて。

43　燕の太子丹に秦王(始皇帝)を殺す企てを相談された田光(先生は敬称)は、老齢を理由に断り、代わりに荊軻を推挙した。そのさい丹から他言せぬように言われ、疑われたことを恥じて自害した(史記・刺客列伝、平家物語巻五・咸陽宮)。

44　自分の守備するところを退却して。

45　陣幕。

46　鎧・兜などの武具。

47　兵は誰のために命を惜しんで戦陣を去ることができようか。

48　その配下にあった兵たちは、次々に着物を肌脱ぎにして上半身裸になり。

49　大仏貞直の被官。大仏

べき。ただ大将に寄せ合はせん事を[55]前途にして、破つては通り、取つて返しては懸け入り、ここを窮めと振る舞ひければ、寄手、腰越までぞ引いたりける。

　この間にや組んだりけん、大館次郎宗氏、本間が郎等に差し違へて、砂の上に臥したりけり。本間、首を取つて太刀の鋒に差し貫き、貞直の陣に馳せ帰り、幕の前に畏まつて申しけるは、「多年奉公の御恩、この一戦を以て報じ奉り候ひぬ。但し、[56]御不審の身にて死し候はば、後代までの妄念になるべく覚え候ふ。今は[57]御免を蒙り候ひて、[58]心安く冥途に趣き候はばや」と申して、流るる涙を袖に押さへ、腹掻き切つて臥しにけり。感ぜぬ人こそなかりけれ。

　極楽寺へ向かはれつる大館次郎宗氏討たれて、兵、肩瀬、腰越まで引き退くと聞こえければ、新田義貞、二万余騎を率して、二十一日の夜半ばかり、肩瀬、腰越を打ち廻つて、極楽寺坂へ

氏が守護をつとめた佐渡国の守護代。第二巻・6、日野資朝を斬った「本間山城入道」の一門。
50　勘当。
51　早朝。
52　身分の低い若い家来と、侍と下男の中間の家来。
53　脇見などせず必死に。
54　どうして少しでもたじろぐことがあろうか。
55　最後の目標。
56　お怒りを受けたままの身で死ぬならば、死後までの妄念となるだろうと思われます。
57　お許しを得て。
58　心穏やかにあの世に行きたいと存じます。

打ち莅み給ふ。明け行く月に、平家の陣を見給へば、北は切通しにて、山高く路嶮しきに、[59]城戸を結ひ、[60]垣楯を掻き、数万騎の兵、陣を並べて並み居たり。南は[61]稲村崎にて、道狭きに、波打際まで[62]逆木を繁く引つ懸け、澳四、五町の程に、大船を並べ、[63]矢倉を掻き、[64]横矢を射させんと支度せり。げにもこの陣の合戦に、寄手叶はで[65]引きけるは理りなりとぞ見給ひける。

義貞、馬より下り、甲を脱いで、海上の方を伏し拝み、龍神に向かつて[66]祈誓し給ひけるは、「伝へ承る、[67]日本開闢の主、伊勢天照太神は、[68]本地を大日の尊像に隠し、垂跡を滄海の龍神に呈し給へり。[69]わが君、その苗裔として、逆臣のために西海の浪に漂ひ給ふ。義貞、今臣たる道を尽くさんために、[70]斧鉞を把つて敵陣に莅む。その志、ひとへに[71]王化を資け奉つて、蒼生を安からしめんためなり。仰ぎ願はくは、[72]内海外海の龍神八部、臣の忠誠を鑑みて、朝敵を万里の[73]際に退け、道を[74]三軍の陣に開

59 城柵。
60 垣のように楯を並べ。
61 鎌倉の由比ヶ浜と七里ヶ浜の間の岬。
62 棘のある木の枝で作った防御の柵。
63 軍船の上に櫓を作って。
64 側面から射る矢。
65 敗退したのも当然だ。
66 神に誓いを立てて祈る。
67 日本の国土創造の主。
68 神の本体を大日如来のお姿の中に隠し、変化身を青海原の龍神と現じられた。天照大神は大日如来と同体と考えられた。
69 大神の子孫たる後醍醐帝が、逆臣北条氏によって隠岐に流されたこと。
70 天子が逆賊誅伐の将軍に賜う斧とまさかり(礼記・王制)。
71 王の徳化(政道)を助けて、人民(蒼生)を平安なら

かしめ給へ」と、信心を凝らして祈念を致し、自ら佩き給へる[75]金作りの太刀を解いて、海底に沈められける。

実に龍神八部も納受し給ひけるにや、その日の月の入り方に、[76]前々更に干る事なかりける稲村崎、[77]二十余町干揚がり、[78]平沙まさに渺々たり。横矢を射させんと支度したりし数千の兵船も、[79]塩に誘はれて遥かの澳に漂へり。「[80]後漢の弐師将軍は、城中に水尽きたりし時、自ら佩ける太刀を抜いて、岩石を刺ししかば、飛泉俄かに涌き出でてき。わが朝の[81]神功皇后は、新羅を攻められし時、自ら干珠を取つて、海上に投げ給ひしかば、潮遠く退いて、戦ひに勝つことを得給へり。これ皆和漢の佳例にて、[82]奇瑞相同じ。進めや兵ども」と下知せられければ、江田、大館、里見、鳥山の人々を始めとして、越後、上野、武蔵、相模の軍勢ども、一手になつて、稲村崎の遠干潟を一文字に懸け通り、鎌倉中へ乱れ入る。平家数万の兵ども、後ろなる敵に懸か

しめるためである。

72　すべての海(世界の中心の須弥山〈しゅみせん〉をとりまく七つの内海と一つの外海)に住む龍神と仏法守護の八部衆よ。

73　果て。

74　天子の六軍に対し、諸侯の起こす軍。ここは自軍。

75　金細工で飾った太刀。

76　これまで決して干上らなかった。

77　一町は、約一〇九メートル。

78　平らな砂浜がはるばると広がった。

79　潮が引くにつれて。

80　前漢(後漢は誤り)の武帝に仕えた将軍、李広利。弐師城を攻略して、弐師将軍と呼ばれる。彼が刀で山を刺すと、飛泉が湧出した(蒙求・広利泉湧)。

81　神功皇后の新羅征伐の

らんとすれば、前なる敵跡に付いて攻め入らんとす。[83]進退度を失ひ、東西に心を迷はせり。

[84]島津四郎は、大力の聞こえあつて、実に[85]器量骨柄人に勝れたりければ、[86]御大事に逢ひぬべき者なりとて、[87]長崎入道烏帽子子にして、一人当千と憑まれたりければ、[88]口々の戦場へは向けられず、相模入道殿の屋形の辺にぞ置かれたりける。浜の手破れて、源氏すでに[89]若宮小路まで攻め入りたりと騒ぎければ、相模入道、島津四郎を呼んで、自ら酌を取つて酒を進められて、すでに三度傾けける時、厩に立てられたりける坂東一の無双の名馬のありけるを、[90]白鞍置いて引かれける。人これを見て、羨まずと云ふ事なし。門前より、この馬に打ち乗つて、[91]由井の浜の浦風に[92]大笠符吹き流させ、[93]あたりを払つて向かひければ、数万の軍勢、これを見て、実に一人当千と覚えたり、この間、長崎入道[94]重恩を与へて、傍若無人に振る舞はせられつるも理

故事（日本書紀巻九、第三十九巻・11）。神功皇后が潮を干かせる干珠を海に投じたという話は中世の日本紀説話。

82 今回の瑞兆もそれらと一致する。

83 進みも退きもできず。

84 玄玖本・簗田本は「曽我奥太郎時久」。

85 能力と風采。

86 幕府の一大事のときに頼むべき者。

87 長崎円喜が元服の名付け親になり、一人で千人に当たる勇士と頼りにした。

88 化粧坂などの鎌倉七口。

89 鶴岡八幡から由比ヶ浜へ至る鎌倉の中央通り。

90 銀で縁飾りをした鞍。

91 鎌倉の海岸。由比ヶ浜。

92 笠符は、兜や鎧の袖につけて、敵味方を区別する布きれ。その大きなもの。

りなりと、思はぬ人はなかりけり。

　源氏の兵、これを見て、よき敵なりと思ひければ、栗生[95]、篠塚、畑以下の若者ども、われ前に組まんと、馬を進めて近づきけり。両方名誉[96]の大力どもが、人交ぜもせず、勝負を決せんとするを見て、敵御方の軍兵、片唾を呑んでこれをみる処に、相近に[97]なりたりけれ、島津、馬より下り、甲を脱いで降人になり、源氏の勢にぞ加はりける。貴賤上下これを見て、悪まぬ者はなかりけり。

　これを降人の始めとして、或いは年来重恩[98]の郎従、或いは累代奉公の家人ども、親を離れ、主を捨てて、降人になり、敵方に加はりければ、源平天下の諍ひ、今日を限りとぞ見えたりける。

　浜面[99]の在家、稲瀬川[100]の東西に火を懸けたりければ、折節[101]、浜風烈しく吹いて、車の輪の如くなる炎、黒煙の中に飛び去り、

93　周囲を威圧して堂々として。
94　厚い恩顧。
95　栗生は、群馬県桐生市、篠塚は、邑楽（おうら）郡邑楽町篠塚の武士。畑は、六郎左衛門。いずれも新田方の剛勇の士。
96　名高い。
97　まぢかには寄ったが。「けれ」（已然形）は逆説の意。
98　長年重恩をうけた家来たち、あるいは代々仕えてきた家来たち。
99　由比ヶ浜に面した民家。
100　鎌倉の長谷から由比ヶ浜に注ぐ川。
101　折しも。

十町、二十町が外に付きければ、猛火の中に源氏の兵ども乱れ入つて、落ち方を失へる敵どもを、ここかしこに射伏せ、切り伏する体、煙に迷へる女、童部の追つ立てられて、火の中、堀の中とも云はず、逃げ倒れたる有様、修羅の眷属、天帝のために罰せられて、火炎剣戟の下に伏し倒れ、地獄の罪人、獄卒の呵責に駆られて、鉄湯の底に落ち入るらんも、かくやと思ひ知られたり。

余煙四方より吹き懸かつて、相模入道の屋形近く懸かりければ、相模入道一千余騎にて、葛西谷なる東勝寺へ引き籠もる。父祖代々の墳墓の地なれば、兵どもに防き矢射させて、心閑かに自害の料なり。

長崎三郎左衛門入道、子息勘解由左衛門為基二人は、極楽寺の切通しへ向かうて、攻め入る敵を支へ、身を顧みず防きけるが、敵の時の声すでに小町口に聞こえて、鎌倉殿の御屋形に火

102 逃げ場。
103 阿修羅の従者どもが、天帝(帝釈天)との戦いに負けて罰せられて。
104 地獄の罪人が、牛頭馬頭(ごず めず)の鬼に責めさいなまれて、煮えたぎる溶けた鉄の湯に落ち入るというのも。
105 余炎。燃え広がる炎。
106 鎌倉市小町。北条高時の屋形(現宝戒寺)の東南。
107 北条泰時が創建した臨済宗寺院。北条氏の菩提寺だった。
108 自害をするための地。料は、ある事に使用する用地。
109 法名思元。北条得宗家の執事を務めた円喜の叔父。
110 若宮大路から小町(執権屋形や東勝寺がある)へ向かう入り口。
111 北条高時。

懸かりぬと見えければ、相随ふ二千余騎をば本の攻め口に残し置き、父子二人、手勢六百余騎を以て、先づ小町口へ懸かりける。源氏の大勢、これを見て、中に取り籠めて討たんとしけるを、長崎父子、一所に打ち寄せて、[112]魚鱗に連なつては懸け破り、虎韜に開いては追ひ靡かし、七、八度まで懸けたりけるに、数万の兵ども、[113]蜘手、十文字に懸けなされて、若宮小路へさつと引く。

かかる処に、[114]天狗堂と扇谷に軍ありと覚えて、[115]馬煙おびたたしく見えければ、長崎父子、左右に分れて馳せ向かはんとしけるが、子息勘解由左衛門、これや限りと思ひけん、名残り惜しげにて、遥かに父の方を顧みて(けるを)、父の思元、[116]恥ぢしめて、「何か名残りの惜しかるべき。独り死して独り残らんずるにこそ、[117]再会その期は久しからめ。われも御辺も今日の中に討死して、明日はまた冥途にて寄り合はんずれば、[118]一夜の程の、

112 魚鱗は、先頭を細くして敵陣を突破する鱗形の陣形。虎韜は、虎を包み込むように敵を包囲する陣形(中国の兵法書「六韜」による)。
113 蜘蛛の脚のように四方八方に、また十文字(縦横)に駆けまわるのに翻弄されて。
114 天狗堂は、化粧坂(けわいざか)南の佐介にあった。扇谷は、化粧坂の北。
115 馬が蹴立てる土煙。
116 いましめて。
117 再会の時は遠くなるだろう。
118 わずか一夜の別れが、どうしてそれほど悲しいことがあろう。

何かさまで悲しかるべき」と申しければ、為基、流るる涙を押し拭ひ、「さ候はば、疾く冥途の御旅を急がれ候へ。死出の山路にては待ち奉り候ふべし」と云ひ捨てて、また大勢の中へ懸け入るに、相従ふ兵わづかに十余騎なれば、源氏、大勢の中に押つ取り籠め、一人も漏らさず討ち取らんとす。

為基が佩いたる太刀は、[119]来太郎が[120]百日精進して、百貫にて四尺三寸に打つたる太刀なれば、[121]鋒に廻る者、或いは甲の鉢を立て破りにし、或いは[122]胸板を[123]袈裟懸けに切つて落としける程に、敵皆これに追つ立てられて、近づく者もなかりける。ただ陣を隔てて、[124]矢衾を作つて遠矢に射ける間、為基が乗つたる馬に矢七つまで立ちけり。[125]かくては、しかるべき敵に組まんずるに、叶はじとや思ひけん、馬より飛んで下り、由井の浜の[126]大鳥居の前に、ただ一人、件の太刀逆さまに杖について、二王立ちにぞ立つたりける。源氏の兵、これを見て、なほもただ十方より遠

119 来太郎国行。鎌倉時代、京都粟田口にいた鍛冶の名工。
120 百日間精進潔斎して、百貫の鉄から良質の玉鋼(たまはがね)を取り出して四尺三寸(約一・三メートル)に打った太刀なので。
121 その切っ先に立つ者を、兜の鉢をまっぷたつに割り。
122 鎧の胴の最上部の板。
123 袈裟をかけたように、一方の肩から他方の脇にかけて斜めに切り落とした。
124 射手がすきまなく並んで一斉に矢を射ること。
125 こうなっては、相応の敵と組み合い戦うことはできない。
126 鶴ヶ岡八幡の大鳥居。若宮大路の南端、由比ヶ浜にあった。今の一の鳥居ではない。

矢に射るばかりにて、寄せ合はせんとする者はなかりけり。し[127]かる間、敵を出し抜かんために、手負ひたる真似をして、小膝(こひざ)[128]を折つてぞ臥したりける。誰(たれ)かしと姓名慥(たし)かに名乗らず、立(りゅう)[129]子(こ)引両(ひきりょう)の笠符(かさじるし)付けたる武者五十騎ばかり、ひしひしと打ち寄つて、勘解由左衛門(かげゆざえもん)が首を取らんと諍(あらそ)ふ処(ところ)を、為基、かつばと起きて、「何者ぞ、人の軍(いくさ)に疲れて昼寝したるを驚かすは。いで、己れらが欲しがる首取らせん」と云ふままに、鍔本(つばもと)まで血にな[130]つたる太刀を打ち振つて、雷(いかずち)の落ち懸かるやうに追ひける間、五十余騎の者ども、皆馬[131]の逸足(いちあし)を出(い)だして逃げたりける。

為基、余りに敵を侮(あなず)つて、ただ一騎懸け入つては裏へ[132]抜け、取つて返しては懸け乱し、今日を限りと戦ひしが、討[133]たれてもやありけん、二十一日の合戦に、由井の浜の大勢(おおぜい)を七、八度まで東西南北へ懸(か)け破(わ)つて、敵御方(みかた)に目を驚かさせ、その後(のち)いづくにありとも見えざりけり。

127 それゆえ。
128 膝をついて。「小」は接頭語。
129 輪鼓(りゅうご=胴のくびれた鼓の形の遊具)に引両(太い横線)を加えた紋。

立子引両

130 血に染まった。
131 馬を大急ぎで走らせて。
132 敵の背後へ回りこみ。
133 ここで討たれてしまったのだろうか。

大仏陸奥守貞直は、昨日まで、二万余騎を以て極楽寺の切通しを支へて防かれけるが、今朝の浜の合戦に三百余騎に討ちなされて、剰へ源氏に後ろを塞がれて、引く方もなくてぞおはしける。かかる処に、鎌倉殿の屋形に火懸かつて見えければ、[134](世の中今は)さてとや思ひけん、また[135]主の自害を勧めん料にてやありけん、郎等三十余人、白砂の上に物具脱ぎ捨て、一度に腹をぞ切つたりける。

　貞直、これを見給ひて、「日本一の[136]不覚人の振る舞ひかな。千騎が一騎になるまでも、敵を亡ぼして名を後代に残すをこそ、勇士の本意とする処なれ。[137]いでさらば、最後の軍快くして、後人の義を勧めん」と云ふままに、二百五十余騎の者ども、[138]轡を並べて敵の中へ懸け入る。先づ一番に、[139]山名、里見三千余騎にてひかへたる中へ、をつと呼いて懸け入り、[140]一太刀打ちして懸け出でて見給へば、五十騎ばかり討たれて、二百余騎になり

134　神田本により補う。世の定めがもはや窮まったと思ったのだろうか。
135　主君貞直の自害を勧めるためであったのだろうか。
136　不心得者。
137　さあそれならば、快く最後の一合戦を戦って後代の者に義(の道)を勧めよう。
138　馬具。馬の口にくわえさせ、手綱をつけて御する。
139　新田勢。
140　ひと合戦。

ぬ。二番に、額田、桃井二千余騎にてひかへたる中へ、をつと呼いて懸け入り、一打物して懸け出でて見給へば、三十騎討たれて、百八十騎になりぬ。三番に、大井田、鳥山の一千余騎にてひかへたる中へ懸け入り、敵あまた討ち取つて、ばつと引いて見給へば、六十余騎になりにけり。四番に、搦手の大将脇屋次郎義助[141]の六万余騎にてひかへたる中へ懸け入つて、一人も残らず討たれにけり。

金沢武蔵守貞将[142]は、山内の合戦に郎従八百余人討たれ、わが身も七ヶ所疵を被り、相模入道のおはしける東勝寺へ打ち帰り給ひたれば、入道、斜め[143]ならず感じて、則ち[144]両探題職[145]に居ゑさせらるべき由、御教書[146]をぞ成しける。貞将は、一家の滅亡[147]、日の中をば過ぐさじと思はれけれども、多年の望み達しければ、今は冥途の思ひ出になりぬと悦びて、また戦場へ打つて出で給ひけるが、かの御教書の裏に、

141 新田義貞の弟。
142 本巻・4の小手指原合戦の大将を務めた北条一門。前六波羅南探提。
143 大いに感じいって。
144 ただちに。
145 六波羅の南北両探題職。
146 幕府が発給する公式文書。
147 北条一門の滅亡は、この一日のうちだろうと思ったが。

我が百年の命を棄て
[148]公が一日の恩を報ず

と大文字に書いて、これを鎧の[149]引き合はせに収め、大勢の中へ懸け入つて、討死し給ひけるこそあはれなれ。

[150]普恩寺相模入道信恵は、始め三千余騎にて[151]気和井坂へ向かはれたりしが、夜昼五日の合戦に、或いは討たれ、或いは[152]敵になつて、わづかに三十六騎になりにけり。諸方の攻め口皆破れて、敵すでに鎌倉中へ乱れ入りぬと見えしかば、信恵を始めとして、三十六騎の兵ども、皆[153]普恩寺へ走り入つて、同時に自害をしたりける。後にこれを見れば、普恩寺入道、[154]子息越後守仲時の江州番馬にて自害したりし事を思ひ出で給ひけるにや、一首の歌を、御堂の柱に血を以て書き付けらる。

[155]まてしばし死出の山行く旅の道同じく越えて憂き世語らん

[156]年来嗜み弄び給ふ事とて、最後の時も忘れ給はず、心中の

148 「君が一日の恩の為に、妾が百年の身を誤る」(白居易・井底〈せいてい〉に銀瓶〈ぎんぺい〉を引く)をふまえる。「平家物語」巻六「葵前」などにみえる著名な句。
149 鎧の胴の右脇にある合わせ目。
150 北条(普恩寺)基時。六波羅北探題仲時の父。第十三代執権で、高時の前任者。
151 化粧坂。
152 裏切って敵になって。
153 基時が創建した寺。場所は未詳。
154 六波羅北探題。仲時の死は、第九巻・7。
155 しばらく待ちなさい。死出の山道をともに越えて、この憂き世のことでも語り合おう。
156 長年たしなんでこられた和歌の道なので。

愁緒[157]を述べて、天下の称嘆に残されけるこそ、実にやさしく[158]覚えけれ。

塩田陸奥入道道祐[159]の子息民部大輔[160]は、親父の自害を勧めんために、腹掻き切つて目の前に臥したりけるを見給ひ、目も暮れ[161]、心も迷ひて、何程[162]ならぬ今生の別れに、落つる涙も留まらず。前立ち給へる子息の菩提[163]のためとや思はれけん、またわが逆修[164]にや備へ給ひけん、子息の死骸の前に向かつて、年来読み給ひける持経[165]の紐を解いて、要文[166]時々打ち上げて、閑かに読誦し給ひける。敵の時の声近く聞こえければ、討ち漏らされたる郎等どもの、主とともに自害せんとて、二百余人庭に並み居たりけるを、「この経一部読みはてんまで、防き矢[167]射よ」とて、三手に分け、三方へぞ遣はされける。

その中に、狩野五郎重光[168]とて、歳比[169]の者のありけるを、「われ自害したらん時、屋形に火懸けて、敵の手に首取らすな」と

157 愁い悲しみ。
158 風雅の心は殊勝に思われた。
159 北条(塩田)国時。
160 俊時。
161 (入道は)目も涙でくもり。
162 幻のように短いこの世での親子の別れ。
163 極楽往生。
164 自らの往生を祈って生前に行う仏事。
165 常に受持して読経する経。ふつう「法華経」をさす。
166 経文のかなめの箇所は時々声を大きくして。
167 敵の攻撃をくいとめる矢。
168 狩野は、伊豆国田方郡狩野郷の武士。
169 長年の家来。

て一人留め置かれたり。読誦すでに[170]五巻提婆品にかかりける時、重光、門前に出でて、四方を見廻らして、走り帰つて申しけるは、「防き矢仕り候ひつる者どもは、早や皆討たれて候ふやらん。敵の時の声目近く聞こえ候ふ。早や[171]思し召し切らせ給ひ候へ。重光も[172]やがて同じ冥途の御供仕り候はん」と申しければ、陸奥入道、五巻を左手に握り、右の手に刀を抜いて、腹掻き切つて、父子同じ枕に臥し給ふ。重光は、腹をも切らず、また屋形に火をも懸けず、主二人の着給ひける物具以下、太刀、刀まで剝ぎ取り、[173]綾羅錦繡の重宝までも下人に取り持たせて、暫くが程は、[174]円覚寺の蔵主寮にぞ隠れ居たりける。この財宝を以て、[175]一期は不足あらじと思ひける処に、天の罰にやありけん、[176]船田入道に生け捕られて、つひに首をぞ切られける。

[177]塩飽新左衛門入道聖円は、養子の三郎忠頼を前に呼び寄せ言ひけるは、「諸方の攻め口皆破れて、[178]御一門達[179]大略腹を切ら

170 「法華経」八巻二十八品のうち、第五巻第十二品の提婆達多品(だいばだったぼん)。逆罪ゆえに生きながら無間地獄に堕ちた提婆達多の、法華経受持の功徳による成仏などを説く。
171 意を決しなさいませ。
172 すぐさま。
173 綾織・薄絹・錦・刺繡のある織物で、上等な衣類の総称。
174 鎌倉市山ノ内にある臨済宗円覚寺派の本山(北条時宗の創建)。蔵主寮は、経蔵の管理僧(蔵主)の僧坊。
175 一生の間は不自由はすまい。
176 船田義昌。新田義貞の執事(家老)。
177 塩飽氏は、北条得宗家の被官。
178 北条一門。
179 ほとんど。

せ給ひぬと聞こゆれば、われも、[180]守殿に先立ちまゐらせて、その忠義を知られまゐらせんと思ふなり。御辺は、未だ[181]私の眷養を離れずして、[182]公方の御恩を蒙り申したる事なければ、たとひ今命を捨てずとも、[183]人強ちに義を知らざる者と思ふべからず。いかなる処にも身を隠し、出家遁世の形にもなつて、わが後世をも弔ひ、また[184]御辺の罪障をも浮かべ給へかし」と申しければ、三郎、涙を押さへて、「忠頼、公方の御恩を蒙らずと云へども、[185]一家の生、皆武恩ならずと云ふ事なし。その上、忠頼初めより[186]釈門の身ならば、恩を捨て、[187]無為に入る道も候ふべし。苟も武家の[188]門葉にあつて、時の難を遁れんために入道出家の身となつて、天下の人に[189]指を差され候はん事、何の面目あつてこれを聴き忍び候ふべき」と、申しも畢らず、袖の下より刀を抜いて、忍びやかに腹に突き立てて、[190]畏まつたる体にて死ににけり。

その舎弟塩飽四郎、これを見て、連いて腹を切らんとしける

180　相模守殿(北条高時)に先立って自害し。
181　公に仕えず、親の私的な養いのもとにあること。
182　幕府(北条家)のご恩をこうむっていないので。
183　人は必ずしも道義を知らない者とは思うまい。
184　そなたの罪障も軽くしなさい。
185　わが家が存続してきたのは、すべて幕府(北条家)の恩による。
186　仏門。出家した僧侶の身。
187　世事を離れ、仏道に専念する道。
188　一門。
189　嘲りそしられること。
190　居ずまいを正して。

を、父の入道、「暫く[191]われを先立てて、閑かに自害をせよ」と申しければ、刀を収めて前に踞る。入道、[192]中門に[193]曲彔を立てさせ、[194]結跏趺座して、辞世の[195]頌を、着たる[196]大口にぞ書き付けける。

[197]五蘊有に非ず
四大本より空なり
大火聚裏
一道の清風

[198]手を叉へ、頸を延べて、子息の四郎に、「それ討て」と云ひければ、少しも臆せず、[199]大膚脱ぎになつて、父の頸を[200]懸けず打ち落とす。則ちその太刀を取り直し、鍔本まで己れが腹を突き貫いて、うつ伏しに臥しければ、郎等三人、同じ太刀に貫かれて、串に魚を差したる如く、首を連ねてぞ臥したりける。

[201]安東左衛門入道聖秀と申すは、新田太郎義貞の[202]北の方の

191 私の最期を見届けて。
192 表門と主殿の間の門。
193 僧侶の用いる椅子。
194 両足の甲をそれぞれ反対のもも上に置く、座禅の際の座りかた。
195 仏典中の歌謡。転じて仏家(おもに禅宗)で作られる漢詩。偈(げ)とも。
196 大口袴。裾口が大きい袴。
197 五蘊(心身を形成する色〈しき〉・受・想・行・識)は実体ではなく、四大(万物を形成する地・水・火・風)は本来空(くう)である。大火が燃えさかる中にも、一筋の清風が吹いている。第一・二句は、玄玖本・流布本「吹毛を提持して 虚空を切断す」。神田本・梵舜本・天正本は、底本に同じ。
198 禅宗での拱手の礼法、「叉手(すしゃ)」。左手のこぶし

ためには伯父なりしかば、かの女房、義貞の[203]状にわが文を書き添へて、ひそかに聖秀の方へ遣はしけり。

聖秀、始め三千余騎にて稲瀬川へ向かひたりけるが、[204]世良田太郎が稲村崎より後ろへ廻りける勢に取り籠められて、わづか百余騎に討ちなされて、わが身も[205]薄手あまた所に負うて、己が館へぞ帰りける。今朝の[206]巳刻に、宿所は早や焼かれて跡もなく、妻子[207]眷属はいづちへか落ち行きけん、行末を知らず、尋ね問ふべき人だにもなし。また、[208]鎌倉殿の御屋形も焼けて、入道殿は東勝寺へ落ちさせ給ひぬと申しければ、「口惜しき事かな。日本国の主相模入道殿程の人の年比住み給ふ所を、馬の蹄に懸けさせながら、そこにて千騎も二千騎も討死する人なくしてあるよと、人に嘲られん事こそ口惜しけれ。[209]いざや、とても死なんずる命を。御屋形の焼け跡にて、心閑かに自害して、相模殿の御恥を雪めん」とて、討ち残されたる郎等百余騎を相具し

を胸にあて右手で覆う。

199 (四郎は)もろ肌を脱いで。

200 すっぱりと。

201 安東(安藤)は、上野国甘楽(かんら)郡(群馬県西南部)の地頭で、北条得宗家の有力被官。底本・神田本・流布本「聖秀」、玄玖本「昌賢」、天正本「聖遠」。

202 義貞の妻は、「新田足利両家系図」によれば、「安藤左衛門五郎藤原重保の女(むすめ)」。

203 書状。

204 群馬県太田市世良田町に住んだ新田一族。

205 軽い負傷。

206 午前十時頃。

207 一族の従者。

208 北条高時。「入道殿」も高時をさす。

209 さあ、どうあっても死ぬ命であるものを。

て、小町口へ打ち莅む。[210]塔辻にて馬より下り、空しき跡を見廻せば、今朝まで[211]奇麗なりける大廈高牆、忽ちに灰燼となつて、[212]須臾転変の煙を残し、昨日まで遊び戯れし[213]親昵朋友も、多く戦場に死して、[214]盛者必衰の尸を残せり。

悲しみの中の悲しみに、聖秀、涙を押さへ泣き居たる処に、新田殿の[215]北の台の使ひとて、[216]薄様に書いたる消息を捧げたり。何事やらんと怪しみて、開いてこれを見れば、「鎌倉の有様、[217]今はさてとこそ承り候へ。いかにもして、[218]こなたへ御出で候へ。身を替へても[219]申し宥めまゐらせ候ふべし」と、様々に書かれたり。

聖秀、大きに[220]気を損じて言ひけるは、「[221]栴檀の林に入る者、染めざるに衣自づから香し」と云へり。武士の女房となる者は、[222]その意を一つ持ちてこそ、その家をも司り、子孫の名をも呈す事なれ。されば、昔、漢の高祖と楚の項羽と州を諍ひて戦ひけ

210 執権屋形(現宝戒寺)南側の道。下馬のしるしの石塔があったという。
211 華やかに麗(うるわ)しかった高い垣をめぐらせた大きな建物。
212 つかのまに様子も変わって煙だけを残し。
213 仲むつまじい友。
214 盛んな者も必ず滅ぶという理りを示す死骸。
215 北の方。
216 薄く漉(す)いた上質の紙。
217 今はこれまでだと。
218 こちらへ。
219 おとりなししてお助けしましょう。
220 怒って。
221 栴檀(香木の一種)の林に入る者は、香りを染みこませなくても衣が香ばしくなる。よい環境に育つと、おのずから立派になる。

る時、漢の兵に、[223]王陵と云ひける者、城を構へて楯籠もる。楚これを怒つて、兵を起こして攻めけるに、城更に落ちず。その時、楚の兵、相謀つて云ひけるは、「王陵は、母のために忠孝を存ずる事浅からず。所詮王陵が母を捕らへて、楯の面に当てて、かの城を攻むる程ならば、王陵、一矢をも射ずして、降人に出づる事定め[224]てあるべし」(とて)、ひそかに王陵が母を捕らへてけり。かの母、心中に思ひけるは、王陵われに仕ふる事、[225]大舜、[226]曾参が[227]高孝にも増されり。われもし楯の面に縛られて、城に向かふ程ならば、王陵、定めてその悲しみに堪へずして、降参し、城を落とさする事あるべし。[228]如かじ、われ幾程なき命を子孫のために捨てんにはとて、ひそかに思ひ定めて、自ら剣の上に死してこそ、王陵が名をも挙げたりしか。われただ今まで武恩を蒙つて、人に知られたる身となれり。今、事すでに急なればとて、降人に出でたらば、[229]豈に人恥を知つたる者と思は

222　武士の妻たる心がまえをしっかり持ってこそ。
223　高祖の旧友で臣下となる。以下の王陵の母が自害した話は、「史記」陳丞相世家にみえる。
224　必定であろう。
225　中国古代の伝説上の聖天子、舜。二十四孝の一人とされる(史記・五帝本紀、第三十二巻・9)。
226　孔子の弟子。大舜と同じく二十四孝の一人。「孝経」は曾参の作という(史記・仲尼弟子列伝)。
227　ひいでた孝行。
228　わが残り少ない命を子孫のために捨てるに越したことはない。
229　世間の人は必ず私を恥知らずと思うだろう。

んや。されば、北の台、たとひ女性の心にてかやうの事を仰せらるるとも、新田殿は、[230]「さる事やあるべき」と、制せらるべし。新田殿、たとひ[231]敵の志を奪はんがために宣ふとも、北の台は、わが方様の名を失はじと思はるべし。[232]「似たるを以て友とす」と云へり。子孫のためにも、かくては憑まれんや」と、[233]一度は恨み、一度は涙を流して、則ちかの使ひの見る前にて、その文を刀に取り加へて、腹掻き切つてぞ臥したりける。

[234]諏訪左衛門入道の子息諏訪三郎盛高は、連日数度の合戦に、郎等皆討たれ、主従二騎になり、[235]四郎左近大夫入道の陣に来たつて言ひけるは、「鎌倉中の合戦、今はこれまでと覚え候ふ間、最後の御供仕り候はんために参つて候ふ。早や[236]ともかくも思し召し切らせ給ひ候へ」と勧めければ、入道、人を除けて、ひそかに盛高が耳に宣ひけるは、「この闘ひ慮らざるに(出で来て)、当家すでに滅亡する事、[237]更に他なし、ひとへに相模入道

230 「伯父上が降人に出るはずがない」と、制止するはずだ。
231 敵の志気をくじくためわが命を助けると言ったとしても、北の方は、北条一門の名誉を失うまいと思うべきだ。
232 「似た者同士が一緒になる」というが、北の方がこのようでは、子孫の行く末も頼りないものだ。
233 恨みごとを言ったり涙を流したりして。
234 法名直性(じきしょう)。諏訪上社の社家。北条得宗家の被官。本巻・1、前出。
235 北条泰家。高時の弟。
236 どうでも自害するご決意をなされよ。
237 全くほかでもない。
238 神のおぼしめし。
239 満ちたものは必ず欠ける習い。「天道は盈(み)てる

殿の御振る舞ひ、人望にも背き、[238]神慮にも違ひたりしゆゑなり。但し、天たとひ驕りを悪み、[239]充てるを欠くとも、[240]数代積善の余慶家に尽きずは、この子孫の中に、[241]絶えたるを継ぎ、廃れたるを興す者、いかでかなからん。[242]かつて斉の襄公、無道なりしかば、斉の国亡ぶべき[243]前表を見しかば、その臣に鮑叔牙と云ひける者、襄公の子小白を捕らへて、他国へ落ちにけり。その間に、襄公、はたして公孫無知に亡ぼされて、斉の国を失へり。その時、鮑叔牙、小白を取り立てて、斉の国へ押し寄せて、公孫無知を討つて、つひに再び斉の国をぞ保ちける。斉の[244]桓公これなり。されば、われに於ては深く存ずる子細あり。[245]左右なく自害をする事あるべからず。遁れざる一たびを遁れて、再び[246]会稽の恥を雪めばやと思ふなり。御辺もよくよく[247]遠慮を廻らして、いかなる方にも隠れ忍ぶか、しからずは、降人になつて命を継ぎ、甥にてある[248]亀寿を隠し置いて、時至りぬと見ん時、

を虧(か)き謙に益す」(易経・謙卦)。

240 数代にわたって積み重ねてきた善行の果報が当家に尽きないならば。

241 絶えた家系を継ぎ、廃れた家名を再興する者。

242 以下は、「史記」斉太公世家の話。中国、春秋時代の斉の襄公は、魯の桓公の夫人と通じ、桓公を殺した。その非道を恐れた弟(子は誤り)小白は、もり役の鮑叔牙と莒(きょ)に逃れた。やがて襄公を殺して斉王を名のった公孫無知が殺されると、小白は斉に帰り、斉の桓公となった。

243 前兆。

244 斉の君主。管仲と鮑叔牙を用い、春秋時代の五覇(晋の文公、楚の荘王、など)の第一となる。

245 むやみに。

再び大軍を起こして素懐(そかい)[249]を遂ぐべし。兄の万寿(まんじゅ)[250]をば、五大院右衛門(ごだいいんうえもん)[251]に申し付けつれば、心安く覚ゆるなり」と曰(のたま)ひければ、「今まで一身(いっしん)の安否(あんぴ)を御一門の存亡に任(まか)せ候ひつれば、一塵(いちじん)[252]も命を惜しむべきに候はず。御前(おんまえ)にて自害仕(つかまつ)り候ひて、二心(ふたごころ)なき程をも見え申し候はんために参って候へども、但し、「死を[253]一時(いっし)に定むるは易(やす)く、謀(はかりごと)を万代(ばんだい)に残すは難(かた)し」と申す事候へば、ともかくも仰せに随ふべく候ふ」とて、盛高(もりたか)、やがて立つて、[254]相模殿(さがみどの)の思ひ人、新殿(にいどの)の御局(みつぼね)のおはしける扇谷(おうぎがやつ)へぞ参りける。

御局、盛高が参つたるを御覧じて、よに[255]嬉しげにて、「いかにや、これは何となり行かんずる世の中ぞ。われらは女の身なれば、立ち隠るる方(かた)もありぬべし。万寿をば五大院右衛門が連れて行きつれば、心安し。[256]この亀寿(かめじゅ)に案(あん)じ煩(わずら)ひて、露(つゆ)の如(ごと)くなるわが身さへ消(き)え侘(わ)びぬるぞ」と泣き給ふ。[257]この事ありのまま

246 敗戦の恥をすすぎたい。会稽山の戦いで呉王夫差に敗れて辱めを受けた越王勾践が、のちに呉を討って雪辱した故事。

247 深い思慮。

248 北条高時の次男。時行と名のり、建武二年(一三三五)に中先代の乱を起こす(第十三巻・4)。

249 宿願。

250 高時の長男、邦時。

251 北条得宗家の被官。名は宗繁(むねしげ)。高時の側室新殿(にいどの＝万寿・亀寿の母)の兄。彼に万寿を託した。第十一巻・1、参照。

252 命を塵ほども惜しむものではありません。

253 すぐに死を決意するのはたやすいが、生きながらえて謀をめぐらし、それを後世に示すのは難しい。第十八巻・8に類似句。

に申して、御心をも慰めばやと思ひけるが、女性[258]はかなくいかなる人にも漏らし給ふ事もやあらんずらんと思ひ返し、涙の中に言ひけるは、「この世の中、今はこれまでと見え候ふ間、御一門の大将達、大略皆御自害候ふぞ。今は、[259]守殿ばかり東勝寺に御座候ふ。[260]公達を一目御覧じて、ともに腹を切らばやと仰せ候ふ間、御迎ひに参つて候ふ。五大院の[261]具足し申しつる万寿殿をば、敵見つけまゐらせ候ひて、追つ懸け討ちまゐらせて候ふ。あの[262]若子の御事も、[263]生々一世の御名残りにてこそ候へ。とても隠れあるまじき事ゆゑに、[264]狩場の雉の草隠れしたる風情して、敵に取り出だされ、[265]一家の名を失はせ給はん事も口惜しく候ふ。大殿の御手に懸けさせ給ひて、冥途まで御供申させ給ひたらんこそ、[266]生々世々までの忠孝にて候へ。疾く疾く」と申しければ、御局を始め奉つて、御乳母の女房達、「[267]うたての事を申すものかな。[268]せめては敵の手に懸からんは、いかがはせ

254 北条高時。
255 たいそう。
256 この亀寿のことがひどく気がかりで、露のようにはかないわが身でさえ消えかねて(死ねずに)いる。
257 秦家の命じたこと。
258 たわいなくどんな人に話すか知れない。
259 北条高時。
260 ご子息たち。
261 お連れ申した。
262 若君。
263 この世限りのお別れでございます。
264 狩場で雉が草陰に隠れているのと同じで。逃れがたいことのたとえ。
265 北条の家名を辱しめるのも残念です。
266 来世までの孝行でございます。
267 恐ろしいこと。
268 せめて敵の手にかかる

ん」とて、若子の前後に取り付き、喚き呼びければ、盛高、心[269]弱くしては叶ふまじと思ひければ、声を荒らかに、[270](色を)損じて、御局をはたと睨み奉つて、「武士の家に生まるる人、[271]襁褓の中よりして、かかる事あるべしと思し召し候はざりけるか。相模殿、[272]さこそ待ち遠に思し召し候ふらめ。早や早や」と云ふままに、走り寄つて、亀寿殿を懐き取りまゐらせて、自ら鎧の上に舁き負うて、門より外へ走り出でければ、上下の女房達の泣き呼く声、遥かに門前まで聞こえける。(御乳母の)[273]御妻と申しける女房は、人目も知らず、歩跣にて走り出で、[274]四、五町が程泣いては倒れ、倒れては起き給ひけるが、盛高が後ろ姿の見えずなりければ、深き井の中へ飛び入り、身を投げてこそ失せ給ひけれ。

盛高、[275]この人を具足し奉つて、信濃国へ落ち下り、[276]諏訪の祝を語らうて、[277]建武元年の春の比、暫く関東を[278]劫略して、天下の

なら、あきらめましょう。

269 気丈にふるまわねばことは遂げられまい。

270 怒って。

271 赤子の時から。襁褓はおむつ。

272 さだめし。

273 人の妻の美称「御妻」が、女房名として固有名詞的に使われたもの。

274 一町は、約一〇九メートル。

275 亀寿。

276 諏訪社の神官、祝氏を仲間に引き入れて。

277 建武二年(一三三五)の誤り。諸本同じ。

278 おびやかして支配し、天下に騒乱(中先代の乱)を引き起こした。第十三巻・4、参照。

279 考えるところがあるの

大乱を動かしたりし、相模次郎これなり。

その後、四郎左近大夫入道は、二心なき侍どもを呼び寄せて、「われは[279]思ふ様ある間、奥州の方へ落ちて、再び天下を覆す謀を廻らさんと思ふなり。[280]南部太郎、伊達次郎は、[281]案内者なれば、召し具すべし。その外の人々は、自害し、屋形に火を懸け、われ腹を切りたる由を敵に見せよ」と宣ひければ、二十余人の侍ども、[282]一儀にも及ばず、「仰せに随はん」とぞ申しける。伊達、南部二人、面を窶し、[283]夫の学をして、[284]中間男二人に[285]物具着せ、馬に乗せて、[286]中黒の笠符をぞ付けたりける。左近大夫入道を[287]青駄に乗せて、血の付いたる[288]帷子上に打ち懸け、[289]手負の本国へ帰る学をして、先づ武蔵の方へぞ落ちられける。

[290]遥かにあつて、残り止まつたる侍ども二十余人、中門に走り出で、「殿は早や御自害ありつるぞや。志あらん人々は御供申されよ」と呼ばはつて、屋形に火懸けて、煙の中に立ち並んで

で。

280　南部は、青森県八戸市、伊達は、福島県伊達郡に住んだ武士。泰家の家来。

281　土地の地理に詳しい者。

282　一言の異議もはさまず。

283　徴用された人夫。雑兵。

284　侍と下部の中間の者。

285　鎧・兜などの武具。

286　輪の中に太く黒い一の線を引いた紋。新田の紋。

中黒

287　箯輿（あおだ）。あうだ、あんだとも。編み板の音転。板や竹で編んだ即製の釣り輿（こし）。

288　裏地のない一重の衣。

289　負傷者。

290　かなり時間が経ってから。

腹を切つたりける。これを見て、庭上門前に袖[291]を連ねたる兵ども三百余人、皆連いて腹を切り、猛火の中に焦がれ臥す。さてこそ、「四郎左近大夫入道、落[292]ちたり」と云ふ人はなかりけれ。

291 並び連れだった。

292 逃げのびた。

相模入道自害の事 9

[1]長崎次郎基資は、[2]武蔵野の合戦より今日に至るまで、夜昼八十余度の合戦に、毎度前を懸けたりければ、わが身も手負ひ、郎等も多く討たれて、今はわづかに百四十騎になりにけり。二十二日、[3]源氏早や[4]谷々へ乱れ入つて、平家の大将[5]大略皆討たれぬと聞こえければ、誰が堅めたる陣とも云はず、ただ敵の近づく所へ馳せ合はせ馳せ合はせ、八方の敵を払つて、[6]四陣の堅を破りけり。馬疲るれば、乗り替へ乗り替へ、太刀打ち折れば、

9

1 長崎高資の子で、円喜の孫。神田本・流布本は「高重」。玄玖本・築田本は、底本に同じ。

2 本巻・4—7、参照。

3 源氏は新田方、平家は北条方。

4 谷(やつ)は、谷あいの地。鎌倉の町が開けた谷々。

5 おおかた。

6 東西南北の手強い敵。

帯き替へて、敵を切つて落とす事三十二人、陣を破る事八ヶ度なり。

かくて相模入道のおはします東勝寺へ帰り参りて、中門[7]に畏まつて、涙を流し申しけるは、「基資、[8]数代奉公の儀を忝うして、朝夕恩顔を拝し奉り候ひつる御名残り、今生に於ては今日を限りとこそは覚え候へ。基資、数ヶ所の合戦に敵を打ち払ひ、毎度打ち勝ち候ふと云へども、方々の口破られて、源氏鎌倉中に充満し候ふ上は、[9]今は矢武に思ふとも、叶ふべからず候ふ。[10]敵の手に懸からぬやうに、思し召し定められ候へ。但し、基資が帰り参らん程は、御待ちあるべく候ふ。上の御存命の間に、今一度かの敵の中へ懸け入つて、[11]思ふ程の合戦仕つて、冥途の御供申さん時、[12]物語に仕り候はん」と申して、また東勝寺を打ち出でければ、入道、後ろを遥かに見送り給ひて、涙を流し立たれける。

7　表門と本堂の間の門。
8　ありがたくも代々(北条家に)お仕えして、朝夕間近に殿のお顔を拝し奉るそのお名残りも。
9　今となってはいかに武勇を奮いましても。やたけ(弥猛)は、ますます勇み立つこと。
10　自害することを御覚悟なさいませ、の意。
11　思う存分。
12　思い出話としてお聞かせ申し上げましょう。

基資、これを最後の合戦なれば、先づ崇寿寺[13]の長老南山[14]和尚へぞ参じける。禅師、則ち主位[15]に座して相看し給へり。事急なる上、甲冑[16]の士拝を致す事なければ、基資、立ちながら少し左右に揖して問ふ。「如何[17]なるか、是勇士恁麼の事」。和尚、答へて曰はく、「吹毛[18]急に用ゐて、前まんには如かじ」。基資、末後の一句を聞いて、問訊[19]して帰りけるが、笠符[20]皆かなぐり捨てて、門前より馬に打ち乗り、百五十騎を前後に立てて、閑かに馬を進め、敵の陣へ交じり入る。その志、義貞に近づいて組んで勝負を決せんためなり。

基資、旗をも揚げず、打物[21]の鞘をもはづさず。兵ども、敵なりとも知らざりけるにや、をめをめと中を通しければ、基資、義貞に相近づく事、わづかに半町[22]ばかりなり。すはやと見ける処に、義貞の前にひかへたる由良新左衛門[23]、これを見知つて、「ただ今旗をも揚げず近づく勢は、長崎次郎と見るぞ。余す

13　材木座近くの弁谷(べがやん)にあった禅宗寺院。北条高時の創建。
14　南山士雲。長老は、禅宗寺院の住職。
15　上座(かみざ)にすわって面会された。
16　鎧・兜を着た(通常の衣服ではない)者は正規のあいさつはしないものなので、基資は庭に立ったまま軽く左右に会釈して。
17　勇士はこうした時にどうふるまうべきか。「恁麼」は、かくのごとき(宋代の俗語で禅語)。
18　剣をはげしく振るって進むほかない。吹毛は、剣をいう禅語(吹きかけた毛を切るほどの名剣の意)。
19　合掌低頭して敬意を示す禅宗の礼法。
20　敵味方を区別する布きれ。鎧の袖や兜につける。

な、漏らすな」と、下知し呼ばはりければ、前陣にひかへたる[24]武蔵七党の者ども一千余騎、東西より押つ取り裹んで、真中にこれを取り籠むる。長崎次郎、[25]支度相違して、百五十騎、一所にひしひしと打ち寄つて、同音に[26]時をどつと作り、かの大勢の中へ懸け入り、交じり合ひ、かしこに紛れ、ここに呈れて、火を散らして戦ひける。[27]長浜、これを見て、「敵は笠符を付けぬと見えつるぞ。それを注に組んで討て」と、下知しければ、[28]甲斐、信濃の人々、押し並べ押し並べ、引つ組んで落ちてぞ頸をば取りける。[29]蒙塵天を掠め、汗血地を糢糊す。その有様、[30]項王が漢の三将を靡かし、[31]魯陽が日を三舎に返せしに異ならず。

　されども、未だ長崎次郎は討たれず、主従八騎になつて戦ひけるが、なほも大将に組まんと伺うて、近づく敵を打ち払ひ、ややもすれば[32]差し違へて、義貞兄弟をぞ目に[33]懸けける。武蔵国の住人[34]横山太郎重真、押し隔てて組まんと、馬を進めて近づ

21 太刀・長刀の類。
22 五〇メートル余り。
23 群馬県太田市由良に住んだ新田の家来。
24 武蔵国に住んだ七つの党(小名の集まり)の武士団。
25 企てが外れたので。
26 鬨(とき)の声。
27 後出、第十四巻・4、5、8「長浜六郎左衛門」。神田本・玄玖本「長浜六郎左衛門」。埼玉県児玉郡上里町(武蔵国賀美郡長浜)の武蔵七党の武士。由良と並ぶ新田の家来。
28 甲斐の武田、信濃の小笠原の一族。
29 濛々(もうもう)たる土煙は天をおおい、汗と血は大地をぬかるませた。
30 楚の項羽が、敗死する直前、漢の三人の将軍を討ち取ったこと(史記・項羽本紀、第二十八巻・9)。

く。長崎も、よき敵ならば組まんと、懸け合はせて見るに、横山太郎重真なり。さては、[35]逢わぬ敵ぞと思ひければ、重真を[36]弓手に相付けて、四尺三寸の太刀を以て、強かに打ちたりければ、甲の鉢を[37]菱縫の板まで破り付けられて、重真二つになつて失せにけり。馬は[38]尻居に打ち居ゑられて、小膝を折つてどうど伏す。同国の住人[39]庄三郎長久、これを見て、よき敵とや思ひけん、連いて組まんと懸かりける。長崎からからと打ち笑うて、「[40]党の者どもに組むべくは、横山をなじかは嫌ふべき。[41]合はぬ敵を失ふ様、いでいで、己れに知らせん」とて、長久が鎧の[42]総角摑んで、中に引提げ、[43]弓杖三杖ばかり投げたりける。[44]則ち血を吐いて死にけり。

長崎、大音声を揚げて名乗りけるは、「天下を掌に握つて、すでに九代、[45]葛原親王に十八代の後胤、前相模守高時の[46]管領、長崎入道円喜が嫡孫、長崎次郎基資と云ふ者ここにあり。[47]高

31　楚の魯陽公が韓と戦ったとき、日が沈もうとしたのを、戈(こほ)を振りかざして太陽を三舎(星宿三つ分の距離)引き戻した故事(淮南子・覧冥訓)。
32　(敵勢と)入れ違えて。底本「指近付ク」。他本により改める。
33　狙う。
34　東京都八王子市(武蔵国多摩郡横山)の武士。横山は武蔵七党の一つ。
35　自分にはふさわしくない敵。
36　左側。
37　兜の錣(しころ=首をおおう部分)の一番下の板の、糸を×形に綴じた飾り。
38　尻もちをつき、膝を曲げて。
39　武蔵七党の児玉党の武士。
40　党の武士を相手にする

名(みょう)せんと思はん兵(つわもの)、寄れや、組まん」と云ふままに、鎧の袖も草摺(くさずり)[48]も皆切つて捨て、大童(おおわらわ)[49]になつて、なほ敵の中へ破(わ)つて入らんとしけるが、跡なる郎従(ろうじゅう)、馬の前に走(はし)り塞(ふさ)がつて、「いかなる御事にて候ふぞ。敵早や谷々(やつやつ)へ乱れ入りぬと見えて候ふ。今は、打ち帰らせ給ひて、主殿(しゅのとの)[50]の御自害をも勧め申され候へかし」と申しければ、「げにや[51]、人を切るが面白さに、大殿(おおとの)に約束し申しつる事を忘れぬるぞや。いざ[52]、さらば帰り参らん」とて、主従八騎、山内(やまのうち)[53]へ引つ返せば、児玉党(こだまとう)五十余騎、「きたなし、返せ」とて、追つ懸けたり。八騎の者ども、敵近づけば、返し合はせ返し合はせ、山内より葛西谷(かさいのやつ)[54]まで、十七度までこそ戦ひけれ。

基資、鎧に立つ処(ところ)の矢二十三筋(すじ)、蓑毛(みのけ)[55]の如くに折り懸けて、相模入道殿(さがみのにゅうどうどの)の前へ参りたりければ、祖父(おおじ)[56]の入道、待ちうけて、「いかに今まで遅かりつるぞ」と問ひければ、「もし新田義貞(にったよしさだ)に

くらいなら、横山をどうして嫌おうか。
41 格下の敵の殺し方を、さあお前に教えてやろう。
42 鎧の背中に付ける総角結びの飾り紐。
43 弓の長さ三つ分。
44 即座に。
45 桓武帝の皇子。
46 内管領。北条得宗家の家老職。
47 手柄を立てようと思う兵は寄ってこい。
48 鎧の胴の下に垂れ下げ、太腿をおおう板。
49 髻(もとどり)がとけて童髪(わらわがみ)のようにばらばらになった髪のさま。
50 あるじの殿。北条高時をさす。
51 そうであった。
52 さあ、それでは。
53 神奈川県鎌倉市山ノ内。
54 鎌倉市小町。高時の待

寄せ合はせ候はば、引つ組んで、直に勝負を決し候はんために、二十余ヶ度まで敵の中へ懸け入り、伺ひ候ひつれども、つひにそれと覚しき敵に見逢ひ候はで、そぞろなる党の奴原、武蔵、相模の葉武者ども、四、五百人切つて捨てて候ふ。なほも奴原を浜面へ追ひ出だし、車切、胴切、立破に破り付けたく候ひつれども、上の御事いかが御座候ふらんと存じ候ひて、帰り参つて候ふ。早や早や皆 御物具脱がせ給ひて、思し召し切らせ給ひ候へ。基資、先づ自害 仕 り候ひて、手本に見せまゐらせ候はん」と云ふままに、鎧脱いで投げ捨て、御前にありつる盃を以て、舎弟 新左衛門に酌取らせ、三度傾けて、摂津刑部大輔入道道準の前に差し置いて、「思ひ差し申し候ふ。これを肴に御覧ぜよ」とて、左の小脇に刀突き立て、右の傍腹まで切目長に(搔き破つて)、中なる腸を繰り出だし、道準が前にぞ伏したりける。

つ東勝寺があった。
55 蓑に編んだ菅(げす)や茅(やか)のように。
56 基資の祖父、長崎円喜。
57 とるにたらない。
58 雑兵。
59 由比ヶ浜。
60 車切は、輪切り。胴切は、胴を二つに切ること。立破は、縦に真っ二つに切ること。
61 北条高時。
62 鎧・兜をお脱ぎになって、御自害なさいませ。
63 高重か。
64 俗名は親鑑(ちかのり)。中原氏。
65 席次の順にとらわれず、特定の者を差して盃をまわすこと。
66 脇の下。「小」は接頭語。
67 脇腹。
68 切れ目長く。

道準、盃を取つて、「あはれ、肴や。いかなる下戸[70]なりとも、これを飲まぬ者はあらじ」と戯れて、その盃半分ばかり飲み残し、[71]諏訪左衛門入道の前に閣いて、同じく腹をぞ切りにける。

諏訪入道直性、その盃を持つて、心閑かに三度傾けて、相模入道殿の前に閣いて、「若き者ども、随分芸を尽くして振る舞ひて候ふに、年老なればとて、[72]ただはいかでか候ふべき」とて、「今より後は、これを[73]送り肴に仕り候ふべし」とて、腹十文字に掻き切つて、その刀を[74]入道殿の前に閣く。

長崎入道円喜は、これまでも、入道殿の御事いかがと思ひたる気色にて見えけるが、[75]長崎左衛門次郎、祖父円喜の前に畏まつて、「父祖の名誉を以て、子孫の孝行とする事にて候ふなれば、[76]仏神三宝も[77]定めて御免こそ候はんずらめ」とて、円喜の[78]肱のかかりを二刀差して、返す刀に、己れが腹七寸ばかり掻き破つて、同じ枕に臥したりけり。この[79]小冠者に義を勧められ

69 他本により補う。
70 酒の呑めない者。
71 本巻・8で、北条泰家が亀寿を託した盛高の父。
72 ただ何も芸をしないではすまされません。
73 酒宴で順に行う座興。
74 北条高時。
75 基資の舎弟新左衛門。
76 仏と神。三宝は、仏・法・僧で、仏の教えをさす。
77 きっとお許しくださるだろう。
78 肘の関節あたりの脇腹。
79 元服したての若者。

て、相模入道切り給へば、[80]城入道連いて切る。

これを見て、[81]堂上堂下におはしける一門他家の人々、皆[82]押膚脱ぎ押膚脱ぎ、腹を切り、自ら頸を掻き落とす人々は、誰々ぞ。[83]金沢大夫入道崇顕、[84]佐介近江前司宗直、甘名駿河守、子息左近将監、名越土佐前司時元、印具越前前司宗末、[85]塩田陸奥守入道、摂津刑部大輔入道、小町中務権大輔朝実、[86]常盤駿河守範貞、長崎左衛門入道円喜、城加賀前司師顕、秋田城介時顕、越前守有時、南左馬頭義時、摂津左近大夫、長崎三郎左衛門入道思元、明石長門介入道忍阿、[87]名越の一族三十四人、赤橋、常盤、佐介の人々四十六人、その[88]門葉たる人々二百八十三人、われ前にとぞ切つたりける。その後、屋形に火を懸けたりければ、猛火盛んに燃え上がり、黒煙天に充ち満ちたるに、庭上門前の兵、或いは炎の中へ走り入つて腹を切り、或いは父子兄弟、差し違へ差し違へ重なり伏す。

80 秋田城介(じょうのすけ)、安達時顕。前出、第五巻・4。
81 本堂の内や外におられた北条一門と他家の人々。
82 つぎつぎに上半身はだかになり。
83 俗名貞顕。第十五代執権。貞将の父。
84 佐介・甘名(甘縄)は北条一門。該当者は不詳。以下の人名は、諸本により出入りがあり、混乱もある。
85 北条(塩田)国時。すでに自邸での自害が語られた人物。本巻・8。
86 六波羅北探題であった。第二巻・2、第三巻・3。
87 名越・赤橋・常盤・佐助は、北条一門。
88 血筋のつながる一族。

血は流れて、[89]溷々たる洪河の如し。尸は満ちて、[90]塁々たる郊原の如し。死骸は焼けて見えねども、後に名字を尋ぬれば、ここ一所にて自害したる者、すべて八百七十三人なり。この外、[91]平家の門葉たる人々、その恩顧を蒙る族、僧俗男女を云はず、聞き伝へ聞き伝へ、[92]泉下に恩を報ずる人々、その数を知らず。鎌倉中を数ふるに、すべて六千余人とぞ聞こえし。

於戯、この日いかなる日かな。元弘三年五月二十二日、平家九代の繁昌、[93]片時に皆滅び畢て、源氏[94]多年の愁訴を一朝に開きたる事を得たりけり。

89　暗く濁った大河。
90　死骸が折り重なった町はずれの野原。
91　北条氏の一族。
92　命を絶ってあの世(泉下)で恩義に報いようとする人々。
93　つかのま。
94　長年の愁いや悲しみを一時にして払うことができた。

太平記 第十一巻

第十一巻　梗概

鎌倉幕府が滅んでのち、北条高時の嫡子邦時は、母方の伯父五大院右衛門の密告により、捕らえられて斬られた。元弘三年（一三三三）五月十二日、六波羅探題滅亡の報せを受けた船上山の後醍醐帝は、二十三日、上洛の途につき、播磨の書写山円教寺、法華山一乗寺などを経て、三十日、兵庫の福厳寺で鎌倉幕府滅亡の報せをうけた。赤松一族や楠正成らに警固された天皇一行は、六月五日に東寺、六日に二条内裏に入り、その日、足利高氏・直義兄弟はそれぞれ治部卿と左馬頭に任じられた。九州では、三月十三日、九州探題北条英時を攻めた菊池入道が戦死したが、その折、菊池を裏切った少弐と大友は、六波羅探題滅亡の報せを受けて、五月二十五日、九州探題を攻め滅ぼした。長門探題北条時直は、降伏して命を赦されたが、まもなく病死した。北陸では、五月十二日、越前牛ヶ原の地頭淡河時治が、平泉寺の衆徒に攻められて、妻子ともに自害した。十七日、越中守護名越時有の一族が、宮方に攻められて自害し、妻子らは海に身を投げた。南都で降伏した金剛山の寄手、阿曾時治以下の幕府方の諸将は、七月九日に処刑された。いったん赦された二階堂道蘊もついに斬られた。佐介宣俊は、五月初めに後醍醐方に降参していたが、再度捕らえられて斬られ、鎌倉の妻も自害した。かくして繁栄を極めた北条氏はまたたくまに滅んだのである。

五大院右衛門并びに相模太郎の事 1

義貞すでに鎌倉を治めて、威遠近に振るひしかば、[1]東八ヶ国の大名、高家、手を束ね、膝を屈せずと云ふ者なし。多年付き順ひて忠を憑む人だにも、かくの如し。況んや、ただ今まで[2]平氏の恩顧に随ひて敵陣にありつる者どもが、[3]生きて甲斐なき命を継がんために、[4]所縁に属し、降人になつて、[5]肥馬の前に塵を望み、[6]高門の外に地を掃いても、己れが咎を補はんと思へる心根なれば、今は浮世の望みを捨てて、僧、法師になりたる平氏の一族たちをも、寺々より引き出だして、法衣の上に血を淋ぎ、[7]二人は人に契らじと、髪を下ろし貌を替へんとする亡夫の後室どもをも、所々より捜し出だして、[8]貞女の志を失はしむ。悲しいかな、[9]義を専らにして忽ちに死せる人は、永く修羅の

1

1　関東八か国の大領主や名門の武士に、手をあわせ、屈服しない者はなかった。
2　北条氏。
3　生きる値打ちもない命を引き延ばすために。
4　縁故を頼り降参して。
5　肥えた馬が立てる塵を浴びることを望む。権勢家にへつらうさま。「朝(あした)には富児の門を扣(たた)き、暮(ゆう)べには肥馬の塵に随ふ」(杜甫・韋左丞丈に贈り奉る二十二韻)。
6　権門の館(高門)の前を掃除するような真似をしてまで。
7　二人の夫とは契るまいと、剃髪して尼になろうとする未亡人たちをも。
8　亡き夫への操を守ろうとする志。

奴となつて、苦しみを多劫の間に受けん事を。痛ましいかな、恥[10]を忍んで苟も生ける者は、立ち処に衰窮の身となつて、笑ひを万人の前に得たる事を。

中にも、五大院右衛門宗繁[11]は、故相模入道[12]重恩[13]を与へたりし侍なる上、相模入道の嫡子相模太郎邦時[14]は、この五大院右衛門が妹の腹に出で来たりし子なれば、甥なり、主なり、いづれに付けても二心はあらじと、深く憑まれけるにや、「この邦時をば、汝に預け置くぞ。いかなる方便をも廻らして、これを隠し置いて、時至りぬと見えば、取り出でて、亡魂[15]の恨みを謝すべし」と、相模入道宣ひければ、宗繁、「子細候はじ[16]」と領状して、鎌倉の(合戦の)最中、降人にぞなりたりける。

かくて三、四日を経て後、平氏悉く滅びしかば、関東皆源[17]氏の顧命[18]に随つて、ここかしこに隠し置いたる平氏の一族ども、あまた捜し出だして、取り手[19]は所領を預かり、隠せる者は忽ち

9　忠義を全うして潔く討死した人は、永く修羅道に落ちて、永遠の苦しみを受けることになる。修羅は、衆生が輪廻(りんね)する六道の一つで、戦いで死んだ者がおもむく怒りと闘争の世界。多劫は、きわめて長い年月。
10　恥をこらえてかりそめにも生きる者は、たちまち落ちぶれ困窮の身となって、万人の前で笑い者になる。
11　北条得宗家の被官。高時の側室新殿(にいどの)の兄。前出、第十巻・8。
12　北条高時。
13　厚い恩顧。
14　高時の長男。幼名万寿。
15　成仏できない霊魂の恨みを晴らせ。
16　「承知いたしました」と引き受けて。
17　新田(・足利)氏。
18　恩顧を与え命令するこ

に誅(ちゅう)せらるる事多し。

五大院右衛門、これを見て、[20]いやいや果報(かほう)尽き果(は)てたる人を扶持(ふち)せんとて、[21]たまたま遁(のが)れたる命を失はんよりは、この人の在(あ)り所(どころ)知りたる由(よし)を、源氏の兵に告げて、二心なき処(ところ)をあらはして、所領の一所(いっしょ)をも[22]安堵(あんど)せばやと思ひければ、或る夜、この相模太郎に向かつて申しけるは、「これに御座(ぎょざ)の事は、いかなる人も知り候はじとこそ存じて候ふに、いかがして泄(も)れ聞(き)こえ候ひつらん。[23]船田入道(ふなだにゅうどう)、明日これへ押し寄せ候ひて、さがし奉らんと仕(つかまつ)り候ふ由、ただ今或(あ)る方(かた)より告げ知らせて候ふ。[24]いかさま御座の所を今夜(こよい)替へ候はでは、叶(かな)ふまじく候ふ。夜に紛(まぎ)れて、急ぎ[25]伊豆(いず)の御山(おやま)の方(かた)へ落ちさせ給へ。宗繁も御供申したく存じ候へども、[26]一家(いっか)を尽くして落ち候ひなば、船田入道、[27]さればこそと心づいて、いづくまでも尋ね求むる事候ひぬと存ずる間、わざと御供をば申すまじきにて候ふ」と、誠(まこと)しやかになつ

と。
19　北条の縁者を捕らえた者は、その所領をもらい。
20　いやはや運の尽きた人を助け養おうとして。
21　運よくつなぎとめた命を落とすよりは。
22　旧来の領地をそのまま認められること。
23　船田義昌。新田義貞の執事(家老)。
24　なんとしても。
25　伊豆山神社(静岡県熱海市)。源頼朝以後、関東の武家に尊崇された。
26　一家揃って。
27　やはり思ったとおりだ。
28　なるほどと思い、身の隠し場所もなくて。
29　ちょっとした物詣でや方違え(外出の方角が悪いとき、いったん別の場所に泊まって方角を変えて目的地に向かうこと)などにも。

て申しければ、相模太郎、[28]げにもと、身の置き所なくて、五月二十七日の夜半ばかりに、忍びて鎌倉を落ち給ふ。

昨日までは、天下の主たりし相模入道の嫡子にてありしかば、[29]かりそめの物詣で、方違へなど云ひしだにも、[30]御内、外様の大名ども、細馬に轡を噛ませて、五百騎、三百騎、前後打ち囲うでこそ往復し給ひしに、時移り、事替はりぬる世の有様のあさましさ、[31]怪しげなる中間一人に太刀持たせて、[32]伝馬にだにも乗り給はず、破れたる草鞋に、編笠着て、[33]そこともも知らず、泣く泣く伊豆の御山を尋ねて、足に任せて行き給ひける、心の中こそあはれなれ。

五大院右衛門は、かやうにこの人を[34]ばすかし出だしぬ、[35]われと討つて出だしなば、年来奉公の好みを忘れたる者よと[36]人に指を差されぬべし、[37]便宜よからんずる源氏の侍に撃たせて、その勲功を分けて知行せばやと思ひければ、急ぎ船田入道がもとへ

30 北条一門や一門以外の大名たちが良馬にくつばみ(くつわ。馬の口にくわえさせ手綱をつける馬具)を付けて。
31 みすぼらしい中間(侍と下男の中間の従者)。
32 公用の旅のために宿駅に常備された馬。
33 どこへとも分からずに。
34 だまして出発させた。
35 自ら(相模太郎を)討ち取って差し出したら。
36 人に非難されるだろう。
37 適当な源氏の侍に討ち取らせて、その褒賞の領地を(源氏の侍と)分けあって領有したい。
38 きっと格別のほうびを賜わることでしょう。
39 命にかけて地位と生活の支えとする所領。
40 推挙。
41 承知した。

行き、「相模太郎殿の在り所をこそ、委しく聞き出だして候へ。他の勢を交へずして、討つて出だされ候はば、[38]定めて勲功他に異に候はんか。告げ申して候ふ替はりには、必ず[39]一所懸命の地を安堵仕り候ふやうに、御[40]吹挙に預かり候はん」と申しければ、船田入道、心中には悪い物の云ひやうかなと思ひながら、先づ、「[41]子細あらじ」と約束して、五大院右衛門もろともに、相模太郎の落ち行きける道を[42]遮つて待たせけり。

　相模太郎は、道に相待つ敵ありとは思ひも寄らず、五月二十八日のあけぼのに、[43]あさましげなるやつれ貌にて、[44]相模川を渡らんと、渡守を待つて、岸の上に立たれたりけるを、五大院右衛門、よそに立つて、「あれこそ、[45]すは、件の人よ」と教へければ、船田が郎等三騎、馬より飛んで下り、[46]透き間もなく生け取り奉る。俄かの事にて、[47]張輿なんどもなければ、舟の縄にて[48]したたかにこれを誡め、中間二人に馬の口を引かせて、白昼に

42　先回りして。
43　情けない落ちぶれた姿で。
44　神奈川県平塚市と茅ヶ崎市の境を流れる川。
45　それ、例の人だ。
46　逃れる隙間もなく厳重に。
47　畳表で周囲を張った粗末な輿。
48　がんじがらめに縛り。
49　泣かない人はなかった。
50　放っておくわけにゆかず、ただちに。
51　「程嬰がわが子を殺して」は誤り。「史記」趙世家の故事。春秋時代の晋で、程嬰は、趙氏の遺児をかくまい、他人の子(わが子ではない)を山に隠した上でわざと密告する。替え玉の子は殺されたが、遺児は無事に育ち、趙氏は血筋を保った(第十八巻・8、参照)。

鎌倉へ入れ奉る。これを聞き見る人ごとに、袖[49]をしぼらぬはなかりけり。この人未だ幼稚なれば、何程の事かあるべきなれども、朝敵の長男たれば、閣[50]くべきにあらずして、則ち翌日の暁に、ひそかに首を刎ね奉る。

昔、程嬰[51]がわが子を殺して、幼稚の主の命に替へ、予譲[52]が己が貌を変じて、旧君の恩を報ぜし、それまで[53]こそなからめ、年来の主を敵に討たせて、欲に義を忘れたる五大院右衛門が心の中こそ、希有なれ、不当なれと、見る人ごとに爪弾き[54]をして、悪まぬ者なかりしかば、義貞、げにもと聞き給ひて、「これをも誅すべし」と、内々その儀定まりにければ、宗繁、これを伝へ聞いて、ここかしこに隠れ行きけるが、梟悪[55]の罪身を譴めけるにや、三界[56]広しと雖も、一身を措かん処なく、故旧[57]多しと雖も、一飯を与ふる人なく、忽ちに乞食の如くになりはて、道路の衢にして、飢ゑ死にけるとぞ聞こえし。

52 「史記」刺客列伝の故事。戦国時代の晋の智伯(ちはく)に仕えた予譲は、智伯が趙襄子(ちょうじょうし)に討たれると、体に漆を塗って身をやつし、趙襄子の命を狙うが果たせず自害した。

53 それほどまでして旧主の恩に報いずとも。

54 非難するしぐさ。

55 極悪の罪。梟(ふくろう)は、中国で悪鳥とされた。

56 この世のすべて。衆生が輪廻する欲界・色界・無色界。　57 古い知人。

2

1 六条有忠の子。村上源氏。後醍醐帝の隠岐流罪に同行し(第四巻・3)、隠岐脱出後は、討幕軍の大将となった(第八巻・13)。

2 幕府方の大将だったが後醍醐方に寝返り(第九

千種頭中将殿早馬を船上に進せらるる事 2

都には、五月十二日、[1]千種頭中将忠顕朝臣、[2]足利治部大輔高氏、[3]赤松入道円心がもとより、追ひ追ひに早馬を打たせ、[4]両六波羅すでに没落せしむるの由、[5]船上へ奏聞す。

これについて諸卿僉議あつて、則ち還幸なるべきや否やの意見を献ぜらるる時、[6]勘解由次官光守、諫言を以て申されけるは、「両六波羅すでに没落すと云へども、[7]千剣破発向の朝敵等、なほ畿内に満ちて、勢ひ京洛を呑めり。また、[8]賤しき諺に、「東八ヶ国の勢を以て、日本国の勢に対す」と云へり。されば、[9]承久の合戦に、[10]伊賀判官光季追ひ落とされし事はたやすかりしかども、坂東勢重ねて上洛せし時、官軍戦ひ負けて、天下久しく武家の権威に随ひぬ。今、[11]一戦の雌雄を計るに、御方は、

巻・1）、六波羅探題討伐に功をあげた。
3　俗名則村（のりむら）。一族を率いて討幕に功があった（第八巻）。
4　北探題北条仲時と南探題北条時益。
5　後醍醐帝の行在所となった船上山（鳥取県東伯郡琴浦町）。第七巻・7。
6　勘解由庁（国司が交替する時の引き継ぎの書類を監査する）次官、藤原光守。
7　楠正成の籠る千剣破城を囲む幕府軍。
8　しもじものことわざ。
9　承久の乱（一二二一年）。
10　承久の乱勃発時に討たれた幕府方の京都守護。
11　戦いの勝敗。
12　「春秋公羊伝」襄公二十九年の句。罪人に危害を加えられる恐れがあるから。
13　帝の出す文書。

わづかに十にしてその二、三を得たり。「君子は刑人に近づか[12]ず」と申す事の候へば、暫くただ皇居を移され候はで、諸国へ[13]綸旨を成し下され、東国の変違を御覧ぜらるべくや候ふらん」と申したりければ、[14]当座の諸卿、悉く[15]この儀に同ぜられける。主上、なほ[16]時宜定め難く思し召されければ、自ら[17]周易を開かせ給ひて、還幸の吉凶を、[18]蓍筮に付けてぞ御覧ぜられける。御占、[19]師卦に出でて云はく、「[20]師は貞なり。丈夫は吉なり。咎無し」と。[21]象に曰はく、「[22]上六は、大君命を有つて国を開き、家を承がしむ。小人をば用ゐること勿かれ」と。[23]王弼が注に云はく、「[24]師の極に処つて師の終りなり。大君の命を有つとは、功を失はざるなり。国を開き、家を承ぐとは、以て邦を寧んずるなり。小人をば用ゐること勿かれと云ふは、その道に非ざればなり」と注せり。「この上は、何をか御疑ひあるべき」とて、同じき二十三日、伯耆の船上を御立ちあつて、[25]腰輿を山陰の東

14　その場。
15　この意見。
16　上洛の好機。
17　「易経」のこと。
18　筮竹（ぜいちく）で占うこと。
19　「易経」六十四卦の一。卦は、易で占った結果。
20　軍隊(師)を率いるに貞(ただ)しく行う。徳のある者(丈人)が統率すれば吉で過ちがない。
21　「易経」の卦を注釈する象伝。以下は、師の卦の上六の象伝。
22　上六(卦の最上位)の卦は、天子の命で、功ある者に国を与え、家を継がせる。徳のない者(小人)は重用してはならない。
23　三国時代魏の人。「易経」の注を著した。
24　師の卦の最後にあり、論功行賞の時である。天子が命をたもつとは、功ある

にぞ促されける。

路次の行粧[26]例に替はりて、[27]頭大夫行房、勘解由次官光守二人ばかりこそ、[28]衣冠にて供奉せられたりけれ。その外の月卿雲客、[29]衛府諸司の助は、皆[30]戎衣にて[31]前騎後乗す。[32]六軍悉く甲冑を鎧ひ、弓箭を帯して、前後三十余里に支へたり。[33]塩冶判官高貞は、千余騎にて、一日先立つて前陣を仕る。[34]朝山太郎は、一日路引き殿れて、五百余騎にて後陣を打つ。[35]金持大和守は、錦の御旗をさして左に候し、[36]伯耆守長年は、[37]帯剣の役にて右に副ふ。[38]雨師道を清め、風伯塵を払ふ。[39]紫微北辰の結陣も、かくやと覚えて厳重なり。

されば、[40]去年の春の末に、隠岐国へ移されさせ給ひし時、宸襟を悩まされて、御涙の故となりし山雲海月の色、今は皆龍顔を悦ばしむる端となつて、松吹く風も自づから、万歳を呼べるかと怪しまれ、塩焼く浦の煙まで、[41]にぎはふ民の竈となる。

者を賞することを過たないことである。国を与え家を継がせるとは、天下の平安のためである。小人は重用してはならないとは、道義に背くからである。

25　腰輿(腰の高さで持つ輿)で山陰道を東上した。

26　通例とは異なり。

27　一条経尹の子。千種忠顕らと後醍醐帝の隠岐配流に同行した。第四巻・3。

28　貴族の正装。

29　六衛府諸官庁の次官。

30　戦時の装い。鎧・兜。

31　前後を騎馬で警固すること。　32　天子の軍隊。

33　佐々木高貞。出雲守護。船上合戦で後醍醐方につき、建武政権で重用される。第七巻・9。

34　島根県出雲市朝山町の武士。

35　鳥取県日野郡日野町金

書写山行幸の事　3

五月二十七日には、播磨国[1]書写山へ行幸なり、先年[2]の御宿願を果たさる。諸堂御巡礼の次でに、開山 性空上人[3]の御影堂を開かせらるるに、年来秘し来たりし物なりと覚えて、さまざまの物どももあり。当寺の宿老[4]を一人召して、「これはいかなる由緒の物ぞ」と、御尋ねありければ、宿老畏まつて、一々にこれを演説[5]す。

杉原[6]一枚を折つて、法華経[7]一部八巻、并びに開結二経[8]を小字に書けるあり。これは、上人、寂寞[9]の扉に座して、妙典[10]を読誦し給ひし時、第八[11]の冥官、一人の化人[12]となつて、片時の程に書きたりし御経なり。また、歯禿びてわづかに残れる杉の屐[13]あり。これは、この上人、当山より毎日に比叡山へ御入室候ひける時、

持(ちかも)の武士。
36　名和氏。後醍醐帝を伯耆に迎えた功労者。第七巻・8。
37　剣を帯する警固役。
38　「淮南子」原道訓の句。雨師は雨をつかさどる神、風伯は風の神。
39　天子を多くの星が囲むように。北極星の北東にある星紫微も北辰(北極星)も、天子のたとえ。
40　元弘二年三月。第四巻・3、参照。
41　国が治まったさま。「高き屋にのぼりてみれば煙立つ民の竈はにぎはひにけり」(和漢朗詠集・刺史)をふまえる。「新古今和歌集」賀歌には、仁徳天皇御歌としてのる。

3

1　兵庫県姫路市にある天

海辺三十五里の間を、一時が内に歩ませ給ひし履なり。また、布にて縫へる香[14]の袈裟あり。これは、上人、御身を放さず長時[15]に懸けさせ給ひけるが、香の煙に焙りたるを御覧じて、「あはれ、洗はばや」と仰せられける時、常随宮仕[16]の護法、これを給はつて、「濯いで参り候はん」と申して、遥かに西天を指して飛び去りぬ。暫くあつて、この袈裟を虚空に懸け干す。恰か一片の雲の、夕日に映ぜるが如し。上人、護法を召して、「この袈裟をば、いかなる水にて濯ぎたりつるぞ」と問はせ給へば、護法、「日本の中には、しかるべき清涼の水候はぬ間、天竺の無熱池[17]へ行きて洗ひて候ふなり」と、答へ申したりし御袈裟なり。

生木化仏[18]の観世音、毘首羯磨[19]が作りたりし五大尊、これのみならず、法華読誦の砌には、不動[20]、毘沙門[21]、二童子の形を現じて仕へ給ふ。延暦寺の釈迦堂[22]供養の日は、上人、当山に座し

台宗寺院、書写山円教寺。
2 かねての参詣の願い。
3 平安中期の高名な法華経行者。御影堂は、肖像をまつる堂。
4 長老。 5 講釈する。
6 杉原紙。播磨国(兵庫県)多可郡杉原で産した上質紙。 7 一揃い。
8 法華経を説く前に読む序の無量義経と、結びの観普賢経。
9 静寂で心のしずまる住居。 10 法華経の尊称。
11 冥界の十王(死者の罪の軽重をただす十人の王)の第八の平等王のことか。
12 神仏が人に化したもの。
13 高下駄。
14 香染め。黄色を帯びた薄紅色。 15 いつも。
16 性空の行法に感じて、乙、若二人の仏法守護の鬼神が常に給仕したという

ながら、ほのかに[23]如来の唄を引き給ひしかば、[24]梵音遠く叡山の雲に響いて、一会の奇特を顕し事ども、委細に演説仕りたりしかば、主上、[25]斜めならず御信心を傾けさせ給ひて、則ち当国[26]安室郷を御寄附あつて、[27]不断如法経の料所にぞ擬せられける。今に至るまで、その妙行、片時も懈る事なくして、[28]如法如説の御勤めとなる。誠に[29]滅罪生善の御願なり。

新田殿の注進到来の事 4

二十八日、[1]法花山へ行幸なつて、御巡礼あり。これより龍駕急がれて、晦日は、兵庫の[2]福厳寺に餉所を点じて、御座ありける。その日、[3]赤松入道父子四人、五百騎にて参迎す。龍顔殊に麗しくして、「[4]天下草創の功、ひとへに汝等[5]贔負の中戦によれり。恩賞はおのおの望みに任すべし」と叡感あつて、[6]禁門の

(今昔物語集、元亨釈書)。

17 仏教で、世界の中心の須弥山の南、贍部洲の中央にあるという阿耨達池(あのくだち)。龍王が住む清涼な池。

18 なま木を彫った観音像。

19 帝釈天に仕え、細工や建築を司る天神。五大尊は、不動・降三世(ごうざんぜ)・軍荼利夜叉(ぐんだりやしゃ)・大威徳・金剛夜叉の五大明王。

20 不動明王。一切の悪魔、煩悩を降伏すべく、大日如来が変化したもの。

21 四天王の一。北方世界の守護神。

22 比叡山西塔の本堂。

23 「勝鬘経(しょうまんぎょう)」の偈文。梵唄(声明)で歌われる。

24 梵唄の歌声が遠く叡山の空に響き、同じ法会に列座する不思議を顕したこと。

25 ひととおりでなく。

26 姫路市内にあった荘園。

警固に奉侍せらる。

ここに一日御逗留あつて、供奉の行列、還幸の儀式を調へらるる処に、その日の午刻[7]に、過書[8]を頸に懸けたる早馬二騎、門前まで乗り打ち[9]して、庭上に羽書[10]を捧げたり。諸卿驚いて、急ぎ披きこれを見給ふに、新田小太郎義貞がもとより、相模入道以下一族従類等、不日[11]に追討して、東国すでに静謐[12]の由を注進せり。「西国、洛中の戦ひに、官軍聊か勝に乗つて、両六波羅を攻め落とすと云へども、関東を攻められん事は、ゆゆしき[13]大事なるべし」と、叡慮を廻らされける処に、この注進到来してければ、主上を始め奉つて、諸卿一同に、猶預[14]の宸襟を休め、欣悦[15]の称歎を尽くさる。則ち、「恩賞は宜しく請ふに依るべし」と宣下せられて、先づ使者二人に、おのおの勲功の賞をぞ行はれける。

27　たえず法に従って法華経を書写すること。料所は、その費用をまかなう所領。
28　仏の説く法に順う勤行。
29　罪を滅し善を生ず。

4

1　兵庫県加西市坂本町にある法華山一乗寺。
2　神戸市兵庫区にある禅寺。餉所は、食事の場所。
3　円心と範資・貞範・則祐。
4　天下統一の功績。
5　大いに力を用いた忠義の戦い。「中」は「忠」に同じ。
6　行在所(あんざいしょ)の門を警護させた。　7　正午頃。
8　通行手形。
9　馬で乗りつけて。
10　急を告げる文書。
11　たちまちに。
12　平定。

正成兵庫に参る事　5

兵庫に三日御逗留あつて、六月二日、腰輿を廻らさるる処に、[1]楠多門兵衛正成、三千余騎を卒して参向す。その形勢[2]ゆゆしくぞ見えたりける。主上は、御簾を高く巻かせ、正成を近く召されて、「[3]大義早速の功、ひとへに汝が忠戦にあり」と、感じ仰せられければ、正成畏まつて、「これ、君の[4]聖文神武の徳に依らずは、[5]微臣いかでか尺寸の謀を以て、強敵の囲みを出づべき」と、[6]功を辞して謙下す。

兵庫を御立ちありける日よりは、正成、前陣を承つて、畿内の勢を随へ、七千余騎にて前騎す。その道十八里が間に、[7]干戈戚揚相挟み、左輔右弼列を引く。[8]六軍序を守り、五雲静かに幸せしかば、六月五日の暮れ程に、[9]東寺まで臨幸なりたりける。

13 並み大抵のことでない。
14 懸念が解消し。
15 喜び称賛する言葉。

5

1 楠正成は、千剣破城合戦で幕府方を撃退していた。第七巻・3。
2 堂々として立派に。
3 朝敵(幕府)を速やかに滅ぼした功績。
4 文武に秀でた帝の徳。
5 卑しい臣(私)の小さな謀だけでどうして。
6 褒賞を辞して謙遜した。
7 干戈戚揚は、楯・鉾・斧・鉞(まさかり)で、武官が武装したさま。左輔右弼は、天皇の左右に侍す輔弼(ほひつ=政務をたすける)の文官。
8 天子の軍隊は整然と行進し、天子の輿(五色の雲)は静かに進んだので。
9 京都市南区九条町の教

武士たる者は申すに及ばず、摂政、関白、大臣、左右の大将、大中納言、八座七弁[10]、五位六位、内外の諸卿[11]、諸司、医陰両道に至るまで、われ劣らじと参り集まりければ、車馬門前に群集して、地府に雲を布き[12]、青紫堂上に隠映して、天極に星を列ねたり。

還幸の御事 6

東寺に一日御逗留あつて、六月六日、二条内裏[1]へ還幸なる。その日、臨時の宣下あつて、足利治部大輔をば治部卿[2]に叙す。舎弟直義 左馬頭[3]に任ず。

千種頭中将忠顕朝臣は、帯剣の役にて、鳳輦[4]の前に供奉せられたりけるが、なほ非常を慎む最中なればとて、刀帯[5]の兵五百余騎、二行に歩ませせられたり。高氏、直義二人は、後乗[6]に

王護国寺。
10 八人からなる参議と、その下の七人からなる弁官。
11 宮中内外の公卿・諸役人、医道・陰陽道の者。
12 大地に雲を布き、御殿には青や紫の衣が照り映え、天空に星をつらねたようだ。

6
1 二条富小路の内裏。
2 治部省の長官。「公卿補任」によると、高氏はこのとき左兵衛督。
3 左馬寮(官馬のことをつかさどる役所)の長官。
4 屋形の上に金の鳳凰をつけた帝の輿。
5 太刀を帯した。
6 前騎の対。打つは、馬を鞭打って行くこと。

順つて、百官の後へに打たれけるが、[7]衛府の官なればとて、騎馬の兵五千余騎、甲冑を帯して打たせらる。

その次に、[8]宇都宮五百騎にて打つ。[9]佐々木判官七百余騎、[10]土居、得能二千余騎にて打つ。この外、正成、長年、円心、[11]結城、塩冶以下、国々の大名は、五百騎、三百騎、旗の次々に一勢一勢引き分けて、[12]輦輅を中にして、閑かに小路を打つ。

凡そ路次の行粧、行列の儀式、[13]前々の臨幸には事替はつて、[14]百司の守衛厳重なりしかば、見物の貴賤岐に満ちて、ただ帝徳を称する音、洋々として耳に満てり。

筑紫合戦九州探題の事　7

京都、鎌倉は、すでに高氏、義貞が武功によつて静謐しぬ。

今は、筑紫へ討手を下されて、[1]九国の探題英時を攻めらるべし

7　皇居を警備する武官。高氏は、左兵衛府の長官。注2、参照。

8　公綱をさすだろうが、この時点で、公綱は千剣破城を退いて南都にいた。公綱が官軍に加わるのは本巻・11。

9　第七巻・7で後醍醐帝を助けた佐々木義綱か。

10　土居通益、得能通綱。ともに伊予の河野一族。第七巻・6。

11　名は親光（ちかみつ）。第九巻・2。

12　天子の車。

13　隠岐に流された時とは異なって。

14　もろもろの役人の守衛。

7

1　元寇の後、九州の政務・軍事を司る目的で、幕府が筑前国博多に設置した

とて、二[2]条大納言師基を太宰帥になされて、すでに下し奉らんとせられける前に、六月七日、菊池、少弐、大友がもとより早馬同日に打つて、「九州の朝敵、残る所なく退治候ひぬ」と奏聞す。

その合戦の次第を、後に委しく尋ぬれば、主上未だ船上に御座ありし時、少[3]弐入道妙恵、大[4]友入道愚鑑、菊[5]池入道寂阿、三人同[6]心して、御方に参ずべき由を申し入れける間、綸旨に錦の御旗を添へてぞ下されける。その企て、かれら三人心中に秘して、未だ色に出ださずと云へども、さすが隠れなかりければ、この時、やがて探題英時の方へ聞こえてけり。

英時、かれらが野[7]心の実否をよくよく伺ひ見んために、先づ、菊池入道寂阿を博多へぞ呼びける。菊池、この使ひに肝[8]付いて、これはいかさま、この間の隠謀露顕して、われを討たんためにぞ呼び給ふらん、さらんに於ては、[9]人に前をせられなば叶ふま

鎮西探題。北条(赤橋)英時は、最後の探題。

2　摂政関白二条兼基の子。太宰権帥(ごんのそつ)が正しい。権帥は、在京の親王が任じられる太宰帥(太宰府の長官)に代わって政務を執った。

3　俗名貞経。筑前守護。少弐は、本姓は武藤氏、太宰少弐(太宰府の次官)を家名とした。大友とともに鎮西奉行に任ぜられた北部九州の有力守護。

4　俗名貞宗。大友は、豊後(大分県)の守護職を世襲していた。

5　俗名武時。肥後の豪族菊池は、南朝方の有力武将として活躍する。

6　心をあわせて。

7　裏切りが本当か否か。

8　感づいて、これは必ずや。

じ、こなたより遮[10]つて博多へ打ち寄せて、覿面に勝負を決せんと思ひければ、かねて[11]の約諾に任せて、少弐、大友がもとへ事の由をぞ触[12]れたりける。

大友は、天下の落居[13]未だいかなるべしとも見定めざりければ、分明[14]の返事に及ばず。少弐はまた、その比、京都の合戦に六波羅常に勝に乗る由を聞いて、己れが咎を補は[15]んとや思ひけん、日来の約を変じて、菊池が使ひ八幡弥四郎宗安を討つて、その頸を探題の方へぞ出だしける。菊池入道、大きに怒つて、「日本一の不覚人[16]どもを憑んで、この一大事を思ひ立ちけるこそ越度[17]なれ。よしよし[18]、その人々の与力せぬ軍はせられぬか」とて、三月十三日の卯刻[19]に、わづかに百五十騎にて、探題の館へぞ押し寄せける。

菊池入道、櫛田宮[20]の前を打ち過ぎける時、軍[21]の凶をや占されけん、また乗り打ちにしたるをや御咎めありけん、菊池が乗つ

9 相手に先手を打たれたら、なすすべがない。
10 先を制して博多へ寄せて、即座に勝負を決しよう。
11 以前からの約束に随って。
12 告げ知らせた。
13 落ち着く先。
14 明白な返事。
15 自分の罪を軽くしよう。
16 卑怯者。
17 あやまち。落ち度。
18 ままよ、少弐、大友が味方しなくても戦ができないわけではない。
19 午前六時頃。
20 福岡市博多区上川端町の櫛田神社。
21 神が合戦の凶事を示したのか、または騎乗のまま通ったのを咎めたのか。

たる馬、俄(にわ)かにすくみて、一足(ひとあし)も前へ進まず。菊池入道、大きに怒(いか)つて、「いかなる神にてもおはせよ、寂阿(じゃくあ)が軍場(いくさば)へ向かはんずる道にて、乗り打ちを咎め給ふ様(よう)やある。その儀ならば、矢一つ進(まいら)せん。受けて御覧ぜよ」とて、上差(うわざし)[22]の鏑(かぶら)を抜き出だし、神殿の扉を、二矢(ふたや)までこそ射たりけれ。放つとひとしく、馬のすくみ直りてければ、「さぞとよ」[23]と、あざ笑うて打ち通る。後(のち)に社壇を見ければ、二丈[24]ばかりなる大蛇(おおくちなわ)、菊池が鏑矢(かぶらや)に当たつて死したりけるこそ不思議なれ。

探題はかねてより用意したる事なれば、大勢(おおぜい)を木戸(きど)[25]より外へ出だして闘はしむるに、菊池、小勢(こぜい)なりと云へども、皆命を塵(じん)[26]芥(かい)に比(ひ)し、義を金石(きんせき)に類(るい)して攻め戦ふ。禦(ふせ)ぐ兵、若干(そこばく)[27]討たれて、[28]攻(つ)めの城へ引(ひ)き籠(こ)もる。菊池、いよいよ勝(かつ)に乗つて、塀を乗り越え、木戸を切り破つて、透(す)き間(ま)もなく攻め入りける間、英(ひで)時(ときこら)怺へかねて、すでに自害せんとしける処(ところ)に、少弐、大友、六

22 箙(えびら)に差す矢のうち、中差(実戦用の征矢〈そや〉)に対して、上側に差す二本の儀式用の鏑矢(かぶらや)。
23 それ見たことか。
24 一丈は、約三メートル。
25 城門。
26 命を塵あくたのように軽んじ、義を金石のように重んじて。
27 大勢。
28 最後の拠点となる城。本丸。

千余騎にて後攻[29]めをぞしたりける。

菊池入道、これを見て、嫡子肥後守武重を呼んで申しけるは、「われ今、少弐、大友に出し抜かれて、戦場の死に赴くと云へども、義[30]の当たる所を思ふゆゑに、命を堕とさん事を悔いず。しかれば、寂阿に於ては、英時の城を枕にして討死すべし。汝は急ぎわが館へ帰つて、城を堅くし、兵を起こして、わが生前の恨みを死後に報ぜよ」と申し含めて、若党[31]五十騎を引き分けて、武重に相添へて、肥後国にぞ帰しける。古里に留めし妻子どもの、出でしを終の別れとも知らで、帰るを今やとさこそ待[32]つらめと、あはれに思ひければ、一首の歌を袖の笠符[33]に書いて、古郷へぞ送りける。

[34]古里に今夜ばかりの命とも知らでや人のわれを待つらん

武重は、[35]四十有余の独りの祖、ただ今討死せんとて大敵に向かふ闘ひなれば、「一所にしてこそ、ともに[36]ともかくもなり候

29 城攻めの軍を背後から攻めること。
30 人倫の道(義)にかなうことを思うゆえに。
31 若い郎等。
32 さぞ待っているだろう。
33 鎧の袖や兜につける、敵味方を区別する布きれ。
34 私が今夜かぎりの命とも知らずに、ふる里の妻は私の帰りを待っているだろう。
35 「菊池系図」では、享年四十二歳。
36 討死でもしましょう。
37 父が子に授ける教訓。
38 仕方なく。
39 名は頼隆(菊池系図)。
40 「専諸荊卿が感激せし 心 侯生予子が身を投ぜし

はん」とて、再三申しけれども、「汝をば天下のために留むるぞ」と、父が[37]庭訓堅かりければ、[38]武重力なく、これを最後の別れと見捨てて、泣く泣く肥後へぞ帰りける、心の中こそあはれなれ。

その後、菊池入道は、子息[39]肥後三郎と相ともに、百余騎を前後に立てて、後攻めの勢には目を懸けずして、英時が屋形へ攻め入り、つひに一足も引かず、敵に差し違へ差し違へ、一人も残らず討死す。[40]専諸、荊卿が心は、恩のために奉じ、侯生、予子が命は、義によつて軽しとは、この体の事を申すべき。

さても、少弐、大友が今度の振る舞ひ人にあらずと、天下の人に悪み譏られながら、そら知らずして、世間の様を聞き居たりける程に、五月七日、両六波羅すでに攻め落とされて、千剣破の寄手も南都へ引き退きぬと聞こえければ、少弐入道、こはいかがすべきと仰天せり。さらば、探題を討ち奉つて、その咎

は恩のために使はれ 命は義によつて軽し」(和漢朗詠集・述懐)。専諸は、呉の公子光(のちの呉王闔閭〈こうりょ〉)の刺客として呉王王僚(おうりょう)を刺殺したが、王僚の守備兵に殺された人物(史記・刺客列伝)。荊卿(荊軻〈けいか〉)は、田光(でんこう)の推挙で燕の太子丹の刺客となり、秦王(始皇帝)を暗殺しようとして逆に殺された人物(史記・刺客列伝)。侯生(侯嬴〈こうえい〉)は、秦に攻められた趙を救う策を魏の公子無忌(むき=信陵君)に教え、老齢の自分は首を餞とすると自刃した人物(史記・魏公子列伝)。予子(予譲)は、主人智伯の仇を討とうと趙襄子をねらったが、捕らえられ自害した人物(史記・刺客列伝、前出、本巻・1)。

を補はばやと思ひければ、先づ菊池肥後守と大友入道がもとへ、内々使者を遣はして相語らふに、菊池は先に懲りて、耳にも聞き入れず。大友はわれも咎ある身なれば、[41]かくてや助かると、堅く領状してけり。

今日や明日やと時日を撰びける処に、英時、少弐が隠謀の企てを聞いて、「事の実否を伺ひ見よ」とて、[42]長岡六郎を少弐がもとへぞ遣られける。長岡、少弐がもとに行きて、見参すべき由を申しければ、「[43]折節相労る事あり」とて、対面に及ばず。長岡、力なく少弐が子息[44]新少弐がもとに行きて、見参すべき由を云ひ入れて、さりげなきやうにかなたこなたを見るに、ただ今打つ立たんとする粧ひにて、[45]楯を矯ぎ、鏃を礪ぐ最中なり。また、[46]遠侍を見るに、[47]蟬本白くしたる青竹の御旗竿あり。さればこそ、船上より錦の御旗を給はりたりと聞きしが、実なりけりと思ひて、[48]対面せば、やがて差し違へんずるものをと思ふ

41　こうすれば助かるかと思い、堅く承知した。

42　福岡県筑紫野市（筑前国御笠郡長岡郷）の武士か。

43　いま病を患っている。

44　名は頼尚（よりひさ）。

45　楯を作り。

46　主殿から離れた所にある警備の侍の詰め所。

47　旗竿の先端、蟬（旗を巻き上げる小さな滑車）のついている所。

48　対面したら、すぐに差し違えようものを。

所に、新少弐は何心もなげに出で合ひたり。長岡、座席に着くと均しく、「まさなき人々[49]の謀叛の企てかな」と云ふままに、腰の刀を抜いて、新少弐に飛んで懸かる。新少弐も、あくまで早き者[50]なりければ、傍なる将碁の盤を取つて、突く刀を請け支へ、長岡にむずと組んで、上を下にぞ返しける。やがて少弐が郎従ども、あまた走り寄り、上なる敵を三刀差いて、下なる主を助けければ、長岡、本意を達せずして、忽ちに命を止めてけり。

（少弐筑後入道[51]、「さては、わが謀叛の企て、早や探題に知られてけり。）今は止む事を得ぬ処なり」とて、大友入道相ともに、七千余騎を卒して、五月二十五日の午刻[52]に、英時の館へ押し寄する。世の末の風俗に、義を重くする者は少なく、利に趨る者は多ければ、ただ今まで付き順ひつる筑紫九国[53]の兵ども、恩を忘れて落ち失せ、名を惜しまで[54]翻りける間、一朝[55]の間の戦

49　けしからぬ人々。
50　機敏な者。
51　流布本により補う。
52　正午頃。
53　九州の古称。
54　名誉を惜しむことなく裏切ったので。
55　わずかな時間。

ひに、英時つひに打ち負けて、忽ちに自害をしければ、一族郎従三百四十人、続いて腹をぞ切つたりける。

あはれなるかな、昨日は、少弐、大友、英時に順ひて菊池を撃ち、今日はまた、少弐、大友、官軍に属[56]して英時を討つ。「[57]行路の難なること、山にしも在らず、水にしも在らず。唯人の情の反覆の間に在り」と、白居易の書きたりし筆の跡、今こそ思ひ知られたり。

長門探題の事 8

[1]長門探題遠江守時直は、京都の合戦を聞いて、六波羅に力を合はせんと、大船百余艘に取り乗つて海上を上られけるが、周防の[2]鳴渡にて、京も鎌倉も早や皆源氏のために滅ぼされて、天下悉く[3]王化に順ひぬと聞こえければ、鳴渡より船を漕ぎもど

56 従って。
57 白居易「太行の路」の句。行く路の険しさは、山にあるのでも水辺にあるのでもない。ひとえに人情の移ろいやすい間を行くことにある。

8
1 北条(金沢)時直。長門探題は、長門・周防の海防軍事を司った幕府の要職。
2 山口県柳井市大畠と屋代島の間の海峡(周防鳴門)。
3 朝廷のまつりごと。

して、九州探題と一つにならんとて、[4]心つくしにぞ趣きける。[5]赤間関に着き、九州の様を聞き給へば、「筑紫探題も、昨日、早や少弐、大友がために滅ぼされて、[6]九国二島悉く[7]公家の計らひとなりぬ」と申しければ、一旦催促によつてここまで付き順ひたる兵ども、[8]いつしか心替はりして、己が様々に落ち行きける間、時直、わづかに五十余人になつて、[9]柳浦の浪に漂泊す。

かの浦に帆を下ろさんとすれば、敵鏃を揃へて待ち懸けたり。この島に纜を結ばんとすれば、官軍楯を並べて討たんとす。残り止まる人にさへ、今は[10]心を澳津浪、立ち帰るべき方もなく、寄るべき所も覚えねば、[11]世をうき舟の梶を絶え、思はぬ風に漂はる。跡に止めし妻子どもも、いかがなりぬらん。せめてその行末を聞いて、心安く討死をせばやと思ひければ、暫くの命を延べんために、郎従を一人船より上げて、[12]少弐、大友がもとへ降人になるべき由を伝へらる。少弐も[13]島津も、[14]年来の好みに、

4　心尽くし（心労）に筑紫を掛ける。
5　関門海峡をはさんで、門司関に対する地（山口県下関市阿弥陀寺町）。
6　九州と壱岐・対馬。
7　朝廷の支配。
8　早くも。
9　福岡県北九州市門司区柳町。
10　心を置く（心をゆるさぬ）と、沖の波を掛ける。
11　浮舟が梶を失ったように思わぬ方角に風まかせにただよう。世を憂しと、浮き舟を掛ける。「由良の門（と）を渡る舟人梶を絶え行方も知らぬ恋の道かな」（新古今和歌集・曾禰好忠）。
12　流布本・玄玖本「少弐、島津がもとへ」。
13　貞久。薩摩・大隅守護。
14　長年の親しい交わり。

今の有様聞くもあはれにや思ひけん、急ぎ迎ひに来たり、己が宿所へ入れ奉る。

その比、[15]峯僧正と申ししは、先帝の御外戚にておはしけるを、笠置の刻、筑前国へ流されておはしけるが、今一時に運を開く。[16]国人皆その左右に慎しみ順ふ。[17]九州の成敗、勅許以前はこの僧正の計らひに在りしかば、少弐、島津、かの時直を同道して、降参の由をぞ申しける。僧正、「[18]子細あらじ」と仰せられて、則ち御前へ召さる。時直、[19]膝行頓首して、あへて[20]平視せず。遥かの末座に畏まつて、誠に平伏したる体を見給ひて、僧正、涙を流して仰せられけるは、「去んぬる元弘の始め、われ罪なくしてこの所に遠流せられし時、[21]遠州、われを以て讎とせしかば、或いは[22]過分の言の下に面を低れて、涙を拭ひ、或いは無礼の驕りの前に[23]手を束ね、恥を忍びき。しかるに今、[24]天道謙に祐して、図らざるに世の変化を見、[25]吉凶相犯し、栄枯地を易

15 春雅。娘が後醍醐帝の生母(談天門院)となった五辻忠継の一門。元弘元年(一三三一)笠置落城後に長門探題に預けられた(第四巻・2)。

16 在地の武士は皆その指図に随った。

17 九州の政務は、帝の直接の指図がある以前は。

18 差支えない。

19 膝で進み、頭を地につけて敬礼する。

20 顔をあげて相手を見るようなことはしない。

21 遠江守北条時直が私のことを害敵とみなしたので。

22 分際をわきまえぬ無礼なことば。

23 手を合わせ。

24 天は謙虚なものに幸いして。「易経」謙卦の語句をふまえる。

25 吉凶が入り乱れ、栄枯

へたる夢の現、昨日は身[26]の上のあはれ、今日は人の上の悲しみなり。「怨[27]を報ゆるに恩を以てす」と云ふ事あれば、いかにもして、命ばかりをば助け申すべし」と仰せられければ、時直、頭を地に付けて、両眼に涙を浮かべたり。

不日[28]に飛脚を以て、この由を御奏聞ありければ、則ち勅免あつて、懸命[29]の地に安堵せさせらる。時直、甲斐なき命を助かつて、嘲[30]りを万人の指頭に受くと云へども、時を一家の再興に待たれけるが、後幾程もあらざるに、病の霧に侵されて、夕の露と消えにけり。

越前牛原地頭自害の事　9

淡河右京亮時治[1]は、京都合戦の最中、北国[2]の蜂起を静めんために、越前国に下つて、大野郡[3]牛原と云ふ所にぞおはしけ

盛衰が逆転した夢のごとき今。
26　わが身。
27　「怨を報ゆるに徳を以てす」(老子・六十三章)。「怨をば恩を以て報ぜられたり」(平家物語巻二・烽火の沙汰)。
28　すぐに。
29　武士が命を懸けて守る大切な領地。安堵は、領有を承認すること。
30　万人から指をさして嘲りそしられる。

9
1　北条(淡河)時治。時房(義時の弟)の孫。第六巻・7の東国勢上洛に名がみえる。
2　北陸。
3　福井県大野市牛ヶ原。

る。幾程なくして、六波羅没落の由聞こえしかば、相順へる国の勢ども、片時が程に落ち失せて、[4]妻子従類の外は、事問ふ人もなかりけり。

さる程に、[5]平泉寺の衆徒、折を得て、[6]かの跡を恩賞に給はらんために、自国他国の軍勢を相語らひ、七千余騎にて、五月十二日の白昼に、牛原へぞ押し寄せける。時治は、敵の勢の雲霞の如くなるを見て、闘ふとも、いか程か怺ふべきと思はれければ、二十余人ありつる郎等を向けて、敵を禦かせ、あたり近き所に僧のありけるを請じ寄せ、女房、少き人までも、皆髪に剃刀を当て、[7]戒を受けて、近き後生菩提をぞ、涙の中に助けさせられける。

戒師帰つて後、時治、女房に向かつて宣ひけるは、「二人の子共は男子なれば、敵よも命を助けじと覚ゆる間、同じく冥途の旅に伴ふべし。御事は女性にておはすれば、たとひ敵かくと

4　妻子や一族と家来たちのほかは、訪れる人もなかった。
5　越前国大野郡(福井県勝山市)にある白山神社の別当寺。天台宗。白山信仰の拠点で、多くの僧兵を擁した。
6　時治の所領。
7　出家することで、間近に迫った来世往生の資(たす)けとした。戒は、出家のとき師僧から授けられる戒律。
8　そのようにして生きながらえたなら、どのような人とでも再婚して、辛さを慰める縁に従ってください。
9　私の亡き後も、あなたが安泰でいらっしゃるのを、草葉の陰、苔むした塚の下までもうれしく思うでしょう。
10　くりかえし言う。
11　おしどり、つばめは、

知るとも、命を失ひ奉るまでの事はよもあらじ。[8]さてもこの世にながらへ給はば、いかなる人にも相馴れて、憂きを慰む便りに付き給ふべし。[9]亡き跡までも、心安くておはせんこそ、草の陰、苔の下までもうれしと思ふべけれ」と、涙の中に[10]掻き口説き聞こえければ、女房、いといたう恨みて、「[11]水に住む鴛鴦、梁に巣くふ燕までも、[12]翼を交はす契りを忘れず。況んや、相馴れ奉つて[13]覚えず過ぎぬる十年余り、袖の下に二人の子共をそだてて、[14]千代と祈りし甲斐もなく、御身は今[15]秋の霜の下に伏し、少き者は[16]朝の露と先立てて、消え果てなん後の悲しみを堪へ忍びて、[17]時の間も長らへぬべきわが身かや。[18]とても思ひ堪へかねば、生きてあるべき命ならず。[19]同じくは、思ひとともにはかなくなつて、埋もれん苔の下までも、[20]同穴の契りを忘れじ」と、涙の床に伏し沈む。

さる程に、[21]禦き矢射つる郎等ども皆討たれて、衆徒[22]箱渡

仲むつまじいもののたとえ。
12 比翼の契り。男女の深い契り。
13 いつのまにか過ぎた。
14 「世の中にさらぬ別れのなくもがな千代もと祈る人の子のため」(伊勢物語八十四段)。
15 刀剣のこと。「抜けばすなはち秋の霜三尺」(和漢朗詠集・将軍)。
16 朝露のようにはかなく先立ち。
17 一瞬でも。
18 とても耐えられないので、生きながらえようとは思いません。
19 同じ死ぬなら。
20 死後も同じ墓穴に入るという夫婦の約束(詩経・王風・大車)。
21 攻め寄せる敵を防ぐために射る矢。
22 福井県勝山市平泉寺に

を打ち越えて、後ろの山へ廻ると聞こえければ、五つと六つとになりける少き人を、鎧唐櫃[23]に入れて、乳母子二人[24]に前後を舁かせ、「鎌倉が淵[25]に沈めよ」とて、遥かに見送りて立ちたれば、母の女房も、同じくその淵に身を沈めんとて、唐櫃の竿に取り付いて、跡に付いて歩み行く、心の中こそ悲しけれ。

唐櫃を岸の上に舁き居ゑて、蓋を開けたれば、二人の少き人、顔さし上げて、「これはそも母御なう、いづくへ行き候ふぞ。母御の御歩にて歩ませ給ふが御痛はしく候ふに、これに乗らせ給へ」と、何事もなげに戯れければ[26]、母上、流るる涙を押さへて、「この川は、これ極楽浄土の八功徳池[27]とて、少き者の生まれて遊び戯るる処なり。わが如く念仏申して、この川の中へ沈められよ」と云へば、二人の少き人々、母とともに手を合はせ、念仏高らかに唱へて西に向かひて座したるを、二人の乳母子一人づつ抱きて、碧潭[28]の底へ飛び入りければ、母上も続いて身を

あった渡し場。
23 鎧を入れる唐櫃(脚のついた櫃)。
24 貴人の子を養育する乳母(めのと)の子ども。他本は、「乳母」。
25 大野市の西部を流れる鎌倉川(赤根川とも)下流の淵。
26 無邪気に言ったので。
27 極楽浄土の池。八つの功徳を持つ水をたたえる。
28 青々とした深淵。

投げ、同じ淵にぞ沈みける。

　その後(のち)、時治(ときはる)も自害して、[29]一堆(いったい)の灰となりにけり。[30]隔生則忘(きゃくしょうそくもう)とは申しながら、また[31]一念五百生(いちねんごひゃくしょう)、[32]懸念無量劫(けんねんむりょうごう)の業(ごう)なれば、[33]奈利(ないり)八万(はちまん)の底までも、同じ思ひの炎にや沈みぬらんとあはれなり。

越中守護自害(えっちゅうのしゅごじがい)の事　10

　[1]越中守護名越遠江守時有(なごやとおとうみのかみときあり)、舎弟修理亮有公(しゅりのすけありとも)、甥の兵庫助貞持(ひょうごのすけさだもち)、[2]出羽(でわ)、越後(えちご)の宮方(みやがた)、北陸道(ほくろくどう)を経て京都へ攻め入るべしと聞こえしかば、[3]道にてこれを支へんとて、越中の[4]二塚(ふたつづか)と云ふ所に陣を取つて、近国(きんごく)の勢(せい)をぞ[5]相催(あいもよお)されける。
　かかる処(ところ)に、六波羅(ろくはら)すでに攻め落とされて後(のち)、東国にも軍(いくさ)起こつて鎌倉へ攻め入るなど、様々(さまざま)に聞こえければ、催促に随つ

29　ひと山の灰。
30　人は生まれかわると、前世のことは忘れること。
31　一つの妄念ゆえに、はかり知れないほど長い時間にわたってその業因が報うこと。
32　妄念をもつと永遠にその報いを受けること。
33　泥犂(ないり)。地獄のこと。広さは八万由旬。

10

1　北条(名越)時有。越中守護は、名越家が相伝していた。有公、貞持は、不詳。
2　越後の新田一族の率いる軍勢か。
3　道中で防ぎ止めようと。
4　富山県高岡市二塚。
5　召集なさった。

てただ今まで馳せ参りつる能登、越中の兵ども、放生津[6]に引き退いて、守護の陣へ押し寄せんとぞ企てける。これを見て、今まで、身に替はり命に替はらんと、義を存じ忠を致しつる郎従も、時[7]の間に落ち失せて、剰へ敵軍に加はり、朝に来たり夕に来たりて、交はりを結び情けを深くせし朋友も、忽ちに心変はりして害心[8]を挟む。今は残り留まる者とては、三族[9]に離れぬ一家の輩、重恩を蒙りし譜代[10]の侍、わづかに七十九人なり。

五月十七日の午刻[11]に、敵すでに一万余騎にて寄すと聞こえしかば、「われら小勢にて合戦をすとも、何程の事をかし出だすべき。慭[12]ひなる軍して、云ひ甲斐なき敵の手に懸かり、縲紲の恥に及ばん事、後代までの嘲りたるべし」とて、敵の近づかぬ先に、女性、少き人々をば、舟に乗せて澳に沈め、わが身は城の中にて自害をせんとぞ出で立たれける。

遠江守の女房は、偕老[13]の契りを結びて今年二十一年なれば、

6 射水市放生津町。
7 たちまち逃げ失せて。
8 危害を加えようとする心。
9 三族の罪（身近な親族まで罰せられる罪）を免れられない一門の者たち。
10 代々仕える家来。
11 正午頃。
12 なまじっか戦って雑兵の手にかかり、獄につながれる恥をかくのは、後々までそしりを受けることになろう。縲は罪人をつなぐ黒い縄、紲はつなぐ。
13 夫婦が老年まで仲よく連れ添うこと（詩経・邶風・撃鼓）。契りは、約束。
14 夫婦親子の情愛。
15 懐妊の身。
16 身分の高い女官。
17 くれないの顔と翠（みどり）の眉墨。容貌の美しいこと。「翠黛紅顔錦繡（きんしゅう）の粧（よそ

[14]恩愛の懐の内に二人の男子をそだて、兄は九つ、弟は七つにぞなりにける。修理亮有公が女房は、相馴れてすでに三年に余りたるが、[15]ただならぬ身になつて、月比過ぎにけり。兵庫助貞持が女房は、この四、五日が先に、京より迎へたりける[16]上臈女房にてぞありける。その昔、[17]紅顔翠黛の世に類ひなき有様を、[18]ほのかに見染めし玉簾の、ひまもあらばと三年余り恋慕しけるを、とかく方便を廻らして、盗み出だしてぞ迎へたりける。語[19]らひ得てわづかに昨日今日の程なれば、[20]逢ふに替へんと歎くにも、命も今は惜しまれけるに、恋ひ悲しみし月日は、[21]天の羽衣撫で尽くすらん程よりも長く、相見て後の語らひは、春の夜の夢よりもなほ短かくて、忽ちにこの悲しみにあひける契りの程こそあはれなれ。[22]本の雫、末の露、後れ先立つ道をこそ悲しきものと聞きつるに、[23]浪の上、煙の下に、沈み焦がれん別れの憂さ、「こはそもいかがすべき」と互ひに名残りを惜しみつつ、

(お)ひ」(和漢朗詠集・王昭君)。

18　玉飾りの簾の間(まひ)からかすかに見そめ、逢う機会もあればと。「吹く風にわが身をなさば玉簾ひま求めつつ入るべきものを」(伊勢物語六十四段)。

19　夫婦となって。

20　逢えるなら惜しくないと思った命も、今日は惜しまれ。「昨日まで逢ふにしかへばと思ひしを今日は命の惜しくもあるかな」(新古今和歌集・藤原頼忠)。

21　「君が代は天の羽衣まれに来て撫づとも尽きぬ巌(いわお)なるらむ」(拾遺和歌集・賀・読み人しらず)。仏教で、天人が三年に一度、羽衣で方四十里の岩を撫で、それが繰り返されて岩が磨滅するまでの時間を一小劫という(菩薩瓔珞本業経)。

伏しまろびてぞ泣かれける。

さる程に、「早や敵の寄せ来るやらん、[24]馬煙の東西に上がりて見え候ふ」と騒げば、女房、少き人々、泣く泣く皆舟に取り乗つて、遥かの澳に漕ぎ出だす。うらめしの追風や、暫くも止まで、行く人を浪路遥かに吹き送る。[25]情けなの引き塩や、立ちも帰らで、漕ぐ舟を浦より外に誘ひ行く。かの[26]松浦さよ姫が、玉島山に領巾振り、澳行く舟を招きしも、今のあはれに知られたり。

水手櫓をかいて、舟を浪間に差し止めたれば、遠江守時有の女房は、二人の子を左右の脇に抱き、修理亮有公の女房、兵庫助貞持の女房二人は、手に手を取り組んで、同じく身をぞ投げたりける。紅の絹、赤き袴、暫しは波に漂ひて、[27]吉野、龍田の川水に、落花紅葉散り乱れたる如く見えけるが、寄せたる浪に紛れつつ、次第に沈むを見はてて後、城に残り止まりたる

22 根もとに落ちる雫と葉末(葉先)の露のように、早い遅いの差はあっても先立ったり死に後れたりすることのある世の道理。「末の露本の雫や世の中の後れ先立つためしなるらん」(新古今和歌集・遍照)。

23 女房は波に沈み、貞持は煙の中で、互いに思い焦がれる別れの辛さ。

24 馬が蹴立てる土煙。

25 無情な引き潮よ、立ち返らずに。

26 肥前松浦に住んだという伝説上の美女。恋人の大伴狭手比古が朝命で任那に渡るのを、領巾振の峰(佐賀県唐津市の鏡山)で領巾を振って別れを惜しんだ(万葉集巻五・山上憶良、十訓抄ほか)。

27 吉野川(紀ノ川の上流)は桜、竜田川(大和川の支

人々は、上下七十九人、同時に腹を掻き切り、兵火の底に焼け死にける。

その悲魂亡霊、なほもこの地に留まつて、夫婦執着の妄念を残しけるにや、近比、越後国より京へ上る舟人ありけるが、この浦を過ぎけるに、俄かに風向かひ、浪荒かりける間、碇を下ろして澳に舟を止めたるに、夜深け、浪静まりて、[28]松濤の風、蘆花の月、旅の泊り、よろづ心すごき折節、遥かの澳に、女の声して、泣き悲しむ音しけり。これを怪しと聞きたる処に、また渚の方に、男の声して、「その舟ここへ寄せよ」と、声々にぞ呼ばはりける。舟人、止む事を得ずして、舟を渚に寄せたれば、いと清げなる男三人、「あの澳まで[29]便船申さん」とて、[30]屋形にぞ乗りたりける。舟人、これを乗せて、[31]澳津塩合に舟を差し止めたれば、この三人の男、舟より下りて、漫々たる浪の上にぞ立つたりける。

流)は紅葉の名所。

28　松風の音、蘆(あし)の花に照る月など、船の旅寝の万事ものさびしい時。

29　船に乗せてもらいたい。便船は、都合よく出る船。

30　屋根のついた船室。

31　沖合で潮が交わる所。

暫くありて、年十六、七、二十ばかりなる女房の、色々の絹に[32]赤き袴踏みくくみたるが、浪の底より浮かび出でて、その事となく泣きしほれたる様なり。男よに[33]むつまじげなる気色にて、相互ひに寄り近づかんとする所に、猛火俄かに燃え出でて、炎男女の中を隔てければ、三人の女房は、[34]妹背山のなかなかに、思ひ焦がれたる体にて、浪の底に沈みぬ。男は、また泣く泣く浪の上を泳ぎ帰つて、二塚の方へぞ歩み行きける。あまりの不思儀さに、舟人、この男の袖をひかへて、「さるにても、誰人にて御渡り候ふやらん」と問ひけるに、「名越遠江守、同じき修理亮、并びに兵庫助」と名乗つて、掻き消すやうに失せにけり。

天竺の[35]述婆伽は、后を恋ひて思ひの炎に身を焦がし、わが朝の[36]宇治の橋姫は、夫を慕ひて片敷く袖を浪にひたす。これ皆、上古の不思議、旧記の載する所にてこそ聞きつるに、まのあた

32 赤い袴を長く足先を包(くく)むようにはいた人が。
33 じつに慕わしい様子で。
34 妹背(夫婦)山の中(仲)と、なかなか(前より一層)を掛ける。隔てられた夫婦仲ゆえ、かえって恋しさに耐えられず。妹背山は、和歌山県伊都郡かつらぎ町の紀ノ川をはさんで対峙する妹山と背山。
35 インドの漁師術婆伽が王女を恋う。憐れんだ王女は会いにくるが、術婆伽は神に眠らされ、あとで目が覚めて憂悶のあまり体内より火を発して死んだ(大智度論巻十四)。愛欲の妄念のたとえ話。
36 「さむしろに衣かたしき今宵もやわれを待つらん宇治の橋姫」(古今和歌集・読み人しらず)。この歌から多くの説話・伝説が作ら

りかかる事の見えたりつる、[37]亡者の思ひの程こそ罪深けれ。

金剛山の寄手ども誅せらるる事 11

京洛すでに静まりぬと云へども、[1]金剛山より(引つ)返したる平氏ども、[2]南都に留まつて、京都を攻めんとする聞こえありければ、[3]中院中将定平を大将として、五万余騎、[4]大和路へ差し向けらる。楠兵衛正成に、畿内の勢二万余騎を添へられて、河内国より搦手にぞ向けられける。

南都に引き籠もつたる平氏の軍兵、すでに十方に退散すと云へども、残り止まつたる兵、なほ五万余騎に余りたれば、今一度手痛き合戦あらんと覚ゆるに、[5]日来の義勢尽き果てて、[6]いつしか小水の沫に呴づく魚の体になつて、(徒らに)日を送りける間、先づ一番に、[7]南都の一の木戸般若寺を堅めて居たりける[8]宇

れ、中世には嫉妬に狂う鬼女の物語ともなり、能「鉄輪(かなわ)」に取材される。

37　亡者が生前の恩愛に執着する思い。

11

1　大阪府と奈良県境にある金剛山地の主峰。楠正成の千剣破城があった。十万余の幕府軍が攻め寄せていたが、南都へ後退した。第九巻・8。

2　奈良。

3　村上源氏。六波羅攻めに功があった(第八巻・9)。

4　鴨川の東を南下し、伏見を経て大和へと通じる道。

5　これまでの見せかけの勢い。

6　いつのまにか小さな水たまりであえぐ魚のような様子になって。

7　南都を堅める第一の城

都宮紀清両党七百余騎、綸旨を給はつて上洛す。これを始めとして、百騎、二百騎、五騎、十騎、われ先にと降参しける間、今は[9]平氏の一類の輩、譜代重恩の族の外は、残り止まる者もなし。

これにつけても、今は何に憑みを懸けてか命を惜しむべきなれば、おのおの討死して名を後の世にこそ残すべきに、[10]業の程のあさましさは、[11]阿曾弾正少弼時治、[12]大仏右馬助貞直、[13]江馬遠江守、[14]佐介安芸守貞俊を始めとして、[15]宗徒の平氏十三人、并びに[16]長崎四郎左衛門、[17]二階堂出羽入道以下、[18]関東権勢の侍五十四人、般若寺にしておのおの入道出家して、[19]律僧の形となり、[20]三衣を肩に懸け、一鉢を手に提げて、降人になつてぞ出でたりける。

定平朝臣、これを請け取つて、[21]高手小手に誡め、伝馬の鞍壺に縛り屈めて、数万の官軍の前に追つ立て、白昼に京へぞ帰ら

門。般若寺は、奈良市般若寺町にある真言律宗の寺。

8 千剣破城攻めに参加した宇都宮公綱と配下の紀氏・清原氏の二つの党の武士団。第七巻・4、参照。

9 北条一門の者と、代々その恩顧を受けた一族。

10 前世の業ゆえの現世に対する執着の情けなさ。

11 金剛山攻めの総大将、北条時治(治時とも)。前出、第六巻・8。

12 高直の誤り。貞直は鎌倉で戦死(第十巻・8)。

13 名は朝宣。公篤の子。

14 北条(佐介)時俊の子。

15 北条一門の主な人々。勅撰集入集歌人。

16 高貞。長崎入道円喜の子。第六巻・8、第七巻・3。

17 道蘊(俗名貞藤)。吉野城攻めの大将。第六巻・8、

れける。平治には、[22]悪源太義平、平家に生け取られて首を刎ねられ、元暦には、[23]右大臣宗盛公、源氏に囚はれて[24]大路を渡さる。これは皆、戦ひに臨む日に、或いは敵にたばかられ、或いは自害に隙なくして、心ならず敵の手に懸かりたりしをだに、今に至るまで[25]人口の翫びとなつて、[26]両家の末流これを聞く時、面を一百余年の後に辱しむ。況んや、これは敵にたばかられたるにもあらず、自害に隙なきにてもなし。勢ひ未だ尽きざる先に、自ら[27]黒衣の身となつて、遁れぬ命を捨てかねて、[28]縲紲面縛の有様、前代未聞の恥辱なり。

[29]召人京都に着きければ、皆黒衣を脱がせ、法名を元の名に替へて、一人づつ大名に預けらる。その[30]秋刑を待つ程に、[31]禁錮の裏に起き伏して、思ひつらぬる浮き世の中、涙の落ちぬひまもなし。さだかならぬ便りに付けて、鎌倉の事どもを聞きしかば、[32]偕老の枕の上に契りをなしし貞女どもも、むくつけげなる

第七巻・1。
18 関東で権力を握って勢力のあった。
19 律宗の僧。
20 僧衣の総称。一鉢は、布施を受ける鉢一つ。
21 両手を後ろ手にして厳重に縛り上げ、宿駅の馬(伝馬)の鞍の中央にうつ伏せに縛り付け。
22 源義朝の嫡子。平治の乱(一一五九年)で捕らえられ斬られる。
23 平清盛の三男。平家の棟梁となるが、元暦二年(一一八五)の壇ノ浦合戦で捕らえられ斬られる。
24 京の大通りを引き回される。
25 世間の口の端にのぼり。
26 源氏と平家の末裔。
27 律僧の法衣。
28 両手を後ろ手に顔を突き出して縛られた有様。

田舎人どもに奪はれて、[33]王昭君が恨みを残し、富貴の中に冊き立てし賢息も、[34]あたりへだにも寄らざりし凡下どもの奴となつて、[35]黄頭郎が夢をなせり。これらは、せめて憂きながらも未だ生きたると聞けば、[36]なほし思ひの数ならず。昨日岐を過ぎ、今日門をやすらふ[37]行客の、「あなあはれや。道路に袖をひろげて食を乞ひし女房の、倒れて死せしは誰が母なり。[38]短褐に貌をやつして縁を尋ねし旅人の、[39]取られて死せしは誰が親なり」と、語るを風かに聞く時は、今まで生けるわが身の命を、憂しとぞ[40]かこたれける。

同じき七月九日、阿曾(弾正)少弼、大仏右馬助、江馬遠江守、佐介安芸守、并びに長崎四郎左衛門、かれら十五人、[41]阿弥陀峯にて誅せらる。[42]この君、重祚の後、諸事の政未だ行はれざる先に、刑罰を専らにせられん事は仁政にあらずとて、ひそかにこれを切りしかば、[43]首を渡さるるまでの事にも及ばず、

29 囚人。
30 処刑。秋は草木を枯らすことから、古代中国では秋官が刑罰を司るとされた(周礼)。
31 獄舎の中で。
32 一生涯の堅い夫婦の約束をした貞節な妻たち。
33 漢の元帝の宮女であった王昭君が、元帝にその美しさを知られず、蛮族の匈奴に嫁がされた故事。古来中国文学の題材として有名で、「和漢朗詠集」に王昭君の項がある。
34 近くにさえ寄れなかった雑人たちの奴僕となって。
35 漢の文帝に寵愛された黄頭郎(船頭)鄧通(とう)が、帝の死とともに没落した故事(蒙求・鄧通銅山)。
36 まだその嘆きは軽い。
37 旅人。
38 たけの短い綿入れ。身

[44]便宜の寺々に送られて、かの後世菩提をぞ弔はれける。
二階堂出羽入道道蘊は、朝敵の最頂、武家の補佐たりしかども、[45]賢才の誉れ、かねてより叡聞に達せしかば、召し仕はるべしとて、死罪一等を許され、[46]懸命の地を安堵して居たりけるが、また隠謀の企てありとて、同年の秋の末に、つひに死刑に行はれてけり。
[47]佐介右京亮宣俊は、平氏の門葉たる上、[48]武略才能ともに兼ねたりしかば、[49]定めて一方の大将をもと身を高く思ひける処に、相模入道さまでの賞翫もなかりければ、恨みを含み、憤りを抱きながら、金剛山の寄手の中にぞ候ひける。かかる処に、[50]千種頭中将殿より綸旨を申し与へて、[51]御方に参ずべき由を仰せられければ、去んぬる五月の初めに、千剣破より降参して、京都にぞ歴廻られける。さる程に、平氏の一族皆出家して召人になりし後は、[52]武家被官の者ども悉く所領を召され、宿所を追ひ

分の低い者が着る。
39 捕らえられて。
40 嘆かれるのであった。
41 京都の東山の一つ。今は豊国廟があり、古くは鳥辺山といわれた葬地。
42 後醍醐帝。重祚は、再び帝位につくこと。
43 首をさらして都大路を引きまわす。
44 適当な。
45 第一巻・11、第二巻・5などで北条高時の驕りを諫めた。
46 一所懸命の地。武士が命をかけて地位や生活の支えとした領地。
47 不詳。北条一門。流布本「貞俊」。天正本「宣俊」。玄玖本は「貞俊」に「宣」と傍書。
48 武勇と才学。
49 きっと一方の大将になる身と自負していたところ。

出だされて、わづかなる一身をだに置きかねたり。宣俊も、阿波国へ流されてありしが、今は召し仕ふ[53]若党、中間一人も身に添はず、昨日の楽しみは今日の悲しみとなつて、ますます身を責むる体になり行きければ、[54]盛者必衰の理りの中にありながら、今更世の中[55]あぢきなく覚えて、いかなる山の奥にも身を隠さばやと、[56]心にあらましてぞ居たりける。

「さても、関東の様何とかなりぬらん」と尋ね聞けば、「相模入道を始めとして、一族以下一人もなく皆討たれ給ひぬ。妻子[57]従類も皆行方を知らずなりぬ」と聞こえければ、今は誰を憑み、何を待つべき世とも覚えず、見るに付け、聞くに随ひて、[58]いとど心を摧き、魂を消しける処に、「関東奉公の者どもは、一旦命を助からんために降人に出づと云へども、[59]つひにはいかにも野心ありぬべければ、悉く誅せらるべし」とて、宣俊また召し取られにけり。

50 後醍醐方の大将をつとめた千種忠顕。
51 宮方の味方になるように。
52 北条氏に仕えた者たち。
53 若い家来や従者。
54 盛んな者は必ず衰えるという道理はわかっていても。
55 無益なものに思われて。
56 心の中で願っていた。
57 従者。
58 いよいよ心を傷め、呆然としていたところ。
59 結局は謀叛の心があるにちがいないので。

とても[60]心の留(とど)まる浮き世ならねば、命惜しとは思はねども、古郷(ふるさと)に捨て置きし妻子どもの行方を、何とも聞かで死なんずる事の、余りに心に懸かりければ、[61]最後の十念勧めける聖(ひじり)に付いて、年来(としごろ)身を放たざりける腰の刀を、[62]預人(あずかりうど)のもとより請(う)け取(と)つて、古郷の妻子のもとへぞ送りける。聖、これを請け取つて、「必ずその行方を尋ぬべし」と[63]領状(りょうじょう)しければ、宣俊、限りなく悦(よろこ)びて、敷皮(しきがわ)の上に居直つて、一首の歌を詠じ、十念高らかに唱へて、閑(しず)かに首をぞ打たせける。

[64]世にありし時には人の数ならで憂きには漏(も)れぬわが身なりけり

聖(ひじり)、形見(かたみ)の刀と、宣俊が最後の時着たりける[65]小袖(こそで)とを持つて、急ぎ鎌倉(かまくら)へ下りけり。女房を尋ね出だして、泣く泣くこれを与へければ、女房、聞きもあへず、ただ涙(なみだ)の床(とこ)に伏し沈みて、悲しみに堪(た)へかねたる気色(けしき)に見えけるが、寝ながら傍(そば)なる硯(すずり)を引

60　どうあっても。
61　死に臨んで南無阿弥陀仏の名号を十回称えること。聖は、遁世僧で、時衆や律宗の僧。
62　囚人の身柄を預かる人。
63　引き受けたので。
64　この世にあった時は北条一門の人数(ひとかず)にもかぞえられなかったのに、一門が滅ぶときは、他の人々と同じ運命をたどるわが身であることよ。
65　袖口の小さい着物。武家の普段着。
66　着物の裾の左右両端の部分。
67　誰に見せようとあなたは形見を送ったのでしょう。あなたの死を耐えて生きられる私の命ではないのに。

き寄せて、形見の小袖のつまに、[66]

　誰[67]見よと形見を人の送りけん堪へてあるべき命ならぬに

と書き付けて、形見の小袖を引[68]きかづき、刀を胸に突き立てて、忽ちにはかなくなりにけり。

　この外、或いは偕老の契り空しくして、夫に別れたる妻室は、[69]苟も二夫に嫁せん事を悲しみて、深き淵瀬に身を投ぐる。或いは口[70]養の助けのなくして、子に後れたる老母は、わづかに一日の飡[71]を求めかねて、自ら溝壑[72]に倒れ臥す。

　承久より以来、平氏世を執つて、すでに百[73]六十余年に及びぬれば、一類天下にはびこり、威を振るひ、勢ひを専らにせる所々の探題、国々の守護、その名天下にある者、すでに八百人に余れり。況んや、その家々の郎従たる者、何万億と云ふ数を知らず。されば、たとひ六波羅をこそたやすく攻め落とすとも、筑紫と鎌倉とは、十年、二十年にも退治せられ難しとこそ覚え

68　頭からおおい。
69　かりそめにも夫以外の男と交わるのを悲しんで。
70　糊口(生計)の助け。
71　食べ物。
72　みぞ。どぶ。
73　北条氏が執権政治を確立した承久の乱(一二二一年)から元弘三年(一三三三)までは、百十余年。
74　日本全国ことごとく符節を合わせたように。
75　官軍の大将千種忠顕が西京で六波羅軍と戦い(四月八日〈第八巻・13〉)、上洛した足利高氏が、朝敵追討の綸旨を得た時点(四月十六日〈第九巻・2〉)から、北条高時が自害した五月二十二日までを数えた日数。
76　玄玖本「東関ノ士」。流布本「東国ノ勇士」。
77　日本国中。
78　底本「覆ヒシカハ」。

しに、六十余州[74]悉く符を合はせたるが如く、同時に軍起こつて、わづかに四十三日[75]の中に滅びけるこそ不思議なれ。

愚かなるかな、東国[76]の士男、天下を保つて威[77]四海に覆[78]ひしかども、国を治する心なかりければ、堅甲利兵[79]徒らに梃楚のために摧かれて、滅亡を瞬目[80]の中に得たる事を。驕[81]れる者は失し、倹なる者は存す。古へより今に至るまで、皆これにあり。この[82]裏に首を廻らす人、天道[83]の満てるを欠く事を知らずして、なほ[84]人の欲心の厭ふ事なきに溺る。豈[85]にこれに迷はざらんや。

他本により改める。

79　堅固な甲冑と鋭利な武器を持つ強い兵力も、むなしく罪人を罰する棒と笞に敗れて。「梃を制(と)りて以て秦楚の堅甲利兵を撻(う)たしむべし」(孟子・梁恵王上)。

80　一瞬。

81　驕れる者は滅び、質実な者は長らえる。

82　この世であくせく生きることばかりに思いをめぐらす人。

83　天の道理として、満ちたものは必ず欠ける事。「天道は盈(み)てるを虧(か)き謙に益す」(易経・謙卦)。

84　あいかわらず人は飽くことのない欲心に溺れている。

85　どうしてこれに迷わないことがあろうか。

太平記 第十二巻

第十二巻　梗概

鎌倉幕府の滅亡後、護良親王は信貴山に留まって兵を集めた。後醍醐帝は僧籍にもどるよう命じたが、護良は足利高氏の野心を警戒して拒んだ。帝から征夷将軍職を許された護良は、元弘三年(一三三三)六月十三日、大軍を従えて入京した。その後、妙法院宮、万里小路藤房、円観、文観らが配所から帰洛し、帝の隠岐配流中に不遇だった人々は、わが世の春を謳歌した。一方、公家の下僕のごとく扱われるようになった武士は、再び武家の天下となることを望んだ。八月に論功行賞が行われたが、後宮の内奏による不正が多かった。元弘四(建武元)年正月、大内裏の造営が決定された。兵乱の直後に諸国に税を課し、紙銭を発行してまで行われる大内裏造営の企てには、眉をひそめる者が多かった。この年の春、筑紫、河内、伊予などで北条氏の残党が蜂起し、まもなく鎮圧された。新田義貞はじめ諸国の軍勢が上洛し、恩賞の沙汰が行われたが、赤松円心は、佐用庄を安堵されたのみだった。富貴に誇る帝の寵臣の中でも、千種忠顕と文観の奢りは甚だしかった。八月、隠岐広有に命じて内裏に飛来する怪鳥を射させることがあり、また天下の妖気を消すべく、弘法大師ゆかりの神泉苑が再興された。建武二年三月、足利高氏と対立していた護良親王が、高氏の讒言により逮捕・拘禁され、五月に鎌倉の足利直義のもとへ送られて禁獄された。高氏の讒言を帝に取り次いだのは、寵姫の阿野廉子だった。

公家一統政道の事 1

[1]元弘癸酉の歳、[2]四海九州の朝敵残る所なく亡びしかば、[3]先帝重祚の後、正慶の年号は[4]廃帝の改元なればとて、これを棄てられて、本の元弘に返さる。その三年の夏の比、[5]天下一時に評定して、賞罰法令悉く[6]公家一統の政に出でしかば、[7]群俗風に帰すること、霜を披いて春の日を照らすが若く、中華軌を懼るること、刃を履んで雷霆を戴くが若し。

同じき年六月三日、[8]大塔宮[9]信貴の毘沙門堂に御座ありと聞こえしかば、畿内、近国の勢は申すに及ばず、京中、遠国の輩までも、人より先にと馳せ参りける間、その勢頗る天下の大半をも尽くしぬらんとおびたたし。同じき十三日、御入洛あるべしと定められたりしが、[10]その事となく延引あつて、諸国の

1

1　元弘三年(一三三三)。
2　四海は、四方の海の内で、全国。九州は、古代中国で全土を意味した語。四海九州で日本全土。
3　後醍醐帝。重祚は、再び帝位につくこと。
4　鎌倉幕府に擁立された光厳帝。　5　天下の政は即座に(朝廷と武家の合議によらずに)評決して。
6　朝廷で一本化された政治。　7　諸国の民が朝廷の徳風に順うさまは、春の日ざしに霜がとけるようであり、京洛の民が法令を恐れ敬い従うさまは、刃を踏んで頭上に雷を戴くようであった(帝範・務農)。
8　護良(もりよし)親王。
9　奈良県生駒郡の信貴山にある朝護孫子寺。毘沙門

兵を召され、[11]楯をはがせ、鏃を砥いで、合戦の御用意ありと聞こえしかば、誰が身の上とは知らねども、京中の武士、心中更に穏やかならず。

　これによつて、主上、[12]右大弁宰相清忠を勅使に立てて仰せられけるは、「天下すでに定まつて、[13]七徳の余威を偃し、九功の大化をなす処に、なほ[14]干戈を動かし、士卒を聚めらるる条、その用何事ぞや。次に、四海騒乱の程は、敵の難を遁れんために、[15]一旦その容を俗体に替へらるると云へども、世すでに静謐の上は、[16]急ぎ剃髪染衣の姿に帰つて、門跡相続の業を事とし給ふべし」と仰せられける。

　宮、清忠を御前近く召して、[17]勅答を申させ給ひけるは、「今、四海一時に定まつて、万民[18]無事に誇る事、[19]陛下休明の徳に依り、微臣籌策の功に依れり。しかるに、足利治部大輔高氏、わづかに一戦の功を以て、その[20]志を万人の上に立てんとす。今

天を本尊とする。
10 何という訳もなく。
11 楯を作らせ、矢尻を鋭くといで。 12 坊門清忠。後醍醐帝の側近。
13 七つの徳をもつ武力を収め、九つの善政を行う（帝範・崇文）。七徳は、暴を防ぎ、民を安んじるなど、武の七つの効用(春秋左氏伝・宣公十二年)。九功は、天子が行うべき九つの善政(書経・大禹謨)。
14 武器をとり、軍勢を集められるのは。
15 大塔宮が還俗したこと(第五巻・8)。
16 急ぎ僧体にもどって、門跡寺の住持を継ぐことを第一とすべきだ。
17 帝へのご返事。
18 太平を喜ぶこと。
19 帝の寛容で聡明な徳と、臣たる私の計略の功による。

もしその勢の微なるによつてこれを討たずは、高時法師が逆悪を取つて、高氏が威勢の上に加へたるものなるべし。この故に、兵を挙し武を備ふ、全く臣が罪にあらず。次に剃髪の事、兆[21]前に機を鑑みざる者は、定めて舌を翻さんか。今、逆徒[22]はからざるに滅びて、天下無事[23]に属すと云へども、与党[24]なほ身を隠して隙を窺ひ、時を待たずと云ふ事あるべからず。この時、上に威厳[25]しなくは、下必ず暴慢[26]の心あるべし。されば、文武二つ[27]の途、同じく立つて治むべきは、今の世なり。われもし剃髪染衣の体に帰り、虎賁[28]猛将の備へを捨てば、武に於て朝家を全うせん人は、誰ぞや。それ諸仏菩薩の利生方便[29]を垂るる日、折伏[30]、摂受の二門あり。その摂受と云ふは、柔和忍辱[31]の貌となつて慈悲を先とし、折伏と云ふは、大勢忿怒[32]の相を現じて刑罰を旨とす。況んや、聖明[33]の主、賢佐[34]武備の才を求むるとて、或いは出塵[35]の輩を俗体に帰し、或いは退体[36]の主を帝位に即け

20 野心。
21 前兆を察知しない者は、事が起こってからきっとあわてることだろう。
22 北条一門。
23 平安に治まる。
24 逆徒に味方する者。
25 威厳がなければ。「し」は強調の副助詞。
26 粗暴でしたい放題の心。
27 文武両道を、ともに用いて治めるのが、今の世である(帝範・崇文)。
28 虎賁は、王を守る近衛兵の中国周代の官名。転じて勇士の意。
29 衆生を救う仏の手だて。
30 折伏は、悪人を屈伏させる。摂受は、善人を迎え救う。
31 寛容でもろもろの侮辱・迫害を忍ぶ姿。
32 激しく怒る姿。
33 名君の尊称。

奉る事、和漢にその例多し。謂る[37]賈島浪仙は、釈門より出でて朝廷の臣となり、[38]天武、孝謙は、法体を替へて重祚の位に登り給ふ。そもそもわれ、[39]台嶺の幽渓に栖みてわづかに一門跡を守らんと、[40]幕府の上将に居して遠く天下を静めんと、国家の用[41]、いづれを能とせん。この[42]両篇、速やかに勅許を下さるるやうに奏聞を経べし」と仰せられて、則ち清忠をぞ帰されける。

清忠帰参して、この由を奏聞しければ、主上、具に聞こし召して、「[43]大樹の位に居して、武備の守りを全くせん事は、げにも朝家のために、人の嘲りを忘れたるに似たり。高氏誅罰の事は、[44]かれが不忠それ何事ぞや。天下の士卒、太平の後なほ恐懼の心を抱けり。もし罪なきに罰を行ひなば、諸卒豈に安堵の思ひをなさんや。しかれば、大樹の任に於ては子細[45]あるべからず。高氏追罰の事に至つては、堅くその企てを留むべし」と聖断あつて、征夷将軍の宣旨をぞなされける。

34 政の補佐と武の備えを怠らない才ある臣。
35 俗世間を捨て出家した僧を還俗させ。
36 法体になった帝。
37 賈島(字は浪仙)は唐の詩人。僧であったが、韓愈の知遇を得て還俗。「推敲」の故事で有名。
38 天武帝と孝謙帝。天智の弟大海人(おおあま)皇子は、兄の死の前に吉野山に退隠したが、壬申の乱で大友皇子に勝利し天武帝となる。孝謙帝は、子の淳仁帝に位を譲ったが、仲麻呂の乱を機に再度即位し称徳帝となる。
39 比叡山の奥深い谷。
40 将軍の陣営。上将は大将。ここは征夷大将軍。
41 役に立つこと。
42 高氏の討伐と、征夷大将軍の拝命という二条。
43 還俗した宮が征夷大将

これによつて、宮の御憤りも散じけるにや、六月六日、信貴を御立ちあつて、[46]八幡に七日御逗留あつて、同じき十三日、御入洛あり。

その行列の行粧、天下の壮観を尽くせり。先づ一番には、赤松入道円心千余騎にて前陣を仕る。二番には、[47]殿法印良忠七百余騎にて打[48]たる。三番には、[49]四条少将隆資五百余騎、四番には、[50]中院中将定平八百余騎にて打たる。その次に、花やかに冑うたる兵五百人を勝つて、[51]帯刀にて二行に歩ませらる。

その次に、宮は、[52]赤地の金襴の鎧直垂に、[53]火威の鎧の裾金物に、獅子の牡丹の陰に戯れて前後左右に追ひ合ひたるを、[54]草摺長に召され、[55]兵庫鏁の丸鞘の太刀に、[56]虎の皮の尻鞘懸けたるを([57]太刀懸けの)半ばに結うて下げ、[58]白箆に節影ばかり少し染めて、鵠の羽を以て矧ぎたる征矢の二十六差したるを、[59]筈高に負ひな

軍(大樹は、大樹将軍の略。征夷大将軍の異称)として武の守りを固めるのは、全くもって朝廷にとっては。
44 高氏の不忠義とはそもそもなんのことか。
45 やむをえない。
46 京都府八幡市の石清水八幡宮(いわしみずはちまんぐう)。
47 関白二条良実の孫。大塔宮の執事。前出、第八巻・9。 48 馬を進める。
49 隆実の子。正中の変以来の後醍醐帝の側近。
50 村上源氏。後醍醐帝側近で、六波羅攻めの功労者。
51 太刀を帯びた護衛役。
52 赤地に金糸を織り込んだ絹織物でできた、鎧の下に着る装束。 53 緋色の糸で縅(どお)した鎧の袖や草摺の裾の飾りの金物。
54 草摺(鎧の胴に垂れ下げて腿を防御する)を長く

し、[60]二所籐の弓の銀のつく打つたるを十文字に拳つて、[61]白瓦毛なる馬の尾頭あくまで太くして逞しきに、[62]沃懸地の鞍を置いて、[63]厚総の鞦のただ今染め出だしたるを芝打長に懸けなし、侍十二人に[64]諸口を押させ、千鳥足を踏ませて、小路を狭しと歩ませける。

[65]後乗には、[66]千種頭中将忠顕朝臣千余騎にて供奉せらる。なほも御用心の最中なれば、御心安き兵を以て非常を誡めらるべしとて、国々の兵をば、[67]ひた物具にて三千余騎、閑かに小路を打たせらる。その後陣には、[68]湯浅、山本、伊達三郎、加藤太、畿内、近国の勢、打ちこみに二十万七千余騎にて、[69]一日支へてぞ打つたりける。

時遷り事去つて、万づ昔に替はる世なれども、天台座主、忽ちに将軍の宣旨を給はつて、甲冑を帯し、随兵を召し具して御入洛ありし有様は、珍らしかりし壮観なり。

垂らして着て。
55 太刀の帯につける銀の鎖。兵庫寮で作られた。丸鞘の太刀は、厚く楕円形に削った鞘の太刀。
56 虎皮の鞘の覆い。
57 左側の草摺の太刀懸けなかばに結びつけて下げ。
58 矢竹の節のくぼみだけに少し漆を塗り、白鳥(くぐ)の矢羽をつけた征矢(そや＝実戦用の矢)を二十六本差したのを。
59 矢の先端を高く突き出して箙(えびら)を背負う。
60 二か所ずつ間をおいて籐を巻き、銀のつく(つがえた矢を固定する金具)をつけた弓を、腕と直角(十文字)に握り。
61 白みをおびた瓦毛の馬。瓦毛は、朽ち葉色の白毛で、たてがみと尾の黒い馬。
62 漆塗りに金粉・銀粉を

その後、[70]妙法院は、四国の勢を召し具せられて、讃岐より御上洛あり。

[71]万里小路中納言藤房卿は、預人[72]小田民部大輔を相具して、常陸より上洛せらる。弟の[73]東宮大進季房は、配所にて身罷りにければ、父宣房卿、悦びの中の悲しみに、老後の涙袖に満つ。

[74]法勝寺の円観上人は、預人[75]結城上野入道具足し奉つて、上洛したりければ、君、尊体の恙なき事を悦び思し召して、やがて結城に本領安堵の綸旨をぞ下されける。[76]文観僧正は、硫黄島より上洛し、[77]忠円僧正は、越後国より帰洛せらる。

すべてこの君笠置へ落ちさせ給ひし刻に、解官停任せらるる人々、死罪流刑に逢ひしその子孫、かしこここより召されて、一時に[78]蟄懐を開けり。されば、日来武威に誇つて、[79]本所を蔑如にせし権門高家の武士ども、いつしか[80]諸庭の奉公人となつて、或いは[81]軽軒香車の後に走り、或いは[82]青侍格勤の前に跪く。世の

かけたもの。
63　厚い総飾りの鞦(馬の尻にかける紐)の色鮮やかなのが地面につくくらいに長く懸け。
64　馬の両側から手綱を引かせ。千鳥足は、馬を悠然と歩ませるさま。
65　行列の後方の騎馬。
66　後醍醐帝の側近。本巻・4、参照。
67　全員が完全武装で。
68　宗藤(法名定仏)。和歌山県有田郡に住んだ武士。前出、第六巻・2。山本以下は、熊野地方の武士。
69　まる一日がかりで。
70　尊澄法親王(宗良親王)。笠置合戦後、讃岐に流されていた。第四巻・2。
71　宣房の子。後醍醐帝の側近。笠置合戦後、常陸に流されていた。第四巻・2。
72　小田高知(治久と改名)。

盛衰、時の転変、歎くに叶はぬ習ひとは知りながら、今の如くにて公家一統の天下ならば、諸国の地頭、御家人は、皆奴婢雑人の如くなるべし。あはれ、いかなる不思議も出で来て、武家四海の権を執る世の中にまたなれかしと、思はぬ人はなかりけり。

同じき八月三日より、軍勢恩賞の沙汰あるべしとて、[83]洞院左衛門督実世卿を上卿[84]に定めらる。これによつて、諸国の軍勢、[85]軍忠の支証を立て、申状を捧げて、恩賞を望む輩、何千万人と云ふ数を知らず。その中に、実に忠ある者は、功を憑んで諛はず、更に忠なき者は、[86]媚を奥竈に求めて上聞を掠めける間、数月の間に、わづかに二十余人の恩賞を申し沙汰せられたりけれども、[87]事正路にあらずして、やがて召し返されにけり。

さらば、上卿を改めよとて、万里小路藤房卿を上卿になして、申状を付け[88]渡さる。藤房これを請け取つて、忠否を正し、浅深

貞知の子。常陸の豪族。

73　東宮坊の三等官。笠置合戦後、常陸に流され病死した。第四巻・2。

74　京都市左京区岡崎法勝寺町にあった天台宗寺院。円観(諡号は恵鎮〈えちん〉)は、天台僧。元弘の変で奥州に流され、結城宗広に預けられていた。第二巻・3。

75　宗広(法名道忠)。奥州白河の武士。新田義貞に従って鎌倉攻めに功があった。

76　後醍醐帝の側近の真言僧。硫黄島(鹿児島県鹿児島郡)に流されていた。第二巻・3。

77　円観、文観とともに流罪になり、越後に流されていた天台僧。第二巻・3。

78　心中にこもる不満。

79　荘園領主。

80　公家の諸家の邸。

81　軽快で美しい車の後を

を分かち、おのおの申し与へんとし給ひける処に、[89]内奏の秘計によつて、ただ今まで朝敵になりつる者も、安堵を給はり、更に忠なき輩も、五ヶ所、十ヶ所の所領を給はりける間、藤房、[90]諫言を入れかねて、則ち病と称して奉行を辞せらる。

[91]やがて黙すべきにあらずして、[92]九条民部卿光経を上卿に定めて、[93]御沙汰ありける間、光経卿、大将に[94]その手の忠否を委細に尋ね究めて、遍く申し与へんとし給ひける処に、相模入道の[95]一跡の徳宗領をば、内裏の供御料所に置かれぬ。舎弟の[96]四郎左近大夫入道の跡をば、兵部卿親王の御方へ奉せられぬ。[97]大仏陸奥守の跡をば、准后の御領となさる。この外、相州の一族の一跡、[98]関東家風の輩の所領をば、さしたる事もなき[99]郢曲歌道の家、蹴鞠能書の輩、乃至衛府、諸司、女官、官僧に至るまで、[100]一跡、二跡を合はせて、[101]内奏より申し給ひける間、今は六十六ヶ国の中に、[102]立錐の地も、軍勢に行はるべき闕所はなかりけ

追って走り。　82 公家に仕える侍の前にひざまずく。　83 公賢の子。後醍醐帝の側近で、南朝の重臣となる。　84 議事の首席の公卿。　85 軍功の証拠を上げ。　86 奥にいる貴人や実権を握る家来(竈)に媚びて、偽りの奏上をしたので。「論語」八佾篇による。　87 恩賞が公正に行われず、すぐに恩賞の所領を召し上げられた。　88 引き継がせた。　89 後宮から秘かに帝に奏上して策をめぐらすこと。　90 帝を諫められず。　91 そのまま放っておくわけにいかず。　92 定光の子。建武政権で重用された。　93 恩賞の処理。　94 その軍勢の勲功の有無。　95 北条嫡流家の領地のすべて(一は、全に同じ)を皇

り。かかりければ、光経卿も、心ばかりは[103]無偏の恩化を申し沙汰せんとし給ひけれども、叶はずして年月を送られける。

また、[104]雑訴の沙汰のためとて、[105]郁芳門の左右の脇に、[106]決断所を作られたり。その議定の人数に、[107]才学優長の卿相雲客、紀伝、明法の外記、官人を三番に分けて、月に六ヶ度の沙汰の日をぞ定められける。およそ事の体、厳重に見えて堂々たり。されども、これもなほ[108]理世安楽の政にあらざりけり。或いは[109]内奏より訴人勅裁を蒙れば、決断所にて論人に理を付けらる。また、[110]決断所より本主安堵を給ひければ、内奏よりその地を恩賞に行はる。かくの如く互ひに錯乱せし間、所領一所に四、五人の[111]給主付いて、国々の動乱静まり難し。

去んぬる七月の初めより、[112]中宮の御心地煩はせ給ひけるが、八月二日に、隠れさせ給ひにけり。十一月三日、[113]東宮また崩御なりにけり。「これ、ただ事にあらず、[114]亡卒の怨霊どものなす

室領とした。
96 北条泰家の遺領を護良親王の領地に。
97 大仏貞直の遺領を阿野廉子(後醍醐帝の寵妃)の領地に。廉子が准后となったのは、建武二年(一三三五)。
98 北条氏に従った人々。
99 今様などの雑芸や歌道の家、蹴鞠(けまり)や書を専らとするやから。
100 所領の一、二か所。
101 後宮から帝に奏聞して、事を取りはからうこと。
102 ごく狭い土地さえも軍勢に与えるあいた土地はなかった。 103 公平な恩賞。
104 さまざまな訴訟の処理。
105 大内裏の東側南端の門。
106 雑訴決断所。建武政権が設けた訴訟処理の役所。
107 学才に優れた公卿殿上人や、漢籍や法律を家学とする太政官の役人。

所なるべし」とて、その怨害を止め、善所に赴かしめんために、[115]四箇の大寺に仰せて、[116]大蔵経五千三百巻を一日が中に書かせられて、法勝寺にして則ち供養を遂げらる。

　[117]翌年正月十一日、諸卿、議奏して曰はく、「帝王の業、[118]万機の事繁くして、百司、位を設く。今の[119]鳳闕、わづかに方四町の中なれば、分内狭くして、礼儀を調へるに拠なし」とて、四方へ一町づつ弘げられて、殿を立て、宮を作らる。「これもなほ、古への皇居に及ばず。[120]大内裏を作らるべし」とて、安芸、周防を[121]料国に寄せられ、日本国の地頭、御家人に、所領の[122]得分二十分の一を懸け召さる。

　かの大内裏と申すは、秦の始皇帝の都、[123]咸陽宮の一殿を写して、桓武天皇の御代、[124]延暦十二年正月、事始めあつて、嵯峨天皇の御代、[125]大同四年十一月、遷幸ありし事なれば、南北へ三十六町、東西へ二十町の外に、[126]龍尾の置石を居ゑて、四方に十

108　世を治め国を安泰にする政治。
109　後宮の内奏により、原告が帝の許可を得ると、決断所では被告に勝訴の決定をする。
110　決断所で本来の所有者に土地の所有を認めると、内奏によりそれを恩賞として別の者に与える。
111　領地の所有者。
112　後醍醐帝の中宮、藤原(西園寺)禧子。「尊卑分脈」等によれば、十月十二日没。
113　この時期、後醍醐帝はまだ皇太子を立てていない。光厳帝の皇太子康仁親王(文和四年〈一三五五〉没)をさすか。
114　戦乱で亡くなった士卒。
115　東大寺、興福寺、延暦寺、園城寺。
116　漢訳仏典の総称。
117　元弘四年。
118　帝の政務が多忙なため、

二の門を立てられたり。東は陽明、待賢、郁芳門、南は美福、朱雀、皇嘉門、西は談天、藻壁、殷富門、北は安嘉、偉鑒、達智門、この外、上東、上西に至るまで、[127]交戟の衛伍を守つて、[128]長時に非常を誡めたり。[129]三十六の後宮には、三千の淑女粧ひを飾り、七十二の前殿には、文武の百官詔を待つ。

[130]紫宸殿の東西に、清涼殿、温明殿、北に当たつて、常寧殿。貞観殿と申すは、[131]后町の北の御匣殿、校書殿と号せしは、清涼殿の南の[132]弓場殿、[133]昭陽舎は梨壺、淑景舎は桐壺、飛香舎は藤壺、凝花舎は梅壺、襲芳舎と申すは、神鳴壺の事なり。[134]萩戸、陣座、滝口戸、鳥居障子、縫殿。[135]兵衛陣、左は宣陽門、右は陰明門。日華、月華の両門は、陣座の左右に迎ひたり。

[136]大極殿、小安殿、蒼龍楼、白虎楼、豊楽院、清暑堂。[137]御修法は真言院、[138]神今食は神嘉殿、[139]真弓、競馬をば、武徳殿にして御覧ぜらる。朝堂院と申すは、八省の諸寮これなり。[140]右近の陣の

多くの役人と位を設ける。
119 皇居(鳳闕)はわずか四町四方で、場所が狭く。一町は、約一〇九メートル。二条富小路内裏をさす。
120 皇居(内裏)や官八省を包摂する宮城。平安末期には多くの殿舎が廃絶した。
121 費用を拠出する国。
122 領地からの収益。
123 秦の始皇帝の宮殿、阿房宮。 124 七九三年。
125 八〇九年。
126 朝堂院(大内裏の正庁)の正殿、大極殿の前庭にあった壇。龍尾壇。
127 鉾を十字に交差して守衛が守り。 128 いつでも。
129 三十六の後宮では三千人の美女が装いをこらし、七十二の役所では文武百官が帝の命令を待つ。「漢家の三十六宮 澄々として粉飾れり」(和漢朗詠集・

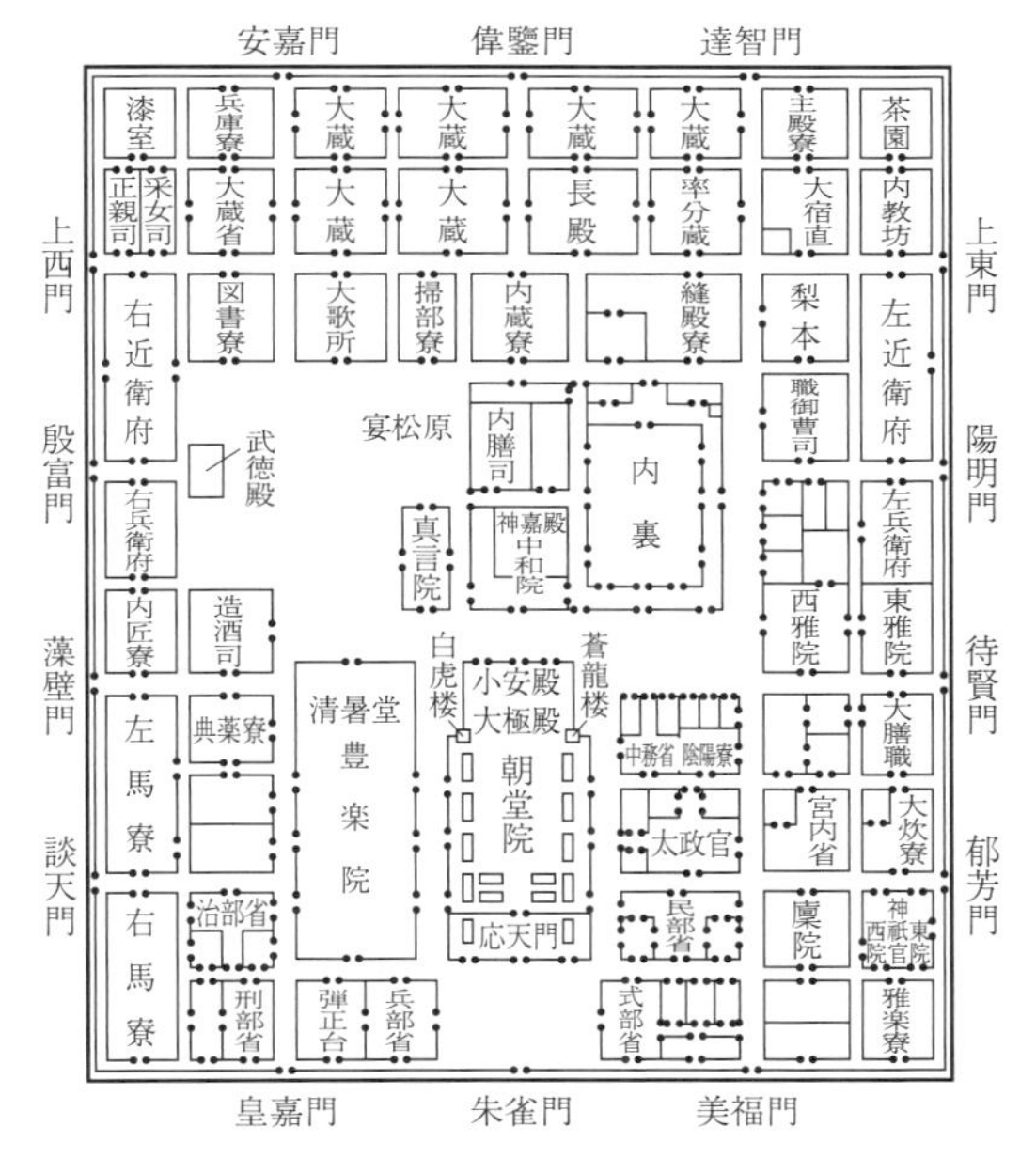

大内裏図

十五夜)。三十六、三千、七十二は、数が多い意。

130 以下、内裏内の建物。

131 后町は、中宮・女御の居所で、常寧殿の異称。御匣殿は、内蔵寮で調達する以外の衣服の調達を司る所。

132 弓術天覧のため設けた建物。

133 以下、襲芳舎まで、後宮五舎。

134 萩戸は、清涼殿内の帝の寝所の北にある部屋。陣座は、公卿が公事に列座する場所。滝口戸は、清涼殿の東北にある滝口(宮中警護の武士)の控え所。鳥居障子は、清涼殿の台盤所より鬼の間までを仕切る。縫殿は、裁縫を司る所。

135 兵衛府の詰め所。内裏の東西の宣陽門、陰明門に左右の兵衛の陣があった。

136 以下、大内裏内の建物。

橘は、昔を忍ぶ香を留め、御階に茂る竹の台[141]、幾代の霜を重ぬらん。[142]在原左中将の、弓胡簶を身に添へて、神鳴騒ぐ夜通、あばらなる倉に居たりしは、官の庁の八神殿。[143]光源氏の大将の、「如く物なし」と詠ぜしは、朧月夜にあくがれし弘徽殿の遣り橋。[144]江相公の古へ、北路の国へ下りしに、旅の別れを悲しみて、[145]「後会期遥かなり、纓を鴻臚の暁の露に濡す」と、長篇の序に書きたりしは、羅城門の南なる[146]鴻臚館の名残りなり。

[147]鬼の間、直廬、鈴の縄、荒海の障子をば、清涼殿に立てられ、[148]賢聖の障子をば、紫宸殿にぞ立てられたる。東の一間に、馬周、房玄齢、杜如晦、魏徴、二間に、諸葛亮、蘧伯玉、張子房、第伍倫、三間に、菅仲、[149]劉向、子産、蕭何、四間に、伊尹、傅説、太公望、仲山甫。西の一間に、李勣、虞世南、杜預、張華、二間に、羊祜、揚雄、陳寔、班固、三間に、桓栄、鄭玄、蘇武、倪寛、四間に、董仲舒、文翁、賈誼、叔孫通。画図は[150]金

137　宮中での密教修法。

138　六月、十二月の月次(つきなみ)祭の夜に、帝が天照大神と共食する神事。

139　騎射、競馬。

140　儀式の際、右近衛府の官人がひかえる紫宸殿の南階下に植えられた橘。「さつき待つ花橘の香をかげば昔の人の袖の香ぞする」(古今和歌集・夏・読み人しらず)。

141　仁寿殿の西、清涼殿との間にある竹の植込み。呉竹の台と河竹の台がある。

142　女を盗みだした在原業平が、雷雨のはげしい夜、荒れた蔵で雨宿りをし、女が鬼に食われてしまった話(伊勢物語六段)。官の庁は、大政官庁。八神殿は、帝を守護する八柱の神で、神祇官内にあった。

143　「照りもせず曇りもは

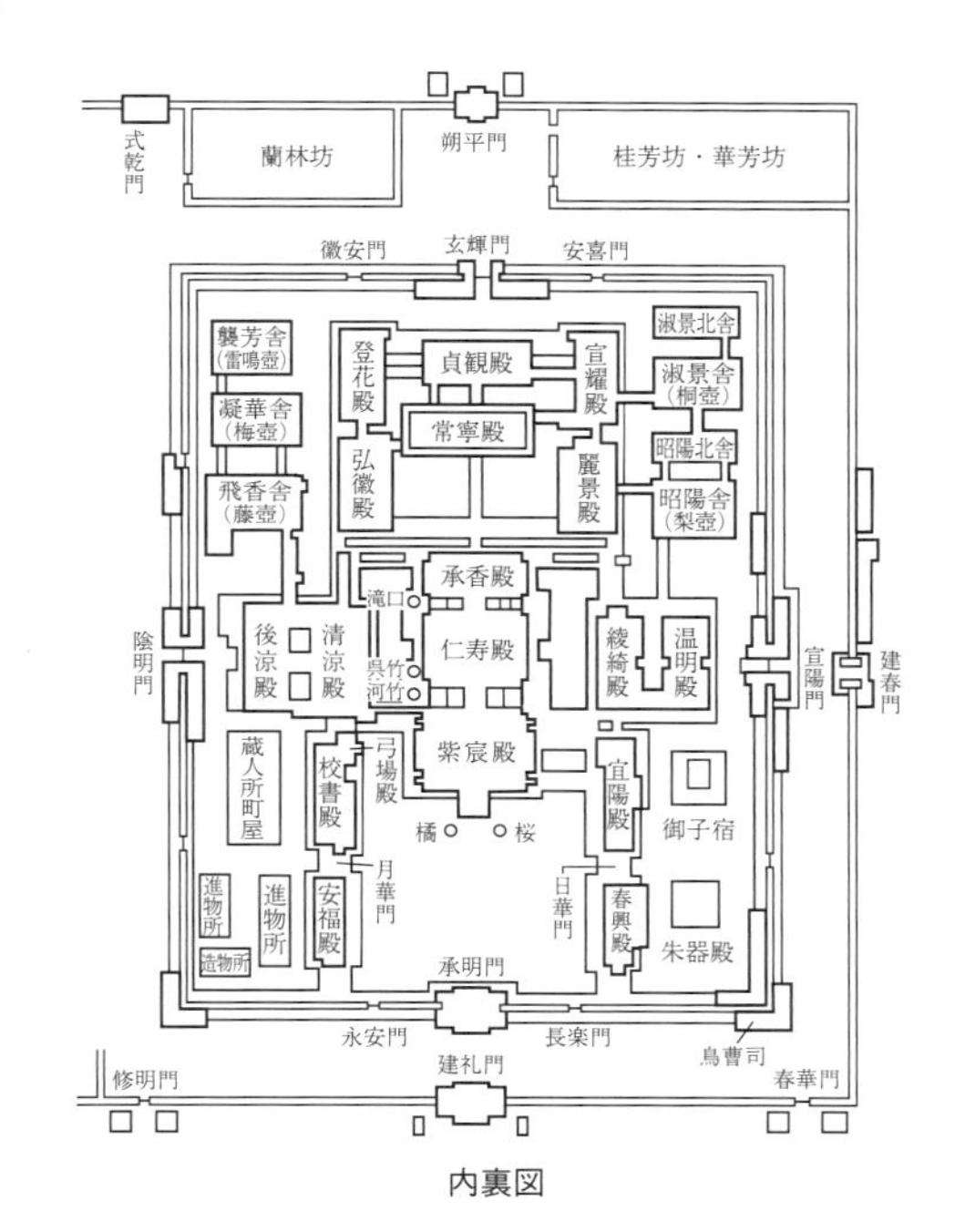

内裏図

てぬ春の夜の朧月夜に如くものぞなき」(新古今和歌集・大江千里)と誦(ず)していた朧月夜内侍と光源氏が逢瀬をもったこと(源氏物語・花の宴)。遣り橋は渡り廊下(細殿)。

144 十世紀の文人、大江朝綱(正しくは後江相公)。北路は、北方の意。

145 「和漢朗詠集」餞別。但し、末句「暁の涙に霑す」。渤海使の帰国に際し朝綱が詠じた送別詩。緌は、冠の紐。 **146** 外国使節の接待所。七条大路の北、朱雀大路の東西にあった。

147 以下、清涼殿内の施設。直廬は、公卿殿上人の控え所。鈴の縄は、蔵人が小舎人を召す時に引く。荒海の障子は、東の広廂の北にあったついたて障子。

148 紫宸殿の玉座の後方の

岡が筆を尽くし、賛をば小野道風[151]が書きたりけるとぞ承る。鳳[152]の甍天に翔り、虹の梁雲に聳えて、さしもいみじく造り並べられたりし大内裏、天災消すに便りなければ、回禄[153]度々に及んで、今は昔の礎のみ残れり。

回禄の故を尋ぬれば、かの唐堯[154]、虞舜の君は、支那四百州の主として、その徳[155]天地に応ぜしかども、「[156]茅茨斬らず、柴椽削らず」とこそ申し伝へたれ。況んや、粟散国[157]の主としてこの大内を造られたる事、その徳に相応すべからず。後王もし徳なくして居を安からしめ給はば、国の財力これによつて尽きぬべし。されば、君子[158]は飽かんことを求むることなく、居安からんこととを求むることとなし。高野大師[159]、これを鑑みて、門々の額を書かせ給ひけるに、大極殿の大の字の中を引き切つて、火と云ふ字になし、朱雀門の朱の字を、米と云ふ字にぞあそばされたりける。時に、小野道風、これを見て、「大極殿は火極殿、朱雀門

襖障子。東西各四間に、漢から唐の三十二人の賢臣・功臣・学者・文人像を描く。

149 鄧禹(とうう)が正しい。

150 巨瀬(こせ)金岡。平安前期の絵師。

151 平安中期の書家。三蹟の一人。

152 屋根の棟瓦には鉄製の鳳凰が翼を広げ、虹の形をした梁(はり)が高くそびえ。

153 火の神、転じて火災。

154 古代中国の聖帝、堯と舜。

155 その徳は天地にかなうほどだったが。

156 宮殿を質素にする善政(韓非子・五蠹)。屋根の茅(かや)を切りそろえず、椽(たるき)も削りみがかず。

157 粟粒のような小国。

158 君子は食に飽き満ちることを求めず、安楽な家に住むことも求めない「論

は米雀門」とぞ難じたりける。[160]大権の聖者の未来を鑑みてし給へる事を、凡俗として難じ申したりける咎にや、その後より、[161]道風、筆を取るに手わなないて、文字正しからず。されども、草書は妙を得たりしかば、わなないて書きたるも、却つて筆勢にぞなりにける。

つひに[162]火極殿より火出でて、[163]諸司八省悉く焼けにけり。その後、程なく造営せられたりしを、また[164]北野天神の[165]御眷属、火雷気毒神、清涼殿の[166]坤の柱に落ち懸かり給ひし時、焼けけるとぞ承る。

菅丞相の事　2

かの[1]天満天神と申すは、[2]風月の本主、文道の大祖たり。天に居ましては、日月に光を顕して、国士を照らし、地に天下りて

語」学而篇の句。

159　空海をさす。三筆の一人。

160　権者（神仏が化現した人）の尊称。

161　小野道風が空海の手跡を難じて中風になった話は、「古今著聞集」巻七。

162　貞観十八年（八七六）四月十日焼失。

163　太政官八省の諸役所。

164　京都市上京区馬喰町の北野天満宮。菅原道真を祭神とする。

165　従者（眷属）の雷神。

166　西南。延長八年（九三〇）六月二十八日、清涼殿に落雷。

2

1　菅原道真。

2　風雅の道の元祖で、文章・学問の道の偉大な開祖。

は、塩梅[3]の臣となつて、群生を利し給ふ。

その始めを申せば、菅原宰相是善卿[4]の南庭[5]に、五、六歳ばかりなる小児の容顔美麗なるが、前栽[6]の花を詠じて、ただ一人立ち給ひたり。菅相公[7]、怪しと見給うて、「君はいづれの処の人、誰が家の男にておはするぞ」と問ひ給ふに、「われは父もなく母もなし。願はくは、相公を親とせんと思ひ侍るなり」と仰せられければ、相公、うれしく思して、手づからかき抱き奉つて、鴛鴦[8]の衾の下に恩愛の養育を事として、人となし奉る。

御名をば、菅少相[9]とぞ申しける。習はざる道を悟る[10]御才学、世にまた類ひもあらじと見え給ひしかば、十一歳にならせ給ひし時、父菅相公、御髪を搔き撫で、「もし詩や作らせ給ひぬべき」[11]と、問ひまゐらせ給ひければ、少しも案じたる御色もなくて、詩に曰はく、

3 臣が君の治政を助けるたとえ(書経・説命下)。群生は衆生。
4 道真の父。宰相は参議の唐名。以下の話は、「北野天神縁起」などによる。
5 主殿の表庭。
6 庭の植え込み。
7 相公は、宰相の敬称。
8 おしどりのように仲のよい夫婦の間で大切に育て、成人させた。
9 菅宰相の子の意。
10 習う前から学問の道に通じる才学。 11 もしや詩をお作りになるか。
12 月光は晴れた日の雪のように明るく、梅の花は空に輝く星のようだ。ああ、美しい月がめぐって、庭にはかぐわしい花が香る。
13 眼前の景色。
14 各句五字で四句からなる詩形。唐代にできた。

[12]月の耀りは晴れたる雪の如し
梅花は照れる星に似たり
怜れむべし金鏡の転つて
庭上に玉芳の馨しきことを

と、寒夜の[13]即事を、言は明らかに、[14]五言の絶句にぞ作らせ給ひたりける。それより後の詩は[15]盛唐の波瀾を捲いて、[16]七歩の人に先立ち、[17]舌は(漢魏の)芳潤に嗽いで、万巻の書を諳んじ給ひしかば、[18]貞観十二年三月二十三日、[19]対策及第にして、自ら試場に桂を折り給ふ。

その年の春、[20]都良香の家に人々集まつて弓射る処へ、菅少相おはしたりけり。都良香、この菅少相はいつとなく[21]学窓に蛍を集めて、稽古に隙なき人なりしかば、[22]弓の本末をば知り給はじ、的を射させまゐらせて笑はばやと思して、[23]的矢に弓を相添へて、菅少相の御前に差し置く。「[24]春の始めにて候ふに、一度遊ばし

15 盛唐(李白・杜甫の時代)の起伏変化ある詩体をわがものとし。 16 作詩にすぐれて、しかも早いことは、七歩歩く間に詩を作った魏の曹植にもまさり。
17 文章は漢・魏の芳潤な調べ(「文選」をさす)を味わいつくして。
18 八七〇年。
19 官吏登用試験。桂を折るは、試験に合格すること(晋書・郤詵伝)。
20 みやこのよしか。九世紀の官人・文人。
21 篤学なこと。晋の車胤が蛍の光で勉学した故事(蒙求・車胤聚蛍)。稽古は、勉学。
22 弓の上下もご存じない。
23 的を射る練習用の矢。
24 年の始め(正月七日)には弓始めが行われた。
25 底本「菅丞相」を改め

候へ」とぞ強ひられける。[25]菅少相、辞退し給はず、番の相手に立ち合うて、雪の如くなる膚を押し[26]膚脱ぎ、打ち上げて引き下ろすより、しばししぼりて堅めたる体、切つて放ちたる[27]矢色、弦音、[28]弓倒し、[29]五善いづれも逞しく勢ひあつて、[30]矢所一寸も除かず、[31]五度の十をし給ひければ、都良香、感に堪へかねて、自ら下りて御手を引き、酒宴数刻に及んで、様々の引出物をぞせられける。

[32]同じき年の三月二十六日、[33]延喜帝、未だ東宮にて御座ありけるが、菅少相を召されて、「漢朝の[34]李嶠は、一夜に百首の詩を作りけりと見えたり。汝、いかんぞその才に如かざらん。[35]一時に十首の詩を作つて、天覧に備ふべし」と、仰せ下されければ、[36]則ち十の題を給はつて、半時ばかりに十首の詩をぞ作らせ給ひにける。

[37]春を送るに舟車を動かすことを用ゐず

る。 26 肌脱ぎになり。 28 矢を射たあと弓を伏せる仕草。
29 弓を射る五つの礼式（論語集解・八佾）。
30 矢坪（矢のねらい所）を一寸もはずさず。
31 一度に二本ずつの矢を五度射ること。
32 「北野天神縁起」では寛平七年（八九五）。
33 醍醐帝。在位八九七―九三〇年。
34 初唐の詩人。「李嶠百詠」百二十首で名高い。
35 二時間。
36 ただちに。
37 春を送るのに、乗り物はいらない。ただ老いた鶯と散りゆく花に別れるだけだ。もしのどかな春の光（韶光）に春を惜しむ私の心をわかってもらえれば、今宵は詩人の家を旅の宿とす

唯残鶯と落花とに別る
若し韶光をして我意を知らしめば
今宵の旅宿は詩家に在らん

と云ふ[38]暮春の詩も、その十首の絶句の内なるべし。

賢才の誉れ、仁義の道、一つとして欠けたる所なかりしかば、君を[39]三皇五帝の徳に返し、世を[40]周公孔子の治に均しからしめん事、ただこの人にありと、君限りなく執し思し召しければ、[41]寛平九年六月に、中納言より大納言に上がりて、やがて大将になり給ふ。同じき年の十月[42]に、延喜帝、御位に即かせ給ひし後は、[43]万機の政しかしながら幕府の上相より出でしかば、[44]摂籙の臣も、清華の家も、肩を並ぶべき人なくして、[45]昌泰二年の二月に、大臣の大将にならせ給ふ。

この時、[46]本院大臣と申せしは、[47]大織冠九代の孫、[48]照宣公第一の男、皇后の御兄、村上天皇の御伯父なり。[49]摂家と云ひ、高

るだろう。
38 「菅家文草」巻五所収。
39 中国の伝説上の三人の聖帝と五人の聖君。
40 周公旦と孔子。周公旦は、周の文王の子。兄武王とその子成王の政治を補佐し、周の礼楽制度を整えた。後世孔子により理想の聖人とされた。
41 八九七年。権大納言兼右大将となる。
42 正しくは七月。
43 朝廷の政治は、すべて幕府(近衛府の唐名)の大将(上将)道真が行なったので。
44 摂政関白の家も、大臣の家も。
45 八九九年。右大臣となり、右大将を兼ねた。
46 藤原時平。
47 藤原鎌足。大織冠は、大化の改新で定められた官位の最高位。

貴と云ひ、かたがたわれに等しき人あらじと思ひけるに、官位、[50]禄賞ともに[51]菅丞相に超され給ひければ、御憤り更に休む時なし。[52]光卿、定国卿、菅根朝臣などに内々相謀つて、[53]陰陽頭を召し、王城の八方に人形を埋み、[54]冥衆を祭つて、菅丞相を呪咀し給ひけれども、[55]天道私なければ、御身に災難来たらず。

さらば、讒を構へて罪科に沈めんと思して、本院大臣、[56]よりより、菅丞相天下の[57]世務に私あつて、民の愁へを知らず、非を以て理とする由を、讒に申されければ、帝、さらば、世を乱り民を害する[58]逆政なり、非を諫め邪を禁ずる忠臣にあらずと思し召されけるぞ、あさましき。

[59]誰か知らん、偽言巧みにして、[60]簧に似たることを。[61]君に勧め、鼻を掩はしむとも、君掩ふこと莫かれ。夫婦をして[62]参商たらしむ。請ふ、[63]君蜂を掇らしむとも、君掇ること莫かれ。母子をして[64]豺狼と成らしむ。さしも睦まじかるべき夫婦、父子の中をだ

48　摂政関白藤原基経の長男で、皇后穏子(おんし)の兄。
49　摂関家の家柄といい高い位といい、いずれも。
50　封禄と賞賜。
51　丞相は、大臣の唐名。但し、この時、道真は右大臣右大将で、時平より下位。
52　源光、藤原定国、藤原菅根。
53　卜占を司る陰陽寮の長官。
54　鬼神や閻魔王の類。
55　天の道理には私情がないので。　56　折々。
57　政治に私情が挟まれ。
58　道に背く政治。
59　以下「…豺狼と成らしむ」まで、白居易「天も度(はか)るべし」による。
60　笙(管楽器)の中の振動板。偽りの言葉が巧みに響くたとえ。
61　魏王から楚の荊王に送

にも避くるは、讒者の偽りなり。況んや、君臣の間に於いてをや。つひに[65]昌泰四年正月二十九日、菅丞相、[66]太宰権帥に遷されて、筑紫へ流されさせ給ふべきに定まりければ、左遷の悲しみに堪へず、一首の歌に[67]千般の恨みを述べて、[68]亭子院へ奉り給ふ。

[69]流れ行くわれは藻くづとなりぬとも君しがらみとなりてとどめよ

法皇、この歌を御覧じて、御涙御衣を濡しければ、左遷の罪を申し宥めさせ給はんとて、御参内ありけれども、帝、つひに出御なかりければ、法皇、御憤りを含ませ給ひ、空しく還幸なりにけり。

その後、流刑定まりて、菅丞相、忽ちに太宰府へ流されさせ給ふ。御子二十三人の中に、四人は男子にておはせしかば、皆引き分けて、四方の国々へ流し奉る。第一の姫君一人をば、都

られた美人に、王の夫人が、あなたの鼻は醜いから王の前では掩うよう忠告する。王には、あなたが臭いから美人が鼻を掩うと讒言したため、王は美人の鼻を斬らせた(韓非子・内儲説下)。

62 参・商は、東西に隔たった二つの星。夫婦の疎遠な関係をたとえた。

63 周の伊伯奇(いんはくき)の継母が、蜂を衣につけておくと、伯奇が取り除こうとする。継母は伯奇が言い寄ったと叫び、父に疑われた伯奇は自殺した(列女伝)。

64 山犬と狼。

65 九〇一年。

66 太宰府(福岡県太宰府市にあった九州を総監する役所)の定員外の長官。

67 思いのたけの。

68 醍醐帝の父、宇多上皇。

69 流される私が藻屑とな

に留めまゐらせ、残りの君達十八人は、泣く泣く都を立ち離れて、[70]心筑紫に趣き給ふ御有様こそ悲しけれ。

年久しく栖み馴れ給ひし[71]紅梅殿を立ち出でさせ給へば、明け方の月幽かなるに、折り忘れたる梅が香の御袖に余りたるも、今はこれや古郷の春の形見と、裹まんと思し召す御涙さへ留まらねば、

[72]東風吹かば匂ひおこせよ梅の花主なしとて春な忘れそ

と打ち詠じさせ給ひて、今夜[73]淀の渡までと、[74]追つ立ての官人どもに道を急がれて、御車にぞ召されたる。心なき草木までも馴れし別れを悲しみけるにや、東吹く風の便りを得て、この梅遥かに飛び去つて、配所の庭にぞ座したりける。されば、夢の告げ(あつて)、「[75]折る人つらし」と惜しまれし、宰府の飛梅これなり。

去んじ[76]仁和の比、讃州の任に下り給ひしには、[77]甘寧が錦の

っても、上皇様が柵(しがらみ)となり、流されゆく私を留めてください。大鏡「水屑となりはてぬ」。

70 心尽くし(心をくだく)と、筑紫を掛ける。

71 道真の邸。今の京都市下京区菅大臣町の菅大臣(かんだいじん)神社の北側。

72 春風が吹いたら匂いを吹き送ってくれ、梅の花よ。主がいないからといって春を忘れるな。「拾遺和歌集」所収。

73 伏見区淀。桂川・宇治川・木津川の合流するあたり。

74 罪人を配所に追い立てる役人。

75 「情けなく折る人つらしわが宿の主忘れぬ梅の立枝(たちえ)を」(新古今和歌集・神祇)。この歌は、左注によれば、建久二年(一一

纜を解いて、[78]蘭橈桂檝、梢の船を南海の月に敲し、昌泰の今、配所の道に赴かせ給ふには、[79]恩賜の衣の袖を片敷いて、浪の上、[80]篷の底、思ひを宰府の雲に傷ましめ給ふ。都に留めまゐらせられし北の御方、姫君の御事も、今は昨日を限りの別れと悲しく、知らぬ国々へ流し遣はされし十八人の君達も、さこそ思はぬ旅に赴いて、身を苦しめ心を悩ますらんと、一方ならず思し召しやるに、御涙更に乾く間もなければ、旅泊の思ひを述べさせ給ひける詩にも云はく、

[81]勅使駆りもて去んじより
父子一時に五所に離る
口に言ふこと能はず眼中の血のみなり
俯して仰ぐ天神と地祇と

北の御方より添へられける御使ひの、道より帰りけるに、御文ありて、

九二)春、筑紫へ行った者が安楽寺の梅を折って見た夜の夢での天神御製。

76　仁和二年(八八六)、讃岐守に着任。

77　呉の将甘寧が、船の纜(ともづな)を錦で作った故事(蒙求・甘寧奢侈)。

78　香木の櫂や舵、梢木(傍枝のない良材)で造った船。「蘭撓桂檝、舷(ふなばた)を東海の東に鼓(たた)く」(和漢朗詠集・閑居)。

79　帝から賜った衣。

80　船の粗末な屋形の中。

81　「楽天が「北窓の三友」詩を詠む」(菅家後集)の一節。勅使が駆り立て連れ去ってから、父子はたちまち五か所に別れ別れに流された。あまりのことに物も言えずに眼に血涙を浮かべるのみ。ただ天の神を仰ぎ、地の神を伏し拝もう。

　君が栖む宿の梢を行く行くと隠るるまでに返りみるかな[82]

心筑紫に生[83]の松原、[84](待つとはなしに)朝け暮れて、配所の宰府に着かせ給へば、[85]埴生の小屋のいぶせきに送り置き奉りて、都の官人も帰りぬ。[86]都府楼の瓦の色、観音寺の鐘の声、聞くに随ひ、[87](見るにつけての)御悲しみ、[88]この秋は独りわが身の秋と作り、起き臥し露[89]の床とはに、古郷を忍ぶ御涙、言の葉ごとに繁ければ、[90]さらでも重き濡れ衣の、袖干す隙もなかりけり。

　さても、無実の讒によつて配所に遷されぬる事、恨み骨髄に入つて、忍び難く思し召しければ、七日が間御身を清め、一巻の[91]告文をあそばして、高山に登り、竿の先に付けて差し上げ、七日御足をつまだてて立たせ給ひたるに、[92]梵天、帝釈、その無実をやあはれみ給ひけん、黒雲一村天より下がりて、この告文を把つて、遥かの天にぞ飛び上がりける。

　その後、[93]延喜三年二月二十五日、つひに左遷の恨みに沈んで、

82　あなたの住む家の梢を、見えなくなるまでくり返し振り返り見たことよ。「拾遺和歌集」所収。

83　福岡市西区の海岸。生(いき)に行きを掛ける。

84　他本により補う。松原と待つを掛ける。何を待つというわけでもなく、しばし逗留して。

85　粗末な小屋のむさ苦しい所に。

86　太宰府の高殿。観世音寺は、太宰府庁の東にある。「門を出でず」(菅家後集)の句(和漢朗詠集・閑居)。

87　流布本により補う。

88　道真「秋夜九月十五日」(菅家後集)の句。「秋来(しゅうらい)只一人の為に長し」(白居易・燕子楼三首并びに序)をふまえる。

89　涙で湿ったとこ(床)と、とことは(永久)を掛ける。

薨逝し給ひしかば、今の[94]安楽寺を御墓所と定めて送り奉る。

[95]同じき年の夏の末に、延暦寺の第十三の座主、[96]法性房尊意贈僧正、[97]四明山の上、[98]十乗の床の前に観月を澄ましておはしけるに、[99]持仏堂の妻戸をほとほとと敲く音しければ、押し開けて見給ふに、過ぎぬる比、筑紫にて正しく薨逝し給ひぬと聞こえし菅丞相にてぞおはしける。

僧正、あやしく覚えて、「先づこなたへ御入り候へ」と、いざなひ入れ奉つて、「さても、[100]御事は過ぎぬる二月二十五日、筑紫にて御隠れ候ひぬと、慥かに承りしかば、悲歎の涙を袖にかけて、[101]後生菩提の御追賁をのみ申しゐて候ふに、少しも変はらぬ元の御形の入御候へば、夢幻の間弁へ難くこそ覚えて候へ」と申されければ、菅丞相、御顔にはらはらとこぼれ懸かりける御涙を押し拭はせ給ひて、「われ朝廷の臣となつて、天下を安からしめんために、暫く人間に[102]下生する処に、君、時平公

90　ただでさえ重い濡れ衣を着せられた衣が涙で濡れ。
91　神に告げ奉る文。
92　梵天、帝釈ともに、仏教守護の十二天の一。
93　九〇三年。
94　道真の菩提寺。太宰府天満宮にある。
95　文脈からいうと延喜三年だが、「北野天神縁起」は、年月を明記せず。
96　天台座主。平将門の乱で調伏の祈禱を行う。座主となったのは、延長四年(九二六)。死後、僧正の官を贈られる。
97　比叡山。中国天台宗の霊地四明山に擬した称。
98　天台宗で説く十種の観法(悟りの境地に至る法)。
99　持仏や先祖の位牌を安置する堂。妻戸は、両開きの板戸。
100　あなた。

が讒を御許容あつて、臣[103]、無実の罪に沈める事、[104]嗔恚の炎、劫火よりも盛んなり。これによつて、[105]五蘊の形はすでに壊れぬと云へども、[106]一霊の身は明らかにして天にあり。今、大小の神祇、梵天、帝釈の許しを得て、その恨みを報ぜんために、[107]九重の帝闕に近づき、われにつらかりし[108]佞臣讒者、一々に蹴殺さんと存ずるなり。その時は、定めて[109]山門に仰せて、[110]惣持法験をぞ致さるべき勅定ありと云へども、相構へて参内し給ふべからず」と仰せられければ、僧正、謹んで、「貴方と愚僧と、[111]師資の義浅からずと云へども、君と臣と上下の礼なほ重し。しかれば、[112]勅請の旨[113]一往辞し申すとも、度々に及ばば、いかでか参内仕らで候ふべき」と申されけるに、菅丞相、[114]御気色俄かに損じて、[115]御肴にありける柘榴を、持仏堂の妻戸にさつと吹き懸けさせ給ふ。柘榴の核猛火となつて、妻戸に燃え付きけるを、僧正、ちとも騒がず、燃ゆる火に向かつて[116]灑水の印を結びければ、

101　来世往生の供養。
102　神仏が人間界に生まれること。
103　臣下の私。
104　私の憤怒の炎は、劫火(世界の終末に起こる大火)よりも烈しい。
105　この世での体。五蘊は、物質と精神を形成する色(しき)・受・想・行・識。
106　霊魂の身は滅びずに。
107　九重も帝闕も、皇居。
108　邪(よこしま)な臣と讒言者。
109　比叡山延暦寺。
110　陀羅尼(惣持)を誦する修法を行えと命じられても。
111　子弟の間柄。
112　帝の要請。
113　ひとまずは。
114　急に機嫌をそこね。
115　つまみの菓子。
116　修法で水を注ぐ時に結ぶ印。

猛火忽ちに消え、妻戸は半ば焦がれたり。この妻戸、今に伝はつて山門にありとぞ承る。

その後、菅丞相、座席を立つて、天に登らせ給ひぬと見えけるが、やがて雷内裏の上に鳴り落ち鳴り上つて、高天も地に落ち、大地も裂くるが如し。[117]一人百官身を縮め、[118]魂を消し給ふ。連日連夜雨荒く、風烈しくして、世界闇の如くになり、洪水家々を漂はせければ、京、[119]白川の貴賤男女、喚き叫ぶ声、[120]叫喚大叫喚の苦しみの如し。つひに雷電[121]大内の清涼殿に落ちて、大納言[122]清貫卿の袂に火燃えついて、臥し転び給へど消えず。[123]右大弁希世朝臣は、心剛なる人なりければ、「たとひいかなる天雷なりとも、王威に恐れざらんや」とて、弓に矢を取り添へて立ち向かひ給へども、五体すくみて俯しに[124](倒れにけり。[125]近衛忠包、鬢髪に火付いて焼け死にぬ。[126]紀蔭連は)、炎に咽んで絶え入りにけり。

117　帝とすべての臣下。一人は、天子の尊称。
118　気を失いそうになる。
119　京と白川(京都の北東部、鴨川以東の地)。
120　八大地獄のうち、第四の叫喚、第五の大叫喚地獄。
121　内裏。以下、「北野天神縁起」の延長八年(九三〇)六月二十六日の記事による。
122　藤原南家。
123　仁明平氏。「北野天神縁起」では、右中弁希世朝臣は、顔が焼けて倒れ、弓をとって立ち向かったのは是茂朝臣。
124　流布本により補う。
125　右兵衛佐美努(みぬ)忠包(日本紀略)。
126　「日本紀略」「北野天神縁起」にもみえる人名。

本院大臣、あはや、わが身にかかる神罰よと思し召しければ、帝の玉体に立ち添ひ、太刀を抜き懸けて、「朝に仕へ給ひし時も、われに礼を乱り給はず。たとひ今、神となり給ふとも、君臣上下の義を失はんや。[127]金輪位高くして、擁護の神未だに捨て給はず。暫く静まりて、穏やかに[128]その徳を施し給へ」と、理に当たつて宣ひければ、理にや静まりけん、時平大臣も蹴殺され給はず、[129]玉体も恙なくして、雷神天に上り給ひけれども、雨風降り続く事はなほ止まず。

かくては、世界国土皆流れ失せぬと見えければ、「法威を以て、神の怒りを慰め申し候ふべし」とて、法性房尊意贈僧正を召さる。両度は辞し申されけるが、勅宣三度に及びければ、[130]力なく下洛し給ひけるに、賀茂川おびたたしく水増さりて、舟なくては道もあるまじけるを、僧正、「ただその車、水の中を遣れ」と下知し給ふ。牛飼命に任せて、滾り漲る川中へ車をさ

127 金輪王。転輪聖王の一。金の輪宝をもって須弥山(しゅみせん)の四方を支配する。ここは帝をさす。
128 神としての仁徳を顕わしなされ。
129 帝のお体。
130 やむなく比叡山から京へ下ると。

つと遣りかけたれば、洪水左右へ分かれて、車は陸地をぞ通りける。この僧正参内し給ふより、雨止み、風静まり、神の怒りも忽ちに宥まり給ひぬと見えければ、僧正、[131]叡感に預かつて登山し給ふ。山門の効験、天下の称歎双びなしとぞ聞こえし。

[132]同じき年三月に、本院大臣は、重き病ひを受けて、身心常しなへに苦しみ給ふ。[133]浄蔵貴所を請じ奉つて、[134]加持せられけるに、大臣の左右の眼[135]より、青蛇あまた頭を差し出だして、「やや浄蔵貴所、われは無実の讒に沈み、恨みを散ぜんがために、この大臣を殺さんと思ふなり。されば、医するとも叶ふべからず。祈るとも[136]しるしあるべからず。かく云ふ者をば、誰とか見る。これこそ菅丞相の変化の神、天満大自在天神よ」とぞ示されける。浄蔵貴所、[137]示現の不思議に驚いて、暫く罷り出で給ひければ、本院大臣、忽ちに薨じ給ひにけり。

御女の[138]女御、御孫の[139]東宮も、やがて隠れさせ給ひぬ。[140]二男八

131 帝のおほめに預り比叡山にもどった。
132 「北野天神縁起」に、延喜九年(九〇九)三月頃。この年、時平三十八歳で没。
133 三善清行の子。天台僧で修験者として著名。貴所は敬称。
134 密教の祈禱。
135 他本「耳」。
136 底本「立事」。
137 神仏が姿を現わすこと。
138 宇多帝の后、褒子(ほうし)。京極御息所。第三十七巻・8、参照。
139 慶頼王。早逝した父保明親王(醍醐帝皇子)の跡を継いで皇太子となる。母は、時平女仁善子。延長三年(九二五)、五歳で死去。
140 時平の長男。「二男」は誤り。承平六年(九三六)死去。

条大将保忠公も、同じ病ひに沈み給ひけるが、御験者[141]の薬師経を読んで、「宮毘羅大将[143]」と打ち上げて読みけるを、「われが頸切る」と云ふ声に聞きなして、則ち絶え入り給ひけり。三男敦忠中納言[144]も早世しぬ。その人[145]こそあらめ、子孫まで一時に滅び給ひける神罰の程こそ恐ろしけれ。

その比、延喜帝の従父、右大弁公忠[146]と申しける人、悩む[147]事もなくして、頓に死に給ひけり。三日を経て、よみがへり給ひたりけるが、大息をついて、「奏聞すべき事あり。われを助け起こして内裏へ参らせよ」と宣ふ。「事の故いかに」と、御尋ねありければ、公忠、わなわなと振るひて、「臣、冥官[148]の庁と覚しき所に至りて候ひつるに、長一丈[149]余りなる人の衣冠正しきが、金の中文[150]を捧げ、「粟散辺地[151]の主延喜帝王、時平大臣が讒を信じて、罪なき臣を流され候ひき。その誤りもつとも重し。早く庁の御札に記されて、阿鼻地獄[152]へ落とさるべし」と申され

141 祈禱僧。
142 「薬師瑠璃光如来本願功徳経」。病気平癒の薬師如来の功徳を説く。
143 薬師如来の眷属の十二神将の一。
144 和歌・管絃に秀でた人物。天慶六年(九四三)死去。三十八歳。
145 時平本人はともかく。
146 源公忠。光孝帝の孫。「北野天神縁起」に、延喜二十三年(九二三)頓死し、三日後蘇生したとある。
147 患う。
148 閻魔王庁。
149 背の高さ三メートル(一丈)余りで正装した人が。
150 金の軸装の申し状。
151 粟粒のように小さく辺鄙な国。仏教の世界観で日本をさす。
152 八大地獄のうち、最下層の無間(むけん)地獄。

しかば、三十余人並み居給へる冥官、大きに怒つて、「時刻を移さず、その責めに及ぶべし」と、同じ給ひしを、座中第二の冥官、「もし年号を改めて、過ちを謝する道あらば、いかがすべき」と宣ひしに、座中皆案じ煩はせ給ひたる体に見えて、その後、公忠蘇生仕つて候ふなり」と奏せられける。君、大きに驚き思し召して、やがて延喜の年号を延長[153]と改められ、菅丞相流罪の宣旨を焼き捨てられ、官を元の右大臣に返して、正二位[154]の一階を贈らる。

天慶[155]九年に、近江国比良社[156]の禰宜[157]良種に託[158]して、大内[159]の北野に、千本の松一夜に生ひたりしかば、ここに社壇を立てて、天満大自在天神と崇め奉る。

十六万八千の御眷属[160]、なほも静まり給はざりけるにや、貞元[161]元年より天元五年に至るまで七年の間に、大内の諸司八省、三度まで焼けにけり。かくて、さて[162]あるべきにあらざれば、内

153　九二三―九三一年。
154　一階高い正二位の位。
155　九四六年。
156　滋賀県高島市にある白髭(しらひげ)神社。
157　神(みわ)良種。禰宜は、神主の下、祝(はふり)の上の神職。
158　神託が下って。
159　大内裏の北の野。
160　従者の神。
161　九七六―九八二年。
162　そのままにしておけないので。
163　中国春秋時代の魯の名工(蒙求・魯般雲梯)。名匠が腕を振るっての意。
164　何度作ってもまた焼けるであろう。棟板が合わぬ

裏の造営ありて、[163]魯般が斧を運ばれ、新たに削り立てたりける柱に、一首の虫食ひの歌あり。

　[164]造るともまたも焼けなん菅原や棟の板間の合はん限りは

この歌に、神霊なほ休まらせ給はざりけりと、驚き思し召して、[165]一条院より、正一位太政大臣の官位を贈らせ給ふ。勅使、安楽寺に下つて、詔書を読み上げける時、天に声あつて、一首の詩に聞こえたり。

　[166]昨は北闕の悲しみを被る士と為り
　今は西都に恥を雪ぐ尸と作る
　生きての恨み死しての歓び其れ我奈ん
　今須く望み足んぬ皇基を護るべし

偉いなるかな。[167]本地を尋ぬれば、大慈大悲の観世音、[168]弘誓の海深くして、群生済度の船、彼岸に到らずと云ふ事なし。[169]垂跡を申せば、天満大自在天神の[170]応化の身、[171]利物日に新たにして、

ように、私の胸の痛みが消えない限りは。棟の板と胸の痛みを掛ける。

165　一条帝。在位九八六―一〇一一年。

166　「太政大臣を贈らるる後の託宣」(菅家後集)。昨日は内裏での左遷の悲しみのうちに没し、かこつ身であったが、今日は太宰府で死後の恥をすすぐことができた。生前の恨みに死後の喜び、私はどうしたものだろうか。今は望みがかなえられ、朝廷を護らねばならぬ。

167　天神の本地は、広大な慈悲心をもつ観世音菩薩。

168　衆生を救う誓いは海のように深く、人々を救って必ず浄土へ送り届ける。

169　仏や菩薩が衆生済度のため、仮の姿として現われること。

170　神に姿を変えること。

[172]一来結縁の人も、所願心に任せて成就す。ここを以て、上一人より下万民に至るまで、[173]渇仰の首を傾けずと云ふ人はなかるべし。

その後よりは、神の御怨みも静まり、国土も穏やかなりしかば、[174]治暦四年八月十四日、事始めあつて、後三条院の御宇、[175]延久四年四月十五日、遷幸あり。文人詩を献じ、[176]伶人楽を奏す。

幾程なくして、また[177]安元二年に、日吉山王の御祟りによつて、大裏の諸寮一宇も残らず焼けにし後は、国の力衰へて、代々の聖主、今に至るまで造営の御沙汰なかりつるを、今、[178]兵革の後、世未だ安からず、国弊え、民苦しみて、[179]馬を花山の野に放ちて、牛を桃林の塘につながざるに、「大内裏作らるべし」とて、昔より今に至るまでわが朝には未だ用ゐざる[180]紙銭を作り、諸国の地頭、御家人の所領に課役を懸けらるる条、神慮にも違ひ、[181]驕誇の端ともなりぬと、眉をひそむる智臣も多かりけり。

171　ご利益(りやく)。
172　一度でも来て縁を結んだ人。
173　渇いた者が水を求めるように神仏を深く信じ仰ぐ。
174　一〇六八年。
175　一〇七二年。
176　楽人。
177　安元三年(一一七七)が正しい。加賀の荘園をめぐる院の武士と在地寺院との争いが原因で、日吉山王(延暦寺の守護神)のたたりにより炎上したとされる(平家物語巻一・内裏炎上)。
178　兵乱。
179　殷を滅ぼした武王が、不要になった軍馬を華山(陝西省の山)に放牧し、牛を桃林に放った故事(史記・周本紀)。
180　紙幣。当時は宋銭が流通していた。
181　驕りたかぶる端緒。

安鎮法の事 3

元弘[1]三年の春の比、筑紫に、糸田左京亮頼時[2]、喜久兵庫助時秋、上総掃部助高政、左近大夫貞義と云ふ平氏の一族出来して、前亡[3]の余流を集め、所々の逆党を招いて、国を乱らんとす。また、河内国の賊徒等、佐々目顕宝僧正[4]と云ひける者を取り立てて、飯盛山[5]に城郭をぞ構へける。これのみならず、伊予国に、赤橋駿河守[6]が子息駿河太郎重時と云ふ者ありて、立烏帽子峯[7]に城を拵へ、四辺の庄園を押領す。「これらの凶徒、法威[8]を武力に加へて退治せずは、早速の静謐堅かるべし」とて、俄かに紫宸殿の皇居に壇を構へ、竹内僧正[9]を召して、天下[10]安鎮の法をぞ行はせられける。

この法を行ふ時、甲冑の武士四門[11]を堅めて、内弁[12]、外弁、

3

1 北条氏滅亡後の元弘四年(一三三四)が正しい。
2 以下四名のうち、玄玖本は「糸田左京亮頼時、喜久兵庫助時秋」の二名、流布本は「規矩掃部助高政、糸田左近大夫将監貞義」の二名をあげる。高政・貞義は、金沢流北条氏。高政は、鎮西探題赤橋英時の猶子。頼時、時秋は不詳。
3 北条氏の生き残り。
4 佐々目は、鎌倉佐々目谷(ささめがやつ)=神奈川県鎌倉市笹目町)か。河内国の賊徒がかつぐので、第二巻・9に出る西室(東大寺の十二院家の一)の顕宝僧正か。
5 和歌山県紀の川市の山。底本「飯室山」。
6 北条(赤橋)宗時。最後の執権盛時の兄弟。

[13]近衛、階下に陣を引き、伶人楽を奏する始め、武家の輩、[14]南庭の左右に立ち並んで、剣を抜いて四方を鎮めんとする事あり。四門の警固には、[15]結城七郎左衛門親光、楠河内守正成、[16]佐々木判官高貞、[17]名和伯耆守長年なり。南庭の陣には、右に[18]三浦介、左に[19]千葉介貞胤をぞ召されける。この両人、かねてその役に随ふべき由を領状申したりけるが、その期に臨んで、千葉は三浦が相手になる事を嫌ひ、三浦は千葉が右に立たん事を怒つて、ともに出仕を留めてければ、[20]天魔の障碍、法会の違乱とぞなりにける。

　後に思ひ合はするに、これぞ早や、[21]天下久しく無為になるまじき表事なりける。されども、この法の効験にや依りけん、飯盛の城は、正成に落とされ、立烏帽子の城は、[22]土居、得能に攻め破られ、筑紫は、大友、少弐に打ち負けて、その頸京都に上りしかば、ともに大路を渡されて、獄門にこれを懸けられたり。

7　愛媛県松山市上難波の恵良山。
8　仏法の威力。
9　慈厳(じごん)。竹内は、曼殊院門跡の称。
10　天下安泰の修法。
11　内裏の四方の門。建春・建礼・宜秋・朔平門。
12　内弁は、公事を奉行する公卿の首席。外弁は次席。承明門の内外で事を弁ずる。
13　近衛府の武官が紫宸殿の階下に居並び。
14　紫宸殿の南の庭。
15　宗広の次男。北条方から赤松軍に寝返る(第九巻・2)。建武政権の「三木一草」(楠・伯耆〈名和〉・結城・千種)の一人。第九巻・2では「九郎左衛門」。
16　塩冶高貞。出雲守護。
17　後醍醐帝の船上山挙兵の功労者。
18　名は高継。

千種頭中将の事 4

東国、西国すでに静謐しければ、筑紫より、大友、少弐、菊池、[1]松浦の者ども、大船七百艘にて参洛す。[2]新田左馬助、舎弟兵庫助、七千余騎にて上洛せらる。この外、国々の武士ども一人も残らず上り集まる間、京、[3]白河に充満して、王城の富貴、日来に百倍せり。

諸軍勢の恩賞は延引すとも、[4]大功の輩の抽賞を行はるべしとて、足利治部大輔高氏卿に、武蔵、常陸、下総三ヶ国、舎弟左馬頭直義に遠江国、新田左中将義貞に、上野、播磨、その弟治部大輔義助に、駿河国、楠判官正成に、摂津国、河内国、名和伯耆守長年に、因幡、伯耆の両国をぞ行はれける。

その外、公家の輩、二ヶ国、三ヶ国給はりけるに、さしもの

19 下総守護。鎌倉合戦(第十巻・8)では、新田方として功があった。
20 仏法を妨げる魔物の障害で、法会に混乱を生じた。
21 天下が長く泰平になることのないまえぶれ。
22 土居、得能は、伊予の河野一族。

4
1 松浦水軍。長崎・佐賀両県の松浦地方にいた党の武士団。
2 新田義貞と弟脇屋義助。
3 京の鴨川以東の地域。
4 大功をあげた者を選んで、恩賞を与えるべきだ。
5 兵庫県佐用郡佐用町にあった荘園。円心はもともと佐用荘内の赤松を本拠とした。建武政権下で播磨守護職に任じられたが、護良親王の失脚とともに守護職

軍忠なりける赤松入道円心には、佐用庄[5]一所を行はれて、播磨の守護職をば幾程なくして召し返されてけり。されば、建武の乱に、俄かに円心心替はりして、朝敵になりたりしも、この恨みとぞ聞こえし。その後、五十余ヶ国の守護、国司、国々の関所、大庄をば、悉く[6]公家被官の人々拝領しける間、陶朱公[7]が富貴に誇り、鄭白[8]が衣裳に飽けり。

中にも、千種頭中将忠顕朝臣[9]は、故六条内府有房公[10]の孫にてぞおはせしかば、文学の道をこそ家の業と嗜まるべかりしが、弱冠[11]の比より、わが道にもあらぬ笠懸[12]、犬追物を好み、博奕[13]、淫乱を事とせられける間、父有忠卿、父子の義を放たれて、不孝[14]の由にてぞ置かれける。されども、この朝臣、一時の栄花を開くべき過去の因縁やありけん、主上隠岐国へ御遷居の時、供奉仕つて、六波羅の討手に向かはれたりし忠功に依り、大国三ヶ国、闕所[15]数十ヶ所拝領せられたりしかば、朝恩身

を没収された。

6　公家の家来。

7　越王勾践の臣范蠡(はんれい)が、後に陶に赴いて財をなし、陶朱公と称した故事(史記・貨殖列伝)。その陶朱公のような富貴を誇る。

8　班固「西都の賦」(文選)による句。鄭は、韓の工人鄭国。白は、漢の大夫白公。ともに涇水を引いて灌漑事業で成功。田から上がる収益で贅沢な生活をした意。

9　後醍醐帝の寵臣。帝の隠岐流罪に従い(第四巻・3)、隠岐脱出後は、六波羅攻めの大将をつとめた(第八巻・13)。

10　村上源氏。後宇多院に仕えた和漢の才人。

11　元服してまもない頃。

12　笠を的にする騎射と、犬を追って的にする騎射。

に余り、その(奢り)耳目を驚かせり。

その比、重恩を与へたる家人どもに、毎日に巡酒[16]を振る舞はせけるに、堂上に袖を連ぬる諸大夫[17]、侍三百人に余れり。その酒肉珍膳の費え、一度に万銭もなほ不足なるべし。また、数十間の厩を作り並べて、肉[18]に余る馬を五、六十疋立てられたり。宴罷んで、興[19]に和するときは、数百騎を相随へて、内野[20]、北山辺に打ち出でて、犬を追ひ出だし、小鷹[21]狩りに日を暮らし給ふ。その衣裳、豹、虎の皮を行縢[22]に切り、金襴纐纈[23]を直垂に縫へり。「賤しきが貴服を服る[24]、これを僭上と謂ふ。僭上無礼[25]は国の凶賊なり」と、孔安国[26]が誡めを恥ぢざりけるこそ、うたてけれ。

文観僧正の事 5

13 賭け事とみだらな遊び。
14 勘当。
15 幕府方からの没収所領。
16 酒盃を巡らすこと。
17 四位・五位の貴族。
18 肥え太った立派な馬。
19 興が乗った時。
20 内野は、かつて平安京の大内裏があった地。北山は、京都北方の船岡山、衣笠山、岩倉山など。
21 はやぶさなどの、小鷹を使う狩り。
22 乗馬の際に、腰から足にかけて覆いとした毛皮。
23 金糸を使った織物や絞り染めの布。
24 「賤しきが貴服を服す、これを僭上と謂ふ。僭上を不忠と為す」(古文孝経・卿大夫・孔安国注)。
25 身分を越えておごりたかぶること。
26 漢の武帝の時代の儒学

これは、せめて俗人なれば、云ふに足らず。文観僧正[1]の振る舞ひを伝へ聞くこそ、不思議なれ。

たまたま一旦、名利[2]の境界を離れて、三密瑜伽の道場に入り給ひし甲斐もなく、ただ利欲名聞にのみ趨つて、更に観念定座[3]禅の勤めを忘れたるに似たり。何の用ともなきに、財宝を倉に積んで、貧窮を扶けず、武具を傍らに集め、并びに士卒を逞しうす。頻りに媚びをなし、交はりを結ぶ輩には、忠なきに賞を申し与へられける間、文観僧正の手の者[4]と号して、党を立て、臂を張る者、洛中に充満して、五、六百人に及べり。されば、程遠からぬ参内の時も、輿の前後に数百騎の兵ども打ち囲んで、路次を横行しければ、法衣忽ちに馬蹄の塵に汚れ、律儀[5]空しく人口の譏りに落つ。

かの廬山の慧遠禅師[6]、一度風塵[7]の境を辞して、寂寞の室に座し給ひしより、かの山を出でず、十八賢聖[8]を結び、長時に六

者。孔子の子孫。孔子旧宅から得た古文「孝経」に注を付したというが、現存する孔安国注は隋代の偽作。

5

1　正中の変から討幕計画に参加し、元弘の変で硫黄島に流された真言僧。第二巻・3、本巻・1、参照。

2　名声や利欲の世界を離れて、密教の悟りを得る道場に入った甲斐もなく。

3　仏の世界を心に念じて座禅すること。

4　手下と称して、徒党を組んでいばり散らす者。

5　戒律を顧みずに人々に非難された。

6　中国、東晋代に浄土念仏を興した高僧。廬山(江西省)に念仏結社白蓮社をつくり、三十年間山を出なかった。

時を礼讃し給ひき。[9]大梅の常和尚、[10]剛ひて世人の住める処を知つて、更に茅舎を移して深山に入る。[11]山居に卜して風味を詠じ、すでに梅子熟して、印可を得給へり。

心ある人は皆、古へも今も[12]光を韜み、跡を消して、[13]暮山の雲を伴とし、一池の荷を衣として、道を行ひ、心を澄ましてこそ生涯を尽くす事なるに、この僧正、かくの如く[14]名利の絆にほだされけるも、ただ事にあらず、[15]いかさま邪魔外道のその心に依託して、振る舞はせけるかと覚えたり。

解脱上人の事 6

何を以てこれを謂ふとなれば、また[1]文治の比、[2]洛陽に独りの[3]沙門あり。その名を[4]解脱上人とぞ申しける。その母十七歳になりし時、夢の中に鈴を呑むと見て、まうけたる子なりければ、

7 俗世間を離れて。
8 十八人の賢僧と白蓮社を結び、常に六時(一日を六分割した時間)に阿弥陀仏を礼拝・賛嘆した。
9 唐代の禅僧、大梅法常。大梅山(浙江省)に住した。
10 あえて世間の人の住む所を知っては、庵を更に山深くに移した。
11 山深くに住んでその風趣を詠じ、まさに梅の実が自然に熟するように悟りを得て、その認証を得た。
12 才能をかくし、姿をくらまして。
13 夕暮れの雲を友とし、池の蓮の葉で衣を作り着て、一生を過ごすべきであるのに。
14 名声と利欲の絆に縛られたことも。
15 必ずや仏法を害する悪魔が心に乗り移って。

ただ人にあらじとて、三つになりける時より、その身を釈門[5]に入れて、つひに貴き聖とはなりけるなり。されば、慈悲深重[6]にして、三衣の破れたる事を悲しまず、行業不退[7]にして、一鉢の空しき事を愁へず。大隠[8]必ずしも市朝の中を辞せざれば、身は五濁[9]の塵に交はると云へども、心は三毒[10]の霧に犯されず。縁に任せて歳月を度り、生を利し[11]て山河を抖擻し給ひけるが、或る時、伊勢大神宮に参詣し、内外宮[12]を巡礼して、ひそかに自受法楽[13]の法施をぞ奉せられける。

　大方　自余[14]の社には様替はつて、千木[15]もゆがまず、片削も反らず。これ正直捨方便[16]の貌を顕せるかと見ゆ。古松枝を垂れ、老樹葉を布けり。皆下化衆生[17]の相を表するかと覚えたり。垂跡[18]の方便を聞けば、三宝の名字を忌むに似たりと云へども、内証[19]の深心を思へば、それしもなほ化俗結縁の理りありと覚えて、そぞろに感涙袖を濡らしければ、日暮るれども、在家[20]などに立

6

1 一一八五―九〇年。
2 京都。中国の都に擬した呼称。
3 僧侶。
4 貞慶。法相宗の僧。藤原通憲(信西)の子貞憲の子。笠置山に住し、南都仏教の復興につとめた。
5 仏門。
6 慈悲の心は甚大で、僧衣が破れても悲しまず。
7 修行の志は固く、食事が乏しいのも気にしない。
8 偉大な隠者は山林に隠れることなく、かえって俗世の中に住む(文選・王康琚・反招隠詩)。
9 俗世の五つの汚濁(劫・見・命・煩悩・衆生)。
10 貪欲・瞋恚・愚痴の三つの煩悩。
11 衆生を救いつつ山河を

ち宿るべき心地もし給はず、外宮の御前に、終夜念誦して、松風に睡りを醒まし、水[21]の月に心を傷ましめておはしける処に、俄かに空掻き曇り、雨風烈しく吹き、雲の上に車を轟かし、馬の走る音東西より来たれり。あな恐ろし、これは何物やらんと、上人、[22]肝を消して見給へば、忽然として虚空に玉を琢き、金を鏤めたる宮殿楼閣出で来て、庭上に[23]幔を引き、門前に幕を張れり。

　ここに、十方より来たれる車馬の客、二、三千もあるらんと覚えたるが、左右に居流れて、上座に一人の[24]大人あり。その形甚だ尋常ならず。長の高さは二、[25]三十丈もあるらんと見上げたるに、頭は[26]夜叉の如くにして、十二の面上に並べり。四十二の手あつて、左右に相連なれるに、或いは日月を挙り、或いは[27]剣戟を提げて、八龍にぞ乗つたりける。相順ふ所の[28]眷属ども、皆常の人にあらず。[29]八臂六足にして、鉄の楯を脇に挟み、[30]三面

修行してまわった。

12　天照大神を祭る内宮と豊受(とようけ)大神を祭る外宮。

13　自らが悟り得た経文を読誦して手向けること。

14　そのほかの。

15　千木は、棟の両端に突き出て交差する木。片削ぎは、千木の先端を水平または垂直に削いだ部分。

16　真理のみを説き、便宜的な教えを捨て去る姿。

17　衆生を教化する姿。

18　神として現れた衆生救済の手段を聞くと、一見仏法の名を忌むかのようだが。

19　奥深いお心を思えば、神としての仮の姿も、衆生を教化して仏法に導くためと思われて。

20　民家。

21　水に映る月にしみじみと心打たれて。

22　仰天して。

一体にして、金の鎧を着たり。

　座定まつて、上座に着ける大人、左右に対つて申しけるは、「この比、[31]帝釈の軍に打ち勝つて、手に日月を挙り、身[32]須弥の頂に居して、一足に大海を踏むと云へども、その眷属を数ふれば、毎日数万人を滅ぼす。故何事ぞと見れば、[33]南瞻浮洲大日本国洛陽の辺に、解脱房とて、一人の聖出で来て、[34]化導利生を得、魔障弱くして、修羅勢ひを失へり。所詮、かれがあらん程は、われら[35]天帝に対して合戦をする事叶ふまじ。いかにもして、かれが道心を醒まして、[36]憍慢懈怠の心を付けばやと思ふは、いかがすべき」と申しければ、甲に[37]第六天魔王と金字に打つたる者、座中に進み出でて、「かれが道心を醒まし候はん事は、たやすかるべきにて候ふ。先づ、後鳥羽院[38](に武家を亡ぼさんと思し召す心を付けまゐらせて、六波羅を亡ぼされば、[39]右京権大夫義時、定めて官軍に対つて合戦を致し候ふべし。その時、

23 引き幕。
24 貴人。
25 一丈は、約三メートル。
26 仏教の鬼神。
27 剣と鉾。
28 従者。
29 八本の腕と六本の脚。
30 一つの胴に三つの顔。
31 阿修羅と仏法を護る帝釈天との戦い。
32 仏教の宇宙観で、世界の中心にある高山。
33 須弥山の南の南閻浮提（なんえんぶだい）で、人間の住む所。
34 よく衆生を教化利益して、悪魔外道の妨げが弱く、阿修羅が勢いを失った。
35 帝釈天。
36 慢心し仏道に怠る心。
37 欲界六天の第六、他化自在天（たけじざいてん）の主の魔王。
38 玄玖本により補う。目移りによる誤脱。
39 第二代執権の北条義時。

官軍戦ひに負けて、後鳥羽院)遠国へ流されさせ給はば、義時、天下の成敗を司つて、治天を計らひ申さんに、必ず[40]広瀬院第二の御子をぞ位に即けまゐらせんずらん。さる程ならば、この解脱房、元来かの宮の御帰依の聖なれば、[41]官僧に召されて、[42]龍顔に近づき奉り、出仕の儀則を刷ふべし。これより、行業は日々に懈り、憍慢は時々に増さりて、忽ちに[43]破戒無慙の比丘とならんずる条、[44]子細あるべからず。かくては、われらも[45]若干の眷属をばまうけ候ふべき」と申しければ、二行に並み居たる悪魔外道、ともに「この御儀は尤もしかるべしと覚え候ふ」と[46]同じて、おのおの東西に飛び失せにけり。

上人、この事を聞き給ひて、「これぞ、[47]神明のわれに道心を勧めさせ給ふ御利生よ」と歓喜して、涙を流し、それより、[48]やがて京へは帰り給はで、山城国[49]笠置と云ひける深山に、一つの巌室をトめ、落葉を[50]列ねて身上の衣とし、菓を拾ひて口中の

40　後高倉院（守貞親王）の第二皇子（じつは第三皇子）。のちの後堀河帝をさす。広瀬院の称は不詳。
41　朝廷に仕える僧。
42　帝に近づき、出仕の装いをこらすだろう。
43　戒律を破り恥じない僧。
44　まちがいない。
45　たくさんの仲間。
46　賛成して。
47　天照大神。
48　すぐに。
49　京都府相楽郡笠置町の笠置山。第三巻・1、参照。
50　底本「焼テ」。玄玖本により改める。

食として、長く厭離穢土の心を発し、鎮へに欣求浄土の勤めを専らにし給ひける。

かくて三、四年を過ぎ給ひける処に、承久の合戦出で来て、義時天下の権を執りしかば、後鳥羽院隠岐国へ流されさせ給ひて、広瀬宮、はたして天子の位にぞ即き給ひける。時に、解脱上人笠置の岩屋にありと聞こし召して、官僧になさんために、度々勅使を下されて召されけれども、これこそ、かねて第六天の魔王どもが云ひし事よと思はれければ、つひに勅定[51]に随はず、いよいよ行ひ澄ましてぞおはしける。智行徳開け[52]しかば、この寺[53]の開山となつて、今に至るまで、仏法弘通の紹隆を遺し[54]給へり。

かれを以てこれを思ふにも、うたてかりける文観僧正の行儀かなと、愚蒙の眼[55]を迷はせり。つひに、幾程なくして建武の乱出で来たりしかば、法流相続の門弟一人もなくして、孤独衰

51　帝の仰せ。
52　智恵と修行と功徳を積んだので。
53　笠置寺。
54　仏法を広め盛んにした跡を遺した。
55　愚かなわれわれの眼。

窮の身となり、吉野の辺に漂泊して、果て給ひけるとぞ聞こえし。

広有怪鳥を射る事　7

元弘四年七月[1]に、改元あつて建武に遷さる。これは後漢の光[2]武、王莽が乱を治めて、再び漢の世を続がれし佳例なり。宋[3]朝の年号を模せられけるとかや。

この年、天下に疫病あつて、病死する者甚だ多し。その秋の末に、[4]紫宸殿の上に怪鳥夜な夜な飛び来たつて、「いつまでいつまで」と鳴きける。その声、雲に響き、睡りを驚かして、聞く人皆忌み恐れずと云ふ事なし。[5]則ち諸卿相議して曰はく、「昔、[6]堯の代に、九つの日出でたりしかば、羿と云ひける者承つて、八つの日を射て落とせり。わが朝には、[7]堀河院の御

7

1　正しくは、正月二十九日。
2　前漢を滅ぼして新を建国した王莽を劉秀(光武帝)が破り、紀元二十五年に漢を再興して(後漢)、元号を建武とした。
3　中国をさす。
4　内裏の正殿。
5　ただちに。
6　堯(中国古代の聖帝)の時、十個の太陽が出て草木を枯らしたので、弓の名人の羿に九個を射落とさせた故事(淮南子・本経訓)。
7　在位一〇八六―一一〇七年。
8　源義家の鳴弦(弓の弦を鳴らして妖魔を払うこと)の先例譚は、「平家物語」巻四「鵺(ぬえ)」、「源平盛衰記」巻十六など。

在位の時、変化の者あつて、君を悩まし奉りしをば、[8]前陸奥守義家承つて、殿上の[9]下口に候ひて、三度弦音をしてこれを鎮む。また、[10]近衛院御在位の時、鵺と云ふ鳥の雲の中に翔つて鳴きしをば、[11]源三位頼政勅を蒙つて、射て落としたりし例あり。源氏の中に、誰か射るべき者ある」と、尋ねられけれども、射外したらんは生涯の恥と思ひけるにや、われこれを仕らんと申す者もなかりけり。「さらば、[12]上北面、[13]諸庭の侍どもの中に、誰か[14]さりぬべき者ある」と、御尋ねありければ、「[15]二条関白左大臣殿に召し仕はれ候ふ、[16]隠岐次郎左衛門尉広有と申す者こそ、その器に堪へたる者にて候へ」と申されければ、「やがてこれを召せ」とて、広有をぞ召されける。

広有、[17]勅定を蒙つて、[18]鈴の間の辺にぞ候ひけるが、げにもこの鳥、蚊の睫に巣を喰ひける[19]鷦鷯の如くに少さくて、矢も及ばず、虚空の外に翔り飛ばんには、叶ふまじ、[20]目に見ゆる程

9　清涼殿の殿上の間の階の降り口。
10　在位一一四一―五五年。
11　源頼政の鵺退治は、「平家物語」巻四「鵺」。
12　院の御所を警固する北面の武士のうち昇殿を許された者。
13　公家の諸家に仕える侍。
14　しかるべき。
15　関白左大臣二条道平。
16　隠岐守藤原広義の子。「大力」で知られた(尊卑分脈)。
17　帝の仰せ。
18　清涼殿内の南の殿上の間。小舎人を召す鈴の綱が張ってある。
19　蚊のまつ毛に巣くう小虫、鷦螟(列子・湯問、文選・張華・鷦鷯の賦)。「鷦鷯の賦」所出のため、ここは鷦鷯(極小の鳥、ミソサザイ)との混同がある。

の鳥にて、矢がかりならんずるに於ては、いかなる事ありとも射外す事あるまじと思ひければ、一[21]儀をも申さず、畏まつて領状す。則ち下人に持たせたりける弓矢取り寄せて、[22]孫廂の影に立ち隠れ、この鳥の有様を窺ひ見ければ、八月十七日の月殊に澄み渡り、虚空清明たるに、この鳥、鳴く事頻りなり。鳴く時口より炎を吐くかと覚えて、声の中より電してぞありける。その[23]光御簾の中へ散激す。広有、この鳥の有り所をよくよく見おほせて、弓押し張り、[24]弦食ひ湿して、鏑矢を差し番ひて立ち向かへば、主上は、[25]南庭に出御なつて叡覧あり。関白殿下、左右の大将、大納言、[26]八座七弁、八省の輔、諸家の侍、堂下に跪き連なりたる文武百司の官、これを見て、「いかがあらずらん」と、固唾を呑んで手を握る。

広有、すでに立ち向かつて、弓を引かんとしけるが、聊か思案する様ありげにて、鏑矢にすげたる[27]雁俣を、抜いて打ち捨て、

20 （だがたとえどんなに小さな鳥でも）目に見えるくらいの鳥で、矢の届く範囲にいるならば。
21 一言の異議も。
22 寝殿造りの廂(ひさし)の間のさらに外側に作った板廂。
23 光が簾の中へ飛び散る。
24 弦が滑らないように口に含んで湿らす動作。
25 紫宸殿の南の庭。
26 八座は参議。七弁は太政官の弁官（書記官）。輔は太政官八省の次官。
27 先が二股に分かれた鏃(やじり)。鏑矢の先に付ける。

[28]二人張りに十二束二伏、きりきりと引きしぼりて、[29]左右なくこれを放たず、鳥の鳴く声を待ちたりける。この鳥、例よりも飛び下がりて、紫宸殿の上[30]二十丈ばかりが程に鳴きける処を、聞きすまして、弦音高くちやうど放つ。鏑紫宸殿の上を鳴り響かし、雲の間に手答へして、何とは知らず、[31]大盤石の落ちかかる如くに聞こえて、[32]仁寿殿の軒の上より、[33]二重に竹の台の前へぞ落ちたりける。堂上堂下一同に、「あ射たり、あ射たり」と感ずる声、[34]半時ばかりののめいて、暫くは云ふも止まざりけり。

[35]衛士の司に松明を高く持たせて、これを御覧ずるに、頭は人の如くにして、身は蛇の形なり。觜の先曲り、歯は鋸の如く生ひ違ひて、両の足に長き[36]距あつて、[37]利きこと剣の如し。羽先を延べてこれを見るに、長き事一丈六尺なり。「さても、広有が射つる時、俄かに雁俣を抜いて捨つるは、何事ぞ」と御尋ねありければ、広有、畏まつて、「この鳥、御殿の上に当たつて鳴

28　二人がかりで張る弓と、十二束二伏(束は一握りで、親指を除く指四本、伏は、指一本の幅)の長さの矢。
29　すぐには。
30　一丈は、十尺(約三メートル)。
31　大きな岩が落ちてくるような音が聞こえて。
32　紫宸殿の北側の建物。
33　二つ折になって、竹の台(仁寿殿の西、清涼殿との間にある竹の植込み)の前に落ちた。
34　一時間ほど騒ぎ立てて、しばらくは賞賛の声がやまなかった。
35　宮廷を警備する役人。
36　鶏などの足の後ろ向きに突き出た鋭い突起。
37　鋭いこと。

き候ひつる間、[38]仕つて候はんずる矢の落ち候はん時、御殿の上に立ち候はんずるが[39]禁忌しさに、雁俣をば抜いて捨つるにて候ふ」と申しければ、主上、いよいよ叡感あつて、その夜、や[40]がて広有を五位になされ、次の日、因幡国に[41]大庄二ヶ所給はつてけり。弓矢取つての面目、後の代までの名誉なり。

神泉苑の事 8

[1]兵革の後、妖気なほ禍ひを示す。その殃ひを銷すに、[2]真言秘密の効験に如くはあらじとて、俄かに[3]神泉苑をぞ造らせられける。

かの神泉苑と申すは、[4]大裏始めて成りし時、[5]周の文王の霊囿になずらへて、方八町に築かれたりし園囿なり。その後、[6]桓武の御代に、始めて[7]朱雀門の東西に二つの寺を建てられて、左を

38 射ようとする矢が下に落ちた時。
39 恐れ多いので。
40 ただちに。
41 大きな荘園。

8

1 兵乱。兵は、刀・槍などの武器。革は、鎧・兜。
2 真言密教の祈禱の霊験。
3 京都市中京区門前町にあった禁苑。平安京造営時に創設され、帝の御遊(ぎょゆう)のほか、空海が雨乞いの修法をして以来、祈雨の修法の道場となった。
4 大内裏に同じ。
5 周の太祖文王が鳥獣を養った神聖な園(囿は園)。方八町は、八町(一町は、約一〇九メートル)四方。
6 延暦十五年(七九六)。
7 羅城門(朱雀大路の南端)が正しい。朱雀門は、

ば[8]東寺と名付け、右をば[9]西寺と号しける。東寺には、高野の弘法大師、[10]胎蔵界の七百余尊を安じて、[11]金輪の宝祚を守り、西寺には、南都の[12]守敏僧都、[13]金剛界の五百余尊を顕して、玉体の長久をぞ祈られける。

　かかりし所に、桓武天皇の御宇[14]延暦二十三年の春の比、弘法大師、求法のために御渡唐あり。その間は、守敏僧都一人、龍顔に近づき奉つて、朝夕の[15]護持をぞ致されける。或る時、帝、御手水を召されけるが、水氷つて余りに冷たかりける程に、暫く閣かせ給ひたりけるを見て、守敏、御手水に向かつて火の印を結ばれたりける間、氷れる水忽ちに解けて、沸かせる湯の如くなり。帝、これを御覧じて、余りに不思議に思し召しければ、或る時、守敏御前に祇候せられたりけるに、わざと火鉢の炭を多くおこされて、障子を立て回し、火気を内に籠められたれば、[16]臘裏の風光宛か春[17]三、二月の如くなり。帝、御額の汗を押し

大内裏(宮城)の正門。
8　教王護国寺。弘仁十四年(八二三)空海に勅賜され、真言密教の道場となった。
9　開基は慶俊。天福元年(一二三三)焼失。
10　密教の二種法門の一つ。母胎が子を育むように、万物を包容し慈しむ悟りの境地。それを図画化した胎蔵界曼荼羅を安置して。
11　仏教で世界を支配するとされる金輪王で、天皇をさす。宝祚は皇位。
12　実在の人物では、興福寺僧修円のこと。守敏が空海と祈雨の法験を争った話は、「古事談」巻三。
13　胎蔵界の対。智恵の働きで一切の煩悩を打ち砕く悟りの境地。ここは、それを図画化した金剛界曼荼羅。
14　八〇四年。
15　守り保つこと。他本

拭はせ給ひて、「この火を銷さばや」と仰せられければ、守敏、また火に向かつて水の印を結びたりける。これによつて、炉の火忽ちに消えて、空しく冷灰になりにければ、寒気膚を侵し、水を灑くが如くなり。これより後、守敏、かやうの奇特[18]を顕す事、更に神変[19]を得たるが如し。かかりしかば、帝、これを帰依[20]渇仰し給へる事尋常ならず。

かかる所に、弘法大師、御帰朝あつて、則ち[21]参内あり。帝、宋朝[22]の事ども御尋ねあつて後、守敏僧都の内供[23]の間、様々なりつる奇特どもをぞ御物語ありける。大師、これを聞こし召して、「「馬鳴[24]帷を褰ぐれば、鬼神去つて口を閉ぢ、旃檀[25]塔を礼すれば、支提破れて尸を顕す」と申す事候へば、空海があらんずる前にては、守敏もさやうの奇特をば現じ候はじ」とぞ、欺かれ[26]ける。

帝、さらば両人[27]の効験を施させて、威徳の勝劣を御覧ぜられ

「加持」。
16 十二月(臘月)の異称。
17 春の二月、三月。
18 奇蹟。
19 神の不思議な力。
20 深く信じ仰ぎ従うこと。
21 すぐに。
22 正しくは唐朝だが、ここは中国の称。
23 内供奉(ないぐぶ)の略。宮中で帝の安穏を祈る僧侶。
24 二世紀頃のインドの仏教詩人。高名な婆羅門が、論戦のとき常に帳(とばり)の中で鬼神に助けられていたことを、馬鳴が見破った故事。(大唐西域記巻八)。
25 月支(げっし)国の旃檀罽膩吒(せんだんけいにた)王が、七宝の塔(支提)に礼拝すると、王の徳によって塔が崩れ、その下から外道の屍が出た故事(付法蔵因縁伝巻五)。
26 みくびった。

んと思し召して、或る時、また大師御参内ありけるを、傍らに隠し置き奉つて、守敏僧都をぞ召されける。守敏、勅に応じ、御前に候はる時に、帝、湯薬をまゐりけるが、[28]建盞を閣かせ給ひて、「余りにこの水の冷たく覚ゆるに、例のやうに[29]加持して温められ候へかし」とぞ仰せられける。守敏、「[30]子細候はじ」とて、建盞に向かつて、火の印を結んで加持せられけれども、水[31]あへて湯にならず。帝、「こはいかなる不思議ぞや」と仰せられて、左右に[32]御目くはせありければ、[33]内侍典侍なりける者、わざと熱く煮え返りたる湯をついで参りたり。帝、また湯を[34]立てさせてまゐらんとしけるが、また建盞を閣かせ給ひて、「これはまた、余りに熱くて、手にも取られぬ」と仰せられければ、守敏、前に懲りず、また建盞に向かつて、水の印を結びたりけれども、湯あへて冷めずして、剰へなほ建盞の中にて沸き返る。守敏、[35]不覚に色を失ひて、気を損じ給へる処に、大師、傍らの

27　二人に祈禱をさせて。
28　中国福建省の建窯で産した天目茶碗。唐代に始まり、宋代に盛期を迎えた。
29　密教の祈禱。
30　差し支えありません。
31　全く。
32　目で合図なさると。
33　後宮の女官の二等官。内侍司は、後宮十二司の一。底本「内侍司主」。他本により改める。
34　湯を入れさせて召し上がろうとしたが。
35　失敗にうろたえて、気落ちしたところに。

障子の中より御出であり、「いかに守敏、空海これにありとは存知せられ候はざりけるか。星の光は朝の日に消え、蛍の火は暁の月に隠さるるぞ」とぞ笑はれける。守敏、大きにこれを恥ぢて、[36]鬱陶を心中に挟み、瞋恚を気上に隠して、やがて退出せられにけり。

それより守敏、君を恨み申し、憤り骨髄に入つて深かりければ、天下に大旱魃を[37]やりて、[38]四海の民を一人もなく飢渇に会はせんと思ひて、剰へ[39]大三千界の中にあらゆる所の龍神どもを取らへて、[40]わづかなる水瓶の中に押し籠めてぞ置かれたりける。これによつて、[41]孟夏三月の間、雨降る事なくして、農民耕作を勤めず、天下の愁へ[42]一人の罪にぞ帰しける。

君、遥かに天災の民に害ある事を愁へ思し召して、弘法大師を召され、雨請ひの祈りをぞ仰せ付けられける。大師、勅を承つて、先づ一七日が間[43]定に入つて、明らかに三千界の中

36 恨みを心中に抱き、怒りを胸に秘めて。
37 与えて。
38 国中。
39 仏教でいう全世界。
40 小さな水入れの瓶。
41 陰暦四月(孟夏)から三か月の間。孟は初め。
42 帝。
43 座禅を組んでの黙想。
44 仏教の世界観でいう全ての海。
45 娑竭羅(しゃから)龍王の娘、龍女(りゅうにょ)だけは、守敏より高位の菩薩(仏に次ぐ聖者)だったので。

を御覧ずるに、[44]内海外海の龍神ども、悉く守敏僧都の水瓶の中に入れられて、雨降らすべき龍神なかりけり。されども、[45]善女龍王独り、守敏よりも上位の薩埵にてありける間、守敏の請ひに随はずして、未だ天竺の[46]無熱池の中にぞありける。大師、定より出でて、この由を御奏聞ありければ、俄かに大裏の前に池を掘らせ、清涼の水を湛へて、この龍をぞ[47]勧請し給ひける。時に、かの善女龍王、[48]小身を化して一尺の蝮と変じて、この池に来たり、その後[49]湿雲油然として雨を降らす事、国土に遍し。

守敏、これにいよいよ腹を立てて、さらば、弘法大師を[50]調伏し奉らんと思ひて、則ち西寺に引き籠もり、[51]三角の壇を構へて、本尊を北向きに立てて、[52]軍陀利夜叉の法をぞ行はれける。大師、この事を聞こし召して、則ち東寺に炉壇を構へ、[53]大威徳明王の法を修し給ふ。両人いづれも[54]徳行薫修の尊宿なりしかば、[55]二尊の射給ひける鏑矢、空中に行き合ひて中に落ち、鳴

46　大雪山(ヒマラヤ)の北にあり、龍王が住むとされる阿耨達池(あのくだっち)。
47　神仏を請い招くこと。
48　小さな姿になって一尺の蛇と変じて。底本「蝎(ミ)」を改める。
49　雨雲がさかんに湧いて。
50　祈禱により敵を降参させること。
51　調伏の際に用いる三角形の護摩壇。
52　軍荼利明王(五大明王の一で、南方にあって魔を除く)を本尊として行う修法。調伏の修法では、本尊を北向きにする。
53　五代明王の一で、西方にあって魔を除く。
54　功徳・修行を積んだ尊い僧。
55　軍荼利明王と大威徳明王の二尊が射る鏑矢(飛ぶときに音を出す矢)。

り止む隙もなかりけり。ここに、大師、守敏に油断せさせんと思し召して、俄かに御入滅の由を披露せられければ、[56]緇素悲歎の涙を流し、貴賤[57]哀慟の声を呑む。守敏、これを聞いて、[58]法成就しぬと悦びて、則ち油断せられにけり。この時、守敏、俄かに[59]目暮れ、鼻血垂りて、心身悩乱せられけるが、仏壇の前に倒れ臥して、つひにはかなくなりにけり。

[60]「呪咀諸毒薬、還着於本人」と説き給ふ[61]如来の金言、誠に験あつて、不思議なりし効験なり。これよりして、東寺は繁昌して、西寺は滅亡す。その後、大師、御手づから茅と云ふ草を結んで、虚空に投げ給へば、大龍になつて天竺の無熱池へ飛び帰る。真に善女龍王のこの神泉苑の池水に留まつて、今に至るまで[62]風雨時に叶ひ、感応誠に随ふ。奇特無双の霊池なり。

56 黒衣(を着る僧侶)と白衣(を着る俗人)。僧俗。
57 悲しみ慟哭する声。
58 修法が成功した。
59 目がくらみ。
60 「法華経」普門品(ふもんぼん)に基づく。呪詛や諸々の毒薬の害を受けそうになった時、観音を念じれば、その災いを起こした本人に返すことができる意。
61 仏の尊いお言葉。
62 雨風は時節に従って恵みをもたらし、祈りの真心に応えてくれる。

兵部卿親王流刑の事　9

[1]兵部卿親王、天下の乱に向かふ程は、[2]力なく御身の難を遁れんために[3]御法体を替へらるるとも、[4]四海すでに静謐せば、元の如く[5]三千の貫長の位に還つて、[6]仏法王法の紹隆を致させ給はんずるこそ仏意にも叶ひ、叡慮にも違はせ給ふまじかりしを、「征夷将軍の位に備はつて、天下の武道を守るべし」とて、[7]剛ひて勅許を申されしかば、聖慮穏やかならざりしかども、御望みに任せて、つひに征夷将軍の宣旨を下されき。

かかりしかば、[8]四海の倚頼として、身を慎み、位を重くせらるべき御事なるに、心のままに侈りをきはめ、世の譏りを忘れて、[9]淫楽をのみ事とし給ひしかば、天下の人、皆二度(世の)危ふからん事を思へり。大乱の後は、[10]弓矢を裹み、干戈を袋にす

9

1　大塔宮護良(もりよし)親王。兵部卿は、兵部省の長官。
2　やむなく。
3　還俗なさっても。
4　天下がすっかり穏やかに治まったので。
5　三千は、延暦寺の僧徒すべて。貫長(貫頂)は、延暦寺最高位の天台座主。
6　仏法と王法(仏法に加護された朝廷)を受け継ぎ盛んにすること。
7　強引に征夷大将軍になる許しを帝に迫ったので、帝はご不快に思われたが。本巻・1、参照。
8　頼りとするもの。
9　みだらな楽しみ。
10　弓矢をしまい、楯と鉾(武器)を袋に入れ、使用しない。

とこそ申すに、何の御用ともなきに、強弓射る者、大太刀仕ふ者とだに申せば、忠なきに厚恩を下されて、左右前後に仕承[11]す。剰へかやうの空[12]がらくる者ども、夜ごとに京、白河[13]を回りて辻切り[14]をしける程に、路次に行き合ふ尼、法師、女、童部、ここかしこに切り倒されて、横死[15]に合ふ者止む時なし。これもただ、足利治部大輔[16]を討たんと思し召しけるゆゑに、兵を集め、武を習はされける御振る舞ひなり。

そもそも高氏卿、今までは随分忠ある仁[17]にて、過分[18]の僻事ありとも聞こえざるに、何事によつて、兵部卿親王はこれ程に御憤りは深かりけるぞと、事の根元を尋ぬれば、去年[19]の五月に、官軍六波羅を攻め落としたりし刻に、殿法印[20]の手の者ども、京中の土倉[21]どもを打ち破つて、財宝を運び取りける間、狼藉を静めんために、足利殿の方より、これを召し取つて、二十余人六条河原[22]にて切つてぞ懸けられける。その高札に、「大塔宮

11 つき従う。
12 みだりに武器をあやつりもてあそぶ者たち。空がらくるは、からくる（あやつる）に、むやみにの意の接頭語「そら」がついた語。
13 京の鴨川以東の地域。
14 刀剣の斬れ味をためすために人を斬ること。
15 不慮の死。
16 足利高氏。
17 人。
18 分を過ぎた心得違い。
19 元弘三年。第九巻・5。
20 良忠（りょうちゅう）。関白二条良実の孫。大塔宮の執事。前出、本巻・1。
21 土塗りの倉を持つ高利貸し業者。
22 六条大路東端の鴨川の河原。刑場として使われた。

の[23]候人、殿法印良忠が手の者、在々所々に於て強盗を致す間、これを誅する所なり」とぞ書きたりける。殿法印、この事を聞いて、安からず心に思はれければ、様々に[24]讒を構へ、方便を廻らして、兵部卿親王にぞ訴へ申されける。かやうの事ども[25]重畳して、上聞に達しければ、宮も憤り思し召して、[26]信貴に御座ありし時より、高氏卿を討たばやと、[27]連々に思し召し立ちけれども、勅許なかりしかば、かくて黙し給ひけるが、なほも讒口止まざりけん、内々隠密の儀を以て諸国へ[28]令旨をなして、兵どもをぞ召されける。

高氏卿、この事を聞いて、[29]准后に属し奉り、奏聞せられけるは、「兵部卿親王、帝位を奪ひ奉らんその[30]御たくみに、諸国の兵を召し候ふなり。その[31]証拠分明に候ふ」とて、国々へ成し下されたる所の令旨を取つて、[32]上覧にぞ備へられたりける。君、大きに[33]逆鱗あつて、「この宮を流罪に処すべし」とて、[34]中殿の

23　門跡に仕える妻帯の僧。
24　事実でない悪口。
25　度重なって、宮のお耳に入ったので。
26　奈良県生駒郡の信貴山にある朝護孫子寺。大塔宮の滞在は、本巻・1。
27　絶え間なく。
28　皇族の発する文書。
29　准后を介して帝に上奏したことには。准后は、三后(太皇太后・皇太后・皇后)に準ずる待遇を受ける者。後醍醐帝の寵妃の阿野廉子をさす。第一巻・2、参照。
30　策謀。
31　はっきりしています。
32　帝のご覧に入れた。
33　帝の怒り。
34　清涼殿(中殿)で行われる和歌・管絃の御遊(ぎょゆう)の会。

御会に事を寄せて、兵部卿親王を召されける。宮、かかる事とは更に思し召し寄らず、前駆二人、侍十余人召し具して、忍びやかに御参内ありけるを、35結城判官、伯耆守、かねてより勅を承つて用意したりければ、36鈴の間の辺に待ち請け奉つて、これを取り奉り、則ち37馬場殿に押し籠め奉る。

宮は、38一間なる所の蜘蛛手を結ひたる中に、参り通ふ人一人もなくして、涙の床に起き伏させ給ふを、こはいかなるわが身なれば、元弘の昔は、武家のために身を隠して、39伏木の下、岩のはざまに、露敷く袖を干しかね、帰洛の今は、一日の楽しみ未だ日を終らざるに、讒臣のために罪せられて、40刑戮の中には苦しむらんと、41知らぬ前世の報ひまでも、思し召し残す方もなし。「42虚名は久しく立たず」と云ふ事あれば、さりとも、君も聞こし召し直さるる道なくてはよもあらじと、思し召しける処に、43公儀すでに遠流に定まりぬと聞こえければ、御悲しみに堪

35 結城親光と名和長年。
36 清涼殿内の南の殿上の間。小舎人を召す鈴の綱が張ってある。
37 騎射などの観覧のため馬場に設けた建物。第十三巻・1、参照。
38 一間四方の部屋の、蜘蛛の脚のように材木を厳重に交叉させ打ち付けた中に。
39 倒木の下や岩陰に臥し、露と涙に濡れた袖をほすこともせず。第五巻・8、参照。
40 刑罰に苦しむこと。
41 自分にはわからない前世の行いの報いを、ことごとく思いめぐらせた。
42 事実無根のうわさ。
43 朝廷の評議。遠流は、最も重い流刑。京都からの距離で、近流・中流・遠流という。
44 気心の通じた女房に命

へず、内々[44]御心寄せの女房して、委細の御書をあそばされて、[45]伝奏に付けて、正しき奏聞を経べき由仰せ遣はさる。その消息に云はく、

先づ[46]勅勘の身を以て、罪無き由を奏せんと欲するに、涙落ちて心暗し。[47]愁へ結んで言は短し。只一を以て万を察せしめ、[48]詞を加へて悲しみを恤まれば、[49]臣愚が生前の望み、云に足んぬのみ。

夫れ承久より以来、武臣権を把つて、朝廷政を棄てたること年尚し。臣、苟もこれを看るに忍びず、一たび[50]慈悲忍辱の法衣を解いで、忽ちに[51]怨敵降伏の堅甲を被る。内には破戒の罪を恐れ、外には[52]無慚の譏りを受く。然りと雖も、君の為に身を忘るるに依り、敵の為に死なんことを顧みず。この時に、忠臣孝子[53]朝に多しと雖も、或いは志を励まさず、或いは徒らに運を待つ。臣独り、[54]尺鉄の資け無きに義

じ、詳しいお手紙を書いて。
45 帝への上奏を取り次ぐ職。
46 父帝に勘当された身。
47 悲しみに閉ざされて言葉が出ない。
48 私の言葉の不足を補って、私の悲しみをお憐れみくださるならば。
49 愚かな臣たる私。
50 慈しみと寛容の心を表す僧侶の衣。
51 敵を討伐する鎧。
52 罪を犯しながら恥を知らぬとの非難。
53 朝廷。
54 大した武器も持たずに。
55 険阻な地に籠もって。
56 北条氏。
57 国内の争乱の張本人。
58 一万戸の領地をもって私を捕らえる賞とした。第五巻・8では、恩賞は伊勢国栗真の庄。

兵を揺し、[55]嶮隘の中に隠れて敵軍を窺ふ。肆に、[56]逆徒、専ら我を以て[57]根元とする間、四海に法を下して、[58]万戸以て贖る。誠に是れ、[59]命は天に在りと雖も、奈何せん、身の措く処無きを。昼は終日深山幽谷に臥して、石岩に苔を敷き、夜は通宵[60]荒村遠里に出でて、跣足霜を踏む。[61]龍の髭を撫でて魂を消し、虎の尾を践んで胸を冷やすこと、幾千万ぞ。遂に[62]策を帷帳の中に運らし、敵を[63]鈇鉞の下に亡ぼす。[64]龍駕方に都に還つて、[65]鳳暦永く天に則ること、恐らくは微臣の忠功に非ずして、[66]それ誰とか為さんや。而るに今、戦功未だ立たざるに、罪責忽ちに来たる。風かにその[67]科条を聞くに、一事も吾が過る所に非ず。虚説の起こる所、[68]唯悲しむらくは、尋ね究められざらんことを。仰いで将に天に訴へんとすれば、日月も[69]不孝の者を照らさず。俯して将に地に哭せんとすれば、山川も[70]無礼の臣を載する

59 運命は天にあるといっても、身の置き所がないのはどうしようもなかった。
60 荒れはてた辺鄙な村里を出て、素足で霜を踏んだ。
61 危地に臨んで肝を冷やす意味の慣用句。
62 作戦を陣営で思いめぐらし(史記・高祖本紀)。
63 天子が出征の将軍に賜う斧と鉞(まさかり)(礼記・王制)。
64 帝の輿。
65 帝の治世が天意に叶って末永いことは。
66 そもそも誰の勲功というのだろうか。
67 罪の条々。
68 ひとえに事実が究明されないのを悲しむ。
69 私(護良)をさす。
70 私(護良)をさす。
71 父子の関係を絶たれ、天にも地にも見捨てられる。
72 私の出処進退が大事な

こと無し。[71]父子の義絶え、乾坤共に棄つれば、何の愁へかこれに如かんや。今より後、勲業孰が為にか策らん。[72]行蔵世に於て軽し。[73]綸宣儻し死刑を優せらるれば、永く[74]竹園の名を削り、速やかに[75]桑門の客と為らん。

君見ずや、[76]申生死して晋の国乱れ、[77]扶蘇刑せられて秦の世傾く。[78]浸潤の譖、膚受の愬、事小禍より起こつて、皆大に逮ぶ。[79]乾臨、何ぞ古へを延いて今を鑑みざる。[80]懇款の至りに堪へず、伏して奏達の誠を仰ぐ。恐々謹言。

[81]建武二年三月五日　護良

[82]前左大臣殿

とぞ遊ばされたる。この御文、もし[83]叡聞に達せば、[84]宥免の御沙汰もあるべかりしを、伝奏、[85]傍への憤りを憚つて、つひに奏聞せざりければ、[86]上天听を阻て、中心の訴へ開けず。この二、三年、宮に付き添ひ奉つて忠を致し、賞を待ちける[87]御内の候人三

のではない。

73　帝のお言葉でもし死刑を減刑してもらえれば。

74　皇族を離れ。

75　仏門。

76　中国、晋の献公の長男。本巻・10に詳しい。

77　秦の始皇帝の長男。始皇帝の死後、趙高(ちょうこう)と李斯(りし)は、遺勅を改竄して扶蘇を自害させ、弟胡亥(こがい)を帝位につけて権力を握るが、秦は三代で滅んだ(史記・始皇帝本紀、李斯列伝)。

78　水がしみ込むように信じ込まれる巧みな悪口と、肌身を傷つけるようなひどい中傷(論語・顔淵)。

79　帝は、どうして昔の例に照らして今をお考えにならないのでしょう。

80　真心の限りを尽くし、心から帝へのお取り次ぎを

十余人、ひそかにこれを誅さるる上は、[88]とかく申すに及ばず。

つひに[89]建武二年五月五日に、宮を[90]直義朝臣の方へ渡されければ、[91]佐々木佐渡判官入道を始めとして、数百騎の軍勢を以て[92]路次を警固し、鎌倉へ下し奉つて、[93]二階堂谷に土の獄を掘つて、置きまゐらせける。

[94]南の御方と申しける[95]上臈女房一人より外は、付けまゐらせず。月日の光も見えざる闇室の中に向かつて、[96]横切る雨に御袖を濡らし、[97]岸の雫に御枕を干し侘びて、年の半ばを過ごさせ給ひける、御心の中こそ悲しけれ。君、[98]一旦の逆鱗の余りに、鎌倉へ下しまゐらせられしかども、これまでの沙汰あれとは、叡慮も趣かざりけるを、直義朝臣、[99]日来の宿意を以て、禁獄し奉りけるこそあさましけれ。

請い願います。

81　護良親王が捕えられたのは、史実では建武元年十月。

82　二条道平。

83　帝のお耳に入ったら。

84　罪を許す。

85　帝の傍らの者。

86　帝の耳に届かず、衷心(中心)の訴えは通らなかった。底本「咋」(しゃべる意)を改める。「听」は、聴く意。

87　親王の側近く仕えていた妻帯の僧。

88　とやかく言っても無駄である。

89　一三三五年。史実は、建武元年十月に捕えられ、十一月に鎌倉に送られた。

90　足利高氏の弟。

91　佐々木(京極)道誉。俗名高氏。南北朝内乱を智略をもって勝ち抜き、諸芸に

驪姫の事 10

そもそも宮の遊ばされたる奏状に、[1]申生死して晋の国傾くと遊ばさるる事、誠に肝に銘じ、あはれに覚えたり。その故は、孝子、その父に誠ありと云へども、継母、その子を讒する時は、国を傾け、家を失ふ事、古へよりその類多し。

昔、異国に、晋の[2]献公と云ふ人おはしけり。その后[3]斉姜、三人の子を生み給ふ。嫡子をば申生、次男をば重耳、三男をば夷吾とぞ申しける。三人の子、すでに[4]人となつて後、后斉姜、病に侵されて、忽ちにはかなくなりにけり。献公、これを歎く事浅からず。しかれども、別れの日数漸く遠くなりしかば、[5]移れば変はる心の花に、昔の契りを忘れて、また[6]驪姫と云ひける美人をぞ迎へられける。この驪姫、ただ[7]紅顔翠黛の眼を迷はす

もすぐれた。
92 道中。
93 神奈川県鎌倉市二階堂。今の鎌倉宮の付近。
94 持明院保藤の娘。
95 身分の高い女房。
96 横なぐりに降る雨に袖を濡らし。
97 がけからしたたり落ちる雫に枕も乾くことなく。
98 一時の怒り。
99 以前からの恨み。

10

1 以下の話は、「史記」晋世家をもとに、「列女伝」等の異伝を取り入れて説話化された話(今昔物語集巻九、ほか)。
2 春秋時代の晋の王、武公。
3 斉の桓公の娘。「史記」では、重耳の母は、翟(てき)の狐氏の娘、夷吾の母は、

のみにあらず、また言[8]を巧み、色を令うして、意を悦ばしめしかば、献公の寵愛甚だしくして、別れし人の面影、夢にも見えずなりにけり。

　かくて年月を経し程に、驪姫、また子を生めり。これを奚斉とぞ名づけける。奚斉、未だ幼しと云へども、母の寵愛によつて、父の覚え[9]三人の太子に超えたりしかば、献公、常に前の后斉姜の子三人を捨てて、今の驪姫が腹の子奚斉に、晋の国を譲らんと思ひ給へり。驪姫、嬉しと思ひながら、上に[10]偽り申しけるは、「奚斉未だ幼くして、善悪も弁へず。賢愚更に見えず。先の太子三人を超えて、この国を続がん事、これ天下の人の悪む所なるべし」と、よりより[11]諫め申しければ、献公、いよいよ驪姫が心の私なく[12]、世の譏りを恥ぢ、(国の)安からん事を思へる処を感じて、ただ万事をこれに任せしかば、その威ますます重くなつて、天下皆これに帰服せり。

重耳の母の妹。
4　成人して後。
5　時が移り、変わるのは人の心の常で。「色見えで移ろふものは世の中の人の心の花にぞありける」(古今和歌集・小野小町)。
6　献公が驪戎(りじゅう)＝陝西省驪山の戎(えびす)を討って得た女。
7　紅色の頬と翠(みどり)の眉。(和漢朗詠集・王昭君)。美人の形容句。
8　言葉が巧みで外見を飾ること。「巧言令色鮮(すくな)し仁」(論語・陽貨)。
9　寵愛。
10　表面上は。
11　おりおり。
12　心に私情を挟まず。

或る時、嫡子申生、母の追孝[13]のために三牲[14]の備へを調へて、斉姜の死して埋もれし曲沃[15]の墳墓をぞ祭られける。その胙[16]の余りを、父献公の方へ奉り給ふ。献公は折節狩場[17]に出で給ひたりければ、この胙の余りを献公に奉りしを、裹みて置きたるに、驪姫、ひそかに鴆[18]と云ふ恐ろしき毒をぞ入れたりける。献公、狩場より帰りて、やがてこの胙を食はんとし給ひけるを、驪姫申しけるは、「外より贈れる物をば、必ず先づ人に食はせて後にこそ、大人[19]には奉する事なれ」とて、御前なりける人に食はせらる。その人忽ちに血を吐いて死にけり。「こはいかなる事ぞ」とて、庭前なる犬と鶏とに食はせて見給へば、鶏、犬ともに地に倒れて死す。献公、大きに驚いて、その余りを土に捨て給へば、捨つる所の土、穿げて[20]、あたりの木草も枯れしぼむ。

驪姫、偽つて涙を流して申しけるは、「われ太子申生を思ふ事、奚斉に劣らず。されば、奚斉を太子に立てんとし給ふをも、

13　亡き親の霊に仕えること。
14　牛・羊・豚の三種のいけにえの用意。
15　山西省の黄河近くの地名。
16　神に供える食物。
17　折しも。
18　中国南方に住むという毒鳥、鴆の羽から取れる毒薬。
19　貴人。
20　穴があいて。

われこそ諫(いさ)め申(もう)して留(とど)めつるに、[21]さればよ、この毒を以てわれと父とを殺して、早く晋(しん)の国を取らんと工(たく)まれけるこそ、[22]うたてけれ。これを以て思ふに、献公(けんこう)[23]いかにもなり給ひなん後(のち)、申生(しんせい)、よもわれと奚斉(けいせい)とをば、一日片時(へんし)も生けて置き給はじ。願はくは、君、われを捨て、奚斉を失ひて、申生の御心を休め給へ」と、泣く泣く献公にぞ申されける。献公、もとより智浅くして讒(ざん)を信ずる人なりければ、大きに怒(いか)つて、太子申生を誅(ちゅう)すべき由(よし)、[24]典獄(てんごく)の官に仰せつけらる。

傍(かた)への群臣悉(ことごと)く、申生の罪なくして死に赴かん事を悲しんで、「急ぎ他国へ落ちさせ給ふべし」とぞ告げたりける。申生、これを聞き、「われ少年(しょうねん)の昔母を失ひて、[25]長年(ちょうねん)の後継母(けいぼ)に遇(あ)へり。これ不幸の上に[26]妖命(ようめい)ぞとは知る。そもそも天地の間、いづれの処(ところ)にか父子のなき国あらんや。今、その死を遁(のが)れんために他国へ行きては、これこそ父を殺さんとして鴆毒(ちんどく)を与へたりし

21 きっとそうだ。
22 嘆かわしい。
23 お亡くなりになった後には。
24 獄舎の役人。
25 成長した後。
26 不吉な運命。

大逆不孝の者よと、見る人ごとに悪まれて、生きては何の顔かあらん。われ過らざる処をば、天これを知れり。ただ虚名の下に死を賜つて、父の怒りを休めんには如かじ」とて、討手未だ来たらざる前に、自ら剣に貫かれて、つひに空しくなりにけり。

その後、重耳、夷吾、この事を聞いて、なほ驪姫が讒のまたわが身の上に来たらんずる事を恐れて、他国へ逃げたりける。かくて、奚斉、晋の国を譲り得たりけるが、天命に背きしかば、幾程もなくて、献公、奚斉父子ともに、その臣里尅と云ひける者に討たれて、晋の国忽ちに滅亡しにけり。

そもそも今、兵革一所に定まりて、廃帝重祚を践み給ふ御事は、ひとへにこの宮の武功に依りし事なれば、たとひ小過ありとも、誡めてしかも宥めらるべかりしを、是非なくして敵人の手に渡されて、遠流に処せられん事は、朝庭再び傾いて、武

27 主君や父を殺すたぐいの悪逆。
28 生きていても何の面目があろう。
29 事実と異なる罪名。
30 後の文公。春秋五覇の一人。
31 後の恵公。
32 里克。晋の大夫。「史記」では、献公の没後に奚斉を殺す。夷吾は恵公となり、重耳はその後文公となる。
33 戦乱。
34 後醍醐帝。
35 再び帝位につくこと。
36 大塔宮護良親王。
37 寛大に処すべきであったのに。
38 事の善悪を顧みず、ただちに。

家またはびこるべき瑞相[39]にやと、人々申し合ひけるが、はたして大塔宮失はれさせ給ひし後、忽ちに天下皆将軍[40]の代となりにけり。「牝鶏の晨するは、家の尽きんずる相なり」[41]と、古賢の云ひし言の末、げにもと思ひ知られたり。

39 めでたい前兆。
40 足利高氏。
41 「牝鶏の晨するは、これ家の索(つ)くるなり」(書経・牧誓)。めんどりが朝の時をつげる(後宮の女性が政治に口出しする)のは、家(国)の滅びるしるしであるの意。阿野廉子を諷刺した。

太平記　第十三巻

第十三巻　梗概

その頃、出雲の塩冶高貞のもとから龍馬が献上された。吉兆を喜ぶ後醍醐帝に、万里小路藤房は建武政権の失政を説いて諫めた。諫言が容れられなかった藤房は、建武二年(一三三五)三月の石清水行幸の供奉を最後の職務として出家・遁世した。故北条高時の弟泰家は、ひそかに上洛して西園寺家に身を寄せていたが、当主公宗は泰家と謀り、京都、関東、北国での蜂起の手はずを整えた。さらに御遊にことよせて帝を自邸に迎えて囚えようと謀るが、弟公重の密告により陰謀が露顕して斬られた。七月、北条高時の次男時行が信濃で挙兵し、名越(北条)時兼が北国で挙兵した。鎌倉にいた足利直義は、時行の大軍に抗しきれず、七月二十六日に鎌倉を退却したが、その折、淵野辺甲斐守に命じて、土牢に監禁していた護良親王を殺害した。時行蜂起の報せをうけた朝廷では、足利高氏に追討を命じた。征夷将軍と関東管領の職を望む高氏に、後醍醐帝は関東管領のみを許し、また自分の名の一字を許して尊氏の名を与えた。鎌倉の時行軍は、八月三日、いくさの門出に大風が吹き、避難していた大仏殿が倒壊して五百余名が死傷した。時行は遠江・駿河で足利軍と戦って敗れ、相模川の陣も破られ、主だった諸将は鎌倉の大御堂で自害した。北国で挙兵した名越時兼も、大聖寺で討死した。こうして中先代の乱(先代の北条氏、当代の足利氏に対して、時行を中先代という)を鎮圧した尊氏の勢威は、急速に大きくなった。

天馬の事　1

鳳闕[1]の西、二条高倉に、馬場殿[2]とて、俄かに離宮を建てられたり。天子恒に幸なつて、歌舞蹴鞠の隙には、弓馬の達者を召し、競馬を番はせ、笠懸[3]を射させて、御遊の興をぞ添へられける。

その比、塩冶判官高貞[4]がもとより、龍馬[5]なりとて、鴾毛[6]なる馬の長三寸ばかりなるを引き進す。相形げにも尋常の馬に似ず、骨昂り[7]、筋太くして、脂肉短し。頸は鶏の如くにして、須弥[8]の髪膝を過ぎ、(背は)龍の如くにして、四十二の辻毛[9]を巻いて背筋に連なれり。[10]両の耳は竹を剃いで直にして天を指し、並べる眼は[11]鈴を懸けて、額高し。今朝の卯刻[12]より出雲の富田[13]を立つて、酉刻の始めに京着す。その道、すでに七十六里、「鞍の上閑か

1

1　鳳闕は、皇居。当時は、二条富小路内裏。その一町西が、二条高倉。二条大路と高倉小路の交点。
2　騎射などの観覧のために馬場に設けた殿舎。
3　笠を的にした騎射。
4　佐々木(塩冶)高貞。出雲守護。
5　きわめてすぐれた馬。
6　白色に赤みを帯びた毛色の馬。三寸は、肩までの高さが四尺三寸の馬(四尺を標準とする)。
7　筋骨たくましく、肉がしまっていて。白居易「八駿の図」の句による。
8　たてがみ。
9　渦を巻いた毛。
10　「竹批(そ)ぎて双耳峻(わけ)しく」(杜甫・房兵曹の胡馬)。
11　鈴のように丸く。

にして徒らに座せるが如しと云へども、[14]旋風面を撲つに堪へず」とぞ奏しける。則ち[15]左馬寮に預けられて、朝には[16]禁池に水を飼ひ、夕には華厩に秣を飼ふ。この時天下一の馬乗りと聞こえし[17]本間孫四郎を召されて、乗らせられけるに、[18]半漢跳梁、甚だ常ならず。四つの蹄を縮むれば、[19]双六盤の上にも立ち、一鞭を当つれば、[20]十丈の堀をも超えつべし。誠に[21]天馬にあらずは、かかる駿足あり難しとて、叡慮更に類ひなし。

或る時、主上、馬場殿へ幸なつて、またこの馬を叡覧ありけるに、諸卿皆左右に並びぬ。時に主上、[22]洞院相国に向かつて仰せられけるは、「古への[23]屈産の乗、項羽が騅、一日に千里を翔る馬ありと云へども、わが朝に未だ天馬の来たれる事を聞かず。しかるに、朕が代に当たつて、この馬、求めざるに遠きより来たれり。吉凶如何」と、御尋ねありければ、相国、申されけるは、「これ[24]聖明の徳に依らずは、天豈にこの[25]嘉祥を降し候

12 午前六時頃。酉刻は、午後六時頃。
13 島根県安来市広瀬町富田。
14 つむじ風。
15 馬寮(めりょう)は、朝廷の馬や牧場を管理する役所。底本「左馬頭」。
16 宮中の池。華厩は、美しい馬屋。
17 重氏。神奈川県厚木市に住んだ武士。このあと、弓の名手として活躍(第十六巻・9、第十七巻・2)。
18 駿馬の勇んで跳びはねるさま(文選・張衡・東京の賦)。
19 説経節「をぐり」にも同様の表現がある。
20 一丈は、約三メートル。
21 天帝が乗って天を翔るという馬。
22 洞院公賢(きんかた)。故実に通じ、著書に「拾芥抄(しゅうがいしょう)」

はんや。[26]虞舜の代に鳳凰来たり、孔子の時[27]麒麟出づ。就中、天馬の聖代に来たる事は、第一の嘉祥なり。

その故は、周の[28]穆王の時、驥、[馬+盗]、驪、驊、騮、騄、駬、駟とて、八疋の天馬来たれり。穆王、これに乗つて、[29]四荒八極に至らずと云ふ事なかりしに、或る時、西天十万里の山川を一時に超えて、中天竺の[30]舎衛国に至り給ふ時、[31]釈尊、[32]霊山にして法華を説き給ふ。穆王、馬より下り、[33]会座に臨んで仏を礼して、還いて一面に座し給へり。仏、問ひて曰はく、「汝はいづくの国の人ぞ」。穆王、答へて曰はく、「われはこれ[34]震旦国の王なり」と申す。如来、重ねて問ひて宣はく、「善きかな、今この会場に来たること。われに治国の法あり。汝、[35]受持せんと欲するや否や」。穆王の云はく、「願はくは、[36]信受奉行して、[37]理民安国の功徳を施さん」。その時に、世尊、漢語を以て、[38]四要品の中の八句の偈を、穆王に授け給ふ。今、法華の中に[39]経律の法

ょ)」がある。相国は、太政大臣の唐名。

23 屈産(中国、山西省の地名とも亀兹国とも)に産した名馬。騅は、漢の劉邦(高祖)と天下を争った項羽の愛馬。

24 天子の明徳。

25 めでたいしるし。

26 古代中国の伝説上の聖帝。舜が帝位にあるとき、聖天子の瑞兆として出現するという鳳凰が飛来した(史記・五帝本紀)。

27 中国の想像上の動物。孔子が記したとされる「春秋」は、聖人が出るとき現れるという麒麟が、西方に出現した記事で終わる。

28 周の第五代の王。穆王の八駿の故事は、「列子」周穆王など。「穆天子伝」は、八駿で西遊し、崑崙山で西王母と会う話を記す。

門ありと云ふ、深秘の文これなり。

穆王、震旦に帰つて後、心底に秘して世に伝へず。時に[40]、慈童と申しける童子、穆王の寵愛によつて、常に帝の傍らに侍り。或る時、この慈童、君の[41]空位を過ぎけるが、誤つて帝の御枕の上をぞ越えたりける。群臣議して曰はく、「その例を考ふるに、罪科浅きにあらず。しかりと雖も、事誤りより出でたるを以て、死罪一等を宥めて、[42]遠流せらるべし」とぞ奏しける。[43]群議止む事を得ずして、慈童を[44]酈県と云ふ深山へぞ流しける。かの酈県と申すは、帝城を去る事三百里、山深うして、鳥だにも鳴かず。雲[45]冥々として、虎狼充ち満ちたり。されば、仮にもこの山に入る人の、生きて帰ると云ふ事なし。穆王、なほ慈童をあはれみ思し召しければ、かの八句の偈の内を別けて、[46]普門品にある二句の偈を、慈童に授けさせ給ふ。「毎朝に十方を一礼して、この文を一反唱へよ」とぞ仰せられける。慈童、つひに酈県に

29　四方の辺境、八方の僻遠の地。世界の隅々。白居易「八駿の図」の句による。
30　中インドにあり、釈迦在世の時、祇園精舎があった。
31　釈迦を敬まっていう語。
32　霊鷲山（りょうじゅせん）とも。釈迦が二十五年とどまり、「法華経」「無量寿経」などを説いた地。
33　法会の場。
34　中国をさす。
35　教えを受け守ること。
36　教えを受け実行して。
37　民を治め国を安んじる。
38　「法華経」の方便・安楽行・寿量・普門の四品をさす。その四要品中の偈（仏徳を称える韻文）から八句を抜き出したもの。
39　経典と戒律。法門は、仏の教法。
40　能「菊慈童」は、以下

流されて、深山幽谷の底に捨てらる。

ここに、慈童、君の恩命に任せて、毎朝に必ずこの文を唱へけるが、忘れもやせんずらんと思ひければ、傍なる菊の下葉に、この文をぞ書き付けたりける。その後より、この菊の葉に浮ける露の、わづかに落ちて流るる谷の水、皆天の霊薬となる。慈童、渇に臨んでこれを呑むに、水の味はひ天の[47]甘露の如くにして、宛か[48]百味の珍に勝れり。しかのみならず、天人花を擎げて来たり、[49]鬼神手を束ねて奉仕しける間、あへて虎狼悪獣の恐れなくして、却つて[50]換骨羽化の仙人となつてける。これのみならず、この谷の水を汲んで飲みける民三百余家、皆病即消滅して、不老不死の[51]上寿を得たり。

その後、時代推し遷つて、八百余年まで、慈童、なほ少年の貌あつて、衰老の姿なし。魏の[52]文帝の御時、[53]彭祖と名を替へて、この術を文帝に授け奉る。[54](文帝これを受けて、)菊花の盃を伝

の慈童説話による。
41 帝のいない座席。
42 最も重い流罪。
43 群臣の評議は退けることができないので。
44 河南省の東南部の地。
45 薄暗いさま。
46 「法華経」第二十五品、観世音菩薩普門品。二句の偈は、能「菊慈童」によると「具一切功徳慈眼視衆生 福聚海無量是故応頂礼」の二句。
47 神々(諸天)の飲む甘い液。飲むと不老不死になる。
48 あらゆる珍味。
49 手を合わせて。
50 俗人を脱した飛行自在の仙人。
51 百二、三十歳の長寿。人の寿命を上中下に分けた最も長いものをいう。
52 魏の曹操の子、曹丕(そうひ)(一八七—二二六)。

へて、万年の寿を成さる。今の重陽[55]の宴これなり。

それより後、皇太子の、位を天に受けさせ給ふ時、必ず先づこの文を受持し給ふ。これによつて、普門品を当途王経[56]と申すなり。この文、わが朝に伝はつて、代々[57]の聖主御即位の日、必ずこれを受持し給ふ。もし幼主の君践祚ある時は、摂政先づこれを受けて、御治世の始め、君に授け奉る。

この八句の偈、三国[58]に伝来して、理世安民[59]の治略、除災与楽[60]の要術となる。ひとへにこれ、穆王天馬の徳なり。されば、この龍馬の来たれる事、しかしながら[61]仏法王法の繁昌、宝祚長久の奇瑞にて候ふべし」と申されたりければ、主上を始めまゐらせて、当座の諸卿悉く心に服し、旨[62]に乗せて賀し申さぬ人はなかりけり。

53　堯帝から殷の末年まで八百歳を生きたという古代中国の仙人(列仙伝)で、慈童とは時代があわない。「和漢朗詠集」九日付菊に、「旧跡を魏文に尋ぬれば、また黄花彭祖が術を助く」とあるのによる作為。
54　他本により補う。
55　九月九日に行われる菊の節句の宴。
56　当世流布する最も偉大な経典の意。
57　以下は、中世天台で伝承された、即位灌頂の記述。
58　インド、中国、日本。
59　世を治め民を安らかにする方策。
60　災いを除き民に楽を与える肝要な方策。
61　ひとえに仏法と(仏法に守られる)王の治世の繁栄であり、帝の位が末永いことの目出たいしるしであ

藤房卿遁世の事 2

暫くあつて、[1]万里小路中納言藤房卿参られたり。座定まつて後、主上、また藤房に向かつて、「天馬の遠きより来たれる事、吉凶の間、[2]諸臣の勘ふる例、すでに先に畢んぬ。藤房いかが思へる」と、勅問ありければ、藤房、謹んで申されけるは、「天馬の本朝に来たれる事、古今未だその例を承らねば、善悪吉凶勘へ申し難しと云へども、退いて思案を廻らすに、これ吉事にあるべからず。

その故は、昔、漢の[3]文帝の時、一日に千里を行く馬を献ずる者あり。公卿大臣皆、相見てこれを賀す。文帝、笑うて曰はく、「われ[4]吉に行くには(三十里、凶に行くには)五十里、[5]鸞輿前にあり、属車後にあり、われ独り千里行く馬に乗じて、将に安く

りましょう。
62　言葉に乗せられて。

2

1　後醍醐帝に仕えた諫諍の忠臣。宣房の子。元弘の乱で常陸国に流されたが、京に戻った。第十二巻・1。
2　諸臣が先例を考えて既に吉例と定まった。
3　漢の第五代皇帝。底本「武帝」。他本により改める。以下、漢の文帝と後漢の光武帝(第一代皇帝)の故事は、「貞観政要」論納諫による。
4　「吉に行く」は、巡幸などのめでたい旅行、「凶」は、戦争の出陣など。
5　天子の輿。属車は、それに随う臣下の車。

に之かんとするか」とて、則ちその道里[6]の費えを償うて、これを返す。また、後漢の光武の時、千里の馬と宝剣を献ずる者あり。光武、これを珍とせずして、馬をば鼓車[7]に駕し、剣をば騎士に賜ふ。周の代すでに衰へんとせし時、房星[8]と云ふ星降つて、八疋の駒となれり。穆王、これを愛して、造父[9]を御たらしめ、四荒八極の外、瑶池[10]に遊び、碧台に宴し給ひしかば、七廟[11]の祭、年を遂つて衰へ、明堂の礼、日に随つて廃る。周室これより傾きにけり。

文帝、光武の代には、これを棄てて福祚[12]久しく昌へ、周穆の時には、これを愛して王業始めて衰ふ。拾捨[13]の間、一凶一吉、的然[14]として耳にあり。

臣愚[15]ひそかに案ずるに、「由来尤き物[16]、これ大にあらず、ただ君心を蕩せば、則ち害を為す」と云へり。されば、今、政道の正しからざる所によつて、房星の精、化してこの馬となつて、

6 旅程の費用を払って。
7 鼓を載せる車に繋ぎ。
8 二十八宿の一つ。さそり座の西北隅にある四星。車馬を司る。
9 穆王に仕えたすぐれた御者。
10 穆王が、崑崙山の瑶池と、仙女西王母と宴した崑崙山の瑶池と、仙女盛妃と遊んだ碧台(白居易・八駿の図)。
11 七廟は、宗廟。明堂は、政務を行う堂(八駿の図)。
12 天子の位。
13 天馬を取るか捨てるか、一方は吉で一方は凶。
14 はっきりと耳に入る。
15 臣下の謙称。
16 元来珍奇なものは、優れたものではなく、ただ君王の心をとろかすので、害がある(八駿の図)。

人の心を蕩さんずるものなり。その故は、大乱の後、民弊え、人苦しんで、天下未だ安からず。[17]執政哺を吐き、人の愁へを聞いて、[18]諍臣表を上って、主の誤りを正すべき時なるに、[19]百辟は楽しみに婬して、世の治否を見ず。群臣は[20]旨に阿つて、国の安危を言はず。これによつて、[21]記録所、決断所に群集する所の訴人は、日々減じて、[22]訴陳徒らに閣けり。諸卿これを見て、「[23]虞芮の訴へ止んで、諫鼓も打つ人なし。[24]無為の徳天下に及んで、民皆堂々の化に誇れり」と思へり。悲しいかな、その迷へる事。

元弘大乱の始め、天下の士挙つて官軍に属せし事、更に他なし。ただ一戦の功を以て、勲功の賞に預からんと思へるゆゑなり。されば、世静謐の後、[25]忠を立て恩賞を望む輩、幾千万と云ふ数を知らず。しかれども、[26]公家被官の外は、未だ恩賞を給はりたる者あらざるに、申状を捨て、訴へを止めたるは、これ忠

17　訴えがある時は、為政者は食事中でも食べ物をはき出し、訴人の嘆きを聞いて。周公旦の故事(史記・魯周公世家)。
18　主君の過ちを諫める臣。表は、上表文。
19　多くの諸侯。
20　帝の心におもねって。
21　建武政権の訴訟処理の機関。建武の新政の混乱は、第十二巻・1、2。
22　原告の訴状と被告の陳状。
23　国境を争う虞・芮が、周の仁政を見て訴訟をやめた故事(史記・周本紀)。諫鼓は、君を諫めるために打つ太鼓(堯の故事による)。
24　何もしなくとも世が治まる帝王の徳が天下にゆきわたり。
25　軍功を申し立て。
26　公家の家来。

功の立たざるを恨み、政道の正しからざるを見て、皆己れが本国に帰る者なり。諍臣これに驚いて、[27]雍歯が功を先として、諸卒の恨みを散ずべきに、先づ[28]大内造営あるべしとて、昔より今に至るまで、わが朝に未だ用ひざる紙銭を作り、諸国の地頭に二十分の一の[29]得分割き分けて召さるれば、兵革の弊えの上に、この課役を悲しめり。また、国には守護威を失つて、国司権を重くす。これによつて、[30]非職凡卑の目代等、[31]貞応以後新立の庄園を[32]没倒して、[33]在庁官人、検非違使、健児所、過分の勢ひを高くせり。しかのみならず、諸国の地頭、御家人の称号は、頼朝卿が時よりあつて、すでに年久しき[34]武名なるを、この御代に始めてその名字を止められぬれば、大名、高家、いつしか凡民の類ひに同じ。その憤り幾千万と云ふ数を知らず。

次には、[35]天運図に膺つて、朝敵自づから亡びぬと云へども、今度天下を定めて、君の宸襟を休め奉りたる者は、尊氏、義貞、

27 漢の高祖は、張良の献策で、古い恨みのある雍歯の功を認め、まっ先に什方侯に任じたため、群臣が高祖に信服した故事(史記・留侯世家)。
28 大内裏。
29 所領からの収益。
30 無官で身分の低い目代(国司の代官)。
31 承久の乱後、貞応元年(一二二二)に新たに置かれた地頭の領地。
32 没収して。
33 国府の役人、検非違使、国府警固の兵を統轄する役所は、過分の権勢を誇っている。
34 武家の職名。
35 自然の成り行きが思いどおりになって。
36 いずれも漢の高祖の臣。韓信・張良・蕭何は、三傑。
37 賢臣。

正成、円心、長年なり。かれらが忠を取つて、漢の功臣に比すれば、[36]韓信、彭越、張良、蕭何、曹参、唐の[37]賢佐に譬へば、[38]魏徴、玄齢、世南、如晦、李勣なるべし。その志皆[39]節に当たり、義に向かつて忠の立つ所、いづれをか前とし、いづれをか後とせん。しかるに今、円心一人、[40]わづかに本領一所の安堵を全うして、[41]守護恩補の国を召し返されん事、その咎何事ぞや。「[42]賞その功に中るときは、忠ある者進み、罰その罪に当たるときは、咎ある者退く」と云へり。痛ましいかな、今の政道、[43]ただ抽賞の功に当たらざるのみにあらず、かねては綸言の掌を翻す憚りあり。今、もし武家の棟梁となりぬべき[44]器用の仁出来して、朝家を[45]褊し申す事あらば、恨みを含み政道を猜む天下の士、糧を荷うて、招かざるに集まらん事、疑ひあるべからず。

そもそも天馬の用ゐる処を案ずるに、[46]徳の流行する事、郵を

38　いずれも唐の太宗の臣で、太宗を助けて貞観の治に功があった。
39　節義を守り、道義にかなって功績を立てる点は。
40　わずかに本領の佐用庄一か所しか与えられず。
41　恩賞として守護職に任じられた播磨国を召し上げられたこと。第十二巻・4。
42　功績や罪過に見合った賞罰が下されれば、忠臣が世に出、罪人は退く。「説苑」君道や「貞観政要」論封建による句。
43　ただ褒賞が功績に相応しないだけでなく、さらには帝の命令が手の平を返すように変わる嫌いがある。
44　才知すぐれた人物。
45　軽んじる。
46　天子の徳が民を感化するのは、駅伝の早馬で命令を伝えるよりも速いので。

置いて命を伝ふるよりも早ければ、必ずしも用ゐるに足らず。ただ[47]大逆不慮に来たる日、急を遠国に告ぐる時、[48]いささか用に徳あり。これ静謐の朝に於て、かねて大乱の備へを設く。豈に不吉の[49]表事に候はずや。ただ奇物の翫びを止めて、[50]仁政の化を致されんには如かじ」と、誠を尽くし、言を残さで申されけるに、[51]龍顔少し逆鱗の御気あつて、大臣皆[52]色を変じければ、[53]置酒高会も興なくして、その日の御遊は止みにけり。

これより後も、藤房卿、[54]連々に諫言を上りけれども、君、御許容なかりけるにや、大内造営の事をも止められず、[55]蘭藉桂筵の御遊なほ頻りなりければ、藤房、これを諫めかねて、「臣たる道、われに於て尽くせり。よしや、今は[56]身を奉じて退くには如かじ」と、思ひ定めてぞおはしける。

[57]建武二年三月十一日は、[58]八幡の行幸にて、諸卿皆[59]路次の行粧を事とし給ふ中にも、藤房は、時の[60]大理にておはする上、今

「孟子」公孫丑上の句による。

47 帝への謀叛が思いがけずおこった日。
48 少し役に立つくらいだ。
49 前兆。
50 仁徳ある政治を行う。
51 帝の顔に少し怒りの色があって。
52 恐れて青くなったので。
53 盛大な酒宴。
54 立て続けに。第十二巻・1でも、恩賞の沙汰の不正に諫言を入れかね、病気と称して官を辞した。
55 贅を尽くした詩歌管絃の遊び。蘭藉桂筵は、香草・香木で作った敷物。
56 「三たび諫めて納れられずは、身を奉じて以て退く」(古文孝経・諫諍・注)。
57 史実は、建武元年(一三三四)九月二十一日。
58 石清水八幡宮。

はこれを限りの供奉と思はれければ、[61]御後の官人、悉く目を驚かす程に出で立つたり。
[62]看督長十六人、冠の[63]老懸に、[64]袖単白くしたる薄紅の袍に、白袴を着し、[65]いちびの脛巾に乱れ緒履いて、列を引く。次に、[66]走り下部八人、[67]細烏帽子に上下一色の[68]家の紋の水干着て、二行に歩み続きたり。その後、大理は、[69]巻纓の老懸に、[70]赤衣素袴、[71]靴の沓履いて、蒔画の[72]平鞘の太刀を佩き、[73]安摩の面の羽付けたる平胡籙を負ひ、甲斐の大黒とて、[74]五尺三寸ありける名馬の太く逞しきに、[75]沃懸地の鞍置いて、[76]厚総の鞦に、[77]唐糸の段の手綱ゆるらかに結んで懸け、鞍の上閑かに乗りうけて、[78]町に三所の手縄入れさせ、小路に余りて歩ませ出でたれば、馬副四人、[79]褐冠に猪の皮の尻鞘の太刀佩いて左に副ひ、介副の侍二人、[80]布衣に上くくりして右に副ひ、その跡には、上烏帽子に[81]縹の打ち絹を重ねて、袖単を出だしたる水干着たる[82]舎人の雑色四人、

59　道中の装いをこらす。
60　検非違使別当の唐名。
61　後ろに随う役人。
62　罪人の逮捕などをする検非違使の下役人。
63　冠の緒の左右の耳のあたりに付ける飾り。

老懸
巻纓
冠

64　束帯の下に着る単衣を略し、その袖だけを大帷（おおかたびら＝下着）に縫いつけたもの。袍は、束帯の上着。
65　イチビ（アオイ科の草）で編んだ脚絆に草鞋をはいて。乱れ緒は、爪先部分の編み余りの藁を乱れたままにした草鞋。
66　走り使いの下部。
67　頂の細い烏帽子。

次に、[83]白張に香の衣重ねたる童一人、次には、細烏帽子に香の水干着たる舎人八人、その跡、直垂着の雑人等百余人、[84]警蹕の声高らかに、あたりを払つて供奉せられたり。

[85]伏拝に馬を止めて、男山を登り給ふ。「[86]坂行く時もありしものなり」と、明日は人に云はれぬべき身の程もあはれにて、石清水を見給ふにも、[87]栖むべき末の久しさを、君が御影に寄せて祝ひし言を引き替へて、今よりは、心の垢を雪ぎ、[88]憂世の耳を洗ふべき便りになりぬと思ひ給ふ。大菩薩の御前にして、ひそかに[89]自受法楽の法施を奉りても、[90]道心堅固、即証菩提と祈り給へば、[91]和光同塵の月明らかに、心の闇をや照らすらんと、神慮も暗に計られたり。

御神拝一日あつて、還幸事散じければ、藤房、[92]致仕のために参内せられたり。龍顔に近づきまゐらせん事も、[93]今ならでは何事にやと思はれければ、その事となく御前に祗候して、[94]龍逢、

68 家紋を染めた水干(略式の狩衣)。

69 纓(えい=冠の紐)を垂らさず内側に巻いて、挟み木で留めたもの。注63図参照。

70 緋色の袍に、白い袴。

71 束帯の時に履く牛皮製の黒塗りの沓。

72 薄くて平たい鞘の太刀。

73 舞楽の安摩の面に似た、上に黒い山形、下に黒い鱗形の斑(ふ)のある鷲の羽を差した平胡籙(矢を扇形に差す儀式用の胡籙)。

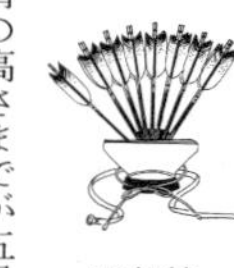

平胡籙

74 肩の高さまでが五尺三寸(標準は四尺)。

75 漆地に金粉・銀粉をかけた蒔絵。

76 大きな房飾りのついた

比干が諫めに死せし恨み、[95]伯夷、叔斉が潔きを踏みし跡、終夜申し出だして、未明に退出し給へば、[96]大内山の月影も、涙に曇りて幽かなり。

[97]陣頭より車をば宿所へ帰し遣はし、侍一人を召し具して、北山の[98]岩蔵と云ふ所へぞ上られける。ここにて、不二房と云ふ僧を、戒の師に請じて、つひに多年[99]拝趨の儒冠を解いで、十戒持律の法体になり給ふ。家貧しくして年の老いぬる人だにも、離れ難く捨て難きは、[100]恩愛の古き栖なり。況んや、官禄ともに賤しからで、齢未だ四十にだにも足らざる人の、妻子に離れ、父母を捨てて、[101]山川抖擻の身となりしは、例少なき発心なり。

この事、やがて叡聞に達せしかば、君も限りなく驚き思し召して、「その在所を急ぎ尋ね出だして、二度政道扶佐の臣とすべし」と、父宣房卿に仰せ下されければ、宣房卿、泣く泣く車を飛ばして、岩蔵へぞ尋ね行き給ひける。[102]中納言入道は、その

鞦(しりがい=馬の尻にかける紐)。
77　唐糸の織り模様のある手綱。
78　一町行くごとに三度、両手に輪にした手綱を左へまわす乗馬の作法。
79　褐衣(かちぎぬ=両脇を縫い合わせた狩衣)に冠を付けた姿。尻鞘は、皮の鞘覆い。
80　無紋の狩衣に膝下で括った袴。
81　薄藍色の打ち絹(たたいて光沢を出した絹)。
82　馬の口取りの下部。
83　糊で張った白の狩衣に香染め(薄紅色)の衣。
84　先払い。
85　石清水八幡宮の遥拝地。男山は、八幡宮のある山。
86　「今こそあれわれも昔は男山さかゆく時もありこしものを」(古今和歌集・雑・読み人しらず)。坂行くと栄ゆくを掛ける。

朝まで岩蔵の坊におはしけるが、「これもなほ都近きあたりなれば、憂世の事問ふ折もこそあれ」と、厭はしくて、いづちともなく、足に任せて出で給ひにけり。宣房卿、かの宿坊に行き給ひて、「さやうの人やある」と尋ねられければ、主の僧、「さる人は、今朝までこれに御座候ひつるが、行脚の御志候ふとて、いづちやらん、御出で候ひつるなり」とぞ答へける。宣房卿、悲歎の涙を押さへて、その栖み捨て給へる庵室の中を見給へば、誰見よとてか書き置きけん、破れたる障子の上に、一首の歌を残されたり。

[103]住み捨つる山を憂き世の人問はば嵐や庭の松に答へむ

[104]「流転三界中、恩愛不能断、棄恩入無為、真実報恩者」と云ふ文の下に、

[105]白頭にして望み断つ万重の山
曠劫の恩波底を尽くして乾く

87 水が澄むと栖むを掛ける。世俗での栄華が続きますようにと、帝の恩顧を祈った以前の言葉とは替わり。
88 俗世を離れる手だて。堯から位を譲ろうと言われ、潁川で耳を洗い清めた許由(きょゆう)の故事による(第三十二巻・9)。
89 仏が悟りを得た境地を自ら楽しむ教え(経文)を読誦して神に手向けること。
90 道心が強く、速やかに悟りが得られますように。
91 仏が衆生を救うために仏徳の光を和らげ隠し、世俗に姿をあらわすこと。
92 官を辞すこと。
93 今でなくてはまたとあるまいと思われたので。
94 関龍逢は夏の桀王を諫め、比干は殷の紂王を諫め、ともに殺された人物。
95 伯夷・叔斉兄弟が、殷

是胸中に五逆を蔵すにあらず
出家して端的に親に報ずること難し

と、[106]黄檗の[107]大義渡を題する古き頌を書かれたり。さてこそ、この人、たとひいづくの山にありとも、命の中に再会は叶ふまじかりけるよと、宣房卿、恋慕の涙に咽びて、空しく帰り給ひけれ。

そもそもかの宣房卿と申すは、[108]吉田大弐資経の孫、[109]藤三位資通の子なり。この人、[110]閑官の昔、[111]五部の大乗経を[112]一字三礼に[113]書供養して、子孫の繁昌を祈らんために、[114]春日社にぞ奉納せられける。その夜の夢の中に、黄衣着たる神人、榊の枝に[115]立文したる文を付けて、宣房の前にさし置きたり。何文やらんと怪しくて、これを取つて見給へば、上書に、「万里小路の一位殿へ」と書いて、中には、「[116]速証無上菩提」と金字にぞ書いたりける。夢覚めて後、閑かにこれを案ずるに、われ朝庭に仕へて位一品

を滅ぼした周に仕えるのを恥じ、首陽山で餓死した故事(史記・伯夷列伝)。

96 皇居。

97 内裏警固の兵の詰め所。

98 京都市左京区岩倉。

99 文官として仕えた冠をぬぎ、十種の戒を持する僧体になった。

100 夫婦・親子の情。

101 山川行脚の身。

102 藤房。

103 私が捨てたこの山を俗人が訪ねても、庭の松風のみが応じるだろう。

104 出家・受戒の際に唱える四句の偈。「悲華経」等にみえる。俗世に流転すれば恩愛は断てない、恩愛を捨て仏道に入ることが真実の報恩であるという意。

105 白髪の身で深山での悟りは望めぬまま、広大な親の恩を捨てることになった。

に至らんずる条疑ひなし、中に見えつる金字の文は、われ[117]この作善を以て、後生善処の望みを達すべきものなりと、[118]二世の悉地ともに成就して、憑もしく思はれけるが、はたして元弘の末に、父祖代々絶えて久しき従一位になり給ひにけり。中に見えし金字の文は、子息藤房の出家[119]得脱し給ふべき善縁なりと示されける、明神の御告げなるべし。

誠に、[120]百年の栄耀は風前の塵、一念の発心は命後の燈なり。[121]「一子出家しぬれば、七世の父母皆成仏す」と、如来の金言明らかなれば、この人一人の発心によつて、七世の父母もろともに成仏得脱せん事は、歎きの中の悦びなるべければ、これぞ誠に第一の利生に預りたる人よと、智者は聞いて感じけり。

北山殿御隠謀の事 3

五逆罪を抱くのではないが、出家してすぐ親に報いることはできないのだ。

106 黄檗希運。唐代の禅僧。

107 黄檗の出家を止めようとした盲目の母が、誤って溺死したことを詠じた頌(徳をたたえる詩)。

108 藤原北家高藤流。

109 万里小路家の祖。

110 閑職。

111 大乗の教えを説く華厳(けごん)・大集(だいじつ)・大品般若(だいほんはんにゃ)・法華・涅槃(ねはん)の五経典。

112 一字ごとに三度礼拝して写経する。

113 救済を祈って経文を書写し、仏前に奉納すること。

114 奈良の春日大社。藤原氏の氏神で、興福寺の鎮守。

115 正式の書状に用いる形式。書状を礼紙で巻き、さらに白紙で縦に包んだ書状。

故相模入道の舎弟、四郎左近大夫入道[1]は、元弘の鎌倉の合戦の時、自害したる学をして、ひそかに鎌倉を落ちて、暫くは奥州にありけるが、人に見知られじ[2]ために還俗して、京都に上り、西園寺殿[3]を憑み奉つて、田舎侍の初めて召し仕はるる体にてぞ居たりける。

これも承久の合戦の時、西園寺太政大臣公経[4]、関東へ内通の子細ありしによつて、義時[5]、その日の合戦に利を得し間、「子孫七代まで、西園寺殿を憑み申すべし」と申し置きたりしかば、今に至るまで、武家、他に異なる思ひをなせり。これによつて、代々の立后も、多くはこの家より出でて、国々の拝任も、半ばその族にあり。しかれば、官大政大臣に至り、位一品の極位を窮めずと云ふ事なし。ひとへにこれ、関東贔負[6]の厚恩なりと思はれけるにや、いかんともして故相模入道の一族を取り立てて、再び天下の権を取らせ、わが身公家の執政として、四海を掌に

116　速やかに最高の悟り(成仏)に至ろう。
117　この善事(写経)によって来世の極楽往生の願いがかなうだろう。
118　現世と来世の願い。
119　解脱して悟りを得る。
120　百年続く世俗の栄華は風前の塵のようにはかないが、発心・出家は死後の長い闇路を照らす燈となる。
121　「言泉集(ごんせんしゅう)」出家釈に類似句がみえる。

3

1　北条泰家。高時の弟。奥州に落ち延びたことは、第十巻・8、参照。
2　人に見知られないように俗人の姿に戻って。
3　西園寺公宗(きんむね)。実衡の長男。当時、正二位権大納言。
4　承久の乱勃発時に、後

把らばやと思はれければ、この四郎左近大夫入道を還俗せさせ、刑部少輔時興と名を替へて、明け暮れはただ謀叛の計略をぞ廻らされける。

或る夜、政所入道[7]、大納言殿[8]の前に来たつて申しけるは、「国の興亡を見るには、政の善悪を見るに如かず。政の善悪を見るには、賢臣の用捨を見るに如かず。されば、微子[9]去つて殷の代傾き、范増[10]罪せられて楚王滅びたり。今、朝家にはただ藤房一人のみにて候ひつるが、未然に凶を鑑みて、隠遁の身となつて候ふ事、朝廷の大凶、当家の御運とこそ覚えて候へ。急ぎ思し召し立たせ給はば、先代[11]の余類十方より馳せ参り、天下を覆さん事、一日を出づべからず」とぞ勧め申しければ、公宗卿、げにもと思はれければ、時興をば京都の大将として、畿内近国の勢を催され、甥の相模次郎時行[12]をば、関東の大将として、甲斐、信濃、武蔵、相模の勢を付け、名越太郎時兼[13]をば、北国

鳥羽院により拘禁された。乱後、幕府と朝廷の連絡役の関東申次として権勢を振るう。

5 北条義時。第二代執権。

6 北条氏が目をかけてくれたための手厚い恩恵。

7 三善文衡(ふんひら)。西園寺家の家司(けいし=政所)。

8 公宗。

9 殷の紂王の庶兄。紂を諫めたが容れられず、殷を去り、のちに紂は周に滅ぼされた(史記・殷本紀)。

10 楚の項羽の功臣。漢の陳平の謀で項羽に疑われ、官を辞して帰る途中で病死した(史記・項羽本紀)。「太平記」は、項羽から毒を賜って飲んだとする(第二十八巻・9)。

11 北条氏の残党。

12 北条高時の次男。幼名、亀寿。鎌倉合戦の際、諏訪

の大将として、越中、能登、加賀の勢をぞ集められける。

かくの如く諸方の相図を同時に定めて後、[14]西京より番匠をあまた召されて、俄かに温殿を作られたり。これは、主上御遊のために臨幸なりたらん時、[15]華清宮の温泉になずらへて、浴堂の宴を勧め申し、君をこの下へ落とし入れ奉らんための企てなり。かやうに様々の謀を定め、兵を調へて、「[16]北山の紅葉御覧のために、臨幸なり候へ」と申されたりければ、[17]則ち日を定められて、行幸の儀則をぞ調へられける。

すでに、「明日[18]午刻に、臨幸あるべし」と、触れられたりけるその夜、主上、暫く御まどろみありける御夢に、赤き袴に[19]鈍色の二つ衣着たる女一人来たつて、「前には虎狼の怒れるあり。後ろには[20]熊羆の猛きあり。明日の幸をば、思し召し止まらせ給ふべし」とぞ申しける。主上、御夢の中に、「汝は、いづくより来たれる者ぞ」と御尋ねありければ、「[21]神泉苑の辺りに、多

三郎盛高に伴われ、信濃国に落ちのびた。第十巻・8、参照。

13　越中守護、北条(名越流)時有の子。

14　京の朱雀大路より西。番匠は、大工。

15　長安郊外の驪山(りざん)の麓にあった唐代の離宮。温泉が湧き、玄宗皇帝と楊貴妃が遊んだ。

16　西園寺家の邸、北山殿(今の金閣寺付近)の地。

17　早速。

18　正午頃。

19　濃いねずみ色の二枚重ねの衣。

20　くまとひぐま。

21　京都市中京区門前町。第十二巻・8に、空海が神泉苑で雨乞いの修法をし、善女龍王を勧請した話がみえる。

年住み侍る者なり」と申して、立ち帰りぬと御覧ぜられて、御夢程なく覚めにけり。主上、怪しき夢の告げかなと思し召しながら、これまで事定まりぬる臨幸を、期に臨んでは、いかが止めらるべきと思し召されければ、やがて鳳輦[22]をぞ促されける。

先づ神泉苑に幸なつて、龍神の御手向け[23]ありけるに、池水俄かに変じて、風吹かざるに、白浪岸を打つ事頻りなり。主上、これを御覧ぜられて、いよいよ夢の告げも怪しく思し召し合はされければ、暫く鳳輦を留めて、御思案ありける処に、竹林[24]院中納言公重卿、馳せ参じて申されけるは、「西園寺大納言公宗、隠謀の企てあつて、臨幸を勧め申す由、ただ今、或る方より告げ申して候ふ。これより還幸なつて、橋本中将季経[25]、并びに春衡、文衡入道を召されて、事の子細御尋ね候ふべし」と申されければ、君、去んぬる夜の夢の告げ、池水の変態、げに[26]も様ありけりと思し召し合はせて、これより還幸なりにけり。

22 帝の輿。
23 供え物をして祈ること。
24 西園寺公宗の弟。
25 実俊(西園寺公相〈きんすけ〉息)の子。(三善)春衡、文衡は、公宗の家司。
26 たしかにわけがありそうだ。

則ち中院中将定平[27]に、結城判官親光[28]、伯耆守長年[29]を差し添へて、「西園寺大納言公宗卿、橋本中将季経、并びに文衡入道を召し取つて参れ」とぞ、仰せ下されける。

勅宣の御使ひ、その勢二千余騎、南北より押し寄せて、北山殿の四方を、七重八重にぞ取り巻いたる。大納言殿は、早やこの間の隠謀顕れけりと思ひ給ひければ、なかなか騒ぎたる気色[30]もなし。事の様をも知らぬ北の御方[31]、女房達、侍どもは、「いかなる事ぞや」と、周章てふためき逃げ倒る。季経朝臣は、官軍の向かひけるを見て、心早き人[32]なりければ、ただ一人抜けて、後ろの山よりいづちともなく落ち給ひけり。

定平朝臣、先づ大納言殿に対面あつて、隠やかに事の子細を述べられければ、大納言、涙を押さへて宣ひけるは、「公宗不肖の身なりと云へども、故中宮[33]の御好みによつて、官禄ともに人に劣らず。これひとへに、明王慈恵の恩幸[34]なれば、いかで

27　村上源氏。六波羅攻めに功があった一人。第八巻・9、参照。
28　後醍醐帝の寵臣。前出、第十二巻・3。
29　後醍醐帝の寵臣。前出、第十二巻・4。
30　かえって落ち着き払った様子である。
31　日野資名の娘、名子。「竹むきが記」の作者。
32　機敏であること。
33　後醍醐帝の中宮禧子(きし)の兄公衡は、公宗の祖父。
34　明君が慈悲深くお与えくださった恩恵なので。

か陰[35]に居て枝を折り、流れを汲んで源を濁らす志を存じ候ふべき。[36]つらつら事の様を案ずるに、当家数代の間、官禄人に越え、恩賞身に余る間、或いは[37]清花の家これを妬み、或いは名家の輩これを猜みて、種々の讒言を構へ、様々の虚説を同じくして、当家を失はんと仕るかとこそ覚えて候へ。さりながら、[38]天真を鑑みば、虚名いつまでか上聞を掠め候ふべきなれば、先づ召しに随つて[39]陣下に参じ、[40]犯科の御紕明を仰ぎ候ふべし。但し、季経に於ては今朝すでに逐電し候ひぬる間、召し具するに及ばず」とぞ宣ふ。

官軍どもこれを聞いて、「さては、橋本殿を隠し申さるるものなり。御所中をよくよく見奉れ」とて、数千騎の兵、殿中に乱れ入り、天井、[41]塗籠を打ち破り、御簾、几帳を引き落とし、残る所なくさがし奉る。これによつて、ただ今まで紅葉の御賀あるべしとて、[42]楽縣を調べつる[43]伶人、装束をも脱がずして東西

35　陰に隠れて裏切り、ご恩を頂いていながら君を傾ける企て。忘恩の行為のたとえ。
36　よくよく。
37　大臣を上限とする家柄。西園寺家もその一。名家は、大納言を上限とする家柄。
38　天が真実をご照覧あるならば、事実でないうわさが長く帝のお耳に入ることは決してないので。
39　左右の近衛の陣にある公卿列座の場。陣頭。
40　犯した罪。
41　寝殿造りの建物における納戸。
42　楽器懸け。またそれに懸ける楽器。管絃。
43　楽人。

に逃げ迷ひ、見物のためとて群をなせる僧俗男女、怪しき者かなと思ひし者、多く召し取られて、[44]不慮の刑戮に遇へり。その辺の山の奥、岩の中まで、もしやとさがしけれども、季経朝臣見え給はざりければ、官軍、[45]力なく公宗卿と文衡入道とを召し取り奉つて、夜中に京へぞ帰りけり。

大納言殿をば、定平朝臣の宿所に、[46]一間なる所を攻籠の如くに構へて、押し籠め奉る。文衡入道をば、結城判官に預けられて、夜昼三日まで、[47]上げつ下ろいつ拷問せられけるに、残る所なく白状してければ、則ち[48]六条河原へ引き出だして、首を刎ねられけり。

公宗をば、伯耆守長年に仰せ付けられて、「出雲国へ流さるべし」と、公議すでに定まりにけり。明日必ず配所へ趣き給ふべしと、[49]治定ありけるその夜、[50]中院殿より北の御方へ告げ申されたりければ、ひそかに轅を廻らして、泣く泣くかしこへお

44　思いがけない処罰。
45　やむをえず。
46　一間四方の部屋を狭い牢屋のようにこしらえて。
47　あらゆる手を尽くして拷問すると。
48　六条大路東端の鴨川の河原。刑場として使われた。
49　決定。
50　中院定平。

はしたり。暫(しばら)く警固(けいご)の武士をのけられて、籠(ろう)のあたりへおはして見給へば、一間なる所の[51]蜘手(くもで)きびしく結(ゆ)うたる中に、身を縮(つづ)めて、起き臥しもなく泣き沈み給ひければ、流るる涙袖に余り、身も浮かんばかりになりにけり。大納言、北(きた)の御方(おんかた)を一目(ひとめ)見給ひて、いとど涙に咽(むせ)び、「こはいかになりぬる有様ぞや」と、涙の中に聞こえて、[52]絹(きぬ)引きかづき泣き臥し給ふ。やや暫(しばら)くあつて、大納言、涙を押さへて宣ひけるは、「わが身、かく[53]引く人もなき捨舟(すてぶね)の如く、深き罪に沈みはてぬるに付けても、[54]ただならずましますとやらん承(うけたまわ)りしかば、われゆゑの物思ひに、いかなる煩(わずら)はしき御心地(おんここち)あらんずらんと、それさへ[55]後(のち)の暗路(やみじ)の迷ひとなりぬべく覚えてこそ候へ。もし男子(なんし)にてもあらば、[56]行末(ゆくすえ)の事思ひ捨て給はで、あはれみの懐(ふところ)の中に人となし給ふべし。これぞわが家に伝はる所の物なれば、見ざりし親の忘れ形見ともなし給ふべし」とて、[57]上原石上流泉(しょうげんせきしょうりゅうせん)、啄木(たくぼく)、楊心操(ようしんそう)の三曲

51　蜘蛛の脚のように材木を交叉させ厳重に打ち付けた中に。

52　衣(きぬ)を頭の上からかぶり。

53　引き出してくれる人もない干潟の捨て小舟のように。

54　懐妊の身でいらっしゃるとか。

55　冥土への旅を妨げる妄念。

56　将来の希望を捨てずに、愛情をかけて一人前に育てて下さい。

57　琵琶の秘曲。三曲は、流泉・啄木・楊真操をいうが、上原(上玄)、石上を、流泉とは別の秘曲とする異説もある。西園寺家は、鎌倉時代から琵琶の家として重んじられた。

を書かれたる琵琶の譜を一帖、[58]膚の守りより取り出だし給ひて、北の御方に手づから渡し給ひけるが、側なる硯を引き寄せて、[59]上巻の紙に一首の歌を書き給ふ。

[60]あはれなり日影待つ間の露の身に思ひをかくる瞿麦の花

硯の水に涙落ちて、薄墨の文字さだかならず、[61]見る心地さへ消えぬべきに、これを今はの形見とて、涙とともに留め給へば、北の御方は、いとど悲しみを添へられて、なかなか言の葉もなければ、ただ顔ももち上げず泣き給ふ。

さる程に、[62]追つ立ての官人来たつて、「今夜先づ長年が方へ渡し奉つて、暁配所へ下し奉るべし」と申しければ、やがて物騒がしくなつて、北の御方も傍らへ隠れ給ひぬ。さても、なほ今より後の御有様、何かと心苦しさに、[63]透牆の中に紛れて見給へば、大納言殿請け取りまゐらせんと、伯耆守長年、[64]物具したる者二、三百人召し具して、庭上に並み居たり。「余りに夜の

58　肌身につけたお守り。
59　包み紙。
60　日の光にあうとすぐに消えてしまう露のようにはかない私の命だが、生まれてくる我が子(撫でし子＝瞿麦)のことが心にかかって、悲しいことだ。
61　見るだけでも心は消え入りそうだが。
62　罪人を配所に護送する役人。
63　竹や板で透き間を少しあけて作った垣根。
64　鎧・兜を身につけた者たち。

更け候ひぬ」と、急ぎければ、大納言殿、[65]縄取に引かへられて、[66]中門へ出で給へり。その有様を見給ひける北の御方の心の中、譬へて云はん方もなし。すでに庭上に舁き居ゑたる輿に、簾をかかげて乗らんとし給ひける時、定平朝臣、長年に向かつて、「早や」と云はれけるを、殺し奉れとぞ言ふと心得て、長年、大納言殿に走り懸かり、鬢を掴んで俯しに引き臥せ、腰の刀を抜いて、御首を掻き落とし奉る。北の御方は、これを見給ひて、何とも覚えず、あつと喚いて、透牆の中に倒れ伏し給ふ。このままに[67]やがて絶え入り給ひぬと見えければ、[68]介錯の女房達、車に助け乗せ奉つて、泣く泣くまた北山殿へ入れ奉る。

さしも堂上堂下雲の如くなりし[69]青侍官女も、いづちへか落ち行きけん、人独りも見えずなつて、翠簾も几帳も皆引き落とされたり。[70]常の御方を見給へば、月の夜、雪の朝、興にふれて読み捨て給へる短冊どもの、ここかしこに散り乱れたるも、今は

65 縄で縛られた罪人を警護する者。
66 主殿から表門へ至る中間の門。
67 すぐに。
68 世話をする女房たち。
69 公家に仕える身分の低い若侍や侍女。青侍は、青色の袍(上着)を着ていたことからいう。
70 居間。
71 寝所。
72 寝具。
73 いかにして耐えて住みつづけるかと。
74 青侍どもが邸を占拠す

無き人の忘れ形見となつて、そぞろに涙を催す。[71]夜の御方を見給へば、匂ひ深かりし[72]御衾は留まつて、枕並べし人はなし。庭には紅葉散り積もつて、風の気色も冷じきに、旧き梢の梟の声、気疎げに泣きたる暁の物寂しさ、[73]堪へてはいかがと、泣き侘び給へる処に、「西園寺の遺跡をば、竹林院中納言公重賜りたり」とて、青侍ども、あまた来たつて取りまかなへば、[74]これさへ別れの憂き数になつて、北の御方は、[75]仁和寺なるあたりに[76]幽かなる住所を尋ね出だして、遷り給ひし時しもこそあるに、故大納言殿の百ヶ日に当たりける日、御産[77]事故なくして、若君生まれさせ給へり。

あはれ、その昔ならば、御祈りの貴僧、高僧、勧喜の眉を開き、[78]弄璋の御慶天下に聞こえて、門前の車馬群をなすべきに、[79]桑の弓引く人もなく、蓬の矢射る所もなきあばら屋に、透き間の風冷じけれども、[80]防きし陰も枯れはてぬれば、御乳母なん

る不快さまでも、夫との別れの辛さに加わって。

75　京都市右京区御室にある真言宗の門跡寺院。

76　人気のまれな。

77　つつがなく。

78　男子が生まれること。生まれた男子に璋(玉の玩具)を与えた故事をふまえる(詩経・小雅・斯干)。女子には瓦(土製の糸巻き)を与えたので、弄瓦という。

79　男子が生まれると、桑の弓と、蓬の矢で四方を射て邪気を払った(礼記・内則)。

80　「源氏物語」桐壺で、生まれたばかりの光源氏を遺して桐壺更衣が死去したとき、更衣の母が詠んだ歌、「荒き風防きし陰の枯れしより小萩が上ぞしづ心なき」をふまえる。ここでは父を亡くしたことをいう。

どを付けらるるまでも叶はず、ただ御母上自ら抱きそだて給へば、漸く故大納言殿に似給へる御貌つきを見給ふにも、

[81]形見こそ今はあたなれこれなくは忘るる時もあらまし物を

と、古人の読みたりしも、[82]涙の故となりにけり。

悲歎の思ひ胸に満ち、生産の筵未だ乾かざるに、中院中将定平のもとより、使ひを以て、「御産の事に付いて、内裏より尋ね仰せらるる事候ふ。もし若君にて御渡り候はば、御乳母に抱かせて、これへ先づ入れまゐらせられ候へ」と申されたりければ、母上、「あな心憂や、故大納言殿の公達をば、腹の中までも開けて御覧ぜらるべしと聞こえしが、若君出で来させ給ひぬと、漏れ聞こえけるにこそありけれ。歎きながらもこの子をそだててこそ、故大納言殿の忘れ形見とも見もし、人とならば僧にもなして、[83]亡き跡をも問はせんと思ひつるに、未だ乳房も離れぬみどり子を、物武の手に懸けて失はれぬと聞いて、[84]あり

81　「古今和歌集」恋・読人知らずの歌。あの人が遺した形見が今は恨めしい。これがなければあの人を忘れるときもあろうものを。

82　涙のたねとなった。

83　父の菩提をも弔わせようと。

84　先般の夫との死別に加えて、今わが子と別れる嘆かわしさに、消えかねる露のようにはかない私の命は、何をたよりにして生き延びられようか。

85　生きていることさえ恨めしい自分の命。「命だに心にかなふものならば何か別れの悲しからまし」(古今和歌集・しろめ)。

86　公宗の母。二条為世の娘で、昭訓門院(亀山院妃)に仕えた。介錯は、付き添

し別れの今の歎きに、消え侘びん露（つゆ）の命、何に懸かりてか堪へ忍ぶべき。[85]あるを恨みの命だに、心に叶（かな）ふものならば、かかる憂き事をのみ見聞かじ」と、泣き悲しび給ひければ、御介錯（ごかいしゃく）の[86]春日局（かすがのつぼね）、泣く泣く内より御使ひに出で合ひ給ひて、「故大納言殿の忘れ形見の出（い）で来（き）させ給ひて候ひしが、母上の[87]ただならざりし時、限りなき御物思ひに沈み給ひしゆゑにや、生まれ落ちさせ給ひて後（のち）、幾程（いくほど）なくて、はかなくなり給ひ候ひぬる。これも[88]咎（とが）ある人の行末（ゆくすえ）なれば、いかなる御沙汰にか合ひ候はんずらんと、上の御咎めを怖（お）ぢて隠し侍るにこそと、思（おぼ）し召（め）さるる事も候ひぬべければ、偽らぬしるしの一言（ひとこと）を、仏神（ぶつじん）に懸けて申し入れ候ふべし」とて、泣く泣く消息書き給ふ。その奥に、

[89]偽りを糺（ただ）すの森に置く露の消えしにつけて濡るる袖かな

使ひこの御文（おんふみ）を持つて帰り参れば、定平、涙を押さへて奏覧（そうらん）し給ふ。この一言（ひとこと）に君もあはれとや思し召しけん、その後は、

い。
87 懐妊していたとき。
88 罪人の遺児なので、どのような処置を下されるかと。
89 偽りをただすという名の糺の森の葉に置く露のように、子どもがはかなく亡くなってしまい、そのことにつけても袖が涙に濡れることよ。糺の森は、下鴨神社(左京区)の森で、歌枕。
90 うれしい中にも不安があって。
91 草が焼けて隠れ場所のない野原にいる雉が焼け残った藪で卵を育てるようにして。親の情愛をたとえる慣用句。
92 声をひそめて。
93 足利高氏(尊氏)。
94 実俊は、北朝に仕え、大納言右大将を経て、正二位右大臣に至る。第三十巻

御尋ねにも預からざりければ、[90]うれしき中に思ひあつて、[91]焼野の雉の、残る藪を命にて卵をはごくむらん風情して、鳴く声をだに人に聞かせじと、口を押さへ、乳を含めても、同じ枕の[92]忍び音に、泣き明かし泣き暮らして、年の三年を過ごし給ひし心の中こそ悲しけれ。その後、建武の乱出で来て、天下[93]将軍の代になりしかば、この人、朝廷に仕へて、西園寺の跡を継ぎ給ひし[94]北山大納言実俊卿これなり。

さても、故大納言滅び給ふべき[95]前表のありけるを、[96]木工頭高重がかねて聞きたりけるこそ不思議なれ。かの卿、謀叛の事思ひ立ち給ひける始め、祈禱のために、一七日[97]北野社に参籠して、毎夜に琵琶の秘曲を尽くし給ひける。七日に満じけるその夜は、殊更聖廟の[98]法楽に備へんためとや思はれけん、月冷じく風秋かなる小夜ふけ方に、簾を高く巻き上げて、[99]玉樹の三女の序を弾じ給ふ。[100]第一第二の絃は索々たり、秋の風松を払ひて疎

以降に登場。

95 前兆。

96 藤原孝重。妙音院師長に琵琶を習った藤原孝道以来の琵琶師範家の人物。

97 北野天満宮(京都市上京区)。菅原道真の廟所。

98 楽を奏しての供養。

99 陳の後主(最後の君主)が愛妃の美貌を讃えて作った「玉樹後庭歌」に基づく雅楽。その第八帖を「三女の序」という。

100 以下は、白楽天「五絃の弾」の引用。索々は寂しいさま。疎韻は枯れた味わいの音。

101 巣に籠もって子をはぐくむ鶴が、夜に子を思って鳴くようだ。親の情愛のたとえ。

102 絃の響きは抑制した調子で、ただ拍子だけとっている。

韻落つ。第三第四の絃は冷々たり、夜の[101]鶴子を憶ひて籠中に鳴く。[102]絃々掩抑してただ拍子に移る。[103]六反の後の一曲、誠に[104]嬰児も立つて舞ふばかりなり。

折節、木工頭高重、社頭に通夜して心を澄まし、耳を欹てて聞きけるが、曲終つて後、人に向かつて申しけるは、「今夜の御琵琶、祈願の御事あつて遊ばさるるならば、御願成就すべからず。その故は、この玉樹と申すは、昔、[105]晋の平公、濮水の辺りを過ぎ給ひけるに、流るる水の声に管絃の響きあり。平公、則ち師涓と云ひける楽人を召して、これを琴の曲に移さしむ。その曲[106]殺声にして、聞く人涙を流さずと云ふ事なし。しかれども、平公これを愛して、専ら楽縣に用ひ給ひしを、師曠と云ひける[107]伶倫、この曲を聞いて歎きて申しけるは、「君これを弄び給ふならば、天下一度乱れて、[108]宗廟全からじ。いかんとなれば、古への殷の[109]紂王、新たに婬声の楽を作つて弄び給ひし

103　六回弾いた後の一曲。
104　みどりごも立って舞うほどである(古文孝経・序)。
105　以下は、「濮上の音」(礼記・楽記)の故事。昔、衛の霊公(平公は誤り)が濮水で聞いた音を楽人師涓に琴で写させ、晋の平公との宴で奏した。晋の楽人師曠は、これは殷の楽人師延が殷の紂王のために造った曲で、紂王の滅亡後、師延は濮水に身を投じたという由来のある亡国の音であるという。だが、平公はこの曲を愛したため、晋は干魃となり、平公も病死した(韓非子・十過、史記・楽書)。
106　陰気な音。
107　黄帝の時の伝説的な楽官。転じて楽人。
108　先祖の霊廟。
109　殷王朝最後の王。暴君の代名詞のような悪王。

が、程なく周の武王に滅ぼされ給ひにき。その魂魄、なほ濮水の底に止まつてこの曲を奏するを、君、今新楽に秘してこれを弄び給ふ。[110]鄭声の雅を乱るゆゑに、[111]一唱三歎の曲に非ず」と申しけるが、はたして平公滅び給ひにけり。

その後、この楽なほ止まつて、陳の代に至り、[112]陳の後主、これを弄んで、隋のために滅ぼされ、また隋の[113]煬帝、またこれを弄ぶ事甚だしくして、唐の[114]太宗に滅ぼされぬ。唐の代に当たつて、わが朝の楽人[115]掃部頭貞敏、遣唐使にて渡りたりしが、大唐の琵琶の博士[116]廉承武に逢ひて、この曲をわが朝に伝ふ。しかれども、曲に不吉の声ありて、一手を略せる所あり。しかるを、今夜の御法楽に、[117]旨とこの手を遊ばされつるに、[118]殺発の声の聞こえつるこそあさましけれ。審かに[119]八音と政と通ずと云へり。大納言殿の御身に、いかなる煩ひ出で来んずらん」と、高重歎き申しけるが、幾程なくて、大納言この死刑に合ひ給ふ。

110 婬声(みだらな音楽)とされた鄭の国の音楽が、正当な雅楽を乱すこと。「鄭声の雅楽を乱るを悪(にく)む」(論語・陽貨)。
111 祖先を祀る楽で、一人が歌うと三人がこれに和す(礼記・楽記)。よい音楽をほめることば。
112 中国南北朝時代の陳の五代皇帝。酒色におぼれ、隋に滅ぼされた。
113 隋の二代皇帝。公私ともに豪奢を好んだとされる。
114 唐の二代皇帝、李世民。貞観の治を行った明君。
115 藤原貞敏。承和五年(八三八)に渡唐して琵琶を学び、琵琶楽の祖となる。
116 藤原貞敏に琵琶を伝授したとされる唐の楽人。底本「廉婕夫」。
117 もっぱらその音をお弾きになった。

不思議なりける前相[120]かな。

中先代の事　4

今、天下一統に帰して、寰中[1]無事なりと云へども、朝敵の与党、なほ東国にありぬべければ、鎌倉に探題[2]を一人置かでは悪しかりぬべしとて、当今第八宮[3]を、征夷将軍に成し奉つて、鎌倉にぞ置きまゐらせられける。足利左馬頭直義、その執権として東国の成敗を司る。法令皆旧を改めず。

かかる処に、西園寺大納言公宗の隠謀露顕して誅せられ給ひし(時)、京都にて旗を挙げんと企つる平家の余類[4]ども、皆東国、北国に逃げ下つて、なほ素懐[5]を達せん事を謀る。名越太郎時兼[6]には、野尻[7]、井口、長沢、倉満の者ども馳せ付きける間、越中、能登、加賀の勢ども与力[8]して、程なく六千余騎になりにけり。

118 荒々しさに満ちた音。
119 「声音の道は政と通ず」(礼記・楽記)。八音は、すべての楽器、また音楽をさす。
120 前兆。

4
1 畿内。寰は、天子直轄の領地。
2 地方の政務・軍事を司る職。
3 後醍醐帝皇子、成良(なりよし)親王。母は阿野廉子。第十九巻・4に「第七宮」。
4 北条氏の残党。
5 かねてからの念願。
6 北国の大将。前出、本巻・3。
7 いずれも越中(富山県)の武士。
8 味方。

[9]相模次郎には、[10]諏訪三河守、[11]三浦介入道、同じき[12]若狭五郎判官、[13]葦名入道、[14]那和左近大夫、[15]清久山城守、[16]塩谷民部大夫、[17]工藤四郎左衛門以下、[18]宗徒の大名五十余人与力してければ、伊豆、駿河、武蔵、相模、甲斐、信濃の勢ども、順ひ付かずと云ふ事なし。

時行、その勢を率して五万余騎、俄かに信濃より起こつて、時日を替へず鎌倉へ攻め上るに、[19]渋川刑部大夫、[20]小山判官秀朝、武蔵国に出で合ひて支へんとしけるが、戦ひに利無くして、渋川と小山判官秀朝、ともに自害しければ、郎従三百余人、同所にして皆討たれにけり。また、[21]新田四郎が上野国[22]蕪川にて支へてこれを防きけるも、敵目に余る程の大勢なれば、一戦に勢力を摧かれて、二百余人討たれにけり。

その後、時行、いよいよ大勢になつて、三方より鎌倉へ押し寄する。直義朝臣は、事の急なる上、折節、用意の兵少なかり

9　北条時行。高時の次男。関東の大将。前出、本巻・3。
10　名は頼重。諏訪の豪族で、諏訪上社の社家。諏訪直性の弟。北条時行(幼名亀寿)は、直性の子盛高が護って信濃に下った。第十巻・8、参照。
11　相模の豪族。名は時継(法名道海)。第十二巻・3の三浦介の父。
12　名は持明。
13　名は盛員。三浦一族。
14　名は政家。上野国那波郡(群馬県伊勢崎市)の武士。
15　小山の一族。埼玉県久喜市に住んだ武士。
16　武蔵七党の児玉党の一族。
17　工藤は、北条得宗家の有力被官。藤原南家。
18　主要な。
19　名は義季(足利直義の

しかば、「なかなか[23]戦ひては、敵に利を付けつべし」とて、将[24]軍宮を具足し奉つて、建武二年七月二十六日の暁天に、鎌倉をぞ落ちられけり。

兵部卿親王を害し奉る事　5

左馬頭、すでに山内[1]を打ち過ぎ給ひける時、淵野辺甲斐守[2]を近づけて宣ひけるは、「御方無勢によつて、一旦鎌倉を引き退くと云へども、美濃、尾張、三河、遠江の勢を催[3]して、やがてまた鎌倉へ寄せんずれば、相模次郎時行を滅ぼさん事は、踵[4]を廻らすべからず。なほもただ、当家のために始終敵をなさるべきは、兵部卿親王[5]なり。死罪に行ひ奉つれと申す勅許[6]はなけれども、この次でに、失ひ奉らばやと思ふなり。御辺急ぎ薬師堂[7]谷へ馳せ帰り、宮を差し殺し奉れ」と、下知せられければ、淵

妻の弟)。群馬県渋川市に住んだ足利一族。
20　貞朝の子。下野の豪族。
21　岩松政経(新田一族)の子。
22　鏑川。群馬県富岡市辺を流れる利根川の支流。
23　なまじっか。
24　成良親王。

5
1　神奈川県鎌倉市山ノ内。円覚寺の付近。
2　相模原市淵野辺に住んだ武士。
3　招集して。
4　踵を返すほどの時間もかからないだろう。
5　護良(もりよし)親王。五月五日にとらえられ、鎌倉に護送され投獄された。第十二巻・9、参照。
6　帝の許し。
7　鎌倉市二階堂。現在の

野辺、畏まつて、「承り候ひぬ」とて、山内より主従七騎引つ返して、宮の御座ありける籠の御所へぞ参りける。

宮は、いつ[8]となく闇夜の如くなる土の籠の中にて、朝になりぬるをも知らせ給はず、なほ燈を挑げ、御経を遊ばして御座ありけるが、淵野辺が御迎ひに参つて候ふ由を申して、御輿を庭に舁き居ゑたりけるを御覧じて、「汝は、われを失ふべしとの使ひにてぞあるらん。その旨心得たり」と仰せられて、淵野辺が太刀を奪はんと、走り懸からせ給ひけるを、淵野辺、持つたる太刀を取り直して、御膝の辺りをしたたかに打ち奉る。半年[9]ばかり籠の内に居屈まらせ給ひたりければ、御足も快く立たざりけるにや、御心は弥猛[10]に思し召しけれども、うつ臥しに打ち倒されて、起き上がらんとし給ひける処を、淵野辺、御胸の上に乗りかかり、腰の刀[11]を抜き、御頸を掻かんとしければ、宮、御頸をば縮めて、刀の先をしかとくはへさせ給ふ。淵野辺も、

鎌倉宮から覚園寺のあたり。

8 つねに。

9 五月から七月まで二か月余り(史実では、前年建武元年十一月から翌年七月までの九か月)。

10 勇み立って。

11 腰に差すつばのない短刀。

したたかなる者なりければ、刀を奪はれまゐらせじと引き合ひける間、刀の先一寸余り折れて失せにけり。渕野辺、その刀を投げ捨て、[12]脇差の刀を抜いて、先づ御心本を二刀差す。宮、少し弱りて見え給ひける処を、[13]御髪を掴んで引き上げ、則ち御首を掻き落とす。

籠の前に走り出でて、明き所にて御頸を見ければ、食ひ切らせ給ひける刀の先、未だ御口の中に留まつて、御眼は生きたる人の如し。渕野辺、これを見て、「[14]さる事あり。かやうの首をば、敵に見せぬ事ぞ」とて、傍なる藪の中へ投げ捨ててぞ帰りける。

[15]御介錯のために、御前に候はれける[16]南の御方、この有様を見奉つて、余りの恐ろしさと悲しさとに、御身もすくみ、足手も立たでおはしけるが、暫く心を静めて、人心地付きければ、藪に捨てたる御首を取り上げたるに、なほ御膚も冷えず、御目も塞がせ給はず、ただ[17]本の御気色にて見えさせ給へば、「もし夢

12 腰に差す大小両刀のうちの小刀。
13 底本「御首」。御髪に同じ。
14 思い当たることがある。次の干将鏌鎁の故事をさす。
15 宮の世話役。
16 持明院保藤の娘。前出、第十二巻・9。
17 生前のままのご様子。

にてやあらん。夢ならば、覚むる現のあれかし」と、泣き悲しみ給ふも理りなり。遥かにあつて、[18]理致光院の長老、かかる御事と承りければ、葬礼の御事ども取り納め奉る。南の御方は、やがて御髪下ろされて、泣く泣く京へぞ上らせ給ひける。

干将鏌鎁の事 6

そもそも淵野辺が、宮の御首を左馬頭に見せ奉らで、藪に捨てける事、聊か思へる所あるべし。

昔、[1]周の代に、[2]楚王と云ひける王、武を以て天下を取らんために、戦ひを習はし、剣を好む事年久し。或る時、楚王の后、鉄の柱に寄り添ひて涼み給ひけるが、心地ただならず覚えて、忽ちに懐妊し給ひけるが、十月過ぎて後、産屋の莚に、はたして一つの鉄の丸を生み給ふ。楚王、これを怪しとし給はず、

18 鎌倉市二階堂にあった律宗寺院。

6

1 以下の干将莫耶(眉間尺)の話は、「法苑珠林」巻二十七、「呉越春秋」、「捜神記」、「祖庭事苑」、「孝子伝」等にみえる中国の民間説話。「今昔物語集」巻九、「宝物集」「曾我物語」等の諸書に引かれる。

2 楚(長江の中流域地方)の王。「法苑珠林」「捜神記」も楚王とする。

「これ、いかさま金鉄の精霊なるべし」とて、干将[3]と云ひける鍛冶を召されて、この鉄にて宝剣を作つて進すべき由を、仰せ下さる。

干将、この鉄を給はつて、その妻鏌鎁とともに、呉山[4]の中に行き、龍泉[5]の水を汲み、毎日に身を清浄にして、至心[6]を致し、三年淬うて、雌雄の剣二つを打ち出だせり。剣となつて未だ奏[7]せざる前に、鏌鎁、夫の干将に向かつて申しけるは、「この二つの剣、精霊空[8]に通じて、座ながら怨敵を滅ぼすべき剣なり。今、われ懐妊せる所の生まれん子は、必ず猛く勇める男子なるべし。しかれば、一つの剣をば楚王に奉るとも、今一つの剣をば隠して、われ今生まん子に与へ給ふべし」と申しければ、干将、鏌鎁が申すに付いて[9]、その雄剣一つを楚王に献じて、一つの雌剣をば、未だ胎内にあるわが子のために、深く隠してぞ置いたりける。

3　干将を刀工、莫耶をその妻とするのは「呉越春秋」「祖庭事苑」。「法苑珠林」等は、刀工の名を干将莫耶(たんに莫耶とも)とする。
4　春秋時代の呉の南境の山(浙江省杭州市)。
5　神聖な泉。
6　精魂込めて、三年焼きを入れてその鉄を鍛え。
7　まだ王に奏上する前に。
8　精霊がひとりでに宿って。
9　従って。

楚王、一つの雄剣を開いて見給ふに、なべての剣にあらず、誠に精霊顕れて、[10]猝の足、百足の足のはたらくが如くなれば、楚王[11]斜めならず悦びて、匣の中に収めて置かれたる。この剣、匣の中にして常に悲歎の声あり。楚王怪しんで、群臣にその泣く故を問ひ給ふに、臣(皆)申しけるは、「この剣、必ず雌と雄と二つあるべし。その雌雄一所にあらざる間、これを泣くものなり」とぞ奏しける。楚王、大きに怒つて、[12]則ち干将を召し出だされ、[13]典獄の官に仰せて首を刎ねられてけり。

その後に、鏌鎁、子を生めり。面貌尋常の人に替はつて、長の高き事一[14]丈五尺、五百人が力を合はせたり。[15]面三尺あつて、眉の間一尺ありければ、世の人、その名を眉間尺とぞ名づけける。年十五になりける時、父が書き置きける言を見るに、

[16]日北戸に出づ　南山それ松あり
松石に生へり　剣その中に在り

10　刀身の焼き入れで生じた刃文が、ムカデの足が動くように見えたので。
11　ひととおりではなく。
12　ただちに。
13　獄舎の役人。
14　約四・五メートル。
15　一尺は、約三〇センチ。底本「頭」を改める。
16　以下は、なぞかけの文で、意味不明。日が北の戸に出る。南の山に松がある。松は石に生えている。剣はその中にある。

と書きけり。さては、この剣、北の戸の柱の中にありと心得て、柱を破つて見るに、はたして一つの雌剣あり。眉間尺、これを得て、あはれ、楚王を討ち奉つて、父の怨を報ぜばやと思ふ事、[17]骨髄に徹りければ、楚王、また眉間尺が憤りを聞き給ひて、かれ世にあらん程は、安き心あらじと思はれければ、数万の軍兵を差し遣はして、これを攻められけるに、眉間尺一人が勇力に摧かれ、この雌剣の淬に伏して、死傷する者幾千万と云ふ数を知らず。

かかる処に、父干将が古へ[18]知音なりける客一人来たつて、眉間尺に向かつて申しけるは、「われ、汝が父干将と交はりを結ぶ事年久し。しかれば、その朋友の恩を謝せんために、汝とともに、楚王を討ち奉るべき事を謀るべし。汝、もし父の恩を報ぜんとならば、持つ所の剣の先を三寸食ひ切つて、口中に含んで死すべし。われ、汝が首を取つて楚王に献ぜば、楚王悦びて、

17 骨身にしみて思ったので。

18 心を知り合った友人(列子・湯問)。

必ず汝が首を見給はん時、口に含める剣の先を楚王に吹き懸けて、死を共にすべし」と申しければ、眉間尺、大きに悦びて、則ち雌剣の先を三寸食ひ切つて口の中に含み、自ら己れが首を搔き切つて、客の前にぞさし置きける。

客、眉間尺が頸を取つて、則ち楚王に献る。楚王、大きにこれを悦びて、獄門に懸けられたるに、三月までその頸更に爛れず。目を見張り、歯を食ひしばりて、常に歯がみをしける間、楚王、これを恐れて、更に近づき給はず。これを鼎[19]の中に入れて、七日七夜までぞ煮られける。余りに強く煮られて、この首少し爛れて、目を塞ぎたりけるを、「今は子細あらじ」とて、楚王、自ら鼎の蓋を開けさせて、これを見給ひける時、この頸、口に含みたる剣の先を、楚王にばつと吹き懸け奉る。剣の先あやまたず楚王の頸の骨を通りければ、楚王の頸、忽ちに落ちて、鼎の中へ入りにけり。楚王の頸と眉間尺が頸と、煮え返る湯の

19 金属製の器。三本足で両耳があることが多い。

中にして、上になり下になり、食ひ合ひけるが、ややもすれば、眉間尺が頸下になつて、食ひ負けぬべく見えける間、客、自ら己れが頸を掻き落として、鼎の中に投げ入る。眉間尺が頸と相共に、楚王の頸を食ひ破つて、眉間尺が頸は、「死して後、父の怨を報じぬ」と呼ばはり、客の頸は、「[20]泉下に朋友の恩を謝しぬ」と悦ぶ声して、ともに皆煮え爛れて失せにけり。

　この口の中に含みたりし三寸の剣の先、燕の国に留まつて、[21]太子丹が剣となる。太子丹、[22]荊軻、[23]秦舞陽をして、秦始皇を討たんとせし時、自づから[24]指図の匣の中より飛び出でて、始皇を追ひ奉りしが、薬の袋を抛げ懸けられながら、[25]口六尺の銅の柱を半ば切つて、つひに三つに折れて失せたりし[26]秘首の剣これなり。

　その雌雄の二剣は、干将鏌鋣が剣と云はれて、代々天子の宝たりしが、陳の代に至つて、俄かに失せにけり。[27]或る時、天

20　冥土。
21　中国、戦国時代の燕の太子丹(燕丹とも)。父は燕の最後の王。丹が荊軻をかたらって秦王(のちの始皇帝)の暗殺を企てた話は、「史記」刺客列伝、「平家物語」巻五「咸陽宮」など。
22　太子丹に頼まれ秦王の暗殺に向かうが、果たせずに殺された人物。
23　燕の勇士で、荊軻とともに秦王の暗殺に向かった。底本「臣父養」。
24　地図。秦王への献上品とした燕の地図。
25　直径六尺。
26　匕首(ひしゅ)。あいくち。
27　以下は、「蒙求」雷煥送剣の故事をもとにした話。原話とはかなり異なる。

に一つの悪星出でて、天下の妖[28]を示す事あり。[29]張華、雷煥と云ひける二人の臣下、楼台に上つて、この星を見る。旧き獄門の辺より、剣光天に登つて、悪星と戦ふ気あり。張華、怪しんで、光のある所を掘らせて見るに、件の干将鏌鎁が剣、土五尺が下に埋もれてこそ残りけれ。張華、雷煥、これを取つて、天子に奉らんために、自らこれを帯して、[30]延平津と云ふ沢の辺を通りける時、二つの剣、自づから抜けて水中に入り、雌雄二つの龍となつて、遥かの浪にぞ沈みける。

淵野辺、かやうの先蹤[31]を思ひければ、兵部卿親王の刀の先を食ひ切らせ給ひて、御口の中に含まれたりけるを見て、左馬頭に近づけ奉らじと、御首をば藪に捨てけるなり。

足利殿東国下向の事 7

28 災い。
29 張華は、西晋の政治家・文人。雷煥も、西晋の臣で天文に詳しい人。張華・雷煥が干将・莫耶の剣を見つけるこの話は、「蒙求」雷煥送剣。
30 福建省南平県の東にあった渡し場。
31 先例。

7
1 静岡市清水区入江にあ

直義朝臣、鎌倉を落ちて上洛せられけるが、駿河国入江庄[1]は、海道第一の難所なり、相模次郎[2]が与党[3]の者ども、もし道を塞がんずらんと、士卒皆これを危ぶめり。これによつて、その所の地頭入江左衛門春倫[4]がもとへ、使者を遣はされて、憑むべき由を宣ひたりければ、春倫が一族どもに、関東再興の時刻至りぬと料簡[5]しける者どもは、「ただ左馬頭[6]を討ち奉つて、相模次郎殿に馳せ参らん」と申しけるを、春倫、つくづくと思案して、「天下の落居[7]は、愚蒙のわれらが知るべき処にあらず。ただ義の向かふ処を思ふに、入江庄は、もと得宗領[8]にてありしを、朝恩[9]に下し給はつて、この二、三年が間、一家[10]を顧みること皆日来に勝れたり。これ天恩[11]の上になほ重きを重ねたり。この時、いかが傾敗[12]の弊えに乗じて、不義の振る舞ひを致しなん」とて、春倫、御迎ひに参じければ、直義朝臣、斜めならず悦びて、やがてかれらを召し具し、矢矧[13]の宿に陣を取つて、こ

1　った荘園。
2　北条高時の次男、時行。
3　味方する者たち。
4　北条得宗家の有力被官、工藤の一族。
5　計り考える。
6　足利直義。
7　落ち着く先。
8　北条嫡流家の所領。
9　朝廷の恩顧により。
10　一族の面倒をいつも以上にみることができた。
11　もともとの天子の恩に加えてさらに恩を受けている。
12　運が傾いた弱みに乗じて。
13　愛知県岡崎市矢作町、矢作川沿いにあった宿場。鎌倉時代に守護所が置かれ、足利氏が三河守護だった関係で、一帯には多くの一族が住んだ。
14　汗をかいた馬。

こに暫く[14]汗馬を休め、京都へ早馬をぞ立てられける。

　これによつて、諸卿[15]議奏ありて、急ぎ[16]足利宰相尊氏を、討手に下さるべきに定まりにけり。則ち勅使を以て、この由を仰せ下されければ、[17]相公、勅使に対して申されけるは、「去んぬる元弘の乱の始め、高氏、御方に参ぜしによつて、天下の士卒皆官軍に属して、勝つ事を一時に決し候ひき。しかれば、今[18]一統の御代、ひとへに尊氏が武功とも云ひつべし。そもそも[19]征夷将軍の任は、代々源平の輩、功によつてその位に居する例、[20]勝計すべからず。この一事、殊に朝のため、家のため、望み深き所なり。次には、乱を鎮めて治を致す謀り事、士卒功ある時、即時に賞を行ふに如く事なし。もし[21]注進を経て、軍勢の忠否を奏聞せば、[22]挙達道遠くして、忠戦の輩勇みをなすべからず。しかれば、暫く[23]東八ヶ国の管領を許されて、[24]直に軍勢の恩賞を取り行ふやうに、勅裁を成し下されば、[25]夜を日に継いで

15　合議で決定したことを帝に奏上する。
16　足利高氏が、後醍醐帝の名尊治の一字をもらって改名したことは、本章後述。宰相は、参議の唐名。
17　宰相の敬称。高氏のこと。
18　公家一統。建武政権。
19　元来は蝦夷征伐のための臨時の職。源頼朝以降、幕府の首長として兵権と政権を掌握する者の職名。本巻・4で成良(なりよし)親王が征夷将軍となった。
20　数え切れないほどだ。
21　上へ報告し、軍功の有無を帝にお知らせするなら。
22　軍功の推挙に手間がかかって。
23　関東八か国(相模・武蔵・安房・上総・下総・常陸・上野・下野)を管轄する職。

罷(まか)り下(くだ)つて、朝敵を退治仕(つかまつ)るべきにて候ふ。もしこの両条勅(ちょっ)許(きょ)を蒙(こうぶ)らずは、関東征罰(せいばつ)の事、他人に仰せ付けらるべし」とぞ申されたる。

この両条は[26]天下治乱(ちらん)の端(はし)なれば、君もよくよく御思案あるべかりけるを、[27]申(もう)し請(う)くる旨(むね)に任(まか)せて、左右(そう)なく勅許あつて、「征夷将軍の事は、[28]関東静謐(せいひつ)の忠に依(よ)るべし。東八ヶ国管領の事は、先(ま)づ[29]子細(しさい)あるべからず」とて、則ち[30]綸旨(りんし)をぞなされける。これのみならず、忝(かたじけ)なくも天子の[31]御諱(おんいみな)の字を下(くだ)されて、高氏と名乗られける高の字を改めて、尊の字にぞなされける。

相模次郎時行滅亡(さがみのじろうときゆきめつぼう)の事、付(つけたり) 道誉抜懸(どうよぬけが)け敵陣(てきじん)を破(やぶ)る 并(ならびに) 相模川(さがみがわ)を渡(わた)る事 8

尊氏卿の東八ヶ国の管領の所望(しょもう)、たやすく[1]道行(ゆ)きて、「将軍の事は、今度の功に依るべし」と、勅約ありてければ、(時[2]日(じじつ)

24 直接。
25 昼夜兼行で。
26 天下が治まり乱れる発端ともなる重大事。
27 高氏が申請したとおりに、簡単に帝は承諾して。史実では、高氏はこの時、どちらも勅許を得られずに京都を出発した。
28 関東平定の成否によることにしよう。
29 問題ない。
30 天皇の意を受けて蔵人が発給する文書。
31 諱は、ここでは、呼ぶのがはばかられる貴人の実名。後醍醐帝の名、尊治をさす。高氏から尊氏に改めたのは、史実では元弘三年(一三三三)八月のこと。

8
1 はかどって。
2 神田本により補う。

を廻らさず、関東へ下向せられける。先づ吉良[3]兵衛佐を先立てて、）わが身は（五日）引き[4]さがりて下り給ふ、都を立たれける日は、その勢わづかに五百騎なりしかども、近江、美濃、尾張、三河、遠江の勢馳せ付いて、駿河国に着き給ひける時は、三万余騎になりにけり。左馬頭直義と尊氏卿の勢并せられて五万余騎、矢矧の宿より取つて帰して、また鎌倉へ発向す。

相模次郎時行、これを聞いて、「源氏は若干[5]の大勢なりと聞こゆれば、待ち軍して、敵に気[6]を呑まれなば叶ふまじ。先んず[7]る時は、人を制するに利あり」とて、わが身は鎌倉にありながら、名越[8]式部大夫を大将として、東海、東山両道を押して攻め上らる。その勢三万余騎、八月三日、すでに鎌倉を立たんとしける夜、俄かに大風吹いて、家々を吹き破りける間、天災を遁れんと、その辺近く宿りける軍勢ども五百余人、大仏殿[9]の中へ逃げ入つて、身を縮めて居たりけるに、大仏殿の棟木[10]、梁、微

3　名は満義。吉良は、三河の吉良庄（愛知県幡豆郡吉良町）に住んだ足利一族の名門。
4　遅れて。
5　非常に大勢であるという報せなので。
6　気勢で圧倒されては、かなわないだろう。
7　「先んずれば、即ち人を制し、後（おく）るれば即ち人に制せらる」（史記・項羽本紀）。
8　名は不詳。
9　神奈川県鎌倉市長谷の大仏は、当時大仏殿の中にあった。
10　棟木は、屋根の頂上の横木。梁は、屋根を支える柱と柱の上に横たえる木。
11　押しつぶされて。打て（下二段活用）は、打たれ。

塵に折れて倒れける間、内に詰まり居たる兵ども五百余人、一人も残らず、[11]圧に打てて死にけり。

「戦場に趣く門出に、かかる天災あり。[12]この事はかばかしからじ」と、ささやきけれども、[13]さてあるべきにあらざれば、重ねて日を取つて、名越式部大夫、鎌倉を立ち、夜を日に継いで路を急ぎける間、八月七日、前陣すでに[14]佐夜の中山をぞ打ち越えける。

足利相公、この由を聞き給ひて、[15]「六韜の十四変に、「敵長途を経て来たらば討て」と云へり。これ[16]武宣王の教ふる処の兵法なり」とて、同じき八日の[17]卯刻に、平家の陣へ押し寄せて、終日に闘ひ暮らさる。平家も、ここを[18]前途と心を一つにし、相当たる事三十余ヶ度、入れ替へ入れ替へ戦ひけるが、[19]野心の兵後ろにあつて、引きけるに力を失つて、[20]橋本の陣を引き退いて、佐夜の中山にて支へたり。

12　このいくさはうまくいくまい。

13　そのままでいるわけにもいかず、改めて日を決めて。

14　静岡県掛川市と島田市の間にある峠。

15　太公望呂尚の撰とされる兵法書。その巻六「犬韜(けんとう)」に、敵の「十四変」(十四のやり方)を観察して、変があれば撃てとあり、「十四変」の一つに、「長路に渉れば撃つべし」とある。

16　神田本同じ。玄玖本「武成王」が正しい。周の武王を助け殷を滅ぼした太公望のこと。唐代に武成王と追号された。

17　午前六時頃。

18　勝負の分け目。

19　裏切る兵。

20　湖西市新居町にあった宿場。

源氏の真前には、[21]仁木、細川の人々、命を義に軽くして進んだり。平家の後陣には、[22]諏訪の祝部、身を恩に報じて防き戦ふ。互ひに勇気を励まして一日相闘ひけるが、時の運にや引かれけん、平家、またここをも破られて、箱根の[23]水飲の手下へ引き退く。

この山は、海道第一の難所なれば、源氏[24]左右なく懸け得じと思ひけるに、[25]佐々木佐渡判官入道道誉、さしも嶮しき山路を、[26]短兵直ちに進んで、大敵の中へ懸け入り、前後に当たり、左右に[27]激しける勇力に払はれて、平家、またこの山をも支へ得ず、[28]大崩まで引き退く。[29]清久山城守、返し合はせて、引きもせず闘ひけるが、源氏の兵に組まれて、腹切る[30]逗留もなかりけるにや、その身は忽ちに虜られて、郎従は皆討たれにけり。

[31]路次に数ヶ度の合戦に打ち負けて、平家、[32]弥猛に思へども、[33]相模川を引つ越して、水を隔てて支へたり。折節、秋の急雨

21 仁木は、愛知県岡崎市仁木町、細川は、岡崎市細川町に住んだ足利一族。
22 諏訪頼重。前出、本巻・4。
23 箱根峠の西の入り口。静岡県三島市山中新田のあたり。
24 たやすくは進撃できまい。
25 諸本は「赤松筑前守貞範」とする。
26 息もつがせず攻め立てて。短兵は、短い武器(刀や剣)。
27 はげしくぶつかる。
28 神奈川県足柄下郡箱根町元箱根。
29 小山一族。前出、本巻・4。
30 留まるいとま。
31 道の途中での。
32 勇み立って。
33 神奈川県平塚市と茅ヶ

一通りして、川水岸を浸しければ、源氏よも渡しては懸からじ[34]と、平家、少し油断して、手負[35]を助け馬を休めて、敗軍の士を集めんとしける処に、夜に入つて、高越後守師泰[36]は、上の瀬を打ち渡り、佐々木佐渡判官入道道誉、長井治部少輔[37]とは、下の瀬を渡す。平家の陣の後ろへ廻り、東西に分かれて、同時に時[38]をどつと作る。平家の兵、前後の敵に囲まれて、叶はじとや思ひけん、一戦にも及ばず、皆鎌倉を差して引きけるが、また腰越[39]にて返し合はせて[40]、葦名判官[41]も討たれにけり。

始め遠江の橋下より、佐夜の中山、江尻[42]、高橋、箱根、相模川、片瀬[43]、腰越、十間坂[44]、酒屋[45]、十七ヶ度の闘ひに、平家二万余騎の兵ども、或いは討たれ、或いは疵を蒙つて、三百余騎になりければ、諏訪三河守[46]を始めとして、宗徒の大名四十三人、大御堂[47]の内に走り入り、同じく皆自害して、名を前亡[48]の跡にぞ留めける。その死骸を見るに、皆面の皮を剥いで、いづれを

崎市の間を流れる川。

34　河を渡って攻めかかっては来るまい。

35　負傷者。

36　高師重の子。兄師直とともに、初期足利政権で権勢を振るう。

37　名は時春。

38　関(とき)の声。

39　鎌倉市腰越。

40　軍勢を引き返して応戦して。

41　盛員。本巻・4「葦名入道」。

42　静岡市清水区江尻。

43　神奈川県藤沢市片瀬。

44　茅ヶ崎市十間坂。

45　小田原市酒匂。

46　頼重。前出、本巻・4。

47　鎌倉市雪ノ下にあった勝長寿院。源頼朝が父義朝の供養のために建立した寺。

48　先代北条氏の滅亡の跡地。

それとも見分かねば、「相模次郎時行も、定めてこの内にぞあるらん」と、聞く人悲しまずと云ふ事なし。

[49]三浦介入道一人は、いかがして遁れたりけん、尾張国へ落ちて、舟より上がりける処を、[50]熱田大宮司、これを生け取つて、京都へ上せければ、則ち六条河原にて首を刎ねられけり。

これのみならず、平家再興の計略、時や未だ致らざりけん、また天命にや違ひけん、[51]名越太郎時兼が、北陸道を打ち随へて、三万余騎にて京都へ攻め上りけるに、越前と加賀との堺、[52]大聖寺と云ふ処にて、[53]敷地、上木、山岸、瓜生、深町の者どもがわづかの勢に打ち負けて、骨を白刃の下に砕き、恩を[54]黄泉の底に報ぜり。

時行関東にて滅び、時兼北国にて討たれし後は、末々の平氏ども、少々身を隠し、貌を替へて、ここかしこにありと云へども、今は平家の立ち直る事、あり難しとや思ひけん、その昔を

49　前出、本巻・4。

50　熱田神宮の神主。名は昌能。

51　前出、本巻・3。

52　石川県加賀市大聖寺。

53　敷地、上木は、加賀市大聖寺、山岸は、福井県坂井市三国町山岸、瓜生は、南条郡南越前町、深町は、坂井市丸岡町に住んだ武士。

54　冥土。

忍びし人も、皆怨敵(おんてき)の心を替へて、足利相公(あしかがのしょうこう)に付き随はずと云ふ者なかりけり。さてこそ、尊氏卿(たかうじきょう)の勢威、自然(じねん)に重くなつて、[55]また武家と云ふ名は出(い)で来(き)にけれ。

55 （公家一統の世から）また武家の名分が重んじられる世になった。

太平記　第十四巻

第十四巻　梗概

中先代の乱を平定して鎌倉に入った足利尊氏は、配下の武士たちから将軍と呼ばれた。また関東管領として新田一族の所領を彼らに分け与えたことで、尊氏と義貞の仲は険悪になった。建武二年(一三三五)十月、鎌倉の尊氏のもとから、義貞を誅罰すべしとの奏状が朝廷に届けられた。それを知った義貞も、尊氏追討の奏状を上奏した。公卿僉議が行われたが、護良親王殺害の一件が朝廷の知るところとなり、また尊氏が諸国に発した将軍御教書が進覧されたことで、後醍醐帝は尊氏討伐を決意した。十一月十九日、新田義貞は朝敵追討の宣旨を賜り、同日、官軍の大手・搦め手の軍勢は東海道と東山道を下った。鎌倉では、直義が兄尊氏に出陣を促したが、尊氏は天皇に恭順の意を示すべきだとしてとりあわなかった。二十三日、直義は上杉らの勧めで出陣したが、二十七日、三河国矢矧の合戦に敗れ、鷺坂、手越でも敗退した。鎌倉に帰った直義は、尊氏に偽の綸旨を見せて出家をおもいとどまらせた。十二月十一日、尊氏と直義は出陣し、翌日、箱根、竹ノ下一帯で官軍とはげしい戦闘となった。箱根では義貞軍が優勢だったが、竹ノ下の戦闘で大友、塩冶が尊氏方に寝返り、総崩れとなった官軍は、尾張国まで退却した。折しも、諸国の朝敵蜂起の報せが朝廷にもたらされ、帝は義貞を京へ呼びもどした。建武三年(一三三六)正月九日、義貞は、京へ迫る足利軍と大渡・山崎で戦って敗退した。帝が比叡山に臨幸すると、名和長年は内裏に火をかけた。十一日、尊氏は入京した。

足利殿と新田殿と確執の事 1

足利宰相尊氏、討手の大将を承つて関東に下りし後、[1]相模次郎時行度々の合戦に打ち負けて、関東程なく静謐しければ、[2]御勅約の上は何の相違かあるべきとて、未だ宣旨も成し下されざるに、その門下の人は、足利征夷将軍とぞ申しける。就中、東八ヶ国の管領は勅許ありし事なればとて、今度箱根、相模川にて合戦に忠ありつる輩に、恩賞を行はれけるに、武蔵、相模、上総、下野に新田の一族どもが先立つて拝領したりける所々を、皆[3]闕所になして、悉く[4]給人を付けらる。

義貞朝臣、これを聞いて、安からぬ事に思はれければ、その替はりに、越後、上野、駿河、播磨国に足利の一族の知行せらるる庄園を押さへて、家人どもに預けられける。これによつて、

1

1　北条高時の次男。

2　帝のお約束。関東を平定すれば、尊氏を征夷将軍に任じる件は、第十三巻・7、参照。

3　領主のいない所領とみなして。

4　主家の命を受けて領地を支配する者。ここは尊氏の家臣。

新田、足利の中悪しくなつて、国々の確執休む時なし。

その根元何事ぞと聞くに、去んぬる元弘の初め、義貞[5]、鎌倉を攻め平らげて、その功諸人に勝れたりしかば、東国の武士は、悉くわが吹挙[6]の下より立つべしと思はれける処に、足利宰相中将義詮[7]、(その比)千寿丸とて三歳になり給ひしが、軍散じて後、六月、下野国より立ち帰つて鎌倉にぞおはしける。父尊氏卿、京都にして忠賞[8]他に異なりと聞こえければ、その方ざまの大将に属したらんずる者の[9]、たやすく上聞に達して、恩賞をも給はらんずると思ひけるにや、ただ今まで義貞に付きたりける東八ヶ国の兵ども、次第に心替はりして、大半は義詮の手にぞ属しける。

義貞、これを憤つて、すでに鎌倉にて合戦を致さんとせられけるが、上聞を憚つて黙せらる。これより、新田、足利、一家[10]の好みを忘れ、怨敵の思ひをなして、次であらば互ひに亡ぼさ

5 義貞が鎌倉を滅ぼしたことは、第十巻・9。
6 推挙。
7 のちに室町幕府の二代将軍。父尊氏が後醍醐方に付いた元弘三年(一三三三)五月に鎌倉を脱出し、義貞軍に合流した。第十巻・1、3。第十巻では「千寿王」。神田本「千寿王丸」。
8 人並みはずれている。
9 足利方の大将(義詮)に付いた者は、戦功が容易に帝のお耳に入って恩賞をもらえると思ったのだろうか。
10 新田・足利は、ともに義国流の清和源氏。

んずる企てを心中に挿みけるが、事すでにはたして、早や天下の乱となりにけり。

両家奏状の事　2

さる程に、讒口[1]傍らにあつて、尊氏卿叛逆の企てある由、叡聞に達しければ、主上、頻り[2]に逆鱗あつて、則ち「尊氏追罰の宣旨を下さるべし」と仰せられけるを、諸卿僉議あつて、「罪の疑はしきを以て、功の誠あるを棄てられん事は、仁政にあらず」と奏し申されければ、さらば、先づ[3]法勝寺の[4]恵鎮上人を鎌倉へ下し奉り、尊氏卿の隠謀の実否を見定められて後、追罰の宣旨をなさるべきに定まりにけり。

恵鎮上人、勅を承つて、すでに関東へ立たんとし給ひけるその日、尊氏卿、[5]細川阿波守和氏を使ひにて、一紙の奏状を捧

2

1　讒言する者が側にいて。
2　ひどくお怒りになって、すぐさま。
3　京都市左京区岡崎法勝寺町にあった天台宗寺院。
4　円観とも。後醍醐帝の信任が篤く、元弘の変で奥州に流されたが、建武の新政で京に戻った(第二巻・3、第十二巻・1)。「難太平記」で、「太平記」の成立に関与した人物とされる。
5　公頼の子。尊氏の側近。細川は足利一族。
6　歴代の帝が徳をもって天下を治めたこと。
7　賞は功績あるものを明らかにし、罰は罪あるものに下されぬことはない。
8　天下統一の事業を創始すること。草創・守文は、

げられたり。その状に云はく、

早く義貞朝臣が一類を誅罰して、天下の泰平を致さんと

請ふ状

右、謹んで往代列聖[6]四海に徳たることを考ふるに、賞[7]その忠を顕し、罰その罪に当たらずと云ふこと無し。若しその道違ふ則んば、纔かに草創[8]を建つと雖も、遂に守文[9]を得ず。肆に、君子の慎む所、庸愚[10]の軽んずる所なり。

去んぬる元弘の初め、東藩[11]の武臣、恣に逆威を振るつて、頻りに朝憲[12]を無みし奉る。禍乱茲に起こつて、国家安きことを獲ず。爰に、尊氏不肖[13]の身を以て、同志の師[14]を麾く。是より、死を一途に定むる士、戈[15]を倒にする志を運らし、勝[16]を両端にトするの輩、義に与する誠有り。聿に臂[17]を振るつて一戦を致すの日、勝を瞬目[18]の中に得て、敵を京畿の外に攘ふ。

第一巻・1からみえる「太平記」のキーワード。

9 先君の遺業を継承して、文で国を治めること。

10 凡庸で愚かな人。

11 東国の武臣。北条高時。

12 朝廷の法をないがしろにする。

13 とるに足らない身。

14 同じ志の武将を集めた。

15 味方に戈を向ける。裏切ること。「倒戈」(書経・武成)。

16 どちらに味方するかを計る者たちは、正義に味方する誠意を示した。

17 腕。 18 一瞬。

19 些細な欲心から怒りを発し。鶏肋は、鶏のあばら骨。棄てるに惜しいが、取るに足らぬもの(後漢書・楊修伝)。

20 課税の急使を義貞が殺したこと。第十巻・2。

この時、義貞朝臣、鶏肋[19]の貪心を怒り、鳥使[20]の急課を戮することを有り。その罪大にして、身を逋るるの処無し。止むことを獲ずして、軍不慮に起こる。尊氏已に洛陽[21]に於て逆徒を退けぬと聞く者の、虎尾[22]を履んで魚麗に就く。義貞、始め朝敵を誅するを以て名と為して、その実は窮鼠却つて[23]猫を噛み、闘雀人を辞せざるに在り。

この日、義貞、三たび戦ひて勝つことを得ず。屈して城を守り、壁[24]を深くせんと欲するの処、尊氏が長男[25]義詮、三歳幼稚の大将として、下野国より起こる。その威遠きに動いて、義卒[26]招かざるに義詮に馳せ加はる。嚢沙背水の謀[27]、一たび成つて、大いに敵を破ることを得たり。是則ち戦ひ他に在りと雖も、功は隠れて我に在り。而るに、義貞、上聞[28]を掠めて抽賞を貪り、下愚[29]を忘れて大官を望む。世の残賊[30]、国の蠹害[31]なり。これを誡めずんば有るべからず。

21　後漢の都。ここでは京都。
22　危険を冒して戦闘につく。「虎尾を履む」(書経・君牙)。魚麗は、魚群が進むのに似た楕円形の陣形。
23　弱い者でも追い詰められると、強い者を恐れない。「塩鉄論」などを典拠とする句。「窮鼠猫を噛み、闘雀人を畏れず」(玉函秘抄)。
24　要塞。
25　正しくは三男。
26　正義の兵。
27　嚢沙は、漢の高祖の臣韓信が、土嚢でせきとめた川の水で、おびきよせた敵を押し流した計略。背水は、韓信が川を背にして決死の戦いをした計略(史記・淮陰侯列伝、第十九巻・10)。
28　帝のお耳を偽りで汚し。
29　愚かな身の程。
30　仁義を損ない破る者

今、尊氏、再び[32]先亡の余殃を鎮めんが為に、久しく東征の頃に苦しむ。[33]佞臣朝に在つて、[34]讒口真を乱る。是偏へに義貞が[35]阿党の裏より生れり。豈に、[36]趙高内に謀りしかば、章邯楚に降つしの謂ひに非ずや。大逆の基、爰より甚だしきは莫かるべし。[37]兆前に乱を撥むるは、武将の備へを全うする所なり。[38]乾臨早く勅許を下されば、彼の逆類を誅罰して、将に海内の安静を致さんとす。懇歎の至りに堪へず。尊氏誠惶誠恐謹言。

[39]建武元年十月日

とぞ書かれたりける。この奏状、未だ[40]内覧にも下されざりければ、普く知る人もなかりける所に、義貞朝臣、伝へ聞いて、同じく奏状を奉りける。その詞に云はく、

早く逆臣尊氏直義等を誅して、天下を徇めんと請ふ状

右、謹んで当今聖主の[41]経緯たるを案ずるに、天地の徳古今

(孟子・梁恵王下)。
31 キクイムシなどの害虫。
32 北条氏の残党の災い。
33 邪(よこしま)な臣。
34 人をおとし入れるため、事実をまげて悪く言うこと。
35 へつらい同調する者。
36 秦の宦官趙高が、始皇帝の没後専横を極めたため、将軍章邯が楚の項羽に降った故事(史記・秦始皇本紀)。
37 きざしが現れる前。
38 帝の裁定。乾は天。天子が政(まつりごと)に臨むこと。
39 正しくは建武二年(一三三五)。
40 帝への上奏を、摂政・関白が下見すること。
41 天下を治めととのえること。
42 帝の徳化は、古代中国の三皇五帝をもしのぐ。
43 神のごとき武徳が軍勢を動かし、聖なる文徳が天

に光けり。[42]化三五を蓋はしむ。[43]神武鋒端を揺かし、聖文宇宙を定むる所以なり。

爰に、源家末流の[44]昆弟、尊氏、直義と云ふ者有つて、[45]散木の陋質を恥ぢず、並びに青雲の高官を踏む。その功とする所を聴くに、[46]掌を拊ち一笑するに堪へたり。太平の初め、山川震動して、地を略し[47]敵を拉ぐは、南には正成有り、西には円心有り。加之、四夷蜂起して、[48]六軍虎の如くに窺ふ。この時、尊氏、[49]東夷の命に随ひ、族を尽くして上洛す。潜かに官軍の勝に乗るを看て、死を免れん意有り。然れども、猶心を一偏に決めず、運を両端に相窺ふの処、[50]名越尾張守高家、戦場に於て命を墜としし後、始めて[51]義卒に与して、丹州に軍す。[52]天誅命を革むるの日、[53]兀ち鷸蚌の弊えに乗じて、[54]快く狼狽が行を為す。若し夫れ[55]義旗京を約め、高家死を致すに非ずんば、尊氏、独り[56]鈇鉞を把つて

下を平定する理由である。神武・聖文の対は、白居易「七徳の舞」。

44 兄と弟。昆は兄。

45 役に立たぬ木のような卑しい身(荘子・人間世)。

46 手をたたいて笑う程度のものである。

47 攻略する。

48 天子の軍隊。

49 鎌倉幕府。

50 幕府軍の大将。久我縄手の合戦で戦死した。第九巻・3、参照。

51 正義の兵(官軍)に味方して丹波で挙兵した。第九巻・5。

52 天罰がくだって天命が北条氏から移った日に。

53 鷸(しぎ)と蚌(はまぐり)が争い、ともに漁夫に捕らえられた故事(戦国策・燕策)。漁夫の利。

54 ためらわず敵軍(官軍)

強敵に当たらんや。退いて之を憶ふに、渠儂が忠は彼に非ず。須らく[57]亡卒の遺骸に羞ぢ愧づべし。今、功の微にして[58]爵の多なるを以て、頻りに義貞が忠義を猜み、剰へ讒口の舌を暢ぶ。巧みに[59]浸潤の譖を吐いて、その愬へ一つとして邪路に入らずと云ふこと無し。

義貞、朝敵追罰の[60]綸旨を賜り、初めて上野より赴きしことは、[61]五月八日なり。尊氏、官軍の臀に付いて六波羅を攻めしことは、[62]同じき月七日なり。都鄙相去ること八百余里、[63]豈に一日の中に言を伝ふることを得んや。而るに、義貞京洛の敵軍破れぬと聞いて旗を挙ぐる由、上奏に載す。[64]謀言真を乱る。その罪一つ。

尊氏が長男義詮、才かに百余騎の勢を率して、鎌倉に還り入りしことは、六月三日なり。義貞、数百万騎の士を随へて、立ち所に凶党を亡ぼすことは、[65]五月二十二日なり。而

と結託した。
55 正義の旗が京を包囲し。
56 天子が逆賊誅罰の将軍に賜う斧とまさかり(礼記・王制)。
57 戦死した兵の亡骸(なきがら)。
58 過分の官位を得ながら。
59 水がしみ込むように信じ込まれる讒言(論語・顔淵)。
60 帝の下す文書。
61 第十巻・2、参照。
62 第九巻・5、参照。
63 尊氏は、義貞が京都の敵が敗れたと聞いて挙兵したと言うが、どうして一日の間に京都のうわさが関東に伝わることがあろうか。
64 謀略の言。
65 東勝寺で北条氏一族が自害した日。第十巻・9。
66 事実と雲泥の差があり、話にならない。
67 六波羅北探題の北条仲

るに、義詮三歳幼稚の大将として合戦を致す由、上聞を掠むる条、[66]雲泥万里の差違、何ぞ言ふに足らん。その罪二つ。[67]仲時、時益等敗北の後、尊氏、未だ勅許を被らざるに、自ら帝都の[68]法禁を専らにし、[69]親王の率伍を誅したてまつる。[70]司に非ずして法を行ふの咎、太だ以て浅からず。その罪三つ。

[71]兵革の後、蛮夷未だ心服せず、[72]本枝猶根を堅うせざるの間、[73]竹苑を東関に下し奉り、已に[74]塞外に柳営せしむるの処、尊氏、[75]超涯の皇沢に誇つて、与に立たんと欲す。[76]僭上無礼の過、遁るる処無し。その罪四つ。

[77]前亡の余党、纔かに在つて、[78]蟷螂の怒りを揚ぐる日、尊氏、東八箇国の管領を申し賜り、[79]以往の勅裁を敘用せず、寇を養ひて恩沢を堅め、民を害して利欲を事とす。[80]違勅悖政の逆行、これより甚だしきは無し。その罪五つ。

時が近江国番馬で自害(第九巻・7)、南探題の北条時益が苦集滅道(くずめじ)で射られて死んだ(第九巻・6)。

68　法令と禁制を専断し。

69　護良(もりよし)親王の兵卒。大塔宮の執事、殿法印良忠の家来の狼藉を静めるために、高氏がこれらを捕らえ処刑した。第十二巻・9。

70　その役職でない者が。

71　戦乱。

72　新政の基盤がまだ固まらないので。

73　皇族。

74　辺境に将軍(成良〈なりよし〉親王)を遣わした。第十三巻・4。

75　分際を超えた朝恩に驕って、自分も将軍と肩を並べようとした。

76　君臣の秩序を乱す罪。

77　北条氏の残党。

78　蟷螂(かまきり)が車輪に手向

[81]天運循環して、往いて還らずと云ふこと無しと雖も、成敗一統に帰して、大化万葉に伝はりしこと、偏へに兵部[82]卿親王の智謀より出でたり。而るを、尊氏、種々の讒を構へ、遂に流刑に陥れ奉り訖んぬ。讒臣国を乱る、暴逆誰か之を悪まざらん。その罪六つ。

[83]親王刑を贖ふ事は、侈りを押へ正に帰せしめんと為すのみ。[84]古へには、武丁を桐宮に放つ。豈に此の謂ひに非ずや。而るを、尊氏、[85]奸しく宿意を公議の外に仮つて、尊体を[86]囹圄の中に苦しめ奉る。人面心獣の積悪、[87]是をも忍ぶべくんば、孰をか忍ぶべからざらんや。その罪七つ。

直義朝臣、相模次郎時行が[88]軍旅に劫かされて、戦はずして鎌倉を退きし時、竊かに使者を遣はして、[89]兵部卿親王を誅し奉る。[90]その意、偏へに将に国家を傾けんとするの端に在り。この事隠れて、未だ叡聞に達せずと雖も、世の知る所、

からように、無駄な反抗をする(荘子・人間世)。中先代の乱のこと。

79 それまでの朝廷の取り決めを用いず、朝敵を養って恩を売り。

80 勅命に背き、政(まつりごと)に従わぬ悪行。

81 天運は廻って必ず元へ還るが、政治も朝廷の一統に帰し、広大な徳が万世に伝わったのは。

82 護良親王。

83 親王が罪をつぐなうのは、ただ奢侈を慎み、正道に戻すためである。親王流刑のことは、第十二巻・9。

84 殷の湯王の没後に即位した孫の太甲(武丁は誤り)が、その暴虐ゆえに離宮の桐宮に追放されたが、三年後に改心して帝位に復した故事(史記・殷本紀)。

85 悪がしこく、かねての

[91]遍界蓋ぞ蔵れん。大逆無道の甚だしきこと、千古未だ此の類を聞かず。その罪八つ。

この八逆、[92]乾坤且くもその身を容れざる所なり。若し刑[93]措いて用ゐざれば、[94]四維方に絶え、[95]八柱再び傾いて、[96]臍を噛むとも益無かるべし。

抑義貞一たび大軍を挙げて、百たび戦つて堅きを破り、万卒死するとも顧みずして、逆徒を[97]干戈の下に退けて、[98]静謐を尺寸の中に得たり。尊氏、[99]驥尾に付いて[100]険雲を超え、[101]弾丸を控いて籠鳥を殺せると、[102]大功の建つる所、綸旨の最とする所に孰ぞ。尊氏、[103]漸く天威を奪はんが為に、義士の朝に在るを憂へて、義貞を誅せんと請ふ。義貞、忠心を傾け、正義を尽くして、朝家の為に命を軽んじ、[104]勾萌に先だつて、尊氏を罰せんと奏すると、国家の用捨、[105]理世安民の政に孰ぞ。

私怨を朝廷で決議された以外の事にかこつけ。
86 牢獄。
87 これが我慢できるなら、我慢できないことなどない。
88 軍勢。
89 護良親王殺害のことは、第十三巻・5、参照。
90 朝廷を亡ぼそうとする意思の一端である。
91 世界中。
92 天地の間に一瞬も身を置かれぬほどのもの。
93 これを処罰しなければ。
94 国家を維持する四つの大綱。礼・義・廉・恥。
95 天を支える八つの柱。
96 後悔しても無駄だろう。
97 楯と鉾。
98 天下をわずかの間に静めることができた。
99 驥尾は、駿馬の尻。すぐれた人の後につく意。
100 険しい山。

望み請ふらくは、[106]乾臨明らかに中正を照らして、断割を昆吾の利きに加へ、尊氏、直義以下の逆党等を誅罰せしむべき由、宣旨を下し賜つて、忽ち[107]浮雲の壅蔽を払ひ、将に白日の余光を耀かさんとす。義貞誠惶誠恐謹言。

[108]建武元年十一月日

とぞ書いたりける。

則ち諸卿参列して、「この事、いかがあるべき」と、僉議ありけれども、[109]大臣は禄を重んじて口を閉ぢ、小臣は聞きを憚つて言を出ださざる処に、[110]坊門宰相清忠、遥かの末座より進み出でて申されけるは、「今、両方の表奏を披いて、つらつら[111]一致の道理を案ずるに、義貞がさし申す処の尊氏が八逆、一々にその罪軽からず。就中、兵部卿親王を[112]禁殺し奉る由、始めて上聞に達す。この一大事、申す処真ならば、尊氏、直義等が罪の責め遁れ難し。但し、[113]片口を聞いて極めずは、事率爾に出で

101 籠の中の鳥をはじき弓のたまで射殺す。
102 私が立てた大功と比べて、帝が善しとするのはどちらか。
103 徐々に帝の威光を奪う。
104 災いの芽が出る前に。
105 世を治め民を安んじる政にどちらを用いるか。
106 帝の裁定が公正に示され、鋭利な剣で切るように。昆吾は、周代に西戎の昆吾で産した剣(列子・湯問)。
107 日(帝の威光)を遮る雲(奸臣)を除いて。「浮雲能く日を蔽う」(李白・金陵鳳凰台に上るの詩)。
108 建武二年が正しい。
109 大臣は禄を失うのを恐れて口を閉じ、小臣は人聞きを恐れて言わない(平家物語巻一・願立に類似句)。「大臣は禄を重んじて諫めず、小臣は罪を畏れて言は

て、制すとも止むべからず。且く[114]東説の実否を得て、尊氏が罪科を定めらるべきか」と申されければ、諸卿皆この儀に同ぜられて、その日の議定は果てにけり。

かかる所に、兵部卿親王の[115]御介錯に付いて参り給ひし[116]南の御方、鎌倉より上つて、事の様ありのままに奏し申させ給ひければ、[117]叡慮更に穏やかならず。これをこそ[118]不思議の所行かなと思し召されける処に、また、四国、西国より、足利殿のなされたる軍勢催促の[119]御教書とて、数十通これを進覧す。これに就いて、諸卿重ねて僉議あつて、「この上は、疑ふ所にあらず。急ぎ討手を下さるべし」と、[120]一宮中務卿親王を[121]東国の管領に成し奉り、新田左兵衛督義貞を大将軍と定めて、国々の大名どもをば添へられける。

元弘の兵乱の後、天下一統に帰して、万民[122]無事の化に誇ると云へども、その弊えなほ残つて、四海未だ安からず、安堵の

ず」(本朝文粋・慶滋保胤・封事を上〈たてまつ〉らしむ詔)。
110 俊輔の子。後醍醐帝の側近の一人。前出、第十二巻・1。
111 よくよく、同じように相手を非難する双方の道理を考えてみると。
112 おしこめて殺す。
113 片方の意見だけ聞いて決定するのは軽率であり、取り返しがつかなくなる。
114 東国のうわさの真偽。
115 お世話係。
116 持明院中納言保藤の娘。
117 帝の心。
118 言語道断のふるまい。
119 将軍の命令書。
120 尊良(たかよし)親王。
121 東国を管轄する官職。
122 平穏な治世。

思ひをなさざる所に、この事また出で来て、諸国の軍勢催促に随へば、いかなる世の中ぞやと、安き心もなかりけり。

節刀使下向の事 3

十一月十九日[1]、新田左兵衛督義貞朝臣、朝敵追罰の宣旨を下し給はつて、その勢三千余騎にて、参内せらる。馬、物具[2]、事柄[3]、真に爽やかに勢ひあつて出で立たれたり。

内弁[4]、外弁の公卿、近衛[5]の階下に陣を引き、中儀[6]の節会を行はれて、節刀[7]を下さる。治承四年[8]に、権亮三位中将維盛を頼朝追罰のために下されし時、鈴ばかりを給はつてありしかば、不吉なりとて、今度は、天慶[9]、承平の例をぞ追はれける。義貞、節刀を給はつて、二条河原[10]へ打ち出でて、先づ尊氏卿の宿所、二条高倉へ船田入道[11]を差し向けて、時[12]の声を三度揚げさせ、

3

1 建武二年(一三三五)。
2 兜・鎧などの武具。
3 風采。
4 内弁は、公事を奉行する公卿の首席。外弁は、次席以下の公卿。承明門の内と外で事を弁ずる。
5 紫宸殿の南階下の左右近衛の陣。儀式などで公卿が列座した。陣の座。
6 大儀に次ぐ朝廷の儀式。六位以上の官人が列席する。節会は、帝が臨席する宴。
7 出征する将軍に官軍のしるしとして賜う刀。
8 一一八〇年、源頼朝追討の大将軍として下向した平維盛が、しるしの鈴のみを賜り、富士川で敗れた故事(平家物語巻五・富士川)。
9 承平天慶の乱(九三五—九四一)で、平将門追討

鏑[13]を三矢射させて、中門[14]の柱を伐つて落とす。これは、嘉承[15]三年に、讃岐守正盛が、義親追罰のために出羽国へ下りし時の佳例なりとぞ声こえし。

旗文の月日地に堕つる事 4

その後、一宮中務卿親王[1]、三百余騎にて、二条河原へ打つて出でさせ給ひて、内裏より下されたる錦の御旗を、蟬本[2]白くしたる旗竿に付けて、さつと指し上げたるに、俄かに風劇しく吹いて、金銀にて打つて付けたる月日の御文、切れて地に落ちたりけるこそ不思議なれ。これを見る者ども、皆あさましく[3]思ひ、今度の御合戦はかばかしからじ[4]と、思はぬ者はなかりけり。

同じき日の午刻[5]、大将軍新田左兵衛督義貞、都を立ち給ふ。

に向かう征東将軍藤原忠文が、節刀を賜った先例。

10 二条大路東端の鴨川の河原。

11 名は義昌。新田義貞の執事。　12 鬨(とき)の声。

13 射るとうなりを発する鏑をつけた矢。合戦開始の矢合わせなどに用いた。

14 表門から主殿へ至る中間の門。

15 一一〇八年、平正盛が出雲で叛した源義親を追討した先例。底本・神田本・流布本「出羽国」、玄玖本「出雲国」。

4

1 尊良親王。

2 旗竿の先端、蟬(旗を巻き上げる小さな滑車)のついている所を白く塗った。

3 呆然として。

4 うまくいかない。

元弘の初めに、この人さしもの大敵を亡ぼして、忠功人に超えたりしかども、尊氏卿[6]君に咫尺し給ひしによつて、[7]抽賞さまでなかりしが、[8]陰徳つひに顕れて、今天下の武将と備はり給ひければ、[9]当家も他家も他門も、今は[10]偏執の心を失ひて、この手に属せずと云ふ者なし。

先づ当家には、[11]脇屋右衛門佐義助、[12]式部大夫義治、[13]堀口美濃守貞満、[14]綿打刑部少輔、[15]里見伊賀守、同じき大膳亮、桃井遠江守、鳥山修理亮、同じき右京亮、細屋右馬助、大井田式部大輔、大島讃岐守、岩松民部大夫、籠守沢入道、額田掃部助、世良田兵庫助、金谷治部少輔経氏、羽川備中守、一井兵部大輔、堤宮内卿律師、田中兵部大輔、これらを[16]宗徒の一族として、末々の源氏三十七人、その勢都合七千六百余騎、大将の前後に打ち囲む。他門には、[17]千葉介貞胤、[18]宇都宮治部大輔公綱、[19]大友左近将監、[20]菊池肥後守武重、[21]厚東駿河守、[22]大内新介、

5 正午頃。
6 帝の側近くにいたため。
7 それほどの恩賞は与えられなかったが。
8 義貞の目立たない徳行。
9 新田一族も、それに従う他家や他の一門も。
10 ねたみ恨む心。
11 義貞の弟。
12 脇屋義助の子。
13 新田一族。嫡流に近い。
14 上野国新田郡綿打(群馬県太田市)の新田一族。
15 以下、里見・鳥山・細屋・大井田(氏経)・大島(義政)・額田・世良田・金谷(経氏)・羽川・一井・田中は、新田一族。籠守沢も新田一族か。桃井・岩松は、足利一族。堤は、山田郡堤(桐生市)の武士。
16 主だった。
17 鎌倉攻めで新田方に加わる。後に新田義貞の北国

[23]佐々木塩冶判官高貞、同じき[24]加治源太左衛門、[25]熱田大宮司昌能、[26]愛曽伊勢三郎、[27]遠山加藤五郎、[28]武田甲斐守、[29]小笠原信濃守、[30]高山遠江守、河越三河守、[31]児玉庄左衛門、杉原下総守、高田薩摩守義遠、藤田三郎左衛門、難波備前守、葛貫大膳介、田中三郎左衛門、船田入道、同じき[32]長門守、[33]由良三郎左衛門、[34]長浜六郎左衛門、由良美作守、[35]山上次郎左衛門、[36]高梨、小国、河内、池、風間、[37]道場坊助注記祐覚、波多野三郎信道、これらを宗徒の侍として、諸国の大名三百二十三人、その勢都合六万七千余騎、前陣すでに尾張の[38]熱田に着けば、後陣は未だ[39]四宮河原に支へたり。

東山道の勢は、搦手なれば、大将に三日さがりて都を立つ。その勢には、[40]大智院宮、[41]弾正尹宮、[42]洞院左衛門督実世、[43]持明院兵衛督入道道応、[44]園中将基隆、[45]一条少将為次、侍大将には、[46]江田修理亮行義、大館左京大夫氏義、[47]島津上総入道、

落ちのとき足利方に降る。
18 貞綱の子。宇都宮一族の総領。楠正成と天王寺で戦うが(第六巻・4)、官軍に降った(第十一巻・11)。
19 名は貞載(さだのり)。
20 肥後の武士。父武時とともに早くから天皇方として戦う。
21 名は武村。
22 名は弘直。
23 出雲の大名。この後、竹下合戦で、大友貞載とともに足利方に寝返る。本巻・9。
24 備前の佐々木一族。
25 宗範の子。熱田神宮の神主で南朝方となる。
26 三重県度会(わたらい)郡大紀町阿曽に住んだ武田一族。
27 岐阜県恵那市の武士。
28 信貞。甲斐源氏。
29 貞宗。甲斐源氏。
30 高山・河越・杉原(後

[48]小田筑後前司、猿子の一族、落合、饗場、石谷、纐纈九郎、伊木、津志、中村、村上、仁科入道、高梨左近将監、志賀、真壁十郎、[49]美濃権介助重、これらを宗徒の侍どもとして、その勢都合六千余騎、[50]黒田の宿より東山道を経て、信濃国へ入りければ、当国の国司[51]堀河中納言、三千余騎にて馳せ加はる。その勢并せて一万余騎、[52]大井の城を攻め落として、同時に鎌倉へ寄せんと、大手の相図をぞ待ちたりける。

矢矧合戦の事 5

大手、搦手、すでに京を立ちぬと、飛脚を以て鎌倉へ告ぐる人多かりければ、左馬頭直義[1]高、上杉、仁木、細川の人々、[2]将軍の御前へ参じて、「すでに御一家を傾け申さんために、義貞を大将にて、東海、東山の両道より、討手を下され候ふなる。

出、榎原)・高田・藤田・難波・長浜・山上は、この後、箱根合戦で党を組んで奮戦する武士。本巻・8。
31 武蔵七党の児玉党。
32 名は経政。
33 群馬県太田市由良町の武士。
34 由良と並ぶ新田の臣。
35 秀郷流藤原氏。後出「六郎左衛門」。本巻・8。
36 高梨・河内は、清和源氏。小国・池・風間は、越後の武士。
37 宮方の叡山僧。道場坊は、延暦寺の坊の一、助注記は、法会の論議での書記役の補助者。本巻・8
38 名古屋市熱田区。
39 京都市山科区四ノ宮を流れる四宮川の河原。
40 順徳帝の曾孫、忠房親王。
41 惟明親王(高倉帝皇子)

敵に難所を超されなば、防き戦ふとも甲斐や候ふべき。急ぎ矢[3]矧、薩多山[4]の辺に向かつて、御支[5]へ候ふべし」と申されければ、尊氏卿、黙然として且くは物も宣はざりけるが、ややあつて、「われ譜代弓箭[6]の家にあつて、わづかに源氏の名を遺すと云へども、承久より以来、相模守[7]が顧命に随つて家を汚し、名を羞づかしめたりしを、この度、絶え[8]たるを継いで、職征夷将軍の望みを達し、廃れたるを興して、位従上[9]の三品を究めたり。これ臣が微功に依ると云へども、豈に君の厚恩にあらずや。恩を戴いて恩を忘るる事は、人たる者のせざる処なり。そもそも今、君[10]の逆鱗ある処は、兵部卿親王[11]を失ひ奉りたると、諸国へ軍勢催促の御教書を成し下したりと云ふ、両条の御咎なり。これ一つも、尊氏がなす所にあらず。この条々、謹んで事の子細を陳じ申さば、虚名[12]つひに消えて、逆鱗などか鎮まらざらん。詮ずる所は、かた[13]がたはともかくも身の進退を計らひ給へ。尊

の曾孫、鼎(らあき)王。
42　公賢の子。南朝の重臣。
43　基行。持明院と園は、北家頼宗流藤原氏。
44　基成の子。
45　不詳。本巻・9の竹下合戦で戦死する二条為冬(為世の子)の兄弟か。
46　江田・大館は、新田一族。江田行義は、大館宗氏とともに鎌倉攻めの左右の将軍。第十巻・8。
47　貞久。法名道鑑。
48　貞知。常陸の豪族。猿子・落合・饗場・石谷・纐纈・伊木は美濃の武士。村上・仁科・高梨・志賀は信濃の武士。中村は摂津、真壁は備前の武士。
49　備前国一宮吉備津彦神社(岡山市北区一宮)の神官。
50　愛知県一宮市木曾川町黒田。東海道・東山道の交差点。

氏に於ては、君に向かひまゐらせて弓を引き、矢を放ち候ふ事あるべからず。さてもなほ罪科逃るる所なくば、[14]剃髪染衣の貌にもなつて、君の奉為に不忠を存ぜざる処を、子孫のために残すべし」と、[15]気色を損じて宣ひもはてず、後ろの障子を荒らかに挽き立てて、内へ入り給ひければ、甲冑を帯して参り集りたる人々、皆興を醒まして退出す。

かくて一両日を過ぎける処に、討手すでに三河、遠江まで近づきぬと騒ぎければ、[16]上杉兵庫助入道道勤、[17]細川阿波守和氏、[18]佐々木佐渡判官入道道誉、左馬頭殿の方に参つて評定しけるは、「将軍の仰せもさる事なれども、今の如く公家一統の御代ならんには、天下の武士は、さしたる事もなき[19]京家の者どもに付き順つて、ただ奴婢僕従の如くなるべし。これ諸国の[20]地頭、御家人の心に憤り、望みを失ふと云へども、今までは武家の[21]棟梁となりぬべき人のなきによつて、心ならず公家に相順ふもの

51 藤原光継。光泰の子。
52 岐阜県恵那市大井町。

5

1 高は足利家の執事、上杉は外戚、仁木、細川は足利一族。 2 尊氏。
3 愛知県岡崎市矢作町。
4 静岡市清水区興津の薩埵山。
5 防戦なさるべきです。
6 代々の武門の家。
7 北条氏の恩顧ある命令。
8 「廃れたるを興し、絶えたるを継ぎ」(文選・班固・両都の賦序)。
9 尊氏は、建武三年に正三位から従二位になる。
10 後醍醐帝の怒り。
11 護良親王。
12 事実でないうわさ。
13 おのおのがた。
14 出家し法体になっても。
15 機嫌を損ねて。

か。されば、この時、御一家の中に[22]思し召し立つ御事ありと聞こえたらんに、誰か馳せ参らで候ふべき。これ即ち当家の御運の開くべき始めにて候へ。将軍も、[23]一往の理の推す所を以て、かやうに仰せられ候へども、実に御身の上に禍ひ来たらば、よもさては御座候はじ。[24]とやせまし、かくやあらましと長僉議して、敵に難所を越されなば、後悔すとも益あるべからず。将軍をばただ鎌倉に残し留めまゐらせて、左馬頭殿御向かひ候へ。われら面々[25]に御供仕つて、伊豆、駿河の辺に相支へ、一合戦仕つて、運の程を見候はん」と申されければ、左馬頭直義朝臣、[26]斜めならず悦びて、[27]やがて鎌倉を立ち給ふ。

相順ふ人々には、[28]吉良兵衛佐、同じき三河守、子息三河三郎、[29]石塔入道、子息中務大輔、同じき修理亮、[30]桃井修理亮、[31]上杉伊豆守重能、同じき民部大輔、[32]細川陸奥守顕氏、同じき刑部大輔頼春、同じき伊豆守、[33]畠山左京大夫国清、同じき宮内大輔、

16　俗名憲房(のりふさ)。尊氏の母清子の兄。
17　尊氏の側近。本巻・2。
18　俗名、高氏。前出、第十二巻・9、第十三巻・8。
19　公家の者ども。
20　幕府が国府・荘園においた官。御家人は、将軍直属の家来。
21　武士の統率者。
22　武家の世を再興すること。
23　一応の道理に従い。
24　ああしよう、こうしよう。　25　めいめい。
26　ひととおりでなく。
27　ただちに。
28　満義。前出、第十三巻・8。三河三郎は、満義の子満貞。吉良は三河守護。
29　義房。中務大輔は、義房の子頼房。　30　名は義盛。
31　憲房の子。民部大輔は、重能の兄憲顕。

[34]尾張修理大夫高経、舎弟伊予守、[35]仁木左京大夫頼章、舎弟越後守義長、[36]今川修理亮、[37]岩松禅師頼有、[38]高武蔵守師直、越後守師泰、同じき豊前守、[39]南遠江守、備前守、駿河守、[40]大高伊予守、外様の大名には、[41]小山判官、佐々木佐渡判官入道道誉、舎弟[42]五郎左衛門、[43]三浦因幡守、[44]土岐道源、[45]宇都宮遠江守、[46]佐竹右馬頭、[47]小田中務大輔、[48]武田甲斐守、河越三河守、[49]狩野新介、[50]高坂七郎、[51]土肥、土屋、松田、河村、丹、児玉、猪股、横山、[52]坂東の八平氏、[53]武蔵の七党を始めとして、その勢二十万六千余騎、十一月二十三日、鎌倉を立つて、同じき二十七日、三河国[54]矢矧の東の宿に着きにけり。

さる程に、十一月二十六日の[55]卯刻に、新田左兵衛督義貞、脇屋右衛門佐義助、六万余騎の勢にて、矢矧川に押し寄せ、敵の陣を見給へば、その勢二、三十万騎もあるらんと覚えて、川より東、橋の上下、[56]三十余町に[57]打ち囲んで、雲霞の如く充満せり。

32 頼貞の子。頼春(公頼の子)は、顕氏の従兄弟。伊豆守は、和氏の子清氏。
33 法名道誓。関東執事となる。底本「清国」。宮内大輔は、国頼。
34 斯波高経。伊予守は、高経の弟時家。
35 頼章・義長は、義勝の子。
36 氏兼(貞世の弟)か。
37 政経の子頼円か。
38 師直・師泰・豊前守(師久)は、師重の子。
39 宗継。高一族。備前守は不明。駿河守は、高師茂(師直の弟)。
40 重成。高一族。
41 秀朝の子朝氏か。
42 貞満。 43 名は貞連。
44 道謙とも。頼遠の兄。
45 泰宗の子、貞泰(公綱の従兄弟)。
46 貞義の子、義篤。

左兵衛督、長浜六郎左衛門を呼んで、「この川、[58]いづくか渡しつべき所ある。精しく見て帰れ」と宣ひければ、長浜、ただ一騎川の上下を打ち回つて、やがて馳せ帰つて申しけるは、「この川の様を見候ふに、渡し候ふべき所は三ヶ所候へども、向かひの岸高くして、屏風を立てたる如くなるに、敵[59]鏃をそろへて支へ候へば、こなたより渡しては、なかなか敵に利を得られつと覚え候ふ。ただ且く[60]河原面に御ひかへ候ひて、敵を[61]嘲かれば、敵定めて川を渡して懸かり候はんずらん。その時、御方一足も引かず、[62]相懸かりに懸かつて、川中へ敵をおびきて、大勢を二、三ヶ度手痛く当つる程ならば、敵怺へかねて本の陣へ引つ帰さん時、御方六万余騎、轡を並べ、敵に追ひすがうて川を渡し、喚いて懸かる程ならば、勝事を一戦の中に得つべしと存じ候ふ」と申しければ、諸卒皆この議に同じて、わざと敵に川を渡させんと、河原面に[63]馬の懸け場を残し、[64]西の宿の端、

47　貞知の子、治久(高知を改名)。この時点で宮方。
48　武田甲斐守、河越三河守は、本巻・4では宮方。
49　伊豆の武士。
50　武蔵七党の児玉党。
51　土肥・土屋・松田・河村は、相模の武士。丹・児玉・猪股・横山は武蔵七党。
52　関東に勢力を有した桓武平氏の武士団。上総・千葉・三浦・中村・秩父・大庭・梶原・長尾の諸氏。
53　武蔵国の七つの党(中小武士の連合体)の武士団。丹・私市(きさい)・児玉・猪俣・西・横山・村山の七党。
54　矢作の宿(愛知県岡崎市矢作町)は、矢作川を挟んで東西にあり、その東宿。
55　午前六時頃。
56　一町は、約一〇九メートル。
57　混み入って。

南北二十余町にひかへて、射手を少々川の中洲へ出だして、遠矢を射させてぞおびきける。

案に違はず、吉良左兵衛佐、土岐、佐々木、六千余騎にて、上の瀬を打ち渡り、堀口、桃井、山名、里見が勢に打つて懸かる。[65]官軍五千余騎、相懸かりに懸かつて、互ひに命を惜しまず火を散らして攻め戦ふ。吉良左兵衛佐の兵、三百余騎討たれて元の陣へ引つ返せば、官軍も二百余騎討たれて、大将の陣の後ろに付く。

二番に、[66]武蔵守師直、越後守師泰以下の一族、相随つて二万余騎、橋よりちと下の瀬を渡して、義貞の右将軍、大島、額田、籠守沢、岩松が勢に打つて懸かる。官軍七千余騎ぞ[67]揉み合はせたる。高家の勢、また五百余騎討たれて、本の陣へさつと引つ返せば、官軍も五百余騎討たれて、宿より西へ引き退く。

三番に、仁木、細川、石塔、今川の人々、一万余騎にて、下

58 どこかに渡れる所はあるか。
59 矢の切っ先をそろえて待ち伏せているので。
60 河原に面した場所。
61 おびきよせれば。
62 迎え撃って。
63 馬を走らせる場所。
64 矢作の西宿のはずれ。
65 新田軍。
66 足利方の高師直、師泰。
67 はげしく戦った。

の瀬二ヶ所を亘して、官軍の惣大将義貞朝臣に打つて懸かる。義貞は、かねてより馬廻り[68]に勝れたる兵を七千余騎打ち囲ませて、栗生[69]、篠塚、名張八郎とて、天下に名を得たる大力[70]を三人真前に立てて、八尺余りの金さい棒[71]に、畳楯[72]の広く厚きを突き並べさせて待ち受けたり。大将、士卒に向かつて下知せられけるは、「たとひ敵懸かるとも、漫り[73]に懸かるべからず。たとひ敵引くとも、しどろ[74]になつて追ふべからず。懸け寄らば、切つて落とせ。中を破らんとせば、馬を透き間もなく打ち寄せて轡を並べよ。一足も敵の方へは進むとも、一分も引く心なかれ」と、兵を勇めて下知せられける間、敵一万余騎、陰[75]に閉ぢて囲まんとすれども囲まれず、陽[76]に開いて懸け乱らんとすれども乱れず、懸け入つては討たれ、懸け寄せては切つて落とされ、少しも漂[77]はず戦ひける間、人馬ともに気疲れて、左右へ別れてひかへたる処へ、惣大将義貞、副将軍義助、七千余騎にて、香[78]

68　自分の馬の周囲に。
69　栗生・篠塚・名張は、新田の家来で大力の者として、しばしば併称される。
70　強い力のある人。
71　いぼの付いた太い鉄棒の武器。
72　面が広く大きい楯。蝶つがいで折り畳みができる。
73　むやみに攻めてはいけない。
74　陣形を乱して追ってはいけない。
75　陣形を堅く閉ざして。
76　陣形を広く展開して。
77　ひるまずに。
78　青色で香気を発し、河海を歩いて渡るとされる象(涅槃経)。

象の浪を踏んで大海を渡るなる勢ひの如く、閑かに馬を歩ませ、鋒を並べ進まれける程に、敵一万余騎、その威ひに[79]僻易して、川より向かひへ引つ返す。この勢もまた、五百余騎は討たれにけり。

鷺坂軍の事 6

日すでに暮れければ、合戦はまた明日にてこそあらめとて、[1]鎌倉勢、皆川より東に陣を取つて居たりけるが、いかが思ひけん、ここにては叶ふまじとて、その夜、矢矧を引き退いて、[2]鷺坂にぞ陣を取つたりける。

ここに、[3]宇都宮、仁科、熱田大宮司、愛曾伊勢守が、殿れ馳せにて三千余騎、義貞の陣に着いたりけるが、矢矧の合戦にはづれぬる事無念にや思ひけん、打ち寄すると均しく鷺坂へ押し

79 たじろいで。

6
1 足利勢。
2 静岡県磐田市匂坂（さぎさか）。
3 宇都宮以下、本巻・4に名がみえる。

寄せ、矢の一つをも射させず、抜き連れて[4]攻め上りける間、引[5]き立つたる鎌倉勢、鷺坂をも破られて、立つ足も[6]なく挽きけるが、左馬頭直義朝臣、二万余騎にて着き給ひたりける間、敗軍、これに力を得て、手越[7]に陣をぞ取つたりける。[8]十二月一日、敗軍の御方を資けんために、左馬頭、武蔵守師直、三十万騎手越に着けば、鎌倉勢力を得て引き留まる。

4　いっせいに刀を抜いて。
5　浮き足だった。
6　足も止めずに退却する。
7　静岡市駿河区手越。安倍川西岸の地。
8　底本は、本文と続け書き。押紙などの転写時の混入か。

手越軍の事　7

十二月五日、新田左兵衛督義貞、矢矧、鷺坂にて降人[1]に出でたりける勢を并せて八万余騎、手越河原に打ち莅んで、敵の陣を見給へば、荒手[2]加はりたりと覚えて、敵、見しより[3]も大勢なり。「たとひ何万騎の勢着いたりとも、気疲れたる敗軍の士卒半ば交じつて、跡より[4]引かば、敵、立て直す事あるべからず。ただ懸けて見ん」とて、脇屋右衛門佐、千葉介[5]、宇都宮[6]紀清

7
1　新田軍に降参した軍勢。
2　新手。ひかえの新しい軍勢。
3　前に見たときより。
4　後方の軍勢が退却すれば。
5　貞胤。下総守護。
6　宇都宮配下の紀姓・清原姓の党の武士団。

両党、六千余騎の勢にて、手越河原を東西へ渡しつ渡されつ、懸けつ返しつ、[7]午刻の始めより酉の下がりに至るまで、十七度までこそ戦うたれ。

夜に入りければ、両方の人馬を休めて、川を阻てて篝を炷く。[8]初めの月雲に隠れて、夜すでに深けければ、義貞の方より、[9]究竟の射手を三百人勝つて、藪の陰より敵の陣近く忍び寄つて、後陣にひかへたる勢の中へ、雨の降る如く[10]包み矢をぞ射させたりける。数万の敵これに周章て騒いで、跡より引きける間、荒手の兵も、[11]命を軽くする勇士も、「これはいかなる事ぞ、返せ返せ」と云ひながら、落ち行く勢に引き立てられて、鎌倉までぞ落ち行きける。

官軍、度々の軍に打ち勝つて、[12]伊豆の府に着きければ、鎌倉の勢ども、旗を捲き、冑を脱いで、降人に出づる者数を知らず。[13]宇都宮遠江入道は、元来[14]惣領の宇都宮京方にありしかば、

7 午前十一時頃から、午後七時近くまで。下がりは、その刻限の終わり近く。

8 月初めの月。この日は十二月五日。

9 強い射手。

10 多くの矢を射込むこと。

11 命知らずの勇士。

12 伊豆の国府。静岡県三島市にあった。

13 貞泰。法名蓮智。

14 宇都宮一族の惣領の公綱。

縁にふれて馳せ付く。佐々木佐渡判官入道道誉は、舎弟五郎[15]左衛門并びに奴賀四郎[16]手越にて討たれつる時、手の者ども皆討死して、わづかの勢になりければ、暫時の間、事を謀つて[17]義貞の先陣に打ちける[18]が、敗軍の士卒を馳せ集めて、また五百余騎になりければ、箱根の合戦の時、取つて返して攻め戦ひ、また将軍[19]へぞ参りける。

15　貞満。
16　道誉の家来か。諸本なし。第九巻・4に摂津国の住人として名がみえる。
17　謀をめぐらして。
18　馬を進めたが。
19　足利尊氏。

箱根軍の事　8

官軍[1]、この時、足をもためず[2]追つ懸けて寄せたりしかば、敵、鎌倉にも滞るまじかりしを、「今は何となくとも、東国の者ども御方へぞ参らんずらん。その上、東山道より下る搦手の勢をも、ここにてこそ待ため」とて、伊豆の府に逗留して、七日まで徒らに居られけるこそ、不運の至りとは覚えたれ。

8
1　新田軍。
2　留めず。

さる程に、[3]足利左馬頭、鎌倉へ打ち帰つて、合戦の様を申さんために、将軍の御屋形に参ぜられたれば、[4]四門空しく閉ぢて人もなし。荒らかに門を扣かせて、「誰かある」と問ひ給へば、[5]須賀左衛門、出で会ひて、「将軍は、矢矧に合戦ありと聞こし召されし日より、[6]建長寺へ御入り候ひて、すでに御出家候はんと仰せ候ひしを、付きまゐらせて候ふ人々、様々に申して押し留めまゐらせて候ふ程に、[7]御本結をば切らせ給ひながら、未だ[8]御法体にはならせ給はで候ふなり」とぞ申しける。

左馬頭を始め奉せて、高、上杉の人々、これを聞いて、「かくては、いよいよ軍勢どもの[9]憑みをなす処あるまじ。いかがはすべき」と、[10]周章せられけるを、上杉伊豆守重能、暫く思案して、「将軍たとひ御出家あつて、法体にならせ給ひて候ふとも、[11]勅勘遁るまじき様をだに聞こし召して候はば、思し召し翻す事、などかなくては候ふべき。[12]謀の綸旨を二、三通書い

3 直義。
4 四方の門。
5 清秀。尊氏側近の武士。
6 神奈川県鎌倉市山ノ内にある臨済宗寺院。「梅松論」は、尊氏はこのとき浄光明寺(鎌倉市泉谷、真言宗泉涌寺派)に籠もっていたとする。
7 もとどりを結ぶ紐。
8 髪を剃り、墨染の衣を着たお姿。
9 頼りとするものがなくなるだろう。
10 あわてる。
11 帝の御とがめ。
12 偽(にせ)の綸旨(帝の意を受けて蔵人の発給する文書)。

て、将軍に見せまゐらせ候はばや」と申されければ、左馬頭、「ともかくも、事のよからんずるやうに計らひ、[13]沙汰候へ」と任せられける。伊豆守、「さ候はば」とて、[14]宿紙を俄かに染め出だし、[15]能書を請じて、[16]職事の手に少しも違はず、これを書く。その詞に云はく、

足利宰相尊氏、左馬頭直義以下の一類等、武威に誇つて[17]朝憲を軽んずる間、征罰せらるる所なり。彼の輩、縦ひ隠遁の身為りと雖も、刑伐を[18]寛むべからず。深く在所を尋ね捜つて、[19]不日に誅戮せしむべし。戦功有るに於ては、[20]抽賞せらるべし。[21]者れば綸旨此くの如し。之を悉かにするに、状を以てす。

建武二年十一月三日　　[22]右中弁光守

[23]武田一族中
小笠原一族中へ

13　処置。
14　漉き返して再生した紙。薄墨紙(うすずみがみ)ともいい、蔵人の発給する文書に用いた。
15　筆の達者な者を呼んで。
16　蔵人の筆跡。
17　朝廷の法規。
18　ゆるめてはいけない。
19　日をおかず。
20　引き立て褒賞する。
21　よって。「と言へれば」の変化した形で、文書用語。
22　後醍醐帝の側近、藤原(吉田)光守。
23　本巻・4の武田甲斐守、小笠原信濃守など、義貞に従う甲斐源氏をさす。

と、同じ文章に名字を易へて、十余通書いてぞ出だしたりける。

　左馬頭、これを捧げて、急ぎ建長寺へ行き給ひ、将軍に向かつて涙を押へて宣ひけるは、「当家勅勘の事、義貞朝臣が勧めによつて、[24]則ち新田を討手に下され候ふ間、[25]この一門に於ては、たとひ遁世降参の者なりとも、覓め尋ねて討つべしと議し候ふなる。叡慮の趣も、また全く遁るる所候はざりける。前日、矢矧、手越の合戦に討たれて候ひし敵どもの、[26]膚の守りより把り出だして候ふ綸旨どもを見候へば、かやうに書かれて候ふ。とても遁れぬ一家の勅勘にて候へば、御出家の儀を思し召し翻して、氏族の浮沈を御扶け候へかし」と申されければ、将軍、この綸旨を御覧じて、[27]謀書とは思ひも寄り給はず、[28]「げにも、さては一門の浮沈この時にて候ひける。さては[29]力なし。尊氏も、[30]かたがたと諸にこそ、[31]ともかくもなり候はめ」とて、着給ひたる[32]道服を脱いで、錦の[33]鎧直垂をぞ着給ひける。その比、鎌倉

24 ただちに。
25 足利一門。
26 肌身に付けるお守り。
27 はかりごとの偽文書。
28 「梅松論」は、手越河原での直義の敗戦を聞いた尊氏が、直義が死んでは自分が生きていても無益だとして、出陣を決意したとする。
29 仕方がない。
30 おのおのがた。
31 どうとでもなろう。
32 袈裟(さけ)のこと。
33 鎧の下に着る装束。

中の軍勢どもが、一束切り[34]とて髪を短くはやしけるは、将軍の髻を紛らかさんためなりけり。

さてこそ、事叶はじとて京方へ降参せんとしける大名どもも、右往左往に落ち行かんとしける軍勢も、俄かに気を直して馳せ参りける間、鎌倉中の勢は、また三十万騎になりにけり。

同じき十二月十一日に、両陣の手分けあつて、左馬頭は箱根路を支へ、将軍は竹下[35]へ向かはるべきに定まりにけり。かくて[36]はあれども、この間度々の合戦に打ち負けつる兵どもは、未だ気を直さで勇まず、昨日今日馳せ参りたる勢は、大将を待つて猶予[37]しける間、敵は、すでに伊豆の府を立つて、今夜野七里[38]山七里を越ゆと聞こえけれども、鎌倉勢は、未だ箱根へも竹下へも向かはず。

三浦因幡守[39]、土岐道源、赤松筑前守貞範[40]は、竹下の手分け[41]に入りたりけるが、「かやうに目比べ[42]して、鎌倉に聚まり居て

34　尊氏にならって元結から一握り分を残して髪を短くすること。
35　足柄路の要所。静岡県駿東郡小山町竹之下。
36　そうはしたけれども。
37　ぐずぐずする。
38　三島から箱根へ至る山道の呼称。
39　前出、本巻・5。
40　赤松円心(則村)の次男。父円心は、播磨守護職を召し上げられ、足利方についた。第十二巻・4、参照。
41　竹ノ下へ向かう軍勢。
42　たがいに顔色をうかがい合って。

は叶ふまじ。[43]人の事はよし、ともかくもあれ。いざや、先づ竹下へ打ち向かつて、後陣の勢の列かぬ前に、敵寄せば力なし、討死をせん」とて、十一日の宵に、竹下へ馳せ向かふ。その勢わづかに百騎ばかりなれば、[44]物騒がしくぞ覚えける。

竹下へ打ち上がつて、敵の陣を遐かに直下したれば、西は伊豆の府、東は野七里山七里に炷き並べたる篝の数、幾百万とも知り難し。ただ晴れたる天の星の[45]影、蒼海に移る如くなり。「さらば、御方にも篝を焼け」とて、[46]雪の下草打ち払ひ、所々に苅り萃めて、幽かに火を吹き付けたれば、[47]夏山の繁みが下に、夜を明かす燈の影に異ならず。されども、[48]武運健かなりければ、敵今宵は寄せ来たらず。

夜すでに明けなんとしける時、将軍、十万余騎にて竹下へ着き給ふ。左馬頭、六万余騎にて箱根の峠へ着き給ふ。

明くれば、十二日の[49]辰刻に、官軍、伊豆の府にて手分けをし

43 他人のことはままよ、どうでも構わない。

44 心配で落ち着かない。

45 星の光が、青い海に映るようである。

46 雪に埋もれた枯れ草を払って。

47 夏山の狩で、夜中に鹿寄せのために焚く篝火。篝火の数がまばらなこと。

48 武家方(足利方)の運が強かったので。

49 午前八時頃。

て、竹下へは、[50]中務卿親王に、卿相雲客三十余人付け奉つて向かはれけるが、大将に武士たる者なくては叶ふまじとて、[51]脇屋右衛門佐義助、細屋右馬助、堤卿律師、大友左近将監、塩冶判官高貞を向かはす。箱根路へは、定めて[52]宗徒の大将ぞ向かひたるらんとて、義貞朝臣并びに一族二十余人、千葉、宇都宮、[53]大友千代松丸、菊池肥後守武重を始めとして、国々の大名三十余人、その勢都合七万余騎は、大手へぞ皆向かひける。

同じき日[54]午刻に軍始めて、大手、搦手十余里、敵御方八十万騎、天地を響かして攻め戦ふ。箱根には、菊池肥後守武重、先を懸けて、麓に降り下る敵三千余騎を、遥かの峰へ[55]まくり揚げて、坂中にも楯を[56]突きしとうて居たりける。その後、千葉、宇都宮、河越、高山、愛曽、厚東、熱田大宮司、[57]一勢一勢陣を取つて、[58]ゑい声を出だして攻め上り、一息休んでは喚き叫んで戦ふ声、且くも止む時なかりける。

50　尊良親王。
51　義貞の弟。
52　敵の主だった大将。
53　貞載(さだのり)の弟、氏泰。
54　正午頃。
55　追いあげて。
56　突き並べて。「蔀(しと)む」の連用形(しとみ)の音便。
57　それぞれ陣を構えて、
58　えいえいと掛け声を出して。

[59]道場坊助注記祐覚と云ふ山法師、児十人、[60]同宿三十人、[61]紅下濃の鎧、黒糸の鎧一様に着て、児には皆、[62]紅梅の作り花を一条づつ甲の[63]真向に差させたりけるが、[64]楯にはづれて一陣に進みけるを、武蔵、相模の荒夷ども、[65]「児とな云ひそ。ただ射よ」とて、散々に射る。十人[66]一面に立つたる児、八人まで深手を負うて、篠原の上に伏したりければ、猪股、横山の者ども百余人、抜き列れて打つて下り、頸を把らんとて懸かりけるを、助注記祐覚、同宿三十人、太刀の鋒を並べて、手負の上を飛び超え飛び超え、火出づる程にぞ切つたりける。武士は皆[67]小太刀なれば、[68]小手のはづれ、[69]二の腕、[70]内甲散々に切られて、[71]横切れに北なる嶺へ引き上がれば、祐覚が同宿、面々に手負を肩に引つ懸けて、麓の陣へぞ下りける。

義貞の内に、[72]榎原下総守、高田薩摩守義遠、葦堀七郎、川浪新右衛門、藤田六郎左衛門、同じき三郎左衛門、同じき四郎左

59 前出、本巻・4。
60 同じ僧坊に住む僧。
61 稚児は紅下濃(紅色の縅毛〈おどしげ〉を下に行くほど濃く染めた鎧)、僧兵は黒糸の鎧を揃いで着て。
62 (金銀などで作った)造花。
63 兜の鉢の正面。
64 楯から身をあらわして。
65 稚児といって手加減するな。
66 敵の正面。
67 短い太刀。
68 肘と手首との間。
69 肩と肘との間。
70 兜の内側の額の部分。
71 横道にそれて。
72 以下の義貞十六騎の党は、諸本により出入りがある。本巻・4、参照。

衛門、難波備前守、河越三河守、長浜六郎左衛門、高山遠江守、園田四郎左衛門、同じき七郎左衛門、山上六郎左衛門、青木五郎左衛門とて、[73]党を結んだる精兵の射手十六人あり。一様に[74]笠符を付けて、進むにも同じく、引く時もともに引きける。世の人これを十六騎が党とぞ申しける。かれらが射ける矢には、[75]楯も物具も滞らざりければ、向かふ敵を射透かさぬ事はなかりけり。

執事船田入道、馳せ廻つて士卒を勇め、大将軍[76]左兵衛督、一段高き所に打ち上がつて[77]分明に見給ひける間、名を重んじ、命を軽んずる千葉、宇都宮、大友、菊池が兵ども、勇み進んで攻めける程に、始め六万余騎ありつる[78]箱根勢、討たれてはさつと引き、手負うては[79]引つ懸けて落ち、落つるを見てはいよいよ引き遅れじと落ちける間、旗の数次第に減じて、今は十分の一も見えざりける間、義貞、勝に乗つて攻め上る。

73 徒党を組んだ強い弓を射る兵十六人。十五人しかいないが、諸本で人名が相違する。
74 敵味方を区別する布きれ。兜や鎧の袖に付ける。
75 楯も鎧・兜も矢を防ぐことができなかったので。
76 義貞。
77 はっきりと。
78 足利勢。
79 (負傷者を)かついでしりぞき。

鎌倉勢[80]のしどろに[81]なりける時、村上河内守信貞[82]、一族四十余人、都合その勢五百余騎にて、義貞の勢を追つ下す。手負、死人数百人に及べり。直義、感じ給ひて、畳紙[83]に恩賞の下文を書いて与へらる。信濃国塩田庄[84]とぞ聞こえし。かの成王[85]、桐の葉に書いて士に与へ給ひし、先蹤[86]に准へられたりとぞ覚えたる。

竹下軍の事　9

竹下へは、中書王[1]の御勢に、諸庭[2]の侍、北面[3]の諸大夫なんど取り集めて、五百余騎ありけるが、憖ひ[4]に武士に前を懸けられじとや思ひけん、錦の御旗を前に進め、竹下へ押し寄せて、敵未だ一矢も射ざる前に、「一天[5]の君に向かひ奉つて、弓を引き、矢を放つ者、天の罰を蒙らざらんや。命惜しくは、甲を脱いで降人に参れ」と、声々にぞ呼ばはりける。

80　以下は、神田本・流布本にはない。玄玖本・簗田本あり。
81　陣形を乱された時。
82　信濃の武士。清和源氏。
83　折り畳んで懐に入れておく紙。
84　長野県上田市塩田町にあった荘園。
85　周の成王(武王の子)が戯れに桐の葉に書いて、弟の虞に領地を与えるとした。それを聞いた史官の尹佚は、天子に戯言なしとして、虞を唐王に封じた(史記・晋世家)。「呂氏春秋」は、史官の尹佚ではなく周公旦の事績とする。
86　先例。

9
1　中務卿尊良親王。中書は、中務省の唐名。
2　公家の諸家の侍。

三浦因幡守、土岐道源、赤松筑前守、三百余騎にて宵より[6]一陣にありけるが、敵の馬の立て様、旗の文を看て、「これは[7]いかさま、京家の人々の向かはれたりと覚ゆ。[8]矢だうなに遠矢な射させそ。ただ抜き列れて懸かれ」とて、三百余騎の兵ども、[9]「弓馬の家に生まれたる者は、名をこそ惜しめ、命をば慳しみ[10]候ぬぞ。云ふ処は虚言か実か、戦うて試み給へ」と、一同に[11]欺き、[12]時をどつと作り、轡を並べ、抜き連れてぞ懸かりたりける。官軍は、敵を[13]かさに請けて、麓にひかへたる勢なれば、[14]なじかは一滞りも滞るべき、一戦も闘はず、[15]捨て鞭を打つて引きけるを、「言にも似ぬ人々かな。潰し、返せ」と[16]恥ぢしめて、追つ立て追つ立て打ちける間、[17]五百余騎の者ども、或いは虜られ、或いは伐つて落とされて、残り少なくなりにけり。

[18]手合はせの合戦をし違へて、官軍[19]漂ひて見えければ、[20]仁木、細川、高、上杉の人々、勇み前んで、中書王の御陣へ打つて懸

3 院の御所を守護する北面の武士で五位の者。
4 できもしないのに。
5 一天下に王たる君。
6 (足利方の)先陣。
7 きっと。京家は公家。
8 矢が無駄だから、味方に遠矢を射させるな。いっせいに刀を抜いてかかれ。
9 武勇の家。武門。
10 「候ず」は、「候はず」の変化した形。
11 相手を見くびり。
12 鬨(とき)の声。
13 高い場所。
14 どうして一足も踏みこたえられようか。
15 退却の際に馬の尻を鞭打つこと。
16 はずかしめて。
17 中書王尊良親王の軍勢。
18 戦闘の始め。
19 たじろいで。
20 足利方。

かりける間、副将軍[21]脇屋右衛門佐、七千余騎にて馬を進め、時を挙げて、[22]横合ひにぞ懸け合ひたる。勝に乗つたる敵なれば、なじかはこれにもひるむべき、[23]真十文字に懸け合ひて、[24]大中黒の旗と、二引両と、入れ違へ入れ違へ、東西に靡き、南北に分かれて、時移るまでぞ戦うたる。[25]一挙に死を争ふ兵、両虎の闘ひとなつて、いづれも引く事なかりければ、互ひに討ちつ討たれつ、馬の蹄に川の如く流るる血を蹴揚げさせて、両方へさつと引き除けば、死骸地に充ちて屠所の肉の如し。

右衛門佐殿の子息に、式部大夫義治とて、今年十三になりけるが、敵御方引き分かれける時、いかがして紛れたりけん、郎等三騎相共に、敵の中にぞひかへたりける。この人幼稚なれども、[26]心早き人なりければ、付けたる笠符を引き切つて打ち捨て、敵に見知られじと、乱れ髪を顔に振り懸けて、少しも[27]騒がぬ体なり。父義助、これをば知らず、「義治が見えぬは、討たれた

21 義助。
22 敵の側面から攻めかけた。
23 縦横に交差する形で。
24 大中黒(輪の中に黒く太い横線を引いた紋)は、新田の紋。第十巻・8、参照。二引両(輪の中に二本の横線を引いた紋)は、足利の紋。

二引両

25 この一戦に命を懸けて戦う兵たちの、二匹の虎が争うような拮抗した戦いとなって。
26 機敏な人。
27 動揺しない様子である。

るか、虜られたるか、二つの間を離れじ。かれが死生の間を見おほせずは、生きて何かはすべき」と、また喚いて大勢の中へ懸け入り給ふ。右衛門佐の二度の懸けに、さしもの大勢、(戦ひ)疲れて、さつと引きける処にて、義治、馬を引つ返し、「黒き人々の挽きやうかな。敵は小勢にてあるものを。いざや、返して討死せん」と訇つて、主従四騎、引つ返さるるを見て、誰とは知らず、片引両の笠符付けたる兵二騎、「やさしく見えさせ給へ。御供申し候ふ」とて、連れて返しける。右衛門佐のひかへる陣近くなりける時、義治、三人の郎等にきつと目加せをせられければ、主従四騎、ひしひしと寄せ合はせて、続いて返しつる二人の兵を切つて落とし、則ちその頸を取つて、御方の勢の中へ馳せ入りける。義助、これを見給ひて、死したる人の蘇りたるやうに悦びて、「且く人馬を休めよ」とて、また本の陣へ引つ返さる。

28　二つのどちらかに違いない。息子の生死を確かめなければ、生きている甲斐はない。
29　二度にわたる攻撃に、敵の大勢も疲れ。この前後は、梶原景時の二度の懸けをふまえた表現(平家物語巻九・二度の懸け)。
30　以下の義治のことばは、後退する足利勢のなかで、自らを足利方と偽って発したもの。
31　輪の中に一本の横線を引いた紋。
32　あっぱれな振る舞いとお見受けした。
33　この二人の兵も義治らとともに馬を敵に向け直した。
34　目で合図したところ。

一[35]陣余りに戦ひくたびれしかば、[36]荒手を入れ替へて戦はしめんとしける処に、大友左近将監、佐々木塩冶判官が千余騎にて後ろにひかへたりけるが、いかが思ひけん、一矢も射ずして後、旗を巻いて将軍方に馳せ加はり、却つて官軍を散々に射る。中書王の御勢は、初度の合戦に[37]若干討たれて、またも戦はず。右衛門佐の兵、両度の懸け合ひに人馬疲れて、[38]無勢なり。これを荒手にて一軍もしつべき者と頼まれつる[39]大友、塩冶は、忽ちに翻つて、親王に向かひ奉つて弓を引き、右衛門佐に懸け合はせて戦ひしかば、官軍、いかでか怺ふべき、「[40]敵の後ろを遮らぬ前に、大手の勢と成り合はん」とて、[41]佐野原へ引き退く。仁木、細川、今川、荒川、高、上杉、武蔵、相模の兵ども、三万余騎にて追つ懸けたり。ここにて、中書王の[42]股肱の臣下に憑み思し召されたりける[43]二条中将為冬討たれ給ひければ、右衛門佐の兵ども、返し合はせ返し合はせ、三百余騎所々にて討

35 (宮方の)先陣。
36 新手。ひかえの新しい軍勢。
37 大勢。
38 軍勢に勢いがない。
39 頼りにしていた。
40 敵に背後に回られる前に、箱根路の義貞軍に合流しよう。
41 静岡県裾野市佐野。
42 手足となって働く臣下。
43 二条為世の子。本巻・4にみえる二条少将為次と兄弟か。

死す。これをも顧みず、引き立つたる官軍ども[44]、われ前にと落ち行きける程に、佐野原にも滞り得ず[45]、伊豆の府にも支へずして、搦手の寄手三万余騎は、海道を西へ落ちて行く[46]。

44 浮き足だった。
45 留まりえず。
46 東海道。

官軍箱根を引き退く事 10

大手箱根路の合戦は、官軍[1]戦ふごとに利を得しかば、わづかにひかへて支へたる[2]足利左馬頭を追ひ落として、鎌倉へ入らんずる事、掌[3]の内にありと、寄手皆勇み勇うで、明くるを遅しと待ちける処に、搦手[4]より軍壊れて、寄手皆追つ散らされぬと聞こえければ、諸国の催し勢[5]、路次[6]の軍の後降人に出でたりつる坂東勢、幕を棄て、旗をば側めて[7]、われ前にと落ち行きける間、さしも広き箱根山に、透き間もなく充満したりつる陣々に、人ありとも見えずなりにけり。

10
1 新田義貞軍。
2 防戦している。
3 容易である。
4 竹下の軍。
5 駆り集めた軍勢。
6 道中のいくさで新田方に降参した関東勢。
7 旗を巻いて。

執事[8]船田入道は、[9]一の攻め口に敵を攻めて居たりけるが、敵の陣に、「竹下の合戦は、[10]将軍打ち勝たせ給ひて、敵を皆追つ散らして候ふなり」とて、早馬の参つて申し詈る声を聞いて、[11]寔やらんとおぼつかなく思ひければ、ただ一騎、御方の陣々を打ち廻つて見るに、幕ばかり貽つて、人のある陣はなかりけり。さては、竹下の合戦に御方早や打ち負けてけり、かくては叶ふまじと思ひて、急ぎ大将の陣へ参つて、[12]事の子細を申しければ、義貞、且く思案し給ひけるが、「[13]いかさま陣を少し引き退いて、落ち行く勢を留めてこそ、合戦をもせめ」とて、船田入道に打ち列れ、箱根山を引いて下り給ふ。その勢、わづかに百騎には過ぎざりけり。

暫く馬をひかへて、後ろを見給へば、[14]例の十六騎の党参りたり。「北なる山に添うて、[15]三葉柏の旗の見えたるは、敵か御方か」と問ひ給へば、[16]熱田大宮司、百騎ばかりにて待ち奉る。そ

8 新田義貞の執事(家老)の船田義昌。
9 (箱根路の戦闘の)第一の前線で。
10 足利尊氏。
11 本当だろうかと不安に思ったので。
12 詳しい事情。
13 何にしても。
14 あの十六騎の党を組んだ弓の精兵たち。本巻・8、参照。
15 柏の葉を三枚重ねた紋。熱田大宮司家の紋。

三葉柏

16 昌能。宗範の子。藤原南家。

の勢を合はせて、[17]嵩七里に打つて出で合うたれば、[18]鷹羽の旗一流れ指し上げて、菊池肥後守武重、三百余騎にて馳せ参る。

ここに、[19]散所法師一人、西の方より来たりけるが、船田が馬の前に畏まつて、「これは、いづくへとて御通り候ふやらん。昨日の暮程に、脇屋殿、竹下の合戦に打ち負けて、落ちさせ給ひ候ひし後、(将軍の)御勢八十万騎、[20]伊豆の府に居萃まつて、木の下、岩の陰、[21]人ならずと云ふ処候はず。今、この御勢ばかりにて御通り候はん事、ゆめゆめ叶ふまじき事にて候ふ」とぞ申しける。これを聞いて、[22]栗生と篠塚と、打ち並べてありけるが、鐙踏ん張り、づんと延び上がり、御方の勢を打ち見て、「あはれ、兵どもや。一騎当千の武者とはこの人々を申すべき。八十万騎に御方五百余騎、よき程の質なり。いでいで懸け破つて、道を開けまゐらせん。連けや人々」と勇めて、数万騎打ち集まつたる敵の中へ懸けて入る。

17　箱根から三島(伊豆国府)へ至る山道。本巻・8の野七里山七里(のくれまくれや)に同じ。

18　輪の中に鷹の羽を二枚並べた紋。菊池の紋。流れは、旗を数える語。

並び鷹羽

19　公家や寺社などの権門に隷属し、年貢を免除される代わりに雑役・雑芸で奉仕した法師姿の賤民。ここは宮方の伝令・間諜をつとめたもの。

20　伊豆の国府。静岡県三島市。

21　人のいない所はない。

22　栗生と篠塚は、新田方を代表する剛勇の士。

府中[23]に、甲斐の一条次郎[24]、その勢三千余騎にて戦ひけるが、新田左兵衛督を見て、よき敵と思ひけるにや、馳せ並べて組まんとしけるを、篠塚、中に阻たり、打ちける太刀を弓手[25]の袖に請けとめ、大の武者を掻い摑んで、弓杖[26]二丈ばかりぞ投げたりける。一条も大力の早態[27]なれば、抛げられたれども倒れず、漂ふ[28]足を践み直して、なほ義貞に走り懸からんとしけるを、篠塚、馬より蜚んで下り、諸膝[29]合はせて倒に蹴倒す。倒るると[30]均しく、一条を起こしも立てず、押さへて頸搔き切つてぞ差し上げたる。

一条が郎等ども、目の前にて主を討たせて、心憂き事に思ひければ、篠塚を討たんと、馬より飛び下り飛び下り、打つて懸かれば、篠塚、相側うて[31]は蹴倒し、蹴倒しては頸を取り、足を[32]も滞めず、一所にて九人までぞ討つたりける。これを見て、敵、数十万騎ありと云へども、あへて懸け合はせんともせざりけれ

23 伊豆の国府。三島市内。
24 甲斐源氏の武士。足利方。
25 左手。弓を持つ手。
26 弓の長さ二つ分ほど。
27 機敏な身ごなしの者。
28 よろめく。
29 両膝を蹴り倒した。
30 倒れると同時に。
31 近寄っては。
32 足を止めず。休むことなく。

ば、義貞、閑々と伊豆の府を[33]打つて通り給ふに、[34]宵より落ち、その辺に紛れ居たる官軍ども、ここかしこより馳せ付きける程に、義貞の勢、二千余騎ばかりになりにけり。

「この勢にては、敵たとひ百重千重に取り籠むとも、などか懸け破つて徹らざるべき」と悦びて行く処に、[35]着川に、旗一流れ打つ立てて、勢二千余騎ばかり見えたり。近々と打ち寄つて、旗の文を見れば、[36]二つ巴を旗にも笠符にも書いたり。「さては、[37]小山判官にてぞあるらん。一騎も余すな。打ち取れ」とて、[38]山名、里見の人々、馬の鼻を並べて呼いて懸けける。小山が勢、[39]四角八方に懸け散らされて、百騎ばかりは討たれにけり。

かくて[40]浮島原を打ち過ぐれば、松原の影に旗三流れ差いて、勢の程五百騎ばかりひかへたり。「これは、敵か御方か」と、[41]在家の者に問ひ給へば、「これは、昨日、竹下より[42]一宮を追ひまゐらせて、所々にて合戦し候ひし[43]甲斐源氏にて候ふ」とぞ答

33 馬に鞭を当て走らせて。
34 宵のうちに戦に敗れて逃げ。
35 沼津市内で狩野川に合流する黄瀬川。ここは黄瀬川宿(沼津市黄瀬川)。
36 巴を二つ組み合わせた紋。小山の紋。

左二つ巴

37 本巻・5の足利直義軍に名がみえる。
38 山名・里見は、新田一族。
39 四方八方。
40 沼津市愛鷹山(あしたかやま)の南麓にあった湿地。
41 その地の農民。
42 一宮尊良親王の軍勢を追撃して。
43 武田・一条・小笠原等

へける。「さては、良き敵ぞ。取り籠めて討て」とて、二千余騎の勢を二手に分け、北、南より押し寄せければ、協はじとや思ひけん、一矢も射ずして、降人になつてぞ出でたりける。

　この勢を先に打たせて行けば、[44]中黒の旗を見、落ち隠れたる官軍ども、かなたこなたより馳せ付いて、七千余騎になりにけり。[45]今はかうと喜び勇んで、[46]今井、見着を過ぐる処に、また旗五流れ差し挙げて、小山の上に、敵二千余騎ばかりひかへたり。(降人に出でたり)つる甲斐源氏に、「この敵は、誰そ」と問ひ給へば、「これは、武田、小笠原の者どもにて候ふなり」と答ふ。「さらば、攻めよ」とて、四方より攻め上りけるを、[47]高田薩摩守義遠申しけるは、「この敵を、余さず討たんとせば、御方も[48]若干亡ぶべし。大敵をば、囲まで攻むるにこそ、利[49]は得候へ」と申しければ、[50]由良、船田、[51]げにもとて、東一方をば開けて、三方より攻め上りければ、げにもこの敵ども、遠矢少し射

の一族。

44 大中黒に同じ。新田の紋。

45 今は(これだけ軍勢が集まれば)もう大丈夫だ。

46 今井・見着(見附)は、富士市内の地名。

47 底本「高山」を改める。義貞十六騎の一人。前出、本巻・8。

48 大勢。

49 有利に戦うことができます。

50 群馬県太田市由良町に住んだ新田の家来。

51 なるほどその通りだ。

捨てて、東を指してぞ落ち行きける。

これより後は、あへて遮る敵もなかりければ、手負を相助け、下[52]がる勢を待ち連れて、十二月十四日の暮程に、[53]天龍川の東の宿に着き給ひけり。

折節、川上に雨降つて、川水岸を沁せり。[54]長途に疲れたる馬なれば、渡す事叶ふまじとて、俄かに[55]在家を壊ちて、[56]浮橋を渡されける。この時、もし将軍の大勢、跡より追つ懸けて寄せたりしかば、京勢は一人もなく亡ぶべかりしを、吉良、上杉の人々、長僉議に三、四日の逗留ありければ、川の浮橋、程なく渡しすまして、数万騎の軍勢、残る所なく一日が中に渡つてけり。

諸卒を皆渡し果てて後、船田入道と大将義貞朝臣二人、橋を渡り給ひけるに、いかなる[57]野心の者かしたりけん、浮橋を[58]一間ばかり、縄を切つてぞ捨てたりける。[59]舎人馬を引いて渡りけるが、馬とともに倒に落ち入つて、浮きぬ沈みぬ流れけるを、船

52　遅れた軍勢。
53　長野県諏訪湖に発し、静岡県浜松市で遠州灘にそそぐ。
54　長い行軍。
55　民家。
56　船や筏を組んで、その上に板を敷いた橋。
57　裏切り者。
58　一間は、約一・八メートル。
59　馬の口取りの下男。

田入道、「誰かある。あの御馬引き上げよ」と申しければ、跡に渡りける栗生左衛門、鎧着ながら川中へ飛び漬り、二町[60]ばかり游ぎ付いて、馬と舎人とを左右の手に差し揚げて、肩を超しける水の底を閑かに歩んで、向かひの岸へぞ付いたりける。

　この馬の陥りける時、橋二間ばかり落ちて渡るべき様もなかりけるを、船田入道と大将と二人、手を取り組んでゆらりと飛び渡り給ふ。その跡に候ひける二十余人、飛びかねて且し[61]徘徊す。伊賀国の住人[62]名張八郎とて、名誉の大力のありけるが、「いで、渡して取らせん」とて、鎧武者の[63]総角を取つて中に提げて、二十人こそ抛げ超しけれ。今二人残りてありけるを、左右の脇に軽々と挟んで、[64]一丈余り落ちたる橋をゆらりと跳んで、向かひの橋桁を踏みけるに、踏む所少しも動かず、真に軽げに見えければ、諸軍勢、遥かにこれを見て、「[65]あらいかめしや。いづれも[66]凡夫の業にあらず。大将と云ひ、[67]手の者どもと云ひ、

60　一町は、約一〇九メートル。

61　ためらって留まる。

62　篠塚・栗生と並称される新田方の剛勇の士。

63　鎧の背中に付ける総角結びの飾り紐。

64　一丈は、約三メートル。

65　ああものすごいことよ。

66　凡人。

67　手勢の者。

[68]いづれを捨つべしとも覚えねども、時の運に引かれて、この軍(いくさ)に打ち負け給ひぬる[69]うたてさよ」と、云はぬ人こそなかりけれ。

その後、[70]浮橋(うきはし)を切つて突き流されたれば、敵たとひ寄すとも、左右なく渡すべき様もなかりけるに、[71]引き立つたる勢(せい)の慣(くせ)なれば、大将と[72]同心(どうしん)になつて今一軍(ひといくさ)せんと、思ふ者なかりけるにや、矢矧(やはぎ)に一日逗留(とうりゅう)し給ひければ、昨日まで二万余騎ありつる勢、十方へ落ち失せて、三分の一もなかりけり。

[73]早旦(そうたん)に、[74]宇都宮治部大輔(うつのみやじぶのたいふ)、大将の前に来たつて申されけるは、「今夜(こよい)、官軍ども通夜(よもすがら)落ち失(う)せけると承(うけたまわ)るが、げにも陣々まばらになつて、いづくに人ありとも見え候はず。ここにもし数日(すじつ)を送つては、後ろに敵来たつて、道を塞(ふさ)ぎ候ひぬと覚え候ふ。あはれ、今少し引き退いて、[75]葦数(あじか)、墨俣(すのまた)を前に当てて、京近き国に御陣を召され候へかし」と申されければ、諸大将、「げにも皇居の事も[76]おぼつかなく候へば、さのみ都遠き所の長居(ながい)は、

68　どちらが劣っているとも思えないが。
69　嘆かわしいことよ。
70　「梅松論」には、兵が橋を切り落とそうとしたのを義貞はやめさせ、渡守に橋を警固させて去ったので、尊氏の兵はそのふるまいに感激したとある。
71　浮き足だった。
72　心を一つにして。
73　早朝。
74　公綱。宇都宮一族の惣領。
75　岐阜県羽島市足近(あじか)町、大垣市墨俣町。
76　心配に思われますので。

しかるべしと存じ候はず」とぞ同じける。義貞、「さらば、と[77]もかくも面々の御異見にこそ順ひ候はめ」とて、その日、天龍川を立つて、尾張国までは引かれける。

諸国朝敵蜂起の事 11

かかる処に、十二月十日、京都への注進に、讃岐国の住人[1]高松三郎頼重、早馬を立てて申しけるは、「足利の一族に、[2]細川卿律師定禅、去月二十六日、わづかに十六騎の勢を以て、当国[3]財田庄に於て旗を挙ぐる処、[4]詫間、香西これに与して、則ち三百余騎に及ぶ。これによつて、時刻を廻らさずこれを退治せしめんために、先づ[5]屋島の麓に打ち寄せ、国中の勢を催す処に、定禅、[6]遮つて夜討を致す間、頼重等、身命を捨てて防き戦ふと雖も、属する所の[7]国勢等、忽ち翻つて、剰へ御方

77 それならば、どのようにでも。

11

1 土岐光貞の子。
2 頼貞の子。顕氏の弟。細川は足利一族。
3 香川県三豊市財田町にあった荘園。
4 三豊市詫間町、高松市香西に住んだ武士。
5 高松市北東部の陸続きの島(高松市屋島)。源平の古戦場で知られる。
6 先手を打って。
7 土地の軍勢がたちどころに裏切って。
8 讃岐藤原氏の詫間・香西、讃岐橘氏の寒川(さむかわ)・三木など。
9 阿波国坂東・坂西郡(徳島県板野郡)の武士。
10 岡山県倉敷市児島。
11 義貞の長男。

を射る間、頼重が老父并びに一族十四人、郎従三十余人、その場に於て討死仕り畢んぬ。一陣破れて後、藤家[8]、橘家、坂東[9]、(坂西)の者ども、残る所なく定禅に属する間、その勢すでに三千騎に及ぶ。近日、備前の児島[10]に着き、すでに京都に攻め上らんとす。御用心あるべし」とぞ申しける。

　かかりけれども、京都には、新田越後守義顕[11]を大将として、結城[12]、伯耆、楠以下、宗徒[13]の大名ども大勢にて候ひければ、「四国の朝敵ども、たとひ攻め上るとも、いか程の事かあるべき」とて、仰天[14]もなかりけるに、同じき十一日、備前国の住人児島三郎高徳[15]がもとより、早馬を立てて申しけるは、「去月二十六日、当国の住人佐々木三郎左衛門尉信胤[16]、同じき田井新[17]左衛門尉信高等、細川卿律師定禅の語らひ[18]を得て、備中国に打ち越え、福山城[19]に楯籠もり候ふ間、かの国の目代[20]、先づ、手勢を以て合戦を致すと雖も、国中の勢催促に順はず。無勢に

12　結城親光(ちかみつ)、伯耆守名和長年、楠正成。建武政権下で「三木一草」といわれた(もう一人は千種忠顕)。
13　主だった。
14　驚きあわてること。
15　備前の武士。元弘の変以後、一貫して宮方として尽力した人物。前出、第八巻・13。
16　備前の武士。長胤の子。源平合戦で有名な佐々木盛綱の子孫(平家物語巻十・藤戸)。
17　備前の佐々木一族。玉野市田井に住んだ。
18　誘い。
19　総社市南部の山城。
20　国司の代官。後出に法名浄智とある。
21　小坂・川村・庄・陶山・成合・那須は、備中の武士。真壁は、備前の武士。第七巻・9、参照。

よつて引き退く刻、朝敵勝に乗つて追つ懸くる間、目代の勢、数百人討死し畢んぬ。その翌日に、小坂[21]、川村、庄、真壁、陶山、成合、那須、市河以下、悉く朝敵に馳せ加わる間、程なくその勢三千騎に及ぶ。ここに備前国の地頭、御家人等、吉備津[22]宮に馳せ寄せ、朝敵を相待つ処に、朝山備後守[23]、備後の守護職を賜つて下向候ふ間、その勢を并せて、同じき二十八日、福山に押し寄せて攻め戦ふ日、高徳が一族等、大手を攻め破り、すでに城中に打ち入る刻に、野心[24]の国人等、忽ち翻つて御方を射る間、目代浄智が子息、七条弁坊、小周防大弐、藤井六郎[25]、佐井七郎以下三十余人、搦手に於て討たる。

官軍つひに戦ひ負けて、備前国に引つ返して、三石[26]の城に楯籠もる処に、当国の守護松田十郎盛朝[27]、朝田判官全職[28]、高津入道道源当国に下着し、御方に加はる間、三石より引つ返し、同国の和気[29]の宿に於て合戦を致す（刻[30]、松田十郎、敵に属する

22　備中国一の宮。岡山市北区吉備津。
23　島根県出雲市朝山町に住んだ武士。第七巻・9の船上合戦のとき宮方となる。
24　叛心を抱く在地武士。
25　藤井・佐井は備前の武士か。
26　岡山県備前市三石。
27　松田・高津は備前の武士。
28　神田本同じ。玄玖本・流布本「大田判官全職」。後出、第十六巻・13「大田判官全職」。
29　岡山県和気郡和気町にあった宿場。
30　神田本・流布本により補う。
31　岡山県赤磐市の中南部、旧熊山町にあった山城。
32　備前の武士。
33　城や陣地などが敵に攻めとられること。

間、官軍数十人討たれて、熊山[31]の城に引き籠もる)。その夜、当国の住人内藤弥次郎[32]、御方の陣にありながら、ひそかに敵を城中に引き入れ、攻め劫かす[33]間、諸卒悉く行方を知らず没落し候ひ畢んぬ。高徳が一族等、この時わづかに死を免るる者、身を山林に隠し、討手[34]の下向を相待ち候ふ。もし早速に御勢を下されずんば、西国の乱、御大事に及ぶべく候ふ」とぞ申しける。

両日の早馬、天聴[35]を驚かしければ、「こはいかがすべき」と、周章ありける処に、また翌日の午刻[36]に、丹波国より、碓井[37]丹波守盛景、早馬を立てて申しけるは、「去んぬる十二月十九日[38]の夜、当国の住人久下弥三郎時重[39]、波々伯部次郎左衛門[40]、中沢三郎入道等を相語らひ、守護の館へ押し寄する間、防き戦ふと雖も、劫戦[41]不慮に起こるによつて、御方戦ひ破れて、つひに摂州[42]に引き退く。しかりと雖も、なほ他の力を并せて、その

34 討手の官軍。
35 帝がお聴きになること。
36 正午頃。
37 不詳。建武政権下の丹波守護か。
38 文脈からいえば十一月。
39 尊氏の丹波国篠村八幡宮での挙兵のとき、一番に馳せ参じた武士(第九巻・5)。
40 名は為光。波々伯部・中沢は、兵庫県篠山市に住んだ武士(第九巻・5)。
41 差し迫った戦いが突然起こり。　42 摂津国。
43 赤松円心(則村)は叛心をいだくため。
44 尊氏の命令書。
45 仲間に引き入れる。
46 人々が噂している。
47 午後六時頃。
48 石川県鹿島郡中能登町にあった石動山天平寺。
49 普門利清。越中の豪族。

恥を雪がんために、使者を赤松入道に通じ、合力を請くる処に、円心野心[43]を挟むの間、返答に及ばず、剰へ将軍の御教書[44]と号し、国中の勢を相語らふ[45]由、風聞人口[46]にあり。しかのみならず、但馬、丹後、丹波の朝敵等、備前、備中の勢を待ち、同時に山陰、山陽の両道より攻め上るべき由承り候ふ。御用心あるべく候ふ」とぞ申しける。

またその日の酉刻[47]に、能登国石動山[48]の衆徒の中より、飛脚を以て申しけるは、「去月二十七日、越中国の守護利清[49]、并びに井上[50]、野尻、波多野の者ども、将軍の御教書を以て、両国の勢を集め、反逆を企つる間、国司中院少将定清朝臣[51]、要害に就いて当山に楯籠もらるる処に、今月十二日、かの逆徒[52]等、雲霞の勢を以て押し寄するの間、衆徒等、義卒[53]に与し、身命を軽んずると雖も、一陣[54]つひに全きを得ざるの間、定清朝臣、戦場に於て命を墜とさる。寺院悉く兵火のために回禄[55]せしめ候

藤原氏。
50 流布本「井口」が正しい。野尻とともに、越中の武士。中先代の乱(第十三巻・4)で蜂起した。
51 第八巻・7にみえる中院定平の子。村上源氏。
52 謀叛の者たち。
53 正義の兵に味方し。
54 第一陣が敵勢を防ぐことができずに。
55 火の神。転じて、焼け亡ぶこと。
56 名は高家。加賀の守護。
57 斯波高経。越前守護。足利一族。
58 名は通治。伊予の豪族。六波羅合戦で、北条方として活躍。第九巻・5、参照。
59 山口県宇部市(長門国厚東郡)の武士。長門守護。
60 埼玉県熊谷市の出身で、鎌倉時代に安芸に移住した武士。

ひ畢んぬ。これよりいよいよ逆徒猛威を振るひ、今日すでに京都に攻め上らんとす。急ぎ御勢を下さるべし」とぞ申しける。

これのみならず、加賀に[56]富樫介、越前に[57]尾張守高経の家人、伊予に[58]河野対馬入道、長門に[59]厚東、安芸に[60]熊谷、周防に[61]大内介が一類、備後に[62]江田、弘沢、宮、三善、出雲に[63]富田、伯耆に[64]波多野、因幡に[65]矢部、小幡、この外、[66]五畿七道、四国、九州、残る所なく起こると聞こえしかば、主上を始めまゐらせて、[67]公家被官の人々、独りとして肝を消さずと云ふ事なし。

その頃、いかなる者か書きたりけん、[68]大内の承明院の扉に、一首の狂歌をぞ書いたりける。

　　[69]賢王の横言になる世の中は上を下にぞ返したりける

[70]四夷八蛮起こり合ひて、急を告ぐる事隙なかりしかば、[71]引他九郎が勅使にて、新田義貞なほ道にて敵を支へんとて、尾張国に居られたりけるを、「急ぎ先づ上洛すべし」とて召されけり。

61　弘幸。周防の豪族。
62　いずれも備後(広島県東部)の武士。
63　島根県安来市の武士。
64　不詳。
65　いずれも因幡(鳥取県東部)の武士。
66　畿内五か国と諸国七道で、日本全土の意。
67　公家に仕える侍。
68　内裏正殿の紫宸殿の正面にある内裏内郭の承明門のこと。帝が紫宸殿の高御座に座すると、その正面に目にする門。流布本は「陽明門」(大内裏の東面北端の門)とする。
69　賢王が道理にもとる勝手な言を吐く世の中は、上を下にひっくり返す混乱の世となった。賢王(けんおう)を上下ひっくり返してオウゲン(横言)とした洒落。
70　四方八方の蛮族(朝敵)。

引田九郎、[72]龍馬を給はつて早馬に打ちけるが、この馬にては、四、五日の道をも、一日にはたやすく打ち帰らんずるとて、打[73]ちけるに合はせて、げにも十二月十九日の[74]辰刻に京を立つて、その日の午刻に、近江国[75]愛智川の宿にぞ着いたりける。この宿にて、かの龍馬、俄かに病み出だして、時刻を移さず死にけり。かかるべき[76]表事に、かねてよりこの馬出でにけりとぞ覚えし。されば、始め[77]万里小路中納言藤房卿の諫言を奉られし時、「それ天馬の用ゐる所を案ずるに、[78]大逆不慮に来たる日、急を遠国に告ぐる時、その用あり。これ[79]静謐の朝に於て、かねて大乱の備へを儲く。豈に不吉の表事に候はずや」と申されけるも、今こそ思ひ合はせられけれ。

さる程に、引他は[80]乗替に乗つて、日を経て尾張国に下着し、[81]綸旨の趣を左兵衛督に申しければ、「さらば、先づ京都へ引つ返し、[82]宇治橋を支へてこそ合[83]戦を致さめ」とて、上洛せらる。

71 不詳。直後に「引田」。神田本・玄玖本・簗田本「引地」。流布本「引他」。
72 駿馬。この馬については、第十三巻・1、2。
73 馬に鞭を当てて走ると、まさしく思ったとおり。
74 午前八時頃。午刻は、正午。
75 滋賀県愛知郡愛荘町にあった宿場。
76 こうなるだろう前兆として、前もってこの馬は出現したのだ。
77 藤房の諫言は、第十三巻・2、参照。
78 帝への謀叛。
79 泰平の朝廷。
80 予備の馬。
81 帝の命令。
82 京都府宇治市の宇治川にかかる橋。
83 味方の軍勢に合戦をさせよう。

将軍御進発の事 12

[1]あらたまの年立ち帰れども、内裏には[2]朝拝もなし、[3]節会も行はれず。京、[4]白河には、[5]家々を壊ちて堀に入れ、財宝を積んで持ち運び、[6]何と云ふ沙汰もなく騒ぎけり。

さる程に、[7]将軍、すでに八十万騎にて美濃、尾張へ着き給ふと云ふ程こそあれ、四国の御敵も近づく、山陰道の朝敵も、ただ今[8]大江山へ取り上がるなんど聞こえければ、国々の軍勢ども、十方へ落ち行きける程に、洛中には、残り止まる勢、一万騎までもあらじとぞ見えたりける。それも皆、勇める気色もなし。「[9]いづ方へ向かへ」と、下知せられけれども、耳にも聞き入れざりければ、軍勢を勇ませんために、「今度の戦ひに於て、忠ある者には、[10]不日に恩賞を行はるべし」と云ふ[11]壁書を、決断

12

1　建武三年の新年になったが。あらたまのは、年の枕詞。
2　元日に帝が臣下から祝賀を受ける儀式。
3　元日に帝の臨席のもとで行われる宴。
4　京の鴨川以東の地域。
5　家をこわして、その材木でいかだを組んで。
6　どうしようという当てもなく、ただあわて騒いだ。
7　足利尊氏。
8　山陰道の要所、大枝山。山城・丹波の国境。京都市西京区大枝沓掛町。
9　どこそこへ出陣せよ。
10　ただちに。
11　張り紙を雑訴決断所(建武政権が設けた訴訟処理の役所)に張り出した。
12　箇条書きの末尾に。

所に押されたり。これを見て、その事書[12]の奥に、例の落書をぞしたりける。

[13]かくばかりたらさせ給ふ綸言の汗の如くになど流るらん

正月七日、義貞、内裏より退出して、軍勢の手分けあり。勢[14]多へは、伯耆守長年に、出雲、伯耆、因幡三ヶ国の勢二千騎を添へて向けらる。[15]供御の瀬、[16]かかや瀬二ヶ所に、大木を数千本流し懸けて、大縄を張り、[17]乱杭を引つ懸け引つ懸けつなぎたれば、いかなる[18]河伯水神なりとも、上をも游ぎ下をも潜り難し。

宇治へは、楠判官正成に、大和、河内、和泉、紀伊国の勢五千余騎を添へて向けらる。橋板四、五間[19]はねはづし、河中に、大石を[20]畳み上げ、[21]逆木を繁く立てて、東の岸を屏風の如くに切つたれば、河水二つに流れ分かつて、白浪漲り落つる事、[22]恰かも[23]龍門三級の如し。敵に心安く陣を取らせじとて、[24]橘の小島、槙島、[25]平等院のあたりを、一宇も残さず焼き払ひける程に、魔

13 「綸言汗のごとし(帝の言は取り消せない)」(漢書・劉向伝)というが、これほど人をだます綸言が、なぜ汗のようにたくさん出るのか。たらす(だます)に、汗を垂らすを掛ける。
14 琵琶湖の南端、瀬田川への注ぎ口。滋賀県大津市瀬田。
15 瀬田川と大戸川の合流点。大津市黒津。
16 不詳。流布本は「ぜぜ(膳所)が瀬」とするが、場所が合わない。
17 川の中に杭を打って縄を張りめぐらし敵の侵入を防ぐもの。騎馬への防備。
18 川の神。
19 一間は、約一・八メートル。 20 積み上げ。
21 棘のある木の枝で作った防御の柵。
22 あたかも。

風[26]大廈に吹き懸けて、宇治の平等院の仏閣、宝蔵、忽ちに焼けけるこそあさましけれ。

[27]山崎へは、脇屋右衛門佐を大将として、[28]洞院按察大納言、[29]文観僧正、[30]大友千代松丸、[31]宇都宮美濃将監泰藤、[32]海老名五郎左衛門尉、[33]長九郎左衛門尉以下、七千余騎の勢にて向かひけり。[34]財寺より河端まで、塀を塗り、堀を掘り、高櫓三百余ヶ所掻き並べて、陣を構へ、[35]ゆゆしくぞ見えける。されども、[36]京家の者ども、僧正の御房の手の者どもなれば、「この戦[37]もはかばかしからじ」とぞ申しける。

[38]大渡へは、新田左兵衛督を大将として、[39]里見、鳥山、山名、桃井、田中、籠守沢、千葉、宇都宮、菊池、結城、池、風間、小国、河内の兵ども、一万余騎にて向かひけり。これも、橋板三間引き落として、半ばより東に[40]掻楯を掻き、櫓を構へて支へたり。[41]いかなる鳥なりとも、たやすく翔り難しとぞ見えたりける。

23 中国、黄河中流の龍門山(山西省と陝西省の境)付近の急流。三段の滝になる。
24 ともに宇治川の中州にあった島。
25 藤原頼通が創建した寺院。宇治川西岸にある。
26 大きな建物。廈は、家。
27 京都府乙訓(おとくに)郡大山崎町。
28 公泰。洞院公賢の弟。
29 後醍醐帝の側近の真言僧。前出、第十二巻・1。
30 貞載(さだのり)の弟、氏泰の幼名。貞載は、本巻・9で足利方につく。
31 時景(公綱の従兄弟)の子。
32 武蔵七党の横山党。
33 但馬の武士。「平家物語」巻四「信連」の長谷部信連の子孫。底本「長井」を改める。
34 乙訓郡大山崎町の宝積

さる程に、将軍は八十万騎の勢にて、正月七日、近江国[42]伊岐洲社に山法師二千余騎にて楯籠もりたるを、一日一夜に攻め落として、八日に[43]八幡の山下に陣を取る。

細川卿律師定禅は、四国、中国の勢を卒して、正月二日、播磨国[44]大蔵谷に着いたりけるに、[45]赤松信濃守範資、備前国に下つて旗を挙げんとて、京より逃げ下りけるに行き合うて、互ひに悦びて一所になる。「[46]元弘の佳例なれば」とて、信濃守先陣にて、都合その勢二万三千余騎、正月八日の[47]午刻に、[48]芥川の宿に陣を取る。

また、[49]久下弥三郎、波々伯部次郎左衛門為光、酒井六郎真信、但馬、丹後の勢と[50]引き合うて六千余騎にて、[51]二条帥大納言殿の西山の[52]峯堂に陣取つておはしけるを追ひ落として、正月八日夜半より、大江山の手向に篝を焼く。

京中には、時に取つて弱からん方へ向かふべしとて、新田の

寺（ほうしゃくじ＝別名宝寺）。川端は、淀川の川端。
35 堂々として立派に。
36 公家の侍や文観僧正の手下どもなので。
37 うまくゆくまい。
38 淀の大渡。桂川・宇治川・木津川の合流点あたりで、水量が多く橋がかかっていた。
39 以下は、山名・結城を除いて、関東下向の新田軍にみえる。本巻・4、参照。
40 垣のように並べた楯。
41 陣容が厳重であるさま。
42 滋賀県草津市片岡町の印岐志呂神社（「梅松論」は伊岐代）。底本「伊岐洲ノ森」は、「社」を「杜」と誤ったもの。
43 石清水八幡宮のある男山の麓。京都府八幡市。
44 兵庫県明石市大蔵谷。
45 円心（則村）の長男。

一族三十人、国々の勢五千余騎を残されたりければ、大江山の敵を追ひ払ふべしとて、[53]江田兵部大輔を大将として、三千余騎を[54]丹波路へ向けらる。この勢、正月八日に桂川を打ち渡つて、朝霞のまぎれに大江山へ押し寄せ、一矢射て、やがて抜き連れ[55]て攻め上る間、[56]一陣に戦ひける久下弥三郎が舎弟五郎、討たれにけり。これを見て、後陣の勢ども、鞭を打つて引きける間、官軍、少し勇みの心ありけり。

大渡軍の事　13

明くれば、正月九日[1]辰刻に、将軍、八十万騎の勢にて、大渡の西の[2]橋爪に押し寄せらる。川をや渡るべき、また橋をや渡すべきと、評定ありける処に、[3]京方の陣より、[4]早り雄の者どもと見えたる兵百騎ばかり、川を隔てて進み出でて申しけるは、

46 元弘三年に赤松軍が京都の六波羅勢を攻め滅ぼしためでたい先例。第八巻・3、参照。　47 正午頃。
48 大阪府高槻市芥川町にあった宿場。
49 前出、本巻・11。酒井は、兵庫県篠山市に住んだ武士。
50 合流して。
51 師基。関白二条兼基の子。前出、第十一巻・7。
52 京都市西京区御陵峰ヶ堂町にあった法華山寺。京、丹波間の交通の要地。
53 名は行義。新田一族。
54 桂から大枝山を越え、亀岡を経て丹波へ至る道。
55 いっせいに刀を抜いて。
56 先陣。

13
1 午前八時頃。
2 橋のたもと。

「足利殿の搦手に憑み思し召して候ひつる丹波路の御手の者をこそ、昨日追つ散らして候へ。[5]旗の文どもを見候へば、宗徒の人々にて候ふなり。などやこの川を御渡し候はぬやらん。[6]昔は宇治、勢多をも渡されてこそ、名をも上げられ候ひしか」と、声々に、「渡されよ、渡されよ」と呼ばはりければ、武蔵、相模の兵ども、「敵に招かれて、いかなる[7]淵川なりとも渡さぬと云ふ事やあるべき」とて、一度に馬を打ち入れんとしけるを、[8]執事武蔵守師直、馳せ塞がりて、「これは物に狂ひ給ふか。昔は昔、今は今、暫く閑まり給へ。[9]在家を壊ちて、筏に作つて渡らんずるぞ」と下知しける。命に随つて、在家を壊ちて、[10]面二、三町なる筏をぞ組んだりける。武蔵、相模の兵ども五百余人、これに乗つて渡しけるが、河中に打つたる乱杭に懸かつて、棹を差せども行きやらず。敵は雨の降る如くに散々に射る。筏は少しもはたらかず。とかくしける程に、流れ泛みたる浪に、

3 新田軍。
4 血気にはやった者。
5 ここに並ぶ旗の紋。
6 他本はここに、治承・寿永の乱で、馬で宇治川を渡り先陣をはたした足利又太郎忠綱と佐々木四郎高綱の名をあげる(平家物語巻四・橋合戦、巻九・宇治川先陣)。
7 深い川。
8 足利家の執事(家老)。
9 民家。
10 長さ二、三町(一町は、約一〇九メートル)の筏。
11 不詳。神田本・玄玖本・流布本「野木与一兵衛入道頼玄」。
12 力が強く機敏な身ごなしの兵。
13 胴丸(胴だけの略式の鎧)の上に、伏縄目の大鎧(色を変えて山形を二つ三つ連ねたように染めた革で

筏の縄を押し切られて流れけるが、材木別々になりければ、五百余人の兵、皆水に溺れて失せにけり。

ここに、武蔵守が勢の中に、[11]八木与一政通とて、[12]大力の早態なる兵ありけるが、[13]同丸の上に伏縄目の大鎧を着、[14]獅子頭の冑に頬当して、四尺三寸の太刀を帯き、五尺余りの[15]備前長刀右の脇に挟み、「のけのけ人々、敵を目に懸くる程ならば、[16]天竺の石橋、[17]蜀州の梯橋なりとも、渡り得ずと云ふ事やあるべき」とて、橋桁の上にぞ進んだる。[18]櫓の上、掻楯の陰なる官軍ども、これを射て落とさんとて、[19]差しつめ(引きつめ)散々に射る。[20]しかれども、[21]面も振らず進みける処に、また、[22]山川判官が郎等二人、桁を渡つて続いたり。政通、いよいよ力を得て、櫓の下へ[23]かづき入り、立てたる柱を引きければ、揺るぎ渡つて、揺り倒されぬとぞ見えたりける。櫓の上なる射手ども、叶はじとや思ひけん、飛び下り飛び下りふためきて、[24]二の木戸の内へ

縅(どお)した大鎧)を重ねて着。

14　獅子頭の飾り物を鉢の正面に付けた兜。頬当は、顔から顎を覆う防具。

頬当

15　備前は刀剣の産地として、長船(おさふね)・一文字などの諸派が知られた。

16　天台山(中国浙江省)にあった瀑布の上の石橋。諸本「天竺の石橋」は誤り。能「石橋」も、清涼山(五台山、山西省)と誤る。

17　蜀(四川省)の断崖にかけられたかけはしの道、桟道(さんどう)。長安から蜀へ至る交通の難所。他本「蜀川の縄の橋」は、白居易「蛮子朝(ちょう)す」をふまえる。

逃げ入りければ、寄手[25]八十万騎、同音に胡簶[26]をたたいてぞ笑ひける。

「すはや[27]、敵は引くぞ」と云ふ程こそあれ[28]、東国の兵ども、われ前にと渡るに、押し落とされ塞き落とされて、水に溺るる者数を知らず。それをも顧みず、幾程もなき橋の上に、沓の子[29]を打つたる如くに立ち並んで攻めけるに、桁四、五間中より折れて、川へ落ち入る兵千余人、浮き沈みてぞ流れける。されども、八木与一政通は、水練の達者なれば、橋板一枚に乗つて、長刀を棹に差して、本の陣へぞ帰りける。これより後は、桁をも渡らず、筏も叶はずして、倦んで[30]ぞひかへける。

山崎破るる事 14

かかる処に、山崎の手に寄せける細川卿律師定禅、三万余

18 高所からの物見や射撃のために、城壁の上などに造る建物。
19 矢を次々に弦につがえて射るさま。
20 他本は、この前後に「平家物語」巻四「橋合戦」の矢切但馬(やぎりのたじま)の活躍をふまえた叙述が入る。
21 脇目もふらず懸命に。
22 常陸結城氏。朝光の子、重光。茨城県結城市上山川に住んだ。
23 もぐって入り。
24 第二の城門。
25 足利勢。
26 箙。矢を入れて携帯する武具。
27 それ。
28 言う間もなく。
29 沓底に打った鋲(びょう)のようにびっしりと。
30 もてあまして待機した。

騎にて、桜井[1]の宿の東へ打ち出づる。赤松信濃守範資、元弘の例に任せて先陣たるべしと定まりける処に、紀氏[2]の者ども三百騎、抜懸けして押し寄せたり。官軍の方に、小勢と見て木戸[3]を開き、逆木を引きのけて、五百余騎抜き連れて[4]懸け出でたるに、寄手一たまりもたまらず、追つ立てられて逃げ散る。

二番に、坂東[5]、坂西の者ども二千余騎、押し寄せたり。脇屋右衛門佐義助の兵並びに宇都宮[6]美濃将監泰藤二千余騎、二の木戸より同時に打つて出で、半時[7]ばかり戦へども、雌雄未だ決せず。

戦ひ半ばなる時、四国の大将細川卿律師定禅、三万余騎にて押し寄せたり。官軍、敵の大勢を見て、叶はじとや思ひけん、城の中に引き籠もる。寄手、いよいよ気に乗つて、乗り越え乗り越え攻めける程に、堀は死人に埋まりて平地になる。

さる程に、但馬国の住人長九郎左衛門、降人に出づ。これ

14

1　大阪府三島郡島本町桜井にあった宿場。
2　播磨の紀氏、浦上氏。
3　城門。
4　いっせいに刀を抜いて。
5　阿波国坂東・坂西郡(徳島県板野郡)の武士。
6　本巻・12の山崎に向かう軍に、後出の長九郎左衛門・洞院按察大納言・文観とともに名がみえる。
7　一時間ほど。

を見て、洞院按察大納言殿の御勢、文観僧正の手の者なんどと云ひて、この間[8]畠水練しつる者ども、冑を脱いでわれ先にと降人に出でける間、討ち残されたる官軍三千余騎、[9]赤井を差して落ち行けば、山崎の軍は破れたり。

大渡破るる事 15

「かくては、敵、皇居に乱れ入りぬと覚ゆる。主上を先づ[1]山門へ行幸成し奉つてこそ、心安く合戦をもせめ」とて、新田左兵衛督、大渡を捨てて、都へ帰り入り給へば、[2]大友千代松丸、[3]宇都宮治部大輔、降人になつて、将軍の御方に馳せ加はる。

義貞と義助と一手になつて、[4]淀大明神の前を引く時、細川卿律師、二万余騎にて追つ懸けたり。[5]新田越後守義顕、後陣に引きけるが、三千余騎にて[6]返し合はせ、[7]相撲が辻を陣に取つ

8 水のない所で水練するように実地に通用しない訓練をしていた者たち。
9 赤井河原。京都市伏見区羽束師(はつかし)から淀の桂川西岸の地。

15
1 比叡山延暦寺。
2 氏泰の幼名。
3 公綱。宇都宮一族の惣領。
4 桂川と宇治川の合流点、伏見区淀水垂(よどみずたれ)町にあった淀姫明神社(與杼〈よど〉神社)。
5 義貞の長男。
6 引き返して防ぎ戦い。
7 淀姫明神社の前の地。

て、すでに合戦に及びけれども、跡[8]に合戦ありとは義貞の勢(せい)に告げられず。これは山門へ行幸を成し奉らんがためなり。

　越後守義顕、矢軍(やいくさ)にて且(しばら)く時を移し、父義貞今は内裏へ参ぜられぬらんと覚ゆる程になつて、三千余騎を二手に分けて、[9](東西よりをつと喚(おめ)いて)懸け入りければ、乱れ合ひて、互ひに火出づる程こそ戦うたれ。今まで御方にありつる宇都宮、大友が兵ども、越後守を見知つて、自余の勢(せい)には目を懸けず、ここに取(と)り籠(こ)め、かしこに寄せ合はせて、打(う)ち止(とど)めんとしけるを、義顕、打ち破つては出で、取つて返しては追ひ退け、七、八度まで自(みずか)ら戦ひけるに、鎧の袖も冑の錣(しころ)[10]も皆切り落とされて、深(ふか)手(で)負つて、[11]わづかに都へ帰りけり。

8　義顕は、後方で自分が戦っているとは父義貞の軍勢に告げなかった。

9　他本により補う。

10　兜の鉢から垂れて首を覆う部分。

11　かろうじて。

都落ちの事 16

山崎、大渡の陣破れぬと聞こえければ、京中の貴賤上下、俄かに出で来たる事のやうに、周章てふためき、倒れ(迷ひて)、車馬東西に馳せ轟き、財宝を[1]上下へ持ち運びけり。

義貞、義助未だ参らざる前に、主上は、山門へ落ちさせ給はんとて、[2]三種の神器を玉体に添へて、[3]鳳輦に召されたれども、[4]駕輿丁一人もなかりければ、[5]四門を堅めて候ふ武士ども、鎧着ながら御輿の前後をぞ仕つたりける。

[6]吉田内大臣定房公、車を飛ばせて参ぜられたりけるが、[7](御所中を走り廻つて見給ふに、)皆人々周章てたりと覚えて、[8]明星日の札、[9]二間の御本尊まで、皆捨て置かれたり。[10]内府、心静かに[11](青侍どもに)取り持たせて参ぜられけるが、いかがし

16

1 京の北と南。

2 皇位の象徴とされた三種の宝器(鏡・剣・玉)。

3 鳳凰の飾りのついた帝の輿。 4 輿を舁く役人。

5 内裏の東西南北の門。

6 後醍醐帝の側近。建武新政下、北畠親房・万里小路宣房とともに重用された。前出、第一巻・3。

7 他本により補う。

8 不詳。陰陽寮が出した明星(太伯星=金星)と日の神の札(護符)か。

9 清涼殿の夜御殿の東の二間四方の間。観音を本尊とし、護持僧が夜居して祈禱する。

10 内大臣(定房)。

11 (青い袍〈ほう〉を着た)公家に仕える六位の侍。

12 ともに皇室に伝えられ

て見落とし給ひけん、玄象[12]、牧馬、達磨[13]の御袈裟、毘須羯磨[14]が作りたりし五大尊、取り落とされけるこそあさましけれ。

この二、三ヶ年の間、天下わづかに一統して、朝恩に誇りし月卿雲客[15]、さしたる事もなきに武具を嗜み、弓馬を好みて礼法もなかりしが、かかる不思議の出で来たるべき先表[16]なりと、今こそ思ひ知られたり。新田左兵衛督、同じき一族等三十余人、馬を早め、皆東坂本[17]へ馳せ参る有様、安禄山[18]が潼関の軍に[19](官軍忽ちに)打ち負けて、玄宗皇帝蜀の国へ落ちさせ給ひしも、今こそ思ひ知られたれ。

勅使河原自害の事　17

信濃国[1]の住人勅使河原[2]は、大渡の手に向かひたりけるが、宇治も山崎も破れて、主上早やいづちともなく東を指して落ちさせ

た琵琶の名器。とくに玄象は、三種の神器に次ぐ宝器とされた。
13 達磨大師の伝来とされた袈裟か。
14 毘首羯磨。帝釈天の臣で、工芸・建築を司る天神。五大尊は、不動以下の五大明王で、内裏で行う五壇法の本尊。
15 公卿殿上人。
16 前兆。
17 滋賀県大津市坂本。比叡山の東麓。
18 七五六年に唐の玄宗皇帝が潼関(陝西省東端の関)の戦いで安禄山の叛乱軍に敗れ、蜀(四川省)へ逃れたこと。
19 他本により補う。

17
1 梁田本・天正本「武蔵国」が正しい。

せ給ひぬと聞こえければ、「危[3]ふきを見て命を致すは、義なり。われ何[4]の顔あつてか、亡朝の臣として、不義の逆臣に順はん」とて、三条河原より父子三騎引つ帰して、鳥[5]羽の羅城門の辺にて、腹切つて死にけり。

長年京に帰る事、并 内裏炎上の事　18

長[1]年は、勢多を堅めて居たりけるが、山崎の陣破れて、主上早や東坂本へ落ちさせ給ひぬと聞こえければ、「ここより直に坂本へ馳せ参らんずる事なれども、今一度内裏へ馳せ参らで落ち行かん事、後[2]難あるべし」とて、その勢三百余騎にて、十日の暮程に、また京へぞ帰りける。

今日は悪[3]日とて、将軍未だ都へは入り給はざりけれども、四国、西国の兵ども数万騎打ち入つて、京、白河に充満したれば、

2　流布本・天正本「勅使河原丹三郎」。武蔵七党の丹党の武士。
3　危険な時に命を投げ出すのが忠義の士である。「士は危ふきを見ては命を致し、得るを見ては義を思ふ」(論語・子張)。
4　なんの面目があって。
5　鳥羽の作り道(京から鳥羽離宮へ至る道)の起点となる羅城門(朱雀大路の南端の門)の辺。

18
1　名和長年。本巻・12で勢多へ向かう官軍の将としてみえる。
2　後になっての非難。
3　縁起のよくない日。
4　波に浮かぶ帆掛け船を図案化した紋。名和の紋。

帆掛船の笠符を見て、いかにもして打ち止めんとしけれども、長年懸け破つて通り、打ち破つて出で、十七度までぞ戦ひけるに、三百騎の勢、次第次第に討たれて、百騎ばかりになりにけり。

されども、長年はつひに討たれざりければ、内裏の置石の辺にて馬より下り、冑を脱いで南面に跪く。しかれども、主上東坂本へ臨幸なつて数刻の事なれども、「いかに」と問ふ人もなし。四門悉く閉ぢて、宮殿まさに寂寞たり。早や甲乙人乱れ入つたりと覚えて、百官の礼儀をととのへし紫宸殿の上には、賢聖の障子引き破られて、雲台の画図ここかしこに乱れたり。佳人晨粧を餝りし弘徽殿の前には、翡翠の御簾半ばより絶えて、微月の銀鉤空しく懸かれり。

長年、つくづくとこれを見て、さしも勇める夷心にも、あはれの色やありけん、涙両眼に余りて、鎧の袖をぞ濡らしける。

帆掛け船

5 大極殿の前庭にある龍尾壇。第十二巻・1、参照。
6 天子の御座に向かって。
7 数刻(一刻は、約三十分)しか経っていないが。
8 名もない者。庶民。
9 紫宸殿にある障子。漢から唐までの三十二人の賢臣、学者、文人の立像を描く。第十二巻・1、参照。
10 後漢の明帝が、前代の功臣の肖像を宮中の雲台の壁に画いたもの。賢聖の障子をさす。
11 美女が朝の化粧をした後宮の弘徽殿。「佳人尽(ことごと)く晨粧を飾る」(和漢朗詠集・暁)。
12 カワセミの羽のように

やや暫く徘徊して居たりけるが、「いざさらば、東坂本へ参らん」とて、[15]陽明門の前より、馬に打ち乗って打ちけるが、「敵の馬の蹄に懸けさせんよりは」とて、内裏に火懸け、[16]今路越に東坂本へぞ参りける。

時節、辻風烈しく吹いて、[17]前殿、後宮、諸司八省、[18]三十六殿、[19]十二門、[20]大廈の構へ等は申すに及ばず、[21]龍楼、竹園、准后の御所、[22]式部卿親王の常盤井殿、聖主御遊の[23]馬場殿、煙同時に立ち登り、炎四方に満ち満ちて、一時の灰燼となりにけるこそあさましけれ。昔、異朝に、[24]越王、呉を亡ぼして[25]姑蘇城を一片の煙となし、項羽、秦を傾けて[26]咸陽宮三月の炎を昌んにせし、呉越、秦楚の古へに異ならずと、歎かぬ人もなかりけり。

将軍入洛の事　19

青く美しい簾。
13　三日月の形をした銀の掛け金。
14　荒々しい武士の心。
15　大内裏の東面の門。
16　京都市左京区の修学院付近(西坂本)から比叡山を越え、滋賀県大津市坂本(東坂本)へ至る道。
17　後宮に対して、紫宸殿、清涼殿等をさす。
18　多くの宮殿。「漢家の三十六宮」(和漢朗詠集・十五夜)。
19　大内裏の十二門。
20　大きな建物。
21　龍楼は、皇太子。竹園は皇族。准后は、准三后(太皇太后・皇太后・皇后に準じた待遇を受ける者)。
22　亀山帝の皇子、恒明親王の邸。
23　後醍醐帝が二条高倉に造った御殿(第十三巻・1)。

明くれば、正月十一日、将軍、八十万騎にて都へ入り給ふ。ゆゆしかりし有様なり。[1]

かねては、[2]合戦事故なくして入洛せば、持明院殿[3]の御方の院、宮々の御中に一人、御位に即け奉つて、天下の政道を武家より計らひ申すべしと、議を定められたりけるが、持明院の院、法皇、儲の君[4]、一人も残らせ給はず、皆山門へ御幸なりたる間、将軍、「自ら万機[5]の政をし給はん事も叶ふまじ。天下の事いかがすべき」と、案じ煩うてぞおはしける。

親光討死の事　20

ここに、結城判官親光[1]は、この君に[2]二心なき者なりと深く憑まれまゐらせて、朝恩に誇る事、傍らに人なきが如し。鳳輦に供奉せんとしけるが、この世の中は[3]かばかしからじと思ひけれ

24　「強呉滅びて荊棘あり　姑蘇台の露瀼々たり　暴秦衰へて虎狼なし　咸陽宮の煙片々たり」(和漢朗詠集・故宮)などをふまえる。
25　越王勾践によって滅ぼされた呉王夫差の宮殿(江蘇省蘇州市)。
26　楚の項羽によって焼かれた秦の始皇帝の阿房宮(陝西省咸陽市)。

19
1　いかめしく立派である。
2　前々から、合戦に無事勝利して京に入ったら。
3　後深草帝の皇統の称。
4　皇太子。
5　帝の行う政務。

20
1　建武政権下で抜擢され、楠・名和・千種とともに「三木一草」といわれた。

ば、いかにもして将軍[4]をねらひ奉らんと思ひて、わざと都に落ち止まつてぞ居たりける。さて、或る禅僧を縁[5]に取つて、降参の由を申したりければ、「親光が所存は、誠の降参の志はよもあらじ。尊氏をたばからんためにてぞあるらん。さりながらも、[6]事の体を聞け」とて、[7]大友左近将監をぞ遣はされける。

大友は、元来少し思慮なき者なりければ、結城に向かつて、「御降参の法にて候へば、いかさまにも[8]御物具を脱がせ給ひ候ふべし」と、荒らかに言をぞ懸けたりける。親光、これを聞いて、さては将軍、早やわが心中を推量あつて、討てとの使ひに大友を出だされたりと心得て、「物具を脱がせよとの御使ひならば、寄つて脱がせよ」と云ふままに、三尺八寸[9]の太刀を抜いて、大友に馳せ懸かり、冑の[10]錣を本頸まで、切先五寸ばかりぞ打ち込みたる。大友も、太刀を抜かんとしけるが、目や暗くなりけん、一尺ばかり抜きかけて、馬より倒に落ちて死にけり。

奥州結城氏の宗広の子。前出、第十三巻・3。
2 後醍醐帝。
3 期待通りにいかないだろう。
4 尊氏を討とうとねらい。
5 つてとして。
6 言い分。
7 九州の豪族。名は貞載(さだのり)。竹の下合戦で官軍から足利方に寝返った。本巻・9、参照。
8 鎧・兜などの武具。
9 三尺以上は、大太刀とされる。
10 兜の錣(鉢から垂れた首を覆う部分)の上から首の付け根まで。

これを見て、大友が若党(わかとう)三百余騎、親光が手の者十七騎を、中に取り籠めて討ちにけり。

敵も御方(みかた)もこれを聞いて、「あたら兵を、時(とき)の間(ま)に失ひつる事のうたてさよ」と、惜しまぬ人ぞなかりける。将軍の運の程こそ強かりけれと覚えたり。[13]

11 惜しいつわものを、一瞬で。
12 残念なことよ。
13 諸本はこのあと、比叡山延暦寺を頼り、東坂本を皇居とした後醍醐帝の動静について語る(神田本・玄玖本「日吉御願文之事」、流布本「坂本の御皇居并御願書事」)。

太平記 第十五巻

第十五巻　梗概

後醍醐帝を迎え入れた延暦寺に対抗するため、足利方は、戒壇の造営を約束して三井寺を味方につけた。建武三年(一三三六)正月十三日、北畠顕家率いる奥州・関東勢が比叡山の宮方に合流した。三井寺に攻め寄せた宮方は、細川定禅の軍勢を追い落として伽藍に火をかけた。十六日、新田義貞軍が京へ攻め入り、尊氏は一時は腹を切ろうとするまで追いつめられたが、細川定禅の活躍で事なきをえた。二十七日、宮方は再度京へ攻め入って勝利した。さらに楠正成の謀で比叡山を撤退するように見せかけた宮方は、三十日、油断した足利方を京から攻め落とした。摂津へ落ちる途中、尊氏は、供をしていた薬師丸に、後醍醐帝に対抗するため、持明院統の光厳上皇の院宣を手に入れるよう命じた。二月六日、摂津手島河原で両軍の戦闘があり、楠軍に背後をつかれた足利軍は、兵庫湊川に退却した。七日、湊川一帯の戦闘でも大敗した尊氏は、大友貞宗の進言により、船で九州へ落ちた。二月二日、京にもどった後醍醐帝は、二十五日、建武の年号を延元に改めた。一方、わずかの軍勢で筑前多々良浜に上陸した尊氏は、宗像大宮司の館に迎えられた。宮方の菊池武俊が尊氏方の少弐の城を攻め落とし、さらに多々良浜に攻め寄せた。尊氏は、菊池の大軍をみて一度は自害しようとしたが、時の運のゆえか、尊氏軍は百倍に余る菊池軍を退け、さらに菊池の居城を攻め落として、またたくまに九州全土を制圧した。

三井寺戒壇の事 1

山門[1]二心なく君[2]を擁護し奉つて、北国、奥州の勢を待つ由聞こえければ、義貞に勢の付かぬ前に、東坂本[3]を攻めらるべしとて、細川[4]卿律師定禅、同じき刑部大輔[5]、同じき陸奥守[6]を大将として、六千余騎を三井寺[7]へ差し遣はさる。これは、いつも山門に敵す園城寺なれば、衆徒の所存、よも二心はあらじと憑まれけるゆゑなり。随つて、当寺の衆徒忠節を致されば、戒壇造[8]営の事、武家(殊)に力を加え、その功をなすべき由、御教書[9]をぞなされける。

そもそも園城寺の三摩耶戒壇[10]の事は、前々すでに公家尊崇の儀を以て、勅裁をなし、関東[11]贔屓の威を添へて、取り立てられしかども、山門、嗷儀[12]を恣にして猛勢を振るふ間、干戈[13]これ

1
1　比叡山延暦寺。
2　後醍醐帝。
3　比叡山の東麓の地。滋賀県大津市坂本。
4　頼貞の子。建武二年十一月に讃岐で挙兵。第十四巻・11。
5　頼春。公頼の子。
6　顕氏。定禅の兄。
7　園城寺。天台宗寺門派の本山。大津市三井寺町。
8　僧侶を得度させる(戒を授ける)儀式を行なう壇。戒壇を持つことが宗派の自立を意味した。
9　将軍の発給する文書。
10　延暦寺の円頓(えんどん)戒壇に対抗して、園城寺が設けようとした戒壇。円頓戒にたいして、三摩耶戒は密教系の戒律。
11　幕府の力添え。

より動いて、[14]回禄度々に及べり。

その故をいかにと尋ぬるに、かの寺の高祖、[15]智証大師と申すは、[16]伝教大師の御弟子にて、[17]顕密両宗の碩徳、智行兼備の権者にてぞおはしける。伝教大師御入滅の後、智証の門徒と、[18]慈覚の門徒と、確執の事あつて、智証の門徒、[19]修禅院五百坊を引いて、三井寺に移す。かの寺と申すは、[20]教待和尚、百六十年行ひて祈り出だし給ひし[21]生身の弥勒を、智証に譲り奉る。大師、これを受けて[22]三密瑜珈の道場を構へ、[23]一代説教の法席を展べ給ふ。

その後、[24]仁寿三年に、智証大師求法のために御渡唐ありけるに、悪風俄かに吹き来たり、御舟忽ち漂没せんとせし時、大師、舷に立ち出でて、十方を一礼し給ひければ、金色の[25]不動明王、船の舳に現じ、[26]新羅明神、船の艫に[27]影向し給ひて、自ら梶を取り、櫓を押し給ひしかば、御舟恙なくして、則ち[28]明州の津へ

12 強訴のふるまい。
13 楯と鉾。いくさの意。
14 火の神、転じて火災。
15 円珍のおくり名。第五代天台座主。寺門派の祖。
16 日本天台宗の開祖、最澄。七六七―八二二。
17 顕教・密教の学徳が高く、智恵と行法を兼備した権者(仏の化現)。
18 円仁のおくり名。第三代天台座主。山門派の祖。
19 学問・修行をして悟りに至る僧院。
20 園城寺(三井寺)に久しく住み、同寺を円珍に譲った僧。底本「教代」。
21 仏の変化身の弥勒(釈迦入滅後、五十六億七千万年後に衆生を救う菩薩)。
22 手に印を結び、口に真言を唱え、心に仏を観じて修行すること。
23 釈迦が一代の間に説い

着き給ひにけり。かくて御在唐[29]十三年の間、顕密の奥義を究め給ふ。[30]天安三年に、御帰朝の後、法流いよいよ盛んにして、[31]一朝の綱領、四海の倚頼たりしかば、この寺、[32]四箇の大寺のその一として、[33]論場の公請に随ひ、[34]宝祚の護持を致す事、諸寺に[35]卓礫たり。

そもそも山門すでに[36]菩薩の大乗戒壇を立て、[37]南都は[38]声聞の小乗戒を立つ。園城寺、何ぞ三摩耶戒を建てざらんとて、後朱雀院の御宇、[39]長暦年中に、三井寺の[40]明尊僧正、頻りに勅許を蒙らんと奏聞しけるを、山門、堅く支へ[41]申しけるは、「かの寺の本主、[42]太政大臣大友皇子の後胤、[43]大友夜須良麿、氏族[44]連署して官符を申す。[45]貞観六年十二月五日の状に曰はく、「望み請ふらくは、長く延暦寺の別院と為して、件の円珍を以て、[46]主持の人と作し、[47]早く恩恤を垂れ、園城寺を以て、[48]解状の如く延暦寺の別院たるべき由、[49]寺牒を下され、将に夜須良麿并

た教え。
25 五大明王の主尊。　24 八五三年。舳は船の先端。
26 園城寺の鎮守神。艫は、船尾。
27 姿を現わされて。
28 中国、浙江省寧波市。
29 在唐六年。仁寿三年―天安二年(八五三―八五八)。
30 八五九年。
31 朝廷の基、天下の頼り。
32 東大寺、興福寺、延暦寺、園城寺をさす。
33 仏法を論じる公の場。
34 帝位をお護りすること。
35 卓犖。群を抜いてすぐれている。
36 仏弟子がすべての衆生を救済する大乗仏教の戒律。
37 奈良の興福寺。
38 仏弟子が個人的解脱をめざす小乗仏教の戒律。
39 一〇三七―四〇年。
40 小野道風の孫。三井寺

びに氏人の愁吟[50]を慰せしめんとす。いよいよ天台の別院として、天長地久[51]の御願、四海八埏の泰平を致すべし」と云々。よつて、貞観八年五月十四日、官符を成されて曰はく、「園城寺を以て、天台の別院たるべし」と云々。しかのみならず、貞観九年十月三日、智証大師の記文[52]に云はく、「円珍の門弟、南都[53]の小乗劣戒を受くべからず。必ず大乗戒壇院[54]に於て、菩薩の別解脱戒[55]を受くべし」と云々。しかれば、本末[56]の号歴然たり。師弟の儀勿論なり」と、証を引き、理を立てて支へ申しける間、君、思し召し煩はせ給ひて、「許否ともに凡慮の及ぶ処にあらざれば、ただ冥慮[57]に任すべし」とて、自ら告文[58]をあそばされて、叡山の根本中堂[59]に籠めらる。その詞に云はく、「戒壇分かれて、国家の危ふきことなかるべくんば、その旨帰[60]を悟し給へ。戒壇立つて、王者の懼れあるべくんば、その示現を施し給へ」と云々。

長吏として天台座主となるが、延暦寺に拒まれ、一〇四八年、勅により数日のみ第二十九代天台座主となる。
41 抗議する。
42 天智帝の皇子。三井寺はもと、大友皇子の邸だったと伝えられる。
43 縁起類では、大友皇子の孫とも曾孫ともされるが、渡来系の倭漢(やまとのあや)氏。
44 一族連名で、太政官符を申請した。
45 八六四年。 46 住職。
47 憐れみを賜り。
48 上級官庁への上申書。
49 寺院あての公文書。
50 愁いを晴らすこと。
51 天地が長久で、天下をくまなく泰平ならしめよう。
52 記した文書。
53 延暦寺の大乗円頓戒に対して、南都諸宗の授戒の儀式を貶めた言い方。

この告文を籠められて、七日に当たりける夜、主上、不思議の御夢をぞ御覧ぜられける。[61]無動寺の[62]慶命僧正、一紙の消息を進せて曰はく、「胎内の昔より、[63]治天の今に至るまで、宝祚の長久を祈請し奉ると雖も、三井寺の戒壇院、もし宣下せられば、本懐を失ふべし」と。また、その翌夜の御夢に、かの慶命僧正、参内して紫宸殿に立たれたりけるが、大きに怒れる気色にて、「昨日、一紙の状を進覧すと云へども、叡慮更に驚き思し召されず。[64]所詮、三井寺の戒壇、勅許あらば、[65]年来の御祈りを変じて、[66]怨心をなすべし」と。また、その翌夜の御夢に、一人の老翁、弓箭を帯して殿上に候す。主上、「汝は何者ぞ」と御尋ねありければ、「これは、[67]円宗擁護の[68]赤山明神にて候ふ。三井寺の戒壇[69]執奏の人に向かつて、矢一つ仕らんために、参内して候ふなり」とぞ申しける。夜々の御夢想に、君も臣も恐れをなされければ、つひに寺門の所望を[70]黙せられて、山門に理

54 延暦寺の戒壇院。
55 個々の戒を保って悟りに到ることを説く戒律。
56 本寺と末寺の関係。
57 神仏の思し召し。
58 神仏への誓紙を書いて。
59 延暦寺東塔の本堂。
60 趣旨をお教えください。
61 延暦寺東塔に属し、回峰行の道場。
62 第二十七代天台座主。
63 帝位についた今。
64 結局のところ。
65 長年の帝位長久の祈りを改め。
66 お怨みいたしましょう。
67 一実円頓宗。天台宗のこと。
68 比叡山西麓（京都市左京区修学院開根坊町）の赤山禅院に鎮座する延暦寺の守護神。円仁が中国より勧請した。
69 取りつぎ奏上すること。

をぞ付けられける。

　かくて遥かに程経て後、白河院の御時、江帥匡房卿[71](の兄)に、三井寺の頼豪僧正[72]とて、貴き人のありけるを召されて、皇子御誕生の御祈りをぞ仰せ付けられける。頼豪、勅を蒙つて、肝胆を砕いて祈誓しけるに、陰徳[73]忽ちに呈れて、承保元年[74]十二月十六日、皇子[75]御誕生ありてけり。帝、叡感の余りに、「御祈誓の勧賞[76]は、宜しく請ふに依るべし」と、宣下せらる。頼豪は、年来の所望なりければ、他の官禄[77]を閣いて、園城寺の三摩耶戒壇造立の勅許をぞ申し給ひける。山門、またこれを聞いて、款状[78]を捧げて禁庭に訴ふ。前例を引き、停廃[79]せられんと奏しけれども、綸言[80]再び復らずとて、勅裁なかりければ、三塔[81]、嗷儀を以て、谷々[82]の講演を打ち止め、社々の門戸を閉ぢて、御願を打ち留めける間、朝議[83]、黙し難うして、力なく三摩耶戒壇造立の勅裁を召し返さる。

70　黙殺されて。
71　大江匡房(まさふさ)。成衡の子。後三条・白河・堀河天皇の侍読をつとめた学者。なお、兄が頼豪というのは誤り。
72　藤原有家の子。大江匡房とは師檀関係にあったという(平家物語巻三・頼豪)。
73　世に隠れていた徳。
74　一〇七四年。
75　白河帝第一皇子、敦文(あつふみ)親王。母は、中宮賢子。
76　褒賞。
77　官職と俸禄。
78　嘆願状。
79　三井寺への許可をやめるよう奏上したが。
80　帝の言は、汗のごとく元に返らない(第十四巻・12、参照)。
81　比叡山延暦寺を構成する東塔・西塔・横川が、衆をたのんで無理を言い立て。

頼豪、これを怒つて、百日が間、髪をも剃らず、爪をも切らず、[84]炉壇の煙にふすぼり、[85]嗔恚の炎に骨を焼いて、「われ、願はくは、[86]即身に大魔縁となり、[87]玉体を悩まし奉り、山門の仏法を滅ぼさん」と云ふ悪念を発して、つひに[88]三七日が中に、壇上にて死にけり。その怨霊、はたして邪毒をなしければ、頼豪が祈り出だし奉つたりし皇子、未だ母后の御膝の上を離れさせ給はで、忽ちに御隠れありけり。[89] [90]叡襟これによつて堪へず。

[91]山門の嗷訴、園城寺の効験、徳失甚だ隠れなかりければ、且は山門の恥を雪ぎ、または[92]継帝の儲を全うせんために、延暦寺の座主[93]良信大僧正、申し請けて、皇子御誕生の御祈りをぞ致されける。[94]御修法の間に、種々の奇瑞あつて、[95]承暦三年七月九日、[96]皇子御誕生あり。山門の護持[97]隙なかりければ、頼豪が怨霊も近づき奉らざりけるにや、この宮、つひに玉体恙なくして、天子の位を践ませ給ふ。御在位の後、院号あつて堀河院と

82　三塔十六谷の坊舎での教学と説法。
83　朝廷の評議は、それを無視できずに、やむなく。
84　護摩木を焚く壇。
85　怒り。
86　生きながら悪魔となり。
87　帝の体。
88　二十一日間。
89　承暦元年（一〇七七）八月没。
90　帝の心はこれにより苦しみにたえなかった。
91　延暦寺の訴えと、園城寺の祈禱の結果、その得失は明らかだったので。
92　皇位継承の跡継ぎ。
93　第三十六代天台座主。
94　密教で加持祈禱などを行う修法。
95　一〇七九年。
96　善仁(たるひと)親王。母は、中宮賢子。
97　抜かりなかったので。

申せしは、則ちこの第二宮の御事なり。

その後、頼豪が亡霊、忽ちに鉄の牙、石の身なる八万四千の鼠となつて、比叡山に上り、仏像経巻を喰ひ破りける間、これを防くに術なくして、頼豪を一社の神に崇めて、その怨念を鎮む。鼠の[98]祠これなり。

かかりし後は、三井寺も、いよいよ[99]意執深くして、ややもすれば戒壇の事を申し達せんとし、山門もまた、以前の嗷儀を例として、理不尽にこれを[100]徹返す。されば、[101]天暦年中より、去んぬる[102]文保元年に至るまで、この戒壇ゆゑに園城寺の焼かるる事、すでに七度なり。近年は、これに懲り恐れて、その企てもなかりつれば、[103]なかなか寺門繁昌して、[104]三宝の住持も全かりつるに、今、[105]将軍、みだりに衆徒の心を取らんために、山門の怒りをも顧みず、[106]楚忽の御教書をなされければ、却つて[107]天魔の所行、法滅の因縁かなと、聞く人[108]唇を翻せり。

98 王子宮(日吉山王中七社の一)の末社。日吉社境内の大政所(おおまんどころ)の近くに現存する。祭神は大黒天。
99 意趣。恨み。
100 撤回させる。
101 九四七—九五七年。
102 一三一七年。
103 かえって。
104 三宝(仏・法・僧)の維持も完全であったのに。
105 足利尊氏。
106 軽率な将軍の文書を下されたので。
107 仏法に災いをなす悪魔の所行、仏法破滅の原因。
108 非難した。

奥州勢坂本に着く事 2

義貞朝臣、討手の大将を承つて関東へ下向せられし時、奥州国司北畠源中納言顕家卿の方へ、相図の時を違へず攻め合はすべき由の綸旨を下されたりけるが、大軍を動かす事たやすからざる上、路すがらの合戦に日数を送りける間、心ばかりは急がれけれども、叶はで、つひに箱根の合戦には外れ給ひにけり。されども、幾程もなくて鎌倉に打ち入り給へば、将軍は早や上洛せられぬと申しける間、さらば、跡より追つて上れとて、夜を日に継いでぞ立たれける。

越後、上野、常陸、下野にある新田の一族、并びに千葉、宇都宮が手勢ども、これを聞いて、ここかしこより馳せ加はりける間、その勢程なく五万余騎になりにけり。鎌倉より西には、

2

1　建武二年(一三三五)十一月、尊氏追討の宣旨が下された。第十四巻・3。

2　北畠親房の長男。元弘三年(一三三三)陸奥守となり、義良(のりよし)親王(後の後村上帝)を奉じ、親房とともに陸奥国多賀城に下った。

3　帝の命令書。

4　第十四巻・8、参照。

5　昼夜兼行で。

6　千葉、宇都宮ともに鎌倉幕府の有力御家人だったが、官軍に降る。

7　妨害する者。

8　滋賀県愛知郡愛荘町にあった宿場。

9　鎌倉合戦(第十巻・8)で戦死した宗氏の子。新田一族。

10　佐々木六角氏。他本は、時信の子氏頼とする。時信

[7]手さす者もなかりければ、夜昼馬を早めて打たれける間、正月十三日、近江国[8]愛智川の宿に着きにけり。
その日、[9]大館中務大輔幸氏、[10]佐々木判官時信が楯籠もりたる[11]観音寺城を攻め落として、首を斬る事五百余人、翌日、早馬を先づ立てて、事の由を坂本へ申されたりける間、主上を始めまゐらせて、敗軍の士卒、悉く悦びをなし、[12]志を蘇せしめずと云ふ事なし。則ち[13]道場坊助注記祐覚に仰せ付けられ、湖上の船七百余艘を[14]点じて、[15]科の浜より、一日が中にぞ渡されける。[16]宇都宮の紀清の党も、[17]主の催促によつて、五百余騎にて打ち連れたりけるが、[18]宇都宮は将軍方にありと聞こえければ、[19]力なく面々に暇を請ひ、[20]色代して、科の浜より引き分かれて、[21]芋洗へ廻りて、京都へとこそ急ぎける。

は、六波羅滅亡の際に宮方に降参(第九巻・7)、建武の乱では、子の氏頼とともに足利方についた。
11 佐々木六角氏の居城。滋賀県近江八幡市安土町。
12 志気を回復した。
13 宮方の延暦寺僧。前出、第十四巻・4。
14 選んで。
15 草津市志那町の琵琶湖岸。
16 宇都宮配下の紀姓・清原姓の党の武士団。
17 宇都宮の総領、公綱の召集。
18 公綱は、大渡合戦で足利方に降参していた(第十四巻・15)。
19 やむなく。
20 挨拶。
21 宇治川・桂川・木津川が合流する淀の東の地。「一口」とも書く。京都府

三井寺合戦の事 3

東国勢坂本に着きければ、顕家卿、義貞朝臣、その外宗徒[1]の人々、日吉山王の内、聖女[2]の彼岸所に会合して、合戦の評定あり。「いかさま[3]一両日は馬の足を休めてこそ、京都へは寄せ候はめ」と、顕家卿の宣ひけるを、大館左馬助[4]申されけるは、「長途に疲れたる馬を、一日も休め候はば、なかなか[5]血下がつて、四、五日は物の用に立つべからず候ふ。その上、この勢坂本へ着きたりと、敵たとひ聞き及ぶとも、やがて[6]寄すべしとは、よも思ひ寄り候はじ。軍不意に起こつて、必ず敵を拉ぐ習ひなり。ただ今夜、ひそかに志賀[7]、唐崎の辺まで打ち寄せて、未明に三井寺へ押し寄せ、四方より時[8]を作つて攻め入る程ならば、御方治定[9]の勝とこそ覚え候へ」と申されければ、義貞朝臣も、

久世郡久御山（くみやま）町。

3

1　主だった。
2　日吉山王中七社の一。稲荷神という（耀天記）。彼岸所は、仏事を行う堂。
3　なんとしても。
4　氏明。幸氏の兄。
5　かえって緊張がゆるんで。
6　すぐに攻め寄せるとは、敵はまさか思うまい。
7　滋賀県大津市滋賀里、唐崎。
8　鬨（きと）の声をあげて。
9　必ず。必定。

楠判官正成も、「誠にこの儀しかるべく候ふ」と同ぜられて、やがて諸大将へぞ触れられける。

[10]今上りの千葉の勢、これを聞いて、まだ宵より千余騎にて志賀の里に陣を取る。大館左馬助、[11]額田、羽川の勢、六千余騎にて夜半に坂本を立つて、唐崎の浜に陣を取る。[12]戸津、比叡辻、和仁、堅田の者どもは、小船七百余艘に取り乗つて、沖に浮かびて明くるを待つ。山門の大衆は、二万余人、大略[13]徒立なりければ、[14]如意越えを搦手に廻りて、大手の時の声揚がらば、同時に落とし合はせんと、鳴りを定めて待ち明かす。

坂本に大勢の着いたる形勢、[15]船の往返に見えて、おびたたしかりければ、三井寺の大将、細川卿律師定禅、[16]高大和守が方より、京都へ使ひを馳せて、「東国の勢、坂本に着いて、明日寄すべき由その聞こえ候ふ。急ぎ御勢を添へられ候へ」と、三度まで申されたりけれども、「関東より何勢がそれ程までは多

10　新参の。
11　ともに新田一族。
12　大津市下阪本の浜の称。同市比叡辻。同市和邇。同市堅田。いずれも琵琶湖の交通の要所。
13　徒歩。
14　東山の主峰如意ヶ岳(京都市左京区)を越えて三井寺へ行く道を越えて、裏手に回って。
15　船の往来。
16　重茂(しげもち)。師直・師泰の兄弟。

くは上るべき。上りける勢は、[17]大略宇都宮紀清の者どもとこそ聞こゆれ。その勢、たとひ誤つて坂本へ着いたりとも、[18]宇都宮、京にありと聞かば、やがて主のもとへぞ馳せ来たらん」とて、将軍、事ともし給はざりければ、三井寺へは勢の一騎も添へられざりけり。

さる程に、夜すでに明け方になりければ、源中納言顕家卿二万余騎、新田左兵衛督義貞三万余騎、脇屋、[19]堀口、額田、鳥山の勢一万五千余騎、志賀、唐崎の浜道に駒を前めて押し寄する。後陣遅しと待ちける前陣の勢、先づ[20]大津浦の在家に火を懸けて、時の声をぞ上げたりける。三井寺の勢ども、かねて用意したる事なれば、[21]唐院より下り合ひて、[22]下居、近松にて散々に射る。

一番に、[23]千葉介、千余騎にて押し寄する。一、二の木戸[24]を打ち破つて、城中へ切つて入り、三方に敵を請けて、[25]半時ばかり

17 ほとんど。
18 宇都宮公綱。
19 いずれも新田一族。
20 大津市松本のあたり。
21 三井寺の中院にあり、円珍が唐から将来した経論を蔵する。
22 下居は不詳。近松は、大津市逢坂の近松寺(きんしょうじ＝園城寺の五別所の一)付近。
23 貞胤。下総守護。
24 城柵。
25 一時間。

ぞ闘うたる。[26]細川卿律師定禅が横合ひに懸かりける四国勢六万余騎に取り籠められて、[27]千葉新介、矢庭に討たれにければ、その手の兵三百余騎、当の敵を討たんと懸け入り懸け入り闘うて、百五十騎討たれにければ、後陣に譲つて引き退く。

二番に、顕家卿、二万余騎にて入れ替へ、乱れ会ひ、攻め闘うて、その勢一軍して馬の足を休むれば、三番に、[28]結城上野入道、[29]伊達、信夫の者ども五千余騎、入れ替はつて、[30]面も振らず攻め闘ふ。その勢、三百騎討たれて引き退けば、敵勝に乗つて、六万余騎を二手に分けて、[31]浜面へぞ打つて出でたりける。

新田左兵衛督、これを見て、三万余騎を一手に合はせて、[32]利兵の堅きを破つて進まれたり。細川、大勢なりと云へども、西は大津の在家まで焼くる最中なれば、通り得ず、東は湖上なれば、水深うして、渡らんとするに[33]便りなし。わづかに道一つに相対して、前へ進まんとすれども叶はず。和仁、堅田の者ども

26 細川定禅の指揮のもと側面から攻め懸かった四国勢。
27 千葉高胤(貞胤の子)はたちまち討たれてしまったので。
28 宗広。法名は道忠。第十四巻・20で、大友貞載と刺し違えた親光の父。
29 福島県伊達郡、信夫郡の武士。
30 わき目もふらず懸命に。
31 琵琶湖の湖岸。
32 鋭利な武器を持つ堅固な軍勢。
33 手立てがない。

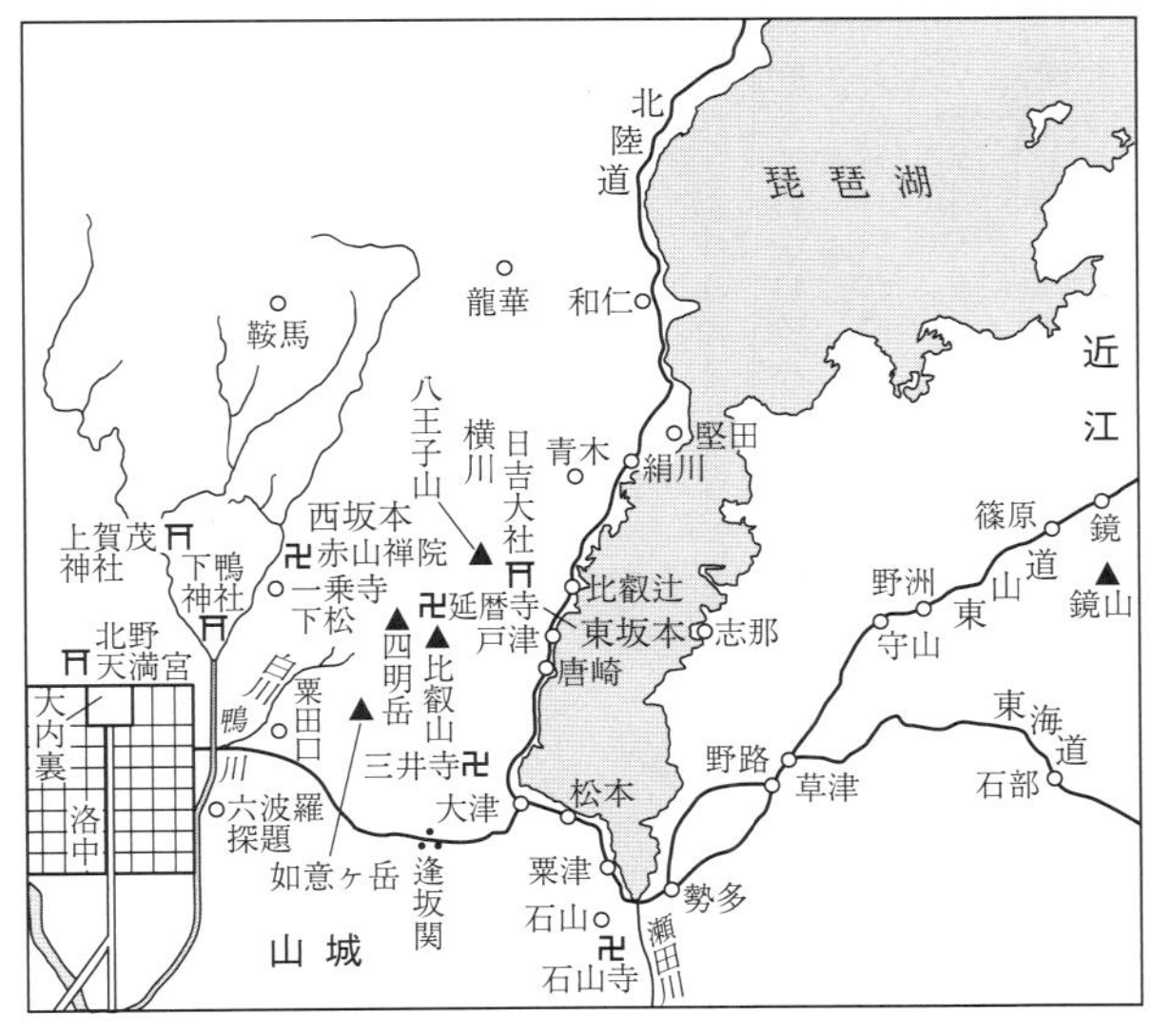
北陸道
琵琶湖
近江
龍華
和仁
鞍馬
八王子山
横川
日吉大社
青木
堅田
絹川
上賀茂神社
下鴨神社
西坂本
赤山禅院
一乗寺
下松
延暦寺
比叡辻
東坂本
志那
戸津
唐崎
北野天満宮
四明岳
比叡山
白川
鴨川
粟田口
大内裏
洛中
三井寺
六波羅探題
大津
松本
如意ヶ岳
逢坂関
粟津
石山
石山寺
瀬田川
勢多
野路
草津
山城
篠原
鏡
鏡山
野洲
守山
東山道
東海道
石部

比叡山周辺図

が、渚に船を漕ぎ並べて射ける横矢[34]に、馬を射させ、懸[35]け引き難儀に見えたりけり。官軍、これに力を得て、透[36]き間もなく懸かりける間、細川の六万余騎、五百余騎討たれて、また三井寺へ引つ返す。

額田[37]、堀口、江田、大館、七百余騎にて、北ぐる敵に追ひすがうて、城へ入らんとしける処を、三井寺の衆徒五百余人、木[38]戸口に下り塞がんと、命を捨てて闘ひける間、寄手百余人、堀の際にて討たれければ、後陣を待つて進み得ず、暫く猶予しける間に、城中より木戸を下ろして、堀の橋をぞ引いたりける。義助、これを見給ひて、「云[39]ひ甲斐なき者どもの作法かな。わづかの木戸一つに支へられて、これ程の城一つを、攻め落とさずと云ふ事やある。栗[40]生、篠塚はなきか。あの木戸、取つて引き破れ。畑、亘理はなきか。切つて入れ」とぞ、下知せられける。

34 側面から射る矢。
35 騎馬の前進も後退も難しく見えた。
36 いっせいに攻めたので。
37 いずれも新田一族。
38 城門。
39 ふがいない者たちの戦いぶりよ。
40 栗生左衛門、篠塚伊賀守は、後出の畑六郎左衛門、亘理新左衛門とともに、新田軍の剛勇の士。
41 一丈は、約三メートル。
42 幅が三尺。一尺は、約三〇センチ。
43 供養追善のために墓に立てる細長い板。それの大きいもの。
44 都合のいい。
45 えぐりとられて。

栗生、篠塚、これを聞いて、馬より飛んで下り、木戸を引き破らんとて、走り寄りて見れば、塀の前に、深さ二[41]丈余りの堀を掘りて、両方の岸屛風を立てたるが如くなるに、橋板をば皆はねはづし、橋桁ばかりぞ立つたりける。二人の者ども、いかがして渡らんと見ける処に、[42]面三尺ばかりあつて、長さ五、六丈もあるらんと覚えたる[43]大卒都婆二本あり。「ここにこそ、[44]究竟の橋板はありけれ。卒都婆を立つるも、橋を渡すも、功徳は同じ事ぞかし。いざや、これを渡さん」と云ふままに、二人の者ども走り寄りて、小脇に挟んで、えいと抜く。土の底五、六尺掘り入れたる大卒都婆なれば、辺りの士一、二丈が程くわつ[45]とうげのいて、卒都婆は[46]念なく抜けにけり。かれら二人、二本の卒都婆を軽々と打ちかたげ、堀の端に突き立てて、先づ[47]自嘆をこそしたりけれ。「異国には、[48]烏獲、[49]樊噲、わが朝には、[50]和泉小次郎、[51]朝井名三郎、世に双びなき大力なりと聞こえけれど

46　たやすく。
47　自慢。
48　秦の武王が取り立てた大力の士で、よく鼎を挙げた(史記・秦本紀)。
49　漢の高祖の臣。鴻門の会で、あやうく楚の項羽に謀殺されかけた高祖を救った豪傑(史記・項羽本紀、第七巻・1、第二十八巻・9)。
50　泉親衡。清和源氏。一二一三年に源頼家の三子千手(寿)丸を擁し、和田氏と組んで北条氏を除こうとしたが失敗、行方不明となる。
51　朝比奈義秀。和田義盛の三男。母は巴御前とも。豪力無双と伝えられる。一二一三年、父義盛が北条義時に叛した和田合戦で剛勇ぶりを発揮し、その後安房に逃れて行方不明。

も、われらが力に幾程か増さるべき。云ふ所傍若無人なりと思はん人は、寄り合ひて、[52]力根の程を御覧ぜよ」と云ふままに、二本の卒都婆を、同じやうに向かひの岸へぞ倒し懸けたりける。卒都婆の面平らかにして、二本相並べたれば、[53]恰か四条、五条の橋の如し。

[54]畑六郎左衛門、亘理新左衛門二人、[55]橋の爪に進んで候ひけるが、「御辺達は、[56](橋渡しの)判官になり給へ。われらは合戦をせん」と戯れて、二人ともに、橋の上をさらさらと走り渡つて、堀の上なる[57]逆木どもを取つて引きのけ、おのおの木戸の脇にぞ付いたりける。これを防きける兵ども、三方の[58]土狭間より、鑓、長刀を出だして散々に突きけるを、亘理新左衛門、十六まで奪つてぞ捨てたりける。畑六郎左衛門、これを見て、「のけや、亘理殿。この塀引き破つて、心安く人々に合戦せさせん」と云ふままに、走り懸かつて、右の足を上げ、木戸の[59]関の木の辺を、

52 力量。

53 あたかも。

54 名は時能。

55 橋のたもと。

56 行幸のときに、川に浮き橋をかける役目をする検非違使(判官)。

57 棘のある木の枝で作った防御の柵。

58 射撃や物見のために土塀にあけた穴。

59 かんぬき。

二踏み三踏みぞ踏んだりけるに、余りに剛く踏まれて、二本渡せる八、九寸の関の木、中より折れて、木戸の扉も塀の柱も、同時にどうど倒れければ、防かんとする兵五百人、四方へ散つてさつと引く。

一の木戸すでに破れければ、新田三万余騎の勢、城の中へ懸け入つて、先づ火をこそ付けたりける。これを見て、山門の大衆二万余人、如意峯より落とし合はせて、三院[60]、五別所に乱れ入り、堂舎仏閣に火を懸けて、喚き呼んでぞ攻めたりける。猛火東西より吹きかけ、敵南北に充満したれば、今は叶はじとや思ひけん、三井寺の衆徒ども、或いは金堂に走り入り、猛火の中にて腹を切つて臥し、或いは聖教[61]を抱いて幽谷に倒る。多[62]年止住の案内者だにも、時[63]にとつては行方を失う。況んや、四国、西国の兵ども、方角も知らずして煙の中に迷ひければ、ただここかしこの木の下、岩の影に行き疲れて、自害をするより

60　三井寺の寺域を構成する北院・中院・南院の三院と、五つの別所。
61　尊い経論(経典・論疏)。
62　長年住み慣れて土地に詳しい者。
63　時としては。

外(ほか)の事はなし。されば、半日ばかりの合戦に、大津(おおつ)、[64]松本(まつもと)、三井寺(みいでら)の内に討たれたる敵を数ふるに、七千三百人なり。

弥勒御歌(みろくおんうた)の事 4

或る[1]衆徒(しゅと)、金堂(こんどう)の[2]本尊の御首(みぐし)ばかりを取つて、藪(やぶ)の中に隠し置きたりけるが、多く討たれたる兵の首の中に交(まじ)りて、切り目に血の付いたりけるを見て、[3]山法師(やまほうし)やしたりけん、大札(おおふだ)を立てて、歌に[4]事書(ことがき)をぞ書き添へたりける。

[5]建武二年の春の比(ころ)、何とやらん、事の騒がしきやうに聞こえしかば、早や[6]三会(さんえ)の暁(あかつき)になりぬるやらん、いでさらば、[7]八相成道(はっそうじょうどう)して、説法[8]利生(りしょう)せんと思ひて、金堂の方(かた)へ立ち出でたれば、[9]業火(ごうか)盛(さか)んに燃えて、[10]修羅(しゅら)の闘諍(とうじょう)四方に聞こえ、こは何事(なにごと)と、思(おも)ひ分(わ)く方なくて居たる処(ところ)に、[11]仏地坊(ぶっちぼう)の何が

64 大津市松本。三井寺の東南の地。

4

1 三井寺の僧徒。
2 弥勒菩薩。
3 比叡山の僧。
4 詞書(ことばがき)。
5 建武三年が正しい。
6 釈迦の入滅から五十六億七千万年後に弥勒菩薩がこの世に出現し、龍華樹の下で三度の衆生済度のために法会を行うときを、龍華三会の暁という。
7 この世に下生して、悟りを得て仏となり(成道)。八相は、釈迦がこの世に下生して経験した八つの姿。
8 衆生を救うこと。
9 地獄の罪人を焼く火。
10 帝釈天と抗争する悪神の阿修羅の闘争のごとき騒ぎ。

しとやらん、内へ走り入つて、故もなく、鋸にてわが首を引き切りし間、「[12]阿逸多」と、云ひしかども叶はず、堪へかねたりし悲しみの中に、思ひ継け侍りし、

[13]山をわが敵といかで思ひけん寺法師にぞ首を取らるる

三会教主 源 弥勒菩薩

龍宮城の鐘の事 5

[1]前々炎上の時は、[2]寺門の衆徒これを一大事と陰しける[3]九乳の鳧鐘も、取る人なければ、焼けて地に落ちたり。この鐘と申すは、龍宮城より伝へたる鐘なり。

その故は、[4]承平の比、[5]俵藤太秀郷と云ふ者ありけり。或る時、この秀郷、ただ一人[6]勢多の橋を渡りけるに、長[7]二十丈ばかりなる大蛇、橋の上に横たはりて臥したり。両の眼は耀いて、

11 三井寺の坊の名。
12 弥勒菩薩の異称。「あ痛」を掛けた。
13 どうして今まで比叡山を自分の敵と思っていたのだろう。三井寺の法師に首を取られたことよ。

5
1 以前。
2 三井寺の僧徒。
3 九つの乳頭状のいぼがある釣鐘。鳧鐘は、鳧氏(周代の音楽を司った官)の造った鐘で、釣鐘のこと。
4 九三一―九三八年。
5 藤原秀郷。平将門の乱鎮圧に功があり、鎮守府将軍として東国に地盤を固め、小山・結城・下河辺などの東国武士の祖となる。以下の百足(むかで)退治の話など、その武勇は伝説化して伝えられる。室町物語に「俵藤

天に二つの日を掛けたるが如く、並べたる角高く峙つて、冬枯れの森の梢に異ならず。鉄の牙上下に生ひちがうて、紅の舌炎を吐くかと怪しまる。もし尋常の人これを見ば、目暮れ[8]、魂消えて、則ち地にも倒れつべし。

されども、秀郷、天下一の大剛[9]の者なりければ、更[10]に一念をも動ぜず、かの大蛇の背の程を荒らかに踏んで、閑かに上をぞ越えたりける。しかれども、大蛇もあへて驚かず、秀郷もかれを顧みず、遥かに行き隔たりける処に、怪しげなる小男一人、忽然として秀郷が前に来たつて申しけるは、「われこの橋の下に栖む事、すでに二千余年、貴賤往来の人を量り見るに、御辺[11]程剛なる人を未だ見ず。われに年来地を争ふ敵あつて、ややもすれば、かれがために悩まさる。しかるべくは、御辺、わが敵を討つてたび候へ」と、ねんごろにぞ語らひける。秀郷、一議[12]をも云はず、「子細あるまじ」と、則ちこの男を前

太物語」がある。
6 琵琶湖南端の瀬田川への注ぎ口にかかる橋(滋賀県大津市瀬田)。
7 一丈は、約三メートル。
8 目がくらみ、気を失って、たちどころに地に倒れ伏すにちがいない。
9 すぐれて強い人。
10 全く心は動揺せず。
11 貴殿ほど剛勇の人。
12 ほかに何もいわず、「承知した」と引き受けて。
13 一町は、約一〇九メートル。
14 上に高殿のある門。
15 七宝の一つで、紺色の宝石。いさごは砂。
16 「朱楼紫殿三四重、遅々たる春の日には、玉の甃暖かにして温泉溢(あふ)る」(白居易・驪宮〈りきゅう〉高し)による。
17 落花がはらはらと散り

に立て、また勢田の方へぞ帰りける。

二人ともに湖水の浪を分けて、水中に入る事五十余町と云ふ[13]に、一つの楼門[14]あり。開いて内へ入るに、瑠璃[15]の沙厚く、玉の[16]甃暖かにして、落花自づから繽紛[17]たり。朱楼、紫殿、玉の欄干、金を鐺[18]とし、銀を柱とせり。その壮観奇麗、未だかつて目にも見ず、耳にも聞かざりし所なり。この怪しげなりつる男、先づ内へ入りて、須臾[19]の間に衣冠[20]正しくして、秀郷を客位[21]に請ず。左右に侍衛[22]の官、前後に繁花[23]の粧ひ、善を尽くし、美を尽くせり。[24](酒宴数刻に及んで、)夜すでに深けければ、敵の寄すべき程になりぬと、周章て騒ぐ。

秀郷は、一生涯が間身を放たで持ちたりける五人張り[25]に、関[26]弦懸けて喰ひ湿し、三年竹[27]の節近なるを十五束三伏[28]に拵へて、鏃[29]の根を筈本まで打ち通しにしたる矢、ただ三筋を手挟うで、今や今やとぞ待つたりける。夜半過ぐる程に、雨風一通り過ぎ

乱れる。「落英繽紛たり」(陶淵明・桃花源記)。
18　屋根を支える垂木(たるき)の先端に付ける飾り金具。「金鐺銀楹」(晋書・石虎伝)。「楹」は丸柱。
19　一瞬のうちに。
20　貴族の正装。
21　客の座る上座。
22　警固の役人。
23　華麗に装った美女。
24　他本により補う。
25　五人がかりで張る弓。
26　絃に絹糸を巻き、漆を塗り固めた弓弦。それを滑らないように口に含んで湿らせて。
27　生えてから三年経つ、節目の詰まった矢竹。
28　束は、一握りで親指を除く指四本、伏は、指一本の幅。矢の長さは、十二束を標準とした。
29　鏃の根を矢の弓弦に当

て、電の激する事隙もなし。暫くあつて、[30]比良の高峰の方より、焼松二、三千が程、二行に燈し連れて、中に島の如くなる物、この龍宮城を差してぞ近づきける。事の体をよくよく見るに、二行に燈せる焼松は、皆己れが左右の手に燈したりと覚えたり。あはれ、これは百足の化けたる物よと心得て、[31]矢比近くなりければ、件の五人張りに十五束三伏、[32]忘るるばかりに引きしぼりて、眉間の真中をぞ射たりける。その手答へ、鉄を射るやうに聞こえて、[33]矢筈を返してぞ立たざりける。秀郷、一の矢を射損じて、安からず思ひければ、二の矢を番うて、一分も違へず、わざと[34]前の矢所をぞ射たりける。この矢もまた、前の如くに跳り返りて、少しも身には立たざりけり。

秀郷、二の矢をも皆射損じつ。憑む所は矢一筋なり。いかがはせんと思ひけるが、きつと案じ出だしたる事あつて、この度射んとしける矢前に、[35]玉沫を吐き懸けて、また同じ矢所をぞ射

てる部分（筈）までつらぬき通した矢。

30 琵琶湖西岸に沿う山地。

31 矢を射当てるのにちょうどよい距離。

32 矢の長さを忘れるぐらい、いっぱいに。

33 矢が逆向きにはね返って。

34 先程と同じ矢坪（矢のねらい所）。

35 百足や蜘蛛は唾をかけると死ぬという俗信があった。

たりける。この矢に毒を塗りたるゆゑにや依(よ)りけん、また同じ矢所を三度(みたび)まで射たるゆゑにや依りけん、この矢、眉間(みけん)のただ中を通りて、咽(のど)の下まで羽(は)ぶくら[36]責めてぞ立つたりける。二、三千見えつる焼松も、光忽(たちま)ちに消えて、島の如くに見えつる物、倒るる音大地を響(ひび)かせり。立ち寄つてこれを見るに、はたして百足なり。

　龍神、これを悦(よろこ)びて、秀郷を様々(さまざま)にもてなして、巻絹(まきぎぬ)[37]一つ、鎧一両、首を結ひたる俵(たわら)[38]一つ、赤銅(しゃくどう)の推鐘(つきがね)一つを与へて、「御(ご)辺(へん)の門葉(もんよう)[39]に、必ず将軍になる人多かるべし」とぞ示しける。秀郷、都に帰つて後(のち)、この絹を切つて使ふに、尽(つ)くる事なし。俵は、中なる納物(いれもの)を取れども取れども尽きせざる間、財宝は蔵に満ち、衣裳(いしょう)身に余れり。ゆゑに、その名を俵藤太(たわらのとうた)[40]とは云ひけるなり。これは産業(さんぎょう)[41]の財(たから)なればとて、倉廩(そうりん)[42]に収む。鐘は梵砌(ぼんぜい)[43]の物なればとて、三井寺(みいでら)へこれを献(たてまつ)る。

36　矢羽根のついている所。
37　巻いた絹織物。
38　口を結わえた俵。
39　血筋のつながる一族。
40　藤原秀郷は、近江国栗太郡田原(たわら)庄の出とも、相模国田原を領したとも伝えられる。「平家物語」巻四「橋合戦」で活躍する足利又太郎忠綱(下野国に住んだ武士で秀郷流藤原氏)は、系図類に田原又太郎と記される。
41　生活をいとなむなりわい。生業。
42　米倉。
43　寺のもの。梵砌は、寺院の境内。

去んぬる[44]文保の三井寺炎上の時も、この鐘を山門へ取り寄せて、朝夕にこれを撞きけるに、少しもあへて鳴らざりける間、山法師ども悪み、「その儀ならば鳴るやうに撞け」とて、撞木を大きに拵へて、二、三十人して破れよとぞ撞きたりける。その時に、この鐘海鯨の吼ゆる声を出だして、「三井寺へ行かう」と鳴りたりける。衆徒、いよいよこれを悪みて、[45]無動寺の上より、数千丈高き岩の上をころばかしたりける程に、この鐘二つに破れにけり。「今は何の用にか立つべき」とて、その破れを取り集めて、[46]本寺へぞ送りける。或る時、一尺ばかりなる小蛇一つ来たつて、この鐘を尾にて叩き居たりけるが、一夜の程にまた本の鐘になつて、疵付いたる所一つもなかりけり。

[47]軍終つて後、この鐘を取つて、寺の上、一の坂に埋めて隠したりけるが、[48]四月の比、[49]後夜の鐘たしかに聞こえける程に、かしここに逃げ隠れ居たる衆徒、これを聞きてこそ、さては、

44 文保三年(一三一九)に延暦寺僧に襲われた。

45 比叡山東塔の別所で、回峰行の道場。

46 三井寺。

47 本巻・3の三井寺合戦をさす。なお、この章段の以下の文章は、神田本・玄玖本では簡略。

48 合戦の三か月後。

49 六時(一日を六つに分けて勤行する時間)の一つで、夜半から夜明けまで。

[50]この代にてさて果つべからず、将軍立ち返り、寺の再興あるべしと、[51]憑みを残し思はれけれ。されば、今に伝はつて、この鐘の声を聞く人、[52]無明長夜の夢を驚かし、[53]慈尊出世の暁を待つ。天下無双の重宝なり。

それのみならず、かの寺を、山徒三人給はつて、山の木を切り焼き、しかも坊舎を壊ち取り、竹木一つもなく切り取りけるに、[54]新羅の森を切りける者、忽ちに目暮れ、鼻血垂り、手足を切りて、木の枝一つも取られざりけるこそ不思議なれ。

正月十六日京合戦の事 6

三井寺の敵、[1]事故なく攻め落とされにければ、「疲れたる人馬なり。一両日[2]機を助けてこそ、また合戦をも致さめ」とて、顕家卿、坂本へ引つ返されければ、その勢二万余騎は、かの

50 (三井寺は)この御代でそのまま終わってしまうことはない。
51 心強く思った。
52 煩悩のために永遠の夜の闇に閉ざされたこの世の夢から覚め。
53 龍華三会の暁に同じ。慈尊は、弥勒菩薩の異称。
54 三井寺の鎮守である新羅明神社の森。

6
1 難なく。
2 英気を養って。

趣[3]に相順ふ。

新田左兵衛督も、同じく坂本へ帰らんとし給ひけるを、船田[4]長門守経政、馬を遮つて申しけるは、「軍[5]の利、勝に乗る時、北ぐるを追ふより外の質はあらじと存じ候ふ。この合戦に討ち漏らされて、馬を捨て、物具[6]を脱いで、命ばかりを助からんと落ち行き候ふ敵を追つ懸けて、京中へ押し寄する程ならば、臆病神の付いたる大勢に引き立てられて、自余[7]の敵も、定めて機[8]を失ひ候はんか。さる程ならば、官軍、敵の中へ紛れ入つて、勢[9]の分際を敵に見せずして、ここに火を懸け、かしこに時[10]を作り、縦横無碍に懸け立つるものならば、などか足利殿御兄弟の間に近寄りて、勝負[11]を仕らでは候ふべき。落ち候ひつる敵、よも幾程も隔たり候はじ。いかさま[12]一追追つ懸けて見候はばや」と申しければ、義貞、「われもこの義を思ひつる処に、い[13]しくも申したり。さらば、やがて[14]追つ懸けよ」とて、また旗を

3 意向。
4 義貞の執事船田義昌の一族。
5 合戦の勝利を得るには。
6 鎧・兜などの武具。
7 残りの。
8 戦う気力。
9 軍勢の多少(少ないこと)。
10 鬨(とき)の声をあげ。
11 勝負を決せずにはおられましょうか。
12 ぜひとも。
13 よくぞ。
14 ただちに。
15 匹馬。馬。
16 血気にはやった者。
17 敵を追うとなると一層馬の足も早まったので。
18 京都市山科区。京と大

直し、馬を進めて、新田一族五十余人、その勢都合三万余騎、[15]疋馬に鞭を前めて、落ち行く敵をぞ追つ懸けける。

敵、今は遥かに隔たりぬらんと覚ゆる程なれども、逃ぐるは大勢の疲れ武者、急ぐとすれども急がれず、追ふは小勢の早り[16]者、追ふよりなほ早かりければ、[17][18]山科の辺にて追つ付きけり。[19]由良、長浜、吉江、高橋、真前に進んで追ひけるが、大敵を[20]ば欺くべからずとて、[21]広みにて敵の返し合はせつべき処にて、[22]さしも攻めつめてこれを追はず、遠矢に射かけ射かけ、時を作る。[23]道の迫りて、しかも敵返し難き難所なる山路にては、[24]かさより下へ落とし懸けて、透き間もなく射落とし、切り臥せける間、敵、一度も返し得ず、ただわれ前にとこそ落ち行きけれ。されば、手負ひたる者は、人馬に踏み殺され、馬に離れたる者は、[25]引きかねて腹を切る。その死骸、谷を埋め、溝を埋みければ、追手のために路平らになつて、いよいよ[26]輪宝の山谷を平ら

津を結ぶ交通の要地。

19　由良・長浜は、新田の家来としてしばしば並称される。吉江・高橋は、新潟県西蒲原郡に住んだ武士で、新田の家来。

20　侮ってはいけない。

21　開けた場所で敵が大軍を引き返して応戦しそうなところでは。

22　それほどは追いつめて攻めず。

23　道が狭くなっていて。

24　高い所から馬を駆けおろして。

25　退却できずに。

26　仏教で、聖天子の転輪聖王が持つ武器。聖王を先導して四方を征服教化する。

輪宝

ぐるに異ならず。

将軍[27]は、三井寺に合戦始まりたりと聞こえて後、黒煙天に覆ひて見えければ、「御方、いかさま[28]負け軍したりと覚ゆるぞ。急ぎ勢を遣はせ」とて、[29]三条河原へ打ち出でて、先づ勢揃へをぞし給ひける。かかる処に、[30]粟田口より、[31]馬煙を立てて、その勢四、五万騎が程、引いて出で来たり。誠に皆軍手痛くしたりけりと見えて、薄手を負はぬ者もなく、鎧の袖、冑の[32]吹返に、矢の三筋四筋折り懸けぬ人もなかりけり。

　さる程に、新田左兵衛督、二万三千余騎を三手に分けて、一手をば[33]将軍塚の上へあげ、一手をば[34]真如堂の前より出だし、一手をば[35]法勝寺を後ろに当てて、[36]二条河原へ勢を出だして、相図の火をぞ挙げられける。自らは花頂山へ打ち上がつて、敵の陣を見渡し給へば、上は[37]多々須の森より、下は七条河原まで、[38]馬の双頭に馬を打ち懸けて、鎧の袖に袖を重ねて、東西三町[39]、

27　足利尊氏。
28　どうやら。
29　三条大路東端の鴨川の河原。
30　東海・東山・北陸三道が京都に入る交通の要衝(京都市東山区)。京七口の一。
31　馬が蹴立てる土煙。
32　兜の錣(しころ=首を覆う部分)前面の左右に反った部分。
33　京都市東山区粟田口花頂山町の華頂山上にある塚。桓武天皇が平安京鎮護のために、八尺の土人形に鎧兜と弓矢を持たせた将軍像を西向きに埋めたと伝えられ、都に変異があるとき鳴動するという。
34　左京区浄土寺真如町にある天台宗寺院。鈴声山真正極楽寺。
35　左京区岡崎法勝寺町に

南北四十余町が間は、錐立つるばかりの地も見えず、身を欹てて[40]打ち囲みたり。

義貞朝臣、弓杖にすがりて下知せられけるは、「敵の勢に御方を合はすれば、大海の一滴、[41]九牛の一毛なり。ただ尋常の如くに軍をせば、勝つ事を得難し。相互ひに面を知られざらんずる侍ども、五十騎づつ手を分けて、[42]笠符を取り捨てて、旗を巻いて敵の中に紛れ入り、かしこここにひかえて、暫く相待つべし。将軍塚へ上せつる勢、すでに軍を始めんと見えば、この陣より、兵を進めて闘はしむべし。その時、御辺達、敵の前後左右に旗を差し上げて、馬の足を静めずして、前にあるかとせば後ろへ抜け、左にあるかとせば右へ廻りて、[43]七縦八横に乱れて敵に合へ。さる程ならば、敵の大勢は、却つて御方の勢に見え、同士討ちをするか退くか、尊氏この二つの内を出づべからず」と、[44]韓信が謀を出だされければ、諸大将の中より、

あった天台宗寺院。
36 二条大路東端の鴨川の河原。
37 下鴨神社の糺(ただす)の森。左京区下鴨。上・下は、京の北と南。
38 馬がすきまもなく並んださま。双頭は、馬の尻の骨の高くなっている所。三頭(さんず)とも。
39 一町は、約一〇九メートル。
40 密集している。
41 多くの牛の中のわずか一本の毛。物の数にもならないたとえ(文選・司馬遷・任少卿に報ずるの書)。
42 敵味方を区別する布きれ。鎧の袖や兜に付ける。
43 縦横無尽。
44 漢の高祖の臣。嚢砂背水(のうしゃはいすい)の陣など、軍略家として知られる。第十九巻・10、参照。

[45]逞兵五十騎づつを勝り出だして、二十六の[46]一揆、おのおの[47]中黒の旗を巻いて文を隠し、笠符を取つて袖の下に収め、三井寺より引き殿れたる勢の学をして、[48]京勢の中へぞ馳せ加はりける。

敵にかかる謀ありとは、将軍、思ひも寄り給はず、[49]宗徒の侍どもに向かつて下知せられけるは、「新田はいつも[50]平場の懸け合はせをこそ好むと聞きしに、山を後ろに当てて、[51]やがても懸け出でぬは、いかさま小勢の程を敵に見せじと思へるものなり。先づ将軍塚の上に取り上がりたる敵を置いては、[52]いつまでかまもり上ぐべき。[53]師泰、馳せ向かつて、追つ散らせ」と宣ひければ、高越後守畏まつて、「承り候ふ」とて、武蔵、相模の勢二万余騎を卒して、[54]双林寺と[55]中霊山とより、二手になつてぞ上りたりける。

ここへは、[56]脇屋右衛門佐、[57]堀口美濃守、[58]大館左馬助、[59]結城上野入道以下、三千余騎にて向かひたりけるが、その中より[60]逸

45 逞しく強い兵。
46 一味同心して党を組んだ武士団。
47 新田の紋。輪の中に黒く太い横線を引いた紋。第十巻・8、参照。
48 足利勢。
49 主だった。
50 平地。
51 すぐには。
52 いつまでただ見上げておられようか。
53 高越後守師泰。師直の弟。
54 東山区の円山公園にある天台宗寺院。
55 東山区清閑寺霊山町にある山。
56 義助。義貞の弟。
57 貞満。新田一族。
58 氏明。新田一族。
59 宗広。法名道忠。
60 優れた射手。
61 木を楯にして。

物の射手六百人を勝つて、馬より下ろし、小松の陰を[61]木楯に取つて、[62]差しつめ引きつめ散々にぞ射させたりける。嶮しき山を上りかねたる[63]武蔵、相模の勢ども、[64]物具を通されて矢庭に臥し、馬を射られてはね落とされける間、少し[65]猶予して見えける処を、[66]得たり賢しと、三千余騎の兵、[67]抜き連れて、大山の頽るるが如く真倒に落とし懸けたりける間、師泰が兵二万余騎、一足をも止め得ず、[68]五条河原へさつと引く。ここにて、[69]杉原判官、[70]曾我次郎左衛門も討たれにけり。

　わざと長追ひをばせで、なほ東山を後ろに当てて、[71]勢の程を見せじとひかへたり。搦手より軍始まりける時、声を受けて、大手も時を作る。官軍二万余騎と将軍の八十万騎と、入れ替へ入れ替へ、天地を響かしてぞ闘うたる。[72]漢楚の八ヶ年の戦ひを一時に集め、[73]呉越三十度の軍を百倍になすとも、なほこれには及ぶべからず。寄手は小勢なれども、皆心を一つにして、懸く

62　次々に矢を手早く弦につがえて射るさま。
63　足利勢。
64　鎧を射通されて。
65　ためらうこと。
66　してやったり。
67　いっせいに刀を抜いて。
68　五条大路東端の鴨川の河原。
69　不詳。他本「杉本判官」。
70　神奈川県小田原市曾我に住んだ武士。
71　軍勢の数。
72　漢の劉邦(高祖)と楚の項羽との戦いが「八歳」「七十余戦」に及んだことは、「史記」項羽本紀。第二巻・11と第二十八巻・9、参照。
73　呉王夫差と越王勾践の戦い(史記・越王勾践世家)。第四巻・5にも呉越は「三十二ヶ度」戦ったとある。

る時は一度にさつと懸かりて、敵を巻く。引く時は手負を中に立てて、静かに引く。京勢は大勢なりけれども、人の心調ほ[74]らずして、懸くる時も助けず、思ひ思ひ心々に闘ひける間、今朝の午刻[75]より酉の終りまで、六十五度の懸け合ひに、寄手の官軍、度ごとに勝に乗らずと云ふ事なし。

　されども、将軍方は、討たるれども勢も透かず[76]、逃ぐれども遠引き[77]をせず、一所にのみ漂れ居たり[78]ける処に、最初に紛れて敵に交りたる一揆の勢[79]ども、将軍の前後左右に中黒の旗を差し上げて、乱れ合ひてぞ闘ひける。いづれを敵、いづれを御方とも弁へ難ければ、東西南北に喚き呼んで、ただ同士討ちをするより外の事ぞなかりける。将軍を始め奉りて、吉良、石塔[80]、高、上杉の人々、これを見て、御方の者ども敵に作り合ひて[81]、後ろ矢を射るよと思はれければ、互ひに心を置き合ひて[82]、高、上杉の人々は、山崎[83]を差して引き退く。将軍、吉良、石塔、仁

74　一致協調しないで。

75　正午頃から午後七時頃まで。

76　減らず。

77　軍勢を戦場から遠く引き揚げることがない。

78　あてもなくとどまっている。

79　一味同心した新田勢。

80　吉良・石塔は足利一族。高は足利家の執事。上杉は外戚。

81　敵と一緒になって。

82　心を許さず用心しあって。

83　京都府乙訓郡大山崎町。

木、細川の人々は、[84]丹波路へ向かつて落ちられける。

官軍、いよいよ勝に乗つて、[85]短兵急に拉ぐ。将軍、今は遁れじと思し召しけるにや、[86]梅津、桂川の辺にては、鎧の[87]草摺を畳み上げて、腰の刀を抜かんとし給ふ事、三ヶ度までになりにけり。されども、将軍の御運や強かりけん、日すでに昏れけるを見て、追手桂川より引つ返しければ、将軍も軍勢も、且く[88]松尾、葉室にひかへて、[89]梅酸の渇をぞ休められける。

ここに、細川卿律師定禅、四国の勢どもに向かつて宣ひけるは、「軍の勝負は、時の運に依る事なれば、あながち恥ならねども、今日の負けは、三井寺の合戦より事始まりつる間、われらが[90]瑕瑾、人の嘲りを遁れず。されば、わざと他の勢を交へずして、花やかなる一軍して、[91]天下の人口を塞がばやと思ふなり。推量するに、新田が勢は、終日の合戦にくたびれて、敵に当たり変に応ずる事自在なるまじ。その外の敵どもは、京、

84　桂から大枝山(京都市西京区大枝沓掛町)を越え、亀岡を経て丹波へ至る道。
85　刀剣などの短い武器(短兵)で息もつがせず攻め込んでゆく。
86　右京区梅津。京の西郊を流れる桂川。
87　鎧の胴の下に垂れ下げ、太腿をおおう部分。腰の刀は、腰にさすつばのない短刀。組み打ちや切腹に用いる。
88　桂川西岸の西京区松尾。同区山田葉室町。
89　喉の渇きを休めた。「梅酸渇を止む」。魏の曹操が、行軍の士卒に梅林の話をして渇きをしずめた故事による(世説新語・仮譎)。
90　失敗。
91　天下の非難を封じたい。

白河[92]の財宝に目を懸けて、一所にあるべからず。その上、赤[93]松筑前守、わづかの勢にて下松[94]にひかへてありつるを、無代[95]に討たせたらんも口惜しかるべし。いざや殿原、蓮台野[96]より北白[97]河へ打ち廻りて、赤松が勢と成り合ひ、新田が勢を一当て当てて見ん」と宣ひければ、藤[98]、橘、伴の者ども、「子細候ふまじ」とぞ同じける。

定禅、斜め[99]ならず悦びて、三百余騎、北野[100]の後ろを上賀茂[101]を経て、ひそかに北白河へぞ廻りける。多々須の前にて、三百余騎を十方に分けて、下松、藪里[102]、静原、松崎、中賀茂、三十余ヶ所に火を懸けて、ここをばやがて[103]打ち捨て、一条、二条の間にて、三所に時[104]をぞ挙げたりける。げにも定禅律師の推量の如く、敵、京、白川に分散して、一所に打ち寄る勢少なかりければ、義貞、義助、一戦に利を失うて、坂本を指して引っ返す処に、打ち散りたる敵ども、俄かに周章てて引きける間、北白

92 京の北東部、鴨川以東の地域。
93 貞範。円心の次男。前出、第十四巻・8。
94 左京区一乗寺下り松町。
95 むざむざと。
96 北区にある船岡山の西の野。古来からの葬地。
97 左京区北白川。下松の南。
98 讃岐の藤原氏（詫間・香西など）、橘氏（寒川〈さむかわ〉・三木など）、大伴氏。
99 非常に。
100 上京区北西部の地。特に北野天満宮の辺。
101 北区上賀茂本山にある上賀茂神社。
102 藪里は、左京区一乗寺の辺。静原は、左京区静市静原町。松崎は、左京区松ヶ崎。中賀茂は、左京区下賀茂と北区上賀茂の間。
103 ただちに。

河、粟田口辺にして、[105]船田入道、[106]大館左近蔵人、[107]由良三郎左衛門、[108]高田七郎左衛門以下、[109]宗徒の官軍ども、数百騎討たれにけり。[110]卿律師、やがて早馬を立てて、将軍へ申されたりければ、山陽、山陰両道へ落ち行きける兵ども、皆また京へぞ立ち帰りける。

義貞朝臣は、わづかに二万騎の勢を以て、将軍の八十万騎を懸け散らし、定禅律師、恙なく三百騎の勢を以て、官軍の二万余騎を追ひ落とす。かれは[111]項王が勇みを心とし、これは[112]張良が謀を宗とす。智謀、勇力、いづれもとりどりなりし人傑なり。

同じき二十七日京合戦の事　7

かかる処に、[1]去年十二月に、[2]一宮関東へ御下りありし時、搦手にて東山道より鎌倉へ御下りありし[3]大智院宮、[4]尾張宮、竹の

104 関(とき)の声。
105 義昌。新田義貞の執事(家老)。
106 大館氏明の同族だが、不詳。
107 第十四巻・4の東国下向の新田軍にみえる。
108 第十四巻・4の高田薩摩守義遠の同族。
109 主だった。
110 細川定禅。
111 楚の項羽。
112 漢の高祖の臣。黄石公(こうせきこう)から兵法書「三略」を伝えられたという。

7
1 第十四巻・3では、尊氏討伐軍の下向は十一月。
2 尊良(たかよし)親王。
3 忠房親王。順徳帝曾孫。
4 神田本「尾崎宮」。流布本「弾正尹宮」。第十四巻・4の搦手軍の将として

下、箱根の合戦には相図[5]相違して逢はせ給はざりしかども、甲斐、信濃、上野の勢ども馳せ参りしかば、大勢になつて鎌倉へ入らせ給ふ。

ここに事の様[6]を問はせ給へば、「新田殿は、竹下の合戦に打ち負けて引つ返し、また尊氏朝臣は、北ぐるを追うて上洛せられぬ。その後、奥州国司顕家卿[7]、また尊氏朝臣の跡を追うて攻め上られ候ひぬ」とぞ申されける。「さては、いかさま[8]道にても新田踏み止まらば、合戦ありぬべし。鎌倉に逗留すべき様なし」とて、洞院左衛門督実世[9]、持明院右兵衛督入道[10]、堀河[11]中納言光継、園中将基隆朝臣[12]、二条少将為次[13]、武士には、島津上総入道[14]、筑後前司[15]、猿子[16]、落合、饗場、石谷、纐纈、伊木、津子、中村、村上、仁科、高梨、志賀、真壁、これらを宗徒の者として、都合その勢二万余騎、正月二十日の晩景[17]に、東坂本[18]にぞ着いたりける。

「弾正尹宮」がみえる。

5 あらかじめの取り決めどおりにいかず、合戦に間に合わなかったが。

6 その後の鎌倉の情勢。

7 北畠顕家軍の上洛は、本巻・2。

8 必ずや。

9 公賢の子。以下の人名も、第十四巻・4の搦手軍にほぼみえる。

10 基行。法名道応。

11 光泰の子。信濃国司。

12 基成の子。

13 不詳。竹下合戦で戦死した二条為冬の兄弟か。第十四巻・4。

14 貞久。法名道鑑。

15 小田貞知。常陸の豪族。

16 猿子・落合・饗場・石谷・纐纈・伊木は、美濃の武士。村上・仁科・高梨・志賀は、信濃の武士。真壁は、備前の武士。

官軍、いよいよ勢ひを得て、翌日にもやがて京都へ寄せんとし給ひけるが、打ち連き[19]悪日なりける上、余りに強く乗つたる馬どもなれば、竦みて[20]更にはたらき得ざりける間、とにかくに延引して、今度の合戦をば、二十七日とぞ定められける。

すでにその日にもなりければ、馬、人を休めんために、宵より、[21]楠、結城、伯耆は、三千余騎にて、[22]西坂本を降り下つて下松に陣を取る。顕家卿は、三万余騎の勢を卒して、大津を経て山科に陣を取る。洞院左衛門督は、二万余騎にて、[23]赤山に陣を取る。山徒は、(一)万余騎にて、[24]龍花越に廻つて[25]鹿谷に陣を取る。新田左兵衛督兄弟は、五万余騎の勢にて、[26]今道より向かふ。大手、搦手、都合十万三千余騎、皆宵より陣をば取り寄りたれども、敵に寄するを知らせじと、わざと篝を焼かせざりけり。

合戦は明日の[27]辰刻に定められたりけるを、[28]機早なる若大衆ど

17　夕方。
18　比叡山東麓の地。滋賀県大津市坂本。
19　縁起の悪い日。
20　全く動くことができなかったので。
21　楠正成、結城宗広、名和長年。
22　比叡山西麓の地。京都市左京区修学院付近から比叡山に登る雲母坂(きららざか)の麓。
23　左京区修学院開根坊町、赤山禅院付近。
24　左京区大原から途中峠(大津市伊香立途中町)を越えて大津市伊香立龍華町へ至る道。途中越えとも。
25　左京区鹿ヶ谷。
26　大津市坂本(東坂本)から東塔を経て京都市左京区修学院付近(西坂本)へ至る比叡山越えの道。
27　午前八時頃。

も、武士に前をせられじとや思ひけん、まだ[29]卯刻の始めに、[30]神楽岡へぞ寄せたりける。

この岡には、[31]宇都宮紀清両党、城郭を構へてぞ居たりける。されば、[32]左右なく人の寄り付いて寄すべき様もなかりけるを、[33]道場坊祐覚が同宿ども三百人、一番に[34]木戸口に付いて、塀を隔てて闘ひけるが、高櫓より大石あまた投げ懸けられて引き退く処に、[35]南岸円宗院が同宿ども五百余人、入れ替へてぞ攻めたりける。これも城中に[36]名誉の精兵ども多かりければ、走り廻つて射けるに、多く物具を通されて、叶はじとや思ひけん、皆[37]持楯の影に隠れて、「[38]荒手替はれ」とぞ招きける。

ここに、[39]妙観院の因幡竪者全村とて、[40]三塔名誉の悪僧あり。[41]鏁の上に大荒目の鎧を重ねて、[42]備前長刀の[43]鎬下りに菖蒲形なるを脇に挟み、[44]篦の太さは尋常の人の蟇目柄にする程なる三年竹を、もぎ付けに押し削つて、[45]長船打ちの鏃の五分鑿程なるを、

28 血気にはやった(延暦寺の)若い僧徒。
29 午前五時頃。
30 左京区吉田神楽岡町の吉田山。
31 宇都宮配下の紀姓・清原姓の党の武士団。
32 たやすく人が近寄って攻めるてだてもなかったのを。
33 宮方の比叡山僧。前出、第十四巻・4、8。同宿は、僧坊を同じくする同輩の僧。
34 城柵の門。
35 比叡山東塔にあった坊。その同宿の活躍は、第二巻・11にみえる。
36 強い弓を引くことで名高い兵。
37 携帯用の軽便な楯。
38 新手。ひかえの新しい軍勢。
39 比叡山西塔にあった坊。竪者は、法会の論議を行う

[46]筈本まで中子を打ち通しにして捻ぢすげ、[47]沓巻の上を琴の緒を以て根太巻に巻いて、三十六差したるを、森の如くに負ひなし、わざと弓をぞ持たざりける。[48]手突きせんがためなりけり。

[49]切岸の向かひに、二王立ちに立つて、[50]鎧づきして名乗りけるは、「先年、三井寺の合戦の[51]張本に召されて、越後国へ流されたりし妙観院の[52]高因幡全村と云ふは、わが事なり。城中の人々にこの矢一つ進せ候はん。あそばして御覧ぜよ」と云ふままに、[53]上差一筋抜いて、櫓の[54]狭間を手突きにぞ突きたりける。この矢、あやまたず、狭間の陰に立つたりける鎧武者の[55]栴檀の板より後ろの[56]上巻付けの金物まで、裏面二重を通つて、矢先白く二寸ばかり出でたりける間、その敵櫓より落ちて、二言とも云はず死にけり。これを見ける敵、「[57]あなおびたたし。凡夫の業にあらず」と、恐れて[58]色めきける所へ、[59]護正院、禅智房の若者ども千余人、[60]抜き連れて攻め入りける間、[61]宇都宮神楽岡を落ちて、

僧。
40　比叡山全山に名高い勇猛な僧。
41　鎖帷子(くさりかたびら)の上に、太い緘毛(おどしげ)で荒目に緘した鎧。
42　備前(刀剣の産地)の長刀。底本「長太刀」。
43　鎬(刀剣の刃とみねの間の高くなった部分)が、刃先から鍔元へかけて菖蒲の葉の形をした太刀。
44　矢竹の太さは、常人が蟇目(大ぶりの鏑矢)に使う程の、生えて三年の竹を、もいだまま(節目を落とさずに)削って。
45　長船(刀剣の名産地、岡山県瀬戸内市長船町)製の刃渡り一・五センチの鑿ほどもある鏃。
46　鏃の根を、矢竹の弓弦にかける部分までつらぬき通してねじ付け。

二条の手にぞ馳せ加はりける。これよりしてこそ、全村を手突きの因幡とは名づけけれ。

山法師鹿谷より寄せて、神楽岡の城を攻むる由、両党の中より申したりければ、[62]将軍、「[63]やがて後攻めをせよ」とて、今川、細川の一族に、三万余騎を差し添へて遣はされけるが、城は早や攻め落とされて、敵入り替はりければ、後攻めの勢も[64]徒らに京中へぞ帰りける。

さる程に、結城入道、楠判官、伯耆守、三千余騎にて、[65]多々須の前より押し寄せて、[66]出雲路辺に火を懸けたり。将軍、これを見給ひて、「これは、いかさま神楽岡の勢どもと覚ゆるぞ。山法師ならば、馬の上の懸け合ひは[67]心悪からず。急ぎ向かつて懸け散らせ」とて、[68]上杉伊豆守、畠山修理大夫、足利尾張守に、五万余騎を差し添へてぞ向けられける。楠は、元来勇気無双の上、智謀第一の者なりければ、[69]一枚楯の軽々としたるを、

47 鏃の根本を差し込んだ箇所を巻きしめた部分。根太巻は、太い糸の沓巻。
48 矢を手で投げること。
49 切り立った崖。
50 鎧を揺すって札(さね)の透き間をなくす動作。
51 首謀者。
52 神田本・流布本同じ。玄玖本「悪因幡全村」。「高」は「悪」(勇猛の意)に同じ。
53 箙(えびら)に差す矢のうち、上の二本の上差(うわざし)＝鏑矢(かぶらや))。
54 物見や矢を射るために、城柵や櫓にあけた小窓。
55 鎧の胸板の右側の隙間を覆う防具。
56 鎧の背の総角結(あげまき)びの飾り紐を付ける金具。
57 尋常ではない。
58 浮き足だつ。
59 ともに比叡山の僧坊。

五、六百畳[70]はがせて、板の端に壺[71]と懸金とを打つて、敵の懸けんとする時は、楯の懸金を懸けて一、二町が程に突き並べて、透き間より散々に射させ、敵引けば、[72]究竟の懸武者を五百余騎勝りて、同時にばつと懸けさせせける間、上杉、畠山が五万余騎、楠が八百余騎に揉[73]み立てられて、五条河原へ引き退く。

敵はこればかりかと見る処に、奥州国司顕家卿、二万余騎にて、粟田口より打ち寄せ、[74]車大路に火を懸けられたり。将軍、これを見給ひて、「これは、いかさま北畠殿の向かはれたりと覚ゆるぞ。敵も敵にこそよれ、[75]尊氏向かはで叶ふまじ」とて、自ら五十万騎を卒し、四条、五条の河原へ馳せ向かつて、追つつ返しつ、入れ替へ入れ替へ、時移るまでぞ闘はれける。尊氏卿は大勢なれども、軍する勢なくて、大将すでに戦ひ疲れぬ。顕家卿は小勢なれば、入り替はる勢なくして、諸卒忽ちに疲れければ、両陣互ひに闘[76]ひ屈して、嗔りを押さへ、馬を頓めて息

60　いっせいに刀を抜いて。
61　宇都宮の紀清両党。
62　足利尊氏。
63　すぐに城の加勢をせよ。
64　なすところなく。
65　下鴨神社の糺(ただす)の森。
66　北区出雲路。下鴨神社東側の賀茂川沿いの地。
67　たやすい。
68　上杉重能、畠山国清、斯波高経。
69　一枚板の軽便な楯。
70　作らせて。
71　留め金と掛け金。
72　きわめて強い騎馬武者。
73　追いまくられて。
74　粟田口にあった通り。
75　私(尊氏)が出陣しなければ叶うまい。
76　戦いあぐねて。

つぎ居たる処へ、新田左兵衛督義貞、脇屋右衛門佐義助、堀口美濃守貞満、大館左馬助氏明、三万余騎を三手に分け、双林寺、将軍塚、法勝寺の前より、中黒の旗五十余流れ差させて、二条河原に雲霞の如く打ち囲みたる敵の中を、真横に懸け通りて、敵の後ろを切らんと、京中へこそ懸けられける。

敵、これを見て、「[77]すはや、例の中黒よ」と云ふ程こそありけれ、鴨川、白川、京中に[78]稲麻竹葦の如く打ち囲みたる大勢ども、馬を馳せ倒し、弓矢をかなぐり捨てて、[79]四角八方へ逃げ散ること、秋の木の葉を山颪の吹き立てたるに異ならず。義貞朝臣、わざと鎧を脱ぎ替へ、馬を乗り替へて、ただ一騎、敵の中へ懸け入り懸け入り、いづくにか尊氏卿はある、[80]撰り討ちに討たんと、窺ひ給ひけれども、将軍の運強くして、見あひ給はざりければ、[81]力なくその勢を十方へ分けて、北ぐる敵をぞ追はせられける。

77 それ来た。
78 稲・麻・竹・葦が群生するように透き間もなく(法華経・方便品)。
79 四方八方。
80 狙い討ち。
81 やむなく。

中にも、[82]里見、鳥山の人々は、わづかに二十六騎の勢にて、丹波路の方へ落ちける敵の二、三万騎ありけるを、将軍にてぞおはすらんと心得て、桂川の西まで追ひける間、[83]大勢に返し合はせられて、一人も残らず討たれにけり。さてこそ、十方に分かれて追ひける兵どもも、「[84]そぞろに長追ひなせそ」とて、皆京中へぞ引つ返しける。

かくて、日すでに暮れければ、楠判官正成、[85]惣大将の前に来たつて申しける様は、「今日の御合戦、[86]不慮に百万の衆を傾け候ふと申しけれども、さして討たれたる敵も候はず。また、将軍の落ちさせ給ひける方をも知らず。御方、わづかの勢にて京中に居候ふ程ならば、兵皆財宝に心を懸けて、いかに申すとも、一所に打ち寄る事候ふべからず。さる程ならば、前の如く、また敵に取つて返されて、[87]度方を失ふ事決定あるべしと覚え候ふ。敵に[88]少しも機を付け候ひぬれば、後の合戦しにくき事にて

82　ともに新田一族。
83　大勢の敵軍に反撃されて。
84　むやみに。
85　新田義貞。
86　思いがけなく百万の敵を退けましたが。
87　途方に同じ。手の施しようのなくなることはまちがいない。
88　少しでも気勢を付けさせては。

候ふ。ただこのままにて、今日は、先づ引つ返させ給ひ候ひて、一日馬の足を休め、明日、明後日の程に寄せて、今一当て手痛く戦ふ程ならば、などか敵を十里、二十里の外まで追ひ靡けで[89]は候ふべき」と申しければ、大将、誠に心服して、皆坂本へぞ引つ返されける。

将軍[90]は、この度もまた丹波路へ引かんと、寺戸[91]の辺までおはしたりけるが、京中には敵一人もなく、皆引つ返したりと聞こえければ、また京へぞ帰り給ひける。この外、八幡[92]、山崎、嵯峨、仁和寺へ落ち行きける者どもも、これを聞き、われもわれもと立ち帰りける、入洛の体こそ恥ぢがましけれ。「今も敵に勢の加はりたるにもあらず、また御方の勢の透き[93]たるにもあらず。敵を御方に見合はす[94]れば、百分が一もなきに、毎度かく追つ立てられて、見苦しき負けをのみするは、ただ事にあらず。われら朝敵たるゆゑか、山門に呪詛せらるるゆゑか」と、謀

89 追い払えないことがありましょうか。
90 足利尊氏。
91 京都府向日市寺戸。
92 京都府八幡市、乙訓郡大山崎町、京都市右京区嵯峨、右京区御室の仁和寺は真言宗御室派の本山。
93 少なくなったわけでもない。
94 比較して見れば。

の拙き処をば閣いて、人々怪しみ思ひける、心の程こそ愚かなれ。

同じき三十日合戦の事 8

楠、山門[1]へ帰つて、翌朝に、律僧[2]を二、三人作り立てて京へ下し、ここかしこの戦場にして、尸骸をぞ求めさせける。京勢[3]、怪しんで事の由を問ひければ、この僧、悲歎の涙を押さへて、「昨日の合戦に、新田左兵衛督殿[4]、北畠源中納言殿、楠判官殿以下、宗徒[5]の人七人まで討たれて候ふ程に、孝養[6]のために、その尸骸を求め候ふなり」とぞ答へける。将軍[7]を始め奉つて、高[8]、上杉の人々、これを聞き、「あな不思議や。宗徒の敵ども の皆一度に討たれたりける。されば[9]とよ、勝ち軍をばしながら、官軍京をば引いたりける。いづくにかその頸どものあるらん。

8
1 比叡山延暦寺。
2 律宗の僧。時衆の僧とともに、葬礼に従事した。
3 足利勢。
4 新田義貞、北畠顕家、楠正成。
5 主だった。
6 供養。
7 足利尊氏。
8 高は、足利家の執事(家老)。上杉は、外戚。
9 それだからだ。

尋ねて獄門に懸け、大路を渡せ」とて、敵御方の死骸どもの中を求めさせけれども、これこそと思しき頸もなかりけり。余りにあらまほしさに[10]、ちと面影の似たりける頸を二つ、獄門の木に懸けて、新田左兵衛督義貞、楠判官正成と、書付けをせられたりけるを、悪想[11]の者かしたりけん、その札の傍に、「これはにた頸なり[12]。正成にも書きたる虚事かな」と、秀句[13]をしてぞ書いたりける。

また、同日の夜半ばかりに、楠判官正成、下部[14]どもに炷松を二、三千燈させて、小原[15]、鞍馬の方へぞ下しける。京中の勢、これを見て、「すはや、山門の敵どもこそ、大将を討たせて、今夜皆方々へ落ち行くげに候へ」と申しければ、将軍も、げにもとや思はれけん、「さらば、落とさぬやうに、方々へ勢を向けよ」とて、鞍馬路へ三千余騎、小原へ五千余騎、勢田[16]へ一万騎、宇治へ三千余騎、嵯峨、仁和寺の方までも、洩らさぬやう

10 首の欲しさに。
11 にくらしい皮肉屋。
12 似たと新田、正しげ(本当らしく)と正成を掛ける。
13 たくみな洒落の句。
14 従者。
15 京都市左京区大原。同区鞍馬。
16 滋賀県大津市瀬田。

に堅めよとて、千騎、二千騎差し分けて、勢を置かれぬ方はなかりけり。さてこそ、京中の大勢大半減じて、残る兵も徒らに[17]用心をするはなかりけり。

さる程に、官軍、宵より西坂[18]を降り下つて、八瀬[19]、藪里、鷺森、下松に陣を取つたりければ、諸大将皆一手になつて、三十日の卯刻[20]に、二条河原へ押し寄せて、在々所々に火を懸けて、三所に時[21]をぞ上げたりける。京中の勢は、大勢なりし時だにも、叶はで引きし軍なり。まして、勢をば大略方々へ分け遣はされぬ。敵寄すべしとは、夢にも知らぬ事なれば、俄かに周章てふためいて、或いは丹波路を引くもあり、或いは山崎[22]を志して逃ぐるもあり、心も発らぬ出家して、禅律[23]の僧になるもあり。官軍は、さまで遠く追はざりけるを、跡に引く[24]御方を追ふ敵ぞと心得て、桂川、久我縄手[25]の辺には、自害をしたる者その数を知らず。況んや、馬、物具[26]を捨てたる事は、足の踏み所もなかり

17 むだな用心はしなかった。
18 雲母坂(きららざか)とも。比叡山から西坂本(京都市左京区修学院)へ降りる道。
19 八瀬は、左京区八瀬。藪里は、左京区一乗寺の辺。鷺森は、左京区修学院の鷺森神社。下松は、左京区一乗寺下り松町。
20 午前六時頃。
21 鬨(とき)の声。
22 京都府乙訓(おとくに)郡大山崎町。
23 禅宗や律宗の遁世僧。
24 (退却する足利軍は)自分たちの後から退却してくる味方を、追いかけてくる敵と勘違いして。
25 鳥羽から山崎へ通じる桂川西岸の直線路。
26 鎧・兜などの武具。

けり。

将軍は、その日、丹波の[27]篠村を過ぎて、[28]曾地の[29]内藤三郎左衛門入道道勝が館に着き給へば、[30]四国の勢は、山崎を過ぎて[31]芥川にぞ着きにける。

親子兄弟、骨肉主従、互ひに行方を知らず落ち行きければ、討たれたる者をも、生きてぞあるらんと憑み、生きたる者をも、討たれてぞあるらんと悲しむ。されども、「将軍は、正しく[32]別の事なくて、[33]追分の宿を過ぎさせ給ひ候ひしなり」と、[34]分明に申す者ありければ、[35]兵庫湊川に落ち集まりたる勢の中より、丹波へ飛脚を立てて、「急ぎ摂津国へ御越し候へ。勢を集めて、やがて京都へ攻め上り候はん」と申したりければ、二月二日、将軍は曾地を立ち、摂津国へぞ越え給ひける。

27 京都府亀岡市篠町。
28 兵庫県篠山(ささやま)市曾地(そうじ)。
29 秀郷流藤原氏で、曾地の地頭。
30 細川定禅らの軍勢。
31 大阪府高槻市芥川町。
32 無事でいて。
33 京都府亀岡市追分町。
34 はっきりと。
35 兵庫県神戸市兵庫区湊川町にあった宿場。

9

1 本宮(和歌山県田辺

薬師(やくし)丸(まる)の事　9

この時、[1]熊野山(くまのさん)の別当[2]四郎法橋道有(しろうほっきょうどうゆう)、未だ童(わらわ)にて御供したりけるを、将軍、喚(よ)び寄(よ)せ給ひて、忍びやかに宣(のたま)ひけるは、「今度の京都の合戦に、御方(みかた)毎度打ち負けぬる事、[3]全く戦ひの咎(とが)にあらず。[4]つらつら事の心を案ずるに、ただ尊氏(たかうじ)[5]徒(いたず)らに朝敵たるゆゑなり。されば、いかにもして[6]持明院殿(じみょういんどの)の院宣(いんぜん)を申(もう)し賜(たまわ)つて、天下を君と君との[7]御争ひになして、合戦を致さばやと思ふなり。御辺(ごへん)は、[8]日野中納言殿(ひののちゅうなごんどの)に所縁(しょえん)ありと聞き及べば、これより京へ帰つて、院宣を伺ひ申して見よかし」と仰せられければ、[9]薬師丸、「畏(かしこ)まつて承り候ふ」とて、[10]三草山(みくさやま)より暇(いとま)申して、[11]則ち京へぞ上(のぼ)りける。

市)・新宮(新宮市)・那智(東牟婁郡)の熊野三山の統轄者。
2　米良(らめ)氏の道珍の子。法橋は、法印(僧正)、法眼(僧都)に次ぐ、律師に相当する僧位。
3　戦い方が拙かったからではない。
4　よくよく事の核心を考えると。
5　むなしく。
6　後深草院の皇統の称。ここは光厳院のこと。院宣は、上皇の命令書。
7　帝と帝の争い。
8　資明(すけあきら)。後醍醐帝の側近だった日野資朝の弟。光厳上皇の側近。前出、第八巻・4。
9　道有の童名。
10　兵庫県加東市上三草にある山。
11　ただちに。

大樹摂津国に打ち越ゆる事 10

将軍、湊川へ着き給ひければ、機[1]を失ひける軍勢ども、また色[2]を直して方々より馳せ参りける間、程なく二十万騎になりにけり。この勢にてやがて[3]上り給はば、また官軍京にはたまるまじかりしを、湊川の宿に、その事となく[4]三日逗留ありける間、八幡に置いたる武田式部大夫[5]も、こらへかねて降人になりぬ。宇都宮[6]も、待ちかねて義貞朝臣に属しける間、官軍いよいよ大勢になつて、龍虎[7]の勢ひを振るへり。

二月五日、顕家卿、義貞朝臣、十万余騎にて京を立つて、その日、摂津国の芥川に着かれける。将軍、この由を聞き給ひて、「さらば、路[8]に行き向かつて、合戦を致せ」とて、舎弟左馬頭[9]に十六万騎を差し添へて、京都へぞ上せられける。

10

1 気勢。
2 気力をとりもどして。
3 すぐに。
4 とくに何することもなく。
5 名は信武。甲斐源氏。
6 公綱。宇都宮一族の惣領。新田方だったが、大渡・山崎の合戦で降伏し足利方になった(第十四巻・15)。ここでまた新田方になる。
7 龍や虎のような威勢。
8 道中で迎え討て。
9 足利直義。

手島軍の事　11

さる程に、両家の軍勢、端[1]なく二月六日の巳刻[2]に、手島河原[3]にてぞ行き合ひける。互ひに旗を進めて、東西に陣を張り、南北に旅[4]を屯す。奥州国司[5]、先づ二度合ひて、軍利あらざれば、引き退いて([6]息を継げば、宇都宮、入れ替へて、一面目[7]にそなへんと攻め戦ふ。その勢二百余騎)討たれて引き退けば、脇屋[8]右衛門佐、二千余騎にて入れ替へたり。敵には、仁木[9]、細川、高、畠山、前日の恥を雪めんと、命を捨てて戦ふ。官軍には、江田[10]、大館、里見、鳥山、ここを破られていづくへか引くべきと、身[11]を無きになしてぞ防きける。されば、互ひに死を軽くせしかども、つひに雌雄を決せずして、その日は闘ひ暮らしてけり。

11

1　思いがけなく。
2　午前十時頃。
3　大阪府箕面市から池田市へ流れ、猪名川へ合流する箕面川の豊島河原。
4　軍勢を配置した。
5　北畠顕家。
6　神田本により補う。
7　新田方への忠節の証しを示そうと。
8　義助。義貞の弟。
9　高は足利家の家老。他は足利一族。
10　いずれも新田一族。
11　命をかえりみずに。

ここに、楠判官正成、遅れ馳せにて下りたりけるが、合戦の体を見て、ひそかに己れが勢七百余騎を、[12]神尾の北の山より廻らせて、[13]目ざすとも知らぬ暗き闇に、夜討にこそ寄せたりけれ。左馬頭の兵、終日の合戦に闘ひ疲れたる上、敵に後ろを裹まれじと思ひければ、一戦も闘はず、[14]兵庫を差して引き退く。義貞、やがて追つ懸けて、[15]西宮に着き給へば、直義、なほ相支へて、湊川に陣を取り給ふ。

湊川合戦の事 12

同じき七日の朝凪に、遥かの澳を見渡せば、大船五百艘、順風に帆を上げて馳せたり。どなたに付く勢やらんと見る程に、二百余艘は、[1]梶を直して[2]兵庫の島へ漕ぎ入る。三百余艘は、[3]帆を続ぎて西宮にぞ漕ぎ寄せける。これは、[4]大友、厚東、大内等

12　兵庫県西宮市甲山町の真言宗寺院、神呪(かんのう)寺(甲山大師)。他本「神崎」(尼崎市)。
13　目をこらしても見えない暗闇。
14　神戸市兵庫区の湊川付近。
15　西宮市の西宮神社(戎神社)付近。

12

1　舵を取り直して。
2　兵庫の輪田の泊(とまり)＝現在の神戸港内)の築島。
3　帆を張ったままにして。
4　大友は豊後(大分県)、厚東は長門(山口県西部)、大内は周防(山口県東部)の豪族。

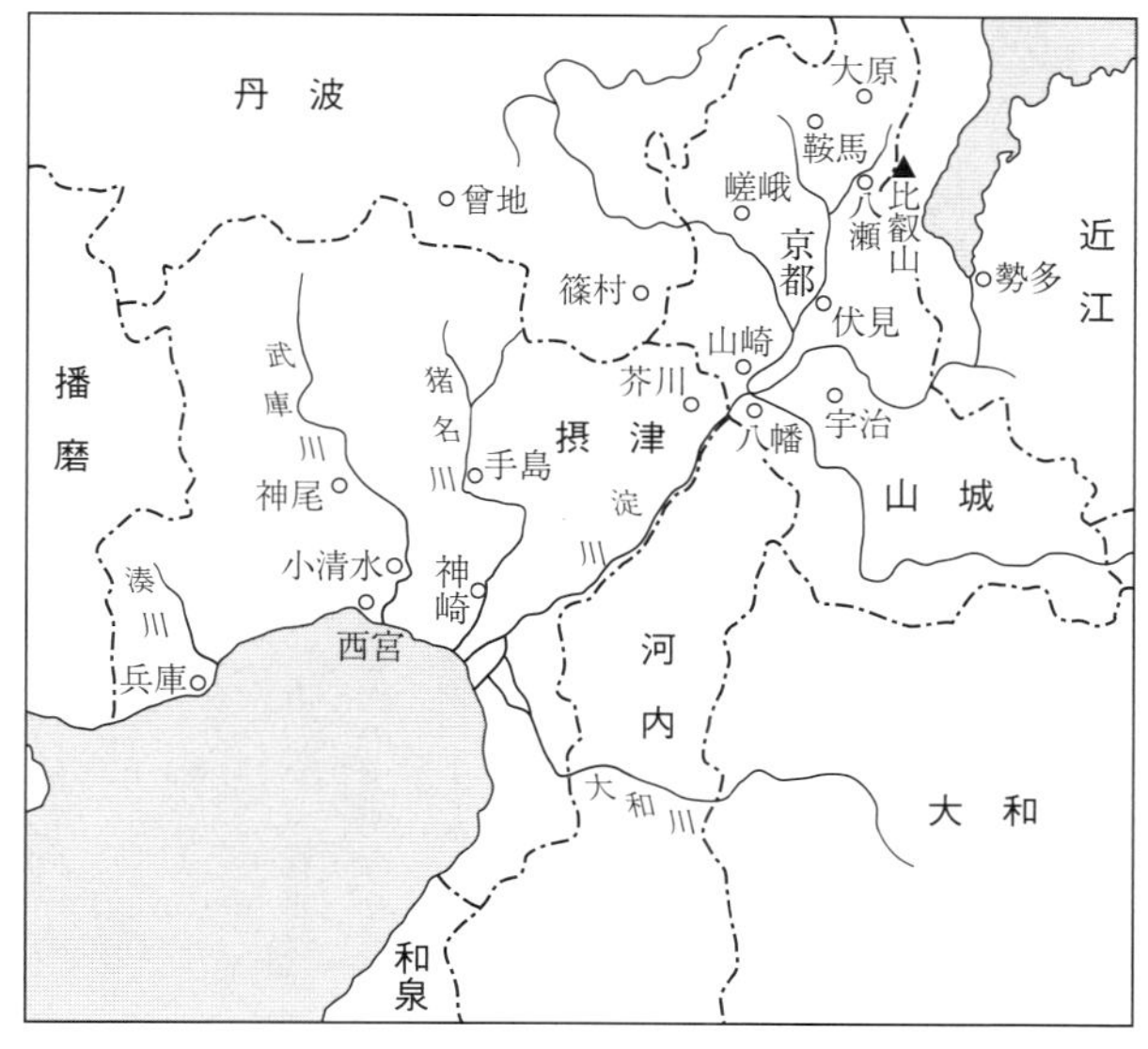
丹 波
播磨
曾地
篠村
大原
鞍馬
嵯峨
八瀬
比叡山
京都
伏見
近江
勢多
山崎
芥川
宇治
八幡
山 城
武庫川
猪名川
摂 津
手島
神尾
小清水
神崎
淀川
湊川
兵庫
西宮
河内
大和川
大 和
和泉

近畿地方略図

が将軍方へ上りけると、伊予の土居[5]、得能が御所方へ参じけると、漕ぎ連れて、昨日までは同じ湊に泊りたりしが、今日は両方へ引き分かれて、心々に付きけるなり。

[6]荒手の大勢、両方へ着きければ、互ひに兵を進めて、小清水[7]に向かひ合ふ[8]。将軍方は、目に余る程の大勢なりけれども、[9]日比の兵、荒手にせさせんとて軍をせず。大友、厚東はまた、[10]あながちわれらばかりが大事ならずと思ひければ、さしも勇める気色もなし。官軍方は、双べて云ふべき程もなき小勢なりけれども、もとよりの兵は、[11]これ人の大事にあらず、わが身の上の安否なりと思ひ、荒手の土居、得能は、今日の合戦[12]云ひ甲斐なくしては、河野の名を失ふべしと、[13]機を利ぎ心を励ませり。されば、両陣未だ闘はざる所に、[14]安危の端機に顕れ、勝負の色暗に見えたり。

されども、[15]荒手の験は、大友、厚東、大内等が勢二千余騎、

5 ともに水軍を率いる河野一族。第七巻・6で宮方として挙兵。
6 新手。まだ戦っていない新しい軍勢。
7 兵庫県西宮市越水町。
8 対峙する。
9 これまで戦ってきた兵は、新手の軍勢に戦わせようと。
10 必ずしも自分たちだけの重要な合戦ではない。
11 他人事の合戦ではない、我が身の存亡に関わることだと思い。
12 ふがいないいくさをしては。
13 気負い立ち。
14 結果のきざしは両軍の気勢にあらわれ。
15 新手の軍勢のきまりとして。

一番に旗を進めたり。土居、得能、これを見て、他(た)に譲らぬ所なりと思ひければ、三千余騎の勢を[16]一面(ひとおもて)に立てて、矢一筋(ひとすじ)づつ射違(いちが)ふる程こそありけれ、[17]抜き連れて打つて入る。大友、厚東、大内、一太刀(ひとたち)打ちして、さつと左右へ分かれける。土居、得能は、後ろへばつと懸け抜けて、[18]左馬頭(さまのかみ)のひかへ給へる湊川(みなとがわ)へ懸け通り、「[19]葉武者(はむしゃ)どもに目な懸けそ。大将に組め」と下知(げじ)して、風の如くに散り、雲の如くに集まり、喚(おめ)いて懸け入り、懸け入つては闘(たたか)ひ、「千騎が一騎になるまでも、引くな」と、互ひに[20]恥ぢしめて闘ひける間、左馬頭(さまのかみ)、叶(かな)はじとや思はれけん、また兵庫(ひょうご)を差して引き給ふ。

13　将軍(しょうぐん)筑紫(つくし)落(お)ちの事

千度百度(ちたびももたび)闘へども、御方(みかた)の軍勢の軍(いくさ)したる有様を見るに、叶(かな)

16　前面に並べて。
17　いっせいに刀を抜いて。
18　足利直義。
19　雑兵どもを相手にするな。
20　いましめて。

ふべしとも覚えざりければにや、将軍[1]も、早や退屈[2]したる気色に見え給ひける処へ、大友[3]参つて、「今の如くにては、何としても御合戦よかるべしとも覚え候はず。われらが昨日参り逢ひて候ふこそ、しかるべき[4]御運と覚え候へ。幸ひに船ども多く候へば、ただ筑紫[5]へ御開き候へかし。少弐筑後入道[6]、御方に候ふなれば、九国[7]の勢参らずと云ふ者候ふべからず。御勢多く付きまゐらせ候はば、やがて[8]大軍を動かして、京都を攻められ候はんに、何程の事か候ふべき」と申しければ、将軍、げに[9]もとや思しけん、やがて大友が船にぞ乗らせ給ひける。

諸軍勢これを見て、「すはや[10]、将軍こそ御船に召されて落ちさせ給へ」と、ののめき[11]て、取る物も取りあへず、乗り殿れじと周章て騒ぐ。船はわづかに三百余艘なり。乗らんとする人は、二十万騎に余れり。一艘に千人ばかり込み乗りける間、大船一艘乗り沈めて、一人も残らず失せにけり。自余の船ども、これ

13

1 足利尊氏。
2 気力が屈した様子。
3 大友貞宗。
4 そうなるべき(九州へ一旦退却すべき)運。
5 九州へ退却なさいませ。
6 貞経。法名妙恵。少弐は、大友とともに鎮西奉行に任ぜられた北部九州の有力守護。宮方に寝返り、鎮西探題北条(赤橋)英時を滅ぼした経緯は、第十一巻・7。
7 九州。
8 すぐさま。
9 なるほど。
10 それ見よ。
11 騒いで。

を見て、さのみは人を乗せじと、纜を脱いて差し出だす。乗り殿れたる兵ども、[12]物具、衣裳を脱ぎ捨てて、遥かの澳に泳ぎ出で、船に取り付かんとすれば、太刀、長刀にて切り殺し、払ひ落とす。乗り得ずして渚に帰る者は、[13]徒らに自害をして、礒越す浪に漂へり。

尊氏卿、[14]福原の京をさへ落とされて、[15]長汀の月に心を傷ましめ、曲浦の浪に袖を濡らして、[16]心つくしに漂泊し給へば、義貞朝臣は、百戦の功高くして、数万人の降人を召し具し、天下の士卒に将として、花の都に帰り給ふ。[17]憂喜忽ちに相替はりて、うつつも夢の如くなり。

主上山門より還幸の事 14

去月三十日に、[1]逆徒都を落ちしかば、二月二日に、[2]主上、[3]山

12　鎧・兜などの武具。
13　むだに。
14　兵庫県神戸市兵庫区福原町。平清盛が一一八〇年に一時都を置いた。
15　長いなぎさを照らす月に心を悲しませ、曲がりくねった海岸に寄せる波に涙を添えて袖を濡らし。「長汀曲浦」は、第五巻・8。
16　心尽くし(心を傷める)に筑紫を掛ける。
17　悲しみと喜びがたちまち所を替えて、現実も夢のようである。

14
1　叛逆の徒(足利方)。
2　後醍醐帝。
3　比叡山。

門より還幸なつて、花山院[4]を皇居になさる。

同じき十三日、義貞朝臣、手島、湊川の合戦に打ち勝つて、朝敵を万里の波に漂はせ、降人を五刑[5]の軽き[6]に宥めて、都へ帰り給ふ。事の体、おほよそゆゆしく[7]見えたりける。その時の降人一万騎、皆本の笠符[8]の文を書き直して付けたりけるが、墨の濃き薄き程の見えて、あらはに[9]しるかりけるにや、その翌日、五条辻[10]に高札を立てて、歌をぞ書いたりける。

二つ筋[11]中の白みを塗り隠し新田新田しげの笠符かな

都鄙数千度の合戦の体、君、殊に叡感あつて、則ち臨時の除[12]目を行はれ、義貞を左近衛中将[13]に叙せられ、義助を右衛門佐[14]に任ぜらる。

天下の吉凶、必ずしもこれには依らぬ事なれども、建武の年号は、公家[15]のために不吉なりとて、二月二十五日、改元あつて延元に移る。近日、朝廷すでに逆臣のために傾けられんとせし

4　花山上皇の御所で、花山院家が伝領。今の京都御苑内にあった。
5　中国で古代から行われた五種の刑罰(隋・唐律に基づく古代日本の律では、笞・杖・徒・流・死)。
6　寛大に処して。
7　堂々として立派に。
8　敵味方を区別する布きれ。鎧の袖や兜に付ける。
9　もとの足利の紋がはっきりとわかったからなのか。
10　五条大路(今の松原通)と西洞院通が交差する辻。
11　二引両(足利の紋)の中の白いところを黒く塗り隠して中黒(新田の紋)とし、新田らしく見せた笠符であることよ。新田と似たを掛ける。
12　官を任ずる儀式。
13　帝の警固をする左近衛府の次官。従四位相当。

かども、程なく静謐[16]に属して、天下また泰平に帰せしかば、「[17]この君の聖徳、天地に叶へり。いかなる世の末までも、誰かは傾け申すべき」と、群臣、いつしか危ふきを忘れて、慎む方もなかりける、心の程こそ愚かなれ。

賀茂神主改補の事　15

大凶一元[1]に帰して、万機[2]の政を新たにせられしかば、愁へを含み、喜びを懐く人多かりけり。中にも、賀茂の神主職は、神主の重職として、恩補次第[3]ある事なれば、咎なくしては改動[4]の沙汰なき事なるを、今度、尊氏卿、貞久[5]を改めて基久[6]に補任す。かれ眉[7]を開くこと、わづかに二十日を過ぎざるに、天下また反覆せしかば、公家の御沙汰として、貞久に返し付けらる。この事、今度の改動のみならず、両院[8]の御治世替はるごとに、

14　内裏西側の門を警固する右衛門府の次官。従五位相当。

15　「武」という文字が物騒だとして批判があった(中院一品記)。

16　平穏に戻り。

17　この帝の徳は天地の神意に叶っている。

15

1　大きな災いの異変が、もとに復して。

2　帝が行う天下の政務。

3　恩賞として職に補すことには一定の順序があるので。賀茂社では、社職一六一家のうち、松下、森などの上職七家が交替で神主を出した。

4　更迭。

5　松下貞久。

6　森基久。

7　心配がなくなって晴れ

転変する事掌を反すが如し。

それ何事の起こりぞと尋ぬれば、この基久に、独りの女あり。養はれて深き窓にありし時より、[9]若紫の匂ひ殊に、[10]初本結の寝乱れ髪に、末いかならんと目もあやなり。齢すでに[11]二八になりしかば、[12]巫山の神女、雲となりにし夢の化を留め、[13]玉妃の太真、浴を出でし春の媚びを残せり。ただ容色[14]嬋娟の世に勝れたるのみならず、小野小町が弄びし[15]道を学び、[16]優婆塞宮のすさみ給ひし跡を[17]羨まれしかば、[18]月の前に琵琶を弾じては、傾く影を招き、[19]花の下に歌を詠じては、移ろふ色を悲しめり。されば、その[20]情けを[21](聞き、その形を見る人ごとに、心を)悩まさずと云ふ事なし。

その比、[22]当今は、未だ[23]帥宮にて、[24]幽かなる御栖居なり。[25]法皇は、伏見院の第一皇子にて、東宮に立たせ給ふべしと時めきあへり。この宮々、いかなる玉簾の隙にか御覧ぜられたりけん、

やかな顔になる。
8 大覚寺統と持明院統。
9 若い紫草のようにつややかな美しさは格別で(伊勢物語・初段)。
10 成人して初めて元結で結んだ寝乱れた髪。
11 十六歳。
12 楚の懐王が夢で巫山(四川省巫山県の山)の神女と契り、神女は別れ際に、自分は朝には雲に、夕には雨になり訪れると告げた故事(文選・宋玉・高唐の賦序)。
13 楊貴妃をさす(太真は名。貴妃は皇后に次ぐ女官の呼称)。玄宗皇帝が造った離宮華清宮内の温泉(華清池)から上がった楊貴妃のあでやかさ(長恨歌伝)。
14 容色が美しくあでやか。
15 和歌の道。
16 宇治八宮がもてあそば

この女いと[26]あてやかにらうたけしと、御心に懸けてぞ思し召されける。されども、[27]ひたたけたる御わざはいかがと思し煩ひて、[28]荻の葉に通ふ風の便りに付け、萱の末結ぶ露[29]のかごとに寄せて、云ひ知らぬ御文の数、[30]千束に余る程になりにけり。女、いと物わびしうあはれなる方に覚えけれども、[31]吹きも定めぬ浦風に、靡き果つべき煙の末も、畢ては憂き名に立ちぬべしと、心強き気色をのみ[32]関守になして、早や年の三年は過ぎにけり。

父は賤しくて、母は藤原なりければ、[33]やごとなき御子達の御覚え等閑ならぬを聞いて、「などや、今まで[34]御いらへをも申さでは止みにけるぞ」と、[35]いといたう佗ぶれば、[36]御消息伝へける二人の媒、心つきて、よしやと思ひて、「[37]たらちねのいさめも、理りにこそ侍るめれ。早や一方に御返事を」と、[38]かこち顔なり。女、云ふばかりなく打ち佗びて、「[39]いさや、われとはいかで分くる方侍るべき。ただこの度の御文に、御歌のいとあはれ

れた琵琶(源氏物語・橋姫)。
17　そうなりたいと思われたので。
18　宇治の八宮邸で、八宮の姫君、大君(おおいぎみ)と中君(なかのきみ)が琵琶と箏を合奏し、琵琶の撥で月を招くのを薫が垣間見したこと(源氏物語・橋姫)。
19　「花の色はうつりにけりないたづらにわが身世にふるながめせしまに」(古今和歌集・小野小町)。
20　風情。
21　他本により補う。
22　今上帝(後醍醐帝)。
23　太宰府の長官(帥)をつとめる親王。実際には赴任しない。
24　わびしい。
25　後伏見法皇。
26　気品があり愛らしい。
27　露骨な。
28　「荻の葉…」「萱の末

に覚え侍らん方へこそ、御返事申さめ」と、少し打ち笑める気色を、二人の媒、急ぎ宮々の御方へ参りて申せば、やがて伏見宮の御方より、[40]取る手も薫るばかりに焦がれたる紅葉重ねに、

[41]いつより黒みすぎて、あはれなるほどなり。

　[42]思ひかね云はんとすれば掻き暮れて涙の外はことの葉もなし

とあそばされたり。[43]この上のあはれは誰かと思へる処に、また帥宮の御使ひあり。これは、さしも色深からぬ花[44]染めの香り返りたるに、言はなくて、

　[45]数ならぬ身ののを山の夕時雨つれなき松はふるかひもなし

この御歌を見て、女、[46]そぞろに心あくがれぬと覚えて、持ちながら詠じ伏したるけはひ、[47]早やいづれをかと云ふべき程もなし。帥宮の御使ひ、そぞろに独り笑みして帰り参りぬ。

やがてその夜の更け過ぐる程に、牛車[48]さはやかに取りまかな

…」は、風、露の序詞。「ほのかにも軒端の荻を結ばずは露のかごとを何にかけまし」(源氏物語・夕顔)。
29 ほんの少しの恨み言。
30 千通。
31 あてにならない相手になびいては、ついには辛い評判も立つだろう。
32 恋を妨げる関守。
33 高貴な皇子たちの愛情がひとかたならぬのを。
34 ご返事。
35 ひどく母が嘆いたので。
36 お手紙を運ぶ二人の者は気が付いて、よい機会だと。 37 母上。
38 うらめしそうな顔。
39 さあ、自分ではどうして分別できましょう。
40 文を持つ手も香るばかり香を焚きしめた紅葉重ね(表が赤、裏が濃い赤の襲〈かさね〉の色)の紙に。

ひて、御迎ひに参りたり。[49]滝口、[50]中門の傍らに[51]やすらひかねて、「夜も早や[52]丑三つになりぬ」と急げば、女、[53]下簾をかかげさせて、助け乗せられんとしける処に、父の基久、外より帰りまうで来て、「これは、いづ方へぞ」と問ふに、母、「帥宮の召しあり」と聞こゆ。父、いたく留めて、「[54]事の外なるわざをも計らひ給ひけるものかな。伏見院の宮は、東宮に立たせ給ふべき御沙汰あれば、この御方へ参りてこそ、[55]深山隠れの老木までも、花咲く春にも逢ふべきに、[56]そぞろなる生上達部に仕へん事は、誰がためとても待つ[57]べき方やある」と、申し止めければ、母も、[58]げにやと思ひ返す心になりにけり。滝口、かくとも知らで簾の前に寄り居て、月の傾きぬる程を申せば、母、出で合ひて、「ただ今、俄かに[59]心地例ならぬ事侍れば、後の夕べをこそ」と申して、御車を帰してけり。

帥宮は、かかる事とは露も思し給はず、[60]さのみやと、今日の

41　いつもより黒く見えるほど文字を多く書きつらね。
42　恋にたえかねて思いを言おうとすると涙にくれ、涙のほかは言葉もない。
43　これ以上のしみじみとした情趣はほかの誰にあろうか。
44　露草の花で染めた薄い青色の、色があせてしまった紙に、詞はなく和歌だけ書いて。
45　人数にも入らぬ私は、時雨が降っても紅葉しない美濃の小山の松のように、薄情なあなたを待ちながら年を経る(生きている)甲斐もないことだ。美濃と身の、松と待つ、降ると経るを掛ける。底本二句目「身ホトノ山ノ」を改める。
46　むやみに心ひかれて。
47　もはやどちらを選んだかは言うまでもない。

御憑みに昨日の憂さを替へて、度々御使ひありけるに、「思ひの外なる事候ひて、伏見宮の御方へ召されぬ」と申しければ、「[61]佐野の船橋さのみやは、堪へては人を恋ひわたるべき」と、思ひ沈ませ給ふにも、御憤りの末深かりければ、帥宮御治世の初め、基久さしたる咎はなかりしかども、[62]勅勘を蒙り、神職を解かれて、貞久に補せらる。

その後、天下大きに乱れて、[63]二君、三度天位を替へさせ給ひしかば、基久、貞久、わづかに三、四年が中に、三度補せられ、三度改めらる。[64]夢幻の世の習ひ、今に始めぬ事とは云ひながら、殊更身の上に知られたるあはれに、[65]よしや、今はとてもかくてもと思ひければ、

[66]うたたねの夢よりもなほあだなるはこの比見つるうつつなりけり

と、基久一首の歌を書き止めて、つひに出家遁世の身となりに

48 小綺麗にととのえて。
49 宮中警固の武士。
50 表門と主殿の間の門。
51 待ちかねて。
52 午前三時頃。
53 牛車の前後の簾。
54 思いがけぬこと。
55 深山深くに隠れた老木のような私までも。
56 つまらない若い公卿。
57 何も期待できない。
58 なるほど。
59 気分が悪くなったので。
60 そのようにいつまでも薄情なことはなかろうと、今日の期待で昨日の憂さを忘れ。「さのみやと今日の頼みに思ひなせば昨日の憂さぞ今はうれしき」(玉葉和歌集・伏見院)。
61 そんなに我慢強く恋い続けることはできない。「佐野の船橋」は序詞。堪えと絶えは掛詞。「東路の

けり。

宗堅大宮司将軍を入れ奉る事 16

[1]さても、[2]将軍は、京都数ヶ度の合戦に打ち負けて、二月十三日、兵庫を落ち給ひしまでは、相順ふ兵なほ七千余人ありしかども、備前の[3]児島に着き給ひける時、「京都より討手下らば、[4]三石辺にて支へよ」とて、[5]尾張左衛門佐を、[6]田井、飽浦、松田、内藤に付けて止められぬ。[7]細川卿律師定禅、同じき[8]刑部少輔をば、四国の勢に付けて、讃岐に残されぬ。中国の勢どもも、おのおの暇申して、己れが国々に止まりける間、筑前国[9]多々良浜と云ふ湊に付かせ給ひける時は、その勢わづかに五百人にも足らざりけり。

京都より始めて、処々の合戦に、矢種は射尽くしぬ、馬、

佐野の船橋さのみやはつらき心をかけてたのまん」(続古今和歌集・藤原家隆)。

62 帝のとがめ。

63 後醍醐帝と光厳帝。

64 夢幻のようにはかないこの世の習い。

65 ままよ、今はもうどうなってもかまわない。

66 仮寝の夢よりもなおはかないものは、近頃見た現実であることよ。

16

1 流布本・天正本は、ここから巻十六とする。

2 足利尊氏。

3 岡山県倉敷市児島。

4 備前市三石。

5 斯波氏頼。高経の子。

6 田井、飽浦(佐々木一族)、松田、内藤は、備前の武士。

7 頼貞の子。讃岐で挙兵

[10]物具は、悉く兵庫を落ちし時[11]乗り捨てぬ。[12]気疲れ、勢ひ衰へぬれば、[13]轍魚の泥に吻づき、[14]窮鳥の懐に入るらん風情して、知らぬ里に宿を問ひかね、見馴れぬ人に身を依すれば、[15]朝の湌飢渇にして、夜の寝腥臊たり。いつと云はん夕べ、いかなる敵の手に懸かつてか、[16]魂浮かれ、骨定まらずして、[17]天涯望郷の鬼とならんずらんと、明日の命をも憑まねば、[18]あぢきなく思はぬ人もなかりけり。

[19]宗堅大宮司がもとより、使者を進せて、「御座の辺りは余りに[20]分内狭くて、軍勢の宿なんども候はねば、恐れながらこの弊屋へ御入り候ひて、暫くこの間の[21]御窮屈を休めさせ給ひ、国々へ[22]御教書をなされて、御勢を召さるべうや候ふらん」と申したりければ、将軍、[23]やがて宗堅が館に渡り給ふ。

翌日、[24]少弐入道妙恵がもとへ使ひを立てられて、憑むべき由を仰せられたりければ、妙恵、「[25]子細に及び候はず。妙恵が

し(第十四巻・11)、上洛して足利方として戦う。
8 細川頼春。公頼の子。
9 福岡市東区多々良。
10 鎧・兜などの武具。
11 神田本・玄玖本「脱ぎ捨てぬ」。
12 気力は弱り。
13 車の轍(わだち)の水たまりで魚があえぎ(荘子・外物)。
14 猟師に追いつめられた鳥が人の懐に飛びこむような様子で(顔子家訓・省事)。
15 朝の食事には事欠き、夜の寝床はけがらわしい。「朝の湌には飢渇して盃盤を費やし、夜の臥は腥臊(せいそう)として床席(しょうせき)を汚す」(白居易・戎人を縛す)。底本「醒蒼」を改める。
16 魂は浮遊し、骨は散らばり。「身死し魂飛(う)かれ骨収められず、応(まさ)に雲南望郷の鬼と作(な)るべし」

命の候はん限りは、御方に於て粉骨の忠を致すべきにて候ふなり」と申して、[26]則ち嫡子少弐太郎頼尚に、若武者三百騎差し添へて、将軍の方へぞ進せける。

少弐と菊池と合戦の事　17

[1]菊池掃部助武俊は、元来宮方にて肥後国にありけるが、少弐が将軍方へ参る由を聞いて、路にて打つ散らさんと思ひければ、その勢三千余騎にて、[2]水木の渡へぞ馳せ向かひける。少弐太郎は知らずして、小舟七艘に込み乗り、わが身は先づ向かひの岸に着きにけり。

[3]阿瀬籠豊前守は、未だこの方にひかへて、渡船の差しもどす程を待ちける処へ、菊池が兵三千余騎、三方より押し寄せて、川中へ[4]追つぱめんとす。阿瀬籠が百五十騎、とても遁れぬ所な

(白居易・新豊の臂を折りし翁)。
17　僻遠の地で故郷を慕う亡霊。
18　嘆かわしく。
19　宗像神社(福岡県宗像市)の宮司。名は氏俊。
20　場所の広さ。
21　ご窮屈な思いから解放される。
22　将軍の命令書。
23　ただちに。
24　俗名貞経。
25　承知いたしました。
26　すぐに。

17
1　肥後の豪族。父武時(菊地入道)は、早くから後醍醐方に参じ、少弐、大友の裏切りで鎮西探題に討たれた(第十一巻・7)。
2　福岡県太宰府市水城を流れる御笠川の渡し。古代

り、引かばいづくまで遁るべきと、一途に思ひ定めて、菊池が大勢の中へ懸け入つて、一人も残らず討たれにけり。少弐太郎は、川の向かひにてこれを見けれども、大河を中に隔てて、舟ならでは渡すべき便りなければ、徒らに[5]、憑み切つたる一族郎等どもの、敵に取り籠められて討たるるを見捨てて、将軍の方へぞ参りける。

菊池は、手合はせの合戦に打ち勝つて、門出よしと思ひければ、やがてその勢を率ゐて、少弐入道妙恵が楯籠もりたる内[6]山城へぞ寄せたりける。妙恵は、宗[7]と軍をもしつべき郎等をば、皆子息頼尚に付けて、将軍へ参らせつ。阿瀬籠豊前は、水木の渡にて討たれつ。城に残る勢、わづかに二百人にも足らざりければ、菊池が大勢に立て合はせて、合戦しつべき様もなかりけり。されども、城の要害[8]よかりければ、切岸[9]の下に敵を見下ろして、防き戦ふ事数日に及べり。

に大宰府を守るための土塁と塀が築かれた。
3 少弐の家来。
4 追い落とそうとした。
5 なすすべもなく。
6 太宰府市内山。少弐の居城。
7 主戦力となる郎等。
8 防御の便。
9 切り立った崖。

菊池、荒手[10]を替へて、夜昼十方より攻めけれども、城中には、兵未だ討たれたる者も少なく、矢種も未だ尽きざりければ、今四、五日が間は、いかに攻むるとも落とされじものをと思ひける処に、少弐入道が聟に、原田対馬守[11]と云ひける者、俄かに心替はりして、攻め[12]の城に引き上がり、中黒[13]の旗を挙げて、「それがしは、聊か所望候ふ間、宮方へ参り候ふなり。御同心候ふべしや」と、舅の入道のもとへ使ひをぞ立てたりける。妙恵、これを聞いて、一言の返事にも及ばず、「苟[14]も生きて義なからんよりは、死して名を残さんには如かじ」と云ひて、持仏堂へ走り入り、腹掻き切つて臥しにけり。これを見て、家子郎等[15]百六十二人、堂の大庭に並び居て、同音にゑい声[16]を出だして、一度に腹を切る。その声天に響いて、非想非々想天[17]までも聞こえやすらんとおびたたし。

妙恵が末子に、宗応蔵主[18]と云ふ禅僧のありけるが、蔀[19]、遣[20]

10 新手。ひかえの新しい軍勢。
11 筑紫野市原田に住んだ武士。
12 本丸。
13 新田の紋。
14 かりそめにも生き長らえて節義をなくすより。
15 家来従者。
16 力を入れる時に出す掛け声。
17 無色界の第四天で、三界(欲界・色界・無色界)の最頂部にある天の名。
18 禅宗寺院の経蔵を管理する僧。
19 格子組の裏に板を張った戸。
20 引き戸。

戸を踏み破つて、薪とし、父が死骸を葬して、
[21]万里碧天月白く風清し
為に問ふ恵公行脚の事
白刃を踏翻して身を転じて行く[22]
と閑かに[23]下火の仏事をして、その炎の中へ飛び入つて、同じく死にぞ赴きける。

多々良浜合戦の事 18

少弐が城すでに攻め落とされて、一族若党百六十二人、一所にて討たれにければ、菊池、いよいよ大勢になつて、やがて多々良浜へぞ寄せ懸けける。

将軍は、[1]香椎宮に取り上がりて、遥かに菊池が勢を見給ふに、敵は四、五万騎もあるらんと見えて、御方はわづかに三百余騎

21　遥かな青空に月が白く風はさわやかである。父の恵公の死出の旅路に思いをいたし、私も白刃を踏み身を翻して父とともに行く。
22　他本、この後に、下火(あこ＝火葬)の火を点火する際の一句がある。神田本「擲下火云はく　院火重なり焼(も)ゆ一段清し」、玄玖本「下火に云はく、坑火裏重ね焼えて一段清し」、流布本「下火に言はく、猛火重なり焼ゆ一段清し」。火葬の火は幾重にも燃えて一段と清涼であるの意。
23　禅語。火葬。

18
1　福岡市東区香椎にある香椎宮。仲哀天皇・神功皇后を祭る。
2　鎧・兜などの武具。

なり。しかも半ばは馬にも乗らず、物具[2]をも着ざりけり。この兵を以て、かの大敵に合はん事、たとへば蚍蜉[3]の大樹を動かし、蟷螂[4]の隆車を遮らんとするが如しとて、将軍、すでに自害をせばやと思したる気色に見えけるを、左馬頭直義、堅く諫めて申されけるは、「合戦の勝負は、必ずしも大勢小勢に依らぬ事にて候ふものを。先づ異国には、漢[5]の高祖、滎陽に囲まれしを出でし時は、わづかに二十八騎になつて候ひしかども、つひに項羽の百万騎に打ち勝つて、天下を保ちて候ひき。わが朝には、右大将頼朝卿[6]、土肥の杉山の合戦に打ち負けて、伏木の中に隠れし時は、わづかに七騎になつて候ひしかども、つひに平家の一類を滅ぼして、累葉[7]久しく武将の位を継ぎ候はずや。二十八騎を以て百万騎の囲みを出で、七騎を以て伏木の下に隠れし機分[8]、全く臆病にて命を捨てかねしにはあらず。ただ天運[9]を保つべき処を待たれし者なり。今、敵の勢誠に雲霞の如しと云

3　大蟻（あり）が大樹を動かし。身のほど知らずのたとえ。「蚍蜉大樹を撼（ごう）かす、笑ふべし自ら量らざることを」（韓愈・張籍を調ぶ）。
4　蟷螂（かまきり）が大きな車（隆車）に立ち向かうようなものだ（荘子、文選、等）。
5　滎陽（河南省滎陽県）で楚の項羽軍に包囲された漢の高祖（劉邦）が、紀信の身代わりによって窮地を脱した故事（史記・項羽本紀、第二巻・11）。
6　石橋山合戦で敗れた源頼朝が、土肥の杉山（神奈川県足柄下郡湯河原町）で臥木の洞に隠れて、窮地を脱した故事（源平盛衰記巻二十一・兵衛佐殿臥木に隠るる事、第九巻・5）。
7　代々長らく。
8　心のはたらき。
9　天の与える運命。

へども、御方も三百余騎は候ふらん。これ皆、今まで付き纏うて、われらが[10]前途を見終てんと思へる者どもなれば、一人も敵に後ろをばよも見せ候はじ。三百騎の者ども、志を同じうする程ならば、などかこの敵を一散らし払はぬ事は候ふべき。御自害の事は、暫く思し召し留まらせ給ひ候へ。直義、先づ罷り向かつて、一軍仕つて見候はん」と申し捨てて、左馬頭、香椎宮をぞ打ち出で給ひける。

相順ふ兵には、[11]仁木右京大夫、[12]大高伊予守、[13]南遠江守、[14]高豊前守、同じき[15]播磨守、[16]上杉民部大輔、[17]畠山修理大夫、[18]細川陸奥守、[19]大友筑後守、[20]島津四郎、[21]曾我奥太郎、[22]白岩彦太郎、[23]八木岡五郎左衛門、[24]饗場新左衛門、これらを宗徒の者として、その勢以上二百五十騎、三万余騎の敵に懸け合はせんと志して、[25]命を塵芥に思ひける、心の程こそ[26]やさしけれ。

左馬頭、すでに[27]旗の手を下ろして、社壇の前を相過ぎ給ひけ

10 存亡のわけめ。
11 義長。義勝の子。足利一族。
12 重成。高一族。
13 宗継。高一族。
14 師久。師直の弟。
15 師冬。師直の養子。
16 憲顕。憲房の子。
17 国清。足利一族。
18 顕氏。定禅の兄。
19 氏泰か。貞載(さだのり)の弟。
20 第十巻・8の「島津四郎」と同一人か。
21 後に曾我左衛門とある。名は時助。
22 不詳。流布本「白石」。
23 栃木県真岡市八木岡出身の武士。
24 美濃の土岐一族。
25 自分の命を塵芥のように軽く思う。
26 あっぱれである。
27 旗の先端を下げて戦闘態勢に入る動作。

る時、烏一番(からすひとつが)ひ、杉の葉を一枝(ひとえだ)くはへて、甲(かぶと)の上へぞ落とし懸けたりける。左馬頭、則ち馬より下(お)り給ひて、「これは、香椎宮の[28]擁護(おうご)し給ふ瑞相(ずいそう)なり」と、[29]敬礼(きょうらい)して、[30]射向(いむ)けの袖(そで)にぞ差されける。

[31]すでに敵御方(みかた)相近づいて、[32]時の声を挙げんとしける時、敵の大勢(おおぜい)を見て、臆してやありけん、大高伊予守、俄(にわ)かに、「それがしは、将軍の御陣の余りに無人数(ぶにんじゅ)に候へば、参り候はん」とて、引つ返してぞ帰りける。左馬頭、これを見給ひて、「この儀ならば、始めよりこそ止(とど)まるべきに、敵を見て引つ返すこそ心得ね。あはれ、大高が五尺六寸の太刀を五尺切り捨てて、[33]剃(かみ)刀(そり)にせよかし」とぞ笑はれける。

さる程に、菊池(きくち)、五千余騎の勢にて、浜の西より相近づいて、先(ま)づ[34]矢合はせの鏑(かぶら)をぞ射たりける。左馬頭の陣よりは、「[35]わざと当(とう)の矢(や)な射そ」とて、鳴りを静められたりけるに、遥(はる)かの雲

28 神仏が守ってくれるめでたいしるし。
29 うやうやしく礼拝して。
30 左側の鎧の袖。
31 以下の大高伊予守が臆する話、神田本・玄玖本・簗田本・梵舜本になし。流布本にあり。
32 関(とき)の声。
33 髪を剃って坊主になれ、の意。
34 合戦の始めに双方が鏑矢を射交わす儀礼。
35 あえて返答の矢を射るな。

の上より、誰が射るとも知らぬ白羽の鏑矢、敵の上を鳴り響いて、つひに落つる所も知らずなりにけり。左馬頭の兵、これを聞いて、これただ事にあらずと、憑もしく思ひければ、運を天に任せて、勇みをなさずと云ふ者はなかりけり。

両陣相挑んで、未だ兵刃を交へざる処に、菊池が方より、誰とは知らず、[36]黄瓦毛なる馬に、[37]火威の鎧着たる武者ただ一騎、御方の勢に[38]三町余り前立つて、抜懸けにぞ懸けたりける。ここに、曾我左衛門、白岩彦太郎、八木岡五郎、三人ともに馬、物具もなくて、太刀ばかりを憑んで真前に進んだりけるが、これこそわが物よと思ひければ、白岩、この敵に走り向かつて、飛んで懸かる。白岩が太刀の影に、[39]馬驚いて弓手へきれたる所を、得たり賢しと、鐙の鼻をぞ返したりける。[40]白岩、余りに手本近く引つ添うたれば、敵、太刀まではなかなか切り得ずして、腰の刀を抜かんとしけるが、結ひたる[41]腹帯や延びたりけん、鞍

36 黄色がかった瓦毛の馬。瓦毛は、朽ち葉色の白毛で、たてがみと尾の黒い馬。
37 緋色の糸で縅(おど)した鎧。
38 一町は、約一〇九メートル。
39 馬が驚いて左手へそれたところを、「してやったり」と鐙の先端を蹴返した。
40 白岩が余りに手元近くまで近寄ったので、敵はかえって太刀で斬ることができずに、腰の刀(腰に差すつばのない短刀)を抜こうとしたが。
41 鞍を馬に固定させる帯。

とともに倒になつて、馬より下へ落ちにけり。白岩、これを起こしも立てず、押さへて首をぞ掻きたりける。その馬、離れて浪打ち際に立つたりけるを、曾我左衛門、走り寄り、わが物顔に取つて乗る。鎧は未だ死骸に止まつて、白砂の上にありけるを、八木岡五郎、[42]胴先の緒を引き切つて、倒に剝ぎてぞ着たりける。[43]白岩が高名に、よき武者二人仕立てて、三人ともに敵の中へ打つて入る。

　仁木右京大夫、[44]山名伊豆守、[45]宍戸安芸四郎、[46]岡辺三郎左衛門宗縄、饗場六郎、「御方討たすな、継けや」とて、喚いて大勢の中へ懸け入り、乱れ合ひてぞ闘ひける。仁木右京大夫は、近づく敵五騎切つて落とし、六騎に手負はせて、なほ敵の中にありながら、少し[47]仰りたる太刀を、[48]弓手の足を上げて踏み直しては切り合ひ、押し直しては打ち合ひ、[49]命を際と闘はれたり。

　さる程に、左馬頭、百五十騎の勢を[50]魚鱗に進ませて、[51]参然と

42　鎧の胴の最下段の草摺を取り付ける板。底本・神田本「タウサギ」。玄玖本「犢鼻褌(タウサキ)」は、ふんどしの意。簗田本「そのくそくのとふさきを引きりて」の「とふさき」は、「胴先」。
43　白岩の手柄で、立派な武者が二人出来上がって。
44　時氏。政氏の子。
45　名は朝重。茨城県笠間市宍戸出身の武士。
46　埼玉県深谷市岡部出身の武士か。
47　曲がった太刀。
48　左足。
49　命の続く限りと。
50　先頭を細くして敵陣を突破する魚の鱗形の陣形。
51　勢いのすさまじいさま。

して堅きを破る。菊池が勢、誠に百倍なりと云へども、時の運にや引かれけん、前陣闘へども、後陣継かず、御方討たるれども、力を合はせんとする心なし。剰へわづかの小勢に懸け立てられて、一陣の勢五千余騎、多々良浜の[52]遠干潟を二十余町ぞ引いたりける。

搦手に廻りける[53]松浦、神田の者ども、何をか見たりけん、将軍の勢のわづかに三百騎にも足らざりけるを、三万騎もあるらんとぞ見たりける。されば、磯打つ浪の音も、時の声に聞こえ、空を飛ぶ白鷺も、皆[54]白旗の翻る勢ひに見え、さてこそ、俄かに叶はじと思ふ心付きければ、一軍もせずして、旗を巻き、冑を脱いで、降人に出でにけれ。菊池、これを見て、いよいよ難儀に思ひければ、大勢の[55]懸からぬ先にと、急ぎて肥後国へ引つ返す。

軍の習ひ、勝に乗る時は鼠も虎となり、機を失ふ時は虎も鼠

52 遠浅の干潟。

53 松浦は、長崎・佐賀両県の松浦地方にいた武士団。神田は、佐賀県唐津市神田に住んだ松浦党の武士。ともに菊池方。

54 源氏(足利)の白旗。

55 攻め寄せてくる前に。

となるものなれば、将軍、一戦に勢ひ付いて、[56]一色太郎入道道祐、仁木右京大夫義長を差し遣はし、菊池が城を攻めらる。さしもの菊池、一日もこらへず、深山の奥に逃げ籠もる。

これよりやがて、同国[57]八代の城へ押し寄せ、[58]内川彦三郎を攻め落とさる。これのみならず、[59]阿蘇大宮司八郎惟直は、多々良浜の合戦に深手を負うたりけるが、肥前国[60]小杵山にて自害しぬ。その弟九郎は、知らぬ里に行き迷ひて、卑しき[61]田夫に生け擒られぬ。[62]秋月は、太宰府まで落ちたりけるが、一族二十余人、皆一所にて討たれにけり。これらは皆、一方の大将どもなり。また、九州の大敵ともなりぬべき者どもが、時の運に引かれて、かやうに皆打ち滅ぼされし後は、[63]九国二島、悉く将軍に付き随ひ奉らずと云ふ者なし。

これ全く菊池が不覚にもあらず、また左馬頭の謀にも依らず。ただ[64]将軍、天下の主となり給ふべき[65]過去の善因もよほして、

56 俗名範氏。公深の子。鎮西管領となる。
57 熊本県八代市。
58 伯耆の武士で、名和長年の家来。
59 阿蘇神社の宮司。惟時の子。
60 佐賀県小城市の天山。
61 農夫。
62 福岡県朝倉市秋月の武士。
63 九州と壱岐・対馬。
64 足利尊氏。
65 よい果報をもたらす前世での善行があらわれて。

霊神擁護の威を加へしかば、この軍[66]不慮に勝つ事を得て、九国、中国、悉く一時に随ひ靡きにけり。

高駿河守例を引く事 19

さても、松浦、神田の者どもが、将軍の小勢を大勢なりと見て、降人に参りたりと、内々その聞こえありければ、将軍、高、上杉の人々に向かつて仰せられけるは、「言[1]の下に骨を消し、笑みの中に刀を利ぐは、この比の人の心なり。されば、原田[2]は、現在少弐が聟なりつれども、謀り、すでに舅の少弐を討ちつるも、遠からぬ規ぞかし。これを見るにも、松浦、神田、いかなる野心[3]を挿み、更に一軍もせで降人には出でたるらんと、不審なきにあらず。その故は、信心誠ある時は、感応[4]不思議を顕す事ありとは、皆云ひ置きたれども、御方の勢をそれ程の大勢に

66 思いがけず。

19

1 「言(ことば)の下に暗(そら)に骨を消す火を生(な)す、咲(え)みの中に偸(ひそ)かに人を刺す刀を鋭ぐ」(和漢朗詠集・述懐)。
2 原田対馬守。その変心は、本巻・17。
3 叛心を抱いて。
4 神仏が応えて奇蹟を現わすことがある。
5 師茂。師直・師泰の弟。
6 大事業。
7 速やかな成功。
8 先例。
9 中国、唐の六代皇帝。開元の治と称される唐の最盛期をもたらしたが、のち

見たりと云ふ事も、末世の今、あるべしとも覚えぬ事なれば、信用に足らず。相構へてかたがた心許しあるべからず」と仰せられければ、遥かの末座に候ひける高駿河守[5]、前み(出で)て申されけるは、「誠に人の心の量り難き事は、天よりも高く、地よりも厚しとは、申し習はしたる事にては候へども、かやうの大儀[6]を思し召し立たせ給はんに、さのみ人の心を御不審あつては、いかでか早速[7]の大功をなされ候ふべき。就中、御方の御勢の多く見えて候ひける、空事にてはなしと覚え候ふ。かやうの不思議は、先蹤[8]多く承り及び候ふなり。

昔、唐朝に、玄宗皇帝[9]の左将軍に哥舒翰[10]と云ふ[11]、逆臣安禄山[12]山が兵、崔乾祐[13]と、潼関[14]と云ふ所にて闘ひ候ひけるに、黄なる旗を差したる兵十万余騎、忽然として官軍の陣に出で来たれり。崔乾祐、これを見て、敵大勢なりと思ひければ、兵を引いて四方に逃げ散る。その日、勅使、宗廟[15]に詣でて、石人とて石にて

に楊貴妃を寵愛して国を乱し、安禄山の乱を招いた。

10　安禄山の乱の鎮定にあたった唐の将軍。

11　いう者が、の意。

12　玄宗に取り立てられ節度使になるが、宰相楊国忠と対立して叛乱を起こす。一時は長安を占拠して大燕皇帝を称したが、まもなく子の安慶緒に殺された。

13　安禄山の将。哥舒翰、郭子儀らとたびたび戦った。

14　七五六年、潼関(陝西省潼関県の関)の戦いで唐軍は安禄山の叛乱軍に敗れ、哥舒翰は殺され、玄宗は蜀へ逃れた。宗廟の神の助けで唐軍が叛乱軍に勝利したとする以下の説話は、「詩人玉屑」巻七に引く「蔡寛夫詩話」などにみえる。

15　皇帝の先祖をまつる廟所。

作り並べて置きたる人形どもを見るに、或いは両足泥に汚れ、或いは五体に矢を射立てられたり。さてこそ、黄旗の兵十万余騎は、宗廟の神、兵に化して、逆徒を退け給ひたりけりと、皆人疑ひをなさで候ひけれ。

また、わが朝には、[16]天武天皇と[17]大友王子と、天下を争はせ給ひける時、備中国[18]二万郷と云ふ所にて、両方の兵、戦ひを決せんとす。時に、天武天皇の御勢、わづかに三百余騎なり。大友王子の御勢は、一万余騎なり。勢の多少、更に闘ふべくもなかりける処に、いづくより来たるとも知らぬ兵二万余騎、天皇の御方に出で来て、大友王子の勢を懸け散らす。これよりして、その所を二万の里と名づく。

[19]君が代は二万の里人数そひて絶えず備ふる御調物かな

と、[20]周防内侍が読みたりしも、この心にて候ふなり」と、和漢両朝の例を引いて、武運の天に叶へる由を申されたれば、将軍

16 底本「天智天皇」を改める。次々行も同じ。天智帝の弟。帝の没後、第一皇子の大友皇子と争い(壬申の乱)、六七二年に即位。
17 天智帝の第一皇子。壬申の乱に敗れて自害。
18 岡山県倉敷市真備町上二万・下二万。
19 帝の御代は、二万の里人が二万人もの数で絶えず貢ぎ物を捧げるめでたい御代であることよ。「小侍従集」所載。「源平盛衰記」巻十七「待宵の侍従」に、小侍従が高倉帝に請われて詠んだ歌としてみえる。
20 「小侍従」の誤り。周防内侍は、後冷泉・後三条・白河・堀河に仕えた宮廷女房で、歌人。

も当座(とうざ)[21]の人々も、皆歓喜の笑(え)みをぞ含まれける。

21 その場にいた人々。

付録

足利氏系図

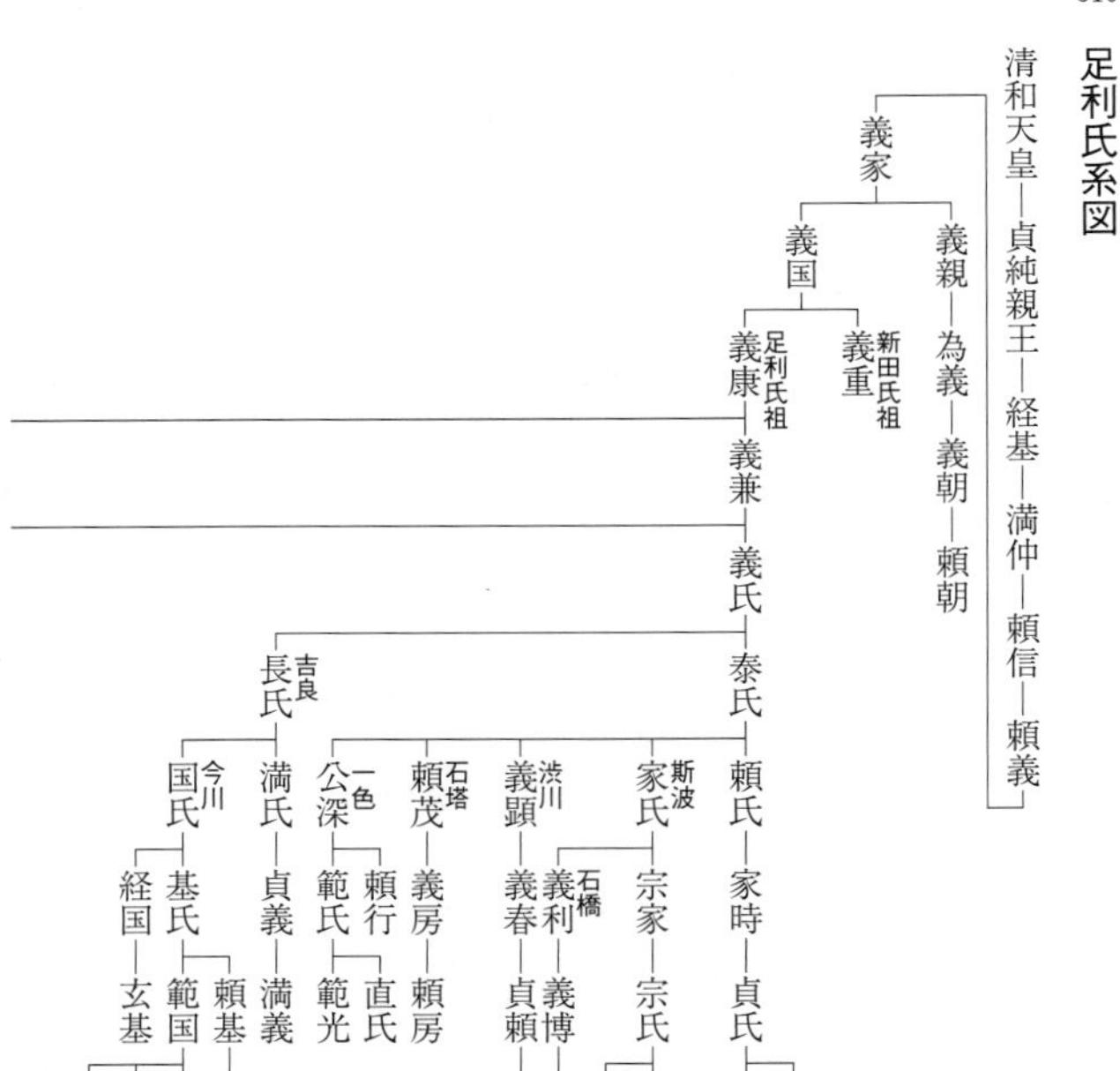
清和天皇—貞純親王—経基—満仲—頼信—頼義
義家
義親—為義—義朝—頼朝
義国
新田氏祖 義重
足利氏祖 義康
義兼
義氏
泰氏
吉良 長氏
頼氏—家時—貞氏
尊氏
竹若
義詮
基氏
直義
斯波 家氏
宗家—宗氏
高経
家兼(時家)
石橋 義利—義博—和義
渋川 義顕—義春—貞頼—義季
石塔 頼茂—義房—頼房
一色 公深
頼行
範氏
直氏
範光
満氏—貞義—満義
今川 国氏
基氏
頼基—頼貞
範国
範氏
貞世
氏兼
経国—玄基

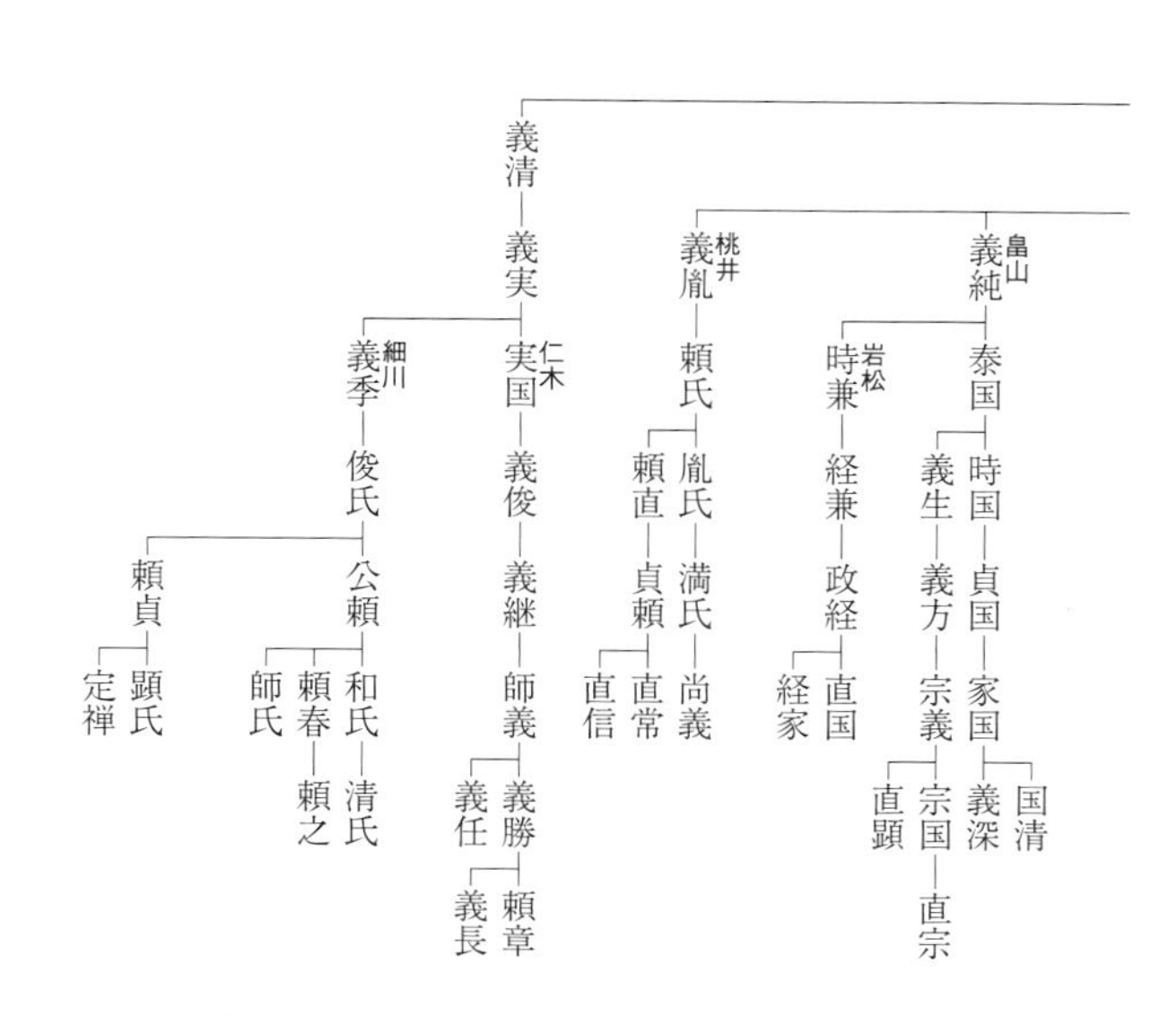

畠山
義純
泰国
時国
貞国
家国
国清
義深
義生
義方
宗義
宗国
直宗
直顕
岩松
時兼
経兼
政経
直国
経家
桃井
義胤
頼氏
胤氏
満氏
尚義
頼直
貞頼
直常
直信
義清
義実
仁木
実国
義俊
義継
師義
義勝
頼章
義長
義任
細川
義季
俊氏
公頼
和氏
清氏
頼春
頼之
師氏
頼貞
顕氏
定禅

新田氏系図

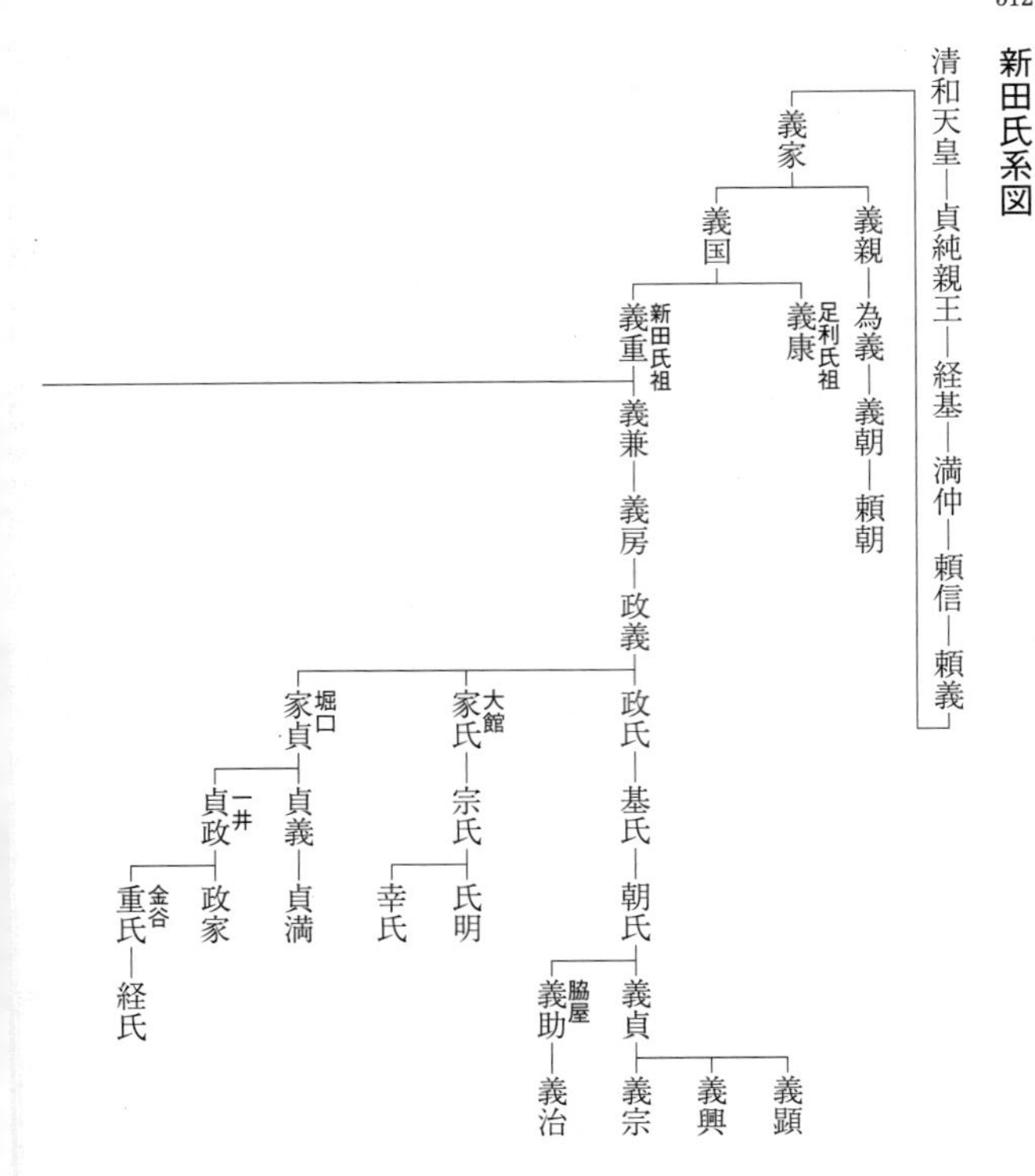
清和天皇―貞純親王―経基―満仲―頼信―頼義
義家
義親―為義―義朝―頼朝
義国
足利氏祖
義康
新田氏祖
義重―義兼―義房―政義
政氏―基氏―朝氏
義貞
義顕
義興
義宗
脇屋
義助―義治
大館
家氏―宗氏
氏明
幸氏
堀口
家貞
貞義―貞満
一井
貞政
政家
金谷
重氏―経氏

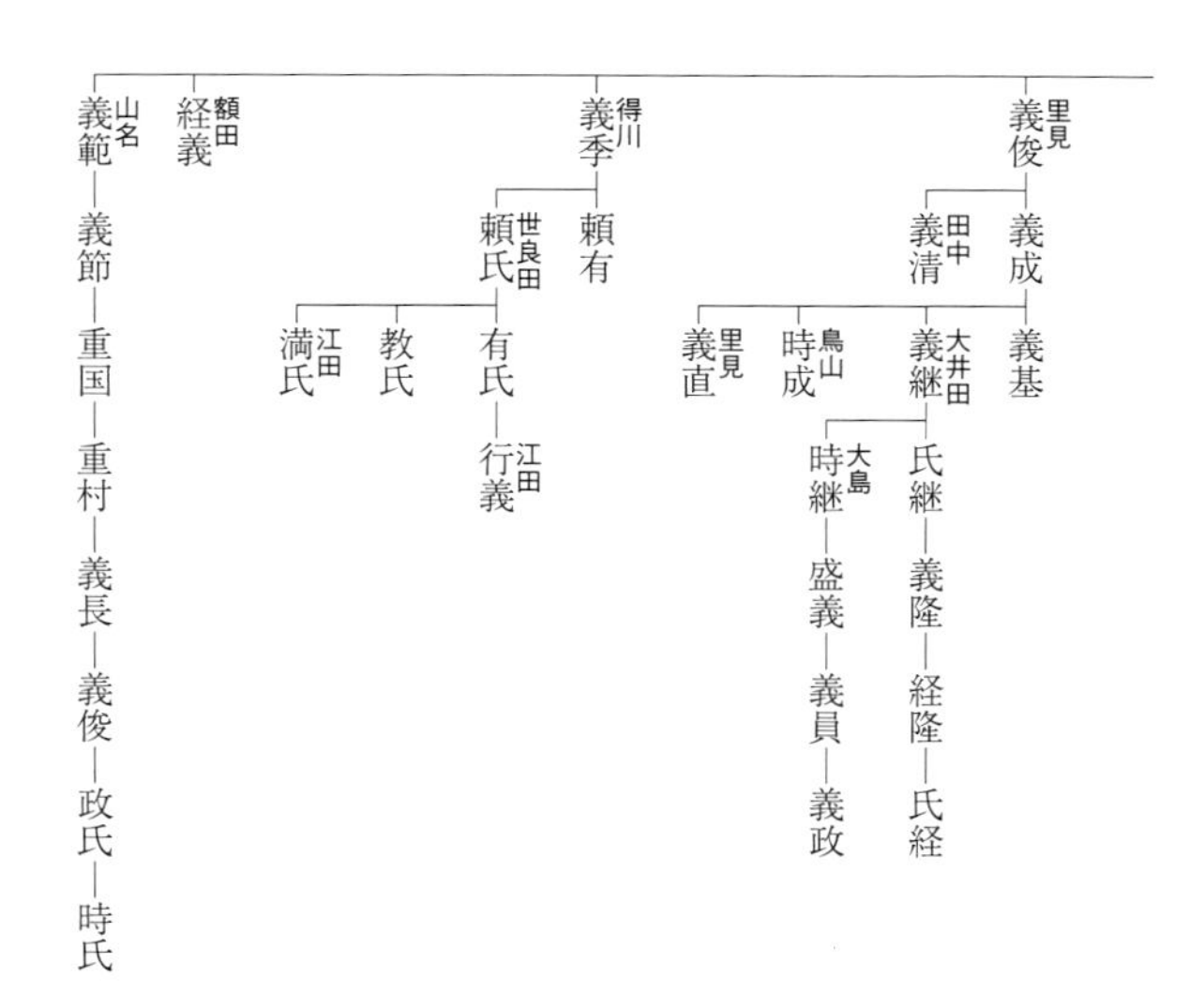

里見 義俊
義成
義基
田中 義清
大井田 義継
氏継
義隆
経隆
氏経
大島 時継
盛義
義員
義政
鳥山 時成
里見 義直
得川 義季
頼有
世良田 頼氏
有氏
江田 行義
教氏
江田 満氏
額田 経義
山名 義範
義節
重国
重村
義長
義俊
政氏
時氏

『太平記』記事年表2

※『太平記』の記事を、年月順に配列した。記事のあとに、(巻数・章段番号)を付し、史実と年月が大きく相違するものは、(史実は、……)と注記した。また、『太平記』に記されない重要事項は、〔 〕を付けて記載した。

年(西暦 和暦)	月	『太平記』記事
一三三三 元弘三(正慶二)	三	・この頃、足利高氏、北条高時の軍勢催促の非礼に怒り、謀叛を決意。(九・1) ・七日、足利高氏と名越高家が率いる幕府軍、鎌倉を発つ。(九・1) ・十一日、新田義貞、大塔宮の令旨(二月十一日付)を得て、金剛山から本国の上野国へ帰る。(十・2) ・十三日、菊池武時、九州探題北条英時を攻めるが、少弐貞経と大友貞宗の裏切りにより討死。(十一・7) ・この頃、新田義貞、兵糧徴発のために新田庄に入った幕府の使者を斬る。(十・2)
	四	・十六日、幕府軍、京に着く。(九・1)

五

・翌日、足利高氏、伯耆国船上山の後醍醐帝のもとに使者を送り、朝敵追討の綸旨を入手。(九・2)
・二十七日、名越高家、山崎・八幡の後醍醐方の討伐に向かうが(九・2)、久我縄手で佐用範家に射られて戦死。(九・3)
・足利高氏、山崎・八幡の合戦をよそに、大江山を越え、丹波国篠村に向かう。(九・4)
・中吉十郎・奴可四郎、高氏の裏切りを察し、六波羅に報告。(九・4)
・篠村に陣をとった高氏、二万余騎の軍勢となる。(九・5)
・六波羅、主上・上皇を迎え入れ、防備を固める。(九・5)
・二日、足利高氏の三男千寿王(後の義詮)、鎌倉を脱出。(十・1)
・高氏の長男竹若、浮島原で幕府方に捕らわれ、殺される。(十・1)
・七日、高氏、篠村八幡宮に願書を奉納して進発。(九・5)
・足利高氏、千種忠顕、赤松円心の軍勢、京に攻め入る。(九・5)
・内野の合戦で、陶山・河野、足利勢に敗れる。(九・5)
・東寺の合戦で、六波羅方、赤松勢に敗れる。(九・5)
・六波羅、宮方の大軍に包囲される。(九・5)
・六波羅南探題北条時益と北探題北条仲時、糟屋宗秋の進言により、東国落ちを決意。(九・6)
・持明院統の主上・上皇・東宮らをともなって関東へ向かう六波羅一

行、苦集滅道で野伏に襲われ、南探題北条時益討死。（九・6）
・八日、新田義貞、上野国生品明神で討幕の挙兵。（十・2）
・六波羅一行、野伏の大軍に包囲されるが、中吉弥八の機転で窮地を脱する。（九・6）
・天台座主尊胤法親王、六波羅一行と別れ、鈴香山を越えて伊勢へ向かう。（九・6）
・六波羅一行、近江国篠原に着く。（九・6）
・九日、足利千寿王、新田義貞の軍に加わる。義貞の討幕軍、ほどなく二十万騎になる。（十・3）
・六波羅一行、番場の峠を越えようとするが、大軍に包囲されて断念し、四三二人自害する。（九・7）
・五宮を大将とする官軍に伴われた持明院統の主上・上皇・東宮ら、京に帰還。（九・7）
・十日、千剣破城の寄手の幕府軍、退散する。（九・8）
・十日、鎌倉方の金沢貞将・桜田貞国、新田義貞の討伐に向かう。（十・4）
・十一日、小手指原の合戦。（十・4）
・十二日、久米川の合戦。鎌倉方敗れ、分陪河原に退く。（十・5）
・十二日、六波羅滅亡の早馬の報せが、船上山の後醍醐帝のもとにとどく。（十一・2）

・十二日、越前国牛原の地頭淡河時治、平泉寺の衆徒に攻められ、妻とともに自害。（十一・9）
・十五日早朝、三浦大田和義勝率いる相模勢、新田軍に合流する。（十・7）
・十五日夜半、北条泰家率いる二十万騎、分陪河原に着く。（十・6）分陪河原の合戦。鎌倉方緒戦に勝利する。（十・6）
・十六日、再度の分陪河原合戦で、鎌倉方大敗。大将の北条泰家、鎌倉に逃げ帰る。（十・7）
・関戸に陣をとった新田軍、八十万騎となる。（十・7）
・十七日、越中守護名越時有ら、宮方に攻められ、妻子ともに自害。（十一・10）
・十八日、新田軍、鎌倉を三方から攻める。（十・8）
・洲崎を守る赤橋盛時、足利高氏との姻戚関係を恥じて、自害。洲崎破れ、源氏、山ノ内まで攻め入る。（十・8）
・十九日、本間山城左衛門、極楽寺坂の大館宗氏を討ったあと自害。新田軍、肩瀬・腰越まで退く。（十・8）
・二十一日、新田義貞、稲村ヶ崎を徒渉し、鎌倉市中へ攻め入る。（十・8）
島津四郎、新田軍に降参。（十・8）
鎌倉市中、炎に包まれ、北条高時ら東勝寺に籠もる。（十・8）

長崎三郎左衛門入道(思元)・為基父子の奮戦。(十・8)
大仏貞直の討死。(十・8)
金沢貞将の討死。(十・8)
普恩寺基時の自害。(十・8)
塩田国時・俊時父子の自害。(十・8)
塩飽父子の自害。(十・8)
安東聖秀の自害。(十・8)
北条泰家、兄高時の次男亀寿(後の時行)を諏訪盛高に託して落ちさせ、自分も武蔵国に落ちる。(十・8)
・二十二日、長崎基資、奮戦の後、東勝寺で自害。(十・9)
東勝寺に籠もる北条高時以下八七三人、自害。(十・9)
・二十三日、後醍醐帝、船上山を発って上洛の途につく。(十一・2)
・二十五日、少弐・大友、九州探題赤橋英時を滅ぼす。(十一・7)
・この頃、長門探題北条時直、峯僧正春雅の軍勢に降参。(十一・8)
・二十七日、後醍醐帝、播磨の書写山円教寺に行幸。(十一・3)
・二十八日、北条高時の嫡子邦時、五大院右衛門の裏切りで囚われ、殺される。(十一・1)
・二十八日、後醍醐帝、法華山一乗寺に行幸。(十一・4)
・三十日、帝、兵庫の福厳寺に着き、鎌倉幕府滅亡の早馬の報せを受ける。(十一・4)

六

・二日、帝、兵庫を発ち、楠正成、行幸を警固。（十一・5）
・三日、護良親王、信貴山にあって軍勢を集める。（十二・1）
・足利千寿王、鎌倉に入る。（十四・1）
・坊門清忠、勅使として護良親王のもとへ赴く。（十二・1）
・後醍醐帝、護良親王に征夷将軍の宣旨を下す。（十二・1）
・五日、帝、東寺に着く。（十一・6）
・六日、帝、二条内裏に入り、足利高氏を治部卿（「公卿補任」では左兵衛督）、直義を左馬頭に任ずる。（十一・6）
・六日、護良親王、信貴山を発つ。（十二・1）
・七日、九州探題滅亡の早馬の報せがもたらされる。（十一・7）
・十三日、護良親王、大軍を従えて入京。（十二・1）
・この頃、宗良親王、万里小路藤房、円観、文観、忠円ら帰洛。（十二・1）

七

・九日、阿曾時治らの降伏した金剛山の寄手、処刑される。（十一・11）

八

・二日、中宮禧子死去。（十二・1）（史実は、十月十二日）
・三日、幕府討伐の論功行賞が開始されるが、後宮の内奏によって混乱。（十二・1）
・（足利高氏、後醍醐帝の名の一字をもらって尊氏と改名。）
・この頃、訴訟処理のため、雑訴決断所が設けられる。（十二・1）

	十一	・この頃、二階堂道蘊、処刑される。(十一・11) ・佐介宣俊処刑され、鎌倉の妻も後を追う。(十一・11) ・三日、東宮死去。(十二・1) ・法勝寺で怨霊供養の法会が行われる。(十二・1)
一三三四 建武元 (元弘四)	一	・十一日、大内裏造営が決議される。(十二・1) ・大津、葛葉以外の新関が廃止される。(一・1) ・春、筑紫、河内、伊予で、北条氏の残党が蜂起し、朝廷では天下安鎮の法が行われ、まもなく乱は平定される。(十二・3) ・新田義貞ら、諸国の軍勢が上洛する。(十二・4) ・足利、新田、楠、名和らに恩賞が行われるが、赤松円心は播磨守護職を召し返され、佐用庄のみを安堵される。(十二・4) ・千種忠顕、文観、後醍醐帝の寵臣として奢りを極める。(十二・4、5、6)
	七	・建武に改元。(十二・7)(史実は、正月二十九日)
	八	・十七日、隠岐広有、紫宸殿の怪鳥を射落とす。(十二・7) ・神泉苑が修造される。(十二・8)
一三三五 建武二		・この頃、馬場殿が造られる。(十三・1) ・塩冶高貞から龍馬が献上される。(十三・1) ・万里小路藤房、後醍醐帝に諫言するが容れられず。(十三・2)

月	記事
三	・十一日、帝、石清水八幡宮に行幸。藤房、検非違使別当として供奉する。（十三・2）（史実は、建武元年九月二十一日） ・藤房、出家遁世する。（十三・2） ・護良親王、足利高氏の讒言と阿野廉子の内奏により逮捕・拘禁される。（十二・9）（史実は、建武元年十月）
四	・阿野廉子、准三后となる。（一・2）
五	・五日、護良親王、鎌倉の足利直義のもとへ送られ、禁獄される。（十二・9）（史実は、建武元年十一月）
秋	・西園寺公宗、北条泰家（高時の弟）をかくまって謀叛を企てるが、弟公重の密告により陰謀が露顕して捕らえられる。（十三・3）（史実は、六月） ・禁獄されていた西園寺公宗、名和長年によって斬られる。（十三・3）（史実は、八月） ・公宗の遺児（後の実俊）を探索した中院定平、北の方の和歌に感じ、帝に奏上して探索を打ち切る。（十三・3） ・成良親王、征夷将軍として鎌倉に下り、足利直義、執権として関東の政務をとる。（十三・4） ・北条時行、名越時兼が、信濃と北国で挙兵。（十三・4）
七	・二十六日、北条時行の軍勢が鎌倉に迫り、足利直義は征夷将軍成良親王をともなって鎌倉を落ちる。（十三・4）

八

・直義の命をうけた淵野辺甲斐守、土牢に禁獄されていた護良親王を殺害する。(十三・5)
・直義から早馬の報せが京にもたらされ、朝廷では、足利高氏に北条時行追討を命じる。(十三・7)
・高氏、征夷将軍と関東管領の職を後醍醐帝に求め、関東管領のみを許され、帝の名の一字をもらい、尊氏と名のる。(十三・7)(史実は、尊氏改名は、元弘三年八月)
・尊氏、東国へ下向。(十三・8)
・三日、鎌倉の大仏殿が大風で倒壊し、中にいた北条時行軍の五百余名が死傷。(十三・8)
・八日、北条軍、遠江国橋本、佐夜の中山で足利軍と戦って敗れる。(十三・8)
・箱根、相模川、腰越でも敗退した北条軍、鎌倉の大御堂で、主な諸将が自害。(十三・8)
・名越時兼、加賀国大聖寺で在地の武士と戦って敗れ、戦死。中先代の乱、鎮圧される。(十三・8)
・中先代の乱を平定した足利尊氏の勢威が高まり、一門の人々、尊氏を征夷将軍と呼ぶ。(十三・8)(十四・1)
・この頃、尊氏、関東の新田一族の所領を家臣に与え、新田義貞との関係が険悪になる。(十四・1)

月	記事
十	・鎌倉の尊氏のもとから、義貞を誅すべしとの奏状が朝廷に届く。(十四・2)(本文では、建武元年十月)
十一	・尊氏の奏状のうわさに、義貞も、尊氏を誅すべしとの奏状を奏す。(十四・2)(本文では、建武元年十一月) ・護良親王の世話役の女房、上洛して、親王殺害の一件を奏上。(十四・2) ・足利尊氏が諸国に発した軍勢催促の将軍御教書が見つかり、朝議で尊氏討伐が決まる。(十四・2) ・十九日、新田義貞、参内して朝敵追討の宣旨と節刀を賜る。(十四・3) ・同日、官軍の錦の御旗に縫い付けられた月日の紋が落ちるという凶兆のなか、官軍、東海道と東山道の二手から東国へ進発。(十四・4) ・鎌倉の足利尊氏、弟直義らの出陣要請に対し、帝に恭順の意を示すべきだとして拒否。(十四・5) ・二十三日、足利直義、大軍を率いて鎌倉を発つ。(十四・5) ・二十七日、三河国矢矧の合戦。(十四・5) ・足利直義軍、遠江国鷺坂に退き、さらに駿河国手越に退却する。(十四・6)
十二	・五日、手越の合戦。直義軍敗退。(十四・7)

・大手の官軍、伊豆の国府に逗留する。（十四・7）
・鎌倉へ帰った直義、偽の綸旨を見せて尊氏の出家を思いとどまらせる。（十四・8）
・十日、足利方の細川定禅が四国で蜂起した報せが、京にもたらされる。（十四・11）
・十一日、山陽道の朝敵蜂起の報せが、京にもたらされる。（十四・11）
・十一日、尊氏は竹ノ下へ、直義は箱根へ出陣。（十四・8）
・十二日、山陰道の朝敵蜂起の報せが、京にもたらされる。（十四・11）
・同日、北陸道の朝敵蜂起の報せが、京にもたらされる。（十四・11）
・十二日、尊良親王と脇屋義助は竹ノ下へ、新田義貞は箱根へ向かう。（十四・8）
・同日、箱根・竹ノ下の合戦。箱根では義貞軍が優勢だったが、竹ノ下の戦闘で大友・塩冶が裏切り、官軍は総崩れとなる。（十四・9）
・十四日、新田義貞の官軍、箱根から東海道を経て尾張国まで退却する。（十四・10）
・諸国の朝敵蜂起の報せに、後醍醐帝、新田義貞を京へ呼びもどす。（十四・11）

一三三六　建武三（延元元）

一

・二日、細川定禅、四国・中国の勢を率いて、播磨国大蔵谷で赤松範資と合流。（十四・12）
・七日、京の新田義貞、軍勢の手分けをする。勢多へは名和長年、宇治へは楠正成、山崎へは脇屋義助、大渡へは義貞が向かう。（十四・12）
・八日、足利尊氏、石清水八幡宮の山下に陣を取る。（十四・12）
・同日、赤松範資・細川定禅、摂津国芥川に陣を取る。（十四・12）
・八日、新田方の江田行義、丹波路の足利方を討つ。（十四・12）
・九日、大渡・山崎の合戦。細川定禅に山崎を破られた新田義貞、後醍醐帝に山門への臨幸を促すべく退却する。（十四・13―15）
・帝、山門に臨幸し、新田義貞・義助随う。（十四・16）
・勅使河原、羅城門の辺で自害。（十四・17）
・十日夕刻、勢多を固めていた名和長年、京にもどり、内裏に火をかける。（十四・18）
・十一日、足利尊氏、京に入る。（十四・19）
・結城親光、尊氏の命をねらって、偽って降参し、応対した大友貞載を殺害して討たれる。（十四・20）
・足利方、宮方に味方する延暦寺に対抗するため、戒壇の造営を約束して三井寺を味方につける。（十五・1）
・十三日、奥州国司で鎮守府将軍の北畠顕家が率いる奥州勢、近江国

二

愛智川に着く。（十五・2）
・同日、大館幸氏、佐々木時信の立て籠もる観音寺城を攻め落とす。（十五・2）
・翌日、北畠顕家軍、東坂本で官軍と合流。（十五・2）
・三井寺合戦。宮方、三井寺に攻め寄せ、伽藍に火をかける。足利方大敗する。（十五・3）
・十六日、三井寺を攻め落とした新田軍、京に攻め寄せて、鴨川の東岸一帯で足利軍と戦い、尊氏を桂川の西まで追い落とす。（十五・6）
・同日夕、細川定禅、北白川に迂回し、新田義貞軍を東坂本へ撃退する。この戦いで、義貞の執事船田義昌らが戦死。（十五・6）
・二十日、関東へ向かった搦め手の軍勢が引き返し、東坂本の官軍に合流する。（十五・7）
・二十七日、官軍、再度京へ攻め入り、足利軍を桂川の西まで退けるが、楠正成の進言で新田義貞は軍勢を東坂本へ返す。（十五・7）
・二十八日夜半、楠正成の謀で、官軍、比叡山を撤退するように見せかける。（十五・8）
・三十日、官軍、油断した足利軍を京から攻め落とす。尊氏、丹波国曾地に落ちる。（十五・8）
・二日、丹波から摂津へ向かう尊氏、供をしていた薬師丸に、持明院

統の光厳上皇の院宣を入手するよう命じる。（十五・9）
・同日、後醍醐帝、比叡山から京へ還幸。（十五・14）
・五日、新田義貞と北畠顕家の官軍、摂津へ向かう。（十五・10）
・六日、摂津国手島河原の合戦。楠正成に背後をつかれた足利軍、兵庫湊川に退く。（十五・11）
・七日、船に乗った四国・中国の軍勢が両軍に加わり、湊川一帯で戦闘。足利方またも敗北。（十五・12）
・十三日、尊氏、大友貞宗の進言により、船で筑紫に落ちる。（十五・13）
・同日、摂津の合戦に勝利した新田義貞、京に帰る。（十五・14）
・二十五日、建武の年号を、延元に改元。（十五・14）
・賀茂の神主森基久、神主職を後醍醐帝に召し上げられ、出家する。（十五・15）
・足利尊氏の船、わずか五百余人で筑前国多々良浜に着く。（十五・16）
・宗像大宮司、尊氏を館に迎え、少弐一族、馳せ参じる。（十五・16）
・菊池武俊、水木の渡で少弐軍を破り、少弐の城を攻め落とす。少弐妙恵、自害。（十五・17）
・多々良浜の合戦。尊氏、菊池の大軍を見て自害しようとするが、直義の進言により思いとどまる。（十五・18）

・足利軍、百倍に余る菊池勢を破り、さらに菊池の城を攻め落とし、九州全土を制圧。（十五・18）
・高師茂、多々良浜合戦での尊氏の奇跡的な勝利を、先例を引いてことほぐ。（十五・19）

〔解説2〕『太平記』の言葉

はじめに

いつ果てるともしれない戦乱を記したこの書物が、「太平記」を称している。

この書名の意味について考えることは、そのまま『太平記』の言葉のあり方について考えることである。「太平」とは、あるべき歴史秩序への予祝を意味している。いまある現実をいうよりも、予祝による言葉の呪力で、「太平」の到来をねがうわけだ。そしてあるべき歴史を予祝するこの姿勢が、『太平記』全四十巻の構造的な枠組みになっている。

たとえば、『太平記』の末尾、第四十巻「細川右馬頭西国より上洛の事」は、貞治六年(一三六七)十二月、足利義満(当時十歳)が第三代の将軍職を継ぎ、細川頼之がその執事

(管領)として上洛したことを記して筆をおく。南北両朝の和議が成立するのは、それより二十年あまりのちの明徳三年(一三九二)である。貞治六年の時点では、九州地方などはまだ南朝方の勢力下に置かれていたが、そんな戦乱のさなかで、

　中夏無為の代になりて、目出度かりし事どもなり。

と結んで、『太平記』は擱筆する。林屋辰三郎は、この末尾について、『太平記』の寿祝性をいい、そこに宮廷への寿詞の奏上(服属儀礼)に起源をもつ歴史叙述の系譜を考えている(「太平記の寿祝性」『古典文化の創造』)。示唆にとむ見解だが、しかしこの末尾にも、その書名とおなじく、「太平」をねがう作者のアイロニカルな予祝の姿勢をみることは可能である。

深化する内乱の現実にたいして、あるべき歴史が予祝的に対置される。あるいは、あるべき「太平」の世が、言葉のアジテーショナルな呪力によって回復されようとする。もちろん内乱の現実は、作者がイメージする「太平」を根底から無化するかたちで進行している。「太平記」という書名じたいが、時代への敗北を予定されたアイロニーでし

かないのだが、しかし時代との接点さえ見失いながらも、そこになおかつ構想される歴史を理念的にささえているのは、序文に記されるつぎのような政治思想である。

　蒙竊かに古今の変化を探つて、安危の所由を察るに、覆つて外なきは天の徳なり。明君これに体して国家を保つ。載せて棄つることなきは地の道なり。良臣これに則つて社稷を守る。……

あるべき秩序世界が、まずこのように表象されるのだ。もちろん、「明君」と「良臣」にかんするみぎの抽象的な言葉は、すでにこれの書かれた時点でのアナクロニズムでしかない。だが、『太平記』が同時代の『神皇正統記』などとちがう点は、そこに表象される当為が、つねに叙事される時代との相関でいわれていることだ。

当為としての「太平」が、観念の自己運動の結果としてあるのではなく、記述される時代の現実と向かいあうかたちでいわれる。そこに時代とのズレがきわだつという仕組みである。そしてこの作品に構造化されるズレ――記述される作品の具体と、表象される当為とのほとんど絶望的な距離の深さが、『太平記』の言葉のあらゆるカラクリとなっている。たとえば、『太平記』がある特定のイデオロギーの思想的(ないしは行動的)な源泉として、日本の近世・近代をアジテートしつづけてきた一つの原因も、おそらくこのへんにもとめられる。

『太平記』をイデオローグの書とみなすことが、近世に水戸藩で編纂された『大日本史』(注)以来の恣意的な読みかえだとは思えない。たとえば、近世幕末の志士たちは、みずからの行動の規範を、しばしば『太平記』の楠正成にもとめている(藤田精一『楠氏研究』)。「志士」という言葉(人のあり方)じたいが、『太平記』をつうじて流布したのだが、また幕末長州藩の勤王家たちは、「正成をする」という言葉を、京・大阪の庶民あいてのプロパガンダに用いたという(司馬遼太郎『余話として』)。「正成をする」あるいは「正成になる」が、行動のイデオロギッシュな像をなまなましく喚起しえたわけで、その前提に、近世における広汎な『太平記』享受があったことはたしかである(第一分冊「解説」、参照)。

むしろわたしたちは、『太平記』をイデオローグの書として捉えかえしてみることで、逆に現時点的に(アイロニカルに)出発すべきではないだろうか。そこに、わたしたちの日本近代は、また行動の日本的エートスといったものは相対化されるかもしれない。とすれば、『太平記』の言葉はどこからくるのか。それを典拠論ふうに、『平家物語』ないしは中国渡来だといってみても、問題はむしろそこからはじまるのである。

（注）徳川光圀の発意で編纂された紀伝体の日本通史。全三九七巻。南北朝の正閏（正統と非正統）の弁別を一つの眼目としており、その列伝には、いわゆる建武の功臣たちの物語的な（『太平記』のみを典拠とする）エピソードが数多く採用される。明治十年（一八七七）に准勅撰国史とされた。

一　言葉の典拠

まず、古くから喧伝される話として、第十巻「鎌倉中合戦の事」から、新田義貞が稲村ヶ崎を徒渉する前後の話をあげる。元弘三年（一三三三）五月、上野国で挙兵して鎌倉へ攻め入る新田義貞が、稲村ヶ崎の海をまえにして天照大神に祈念する一節である。

　義貞、馬より下り、甲（かぶと）を脱いで、海上の方を伏し拝み、龍神に向かつて祈誓し給ひけるは、「伝へ承る、日本開闢（かいびゃく）の主（あるじ）、伊勢天照太神は、本地を大日の尊像に隠し、垂跡を滄海の龍神に呈し給へり。わが君、その苗裔として、逆臣のために西海の浪に漂ひ給ふ。義貞、今臣たる道を尽くさんために、斧鉞を把つて敵陣に莅む。その志、ひとへに王化を資け奉つて、蒼生を安からしめんためなり。仰ぎ願はくは、内海外海の龍神八部、臣の忠誠を鑑みて、朝敵を万里の際に退け、道を三軍の陣に開かしめ給へ」と、信心を凝らして祈念を致し、自ら佩き給へる金作りの太刀を解いて、海底に沈められける。

はたして「その日の月の入り方」に、稲村ヶ崎は一面の干潟となり、義貞の軍勢は、鎌倉の市中に攻め入ることができた。

古くから皇国史観と結ぶかたちで喧伝されてきた一節である。だが、この話が『太平記』のなかで特異な話ではないことは、みぎの「義貞、今臣たる道を尽くさんために」云々が、序文でいわれる「載せて棄つることなきは地の道なり」(典拠は、『古文孝経』孔安国注)の具体化であることをみてもよい。また、この義貞の言葉には、神仏への祈願文(願書・願文)の様式一般の問題には還元できない、一種独特な調子があるのではないだろうか。その独特な調子を生みだしている『太平記』の言葉のあり方について考えることが、この第二分冊「解説」の目的である。

新田義貞軍の稲村ヶ崎徒渉のあと、局面は鎌倉方の総崩れ、幕府諸将の戦死へと急展開してゆく。そのはじめに位置する島津四郎の出陣は、みぎの新田義貞とはべつの意味で、『太平記』の一面を代表している。

鎌倉方の島津四郎は、以前から大力の聞こえがあり、周囲から「一人当千と憑(たの)まれ」る若武者である。出陣にさいして北条高時からじきじきに酒盃をうけ、「坂東一の無双の名馬」を拝領するという、『平家物語』の佐々木高綱（巻九「生食(いけずき)の沙汰」）をも想起させる話として語られる。だが、幕府方の数万の軍勢とともに島津を見まもる読者の期待は、つづく場面で奇妙にはずされてしまう。

> 敵御方(みかた)の軍兵、片唾(かたず)を呑んでこれをみる処に、相近(あいぢか)になりたりけれ、島津、馬より下(お)り、甲(かぶと)を脱いで降人になり、源氏の勢にぞ加はりける。

敵味方の軍勢が見まもるなか、島津はいきなり兜を脱いで降参し、敵の軍勢に加わってしまう。はなやかに仕立てられたこの場面が、けっきょく愚劣な寝返りを語るお膳立てでしかなかったのだ。『平家物語』のパロディといってよいが、そのパロディを方法的に可能にしているところに、『太平記』の言葉のあり方が問題化している。

二　パロディと言葉

島津四郎のばあいにかぎらず、裏切り、向背つねない人間が描かれるのは、『太平記』の作品的本性とさえいえる。それは、第二部(第十三―二十一巻)以降の混迷した戦局でことに顕著になる傾向である。だが、対立の構図が比較的みやすいはずの第一部(第一―十二巻)でも、足利高氏(尊氏)の六波羅探題攻め(第九巻)、新田義貞の鎌倉攻め(第十巻)は、いずれも幕府方のおびただしい寝返りと戦場離脱とで決着をみることは、第二部以降の世界と同質である。

『太平記』の慣用句でいえば、戦場で「勝(かつ)を両方に賭」け、戦況しだいでは「敵ともなり、また御方ともなる」「右往左往」の軍勢というのが、『太平記』的な戦争の主役である。さきの島津四郎の話も、『平家物語』的世界のパロディという方法で、いかにも当代的な武士のあり方を語る一挿話なのだが、しかしその話が、『平家物語』以上のはなやかな舞台に仕立てられていることが、ここでは問題である。

　もちろん、このように誇張される舞台装置は、パロディの問題だけにかぎらない。『太平記』の関心の所在も、そんな当代的な武士たちのなかにあって、いわゆる「義を金石に比」し、「命を塵芥・鴻毛よりも軽くする」(典拠は『漢書』『後漢書』『文選』等)少数の武士たちの側にあった。それが第十巻「鎌倉中合戦の事」でも例外ではないことは、主君に勘当された身で、あえて忠義に殉じる本間山城左衛門、足利・新田の外戚でありながら、北条高時に二心なきことを示すために自害する赤橋盛時と安東聖秀など、そしてなによりも、東勝寺での北条氏一門八七三人の自害が、『太平記』できわめて同情的に語られているのをみてもよい。

　『平家物語』をふまえた鎌倉合戦(第十巻)の挿話でいえば、合戦の終盤で語られる長崎基資(ながさきもとすけ)の最期の奮戦は、あきらかに『平家物語』巻十一「能登殿最期」をふまえている。長崎が新田義貞をつけねらう姿、また、義貞を見失ったかれが、「鎧の袖も草摺(くさずり)も皆切つて捨て、大童(おおわらわ)になつて」荒れ狂うことなど、源義経をねらう平教経のイメージが重ねあわされている。さらに、「跡なる郎従」に、「いかなる御事にて候ふぞ。……今は、打ち帰らせ給ひて、主殿(しゅのとの)(北条高時)の御自害をも勧め申され候へかし」といわれて東勝寺へ引き返したとするのも、能登守教経を制止する平知盛の言葉に拠っている。

『太平記』が、『平家物語』の「能登殿最期」をふまえて長崎基資の武勇を賞賛的に描いていることはあきらかである。だがそれにしても、殺生の無益をいわれた平教経が、「さては大将軍(義経)に組めごさんなれ」と心得ちがいをする屈託のなさにくらべて、戦闘をただちに中断した長崎基資が、祖父円喜に遅参の理由を説明して、敵を「四、五百人切つて捨て」た奮戦のさまを語る饒舌さ、また「上(高時)の御事いかが御座候ふらんと存じ候ひて、帰り参つて候ふ」と述べている分別臭さは、平教経とは異質である。『平家物語』の行動的武人を模して長崎の奮戦を語る『太平記』が、ここでも『平家物語』とは異質な世界をかいま見せてしまう。

とくに長崎は、自分を制止した郎従に、「げにや、人を切るが面白さに、大殿(高時)に約束し申しつる事を忘れぬるぞや」とこたえている。しかし、「面白さ」ゆえに「四、五百人」の人間を殺戮する英雄とはいったいなんなのか。その武勇を賞賛的に語る作者の意図のいかんにかかわりなく、この誇張のしかたには、やはり『太平記』の言葉がおちいるグロテスクな情況が露呈している。

第十巻の鎌倉合戦にかぎってみても、ほかに興味ぶかい話は少なくない。たとえば、主君の塩田入道に、「早や思し召し切らせ給ひ候へ」と自害をすすめる狩野五郎重光の話は、『平家物語』で木曾義仲に自害をすすめる今井兼平の話をふまえている（巻九「木曾最期」）。そしていざ塩田父子が切腹して果てると、重光は続いて腹も切らず、自害した主君の鎧や太刀を剝いで盗み、そのまま逃亡してしまう。

義仲最期をふまえた第十巻の話として、ほかに大仏貞直の最期の合戦がある。木曾義仲と今井兼平の主従二騎の最期を知る読者なら、貞直ひきいる二百五十余騎が、「一番に……二番に……三番に……」と再三敵の囲みをやぶって、その勢わずかに「六十余騎」になったところで、つづく場面に、読者の共感をよばずにはおかない最期談を期待する。だが、そんなわたしたちの期待も、

四番に、搦手の大将脇屋次郎義助の六万余騎にてひかへたる中へ懸け入つて、一人も残らず討たれにけり。

とあることで、奇妙にはずされてしまう。あっけない全滅におわることが、この話をへんにおかしなものにしている。

要するに、主君をだまして盗人に豹変する狩野重光にしても、敵の大軍に突入してあまりにあっけなく全滅する大仏貞直にしても、それぞれの『平家物語』的行為とは、けっきょく見せかけでしかなかったのだ。見せかけである以上、それらは、その行動がなにを意味するかにはひとまず関係なく、それ自体としてどんなに勇壮な外観(むしろ『平家物語』以上の)、また漢籍の語句を多用した真摯な道義性の表明としてあらわれることもできる。

『平家物語』や漢籍的世界のパロディといってよいが、しかしこれらの話を、それぞれ個別的にパロディとか、グロテスクな誇張といってみてもはじまらない。どれほどでたらめにみえる『太平記』の世界も、ある全体のコスモロジーのなかで言葉は配置されている。挿話単位の問題に恣意的に埋没してしまう以前に、また、問題を中世時代論や文化史一般に解消してしまう以前に、まず、『太平記』の世界を方法的に可能にしている言葉のあり方が問われる必要があるわけだ。

三　情況と個人

『太平記』における『平家物語』的表現の多用については、はやく後藤丹治、高橋貞一の研究がある。『太平記』(とくに前半部)の歴史叙述が、『平家物語』の源平交替史をふまえていることはべつに述べるが(第三分冊「解説」、参照)、ここで注意したいのは、とくに『平家物語』を引用した箇所で問題化してしまう『太平記』的な言葉のあり方である。つぎに、いかにも源平合戦ふうに仕組まれた『太平記』の話として、第十六巻「本間重氏鳥を射る事」をあげる。

『太平記』第十六巻は、新田義貞・楠正成らの「官軍」と、筑紫から東上した足利軍との兵庫一帯での戦闘が語られる。兵庫湊川での楠正成の有名な戦死もその一挿話であり、その前哨戦を語るのが、本間重氏の話である。

話はまず、新田方の本間重氏が、足利尊氏の軍船に遠矢を射て、雎(タカの一種)を射落とすことではじまる。それは、魚をつかんで海上を飛び立った雎を、将軍方に「御肴を推して進せ仕」るべくねらいをさだめて、みごとやってのけたというもの。

敵御方、陸、海の上、「あ射たり、射たり」と感ずる声、且くは鳴りも静まらず。

という『平家物語』の「那須与一」(巻十一)ふうの記述がつづくが、この成功につづけて、本間は、自分の名を彫りつけた矢を射て、それを射かえすように足利方に申し入れる。『平家物語』の和田義盛、仁井親清らの「遠矢」(巻十一)をふまえた話だが、しかし本間の矢は、「海上五、六町を射渡して……兵の冑(よろい)の草摺に裏をぞ掻かせたる」とある。さきの雎を射抜いた矢も、五、六町(一町は、約一〇九メートル)の距離を射たことになるが、『平家物語』の和田義盛らの「遠矢」が三町、「那須与一」の扇の的が七段(一段は、約一〇・九メートル)であるのにくらべて、これがいかに途方もない誇張であるかがわかる。ここまで誇張されなければならない理由が、『太平記』の言葉の問題として問われるのだが、それは、この過剰な言葉に比例するかたちで、『太平記』が喪失したものをあきらかにすることでもある。

つづく足利方の対応は、『平家物語』の「那須与一」にほとんどそのまま依拠して、しかしいかにも『太平記』的な世界につくりかえている。自分の軍船に遠矢を射こまれた尊氏は、高師直から、佐々木信胤が「西国一の精兵」であると聞き、さっそく佐々木を呼び寄せて、遠矢を射かえすように命じる。佐々木は「叶ひ難き由再三辞しけれども」、強いて命じられて了承する。そして船端に進み出て、矢をつがえ、弓をきりきりと押し張ったちょうどそのとき、横合いから小舟をこぎ出した兵が、やにわに「この矢一つ請けて、弓勢の程御覧ぜよ」と呼ばわって、先に矢を射てしまう。だが、その矢は、「二町までも行き付けず、中より落ちて、浪の上にぞ浮かびける」となる。

本間が後ろにひかへたる勢二万余騎、同音に、「あ射たり、射たり」と嘲り咲ふ声、且くは休まざりけり。

横合いからでしゃばった兵の失態によって、佐々木の遠矢はけっきょく沙汰やみになってしまう。佐々木がいったんは辞退しながら、主命ゆえに遠矢を射ようとすること、また細部の文飾の一致からしても、ここには『平家物語』の那須与一の話がふまえられている。しかしそれが、新田方二万余騎の哄笑というまったくの茶番、パロディで終わるところに、問題は佐々木信胤ひとりにとどまらない、『太平記』の人物たちが直面する情況の本質が露呈している。

那須与一の武勇談を模倣するこの話でまずいえることは、ここで、波打ち際をはさんで対峙する佐々木と本間、その背景にある海上、陸地の両軍を眺めても、情況的な対立の構図はどうもみえにくいということだ。北条氏(平家)がほろんだあとのこの第二部において、対立する足利と新田は、ともに「源氏一流(清和源氏の同じ流れ)の棟梁」(第十九巻)であり、その家紋さえ酷似している。家紋の類似にからめて詠まれた、

二つ筋中の白みを塗り隠し新田新田しげの笠符かな

という落首(第十五巻「主上山門より還幸の事」)は、第二部のみえにくい情況を語っていておもしろい。足利方に帰属していた軍勢が、機をみて足利の紋の「二つ筋」の中白をぬりつぶし、新田の中黒の紋をよそおったというわけだ。

あるいは第十五巻で、足利尊氏の筑紫落ちのきっかけとなった西宮・兵庫一帯の戦闘では、九州、四国から五百余艘の軍船が漕ぎ寄せてくる(「湊川合戦の事」)。「どなたに付く勢やらん」と見るうちに、二百余艘は足利方に、三百余艘は新田方につく。敵味方に分かれて戦うはずの軍勢が、「昨日までは同じ湊に泊りたりしが、今日は両方へ引き分かれて、心々に付きけるなり」とある。対立の構図がみえにくい——ために勝敗のゆくえも予断をゆるさない——情況のなかで、にもかかわらずどちらか一方に加担しなけれ

ばならない処世の愚かしさが、ここにはたくまずして語られている。

そのような見えにくい情況のなかに、『太平記』の登場人物は置かれている。行動を動機づける情況がみえにくいわけで、そこに集団への帰属の意識のあいまいな『太平記』的な人間が問題化する。本間重氏と佐々木信胤の弓芸の背景でいえば、対立しているのは、質的に落差のない(だから、戦況しだいで、容易に波打ち際の双方を往き来する)軍勢であって、そのことは、『平家物語』の那須与一の背景が、王朝的な世界と東国武士の世界、すなわち古代的世界と中世的世界として物語的に境界づけられているのとはいちじるしいちがいだった。

『平家物語』の那須与一のばあい、かれはたんに挿話的興味をになう一個人として登場するのではない。陸方にくつばみを並べる源氏と、海上で固唾をのむ平家とは、物語における世界交替の図式（シェーマ）を視覚的に表現している。その対立図式の一方を代表する者として与一は登場する。だから、かれは個人であってすでに個人ではない。いわゆる〈典型〉なので、それは『平家物語』の意味的・主題的な全体に包摂される存在である。与一は、物語の世界交替の図式を象徴する場面のなかにあって、まさに『平家物語』の主題的な進行を体現するかたちで行動する。

たとえば、与一の、「射おほせ候はん事不定に候ふ」「はづれんは知り候はず」の言葉にもかかわらず、その矢が扇の的を射はずすことなどありえない。「このわか者一定つかまつり候ひぬと覚え候ふ」という集団の期待も、けっして裏切られることはない。個人の行動が、個人を超えるレベルに意味的に開かれてあること、すなわち『平家物語』の主題的な全体と不可分であるところに、『平家物語』的な人間の幸福はある。その行動が、『太平記』的な愚劣、滑稽、グロテスクに陥らずに、ひたすら悲劇的な美しさに終始できた理由がもとめられる。

『太平記』の本間重氏と佐々木信胤のばあい、弓芸の成功・不成功は、ひとえにかれらの個人的な技量のいかんにかかっている。那須与一が対立図式の一方を代表する存在だとすれば、本間と佐々木は、まったくの〈個〉として、この不可解な現実に投げだされている。かれらが背後の集団をなんらかの意味で代表できるとすれば、それは、技量の卓抜といった純粋に個人的な契機でしかない。本間はまず、その弓芸を首尾よくやってのける。しかし、かれが見せ物的な個人技の演技者でしかない以上、本間は独力で遠矢を成功させなければならず、そこにその弓芸が途方もなく誇張されなければならない理由もある。

また、佐々木のばあい、かれもやはり個人技の演技者でしかない以上、その成功は、『太平記』においてなんら主題的に保証されない。さきの鎌倉合戦における島津四郎の例がそうだったように、背後の軍勢とともに佐々木の武勇を見まもる読者の期待は、容易にはずされてしまうばあいもありえた。はたして、佐々木の弓芸は『平家物語』的世界のパロディにおわっている。すなわち、波打ち際をはさんで対峙する佐々木と本間は、それぞれの仕方で、『太平記』の世界が直面している情況の本質を露呈させるわけだ(ちなみに、佐々木信胤は、このあと第二十三巻で、足利方から宮方へ寝返っている)。

四　情況という意味

『平家物語』的な人間にあって、行動は情況の意味的な連鎖へ向けて開かれている。可視的な行動を語る言葉が、物語の意味的・主題的な全体をあかしできたわけで、そこに『平家物語』のリアリズムはありえたし、その行動的武人の造形も可能だった。『平家物語』の人間は、いまだ真の意味での孤独も、内面も知らないだろう。というより、外面にたいする内面という二項対立的な図式じたいが、そこでは成り立たない。

そのような『平家物語』の言葉が、規範として流通していた時代に『太平記』は書かれている。益田勝実の言葉を借りれば、「平家物語というものを予想せずには、だれもが戦闘を語れなくなっている」ところで、『太平記』は書かれている(「太平記の混迷」『文学』一九七〇年八月)。だが、『太平記』のばあい、意味は外在する情況として、また可視的な行動としてあたえられない。行動の意味は、情況から疎外された個体の、いわゆる「欲心」とか意志、また智謀、道義性等々の個人的なレベルにしか存在しない。行動を意味づけるものが、個体の不可視な内側にしか存在しないのだ。

そのような閉じられた部分に意味をゆだねてしまうところで、『太平記』の可視的な外観や行動、また会話は語られている。それを語る言葉は、意味との即自的な関係をはなれて、すでに外面として相対化されている。

言葉は、それがなにを意味するかにはひとまず関係なく——たとえば、佐々木信胤の未遂に終わる武勇談、また島津四郎や狩野重光らの寝返り・裏切りを語るにもかかわらず——、それ自体としてどんなに勇壮な外観、また真摯な道義性の表明としてもあらわれることができる。

あるいは逆に、どれほどすぐれた個人の資質を語るにしても、その言葉がしょせん見せかけでしかない以上、言葉の量的な積みかさねの延長上に、それに比例して意味があかされることもない。むしろ人物の饒舌や誇張された外観などが、かえって言葉の外面的な空疎をきわだたせる。

たとえば、『太平記』の一つの特徴として、好意的に描かれる人物ほど、その死がグロテスクに誇張されるという傾向がある。さきの長崎基資の自害は、「左の小脇に刀突き立て、右の傍腹まで切目長に（掻き破つて）、中なる腸を繰り出だし」というもの。また、

左の脇より右のそば腹まで、一文字に掻き切つて、腹の綿つかんで櫓の板に投げつけ、刀を口にくはへて、うつ臥しにぞ臥したりける。

（第七巻「村上義光大塔宮に代はり自害の事」）

なども、『太平記』ではすでに慣用的な言いまわしだ。だが、このような死苦がどれほど克明に、また酸鼻をきわめて描写されても、それはその人間の個人的な資質——死苦を克服する意志とか、大義に殉じる道義性などの直接的なあかしにはならない。なぜな

ら、見せ物的な武勇談と同様、それを語る言葉が、すでに意味との直接的・即自的な関係を喪失しているからだ。そこに、『太平記』の意志的な自害のさまが、しばしば救いがたいほどグロテスクな誇張に陥る理由もある(たとえば、第三十三巻「新田左兵衛佐義興自害の事」など)。

『太平記』のグロテスクな死苦の意味が問われるのだが、しかしここまでくれば、問題は、パロディとかグロテスクな誇張といった個別的な次元にはとどまらない。意味との即自的な関係を喪失した言葉、その言葉によって記される『太平記』の、いわば原理的な意味の希薄化が問題化している。

見やすい例として、やはり『平家物語』をふまえた話をあげる。第十九巻「奥州国司顕家卿上洛の事」にみえる斎藤実永の武勇談(?)である。話はまず、鎌倉へ向けて南下する北畠顕家の奥州勢が、利根川の急流に行く手を阻まれたところからはじまる。

ここに、国司の兵、長井斎藤別当実永と云ふ者あり。大将の前に進み出でて申しけるは、「古へより今に至るまで、川を阻(へだ)てたる陣を渡して、勝たずと云ふ事なし。たとひ水増さりて日来(ひごろ)より深くとも、この川、宇治、勢多、藤戸、富士川にまさるまでははよもあらじ。敵に先をせられぬさきに、こなたより渡して、気を援けて戦ひを決し候はばや」と申しければ、国司、「合戦の道をば、勇士に任するに如かず。ともかくも計らふべし」とぞ許されける。

急流をはさんだ両軍の対峙といい、「長井斎藤別当実永」なる登場人物（『平家物語』巻七「実盛最期」で有名な長井斎藤別当実盛の子孫である）、また、かれじしんの口から宇治、勢多、藤戸、富士川など、『平家物語』で有名な渡河戦の先例が引かれるなど、ここでも、「宇治川先陣」（巻九）をはじめとする『平家物語』的な世界がふまえられている。だが、このようにしてクローズアップされた斎藤実永の存在は、つづく場面で奇妙に異化されてしまう。

実永、大きに悦び、馬の腹帯をしめ、甲の緒をしめて、渡さんと打つ立ちけるを見て、いつも軍の先を争ひける閉伊十郎、高木三郎、少しも前後を見繕はず、ただ二騎、馬をさつと打ち入れて、「今日の軍の先懸け、後に論ずる人あらば、河伯水神に向かつて問へ」と、高声に呼ばはりて、篦撓形に流れを塞いてぞ渡しける。長井斎藤別当、同じき舎弟豊後次郎、兄弟二人これを見て、「人の渡したらん処を渡しては、何の高名(こうみょう)かあるべき」と、ともに腹を立てて、これより三町ばかり上(かみ)なる瀬を、ただ二騎渡しけるが、岩波高くして、逆巻く波に巻き入れられて、馬人(うまひと)ともにまたも見えず、底に沈んで失せにけり。

大将の北畠顕家から正式に許可をえた斎藤実永兄弟が、用意万端を整えていざ渡ろうとしているやさきに、ふたりの武士が、じつにこともなげに渡河を果たしてしまう。立場をなくして腹を立てた実永兄弟の、「人の渡したらん処を渡しては、何の高名かあるべき」という言葉は、なんだか滑稽でさえある。そこでわざわざ三町ほど上流から渡して、けっきょく流れに呑まれて溺死したというのだが、しかしこれは笑えない話である。

ここには、『太平記』の人間について、すでに述べてきたさまざまな特徴が指摘できる。しかしパロディ云々の個別的な問題は、ここではおく。注目したいのは、みぎになながと語られる戦死(というよりは過失死)談が、どうみても情況的に無意味でしかないということだ。横合いから抜け駆けした閂伊十郎と高木三郎の二人がやすやすと渡河を果たしている以上、三町(三百メートルあまり)も上流から渡して、そこが難所であることを確認したに過ぎない兄弟の溺死は、すでに瀬踏みの意味さえない。

そしてかれらの死がムダ死にでしかないのと同様、この挿話じたいも、以後の事件展開になんら意味をなさない。それは、『平家物語』で宇治川を渡河した足利忠綱(巻四「橋合戦」)、また佐々木高綱と梶原景季との宇治川の先陣争い(巻九「宇治川先陣」)、あるいは藤戸の瀬を渡った佐々木盛綱(巻十「藤戸」)らの行動が、情況の展開へむけて意味的に開かれてあり、またかれらの存在じたいが、ある種の〈典型〉として、作品の主題的な総体の人格化でありえたのとはいちじるしいちがいである。そして、これらの無意味(ナンセンス)としかいえない挿話(文字どおりの挿話だ)に、作品の関心が自閉的に終始してゆくところに、『太平記』の喪失――というより、その喪失に代置されたモチーフのありかがうかがえる。

五　言葉と意味

斎藤実永兄弟の死に類似する話は、『太平記』では随所に語られる。じつは、『太平記』が熱心に語る戦死の多くは、情況的に無意味としかいえない、こうしたムダ死にである。後述する第十巻「鎌倉中合戦の事」の赤橋盛時の自害がそれであるし、第八巻「山門京都に寄する事」の豪鑑・豪仙、第十七巻「義貞合戦の事」の名和長年、第十八巻「金崎城落つる事」の気比大宮司太郎など、その好意的に語られる死は、例外なくムダ死にである。

斎藤実永のそれに似た話として、文和年間の神南合戦における河原兵庫亮（第三十二巻「神南合戦の事」）、東寺合戦における那須某（同「東寺合戦の事」）の話がある。河原兵庫亮は、『平家物語』で有名な先祖河原兄弟（巻九「二度の懸け」）の名に恥じない戦死を心がけて、負けいくさのさなか、「数万の敵の中へ、ただ一人懸け入つ」て戦死してしまう。また、那須も、先祖那須与一の「名を失」わぬよう、味方の「大勢引き退いて、敵皆勇み進める陣の真中へ懸け入つて」死んでしまう。これらのたしかにいさぎよい死は、しかしかれらの先祖がそうであったようには、局面の展開になんら意味をなさない。いずれも混迷をきわめた戦況に呑み込まれてしまうたちの、文字どおりの挿話である。だが、かれらのばあい、情況的な意味のあるなしはすでに問題にならないのだ。

実永兄弟の話でいえば、滑稽にさえみえるムダ死にではあっても、『太平記』はそれを冗談で語るのではなかった。じつに真面目なので、そのことは、兄弟の溺死を語った

末尾に、

その身は徒らに溺れて、尸は急流の底に漂ふと云へども、その名は止まつて、武を九泉の先に耀かす。「誠に、かくてこそ鬢髭を染めて討死せし実盛が末とは覚えたれ」と、万人の感ぜし言の下に、先祖の名をさへぞ揚げたりける。

とあるのをみればよい。すなわち、情況的に無意味ではあっても、その死は、人間の個人的な生き死にのレベルで意味がある。いわゆる「恥を思」い、「名を惜し」み、「命を義路に軽んずる」道義的な死であったわけで、また、そのような行動倫理の規範のレベルに、典拠となる『平家物語』や漢籍の言葉もかかわってくる。

たとえば、情況的に無意味とおもえる挿話ほど、漢籍関係の抽象的な観念語が語られ、ながながと故事先例説話が引かれ、また『平家物語』の先例がふまえられるという傾向がある。みぎの斎藤実永の例などがそれだが、行動の現実的な無効性に比例して、規範的な言葉が積みかさねられるという関係である。見せ物的な武勇談の誇張、それにともなう挿話的興味の肥大化と同質の構造だが、しかしその言葉が、当為としての「太平」

を理念的に媒介するという点において、この種の犬死(いぬじ)に談はより直接的に、『太平記』で作為される意味の実体にかかわってくる。すなわち、『太平記』の「歴史」の問題なのだが、論をいそぐまえに、あと二、三の例をあげてみる。

たとえば、第六巻「赤坂合戦の事、并人見本間討死の事」に語られる鎌倉方の人見恩阿と本間資頼の抜け駆け談は、『平家物語』巻九「一二の懸け」の熊谷直実と平山季重の抜け駆け談をかなり忠実にふまえている。二人は宵のうちから陣を抜け出て、赤坂城につくと名のりをあげる、だが、城中の兵は、

「これぞとよ、坂東武者の風情。これは熊谷、平山が一谷(いちのたに)の前懸(さきが)けを聞き伝へて、羨しく思へる者どもなり。」

と揶揄してとりあわない。腹を立てた二人は堀をわたり、木戸をあけようとしたところを、櫓のうえから矢を「蓑毛の如くに」射立てられて落命する。このあと赤坂城は落ちるが、落城のきっかけは、人見と本間の『平家物語』的なアナクロニズムとはなんら関係なく、幕府方の吉川八郎なる者が、城の水利を見抜いたというきわめて当代的な智謀

のゆえである。
人見と本間の死が犬死にであるのと同様、このながながと語られる挿話も、局面の展開にまったく意味をなしていない。そしてこの無意味としかいえない『平家物語』的な行為について、それを一方でアナクロニズムとして相対化する視点をもちながらも、あえて熱心に、また同情的に語るところに、『太平記』の挿話的モチーフのありかがうかがえる。この挿話が語られなければならない理由は、人見じしんの言葉でつぎのように説明される。

「御方の軍勢、雲霞の如くなれば、敵の城を攻め落とさんずる事は疑ひなし。但し、事の様を案ずるに、関東天下の権を取つて、すでに七代に余れり。天満てるを欠く理り、遁るる所なし。その上、臣として君を流し奉りし積悪（しゃくあく）、豈（あ）にはたしてその身を滅ぼさざらんや。恩阿、不肖の身なりと云へども、武恩を蒙つて、齢（よわい）すでに七十三になりぬ。今より後（のち）さしたる思ひ出もなき身の、そぞろに長活（ながい）きして、武運の傾かんを見んも、老後の恨み、臨終の障りともなりぬべければ、明日の合戦に先懸けして、一番に討死して、その名を末代に残さんと存ずるなり。」

論理のつづき具合もみえにくい難解な言葉だ。行動するためには、こんな言葉を必要としているのが、いかにも『太平記』の人間だろう。「天満てるを欠く理り」(典拠は『易経』謙卦)とか、臣として君にそむいた「積悪」とかの言葉で、まず情況が認識され、そこから行動が内面的に意味づけられている。行動の意味は、すでに外在する情況として即自的にあたえられない。情況のみえにくさに比例して、『太平記』の人間はひたすら饒舌である。

たとえば、『平家物語』で、人見と本間がその行動を模した熊谷直実と平山季重のばあい、二人はただ先駆けをはやるばかりで、先駆けする意味について、なんら反省的な思考を持ちあわせない。説明されるまでもなく、熊谷と平山に抜け駆けの危険をおかさせたのは、恩賞めあての功名心である(『平家物語』の「一二の懸け」の章段名にしても、この二人が後日、先駆けの功名を争ったことによっている)。そして『平家物語』的な人間の幸福は、そんな現実的(自然的)な行動原理が、そのまま世界の意味的な連鎖へ向けて開かれていた点にある。

行動を語る言葉が即自的に意味をあかしできたわけで、それはすでに、内省的に意味づけられる必要を負っていない。かれらが本当には必要としていない言葉を語ることは、かれらの生存のリアリティを、ひいては作品のリアリティというものを損なうはずである。とすれば、『太平記』で必要とされる言葉、その人物たちの饒舌と、それを語る『太平記』じたいの饒舌の意味する問題もみえてくる。

いかにも『太平記』的な人間の饒舌さをしめす例として、もう一例、第十巻「鎌倉中合戦の事」から、赤橋盛時が自害する話をあげる。新田義貞の鎌倉攻めのとき、州崎の守備についていた北条一門の赤橋盛時は、自分が足利高氏（尊氏）と姻戚関係にあるため、あえて北条高時に二心なきことを示すべく自害して果てる。以下は、自害を決意したときの赤橋の言葉である。

「漢の高祖と楚の項羽八ヶ年の戦ひに、高祖毎度打ち負くと云へども、一度烏江の軍に利を得て、却つて項羽を亡ぼしき。斉晋七十度の軍に、重耳更に勝つ事なしと云へども、つひに斉境の闘ひに打ち勝つて、文公国を保てり。されば、万死を出でて一生に逢ひ、百度負けて一戦に利あるは、合戦の習ひなり。今、この闘ひに、敵聊か勝に乗ると云へども、さればとて、当家の運命、今日を窮めとは覚えず。しかれども、盛時に於ては、一門の安否を見畢るまでもなく、この陣に於て腹を切らんと思ふなり。その故は、尊氏が縁に結べる間、相模入道を始め奉つて、一家の人々、さこそ心を置き給ふらめと覚ゆるなり。これしかしながら、勇士の恥とする処なり。かの田光先生は、荊軻に語らはられし時、「老衰して叶はじ」と云ひし時、「さらば、この事漏らし給ふな」と云ひければ、その疑ひを散ぜんがために、腹を切つて燕丹が前に臥したりき。この陣の戦ひ急にして、兵皆討たれぬ。何の面目あつてか、わが堅めし処を引いて、嫌疑の中に暫しも命を惜しむべき」とて、闘ひ未だ半ばなる最中に、幕の中に物具脱ぎ捨て、腹を掻き切つて臥し給ふ。

漢の高祖、晋の重耳(文公)、荊軻伝の田光先生など、漢籍(おもに『史記』)関連の有名な故事先例が引かれている。こうした先例との関係において、情況がアナロジカルに認識され、赤橋じしんの行動(死)は意味づけられている。それは、さきの斎藤実永の溺死談で、『平家物語』の先例がはたした役割とおなじである。漢籍の引用と『平家物語』のそれとが、『太平記』ではともに規範的な言語として機能している。おなじく第十巻「鎌倉中合戦の事」で、赤橋の自害と対をなす安東聖秀(新田義貞と姻戚関係にある)の自害にしても、自害の直前には、漢の王陵の母の故事(典拠は『史記』陳丞相世家)がながながと引かれている。田光先生に自分を擬する赤橋のばあい、足利と姻戚関係にあるという己れの負い目ゆえに自害する。大将であるかれが「闘ひ未だ半ばなる最中に」自害したため、その手に加わる兵もつぎつぎに殉死し、

さてこそ、十八日の晩程(くれ)に、洲崎破れて、源氏山内(やまのうち)まですでに早や攻め入りけれ。

となる。情況的に無意味というより、これはすでにマイナスの死だ。さきにあげた斉藤実永や人見・本間のばあいと同様、滑稽とさえいえるムダ死にだが、しかしここでも、情況的な意味のあるなしは、すでに問題にならないのだ。赤橋の死は、かれじしんの言葉に照らして、その言葉によって認識された情況とのかかわりで意味をもつ。

行動のかかわる情況が、言葉によってつくられる(作為される)という関係である。『太平記』の過剰な言葉の原理的な問題であるが、最後にもう一つ、古来もっとも喧伝される例をあげてみる。

六　歴史をつくる言葉

建武三年(一三三六)五月、筑紫から大軍を率いて東上する足利尊氏の軍勢を迎え撃つべく、楠正成が兵庫湊川に下向するときの言葉である(第十六巻「正成兵庫に下向し子息に遺訓の事」)。

楠、これを最後と思ひ定めたりければ、嫡子の正行(まさつら)が十一歳にて、これも供せんとてありけるを、桜井の宿(しゅく)より河内へ返し遣はすとて、泣く泣く庭訓(ていきん)を遺(のこ)しけるは、「獅子は、子を産んで三日を経る時、万仞(ばんじん)の石壁(せきへき)より、母これを投ぐれば、それ獅子の子の機分あれば、教へざるに、中より身を翻して飛び揚がり、死する事を得ずと云へり。況んや、汝はすでに十歳に余れり。一言耳の底に留まらば、わが教誡に違(たが)ふ事なかれ。今度の合戦、天下の安否と思ふ間、今生にて汝が顔を見ん事、これを限りと思ふなり。正成すでに討死すと聞きなば、天下は必ず将軍の代となるべしと心得べし。しかりと云へども、一旦の身命を助けんために、多年の忠烈を失ひて、降参不義の行跡を致す事あるべからず。一族若党一人も死に残つてあらん程は、金剛山に引き籠もり、敵寄せ来たらば、命を兵刃に堕として、名を後代に遺すべし。これを汝が孝行と思ふべし」と、涙を拭ひて申し含め、おのおの東西に別れにけり。

このあと、楠正成は湊川で戦死する。それは、死の直前に、弟の正氏とともに「七生までも、ただ同じ人界同所に託生して、つひに朝敵をわが手に懸けて亡ぼさばや」と誓う、あの有名な戦死である。『太平記』は、その死を、

智仁勇の三徳を兼ねて、死を善道に守り、功を天朝に播す事は、古へより今に至るまで、正成程の者は未だあらず。

と口をきわめて惜しんでいる(第十六巻「正成討死の事」)。「智仁勇の三徳を兼ね」、「死を善道に守り」は、それぞれ『中庸』と『論語』泰伯篇を典拠とする言葉だが、第一部における講釈ふうに誇張された合戦談もふくめて、正成はあらゆる面で、『太平記』的な人間の属性をそなえている。足利軍を京にいれて挟撃するという献策が後醍醐天皇に容

れられなかった時点で、正成はすでに、「討死せよとの勅定ごさんなれ」と死を決意している。しかも自分が戦死すれば、「天下は必ず将軍の代となるべし」と予見しながら、あえて自己の「忠烈」ゆえに、「名を後代に遺す」べく兵庫に下向する。

行動の現実的な有効性、情況的な意味のあるなしは、正成においてもすでに問題にならないのだ。なぜなら意味は、外在する情況としてあたえられるものではなく、それは個体の内側において、そこで規範とされる言葉によってつくられる(作為される)ものだから——。そしてこのような言葉と意味との即自的・自然的な関係の喪失という作品内的な情況を前提にして、『太平記』の言葉は、あるアジテーショナルな言葉の呪力さえもつだろう。

深化する内乱の現実にたいして、当為としての「太平」が予祝的に対置される。もちろん内乱の現実は、作者がイメージする当為を根底から無化するかたちで進行している。「太平記」という書名じたいが、時代への敗北を予定されたアイロニーでしかないのだが、しかし同時代史としての敗北を代償として逆に見いだされた言葉のあり方が、『太平記』のすぐれて固有な達成ともなっている。

明治二十年代に『大日本史』の名分論史学を批判し、その叙述資料となった『太平記』の「嘘談」「妄談」を指摘したのは、重野安繹（やすつぐ）や久米邦武など、帝国大学国史科の初代教授たちである（久米「太平記は史学に益なし」『史学会雑誌』明治二十四年、ほか）。だが、虚構にたいする「事実」に客観的な真をおいて、歴史（という言表）の制度性、そのイデオロギッシュな作為の実体を対象化できなかった明治の合理史学よりも、『太平記』はより本質的に（狡猾に）歴史のなんであるかを心得ている（第三分冊「解説」、参照）。

　情況から疎外された登場人物たちが、言葉によって情況を作為している。行動するためには言葉が必要である。外界とのかかわりを正（プラス）の方向で意味づけ、そのことで自己の生死を律してゆける「歴史」が必要なわけだ。それがアナクロニズムな作為であるにしても、しかし「正成をする」という言葉が、現実に近代の革命的行動のテーゼになりえたという事実がある。

　意味との即自的な関係をはなれて、すでに実体のない影のような言葉が、『太平記』の世界を浮遊している。そこに必要とされる言葉の量的な肥大が、人間の自然的な生存の危機をあかしている。たとえば、あの「死ぬことと見つけたり」（『葉隠』）は、すでに『太平記』の言葉だろう。武士道という行動倫理が、南北朝期――というより『太平記』以後、しだいにかたちをなしてくるのは偶然ではない。生存（あるいは死）の意味は即自的・自然的にはあたえられない。それを作為する言葉と、人間の自然的生存とのほとんど絶望的な距離の深さが、行動の『太平記』的なエートスである。

もちろんそれは登場人物の問題だけにとどまらない。登場人物たちの必要とする言葉は、当為としての「太平」に理念的に直結しており、そのかぎりで作為される意味の問題は、『太平記』で書かれる「歴史」の総体と相似形なのだ。

「義を金石よりも重く」し、「命を塵芥、鴻毛よりも軽く」して死ぬことの反自然的な意味、それを作為・虚構する言葉をぎりぎりのかたちで必要としながら、『太平記』の歴史はえんえんと書きつがれてゆく。それがはたして成功しているかどうか——、それはすでに、『太平記』を超えた外側の問題である。いずれにせよ、『太平記』の言葉は、日本の近世・近代をアジテートしつづけてきたという消しがたい事実がある。それが行動の「日本」的エートスといったものの、一つの源泉にはなりえているからである。

太平記（二）〔全6冊〕

2014年10月16日　第1刷発行
2022年5月25日　第7刷発行

校注者　兵藤裕己

発行者　坂本政謙

発行所　株式会社　岩波書店
〒101-8002 東京都千代田区一ツ橋2-5-5

案内 03-5210-4000　営業部 03-5210-4111
文庫編集部 03-5210-4051
https://www.iwanami.co.jp/

印刷 製本・法令印刷　カバー・精興社

ISBN 978-4-00-301432-5　Printed in Japan

読書子に寄す

――岩波文庫発刊に際して――

岩波茂雄

真理は万人によって求められることを自ら欲し、芸術は万人によって愛されることを自ら望む。かつては民を愚昧ならしめるために学芸が最も狭き堂宇に閉鎖されたことがあった。今や知識と美とを特権階級の独占より奪い返すことはつねに進取的なる民衆の切実なる要求である。岩波文庫はこの要求に応じそれに励まされて生まれた。それは生命ある不朽の書を少数者の書斎と研究室とより解放して街頭にくまなく立たしめ民衆に伍せしめるであろう。近時大量生産予約出版の流行を見る。その広告宣伝の狂態はしばらくおくも、後代にのこすと誇称する全集がその編集に万全の用意をなしたるか。千古の典籍の翻訳企図に敬虔の態度を欠かざりしか。さらに分売を許さず読者を繋縛して数十冊を強うるがごとき、はたしてその揚言する学芸解放のゆえんなりや。吾人は天下の名士の声に和してこれを推挙するに躊躇するものである。このときにあたって、岩波書店は自己の責務のいよいよ重大なるを思い、従来の方針の徹底を期するため、すでに十数年以前より志して来た計画を慎重審議この際断然実行することにした。吾人は範をかのレクラム文庫にとり、古今東西にわたって文芸・哲学・社会科学・自然科学等種類のいかんを問わず、いやしくも万人の必読すべき真に古典的価値ある書をきわめて簡易なる形式において逐次刊行し、あらゆる人間に須要なる生活向上の資料、生活批判の原理を提供せんと欲する。この文庫は予約出版の方法を排したるがゆえに、読者は自己の欲する時に自己の欲する書物を各個に自由に選択することができる。携帯に便にして価格の低きを最主とするがゆえに、外観を顧みざるも内容に至っては厳選最も力を尽くし、従来の岩波出版物の特色をますます発揮せしめようとする。この計画たるや世間の一時の投機的なるものと異なり、永遠の事業として吾人は微力を傾倒し、あらゆる犠牲を忍んで今後永久に継続発展せしめ、もって文庫の使命を遺憾なく果たさしめることを期する。芸術を愛し知識を求むる士の自ら進んでこの挙に参加し、希望と忠言とを寄せられることは吾人の熱望するところである。その性質上経済的には最も困難多きこの事業にあえて当たらんとする吾人の志を諒として、その達成のため世の読書子とのうるわしき共同を期待する。

昭和二年七月

《日本文学（古典）》〔黄〕

- 蕪村七部集　伊藤松宇校訂
- 蕪村文集　藤田真一編注
- 国性爺合戦・鑓の権三重帷子　近松門左衛門　和田万吉校訂
- 折たく柴の記　新井白石　松村明校注
- 東海道四谷怪談　鶴屋南北　河竹繁俊校訂
- 鶉衣　全二冊　横井也有　堀切実校注
- 近世畸人伝　伴蒿蹊　森銑三校註
- うひ山ふみ・鈴屋答問録　本居宣長　村岡典嗣校訂
- 排蘆小船・石上私淑言 ―宣長「物のあはれ」歌論　本居宣長　子安宣邦校注
- 雨月物語　上田秋成　長島弘明校注
- 宇下人言　修行録　松平定信　松平定光校訂
- 訳註 良寛詩集　大島花束　原田勘平訳註
- 新訂 一茶俳句集　丸山一彦校注
- 一茶 父の終焉日記・おらが春 他一篇　矢羽勝幸校注
- 増補 俳諧歳時記栞草　全二冊　曲亭馬琴編　藍亭青藍補　堀切実校注
- 近世物之本江戸作者部類　曲亭馬琴　徳田武校注
- 北越雪譜　鈴木牧之編撰　京山人百樹刪定　岡田武松校訂

- 東海道中膝栗毛　全二冊　十返舎一九　麻生磯次校注
- 浮世床　式亭三馬　和田万吉校訂
- 梅暦　全二冊　為永春水　古川久校訂
- 日本民謡集　町田嘉章　浅野建二編
- 誹諧 武玉川　全四冊　山澤英雄校訂
- 芭蕉臨終記 花屋日記 付 芭蕉翁終焉記・前後日記・行状記　小宮豊隆校訂
- 醒睡笑　全二冊　安楽庵策伝　鈴木棠三校注
- 与話情浮名横櫛 切られ与三　瀬川如皐　河竹繁俊校訂
- 江戸怪談集　全三冊　高田衛編・校注
- 柳多留名句選　山澤英雄選　粕谷宏紀校注
- 橘曙覧全歌集　水島直文　橋本政宣編注
- 万治絵入本 伊曾保物語　武藤禎夫校注
- 鬼貫句選・独ごと　復本一郎校注
- 井月句集　復本一郎編
- 花見車・元禄百人一句　雲英末雄　佐藤勝明校注
- 江戸漢詩選　全二冊　揖斐高編訳

《日本思想》〔青〕

- 風姿花伝 (花伝書)　世阿弥　野上豊一郎　西尾実校訂
- 五輪書　宮本武蔵　渡辺一郎校注
- 政談　荻生徂来　辻達也校注
- 葉隠　全三冊　山本常朝　和辻哲郎　古川哲史校訂
- 養生訓・和俗童子訓　貝原益軒　石川謙校訂
- 貝原益軒 大和俗訓　石川謙校訂
- 町人嚢・百姓嚢・長崎夜話草　西川如見　飯島忠夫　西川忠幸校訂
- 日本水土考・水土解弁・増補華夷通商考　西川如見　飯島忠夫　西川忠幸校訂
- 蘭学事始　杉田玄白　緒方富雄校註
- 吉田松陰書簡集　広瀬豊編
- 島津斉彬言行録　牧野伸顕序
- 塵劫記　吉田光由　大矢真一校注
- 兵法家伝書 付 新陰流兵法目録事　柳生宗矩　渡辺一郎校注
- 南方録　西山松之助校注
- 長崎版 どちりな きりしたん　海老沢有道校註
- 仙境異聞・勝五郎再生記聞　平田篤胤　子安宣邦校注

茶湯一会集・閑夜茶話　井伊直弼／戸田勝久校注
新訂 海舟座談　巌本善治編／勝部真長校注
西郷南洲遺訓 附 手抄言志録及遺文　山田済斎編
文明論之概略　福沢諭吉／松沢弘陽校注
新訂 福翁自伝　富田正文校訂
学問のすゝめ　福沢諭吉
福沢諭吉家族論集　中村敏子編
日本道徳論　西村茂樹／吉田熊次校
新島襄の手紙　同志社編
新島襄 教育宗教論集　同志社編
新島襄自伝 ―手記・紀行文・日記　同志社編
近時政論考　陸羯南
日本の下層社会　横山源之助
中江兆民 三酔人経綸問答　桑原武夫／島田虔次訳・校注
中江兆民評論集　松永昌三編
憲法義解　伊藤博文／宮沢俊義校註
日本開化小史　田口卯吉／嘉治隆一校訂

新訂 蹇蹇録 ―日清戦争外交秘録　陸奥宗光／中塚明校注
茶の本　岡倉覚三／村岡博訳
新撰讃美歌　植村正久／奥野昌綱／松山高吉編
武士道　新渡戸稲造／矢内原忠雄訳
余はいかにしてキリスト信徒となりしか　内村鑑三／鈴木範久訳
代表的日本人　内村鑑三／鈴木範久訳
後世への最大遺物・デンマルク国の話　内村鑑三
宗教座談　内村鑑三
ヨブ記講演　内村鑑三
足利尊氏　山路愛山
徳川家康 全二冊　山路愛山
豊臣秀吉 全二冊　山路愛山
妾の半生涯　福田英子
善の研究　西田幾多郎
思索と体験　西田幾多郎
続思索と体験・『続思索と体験』以後　西田幾多郎
西田幾多郎哲学論集 I ―場所・私と汝 他六篇　上田閑照編

西田幾多郎哲学論集 II ―論理と生命 他四篇　上田閑照編
西田幾多郎哲学論集 III ―自覚について 他四篇　上田閑照編
西田幾多郎随筆集　上田閑照編
西田幾多郎歌集　上田薫編
西田幾多郎講演集　田中裕編
西田幾多郎書簡集　藤田正勝編
帝国主義　幸徳秋水／山泉進校注
麵麭の略取　クロポトキン／幸徳秋水訳
基督抹殺論　幸徳秋水
日本の労働運動　片山潜
吉野作造評論集　岡義武編
貧乏物語　河上肇／大内兵衛解題
河上肇評論集　杉原四郎編
西欧紀行 祖国を顧みて　河上肇
中国文明論集　宮崎市定／礪波護編
中国史 全二冊　宮崎市定
大杉栄評論集　飛鳥井雅道編

女工哀史	細井和喜蔵
奴隷 ―小説・女工哀史1	細井和喜蔵
工場 ―小説・女工哀史2	細井和喜蔵
初版 日本資本主義発達史 全二冊	野呂栄太郎
寒村自伝 全二冊	荒畑寒村
谷中村滅亡史	荒畑寒村
遠野物語・山の人生	柳田国男
青年と学問	柳田国男
木綿以前の事	柳田国男
こども風土記・母の手毬歌	柳田国男
不幸なる芸術・笑の本願	柳田国男
海上の道	柳田国男
婚姻の話	柳田国男
都市と農村	柳田国男
十二支考 全二冊	南方熊楠
特命全権大使 米欧回覧実記 全五冊	久米邦武編 田中彰校注
明治維新史研究	羽仁五郎

古寺巡礼	和辻哲郎
風土 ―人間学的考察	和辻哲郎
イタリア古寺巡礼	和辻哲郎
和辻哲郎随筆集	坂部恵編
倫理学 全四冊	和辻哲郎
人間の学としての倫理学	和辻哲郎
日本倫理思想史 全四冊	和辻哲郎
時と永遠 他八篇	波多野精一
宗教哲学序論・宗教哲学	波多野精一
「いき」の構造 他二篇	九鬼周造
九鬼周造随筆集	菅野昭正編
偶然性の問題	九鬼周造
時間論 他二篇	九鬼周造 小浜善信編
復讐と法律	穂積陳重
パスカルにおける人間の研究	三木清
古代国語の音韻に就いて 他二篇	橋本進吉
漱石詩注	吉川幸次郎

吉田松陰	徳富蘇峰
林達夫評論集	中川久定編
新版 きけわだつみのこえ ―日本戦没学生の手記	日本戦没学生記念会編
新版 第二集 きけわだつみのこえ ―日本戦没学生の手記	日本戦没学生記念会編
君たちはどう生きるか	吉野源三郎
地震・憲兵・火事・巡査	山崎今朝弥 森長英三郎編
懐旧九十年	石黒忠悳
武家の女性	山川菊栄
覚書 幕末の水戸藩	山川菊栄
おんな二代の記	山川菊栄
忘れられた日本人	宮本常一
家郷の訓	宮本常一
大阪と堺	三浦周行 朝尾直弘編
新編 歴史と人物	三浦周行 林屋辰三郎 朝尾直弘編
国家と宗教 ―ヨーロッパ精神史の研究	南原繁
石橋湛山評論集	松尾尊兊編
湛山回想	石橋湛山

《東洋思想》〔青〕

- 易経 全二冊 — 高田真治・後藤基巳訳
- 論語 — 金谷治訳注
- 孔子家語 — 藤原正校訳
- 孟子 全二冊 — 小林勝人訳注
- 老子 — 蜂屋邦夫訳注
- 荘子 全四冊 — 金谷治訳注
- 新訂 孫子 — 金谷治訳注
- 荀子 全二冊 — 金谷治訳注
- 韓非子 全四冊 — 金谷治訳注
- 史記列伝 全五冊 — 司馬遷 小川環樹・今鷹真・福島吉彦訳
- 春秋左氏伝 全三冊 — 小倉芳彦訳
- 塩鉄論 — 曾我部静雄訳註
- 千字文 — 小川環樹・木田章義注解
- 大学・中庸 — 金谷治訳注
- 孫文革命文集 — 深町英夫編訳
- 実践論・矛盾論 — 毛沢東 松村一人・竹内実訳
- 仁学 ―清末の社会変革論 — 譚嗣同 西順蔵・坂元ひろ子訳注
- 章炳麟集 ―清末の民族革命思想 — 西順蔵・近藤邦康編訳
- 梁啓超文集 — 岡本隆司・石川禎浩・高嶋航編訳
- マヌの法典 — 田辺繁子訳
- ガンディー 獄中からの手紙 — 森本達雄訳
- 随園食単 — 袁枚 青木正児訳註
- ウパデーシャ・サーハスリー ―真実の自己の探求 — シャンカラ 前田専学訳

《仏教》〔青〕

- ブッダのことば ―スッタニパータ — 中村元訳
- ブッダの 真理のことば 感興のことば — 中村元訳
- 般若心経・金剛般若経 — 中村元・紀野一義訳註
- 法華経 全三冊 — 坂本幸男・岩本裕訳注
- 日蓮文集 — 兜木正亨校注
- 浄土三部経 全二冊 — 中村元・早島鏡正・紀野一義訳註
- 大乗起信論 — 宇井伯寿・高崎直道訳注
- 天台小止観 ―坐禅の作法 — 天台大師 関口真大訳注
- 臨済録 — 入矢義高訳注
- 碧巌録 全三冊 — 入矢義高・溝口雄三・末木文美士・伊藤文生訳注
- 無門関 — 西村恵信訳注
- 法華義疏 全二冊 — 聖徳太子 花山信勝校訳
- 往生要集 全二冊 — 源信 石田瑞麿訳注
- 教行信証 — 親鸞 金子大栄校訂
- 歎異抄 — 金子大栄校注
- 正法眼蔵 全四冊 — 道元 水野弥穂子校注
- 正法眼蔵随聞記 — 懐奘編 和辻哲郎校訂
- 道元禅師清規 — 大久保道舟訳注
- 一遍上人語録 ―付 播州法語集 — 大橋俊雄校注
- 一遍聖絵 — 聖戒編 大橋俊雄校注
- 南無阿弥陀仏 ―付 心偈 — 柳宗悦
- 蓮如文集 — 蓮如 笠原一男校注
- 蓮如上人御一代聞書 — 稲葉昌丸校訂
- 日本的霊性 — 鈴木大拙 篠田英雄校訂
- 新編 東洋的な見方 — 鈴木大拙 上田閑照編
- 禅堂生活 — 鈴木大拙 横川顕正訳

大乗仏教概論　鈴木大拙／佐々木閑訳
浄土系思想論　鈴木大拙
神秘主義　キリスト教と仏教　鈴木大拙／坂東性純／清水守拙訳
禅の思想　鈴木大拙
ブッダ最後の旅　―大パリニッバーナ経　中村元訳
仏弟子の告白　―テーラガーター―　中村元訳
尼僧の告白　―テーリーガーター―　中村元訳
ブッダ神々との対話　―サンユッタ・ニカーヤⅠ―　中村元訳
ブッダ悪魔との対話　―サンユッタ・ニカーヤⅡ―　中村元訳
驢鞍橋　鈴木正三／鈴木大拙校訂
禅林句集　足立大進校注
ブッダが説いたこと　ワールポラ・ラーフラ／今枝由郎訳
ブータンの瘋狂聖ドゥクパ・クンレー伝　ゲンドゥン・リンチェン編／今枝由郎訳

《音楽・美術》〔青〕

ベートーヴェン音楽ノート　小松雄一郎訳編
ベートーヴェンの生涯　ロマン・ロラン／片山敏彦訳
音楽と音楽家　シューマン／吉田秀和訳

モーツァルトの手紙　―その生涯のロマン　全二冊　柴田治三郎編訳
レオナルド・ダ・ヴィンチの手記　全二冊　杉浦明平訳
ゴッホの手紙　全三冊　硲伊之助訳
ロダンの言葉抄　高村光太郎訳／高田博厚／菊池一雄編
ビゴー日本素描集　清水勲編
ワーグマン日本素描集　清水勲編
葛飾北斎伝　飯島虚心／鈴木重三校注
ヨーロッパのキリスト教美術　―十二世紀から十八世紀まで　全二冊　エミール・マール／柳宗玄／荒木成子訳
近代日本漫画百選　清水勲編
ドーミエ諷刺画の世界　喜安朗編
デューラー自伝と書簡　前川誠郎訳
蛇儀礼　ヴァールブルク／三島憲一訳
迷宮としての世界　―マニエリスム美術　全二冊　グスタフ・ルネ・ホッケ／種村季弘／矢川澄子訳
日本洋画の曙光　平福百穂
江戸東京実見画録　長谷川渓石画／進士慶幹／花咲一男注解
映画とは何か　全二冊　アンドレ・バザン／野崎歓／大原宣久／谷本道昭訳
漫画　坊っちゃん　近藤浩一路

漫画　吾輩は猫である　近藤浩一路
ロバート・キャパ写真集　ICPロバート・キャパ・アーカイブ編
北斎　富嶽三十六景　日野原健司編
日本漫画史　―鳥獣戯画から岡本一平まで　細木原青起
世紀末ウィーン文化評論集　ヘルマン・バール／西村雅樹編訳

岩波文庫の最新刊

シェリング著／西川富雄・藤田正勝監訳

学問論

ドイツ観念論の哲学者シェリングが、国家による関与からの大学の自由、哲学を核とした諸学問の有機的な統一を説いた、学問論の古典。〔青六三一-二〕定価一〇六七円

森鷗外作

大塩平八郎 他三篇

表題作の他、「護持院原の敵討」「堺事件」「安井夫人」の鷗外の歴史小説四篇を収録。詳細な注を付した。（注解・解説＝藤田覚）〔緑六-一二〕定価八一四円

……今月の重版再開……

十川信介編

藤村文明論集

定価九三五円〔緑二四-六〕

辻善之助著

田沼時代

定価一〇六七円〔青一四八-一〕

岩波文庫の最新刊

バーリン著／桑野隆訳
ロシア・インテリゲンツィヤの誕生 他五篇

ゲルツェン、ベリンスキー、トゥルゲーネフ。個人の自由の擁護を徹底して求めた十九世紀ロシアの思想家たちを、深い共感をこめて描き出す。
〔青六八四-四〕 定価一一一一円

正岡子規著
仰臥漫録

子規が死の直前まで書きとめた日録。命日夕に迫る心境が誇張も虚飾もなく綴られる。直筆の素描画を天然色で掲載する改版カラー版。
〔緑一三-五〕 定価八八〇円

宗像和重編
鷗外追想

近代日本の傑出した文学者・鷗外。同時代人の回想五五篇から、厳しさと共に細やかな愛情を持った巨人の素顔が現れる。鷗外文学への最良の道標。
〔緑二〇一-四〕 定価一一〇〇円

……今月の重版再開……

トーマス・マン著／青木順三訳
講演集 リヒァルト・ヴァーグナーの苦悩と偉大 他一篇
〔赤四三四-八〕 定価七二六円

コンドルセ他著／阪上孝編訳
フランス革命期の公教育論
〔青七〇一-一〕 定価一三二〇円